汤世杰散文选

我游过的江水已流成大海

卷下

汤世杰 著

作家出版社

U0532749

汤世杰作品

目　录

故乡长短吟

云游闲居赋

云端与云下

有道是："情尘既尽，心镜自明，外影何如内照？幻泡一消，性珠自朗，世瑶原是家珍。"——读到这段话时，我正在想些事。

有些怀想看似寻常，一旦细究，则似总会透露出某种近乎荒诞的戏谑性来——说那是喜剧性也未尝不可，当然是卓别林式的喜剧，是从灵魂深处发出来的会心之笑，或眼里噙着泪水的笑，而非当下流行的、恶搞出来的，狂放却来历不明、不知就里甚至暧昧的笑。

四十多年前，当我头一次躺在云南的某座山冈上，仰望湛蓝如水的蓝天和帆一样飘移滑行的云朵时，便突发奇想：如果那时能让我的心智魂魄，回到我生长的西陵峡口长江之滨，或是我求学时待过的橘子洲头湘江岸边，那么，隔着将近两千米的高差，此刻我的肉身，已然该是在云端了吧？我的魂魄，几乎可以清晰地看见我自己，在山之上，在云之上。可明明地，我的肉身知道，我仍在云下，而非云端。

那时，作为一个身处底层的普通养路工，我只是在劳作的间隙，有那样半个钟头的歇息。其时，我正躺在山上，躺在云下。我的身边，是我的师傅和工友，是那条我必须为之挥洒汗水的铁路，它穿越群山，一直伸展到我目力不及的远方。每天将近十个钟头的强体力劳动，让我感到浑身酸痛不已——不仅肉体，还有魂灵。而我竟在那一刻，无端地想到了"云端"那样一个带有浪漫炫魅的字眼。正是那个字眼，霎时便把我带到了我无法预料的未来。直到如今，想到这里，想到那样的"想入非非"，我便只能暗暗地与自己会心一笑了——

你在想什么呢？事实是我好像什么也没想，至少对于未来，我没有清晰的预测。但我知道我应该有个与那时，与那座山冈、那个时刻不一样的未来。所谓“不一样”，也并非不再做体力劳作——这世上，亿万人不就是那样度过了一生吗——而是寻思对于这个世界，我或该做点什么。就在那一刻，我似乎有了某种超越，对于“当下”、对于际遇的超越。

多少年后，无数次地，包括此刻，我都会一次次地想起那个时刻。在丽江，在香格里拉，在高黎贡山，我曾多次凝望云南的云，也在那样的凝望中想起“云端”这个字眼。当无论本地或外地的朋友一而再、再而三地说到、写到云南的云时，我想起的是我最初的那次对云南天空的一次茫然凝望，对云端与云下的一次莽撞思索。我自信，那样近乎原始的想象，具有它特殊的合理性，那是一次不具诗性的诗性思索，一次与哲理无缘的哲学性冥想：肉身在云下，魂魄在云端。

如此说来，云端与云下，只是两个相对人的肉身而言，有天壤之别的词语，或是概念。在很大程度上，云端，是出世的，属于魂魄，属于精神，象征着高度与超越；而云下，则是入世的，属于肉身，属于度日，属于我们每天都不得不面对并深陷其中的日常与凡俗。

云端，是美丽的，是五光十色的；

云下，是琐碎的，是柴米油盐的。

一个完整且健全的人，生命就在云端与云下之间，来往穿复。我们无法拒绝日常生活的单调、沉闷、平庸与千篇一律，就像我们无法拒绝作为一个生命必然会有的吃喝拉撒睡一样。但任何一个人，如果只沉湎于生存之中，就成了一个纯粹生物性的人。不时地，他需要去到云端，去云端溜达一下，休闲一阵，哪怕是去那里换口气也好。

其实，云端不远。云端，就在我们的目光和心思所能到达或者永远无法抵达的高度。但无论你是否能够最终抵达，那里，都能存放你的思索，你的幻想，你的秘密，甚至你那些无法得到世俗认同的爱。

有或没有那个高度，生命的存在，它的必要性、合理性，是完全不一样的。还是《娑罗馆清言》主人屠隆说得好：“饧粘油腻，牵缠最是爱河；瞎引盲移，展转投于苦海。非大雄氏，谁能救之？”“大雄氏”指佛，吾等俗人，岂能常见？能“救之”者，唯我们自己。倘将“爱河”移譬为“云端”，将“苦海”转喻为“云下”，一切便能得解，也能得救了。

在红场闲逛

恰初夏六月，得空能在莫斯科红场作悠闲踱步，随心溜达，或还真算得上一件幸事。时逢周六，游人不多不少，阳光绚烂却不炫目，建筑的暗部历史的阴影似都已遁往远方。很安静。广场很安静。没有喇叭。没有喧哗。没有叫卖。也没有广场鸽。偶有一两声笑声飞过，转眼便如鸽子般腾入云霄，不见踪影。莫斯科河在离广场不远处流淌，不闻水声，倒能觉出日子如水没山岩般悄然流淌，漫漶淋漓，平静自在。走着走着，心头突然一愣，自问我来这里是要干吗？想想还真没什么堂皇的目的，闲逛而已——所谓旅行，其实就是闲逛。闲逛自然哪里都行，区别只在熟悉或陌生，熟悉处有熟悉处的会心，陌生处有陌生处的新奇，而红场于我，却既陌生又熟悉，两种感觉的奇异叠加，方造就了那段短暂亦悠长的时光。

想去红场作一次闲逛，仿佛是头晚陡然萌发的念头，细想又像是早年读契诃夫时，便深藏于心久远到近乎忘却的夙愿。犹想当时，觉得天远地远的，也就做个梦吧，哪想到会真有那么一天？我去的那天，离契诃夫 1904 年 7 月在德国辞世，恰恰 111 年。那天早晨，我从头晚住的莫斯科郊区一家酒店乘车而来，其时，一个地道的“莫斯科郊外的晚上”刚刚过去，回想半生往事，居然有些恍兮惚兮。记得从机场到酒店路上，已见路边有几小片白桦林，在夕阳映照中窈窕地一晃而过，心中便有一些歌声隐约响起，歌者到底是叫娜塔莎还是冬尼亚，已无从忆起，更无法分辨——念中学时，教授俄语的先生曾让一帮青涩少年学着用俄语给远方写信，说最好能交个苏联朋友，好像还真写过，也收到过回信，只记得是个女孩，然世道陡变，往事如云，一点缥缈的记忆也早已杳如黄鹤。如杜拉斯所说：“好像有谁对我讲过，时间转瞬即逝，在一生最年轻的岁月、最可赞叹的年华，在这样的时候，那时间来去匆匆，有时会突然让你感到震惊。衰老的过程是冷酷无情的。”就在那会儿，我倒想起了契诃夫。

算起来，幼时读过的苏俄作品还真不算少，尽管多是囫囵吞枣。那得益于初中、高中的两位班主任老师，都是教语文的。那样的年代，他们居然能想到叫我们课外读些苏俄文学，想想怎么也是幸运了。一晃五十年过去，既到了莫斯科，该想起也可以想起的苏俄作家，自可数出一大串，列夫·托尔斯泰、高尔基、屠格涅夫，甚至马雅可夫斯基、肖洛霍夫，但我最先想到的却是契诃夫，那似与身在其中的那个广场无关，倒与那天既明亮亦沉郁的天气有关。自打读过契诃夫，我才对俄罗斯有了真正意义的亲近，而地图上那片辽阔得让人咋舌的疆域，才变得稍稍可以感性地触摸。当其时也，野草般生长在长江边一个小城的一帮孩子，三步两步，转身就到了郊外乡野，注定了如今已垂垂老矣的我们，根本无法掩饰我们与麦子、玉米一样的出身。而就在那时，我读到了契诃夫。“契诃夫给我们讲述的是俄国乡村发生的故事，那是非常遥远偏僻之地。当我们读契诃夫的小说时，我们就仿佛是从那里来的一样。瞬间这些故事就变成了我们自己的故事。”多年后读到以色列作家阿摩司·奥兹的这段话，方明白一个好的作家，就有这种本事，总会让你觉得他就在你身边，甚至就在自个熟悉的一群人中间，似乎只要一抬脚，就能跨进他所描述的那片情境，去体味他以一支笔抒写的那些欢乐与忧郁，那些酸甜苦辣……

信步而行，脚下就是那个著名的广场。早已想好，不必专意去仰望少年梦中闪耀过的红星，亦无须去瞻望神圣缥缈如在云中的水晶棺和检阅台，远远在无名战士墓不熄且通红的祭火前默看了几眼，再转身去克里姆林宫对面华丽的古姆百货大楼溜了一圈，出来便开始了信马由缰的闲逛。其实我并不了然，契诃夫是否与那个广场有过什么关联，至少我至今也没读到过他直接涉笔那个广场的文字，但不知怎么的，在我心中，契诃夫似乎就在那个广场上，甚至，很怪异地，仿佛他就是那个广场。他的那些作品，一字一句所营造的，也正是那个宽阔却充满了不幸、沉郁却不乏生机的生活之场。

如此，走在红场那样一个真正的广场上，就没法不去想到底什么叫广场，广场究竟意味着什么了。

这世上，不知有没有一部《广场史》？据说，一个城市的广场，当是那个城市的公共客厅。而另一个说法是，这个世界的许多重大事变，也都与广场相关。用苏联著名文艺理论家巴赫金的话来说，所谓广场，指的就是“集中一切非官方的东西，在充满官方秩序和官方意识形态的世界中仿佛享有‘治外法权’的权力，它总是为‘老百姓’所有的”。这是个有些绕口的怪异判断。但细究任何一个广场，它的前世今生，倒真都暧昧得叫人无法深味，也复杂得叫人失去探究的耐心。起初，它往往是片空地，继而慢慢演变成了集市、商场，从早到晚，都充斥着市井的叫卖声与寻常民众的摩肩接踵。一个通常意义的广场，其源头，自当是自由无羁的生发地。而权力，则早就在暗中觊觎着这样的空旷、拥挤与繁杂，其实那正是权力需要且赖以存在的对象和人众。于是不知从何时起，广场的周边耸立起了许多皇家和宗教富丽堂皇的建筑，使之既有了宣谕颁旨之肃穆，也有了砍头行刑之血腥。前者用以宣示权力的至高无上，后者则用来警示对权力不忠的后果之惨烈。“红场”的一端，在瓦西里升天大教堂前，有个圆形平台，俗称断头台，正是当年宣读沙皇命令和达官贵人向民众说教的地方，也曾是个令人惊悚的执行极刑之地，台上刚刚宣读完处死令和犯人罪状，行刑便在台下堂而皇之地进行。可见，一个自然形态的广场，原本是个近乎大杂烩的所在，是个人人可到，与人人有关亦无关的地方，变异则是后来才发生的。如果原始意义的广场，只是普通民众的聚会、狂欢之所，进入现代，一旦被权力占领，广场则暗生异变，成了炫耀威权、武力的场所，在某种意义上，甚至成了普通人的禁忌。那个巨大的、空空荡荡的空间旁，往往耸立着帝国的入云尖顶、王朝的巍峨宫殿，一个普通人行至其间，会时时生发作为个体生命草芥般渺小的感叹，满怀无以名状的不安甚至恐惧。

广场虽与政治、宗教相连，但广场的初衷，到底还是人们聚会、交往的场所，由此也注定任一广场，最终都要由神圣走向世俗。恰如我正行走其间的红场，也早已超越了那样的时代，成了一个现代意义的广场。它曾是以前的沙俄，后来的苏联，现在的俄罗斯举行各种大型庆典及阅兵活动的中心地点，并由此而成了世界著名的广场之一。“二战”期间，当德国军队已然兵临城下，正是莫斯科红场举行的那一场盛大阅兵，显示并鼓舞了苏联战之必胜的决心。当时行经红场的士兵和战车，接受过检阅，便立马连夜开赴前线。对于士兵本身，那样的检阅，究其实就是一场既辉煌又悲凄的生离死别，最终的结局，无非男儿马革裹尸还。在各种各样的记载中，那场煊赫一时的大阅兵，都被渲染得无比庄严豪迈。我曾经被那样的慷慨赴死弄得热血偾张，情难以禁。以至以往，我总以为红场是个无边无际的神圣巨无霸。直到那天闲逛才发现，其实它比我想象的那个广场要小得多。

是的，走在那个广场上，我的头一个感觉是，红场与传说和想象中那个巨无霸广场相比，与可容千军万马浩荡前行，甚至可让巨型战略导弹战车轰然驶过的影视形象相比，实在太小，太小太小。那么小的一个广场，真无法与我们熟知的那些大广场相提并论。其实不仅红场，欧洲许多同样叫作广场的广场，诸如去过的柏林勃兰登堡门广场、古罗马恺撒广场、威尼斯的圣马可广场，都非我们印象中的巨无霸，无非一块空地，中间有点什么雕塑、纪念碑之类，周边是些或大或小的咖啡馆或商店。在威尼斯圣马可广场上，如今已到处都摆满了咖啡馆的遮阳伞和座椅，干爽的桌布，锃亮的刀叉，伫立的侍者，随时都在恭候即将到来的客人。行走其间，除了想到悠闲，何曾会有其他？而在广场旁的一幢旧楼里，爬上五层陡峭的旋转楼梯，我曾亲睹一场烧制玻璃器皿的现场秀；而从那个古老作坊的窗户看出去，正是圣马可广场上那座著名的、高高耸立的教堂钟楼。那样的广场，其形而上的存在似乎远大于它的实在空间，但看上去却早已没有什么庄严感，或曾经有过，已然风光不再。如今的红场，除了无名烈士墓和克里姆林宫入口有士兵值守，人们尽可随意停留，纵情嬉戏。如果有座椅，老人便可以在那里斜倚而眠，情侣可在那里大秀亲密，孩子们也可以在那里追逐打闹，不一而足。那天，在面对克里姆林宫的古姆百货大楼一个入口前，包括一位身着茜红色套装的漂亮女士在内的一排俄罗斯男女，一直在潇洒地手持烟卷喷云吐雾；稍往中间一点，临时搭建的雨篷下，一场书市正在不紧不慢地进行；而靠近瓦西里升天大教堂一个临时搭建的舞台前方，一溜的充气沙发中间，一个身着红衣的肥硕女子，就在那里呼呼大睡，睡得那么深那么甜，或正陷落于一个美梦之中。对于她，广场想必是宁静又宁静的。转过去一点，背对着瓦西里升天大教堂，一对手持鲜花的新人正在拍照留念，他们的一众亲人站在一旁满脸笑容地注视着他们：并不怎么英俊的新郎，一身深黑的西装，远逊于美貌莎娃的新娘，一袭雪白的曳地长裙。他们微笑着。拍照者只用手势指点着他们，听不到任何喊叫、喧哗与狂笑——整个红场尽管不是毫无动静，细听，虽也能听到大凡那样的地方必有的嗡嗡声，但我仍可断言，那是个宁静的广场。

我所说的广场的宁静，并非说那里完全没有声音，更多的倒是指那种出于人们内心的宁静，那样的宁静，只在某片可以称之为“幸福”的土地上，才会生长。想想那对新人，到底是有多幸福，才会笑得那样温馨，那样灿烂！而那个睡得昏天黑地的女人，究竟是有多心宽，才能在大街上睡得那么熟！可以想象的是，她梦中巧克力般的香甜与缱绻，正与历史深处曾弥漫在瓦西里升天大教堂前断头台上的恐怖血腥交织在一起，就像古姆百货大楼里缓缓而行的购物者，与大楼前姿势优雅的吸烟者群像，正与无名烈士墓前的静穆混杂在一起，临时书市散发出的缕缕书香，与守护在列宁墓前肃立的卫兵满脸的威严互为映衬。前者作为日常生活透出的幸福而又慵懒的气息，似乎完全无视后者标示的权威与庄严，正自由自在肆无忌惮地舒卷弥漫。那样的气氛真迷人极了。但那些吸烟者，那个呼呼大睡者，那对被幸福浸泡得几乎鼓胀起来的新人，与那些曾经在广场上接受完检阅却再也没有归来的士兵，到底有着什么样的秘密联系呢？历史早就跨越了那段时光，也跨越了那个广场，人间对亡灵的超度也不知进行过几回，但联系肯定是存在的，只是在那一刻，他们不自知或知而忘记而已。在超过半个世纪的时空里，广场以一种无语的方式，明示出了那种日常生活的深与广。足见作为空间意义上的广场之“广”，不惟所占空间的大小，更在它的气度，它的包容度，它是否能容纳各各不一、摇曳多姿的生活——这一切，则从另一个维度上，近乎无限地扩展了一个广场的深度和广度。

真的，对于我，在如今的红场闲逛尽管轻松惬意，但细细想来，开头倒也并非如此。打年少言必称“老大哥”的时候起，漫漫岁月，也曾无数次在想象中走进这个以“红”命名的广场。年少懵懂，我猜那或与 1917 年那场革命有关，那样的命名，把一片寻常不过的土地与一场夹杂着枪炮声硝烟味的历史巨变，紧紧联系在了一起。其实大谬——当然，那是我后来才知道的。恰如普鲁斯特在《斯旺的道路》写道的：“历史隐藏在智力所能企及的范围以外的地方，隐藏在我们无法猜度的物质客体之中。”就连“红场”这个名字，也如此。红场虽名之为“红”，其实此“红”并非彼“红”：1517 年，原来的广场发生过一次大火灾，因此也曾被称为“火灾广场”。它原名“托尔格”，意为“集市”，其前身是十五世纪末伊凡三世在城东开拓的“城外工商区”，面积达 9.1 万平方米。直到 1662 年，方改称“红场”，意为“美丽的广场”——与革命、权力、军威、统帅等，都毫无瓜葛。

而那样一个广场，真会与契诃夫毫无关系吗？走在红场上，无论如何，契诃夫一直都在我心中挥之不去。而直到那时，我还没读到过契诃夫有关红场的文字，但我猜想，如果他要真写到过红场，恐怕不会有什么像样的言不由衷的颂词。这个有良知的作家，他的那支笔，从来都不是用来歌颂权力的。契诃夫的所有文字都在向我证明这一点。他以一个作家的方式，颂扬美好，抨击虚伪与卑鄙，抨击滥用的权力对普通人的无耻欺凌。众生皆苦。在契诃夫笔下，那些普通人正如红场上的那成千上万块石块，一直都在遭受着历史的踩踏。由此我才想到，其实，广场真正的主人，除了逝者如斯夫的时光，从来都是那些匍匐于地的石块。而正是它们，无论白天黑夜，都占据着那个巨大的空间，也充盈于契诃夫整整一生的文字书写。

我脚下那个著名广场的地面，是用略显长方形的石块铺成的，应该就是所谓的“面包石”吧，中间稍许有点鼓凸，一如俄罗斯人俗称的“列巴”。年深日久，那些来自大自然的石块，已被人世的时光磨得像锻造过的铁块，即便在尘土与垃圾碎屑之中，也显得乌光锃亮。每块石头都静默无声。在已然逝去的时光里，王公贵族，铁血武士，市井平民，远方游人，都曾从那里走过。不同的脚步，走在那个广场上，自会发出不同的响声。没人会指望，一个胸前挂满勋章、脚蹬高筒皮靴、鞋底装着马刺的将军，或一队荷枪实弹迈着正步的士兵，会像一个普通老百姓那样悠缓而行。自然，不同的脚步，也会给那些石头留下不同的印记，但再强大的印记，也禁不住时光的磨洗，会慢慢变得稀松寻常，变得无法辨认，无足轻重，最终以至于无。难道不是吗？权贵者可以把历史改写得面目全非，却无法改变一块石头的记忆。

那天，红场的中心位置，正在举办一个规模不小的书展。展位显见是临时搭建的，就像在国内通常看到的那样，却井井有条，显见并非头一次举办。各种开本各种装帧的书，静静地躺在那里，等候着读书人的光临。那时我再次想起了契诃夫，要是能买到一本契诃夫的书，即便看不懂俄文，也可留作纪念——世上有那么多大人物，文学的、思想的、艺术的，等等。在那么多人物中间，你须找到你自己的亲人，找到精神上的血统。走到一个展位前，从我学过俄语却早已忘得精光的脑子里，勉强搜索出了“契诃夫”和“一本”“书”这三个单词，书摊的主人似乎听懂了我的意思，转身从身后的简易书架上，一下子搬来十多本精装书，大开本，深红烫金封面，摞在一起，足有两尺厚。书摊主人满脸笑容地用俄语跟我说着什么，可惜我一句也没听懂。那时我真后悔怎么会把当年学过的俄语完全给丢了。但带着那样一套契诃夫的书，对我后续的长途旅行，实在太重了。我一再用俄语说“一本”，但主人听了只是不断地摇头——到底是不肯拆零销售，还是怎样，我至今也没想明白，最终只好带着遗憾离去。但我并非没有收获：至少我知道了，契诃夫还在广场上，还在俄罗斯人的心里，没有离去。

至此，我终于明白，我是但又不完全是来看那个叫“红场”的广场，那个叫作“红场”的实在空间的。红场提供的，只是一个真正的广场的样本。我只是在那里随便走了走，想了想，什么叫作广场，明白了一个叫作广场的空间究为何物。契诃夫曾说，一句话只有一个最好的说法。恕我愚笨，对于广场，我至今也没找到那个最好的说法。我知道，红场是美的，是那种日常甚至庸常的美，就像契诃夫笔下那些不乏可憎却更多可爱的芸芸众生。如此，不妨说，契诃夫毕其一身的所有作品，营造的正是一个那样的广场。他让我们看到的，是广场上的那些石头，那些被践踏过也被擦亮过，接受过雨雪冰霜，也接受过汗水鲜血的石头，是生活广阔而惊人的真实，是无奈中如远方夜灯般的希望，也是沉默中隐忍的坚实。只是，一想到那个广场的曾经和当下，正如契诃夫在他的小说《美人》中写到的：“我的美的感受有点古怪。玛霞在我心里引起的既不是欲望，也不是痴迷，又不是快乐，而是一种虽然愉快却又沉重的忧郁心情。这种忧郁模模糊糊，并不明确，像在梦里一样。”如此而已。

2016 年 7 月　于昆明

麦斯特尔家族的百年梦寻

一

年复一年，时光的尘埃层层掩埋，累积沉厚。而刨去岁月的覆盖，这个多年前起获于瑞士，至今还在生长中的故事打一开头，就跟百多年前问世未久的铁路、桥梁、隧道、火车，跟二十世纪初那些古老、笨重却轰然有声的过往，难解难分——

16 岁那年的一天，希尔维亚·麦斯特尔，一个瑞士女孩子，坐在从老家开往苏黎世的火车上，头一次听父亲弗莱迪·麦斯特尔说起，爷爷奥托·麦斯特尔留下过一些遗物。那天天气如何，希尔维亚已记不大清，反正是在离开南阿尔卑斯山美丽的湖滨城市卢加诺，乘车前往苏黎世设计学院求学的路上。车声隆隆，四野铿锵。希尔维亚正幻想着未来，父亲弗莱迪却选择在那段旅途上，讲起过往，不知缘由何在？是突然想起，期以纷繁往事聊减旅途寂寞，还是眼看希尔维亚已然长大，又恰在火车上，突然想起了什么？

——后来，希尔维亚才想起父亲弗莱迪·麦斯特尔对爷爷的描述：“一个严谨的、冷静的人，衣着朴素，生活俭朴，一丝不苟，准时，温和，通情达理，总之，一位生活在另一时代里的脚踏实地的瑞士人。”

希尔维亚隐约听说，以前，家里收到过两个旧箱子，寄自中国上海，小时候，还亲见母亲在家里洗刷过一张虎皮。那张完整的虎皮毛色斑斓，风姿威武，据说来自中国多山的云南，猛看简直有些吓人。可惜希尔维亚那时太小，除了看过爷爷几幅照片，余则几无印象——就凭几幅照片菲薄的平面影像，哪能传达百年前一个人飘忽不定却又葱郁盎然的生命气息——1937 年，奥托·麦斯特尔逝于上海，时隔多年，希尔维亚 1944 年才生。但那事就像那对箱子和那张虎皮一样，让希尔维亚难以忘怀：遥远的东方，对她全然是个谜，巨大，却恍惚，如一团远方的云，从未见过的爷爷，竟生活在那云一般的谜中！当那个谜将这个家族的名字幻化成一片云彩，从东方飘回来时，她已无从辨认。世界太大，也太纷繁。但，即便无法确知那名字的意义，也无法了然那名字掩藏的历史，内心深处，那谜倒一直吸引着她，让她渴望去探访那个遥远的国度。有段时间，在东方待过的爷爷，竟至成了希尔维亚一个无以描述的梦幻。闲暇时她总会想起爷爷。她似觉着她必与那事有关，但除了生命与血缘，究竟是怎样的相关，却一直无法得知。

多年后，希尔维亚年过六旬，父亲过世，母亲已然九十多岁，患上了轻度老年痴呆症，某天，竟突然把那两个箱子扔进了垃圾站，嘟哝着说好几十年了，留着既占地方，也没什么用。希尔维亚那时再次想起了那次去苏黎世的火车旅行。这时的希尔维亚，早已不是个入世未深的如花少女，而是个小有成就的艺术家了。她和妹妹卡迪·麦斯特尔没理会母亲的唠叨——事实上，那几乎就是个适时且必要的提醒，爷爷留下的那两个大箱子居然还在！她们既没犹豫，也没告诉母亲，悄悄把两个箱子搬了回来，妥当收好——难道，越过千山万水从上海寄回来的两个大箱子，会无缘无故、一文不值吗？即便作为一个遥远的念想，那也是该留下的。

——百年时光，倏忽逝去，那或是个凭证呢，是生命的，也是历史的？

许久之后，麦斯特尔姐妹打开那两个大箱子，检视里面的物品时，瞬时便惊呆了：除了老麦斯特尔二十世纪初从中国写给瑞士苏尔寿公司的简报《在中国工作》和《生活在中国》，一些关涉专业的文字，还有他的三大本日记，一些明信片、报纸简报、文件、通行证、学习和工作证明，以及他写给瑞士家人、朋友的约五百封信，他拍摄的 874 幅银版玻璃底片和 1000 幅照片，涉及老麦斯特尔 1903 年至 1910 年作为一个土木建筑工程师，参与修建当时被称为堪与苏伊士运河、巴拿马运河媲美的世界第三大工程之滇越铁路的经历，及他后来在上海度过的十多年时光。哦，世界或就在这里，东方当然也在！在那些箱子里！希尔维亚的妹妹卡迪·麦斯特尔在专文《奥托·麦斯特尔，远东的魅力——一个冒险家的生平介绍》中说：“他没有遗漏任何值得注意的事情，所有事情都被不间断地记录下来！”

百年一日。原来，世上诸多事体，乍看似突如其来，暗中却牵连有致，稍一追溯，尽皆渊源辽远，背景深厚。对于希尔维亚，早年那个闪烁混沌的谜，于骤然间开始解密。希尔维亚的伴侣奥尔格·霍赫恰为优秀的摄影师，他们开始动手翻拍所有的文字与图片。日日夜夜，分分秒秒。那是一段令人兴奋却又艰难的时光：时间久远，纸页粘连，字迹漫漶，老麦斯特尔惯用的古老花体字，不少他们已无法辨认，只好且认且辨，且读且录。经一段时间苦心整理，希尔维亚与奥尔格·霍赫和妹妹卡迪·麦斯特尔一起，先将老麦斯特尔留下的资料一一作了数字化处理，以期长期保存——老麦斯特尔估计做梦也难想到，百年后的世界已如此陌生，当年他在酷热、多山亦多雨的中国滇南随手留下的文字和图片，居然要借由两个孙女之手，经历一次他闻所未闻的现代科技冒险！然后，希尔维亚姐妹从中精选出部分文字和照片，编成《飘荡在峡谷间的笛声》一书（以下简称《笛声》），由苏黎世利马特出版社正式出版。该书编辑鲍尔·胡格撰文对奥托·麦斯特尔的文字作了简介，而为该书作序的托马斯·瓦格纳先生，则曾多年担任瑞士—中国友好协会会长、苏黎世市长，早已是中国云南昆明市的荣誉市民。到过中国昆明的瓦格纳先生建议希尔维亚带着她爷爷的遗物和照片，到苏黎世的友好城市昆明办个展览，说《笛声》一书若能译成中文在中国出版，那就更好……

那显见是个好主意！希尔维亚决意先去作番探访。几经张罗，2012 年，希尔维亚和霍赫怀着某种莫可名状的兴奋与忐忑，动身前往中国云南，去拜访她爷爷参与修建过的滇越铁路——那是多年的梦想，而梦想从来美丽，美丽得近乎浪漫。

二

百多年前，奥托·麦斯特尔作为一个工程师，或也是这么想的——去遥远的远东，去开启一趟浪漫之旅。

而机会，恰好到来。

1873 年 8 月 16 日，奥托·麦斯特尔生于瑞士赫尔根一个望族家庭——其家族历史，甚至可追溯到 1400 年——为家里最大的孩子。奥托·麦斯特尔的父亲埃米尔·麦斯特尔，先是在苏黎世开有一间颇有声誉的珠宝店，很快就扩展到三家店面。恰工业初创年代，年轻又富于冒险精神的奥托·麦斯特尔没想子承父业，倒去上了当时瑞士最好的瑞士联邦理工学校，即如今的瑞士联邦理工大学土木工程系——那是现代物理学开创者和奠基人爱因斯坦的母校——并于1896年毕业，获民用建筑工程师资格。参与设计过埃菲尔铁塔基础图纸的瑞士工程师茅利斯·科和林，正是奥托·麦斯特尔的校友。毕业后他曾在苏黎世斯考克公司短暂工作过，1899年又到丹麦从事过桥梁建筑项目。尔后，他的目光突然被远方一项铁路工程——滇越铁路吸引。卡迪·麦斯特尔在为《笛声》一书写的奥托·麦斯特尔生平介绍中写道：“当欧洲不断扩张的工业国家在殖民地的大型建设工程涌现的时候，奥托·麦斯特尔意识到这种可能性会带给他新的空间，于是他离开小小的瑞士，奔向远东。他的目标是法国在今天的越南和中国的铁路建设工程。”

那正应了英国作家毛姆在《月亮与六便士》里的一句话：“满地都是六便士，他却抬头看见了月亮。”而奥托·麦斯特尔的那枚“月亮”，竟远在东方，相隔的何止万水千山？或如余光中所谓：“乡居的少年那么神往于火车，大概是因为它雄伟而修长，轩昂的车头一声高啸，一节节的车厢铿铿跟进，那气派真是慑人……”

人类社会的每一次前行，皆始自通达方式的改变。便捷的通行，让人能抵达遥远的天边。十九世纪初，现代工业文明突飞猛进，铁路、火车作为现代工业文明的标志性事物，开始觊觎整个世界。古希腊是第一个拥有路轨运输的国家，至少两千年前已有马拉车沿着轨道运行。1804年，理查·特尔维域克在英国威尔士发明了第一台能在铁轨上行进的蒸汽机车。1814，英国的乔治·史蒂芬孙成功造出了第一台以蒸汽作动力的火车机车。十九世纪二十年代，英格兰的史托顿与达灵顿铁路堪称第一条成功的蒸汽火车铁路。而乔治·史蒂芬孙则在1829年造出了第一台现代蒸汽机车“火箭”号。后来的利物浦与曼彻斯特铁路更显示了铁路的巨大发展潜力。汽笛声声，古老沉郁的世界，乘上火车后一路狂奔。工业文明的迅猛发展，亦为西方强国的殖民扩张提供了强力支撑。到奥托·麦斯特尔长大时，铁路已成为一个横行整个世界的钢铁怪物。

年轻的瑞士工程师奥托·麦斯特尔的远东冒险，就此开始。

一个国家的殖民扩张，其掠夺与谋利的本性，与一个年轻人凭借所学知识、技能欲到远方闯荡，是完全不同的两码事。奥托·麦斯特尔作为一个专攻建筑的年轻人，既不确切了然从越南河内通往中国昆明的铁路对中国意味着什么，也不清楚修建那样一条铁路，会有多艰辛——即便有所了解，也所知不多。除了技术的一切，都不在他的考虑之内。他有的，只是一个工程师对一项工程的迷恋，一个年轻人欲成就一番事业的热望，是他骨子里欲以到远方冒险，而对生命做出某种交代的尝试。我的意思是，那个名叫奥托·麦斯特尔的瑞士人，就是一个人。在这个意义上，作为同样学过铁路工程的人，面对早已作古的奥托·麦斯特尔留下的文字、图片，我只会由衷地心生敬意。

1903 年 6 月 16 日，奥托·麦斯特尔登上从马赛出发的轮船“雅拉”号，驶向印度洋。历时两个多月的航行，经苏伊士运河到达河内，换乘桨轮汽船沿红河溯流而上，抵达越南老街；尔后，身材高大的奥托·麦斯特尔骑上一头矮小的云南马，踏上了中国西南的那片土地——而他梦想的那番浪漫与冒险，其时才刚刚开始。

三

2017 年 10 月 29 日，昆明。原说那天阴寒有雨，孰料阳光竟灿烂得叫人炫目。上午十点，《一个瑞士先行者在中国的岁月》展，将在中国昆明市博物馆开启。

消息早已得知，乃昆明市博物馆馆长田建在微信朋友圈发布的。

——田建，湖北孝感人氏，吾乡亲也。四川大学历史系考古专业毕业，以在考古发掘中总会“碰”到好东西见称，天水放马滩纸汉代地图、敦煌悬泉置西汉麻纸等，皆出自他手；其人心细如发，再小的线索也逃不过他的目光。如其夫人汪宁所言：“不久前国家博物馆《秦汉文明》展上的悬泉纸，拇指大小、浑黄如土的一小片，我去看时，面对展柜都十分惊奇——若是我等‘粗人’（粗枝大叶之人），别说是一片，就是十片也早被当作土坷垃从指缝间溜之乎也！哪还得登堂入室，以国宝身份珍列于文化圣殿？”我亦听闻，田建在从一位友人处看到老麦斯特尔摄于云南河口的一幅照片时，猜想他看到的，正是历史上打响辛亥革命云南第一枪的“河口起义”的一位遇难者，那样的照片，是为首次发现。而河口，正是滇越铁路的云南起点，是老麦斯特尔待过的地方。《一个瑞士先行者在中国的岁月》展得以顺利展出，令史卷拂尘，重现荣光，让麦斯特尔家族梦想成真，正是无数个像田建这样孜孜求索于史海的人之心血凝结！

此前，我已读过多种当年修建滇越铁路的史料，但到那时为止，还从没见有任何一个亲身参与过该项工程者的文字或图片记录——无论是设计者，还是施工者。我掐着时间到达。看展览都望人少，人多了一似赶集，而展品只有说明标签，不涉价格，并不出售。趁着博物馆前小广场程序复杂的开幕式还在进行，我便独自溜入静寂的展厅，仿佛真要去拜访来自瑞士的奥托·麦斯特尔工程师，借此表达一个学过土木工程的人菲薄的敬意。

2016 年 4 月，我与作家万利书、后亚萍一起，刚刚重走了一遍滇越铁路南段，从中越边界，即滇越铁路中国段起点的云南河口，沿南溪河谷北上，直到蒙自境内著名的碧色寨车站，再一路折向古城建水刚刚开通不久的旅游小火车。老路崎岖。为拜访穿行于南溪河谷的滇越铁路，一睹深藏于山谷丛林里的车站，你没法走高速，只能在已然失修的老公路上逶迤而行。想象 100 多年前，要在天高地远，连条像样山路都没有的滇南群山中建一条铁路，对那个初来乍到的年轻工程师奥托·麦斯特尔，是何等陌生、艰辛?！于他，那是与瑞士相比完全陌生、几乎一无所知的另一片大地！我急于知道的，是他将如何面对，如何感想，又如何记录那一切。

700 多平方米的展厅，辽阔，气派。走进去，便与一幅奥托·麦斯特尔的巨幅照片迎面相遇：戴一顶礼帽，扎一条领带，着半长风衣，身后树木葱郁，光影闪烁，仿若正从那片小树林里走来。坚定凝于嘴角，睿智溢于目光。尔后，一个个展区、展板，依次展示了奥托·麦斯特尔的身世，在滇越铁路工作期间拍摄的大量照片、手稿和信件实物或复制件——其所展示的滇越铁路施工过程和当时中国、云南广阔的社会与生活场景，我无法一一细说。但那幅摄于著名的“人字桥”合龙瞬间的照片，是必要大说特说的。

人字桥，是为整个滇越铁路，也是世界铁路建设史上最著名的桥梁工程之一。滇越铁路设计最初的理想选线，原拟穿过滇南经滇中地势相对平缓地区直抵昆明，因了当时的人们对那个钢铁怪物的恐惧，计划一经透露，便招致当时国内与云南各界民众的强烈反对，风潮四起，以至法国人只好另选一条远离城镇的线路，从海拔不足百米的河口，一直上行到“人字桥”1700 米至 1800 米处，需修建大量的桥梁、隧道，其间还须经多次展线、绕行，消化上千米高程，以让铁路以平均 20‰最大达 30‰的巨大坡度，顺利爬上高山。世事荒谬。想想还真是吊诡，那条千辛万苦修建的铁路，后来几乎没经过当时滇南所有的重要城镇，倒一直在荒无人烟的山岭中穿行。其设计与施工难度，由此陡增数倍，法方投资 1.65 亿法郎。“人字桥”则建于两座陡峭的山崖之间，两头都是隧道，设计与施工难度超乎想象——奥托·麦斯特尔从瑞士出发时绝难想到，会在那样的地方，建一座桥梁。

偏偏，命运就让他到了那里。

那组照片，应是奥托·麦斯特尔现场所拍，殊为难得，极其壮观：作为“人字桥”主要支撑的两组已分别组装好的巨大钢构斜跨梁，一端立于嵌于山崖上的铰座，一端已以缆绳吊起，竖立半空，靠着人力的拉动，正缓慢地靠拢、靠拢，等待着即将到来的最后的合龙……

钢架桁梁结构当时风靡一时，巴黎的埃菲尔铁塔，便是代表性的一例。“人字桥”采用的正是那样的材料与结构，不同只在施工更难，更艰辛。

作为整个滇越铁路中设计最精湛、技术最复杂、施工最艰难的“人字桥”，两组钢梁的合龙，显然是个历史性时刻。一个历史的节点，稍纵即逝。纵使相隔百年，面对那些照片，我想我的紧张与兴奋，也会与奥托·麦斯特尔当时的紧张与兴奋互为应和，完全重叠。他显然在场。那个瑞士人。那个年轻的土木工程师。那个“人字桥”合龙的生命见证。我似乎听到了两组巨大钢架桁梁缓缓转动的吱嘎声，在空旷的峡谷，那声音惊心动魄！就在那时，奥托·麦斯特尔端起了相机。

不管老麦斯特尔为将那个瞬间装进他的相机，是否头几天便已做好了准备，选好了角度，此刻是否深深地屏住了呼吸，眯起了眼睛，也不管他在一连串的快门声中，是否意识到其中洋溢着的盎然诗意，是否闻到了浩瀚历史中深隐的时光的芬芳，面对相机中的那片景观，仅拍照这事本身，已让我满怀敬意——说到底，他只是个工程师，所想只为施工过程留下记录，但同时，他无疑也有着超敏的时间概念和独特美感，即便不说他是个艺术家的话。世上许多事情，许多关键时刻，注定也必然会进入历史。后人对“人字桥”的施工，多为文字描述，鲜见有图片记录。文字描述再怎么精准，也难抵几幅图片的情景展现。奥托·麦斯特尔不仅意识到了那一点，还牢牢抓住了那个时刻。拍摄，拍下那个瞬间，不纯是个技术问题，更是个人文意识问题——看来任何时候，一个人要做成点事，除了技能，更需要一种情怀。

——当我后来与田建馆长聊起此事时，这位向来对历史颇具洞见的学者，也有同样的感叹：“两年前看到麦斯特尔先生所拍的照片，就想做一个展览，几个因素，首先是‘人字桥’修建合龙的实景与施工图手稿，其次是对昆明和其他城市的拍摄，从中可以感受到他的善意，从他的视觉里能感受到美，东西寺塔的那一张照片，展览时气势没有做出来，若是能扩到一整面墙，使人有身处野外的感觉，或许可以体会到拍摄者的心情。看方苏雅的摄影展很难受，方的照片让人感到很压抑。这是两种不同的人。因此也想让大家看看，有所比较。最后是苏黎世与昆明是友好城市，想让公众了解，最早来的苏黎世人是怎么看昆明的。把时间定在今年，是考虑到两城缔结友好城市三十五周年，一般情况下，苏黎世会来一个比较大的代表团，把展览作为纪念活动的项目，可以得到双方政府的关注，并且在经费上给予支持。”果然，当希尔维亚在筹展中第一次听说，按常规租用昆明市博物馆一个700平方米的展厅，每天得花7000余元人民币时，顿觉踌躇。而田建告诉她，他将竭尽全力筹集资金，尽量减少支出。

田建所言极是。多年前，方苏雅的老照片曾在昆明风靡一时，人们为当年作为法国驻昆明领事、滇越铁路法方总监的方苏雅拍摄的昆明和滇越铁路老照片，奔走相告。而相比方苏雅镜头里的居高临下与冷漠，老麦斯特尔显见是平视的、温馨的、充满人情味儿的，因而也更具诗性——他不代表政府、权力，他就是他自己，照片背后，有的只是他那颗温暖的心。

那感觉在我看到另一组照片时，更明晰，也更浓郁。那是奥托·麦斯特尔的几幅手绘工程图，包括“人字桥”的手绘施工草图，泛黄的纸面上，那些线条之简洁、准确、传神，即便一个外行，也能于一眼之间领略那项工程的创造性所在及那个钢梁结构的奇异与美妙。灵魂的芬芳氤氲四散。而欲以简洁线条勾勒出那幅草图，极考功力与学养，奥托·麦斯特尔恰好训练有素。以我所知，面对那座修建中的大桥，老麦斯特尔手中，该早就有了“人字桥”施工图。他的差事或说他的职责，只需严格照图施工，把桥建好，如此便无愧于他的薪水。但奥托·麦斯特尔看来并非一个只想挣钱的人，除了梦想，还另有一番职业之外的情怀，那关乎美。

四

如果照片呈现的是滇越铁路修建中的外在，涉及生命与内心、也更具历史价值的，便是奥托·麦斯特尔留下的大量信件与日记了。

考虑到所受时代之限制，奥托·麦斯特尔的信件、日记中的文字，自然很难绕开他对中国、云南尤其是滇南山区民众中当时存在的虽然如实，却让他惊讶、让我们汗颜的陋习，诸如肮脏、偷懒等，但除了偶有抱怨，他几乎都是客观记述，少见肆意渲染，更别说借机大加挞伐；更多时候，语中竟满是同情。

初到云南，他显然还有些不适应。

奥托·麦斯特尔在 1903 年 9 月 18 日写于云南阿迷州一封家信中说，“我们于 7 月 24 日晚顺利抵达老街，我们的火车线路从这里开始，穿过一座新的位于南溪河上的铁桥。”“我们将在老街往蒙自方向的第一分段工作。……在距酒店不远的公司办公室里，我也同样感到不是很愉快。作为一个分段工程师我到那里去报到。接待人员满脸冒汗地坐在他的桌边工作，一个小个子中国人正在闷闷不乐地拽着凉扇的绳子，企图降温。……冷饮早就没有了。食物价格很高，但是在可怕的湿热条件下，我们的胃口也好不到哪里去。我们喝很多水，身上出不完的汗。”

老麦斯特尔当年写信时所在的阿迷州，也是他后来常住的地方，即今云南省开远市，正是个“由铁路拉来的城市”，因滇越铁路的修建而兴旺热闹，后又因客车停运而清静下来。直到 2016 年我再访开远时，在开远火车站附近，还能看到多幢法式建筑，幽静的四面坡大屋顶二层或三层小楼，柔和的土黄色外墙，园拱顶彩色玻璃窗，风中一丛丛摇曳的三角梅花影，仿佛依然停留在历史深处。只是，想找到当年老麦斯特尔待过的地方，恐已很难很难了。

而 1903 年 9 月 23 日在同样写于开远的另一封信中，老麦斯特尔说，“7 月 28 日晚我们在野外露营。……通过我们的曾经到过这里这片河流之地的‘仆人’的帮助，我们才幸福地得知，这些人想让我们每人付八美元，他们第二天为我们建造竹筏。这些竹筏足够结实，可以运送人和行李到对岸。我们没有多讨价还价，而是接受了提议。于是生动的场面展开了，中国人用他们的‘刀’，一种大刀，砍倒胳膊粗的竹子，用藤条绑好。第二天天刚蒙蒙亮，竹筏做好了”。

这还只是开始。随着他的一路北行，工作条件越来越艰苦。根据他的记录，曾在滇越铁路干过活的“苦力”，几乎来自全国各地，广东、福建、天津、四川……而此前，不少文献记录对此都语焉不详，让人误以为“苦力”主要来自云南本地。所以要在更大范围招募“苦力”，唯因施工与生活条件实在恶劣，酷热、虫蠡、瘟疫、瘴疠、暴雨、山洪、落石、施工意外……随时都在发生，人要不死在工地，要不落荒而逃。据此，既可以说，那不仅是一条云南的铁路，也是一条中国的很多省份都有人参与修建的铁路。1910 年从越南河内开来的火车，是从几乎所有中国人的心上开过去的，车轮下碾过的，是整个中国成千上万“苦力”的血与汗水，是他们枯瘦如柴的肉体，甚至生命。

奥托·麦斯特尔作为外籍技术人员，同样生活在恶劣的环境之中。相比于“苦力”，生活条件或许会稍好一些，但酷热、虫蠡、疾病与山洪，并不因他们来自远方，就会远离他们。他们同样也在冒着生命的危险。在 1903 年 9 月 23 日的一封信中，老麦斯特尔写道：“路越走越高，我们汗流浃背，几乎快被烤化了。空气凝固不动，我们像猴子一样流着汗。”“我们又饿又渴又累，虚弱得快从马上掉下来了。总之，我觉得自己快完了。”同一封信中，他说到他遭遇了洪水。他们把计划书、图纸、书籍、本子和报纸等打包装箱，以至“办公室看上去像个羊圈。十二匹马已经上路了。”“我们路过军队据点，绕过一小片树丛后，突然看到一条三十米宽的河，像往常一样，河上当然看不到任何桥，只能涉水而过。……”

这时，我们已能看到老麦斯特尔的狼狈：“开始我勉为其难，我的马相对于我的身材来说矮小了些。唉，我不得不以不怕死的精神下到水中，用各种技巧、力量等等，等等。在这个令人讨厌的地方，我的胳膊几乎抱不住马脖子，我的马因为重量减轻而轻快地跳上了河岸。只是我挂在马鞍上的左轮手枪和双筒望远镜掉河里了。我自己像柱子一样站在河里，臀部以下全泡在水里。”

1904 年 11 月 20，在写于阿迷州的另一封信中，奥托·麦斯特尔说，“很快，我的同事中有一半人生病了。而苦力们像苍蝇一样地死去……”，读之令人惊悚：那是惊讶，也是叹息；是冷静的陈述，也是悲伤的告知。那样惊悚的画面，穿透历史深长黝黑的隧道，直抵我们眼前，让我浑身战栗。同样作为人，眼看着人与苍蝇无异，那刻骨的悲凉，奥托·麦斯特尔仅用十余个字写出来，需要多大的隐忍与勇气？！他先得与自己的灵魂与良知搏斗，继而要跟那时代的不公与无道挑战：人，不该是苍蝇！不该像苍蝇一样死去！有道是：英雄掬血，懦夫撒娇。奥托·麦斯特尔不是英雄，更不是懦夫。他只是个雇员，在这种意义上，可跟那些“苦力”归于一类。他向他的亲人报告的，正是他亲历着也思考着的现实与内心之痛。

到 1905 年 3 月 5 日，在写于阿迷州的另一段文字中，他说他遇到了“麻烦”：“工人数量匮乏。成千上万的苦力，据说有四万多人，需要从省外招募。下段更多是广东人，我们这里附近的是天津来的，上段工地的工人来自四川。……新来的苦力的死亡人数并没有下降。……开始是个别人，然后是成群结队的人逃离。”

何以如此？奥托·麦斯特尔说：“他们觉得不满意，因为他们认为挣得太少等等。……在这些陌生的苦力中有一部分人很容易成为不法分子和抢劫犯。他们对谋杀和凶杀毫不畏惧。他们被捉到后，被砍的头颅像一幅照片一样挂在蒙自的城墙上。”读到最后那句话时，我的双眼已一片潮润……

云南省档案馆保存的史料记录，每个劳工每天要完成土方 1.37 至 2.46 立方米、石方 0.34 至 0.62 立方米，每天至少工作 10 小时，遇到山体坚硬的花岗岩，须得披星戴月地干活，工资却极微薄。据清政府驻蒙自铁路局会办贺宗章在《幻影谈》一书中记载：“每棚能行者十无一二。外人见而恶之，不问已死未死，火焚其棚，随覆之以土。或病坐路旁奄奄一息，外人过者，以足踢之深涧。”清光绪三十二年十二月（1907 年 1 月），湖南候补道沈祖燕奉命到滇越铁路施工沿线查访，以耳闻目睹据实禀报清廷：“洋包工督责甚严，每日须点名两次，偶有歇息，即扣资一日，稍不如意，鞭挞立至，偶有倦息，即以棒击之。种种苛虐，实不以人类相待。”沈祖燕写道：“据沿路所查访，此次滇越铁路劳工所毙人数，其死于瘴、于疾、于饿毙、于虐待者，实不止六七万人计。”而按印支铁路建设公司的统计，死者仅为一万两千人，相差数倍！

——撇开中外官方的记录不问，作为一个亲历者、见证者，奥托・麦斯特尔的记录，应更可信赖：那“像苍蝇一样死去”的苦力，那“像一幅照片一样挂在蒙自的城墙上”的头颅，昭示的方是真实。

当然，在这片异国土地，奥托・麦斯特尔虽只是个工程师，并非旅游者，却依然满怀着大地之爱。除了工作，他定期给家人写信，描述他在云南见到的一切，日记中也详尽记录了他的云南生活，多次提到那里自然风光的美丽。在写给他家人的一封信信笺的右上角，他用类似薄胶带纸那样的东西，附上了一朵“采自蒙自某地”的“雪绒花”。隔着展柜玻璃，我一直注视着那朵被奥托・麦斯特尔称为“雪绒花”的野花，而“雪绒花”恰是瑞士国花。那朵花原来多大，已无考，百年之后，花已干缩为仅最大的硬币一般大小。它先经由漫漫长路寄到瑞士，如今又辗转万里来到昆明，其间跨过的是天翻地覆的百年时光。现今蒙自不远处的山上，是否还有那样的“雪绒花”，我不甚了然，但当年蒙自周边的茂密森林与良好生态，那些花繁叶茂的消息，就从那朵早已枯萎的花里，悄悄地泄露出来，连同一个土木工程师对大自然的热爱。

……待我看完整个展览返回途经入口，恰遇“贵宾”一行由田建馆长和翻译王锦陪同，进入展厅，其中就有奥托・麦斯特尔的孙女、已年过七旬的希尔维亚・麦斯特尔。经王锦翻译转达，希尔维亚欣然应允，我们一起站在奥托・麦斯特尔那幅巨大的照片墙前合影留念——就在那时，我意识到，百年间，发生在瑞士麦斯特尔家族与中国、昆明，与滇越铁路间的故事，已与我联系在了一起。我能做点什么？没准儿真如加拿大作家艾丽丝·门罗所说：“你迟早会在其中一个故事里，面对面与自己相遇。”

五

两天后，我通过田建馆长再次联系王锦，盼能约请希尔维亚和霍赫先生在昆明翠湖边见个面，喝茶聊天——那是我第一次面对面跟两个瑞士人聊天。王锦告诉我，希尔维亚很高兴——这次，希尔维亚和霍赫先生一起，已是第四次造访昆明了。

二十世纪九十年代我去南欧，途经苏黎世转机，“趁着天色未晦，我还来得及从空中拜访一下苏黎世。让我惊讶的是，与其说我看到的是一座城市，不如说是一片森林，它的四周涌动着大海一般的绿色波涛，城中树林成片，以至看上去它似乎只有很少几幢房屋。难怪马克·吐温说，瑞士是一个巨大的、凹凸不平的土石块，其上薄薄地盖了一层青草。我看到的那层苏黎世的、当然也是瑞士的‘青草’真是够薄的，薄得大约只有十来米厚，它就是那片森林”。

这回，却是在中国，结识了两位地道的瑞士人。机缘这东西，想想真是好玩！正是在那里，经王锦翻译，我才得知本文开头说到的那段往事，以及希尔维亚和她妹妹所做的一切——相比于国人动不动就毁弃一切，以及当今十分欠缺的“档案意识”，这一点，还真没法不叫人钦佩。

历史上的民间文化交流，总会在时代的缝隙中悄然潜行。那一切，常常源自青春热血，源自亲情、梦想及抵达远方的渴望。想想，年轻的奥托·麦斯特尔工程师，当年是怀着怎样的兴奋，将他在中国云南的所见所闻付诸文图，传到遥远的瑞士，以至让他的家人从那以后，一直对陌生的中国有了亲切之感？百年之后，当希尔维亚带着她的好奇、梦幻、渴望与深情，踏上这片土地时，又是怎样的激动？完全可以说，希尔维亚的一次次云南之行，都是对历史的礼节性回访，也是对她祖父的生命回访。

头一次，希尔维亚·麦斯特尔与霍赫作为旅游者初访云南，没与任何人联系，便自己包了一辆车，径直去看了“人字桥”，简直有些迫不及待——那做派，倒真有些像她祖父老麦斯特尔。不久前，我也刚去过“人字桥”，完全能想象希尔维亚站在四岔河边仰望那座桥的情景：五家寨旁，四岔河上，两座陡峭山峰间，一座钢梁桥如巨人般立于峰巅。远处，青幽山影薄如蝉翼，和润天光静似春水，悠悠缓缓，从两山间逼仄崖缝中透了过来，将一幕绝色剪影，映衬得如一幅蕴藉古画。世界悄寂远遁，列车亦很久没有开来。苍茫峡谷中，唯有它自己。偶尔有一阵风撩拨般吹过，它却菩萨般低眉不语，如立法坛——显见经百年修炼，道行已至融圆。

不管是我，还是希尔维亚，记忆中几乎所有的桥，都是“躺”着的，凌波横卧于河海之上，唯那座“人字桥”，是站着的。那样的站姿，想必会让她想到一个字眼——伟岸。而只消一眼，她就会读出它傲然的孤寂。悬崖陡峭得近乎直立，然其上也，杂树斜逸，蔓草摇曳，竟如巨人之飘逸袈裟，在灰蓝天幕上随心翻飞；四岔河峡谷深处，一川乱石峥嵘，满天流水铿锵，激越水声如一首古曲，湿漉漉的音韵悠绝至臻，先自把峡谷灌满，尔后才稍有溢出，弄得人心刹那便醉到了梦中。偶有云丝霞片倏忽飘过，或驻足停留，婷婷似一方飞毯，撩得人遐思悠远到不知去处；倘不是不时有翠鸟闯入，惊鸿似的飘然掠过，定然已不知那是人间。

面对那座桥时，希尔维亚当然会想起她的祖父，想起他手绘的施工草图、他拍的照片，一时思绪纷纭，感慨万千。记得我自己，当其时也，竟会无端地想起伯牙子期，高山流水，和那句感叹：“善哉，子之心而与吾心同”……

那桥，或说那人，就那样站在那里，从容，淡定，甚或有些沧桑地，站在那里，无一丝疲惫与倦怠！那一站，就是百年！只不知，到底是一座桥站成了一个人？还是一个人站成了一座桥？

而列车，已然很久都没有开来。

这里所说的“站”，无涉夸张，更非形容，而是直指“站”之本义，是实实在在的站——两跨钢构桁梁一如双脚，前屈后伸，一脚蹬着一座山，身子紧绷，似稍稍有些东倾；肢体嶙峋，却突显骨感，姿容沧桑，倒依然轻健。

这世上，人和人，人和物，有的是相逢不相识。譬如我，虽明知来来去去多少回，它曾经就在我脚下，却不着一语地倏然逝去，没能一睹其尊容，错过再错过。而我的不相识，不等于它的不相知。尔后，不知多少次，看过它的照片，读过它的文字，震撼过，惊艳过，羡慕过，却再好也难解肉眼亲见其姿容的渴念。何况，既往的照片与文字，追述的只是它的所来、身世，倒不是它自身，它的灵魂与修行。

此刻，希尔维亚就站在那里，就像头一回，我也终于站在了那里，站在了那座桥下，凝望得痴迷。人说，一座钢铁构建的桥，该是冰凉冰凉的。我不信。希尔维亚或也不信。久久凝望。时间分分秒秒地过去。终于，我俗世的目光，希尔维亚的目光，也会如电光石火，抵达它的内里，觉出了它的渐渐温暖，渐渐清晰，方知一座钢铁的桥，有的不惟沧桑感悟，亦有着一副君子情怀。

百年以降，乘坐小火车经那座桥去往他乡远方者，无以数计。究有几人了然，身下的那座桥，亦是个活的生命，有着炽烈心胸博大情怀？一切尽皆在心，而它只是不语。蔡锷从河内乘车北上打这里经过时，它知道那个巨大的秘密；聂耳一腔热望从昆明出发取道海防去上海时，它了然那份冲动与热切。而当一大批西南联大师生，出香港绕道越南经由这里去往蒙自、昆明时，它亦书生般满怀悲愤与壮烈；二十世纪七十年代末，当我受命前往边境前线采访时，它跟我一样，既无比期待又满心忐忑……

其时，希尔维亚当然不是要走过它。她早在心里走过了它，也从祖父留下的照片中、图纸上，走过了它。她只是定定站在那座桥下，凝望。她千里万里地跑来，就是要站在那里，静静地，看它，听它，读它，思想它。

意大利作家卡尔维诺说得多好啊——“你的脚步，追随的不是双眼所见的事物，而是内心的、已被掩埋的、被抹掉了的事物。”

身临其境，站在了那座伟大的桥下，希尔维亚，你能读懂它吗？

六

百多年前，滇南莽莽群山间云缠雾锁，林木葳蕤野物出没，没有路，更没有桥。那些深闺处女般的山川大地，从来都自在自闭，无忧无虑，对殖民者那噬血的贪婪与自身的孱弱，既一无所知，亦一无所措。而一个非分无理得近乎蛮横的构想，正在酝酿：一条铁路，要打那里经过；而两山之间，一台二十世纪初以燃煤驱动的老式机车，没有翅膀，无法飞，没有双脚，也无法跨，何以越过深达百米的深谷？于是，这里方有了路，有了桥。不久，四岔河边两座孤零零的山，便再不孑然而立，那样一座桥，或一个人，把它们连在了一起——在两座青山看来，我们眼中形似于人的那两只脚，或更像两只手，把它们紧紧拉在了一起。它们从此手拉手并肩而立，站在这个原本一派蛮荒的世界上，那情景，怎么看都于险峻中透出了些温暖。

想想，那该有多奇异？从来就没人想到过那样，山没想到，河没想到，人，同样也没想到。那条路和那座桥，就因了那种贪婪，那种孱弱，那种“想到”，从此，便永世背负着胎记般无以去除的原罪。然而，恰如卡尔维诺所说：“时间流逝的目的只有一个：让感觉和思想稳定下来，成熟起来，摆脱一切急躁或者须臾的偶然变化。”当百年世事浮光退尽，一条那样的路，一座那样的桥，终于撇清了加在它身上的种种虚妄，从幽暗时光中突显出来，立起身来，于是我们吃惊地发现，哦不，那不明明是一件艺术品，一种美吗？

百年后的这个结果，或只有保罗·波登想到过？正是这个法国工程师，设计了这座桥。而此前，大名鼎鼎，设计过埃菲尔铁塔的居斯塔夫·埃菲尔，也想到过，可惜他没保罗·波登想的那么有创意，那么好，那么美——尽管他也在滇越铁路的越南段，设计过一座铁桥。但对四岔河上的这座铁桥，保罗·波登比居斯塔夫·埃菲尔想得更好，更美，更有诗意。有趣的是，保罗·波登设计的第一稿，也曾不尽如人意。某天，偶然间，他在自己双腿叉开站立的人形身影中，获取了灵感。就像美国诗人弗罗斯特所说：“不能让自己惊奇的，怎能叫别人惊奇？”保罗·波登当即惊喜万分，他先让自己惊奇了，然后，直到今天，仍在让别人惊奇。这个从未到过中国的工程师，以一个“人”字形铁桥的完美构想，征服也超越了所有人，包括他的同学居斯塔夫·埃菲尔。为实现那个构想，他以180余吨重，每件重不超过100千克、长不超过2.5米的钢铁构件，加上两万余组铆钉，完成了他的全部设计。

学者陈墨说过，谁也不知道天才的配方。而保罗·波登似已觅得天才配方中的几味药，才终以他的智慧，再次阐释了建筑就是艺术。

而奥托·麦斯特尔，比保罗·波登更其幸运，亲身参与了建造那座桥，看到了那座桥的从无到有，和众多施工者一起，让一个伟大设计师的离奇梦想，实实在在地落在了大地，落在了人间。

——站在人字桥下的希尔维亚·麦斯特尔，有资格做出这样的判断。

若沉沉一条滇越铁路，是一条联结山山水水的串珠，人字桥，便是串珠上最美也最为灿烂的一颗，如同一枚晶亮得近乎高傲近乎寂寞的琉璃。

据说，真正的寂寞，只是灵魂里的一种妖娆，诚是；而依我看来，真正的寂寞，更是性情里的一种孤傲。何况，“人字桥”并非真寂寞，它至今傲然依旧，就站在那里，任你看，任你评说。风霜雨雪，或能改变它的容貌，但历史的骨头，却依然硬朗。说到底，那不是，至少不仅仅是保罗·波登一个人的功劳，更非传说中某个钟情于它的女子，数年中住在搭建于人字桥下的帐篷里，向它投去的恋人般热辣辣的目光。不是。最精巧的设计图纸，要变成大地上的实体，靠的都是那些身在现场的工程师，和那些直接参与施工的最卑贱的人，最粗粝的手。须知，180 吨重的钢铁构件，都要靠肩推背扛，才能运到工地，然后组装；任何一个部件的错位，任何一组螺铆的松动，都会导致整个建筑的崩塌！

奥托·麦斯特尔恰好就在那里：“……我将于下个月到 116 公里处、海拔 1260 米的那撒盆（意译地名）。我坚定建设的这一段铁路是整段铁路隧道中技术难度最大的一段，我们要在 V 形的山谷中修建一条连接隧道的铁桥，集中了各种类型、大大小小的旱桥和隧道，桥长 65 米、高 80 米。那撒盆地处无人居住的荒芜之地。”那就是“人字桥”所在之地。老麦斯特尔所指的，正是位于屏边的那段铁路，基本没有直线路段，过山打洞，过河架桥，在短短的 67 公里内就建有 78 个隧道、47 座桥梁。

从 1907 年 3 月 10 日在距谷底近百米的高处隧道打通四岔河谷绝壁开始，直到 1908 年 12 月 6 日机车从“人字桥”上通过，历时 20 个月 26 天的造桥时间里，800 多个中国劳工，多个曾被诅咒的外国人，都把命丢在了这里。那些吊在半空中，悬崖旁，以一己之命凿出一个岩孔，安好一个铆钉，流干了汗流尽了血的魂魄，谁说不会至今还在峡谷里游荡？我知道，希尔维亚也知道，他们的肉身早已回归大地，魂魄却从没离去，身子，化成了那些钢铁构件，眼睛，凝成了那些铆钉。每个前往瞻望人字桥的人，离去时回眸一望，“人字桥”桥头下的山崖上，殷红如血的那片草丛，会让人那样震惊，而桥下那些斑斑驳驳如同当代艺术装置的崖壁，鬼斧神工般地，就像是大自然奉献给那座桥的巨幅壁画！

这么一想，较之那些天下名桥，“人字桥”还真有些特别了——尽管，它原先也无非只是座桥，而已。特别在，历经百年修炼，它已然超越了人世的纷纭，成了它自己，又超越了自己，成了一个艺术品。百年之后的一切如风远去，它还是它，赫赫然，站立于天地之间。它再也不只是一座桥，而是一个人，伟岸而又美丽；它再也不只是一座以钢铁构建的桥，而是一个艺术品。最优秀的艺术品，不是让你去拥有、触摸、拍照、合影，它内里蕴藏着的美的芬芳，如同夜来香，会在芸芸众生灵魂的暗夜中，散发出永世的幽香，足以让你能在俗常日子里，去凝视，去想象，去禅悟，去在无常之日常中，吮吸一份度日的定力。

日本作家川端康成在《花未眠》一文里，记述过他在“凌晨四点醒来，发现海棠花未眠”时，那种非常的欣喜与快乐：“花在夜间是不眠的。这是众所周知的事。可我仿佛才明白过来。凌晨四点凝视海棠花，更觉得它美极了。”如今，一条新的标准轨铁路，已然替代了以“人字桥”为标志与象征的滇越铁路，而在那条新铁路旁，人们却在“凌晨四点醒来，发现海棠花未眠”——新落成的河口北站，“人字桥”在“时光小院”入口，站成了一道大门，而在开远，一个老铁路员工，多年来一直坚持搜集滇越铁路各种物品，家里称得上是个小型的滇越铁路博物馆，还在屏边一个维护铁路安全的小院里，让一个小小的“人字桥”模型，站成了一道玲珑的屏风。整个滇越铁路一线，谁知又有多少人，与那条古老铁路有着神秘的情感联系呢？我认识的几位年事已高的作家、艺术家，都能滔滔不绝地讲述他们与那条铁路那座桥的故事。就在开远，一个老家就在人字桥附近的年轻人曾告诉我，人字桥一带的汽笛声，早就成了当地人的作息时钟：一声汽笛响过，该起床了；又一声汽笛响起，该出工了，该上学了；再一声汽笛响起，该洗脸了，该睡觉了。滇越铁路客车停运后，骤然的寂静竟叫他们怅然若失——谁能说清，那座桥已经甚至还将在多少人心里，成为一道永远的风景？

历史，永远是人生最好的营养品。

我，和希尔维亚一样，又不一样，都是那千千万万人中的一个。说来，我和我们，都比保罗·波登幸运，他此生最大的遗憾，或是最终也没能看到他亲手设计的那座桥，只能凭他法兰西式的浪漫去想象；他或许看过那座桥的照片，但当我听说，由他设计的法国威敖桥，早已被法国收入“法国历史遗产名录”，人字桥也在2006年被列为“全国重点文物保护单位”时，就更为这位法国工程师骄傲，也更惋惜。但奥托·麦斯特尔没有那种遗憾。希尔维亚同样没有那种遗憾。历经百年，她终于站在了那座桥下，站在了她爷爷亲手参与修建的那座桥下，实现了打小就有的那个梦想。

一切都非常完满。在这件事上，来自瑞士的麦斯特尔家族，没有遗憾。

七

经年沉溺于当代艺术创作的希尔维亚看到的，当然是一座奇异、美丽的钢构大桥，历经百年风雨，那桥虽满目沧桑，却无异于一件宏伟的艺术品，较之她的作品绝无不及。她或愿用一段生命，换来老麦斯特尔的返回。我也是，却不能。那是她爷爷亲身参与修建的一座桥，到底哪根梁，哪颗铆钉，留下过爷爷的生命印痕？不知道。相比那座桥的设计者保罗·波登，除了在图纸上，想象中，见过那座桥，麦斯特尔家的两代人，奥托·麦斯特尔和希尔维亚·麦斯特尔，倒都看到了。不惟看到，还深知那样的沧桑与美丽背后，隐藏着的种种惊人的付出。

任何一项超级工程，从设计到施工建成，耗费的都远不止于时间与金钱，更是施工者的智慧、汗水，而架设在两道峭壁之间，长 71.7 米、宽 4.2 米，跨度 67.15 米，重 179.5 吨，距谷底高达 102 米的“人字桥”，耗费的更是鲜活的生命。最初，施工人员都以绳索系身，打悬崖上凌空吊下去，晃荡着身子在岩壁上打孔。传说到了最后，即便许价一锤一个银元，也没几个人愿意铤而走险了——因绳索在山崖磨断，或因打孔者操作失当而直接撞在崖壁上，实际上，很少有人能真拿到那些银元。

希尔维亚深知，与那天她看到的情景不一样，当年，修建中的滇越铁路一线，如《笛声》一书中卡迪・麦斯特尔所写：“当麦斯特尔在云南南部的阿迷州（今开远市——译者注）的临时住所安顿下来后，他承担了分配给他的一段路线的铁路建设任务。这段路线所处位置对身体健康极其不利，难以计数的蚊子，及所谓的瘴疠和周期性传染病，夺去了很多人的生命。……对于工人来说，生活条件的艰苦超乎想象，使他们无法长期坚持下去而不得不持续不断地更换人员。……很多来自幅员辽阔的中国其他地区的工人会想办法逃跑。”

又说：“同年接下来的日子，生活条件随着工程向北进展而好转。山上空气新鲜，气候也不再炎热。奥托・麦斯特尔升任分段总工程师，责任重大。工作内容包括规划以及领导他所负责的路段内的全部隧道和桥梁的建设工作。其中包括今天已经成为标志性建筑的人字桥。……它所处的地方是峡谷，它的建设是一个巨大的挑战。”

有别于卡迪・麦斯特尔的概略，老麦斯特尔对工程艰险的记叙则详尽得多：

“从外地招募劳工很不成功。招募了成千上万的人，只有几百个可以工作。其他死的死，逃的逃。天津籍劳工特别不适应这里的气候，在靠近老街的下段工段，他们的死亡数量巨大，以至于人们决定将他们安排在此地工作。”“人们可以相信，铁路变成了苦力墓地。坟墓一座挨着一座，就像一场战役刚刚结束。……人们已经不知道，这些人是因为什么而死去了。这附近只有几个病得厉害，有一位去世了。”

“雨，雨，还是雨。当太阳偶一露脸，就像那些人说的，铅一样重的热浪，让汗水从每一个毛孔里流出来。……到处蔓延的植被像是在温室中一般。它们从各个角落，各个缝隙中爬出来，从疏远的岩石边冒出来，挂在那里。它们像是快要窒息了，想要更大的地盘。砍倒的芭蕉树剩下秃秃的部分，又像土豆一样向上生长。数米高的草，5 到 10 米高的芦苇成片地生长。”

历史有了考古的实证，方成信史。滇越铁路现存的所有记载，多为技术文件，或出自转述与后期整理，缺少的，恰好是亲身参与修建者的内心情感记录。老麦斯特尔作为当事人之一的记录，如同出土文物，为那段历史提供了新的佐证与注释，让我们对那条百年铁路的印象，变得鲜活而有深度了。传说中关于修建滇越铁路的种种细节，山地崎岖，天气酷热，雨水连绵，蚊虫麇集，工程的艰险，劳工的短缺、苦难与死亡……那本书都一一作出了印证。麦斯特尔姐妹的贡献，在于将深藏于两个箱子里的文件整理出来，转赠给了生长出那些文字的土地——云南。

八

“人生有许多事情，正如船后的波纹，总要过后才觉得美的。”

短短几年的云南生活，在滇越铁路修建完成后结束，却从此成了老麦斯特尔永远的怀念。滇越铁路完工后，奥托·麦斯特尔曾一度来到昆明，等待另一条拟议中铁路的开工，但因了国内当时的“保路风潮”，直到他快要花光积蓄，也没等到开工消息，只好回到瑞士，却相当长一段时间无事可做，尔后才受瑞士苏尔寿兄弟股份公司的委托，去往日本，并在那里娶了他的日本妻子石坎千代，有了他们的儿子弗莱迪·麦斯特尔。那是 1911—1922 年的事情。鉴于他懂中文，有在中国工作的经验，1921 年他受命在上海创办了苏尔寿公司上海公司，于 1922 年携全家移居上海，一住多年，直到 1937 年 3 月 28 日去世。其间，他还有过几次沿长江一线旅行的商务活动，流连于长江三峡的美丽风光，也有机会观察政府军、军阀之间不停的战斗，并作了详细记录。可以说，老麦斯特尔的一生，都与中国难解难分——他发奋学习中文，曾自己动手编写中英文对照的单词本。

那是社会大动荡的年代。军阀混战，民生凋敝，革命蜂起，许多西方观察家认为整个中国处于“一场可怕的大动乱”之中，纷纷准备撤离。奥托·麦斯特尔却在 1927 年写给他的好友、美国植物学家约瑟夫·洛克的信中说：“我认为这样做的话将犯下一个巨大的错误，因为这里出现的，不是一个将要消亡的民族的垂死挣扎，而是这个民族新生的努力，这是黑暗中的唯一的光亮。”这是奥托·麦斯特尔从 20 多年前第一次踏上中国这片土地后，对时局做出的唯一判断，虽然如卡迪·麦斯特尔所说，“他没能亲身经历他所预见到的事件，但今天中国和瑞士之间多彩多姿的经济和文化交流，验证了他的远见卓识”。而在我看来，他不是政治家，而他的正直与善意，让他以锐利的目光看到了未来与远方。正如奥托·麦斯特尔的老校友爱因斯坦在《我的世界观》一文中所说：“安逸与享乐与我无缘，照亮我前进、并不断给我勇气的，是善、美、真……除此之外，在我看来都是空虚的。”

聊到这里，有四分之一日本血统的希尔维亚告诉我，日本至今还有他们家族的亲戚，她已故祖母的亲人，二十世纪八十年代初，她也曾往探望。她确信祖父在日本有过一段幸福时光，但相比日本，她更喜欢中国——并非日本亲戚待她不好，而是她跟她祖父一样，总对中国怀有更深也更多的一份情感，对日本，她却感到多少有些“隔”。她庆幸祖父在她生于日本的父亲十来岁时，把他送回瑞士接受教育，再也没去过日本。而祖父的日本妻子石坎千代，则在老麦斯特尔去世，儿子去了瑞士，眼看战争迫在眉睫时，返回了日本，孤独地活了下来。希尔维亚第一次来华，就去过上海，还特意去看了老麦斯特尔工作、生活过的，位于外滩旁，与海关大厦、上海国际海员俱乐部、华懋饭店和一些银行毗邻的那幢楼，而他住家的霞飞路（今淮海路）1394 号楼，至今还在。她曾想去寻找奥托·麦斯特尔的墓地，可时间已过去太久，无法找到，只好在那里默默站立了一会儿，怀想当年。作为一个艺术家，2010 年，希尔维亚的作品曾有幸参加当年老麦斯特尔供职的苏尔寿公司苏州分部大厅的艺术展。时光与机遇选择在邻近上海的苏州，让她第一次在中国展出她的当代艺术作品，颇富象征意义——那更像一次以艺术为供品的百年祭奠。之后，她的目光转向了她向往的云南，传说中的滇越铁路。

世事的机缘巧合，总令人惊异，仿佛上苍事先将一切都已安排停当，只需按部就班地进行即可。《笛声》一书出版后，希尔维亚姐妹接受托马斯·瓦格纳先生的建议，希望把书译成中文，在中国出版。托马斯·瓦格纳先生向希尔维亚介绍了他的中国朋友，中国原驻瑞士的两位外交官，那恰恰是王锦翻译的父母。两位老人在瑞士工作多年，与托马斯·瓦格纳先生一起，为瑞中友好奉献甚多。年轻的王锦几乎是在瑞士长大的，巧得是在瑞士求学期间，她居然遇到了一个也在瑞士读书的昆明小伙子吴睿，后来成为她的爱人。此时王锦已远嫁昆明。世事蹊跷，机缘巧合：说来，吴睿在瑞士上的学校，正是瑞士联邦理工大学，虽说比奥托·麦斯特尔小 100 岁，倒也算是奥托·麦斯特尔的小小校友。

2015年，希尔维亚迅速与王锦取得联系，并请王锦着手翻译该书。其时，离预期的这次昆明展览已为时不多，王锦虽有别的工作，仍觉义不容辞，花了整三周时间，便初译完成了《笛声》一书的中文打印本。随着事情的进展，王锦对希尔维亚有了更深了解，以至如今，王锦不仅是《笛声》一书的翻译者，还和丈夫吴睿一起，成了希尔维亚几次云南之行的联络人，以及到中国昆明办展的牵线人。在我看到的那个《一个瑞士先行者的中国岁月》展开幕后不久，吴睿便亲自开车，陪希尔维亚和霍赫做了第四次云南考察。依然是去滇越铁路，来云南四次，似乎远没看够。如今的滇越铁路早已停止客运，他们便特意去往古城建水——那里至今还完好地葆有国内仅次于曲阜孔庙的全国第二大孔庙——乘坐了一段米轨观光火车。滇南的风从车窗外缓缓吹来，拂过她花白的发际，熏暖了那颗瑞士的心。不足一小时的车程，葱郁秀美的滇南风光，料想会让希尔维亚再次想起祖父老麦斯特尔，也想起她从故乡去苏黎世求学的那段旅程。早年的那个谜，已然解密。让她觉着欣慰的，是《笛声》一书在中国出版一事，已开始洽谈——就在昆明翠湖边那次聚会中，专意赶来的云南人民出版社人文编辑室主任海惠说，她对看到的那个中文译本很有兴趣。

至此，关于一个瑞士工程师与滇越铁路的古老故事，百年后再续新篇。

生命是什么呢？人寿百年，最终皆归于尘埃，散于风烟。能留下的，无非亲手建的一座桥、一幢楼、一本书、一幅画，或一首歌……由此，奥托·麦斯特尔可以瞑目，希尔维亚亦可释然了。

九

几天后，希尔维亚一行已回到了瑞士。但她说，她还会再来，来中国，来云南，来看她祖父修建过的那条古老铁路。她和霍赫先生一起，期待着2018年来昆明小住几日，并和几位中瑞艺术家举办正在联系中的联展。——那一切，都演绎着麦斯特尔家族的百年梦寻：对麦斯特尔家族一家三代，东方一直既是异乡，也是远方。当我们念叨着“生活不止于眼前的苟且，还有诗与远方”时，远在瑞士的麦斯特尔家族，早就行走在寻找诗与远方的路上。老麦斯特尔选择了中国，放逐甚至挥霍他的青春，奉献他的智慧与才干，希尔维亚选择中国、云南，寄放她对家人的怀想，表达她对这个古老民族的敬意。一个家庭，与一片异国土地的情感交集，穿越两片大陆的万水千山与百多年时光的分分秒秒，就这样绵延着，纠集着，缠绕着，想想都让人闻之动容。

时代抛弃它创造的林林总总，总在不顾一切地往前走。现代工业文明留下的许多规模巨大的工业遗址，恭逢信息时代，倒变成人类的负担。古老的滇越铁路，眼前的境况正是如此。如何利用这些建筑虽说是个难题，却已不乏先例，借助它们对过往的回顾，恰是得以让我们校正前行之路的罗盘。与保护以古老的“人字桥”“碧色寨”车站为标志，长达400多公里的滇越铁路建筑实体相比，滇越铁路建筑文化的保护，乃为近、现代工业遗址文化保护的一部分，工程巨大、浩繁，其艰辛并不亚于当年这条铁路的修建；而这件让人铭记历史的事情，我们或还没做，或做也才刚刚开始。几年前，来自法国的妈尔薄特先生的爷爷乔治·奥古斯特·妈尔薄特先生，作为一位曾经参与过修建滇越铁路的工程师，也在修建这条铁路的同时，用相机拍摄了大量照片，记录了当时建设这条铁路的真实景象。当年他的妻子儿女曾跟随他在修建铁路的沿途生活，照片记录了他们一家人的历史，即便在艰苦的战争年代，全家人也想尽办法，将这些照片的底片保留了下来，致使我们今天有幸能够看到它们。而如今，来自瑞士的希尔维亚·麦斯特尔和奥尔格·霍赫，希尔维亚的妹妹卡迪·麦斯特尔，前苏黎世市长、瑞中友协会长托马斯·瓦格纳，昆明市相关部门，昆明市博物馆馆长田建，王锦和她丈夫吴睿……以及许许多多人，正在为此付出更多的努力，不仅让我们看到了摄于当年的照片，更让我们了解了参与修建这条铁路的人们的内心。期待。期待千百个麦斯特尔家族，期待更多的人，能从历史的幽远中站出来，为那段历史佐证，已是题中之意。

时间专注于掩埋与消解，从不屑于披露与招供。欲一睹历史的真相与幽微，必先刨开时间的堆积层，深挖细掘。百年后的今天，我们获知奥托·麦斯特尔有关滇越铁路记录时的欣喜，与1908年10月31日，他在滇越铁路105公里处记下的快乐，庶几款曲相通，而希尔维亚姐妹读到老麦斯特尔这些文字时的欢喜，亦复如是：“前天我们举行了一个庆祝活动。火车在我们的工段，104公里处，通车了。……我在这里工作了五年，在经常遭遇暴风雨的荒野中，在暴晒的阳光下，在物资紧缺的情况下历经艰辛。我常常不能确定能看到这个黑色的庞然大物。终于它来了！在荒凉的山谷中回荡着汽笛声。当地人惊奇地张着大嘴，看着这个新东西，这个由洋鬼子带来的火车。现在我们和世界连接上了”……

2017年12月15日　于昆明湖光里

昆明的性感

城市的品位好像怎么都说不清，去过住过明明有感觉，想说出来倒总有点儿难——比如昆明。那回一远方老友来昆明公干偷得半日闲，让我领他走走看看，倒指定不看旅游景点，说艳俗。想想便去看云南陆军讲武堂，看西南联大旧址，看闻一多殉难的寂寥小巷。末了他说，都说昆明花多阳光好，还以为他女性得很，其实不，我简直能闻到他身上的那股烟草味儿！然后出题：能一语道出老昆明的味道吗？一时我还真说不上来。想想，那至少不是如今满街的过桥米线的浓汤艳香，或昆明人称道的端仕街小锅卤饵块的糯滑鲜香，或用建水陶罐做的汽锅鸡特有的清雅醇香，更不是如潮涌来的川菜的辣、粤菜的鲜、湘菜的红。老友便说，我看那是性感——别想歪了，我说的是那种生命的滋味。有人说性感与年龄无关——这话是说给电影演员亨弗莱·鲍加的。你要看过电影《卡萨布兰卡》，想必记得那个斜倚吧台、目光散淡、嘴含讥讽的男人瑞克，甚至被他打动过——一个性感的老男人，一个典型的英伦绅士，孤独、含蓄、矜持而优雅。经他一说，心头悠然浮起的，还真是昆明这个老男人的"性感"——我也喜欢那部电影。

城亦如人，性情品位各异：杭州水灵飘逸如妙龄女子，北京方正权重有天子龙颜，上海乃华丽世家几经世变奢华不改，广州却是新起富豪独踞南天——多少都少了点"性感"。昆明地处偏远，虽离"客厅"太远难得入流，也少见有显赫身世，着实像个性感老男人，虽满脸褶子，却一脸一身的阳光，独踞高原，任身边日月起落烟云飘飞——说那叫彩云，倒不如说是如烟往事，偶尔，他会淡然地朝远方下界瞥上一眼，而后再度微闭起双眼，想他任谁都不知道的心事。

山会老水会老人会老，城亦如是。一座性感的老城会想些什么？尽管如亨弗莱·鲍加扮演的瑞克所说，“我从不回忆昨天那么久远的事情，也不会去计划明天那么遥远的事”，但昆明注定会想起些什么。想子孙吗？子孙多得无法细数：生于滇池畔的郑和往外一走，就走进了印度洋走到了好望角，走成了中国的哥伦布；喜欢音乐的聂耳轻轻一唱，就唱出了《义勇军进行曲》，唱成了我们的国歌！或许也想他的老祖，想那座始建于2400年前的苴兰城，传说那是楚将庄蹻所筑。想公元前109年，汉武帝派兵征服滇地建起的谷昌城、隋代的昆州城、唐时为南诏国边城的“拓东”城，直到元代，才有了昆明一名：几番兴废，至今昆明已然两千多岁。

如今的昆明越大越新，旅行社兜售的唯鲜花阳光，恋旧者如我那位朋友，总要固执地要去寻那个老去的男人——尽管曾经的风流倜傥早被岁月沧桑覆盖，沧桑的性感却依然是性感。“性感”虽说总有些美丽的暧昧，一个老男人的性感显现的倒正是男性的本真：潋滟春光华灯高楼豪车美服霓虹舞乐咖啡普洱，统统都是外表，看上去有时他悠闲得有点儿无所事事，骨子里倒血气充盈硬朗有力。滇池凝成的双眸犀利得要命：二十世纪初，当中国南方最早的火车穿山越岭从越南开上高原，他虽说也欣赏它带来的那份法国的悠闲浪漫，却一眼看破其中玄机，振臂一呼，掀起了动地惊天的保路风潮。居高临下的站位让他耳听八方：武昌辛亥革命的枪声刚响，他便与云南护国起义军一道，在遥远的西南举事做出了惊世回应。精武或是一个男人的本性：在翠湖边的云南陆军讲武堂那座土黄色建筑里，他与年轻的朱德、叶剑英、周保中一起研习军事战略。抗战期间，他含泪送出的子弟兵在台儿庄大捷，又随抗日军队从昆明出发一直西进，在滇西奏响凯歌。儒雅淡定却是他的内涵：在西南联大土墙草顶的简陋课堂里，他与众多学子一起，研习着最传统的经典和最前沿的科技。可那并不妨碍他在乌云压顶时，随闻一多在云南大学做完演讲后步出校门，在一声罪恶的枪声中，与诗人和他的《红烛》一起倒在血泊之中。是的，如今他会在护国起义以血与火凝成的豪迈中沉思，在筇竹寺以泥塑出的佛道经卷中寻找空灵，也在金殿用铜铸成的吴三桂与陈圆圆的生死爱恋中体味爱情。他在西山龙门以石刻成的民间工匠的悲怆传奇中寻求生命的真义，也在滇池岸边的风帆以水凝成的飘逸洒脱中解读人生。在大观楼边，他选胜登临，面对“五百里滇池奔来眼底”，让“数千年往事涌上心头”，轻吟着孙髯翁的不朽诗句，感受着滇地历史的悠远与浩瀚……

这么说，昆明还真不是个只晓得赏花爱花的无心仕女。亦文亦武，亦庄亦谐，亦壮亦悲，亦刚亦柔，他的淡然中总有种掩饰不住的沧桑智慧翩翩风雅，皱纹间凝着的尽皆雄沉矫健的世纪风雨——那一切都属于一个老去的男人……许久后老友来信，说亨弗莱·鲍加饰演的瑞克说过：“世界上有那么多的城镇，城镇中有那么多的酒吧，她却走进了我的酒吧。”当如今城镇都标榜自己是个酒吧时，昆明不是，他夜夜都会走进缺铁缺血的你我心中。这座性感老城，诱惑的是所有想来昆明的旅人，以及那些尽管在此住过多年，却从没认真打量过他的人——只消一眼就醉。

万树梅花一布衣

一

戊戌夏末，在滇南小城弥勒，临时起意去拜谒孙髯翁墓时，我竟忘了那原是个喜欢梅花的主——早年，他曾自撰自刊一方小印："万树梅花一布衣"。我去的那天，离梅花暗香浮动时日尚早，直到站在他墓前，想起这事，忽就觉得是在一个错误的时候，错误地去了一个地方。

那就错那么一次吧，心想。太过正式的拜谒，或并不为诗人喜欢。没准儿，偶然，随性，家常，毫无仪式感，反倒合了他的心意呢？

——名胜或可反复看，好书应当反复读——岁月沧桑，季节流转，年龄增叠，每一次的看与读，其实都不一样，以至让"反复"也有了新意。但有一些人，不管是健在还是已故，一生能去看一次，就好。

——并非一次就已足够，而是一次就是永远。

头天为一件小事去弥勒，小住了一晚，待了两个白天，是那种很单纯甚至有些单调的日子。当晚，也与弥勒友人一起，有过一次湖畔踱步，几个人零乱的脚步，悄没声儿地便踏碎了一地月影，尔后口噙几缕茶香，各自归去安寝。

其实那小城，早先也去过多次，只是不愿惊动朋友，悄没声儿地去来。住在如今人气最旺水风空灵的那个大湖边，早晚凭窗凝望一池湖泉碧水，总见袅袅晨雾散过之后，有云行于水，鹭游于天，或见荷塘夏开千顷芙蓉，明花滴露，苇丛秋撒万点飞絮，白絮带霜，诗情画意，难以尽述。人于日子的要求，常常是很低很低的，一点点惬意与澄怀，就足够叫你心满意足。不妨说，如今的弥勒，显见已是个像模像样适于闲居的小城，人不多，景倒不少，正如朱自清先生早年说到离弥勒不远的蒙自城时所谓：那城“小得好，人少得好。看惯了大城的人，见了蒙自的城圈儿会觉得像玩具似的，正像坐惯了普通火车的人，乍踏上个碧石小火车，会觉得像玩具似的一样。但是住下来，就渐渐觉得有意思”。究竟有什么样的“意思”呢？朱先生有过细说。而以那样的目光与心态去看弥勒，似也无一不妥，依然也是一个“小得好，人少得好”的所在。心情好时，可以到处走走，就算不想出门，也可凭窗而望，发一阵呆。

第二天，却突然听说，“布衣联圣”孙髯翁，竟长眠于此。

有墓吗？

有。

远吗？

也不远。

那就去看看——我的心里，却在为我事先的无知，而痛悔。

是午后。说是那墓，如今在小城靠西的咸和山半山上，离城不算远，也真不远，但车开出城区一路所见，倒仿佛是去往另一个世界。山势渐高。失修的乡村土路弯急坡陡，车少人稀。南国多雨，过往车辆辗出的深辙如僵死虫蛇，一无声息的哑默竟略显恐怖。轿车在土路上忽东忽西，历经种种笨拙的“漂移”，仍难寻坦途，底盘擦碰出的嘎嘎声，听上去叫人心惊。陪我去的朋友慌忙熄了火，跳下车说，上不去了。我哪忍心让他的私车毁于一次突兀的造访呢？便说，没事，不远了吧？我们走上去。

真走上去，可一眼看到底的那条不长的路，我竟须几次停下来喘气——时光老了，路老了，人也老了。寻思诗人孙髯翁怎么会住得如此寥远，如此偏僻呢？他活着的年代，这样一处山野，离那时的小城，恐绝不是一时半会就能到的。

终于说到了。然四顾冥寂如故，未见有何建筑。友人领着，侧身趸过路边的青绿灌木，往里一探头，方见一座青石墓茔，静静待在那里。如此，偶尔匆匆行过的车与人，是断然不知孙髯翁会住在那里的。走进去，墓前，有一方不大的，用毛石铺就的前场。再远一点，透过一道石栏，可见弥勒城区的那个坝子，或屋宇毗连，或水波粼粼，竟甚为壮阔。转身面对孙髯翁先生墓茔，见石料尚显青涩，少有风痕雨迹。正中那方主碑上，刻的是“布衣联圣孙髯翁先生之墓”，两边镌刻的，正是孙髯翁先生自己撰写的一副自挽联：

这回来得忙，名心利心，毕竟胡涂到底

此番去甚好，诗债酒债，何曾亏负着谁

可惜，四周并无梅花，甚至梅树。

我久久地踟蹰着，忽而面对先生那副自挽联，忽而转身遥望远处的城郭。四围静如洪荒。陪我去的阿细人朋友一无言语——那时，他大约很难揣摩我的心情。想想，突然觉得，于孙髯翁来说，那样的清寂与寥落，或许倒是正好？

但我依然后悔于事前，别说一枝暗香浮动的梅花，既没带一束鲜花，也没备一点香烛，带上的，唯有自己和自己的那颗心。

也好。那是一段只属于孙髯翁与我共有的时光，就让寂静弥漫，就让清幽舒展，就让聆听继续……

是的，我不会蠢到在这样的时候，去把先生叫醒。当满山遍野的黑石头和夏日郁郁葱葱的庄稼草木都沉默不语时，我不想把他叫醒。而先生是否知晓，有一个人，正奢望着如同一丛野花那样，偎在他脚边，悄悄打个盹儿呢？无数流布于民间的故事，一直古老地沉郁着，如今已长满苔藓，几度枯荣，曾经腐烂，却又重生。而那一刻，往日我在幸运中捡拾到的几个与他相关的时光碎片，却飞旋跌宕，回荡于心，险些挤爆了我的灵魂。眼前江山如画，回望中却世事浩茫。我远道而来，迟迟而来，却真的愿意为他奉献我所思所想的一切，而生死两隔，唯几缕他也品尝过的孤独，无法与他分享。我清晰地看见了时光流转的轨迹，也听见了时光逝去的声响，春天早已过去，夏天正悄然走远。“物动则萌，萌而生，生而长，长而大，大而成，成乃衰，衰乃杀，杀乃藏，圜道也。”（《吕氏春秋·圜道》）世界生生不息。万物萌而诗意生。石槛外，蒲公英结着草籽，苞谷刚刚咧嘴吐穗，土豆已然浑圆，转眼间秋色将起，俄尔，身前身后的大地，便会诗意芬芳……

二

那时，我眼前，并没有那副著名的“海内第一长联”，所谓“五百里滇池奔来眼底……”，“数千年往事涌上心头……”，尽管我知道，那副长联早已写进浩茫时空。我只是和写过那副长联，尔后长眠于此的诗人孙髯翁一起，静静地待了一会儿。弥勒，是个与佛同名的小城。先生的晚年就住在那里，住了好多年，也已走了好多年。弥勒显见算不得什么都邑大城，先生所居，又是个如此偏僻隐秘的去处，只有不多的人知道——以那副长联的名满天下推论，世人多会以为，他生命的归宿地，当是省城昆明，即便没有华屋豪宅，哪怕就住在滇池边，在大观楼，住在那副长联里，也好。以前我就是那样揣摩的。曾在我家乡宜昌（古夷陵）做过县令的欧阳修在《祭石曼卿文》一文中说："其同乎万物生死而复归于无物者，暂聚之形；不与万物共尽，而卓然其不配者，后世之名。此自古圣贤，莫不皆然；而著在简册者，昭如日星。"一个诗人，能世世代代住在自己的作品中、文字里，就已足够，如同王勃居于《滕王阁序》那篇名序，崔颢住于"黄鹤楼"那首名诗，范仲淹宿于《岳阳楼记》那篇名记一样。细想，又不尽一样。王勃、崔颢、范仲淹这样的文人，大抵都做过几天官，行迹与文名达于天下，滕王阁、黄鹤楼、岳阳楼那样的魁伟建筑，充其量只是他们人生行旅中偶尔的居所，甚或只是他们一诗一文的居所。他们有的是才华横溢的诗文，堪供后人无尽地玩味。孙髯翁不同。这位布衣联圣，寥落一生，几乎所有的诗文都已散失，只留下一副对联。对联这种东西，古时文人何人不会？何处没有？几乎每座亭台楼阁，大宅民院，都少不了对联，有的甚至不止一副。孙髯翁却只剩下一副长联。与其说是滇池边的大观楼，以孙髯翁这副长联名世，不如说是孙髯翁总算找到了一处生命寄居之所。从那以后，诗人孙髯翁虽文名大盛，却似乎从此就消失于人间了。

有人说过：时间开始了。

于我而言，那一刻，倒是时间停滞了。

三

头一回知晓孙髯翁，自然是在昆明，滇池边的大观楼。

——那还是半个世纪前，二十世纪六十年代末，我流落滇地不久。

年轻气盛，一腔热血，却四顾茫然。虽早已目睹世事的残忍与虚伪，却对其由来依然有着近于无知的懵懂——一切的"当今"，尽皆从"历史"长出。一个没有深读过"历史"的人，何以能读懂"当今"呢？

其时，读完长联，如对一天瑰丽云锦，唯知辞藻之华美，韵律之铿锵，一时竟未曾想过，那位“布衣”是在何种情境下，撰写了那副长联，要抒发他对历史与当下的何种判断？极目处，唯见滇池烟波浩瀚，无边无际。那时的滇池水还是清澈的，碧波粼粼，白帆点点……想起在那之前，除了没去过滕王阁，我亦曾登黄鹤楼而吟崔颢《黄鹤楼》之“昔人已乘黄鹤去，此地空余黄鹤楼”，登岳阳楼而诵范仲淹《岳阳楼记》之“先天下之忧而忧，后天下之乐而乐”。一副大观楼长联，于我却固自有着某种新鲜得要命的陌生。

读，读，读到能够背诵。然后转身，凝眸远方。

那会儿，那座挂有赵藩所书“海内第一长联”的“大观楼”，巍巍然就在我的身后。心想，所谓“大观楼”，其实也并不大啊。那时年轻，转身便一口气攀上了顶层。然，即便那时，我也已无法看到诗人于联中描绘的景象，只能顺循着他的诗句，去想象当年的滇池了——

五百里滇池，奔来眼底，披襟岸帻，喜茫茫空阔无边。看：东骧神骏，西翥灵仪，北走蜿蜒，南翔缟素。高人韵士，何妨选胜登临。趁蟹屿螺洲，梳裹就风鬟雾鬓；更苹天苇地，点缀些翠羽丹霞，莫辜负：四围香稻，万顷晴莎，九夏芙蓉，三春杨柳。

便傻乎乎地捉摸，先生到底是站在哪里，看到他描述的那幅景象的呢？一个人能看到什么，看得多远，跟所站的位置，自然紧密相关。立身之处，心的出发处，方是视力、眼光的原点。出发处不一样、原点不一样，所能看到的广与深，自也大不一样。是站在大观楼上吗？那没法看得很远，至少不可能看得那么远，那么全。斯楼临水，即便站在顶层，还是太低太低。是站在昆明西山上吗？也很难看得那么远，那么全。西山，西山龙门，已是滇池岸边的绝顶之处，其势虽远高于大观楼，但站在那里，终究也难看见“五百里”滇池，究竟如何“奔来眼底”。依水观水不行，临山观水同样不行。如此，或没任何一个实实在在的“点”，能让他同时看见东南西北四方，看见“神骏”“灵仪”“蜿蜒”与“缟素”。疑惑中突发奇想：难道诗人是将自己凭空拔起，腾于云空，踞于悠远的时空之上，立于俯瞰四面八方的某个虚拟的空中，站在能同时看见四季更迭，看见香稻、晴莎、芙蓉、杨柳的时间高点上吗？在那里，也只有在那里，他才能看见那一切。“诗可以兴，可以观，可以群，可以怨”。而一切的“兴”，都出于“道法自然”的原念。自然何其伟大！那幅广阔博大的自然场景，乃一幅巨大的中国山水画。诗人因看见了那幅画，而喜，而悦。一个真读懂了大自然的诗人，就是这样的，喜悦油然而生。于是他说："披襟岸帻，喜茫茫空阔无边。"

然，后来我想，那样的"茫茫空阔无边"，真值得他"喜"吗？

自来的中国古人，都酷爱山水。其实，山、水以及有赖山水而生的万千生命，都是人类生命之外的"物"。喜欢山水，喜欢的其实正是那样一个博大的"物"的世界。现代科学心心念念的所谓"博物"，立足于人只是自然中的一员，于此，古代诗人早就习焉于察。天地逆旅，人生过客。山山水水的"茫茫空阔无边"给予人的，正是宇宙、自然的浩茫之态，以及人生的仓促与短暂。而能在仓促短暂的人生中，深谙一己生命曾与万千山水的浩茫空阔、万载永恒共有过的那段时光之美，需要的恰是极大的悟性。那是一种完全穿越了生死的颖悟。其反面是"习焉不察"："行之而不著焉，习矣而不察焉，终身由之而不知其道者，众也。"（《孟子·尽心上》）太多的人，不知道也不珍惜那种与天地山水共有的时光之美。这里的"众也"，换作黑格尔的哲学以论，正是那些身处"自在"状态尚未进入"自为"状态的人，尚缺乏"自觉"的主体意识，不像那些已进入"自为"状态者，凡事都要问个"为什么"，知道为何要做，又怎样做。"大人者，以天地万物为一体者也。"（明王守仁《〈大学〉问》）站在那样一个时空"高点"上的诗人，可以穷困潦倒，却不会随波逐流，更不会迎合权贵，贱售灵魂。

在昆明，孙髯翁是异乡人。昆明的好，他当然知晓，但对于他，异乡毕竟是异乡，飘零感哪会像一件旧衣服那样说扔就扔？如此，异乡人孙髯翁在文字里对他的客居地如数家珍，所需就不惟知识，而是见地了。异乡的山水依然是山水。就想，说到底，他是"自为"的人吗？

四

大观楼，清康熙二十九年（1690）由巡抚王继文兴建，初，仅为二层楼宇。乾隆年间，孙髯翁为其撰写长联，由昆明人陆树堂书写刊刻，自此成中国名楼。道光八年（1828），大观楼经修葺增建为三层。咸丰三年（1853）咸丰帝题"拔浪千层"匾，咸丰七年（1857），大观楼与孙髯翁所撰长联皆毁于兵燹。同治五年（1866）大观楼得以重建，复遭大水，至光绪九年（1883）再修。光绪十四年（1888），滇人赵藩，即那位曾为成都武侯祠撰写了"能攻心，则反侧自消，从古知兵非好战；不审势，即宽严皆误，后来治蜀要深思”的赵藩，重以楷书刊刻长联，流传至今。

说来话长。当初，大观楼一带的滇池水域，通称近华浦。清同治五年（1866）马如龙《重建大观楼记》载：“昆垣多山而少水，故滇池称巨浸焉，池之湄有浦，曰近华，因其近太华而名。”文中所谓“太华”，即有华亭寺、太华寺的昆明西山。大观楼建成后，“周围添筑外堤，夹种桃柳，点缀湖山风景”，“从此高人韵士，选胜登临者无虚日，遂成省城第一名胜”，达官显贵临湖宴饮，骚人墨客登楼歌赋。足见，大观楼原也无非一帮官员与文人饮酒作乐的所在，所吟诗词，或玩弄文字技巧，描绘山光水色，或粉饰“太平盛世”，歌功颂德到底，超脱点的，也不过吟风弄月，写点离愁别恨。久之，便觉出了无趣，想另请高人，为大观楼撰联。

这时，有人想起了“布衣”孙髯翁，欲请他为大观楼挥毫留句。

髯翁闻讯，放下空空如也的酒壶，或有过一阵狂笑。呵呵，终于找上门来了，他捋着一把已见微霜初雪的长须，寻思着。近华浦新起的大观楼，他不是没看过，楼中诗文也不是没读过。那么好的地方，那么好的楼，可惜横竖叫那些酸腐文人给糟蹋了——说来他还真有些狂傲，几个骨轻魂薄者，除了会唱几句廉价颂歌，亦莫如滇池里一叶枯败的苇草，凋零沉底与污泥浊水为伍，是早迟间事。至于对何谓“文”，何谓“士”，恐到死都难弄得清醒明白，无非假借一席官位几锭俸银，便自以为已“力拔山兮气盖世”，名满天下。其实，一管羊毫虽轻，士子的骨头是该重了又重的！说话间，先生问清来人意图，答道：不就是为大观楼写副对联吗？多少银两，大可随意，只一条须事先申明：既请了我，便是我写，既是我写，便须由着我写，写成什么就是什么，一字不可更移，立马刊刻悬挂！来人沉思片刻，便都应允下来——心里倒是另有准备的——孙髯翁的做派，滇中谁人不知呢？能应承已不易，先答应他就是。岂料孙髯翁道：既一言为定，便请立下字据……

——史载，孙髯翁为大观楼撰联一事，该是乾隆年间，到底哪年哪月，既无确切记载，也至今无人说得清楚。而以一介寒士孙髯的人生处境和他向来的做派，他绝非主动要为大观楼赋联之人。而以流传于世的“布衣”雅号，一切虽都只能付之想象，却未必不是事实本身。

中国文字中的“布衣”，乃处于一方文明的根部、底部之人，虽饱读诗书，更多的倒是凭着天性，也借助天机，便洞穿了这个世界。他们并不谙熟于庙堂，却恃才傲世，早已从穿越时空投向底层的天光中，看穿了人世的一切——身在天涯，在局外，或反能把世事看得更清楚明白。

孙髯，字髯翁，清康熙至乾隆年间人，祖籍陕西三原，据说生下来就有胡须，故取名为“髯”，字髯翁。幼时，其父受派到云南做个不大不小的武官，也将孙髯带到了昆明。三原何地？即三原县，因境内有孟侯原、丰原、白鹿原而得名。三原为古京畿之地，自北魏太平真君七年（446）置县，已有1560多年历史；既是民国大佬于右任的乡梓故里，也是写了本可做枕头的《白鹿原》的作家陈忠实的家乡。孙髯翁当然比他们都老，老到当地人似乎至今都不知道他是陕西三原人。于右任先生我自然无缘得见，陈忠实曾几次来过云南，不会不知道大观楼长联，我也去过白鹿原，却从没听他提起过孙髯翁。三原好像把孙髯给忘了——也许他出来得太早，尔后也再没回过家乡。但不管怎样，孙髯翁与民国大佬于右任，与写了《白鹿原》的陈忠实竟是乡党，其中隐秘的奥妙，倒也叫人唏嘘！

按说，孙髯翁出身于官宦之家，其父即便官职不高，也多会受长辈影响，走苦读致仕的老路。而他选择的，恰恰不是那样一条路。他打小就颇富文名，古诗文功底极好，闲来出游，也总是随身带书，负笈而行。奇怪却在，幼时，看到进入科举考场的学子竟要强遭搜身，以为这种“以盗贼待士”之举大辱斯文，遂发誓永不赴秋闱之试，从此拂袖而去，不问科举，宁可终身为民。他喜欢梅花，相传如今位于昆明五华山北坡的大梅园巷，原来就是个梅园，他就住在那里，并刻下“万树梅花一布衣”的石印。而早年我所居处，就在大梅园巷附近，亦因有友人住在那里，而多次去来，却既未见有任何标志记载这一史实，也没见过一巷梅花。想来，真正的“梅花”，早已随孙髯翁一起远走他乡。这样一个孤傲高标的孙髯，虽喜书成癖，却并非一个唯书唯上的迂腐书生，而是个学以济世的先知先觉者，他既曾以一介布衣之身，溯流而上考察金沙江，提出“引金济滇”的设想，也曾考察流经昆明城的母亲河盘龙江，写成《盘龙江水利图说》。那样的年代，能如此躬身力行者，天下竟有几人耶？

五

按说，孙髯翁生卒（1685—1774）的清康熙至乾隆年间，几与起于康熙二十年，即1681年，止于嘉庆元年，即1796年，长达115年的“康乾盛世”

同步。那是个怎样的盛世？据一些学者研究，同时期的中国和世界，境况竟是那样的不同：雍正五年，即1727年，牛顿逝世，西方已有了万有引力和三大运动定律；乾隆十年，即1745年，大航海时代开始，瑞典东印度公司的商船“哥德堡号”从广州启程回国。乾隆十三年，即1748年，孟德斯鸠出版《论法的精神》，“三权分立”学说确立。乾隆四十一年，即1776年，英国工业革命爆发，亚当·斯密的《国富论》出版，美国《独立宣言》发表。乾隆五十四年，即1789年，法国爆发资产阶级大革命，提出“主权在民”原则。乾隆五十七年，即1792年，美国24个证券经纪人在纽约华尔街68号外一棵梧桐树下签署协议，规定了经纪人的“联盟与合作”规则，开始交易股票和高级商品，纽约交易所诞生。足见，当清宫里的宫斗沸反盈天时，在整个世界，工业革命、资产阶级革命、世界贸易大潮相继悄然兴起。再往后，到了道光、同治、光绪年间，世界科技革命风起云涌，而那个偌大的清廷，已是风中残烛，摇摇欲坠。

中国历史源远流长，然时人专心致志所做的，一是底层人如何逆袭到帝王将相；一是一幕幕惊心的宫廷斗争。孙髯翁长年踞于底层，目睹的尽皆官吏榨取民财，百姓流离失所。偌大一个滇中，深藏隐患，忧国忧民的孙髯，偶登大观楼，亦心绪难平，激愤如潮。他以这样的心境奋笔疾书，方为我们留下了“海内第一长联”，尽摹滇池景象，极言千年滇史，状物则物势流转，辞采灿烂，文气贯注；写意则意气驰骋，沉郁顿挫，一扫俗唱。在文禁森严的雍乾之际，孙联一出，振聋发聩，四方惊动，昆明士民，竞抄殆遍，一时蔚为滇中盛事。

六

一副对联，就是一首诗。

——君子虽居陋室，亦自谙芬芳。真有良知的文人，虽也偶有鲜衣怒马、烈火烹油的得意忘形，只需一低头，凝眸人间，触到的便是时代凛冽的冷艳！一个真正有洞见者，最要紧的，就是懂得底线在哪里，脚该在何处止步，而另择良途。饱读诗书，终生都在与那个时代死磕的孙髯翁，当然非常“儒”，且“儒”得到家，一副长联，字字句句，都透露出他“儒”得深邃，小玩一把，便挥就惊世骇俗的180字长联，让人称奇叫绝！足见真名士，最要紧的，便是深知光亮止于何处，惨淡在哪里隐藏。在大自然辉煌的旖旎面前，他一个急刹车，便稳稳地打住，终未“儒”进摇尾乞怜的荒唐可笑！他依然倔强地按自己的方式活着！180个字的长联，非为博取权贵的青睐，倒是要纾解他久已积淤于心的愤懑，以及他对他所面对的那个世界的无情预判！

1774年，孙髯翁去世，25年后的1799年，88岁的乾隆在紫禁城养心殿驾崩。帝国盛世的幻象，短短40年后就被击破；留给后世的，一为百年康乾盛世的虚假光环，一为中国历史上第一大贪官、当时的全球首富和珅。学者考据，乾隆执政最后5年的税收被和珅贪掉了一半。嘉庆命赐死和珅，查抄和家共得白银8亿两，相当于当时清廷每年约7000万两税收的十多年国库收入。而整个清廷，又何止一个和珅啊？

到底是孙髯翁，出手不凡！大厦将倾之际，也唯有他，以区区180字的一副联句，预告了即将到来的无情风雨——在写尽大观楼周边的旖旎风光之后，他笔锋一转，转身便看到了“数千年往事”。“大风卷水，林木为摧。适苦欲死，招憩不来。百岁如流，富贵冷灰。大道日丧，若为雄才。壮士拂剑，浩然弥哀。萧萧落叶，漏雨苍苔。”（司空图《诗品》）那是怎样的一些往事啊？

苍凉、悲慨是美学中的一大境界，孙髯翁观尽了滇地美景，转身便写历史的苍凉，却并非纯属美学追求。他挥就那副长联，约时在公元1765年，正官场腐败，民不聊生，他岂能佯装不知，不闻不问？一个从不对时代表态的诗人，不是好诗人。他要发声，表态，要以他特有的方式处理、判定那个时代——

数千年往事，注到心头，把酒凌虚，叹滚滚英雄谁在？想：汉习楼船，唐标铁柱，宋挥玉斧，元跨革囊。伟烈丰功，费尽移山心力。尽珠帘画栋，卷不及暮雨朝云；便断碣残碑，都付与苍烟落照。只赢得：几杵疏钟，半江渔火，两行秋雁，一枕清霜。

那近乎一个预言！

当其时也，竟有几位官人，读懂了那副长联？

而民众读懂了。长联甫一问世，大观楼立马便跻身于“中国名楼”了。

七

即便如此，大观楼也没真属于过他孙髯翁。他要赢得的，也绝不止于一座楼阁。写完那副长联，或许他大笔一挥，墨迹未干，便转身依然去过他一介布衣的悲苦日子。

他太穷了。太穷太穷了！

晚年的孙髯翁，一直跟那个时代死磕，终至贫困落魄，只能寄居于昆明圆通寺后的咒蛟台，自号“蛟台老人”，即便以卜卦为生，亦三餐难继。九天之上的神明，与九天之下的尘世，也就隔着一层薄薄的泥瓦，他却上无片瓦，下无立锥之地。烟火明灭的人间，哪里是诗的渊薮？好在诗人精神未倒。乾隆三十三年戊子（1768），孙髯翁八十有三，滇西人士师范公前往咒蛟台拜谒，见先生依然“白须古貌，兀坐藜床上，如松荫独鹤，互相问询，乃以诗请。拍案敷陈，目光炯炯射人。自是时携饼饵与谈，辄至暮始返”。乾隆三十五年庚寅岁（1770），师范公再次拜访，先生依然耳聪目明，神志清醒，走路不用藜杖。所谓“咒蛟台”，相传为元代晋宁盘龙寺的开山和尚觉照云游昆明，见有圆通洞蛟龙作怪，乃筑台诵经降伏了蛟龙，故名。孙髯翁晚年以此自号，是要自许为“蛟”，而决绝于世吗？

无论怎样说，一代才子的穷愁潦倒，从来都不是他个人的错，而是时代的错！我知道，往事堆垒如云的时候，灵魂里如有一阵沉静的风刮过，哲思的大雨，就会哗哗而下了。

对于文人，世人关心的，多是其诗文，不大在意他们的归宿。我也一样。久居昆明，去过大观楼，去过大梅园巷，去过圆通寺、咒蛟台，却不知先生最后魂归何方。昆明挂着孙髯翁的那副联，却忘记了这个人。直到去到弥勒，听说孙髯翁晚年就住在那里，才起念去看看他——梅花虽远未开放，我已不愿等待。

后来才明白，归于弥勒，似乎也是孙髯翁的命中注定。

人太过孤傲，俗世的折磨注定接踵而至。历朝历代中国社会的可悲可叹，多在少了开放与包容。你只能照钦定的模子生长。不遵上，不就范，不随俗，便属异类。才华算什么呢？人世的目光锋利如刀，能刺穿你的皮肉，扎得你一颗心鲜血淋漓。靠卖文卜卦为生的孙髯翁，日子的拮据可想而知：中年丧妻，膝前唯一女，稍长便远嫁弥勒，从此便孤苦一人，如同寒风中的一片枯叶，凋零是迟早的事。等待他的，正是那堆积着所有恐怖的漫漫长夜……

可日子总得穿过古老和浓重的阴影，走向明亮，走向自由闪耀的远方，哪怕这世界只剩下最后一道缝隙。幸好其时在弥勒赶马经商，往来于滇东南的师宗、丘北、泸西和弥勒间的女婿，尚家道殷实，亦为人忠厚，为尽半子之责，方于乾隆三十七年壬辰岁（1772），将先生接到弥勒奉养。

——那样讲究伦理的年代，除非万不得已，谁会走翁居婿家这条窘迫的险路？——那似乎只是出于一点亲情。亲情乃常理常情，或不足为外人道。

孙髯翁当年究竟是怎么到的弥勒，现已无考。但1893年生于弥勒息宰村，在外求学的大数学家熊庆来多年后曾说，当年回一趟弥勒老家，须先坐通往越南的米轨小火车，咣当咣当地颠簸一夜，才能从昆明去到滇越铁路上离弥勒最近的一个大站开远；而从开远到弥勒，崎岖的山路小道全靠步行，经3个多小时的跋涉才能到家。孙髯翁去往弥勒的年代，别说小火车，恐连牛车也没有。倘有一匹骡马驮着行脚，已属幸运。一个年逾八旬的老人，那一路的流离颠沛，任你怎么想象，也不为过——虽然，他毕竟可以为有了个温暖的栖身之所而庆幸了。

孙髯翁去到弥勒后，遇到的另一个弥勒人，是位名叫苗雨亭的士子，早年在省城昆明游学时，曾与先生过从甚密。为官18年后，苗雨亭于乾隆二十六年辛巳岁（1761）辞官归里，在弥勒讲学。得知孙髯翁到了弥勒，当即聘为西席，一起设馆授徒——那似乎只是一点友情。而友情仍为常理常情，可道而无须大道。

真要说的，是那座名为“弥勒”的小城。

文，是可“化”一方山水的。最初的“弥勒”，其实是古代居于这一带的彝族先民“弥勒”部的汉语音译（《阿细迁徙史》），与佛界的“弥勒”本义无干。但一座小城，既已与佛同名，便也开始了她的千年修炼。据《新纂云南通志》载：“明天启六年有僧如玉得地锦屏，募资兴建弥勒寺，州内佛教盛行。”嘉靖初，保宁知府张思聪更建锦屏书院，内有尊道阁贮藏经史，另建三贤祠祭祀理学家朱熹、张栻、黄裳。后杨瞻增修望江楼及三洞六亭。清代黎学锦重建三贤祠，改祀杜甫、司马光、陆游，并在锦屏山麓建张烈文侯祠，在阆南桥附近立“张烈文侯故里”碑，纪念抗金名将阆中人张宪。清代，弥勒曾先后建有吕祖殿、八仙洞、飞仙楼、太白楼、邱祖殿、观音殿、三贤祠、武侯祠、静应祠、瞰碧亭、惠泉亭、“嘉陵第一江山”碑等。物换星移，多所替废。1981年7月久雨，锦屏山大滑坡，楼亭垮塌殆尽。至近年，又于城边锦屏山顶供奉了一座弥勒佛坐像。而“弥勒”，既是菩萨又是佛，既有上生兜率天的大志宏愿，又有下生人间普度众生的慈悲情怀。撇开那些缜密的宗教脉络不说，仅弥勒佛“开口便笑，笑天下可笑之人。大肚能容，容天下难容之事”的包容、乐观与豁达气度，便也世代浸润弥勒民间，蔚然而成一种风气。有了与佛同名的地名后的数百年间，弥勒先后有明朝兵部尚书杨绳武，清末巨商王炽，现代大数学家、大教育家熊庆来，著名旅法艺术家熊秉明，乃至著名彝族抗日名将张冲等名人涌现，让弥勒这块钟灵毓秀的土地，有了极为深厚的文化积淀。

由是似可以说，孙髯翁晚年的归隐弥勒，看似偶尔，又是必然。

而外来者，多不知晓有一个诗人，当年曾借居于此，把向晚的生命托付于一方异乡，在弥勒处处都留下他的足迹。当今弥勒如过江之鲫的游人，匆匆来去，对一地一时的过往史实，往往遇而不见，生生把老先生给忘了个干净。他们宁可去巴黎挤凡尔赛宫，去彼得堡挤叶卡捷琳娜堡，即便我，也是直到这次，在弥勒听友人说起后，才想起他来。

清人张潮曾谓："我不知我之前生当春秋之季，曾一识西施否；当典午之时，曾一看卫玠否；当义熙之世，曾一醉渊明否；当天宝之代，曾一睹太真否；当元丰之朝，曾一晤东坡否。千古之上相思者，不止此数人。而此数人则其尤甚者，故姑举之以概其余也。"于我，在弥勒，自然会想，不知若生于清代，我曾一晤孙髯翁否？

昆明早就忘了孙髯翁。小城弥勒倒是有记性的，不大的城里，如今不惟有一条由东往西横贯弥勒的"髯翁路"，甚至还有条小小的"髯翁巷"，且在离市区不过三四公里路的一座可以俯瞰整个弥勒的半山上，建了那座孙髯翁墓园，虽然，那已不是当初的墓园。

八

乾隆三十九年甲午岁（1774）春正月初九，孙髯翁病殁于弥勒新瓦房村，享年九十上寿。那一天，正是传说中玉皇大帝的诞辰。

身处魔法时代，无人可以免灾。当其时也，先生的女婿已生意惨淡，无力为他置地安葬。幸得弥勒士绅苗雨亭感念与先生的至交之情，方破例将先生殡葬于弥勒城西新瓦房村的苗氏故祖茔地。

光绪三十三年丁未岁（1907），弥勒士子协力筹资为先生修墓立碑，墓碑正中刻有"清处士髯翁孙先生墓"十个大字，旁刻一联云：

古冢城西留傲骨

名士滇南有布衣

墓前华表上，刻有光绪十九年癸巳岁（1893）弥勒贡生杨晓云所撰八十言长联，说不上好，唯心意在耳：

读大观楼一联，脍炙人口久矣。就苇天苇地，濡染笔墨生辉，布衣有何能？几历昆池劫灰，常图不磨文字；

出邑爽门半里，迢递马鬣依然。叹断碣残碑，灭没名流不少，吾辈非好事，一存滇南傲骨，以昭先正典型。

民国三年（1914），曾举兵参与云南护国首义的爱国志士杨杰任弥勒县县长，再为髯翁修墓，“重为封植，丰碑屹立，昔日荒垄，顿改旧观，峨山甸水为之生色，骚人墨客经其地者多有题咏”。

民国二十六年丁丑岁（1937），杜希贤任弥勒县县长，重修孙髯翁墓，并撰《辑刊凭吊孙髯翁先生墓诗碑序》，勒石于墓左，称“相传先生晚年，伤伯道无儿，幸中郎有女，远适弥勒，以舐犊情深，常遨游于丘、弥之间，设帐授徒，门墙桃李，一时称盛。后殁于弥，葬邑爽门西郊，郡人士立碑以志之曰：‘清处士髯翁孙先生之墓’……”。

1958年，先生墓碑被毁，直至二十世纪八十年代才得重新修复。

可惜我去得太晚，未能见到当年那座几经修缮的墓茔。而早年安葬孙髯翁的弥勒“城西”，今已成弥勒闹市，遂搬迁到我所见到的那座半山上。当地友人谈起，为此多有不安，以为那毕竟冷落了他们心中的“布衣联圣”。其实，先生仙逝之后，遭逢的冷遇又何止一回两回呢？

清嘉庆、道光年间的“一代文宗”阮元（1764—1849），字伯元，号芸台、雷塘庵主，江苏仪征人，乾隆五十四年（1789）进士，曾先后任清廷要职，史称著作家、刊刻家、思想家，在经史、数学、天算、舆地、编纂、金石、校勘等方面都有很高造诣，被尊为三朝阁老、九省疆臣、一代文宗。道光六年（1826），六十三岁的阮元迁云贵总督，不惟在云南陆良寻访得《爨龙颜碑》，也算为云南做过一些好事。而就是这个阮元，也干过一件傻事：认为孙联韵律不佳，对仗失当，竟亲自动手修改大观楼长联，致使长联血肉模糊，惨不忍睹，全然没了原作的深沉意蕴，成了对清政权的歌功颂德！云南人这下不干了，一首顺口溜迅即传遍三迤：

软烟袋不通，
萝卜韭菜葱。
乱改古人句，
笑煞孙髯翁。

“软烟袋”即阮芸台的谐音。待他云贵总督任满离开云南，他改过的长联即被取下，恢复了孙髯翁的原联原貌——一个官员，还别说那些酒囊饭袋，即便文名高如阮元者，也未必什么都是内行，何至于如此草率不恭呢？阮元写昆明黑龙潭的诗“千树梅花千尺潭，春风先到彩云南”，亦曾传诵一时，对长联却彻底外行，何也？站的位置不同，看到的便也大相径庭了。

九

无论如何，伟大诗人孙髯翁，生养他的家乡三原遗忘了他，挂着长联的昆明失敬于他，唯一座与佛同名的小城弥勒，慷慨地接纳了他——虽也历经周折，数度搬迁，毕竟有一抔湿润的滇南红土，得以让诗人安卧大地，而无数后之来者，亦可前来致意、醒心。那块墓地四周，没有梅。但站得久了，我似乎闻到了梅花那浮动的暗香。那是一个灵魂的香味，无以形容——并非所有的心思，都是可尽情描述的，从古老汉语中挑个词汇，有时需要的是千钧腕力，要不你试试，该怎么说那梅花的幽香呢？还有那副自挽联，“胡涂”何解？“亏欠”又何解？诗人的一生，何曾“胡涂”？他一直清醒着呢。他没“亏欠”过谁，倒是那个时代，包括许多后世之人，亏欠了一个诗人的高洁灵魂。

临离开那里，我又细细看了那墓几眼。其实那是个好地方：远离尘嚣，可清隐，可独处，正合了先生的脾性；人间未远，能居高，能远望，也恰是先生的做派。唯通往墓地的那条路，虽勉强可说象征着先生一生的坎坷，到底还是太过难行，有心人要去看看还真不易。再者，我去的那天，是从墓地背后穿过路边荆棘才得进入的。这世间，凡拜访名人、朋友，岂有从后门进入之理？就不可另辟一条路，让拜望者能从正面，由低处向高处而行，渐次进入吗？对了，还有，我在心里对弥勒的朋友们说，抽空，你们能为“布衣联圣”孙髯翁的墓地，多种些梅花吗？他可是喜欢梅花的！

故乡是幅油画

——熊庆来父子的色彩原乡

一

秋色虽早已悄悄上路，夏日的满山苍翠倒尚无告别之意。去拜访熊庆来先生弥勒故居那天，正值滇南雨季，那个叫朋普的坝子，一派氤氲的葱绿，润湿到似能拧出水来。靠西，远看一路绵延而去的翠屏山，恰如一架天然屏风，或旧时院落的一方照壁，静静立在息宰村的前院。偶有绵白的云丝雾缕拂过，那种水汽蒙蒙深不见底的黛蓝，让人顿有梦幻之感。近处的庄稼地依然苍郁，缀满水珠的植株叶片，绿得深沉，又不失鲜亮；间或露出的未经开垦或刚刚收割过的红土地，于那样不露声色的蒸腾中，显出的尽是些黏人亦黏心的湿糯与柔软。雨后青山妩媚，总似伊人，亦近犹远，流云翩跹，山雾轻盈，世事的容颜半遮半露，让人一时堪难以对那片南国山野，及记忆中那位曾经的少年……日后想起那天与一座青山的相互凝望，目光越过了百年风雨，刹那间灵魂似被洞穿，仿若意外找到了睽违已久的隔世恋人，唯愿从此终生莫弃。而那个清晨的问安，只在对远山的举目一望间，那陌生的洞开、浅陋的深藏，以及透过滇南满目青葱所见到的，这大千世界迷离的光影与辉煌的惆怅。

——滇南小城弥勒，原就是一串首尾相连的大小坝子，上有弥勒坝，中为南乡坝，下为竹朋坝，中间任由一条名为甸溪最终注入珠江上游南盘江的小河逶迤而行，将其珠玉般地串起。外来者自然无以分辨那些既陌生又诗意的小地名，就连小城“弥勒”一名，也与通常所说的弥勒，只有音韵上的关联——文可“化”人，亦可化一方山水。早先，那只是彝语语音“莫拉”的一个部族居处，与佛界的“弥勒”本义无干。但一座小城既已与佛同名，便也开始了她的千年修炼。如此一想，熊庆来先生于 1893 年生于那片土地，终至成为一代数学大家，或就并非偶然了。

远远地，见通往息宰村的土路，在前方活物般微微拱起了脊背。同行的弥勒友人似读懂了我的疑惑，说那是熊庆来先生早年去来老家须乘船而过的甸溪河瞽者渡口，如今早已建起了桥。下车靠近河边，凝望中见雨季里深红浓稠的甸溪河水，正如老农的筋脉一般鼓凸湍急，内里蕴藏的冲击力，似乎一直要撞开我的肉身。桥头那株老攀枝花树，孤零零立着，洒下一地浓荫，一看就有些沧桑了。当年，熊庆来先生辗转去来，或是见过那棵老树的吧？如今，大师的身影早已没于一发青山，唯甸溪河边那棵老树，还在忆想当年。血一样浓稠的甸溪河此刻汹涌着，却再无呜咽。一方如画山水，让人骤然想到，息宰村留给熊庆来的，到底是怎样一幅景象与记忆呢？

二

熊庆来先生的祖居，是个有三重进深的中式院子——那是先生做过一点生意的祖上积攒下的。弥勒处于南方丝路的中路，邑人虽多农耕，却素有行商之风——依研究者所谓西南丝绸之路可分东路、中路与西路之说，弥勒正处在西南丝绸之路中路的步头道、进桑道附近。先生的次子熊秉明回忆说：“我们家族的历史只能追溯到曾祖父。曾祖父白手起家，刻苦守信。少年时贩糖和盐在竹园、开远之间，走一日山路，中午只有一包冷饭充饥，靠一枚咸鸭蛋佐味。据说咸鸭蛋也尽量节省。有一次，差不多空了的残壳被风吹走，跑了一大段山坡才追回来。”直到熊庆来父亲那一辈，族中才有了读书人。熊先生的父亲曾在外地如大理凤仪等处，做过“儒学督导”，且带着年幼的熊庆来同行，若有家学，时日亦极为短暂。

跨进故居大门，迎面便是一座半身胸像雕塑，乃先生次子熊秉明所做，神态端庄肃穆，目光平阔了远——先生第二次往法国期间，曾将熊秉明带去巴黎求学，后先生于 1950 年归国，熊秉明则一直留在巴黎求学，随后几十年山河阻隔，他再也没见过父亲。而那次旅欧，先生突患脑出血致右手从此无法握笔，此后都靠苦练而用左手写字。那座雕像，当是一个艺术家凭着儿时记忆，以几十年时光反反复复地回忆、揣摩、修改，为父亲留下的，一镂一刻，都是生命的印痕亲情的堆垒。院子清寂，室内陈列的诸多实物和图片，怎么看，都让人陷入一个疑问：那样偏僻的山村，怎么就出了一位世界知名的数学家呢？料想先生的祖上，连古老的《九章算术》也未必懂，所需只是一把噼里啪啦的算盘，而数学探究的，是抽象、复杂得多的数理逻辑，虽大体同属一类，其实相去甚远。而我却隐隐觉着，其间似有什么联系，到底是什么联系，以我初时所见，一时还无法猜透。

弥勒友人有心，早备好了几枝新摘的秋菊，鲜嫩如同暖黄的初阳。于是在凝望过翠屏山，俯观过甸溪河后，方得以在先生胸像前献花鞠躬，默默思量先生的风范。无论怎么说，熊庆来都算得上是中国现代数学教育的开创者，而数学既是一门独立学科，也是一切现代科学研究不可或缺的基础之学，不惟直接从事数学研究的华罗庚、陈省身甚至杨乐、张广厚是他的弟子，就连身在其他领域的专家钱三强、钱伟长等，也曾是他的门生。而当年云南一个那么偏僻的小山村，竟然出了一个世界知名的数学家，其奥妙竟在何处呢？

三

那时我忽然想到，凡学界大家，虽自有得以成就的天分才华、时代机遇与个人奋斗，然谁又能说，他们的成功，就没有深藏于心的某种寻常而又隐秘的冲动？汪曾祺先生曾谓，“四方食事，不过一碗人间烟火”。比如，打小由亲人、乡土给予他的那份情，那份爱，会不会一直在暗中驱策着他的前行？

“经世志国，卖才情于社稷；恭身行道，付青春于黎民”，或是那一代学人共同的志向。稍稍梳理一下熊庆来走过的那条崎岖之路，不禁叫人唏嘘：1907年他14岁考入昆明方言学堂，1909年升入云南英法文专修科，1911年进入云南省高等学堂，1913年公费赴比利时学习采矿——那或与他幼时便知的、离弥勒不远的个旧锡矿有关。到“一战”爆发，他在比利时的学业被迫中断，只得转赴法国，在巴黎大学等处攻读数学。1915—1920年，他先后就读于法国格伦诺布尔大学和蒙彼利埃大学，获得理学硕士学位。其间，他用法文撰写的《无穷极之函数问题》等多篇论文，以精辟严谨的论证，获得法国数学界交口赞誉。1921年春，熊庆来归国，先后在国立东南大学、南京高等师范学校、清华大学创办算学系。1931 年，熊庆来第一次代表中国出席在瑞士苏黎世召开的世界数学会议，为唯一的中国代表。1933 年，熊庆来获得法国国家理科博士学位，那也是中国科学家在国际上得到的第一个最高学位。1934 年回国，往台湾清华大学任教。1937 年抗日战争爆发，熊庆来接受云南省主席龙云聘请，出任云南大学校长；1969 年 2 月的一个寒冷冬夜，他在书桌前用左手写“自我批判”时溘然长逝。

而他之一生，醉心于数学函数论研究，曾以 1934 年发表的论文《关于无穷级整函数与亚纯函数》，获得法国国家博士学位，成为第一个获此学位的中国人。自然，他那列入世界数学史的“熊氏无穷数”函数理论，连我这样学过几年高等数学的人也读不懂，但慢慢咀嚼品味先生的一生，是不是亦可浮想联翩以至“无穷”呢？一个“无穷级函数”，与息宰村那样一个偏僻村庄，真就没一点联系吗？一山一水，粉尘涓滴，世界是从“小”开始的。若息宰村是“无穷小”，亿万个“无穷小”的叠加，不正是那个“无穷大”吗？

先生故居的楼上，正屋西厢，至今保留着当年先生住过的一间小屋，一架老式红漆木架床，空空如也，再也等不到那个少年的归来。不知先生曾经的几次回乡，是否又在那屋子那床上住过？想来，是该住过的。如是雨季，当他学成归来，住在幽深荫蔽的老屋里，想起大半生的颠沛流离，或许会想到此夜此情，合当是人生听雨路上的又一程吧？只是如今，歌楼梦远，客舟风逝，僧庐无处寻，唯老屋老，旧宅旧，滴沥声声湿人心吧？

在故居楼上楼下一路看去，突然读到的一段话，为我的疑惑找到了答案——熊先生曾对他的家人说，他的家乡，翠屏山，红土地，种着遍地的甘蔗、棉花，看上去就像一幅油画。以我初进息宰村所见，还真是那么回事！数学本身亦源自人与自然相处时的种种疑惑，无非是人类理解、阐释大自然的一种方式，用从“0”到“9”的 10 个阿拉伯数字，对整个世界的数字化梳理。“函数”研究的，亦无非各种变数、变量间的对应关系。那种复杂关系及其规律，并非来自人的臆想，而是来自生生不息、总处在变动中的大自然，千变万化，以至“无穷”。作为数学家的熊庆来，无论是先前学的矿业，还是后来转攻数学，他的内心深处，怎么都与打小就熟稔的息宰村那幅四季变换的图画，有着无穷无尽的纠葛！那种纠葛的本源，就是一个人对乡土的爱恋——大自然，方是他的第一个老师。以他研究的函数理论作譬，所有的数量或都是变量，恒定的，只有他对土地、故乡的那份情，他的那份人文情怀。

先生的次子、旅法艺术家熊秉明在《忆父亲》一文中的一段话，从另一方面印证了我的猜想："1893 年，父亲出生在云南省弥勒县息宰村。村子甚小，当时大概还不到五十户人家。虽坐落在盆地的平原（坝子）上，但距县城有两天的路程，距滇越铁路的开远车站也有一天的山路，实在可以说是偏远闭塞的。"又说，"坝子气候炎热，以出产甘蔗著称，也多玉米，稻田反而比较少。甘蔗、玉米都是高型作物，从高处远望，给人以庄稼丰盛的感觉。父亲常说：稻田像水彩画，甘蔗田、玉米田则像油画，我们的家乡是一幅油画"。熊秉明说，父亲工作之余也"爱收藏一些字画，但是并不苦心搜求稀见难得的古董。较古的物件不过是祝枝山的字、何绍基的字而已。他爱齐白石的画，买过十多件"。"他自己也写字，亲自为人题婚联、挽联，措辞总求有新意。但机会不多。他的字体开阔平稳，没有外在规矩的拘束，也没在内在情绪的紧张。点画丰润，顿挫舒缓，给人以宽和端厚的感觉，一如他的性格。眼光尖锐的还可以察觉出他对空间的敏感，这一点大概和他的数学训练有关。"

熊秉明感叹说，"我没有学数学，走了文艺哲学的道路。但我能感觉到父亲的数学是美的。他常说'优美的推导'，'洗练的数学语言'，而且也是善的。我记得他在学生的练习簿上写的优等评语是'善'"。我想，当熊庆来先生说"优美的推导"那样的话时，心里是不是会想起家乡那油画般的美呢？作为一个数学家，他心中最早对于美的认知，或就是从息宰村那幅"油画"中得到的。念及他的一生，虽没少经历过战乱、病痛、动乱的折磨，直到最后倒在写检查的书桌边，却一直葆有以"美"与"善"去评价一切世事的心境时，我的眼睛已悄悄湿润了……

四

如果熊秉明的那段记叙仍显抽象，在陈列室里看到熊秉明 1979 年夏天回乡探望时拍的一幅照片，就更清楚明白了。那是他阔别家乡几十年后第一次回息宰村，照片一看便知是站在甸溪河渡口，朝息宰村方向拍的，活脱一幅油画，构图拙巧，层次丰润，色彩斑斓：近处，是一条蜿蜒的土路，远方，则是云雾缭绕的翠屏山；在那道土黄与苍翠间，隔着清绿的田野，息宰村土色的屋舍隐约可见。那幅照片里的景象，生于南京的他，曾听父亲多次说过，他或也在心里无数次构想过，直到那时，他才能真切地看见。故乡，他的父亲、数学家熊秉明一遍又一遍念叨过的故乡，直到那一刻，才成为一个艺术家眼中真实不虚的景观，他才明白，为何父亲会反复对他说“我们的家乡是一幅油画”了。

当我顺手把那幅翻拍的照片发到微信朋友圈，当年身为记者的好友伊达兄见到立马写道：“1985 年左右，我曾多次在昆明采访熊秉明先生，并陪他回弥勒息宰村祭祖，那时候还没有什么挂着牌子的熊庆来故居，破颓的熊家古屋还住着贫下中农。在几乎被夷为平地的熊家祖坟前，年过花甲的秉明先生长跪不起，哽咽失声。离开时他刨了一大袋子祖坟周边的红土，他说，父亲曾告诉他，任何调色板都调不出故乡红土的颜色。”

便想，当熊秉明端起相机，在晨光中凝望故乡，所有曾经的心酸、苦痛与思念，或都会在那一刻涌上心头，也就此得到了抚慰？作为艺术家的熊秉明会不会在心里说：秋已经蹒跚而至，露滴初凝，银杏将黄，鸟在准备着远行，我在酝酿着思乡的惆怅，而你是我最初的诗行？

伊达兄说，熊秉明先生返回巴黎后，曾用带回去的那袋红土调进油画颜料，和着浓浓乡情，画了好几幅他心中的息宰村，并在昆明展示过。是的，故乡弥勒，弥勒的息宰村，息宰村的那片红土，曾以多种形式，出现在熊秉明的艺术作品里，一尊雕塑、一幅画，或一首诗：

在月光里俯仰怅望，
于是听见自己的声音伴着土地的召唤，
甘蔗田，棉花地，红色的大河，
外婆家的小桥石榴……
织成一支魔笛的小曲。

那首小诗里的画面，当然就是熊庆来的故乡，也是熊秉明的故乡，是“世界所有游子的故乡”。恰如熊秉明所说：“一个古老的诗国，有一个白发的诗人，拈一片霜的月光，凝成一首小诗，给所有的孩子唱，一代一代地唱……老诗人捞月去了，小诗人留在月光里悠扬，在故乡悠扬，在他乡悠扬……”他说的白发诗人，当然是李白，但我却更愿意想象那是他的数学家父亲熊庆来。

五

每一门科学，都有自己独特的美。若说一切科学的终极源头都出自对大自然的爱，那么，息宰村那片油画般的红土景观，不惟养育了熊庆来心中的数学，也养育了熊秉明心中的艺术。至此，我终于发现，如同穿过岁月石头般的缄默，时光终于用一行水淋淋的鲜绿，道出了生命执拗的真相：原来熊庆来的数学与熊秉明的艺术，都源于故乡的那片土地。熊秉明说："父亲的美学原则是从数学来的，推理的缜密和巧妙乃是法语里所说的'优美'。他爱文字的精确。他为我们改文章时常说：用词要恰当，陈述要中肯，推理要清晰。"而一位旅欧作家却说："熊秉明作为艺术家让我想到'数'。难道因为他的父亲熊庆来是数学家，因此我做了穿凿附会的联想？不，他的雕塑、书画、散文、诗，都表现出爱因斯坦所赞赏的简洁美，或者说是以最少的推导而求解一个复杂方程之美，抑或是数的公约至极致的那种美。"

说到底，科学与艺术，只隔着薄薄一层纸，一捅就破。所谓数学，即数的艺术。而所谓艺术，无非是以形状、色彩、明暗和结构，探索着能以数字标明并计算、推导的空间之美。它们都只属于高扬的生命和尊贵的灵魂。富有这样灵魂的人，他们一生的起笔，恰恰是我们甚少回望的那一方如福克纳所谓"邮票般大小"，也如熊庆来所谓的一幅"油画"般的乡土。

对于一个志在天下者，故乡和对故乡的爱，恰如世界钻石田径赛场上那块三级跳的踏板。踏板虽宽仅 20 厘米，却能给予生命起跳的助力。你须实实在在地踩在那块踏板上，不前不后，稳稳当当，得到它足够的反推，方能纵身于云天之外。当今世界流行的说法是，衡量一个人是否伟大，对这个世界是否重要，一个标准就是他是否让自己的桑梓或出生地、居住地，成为一个旅游目的地。离开息宰村熊庆来故居时我想：息宰村那幅大自然以一己之身绘就的"油画"，对于熊家父子，既是俗常的、永志不忘的，可绘入丹青的自然场景，又是高滔的、不可复制的心灵镜像。更多的人，虽也曾目睹过自己的故乡之美，可惜并无太多感应，加之离乡日久，往往便轻易地错过了——可惜。

就要走出熊庆来先生故居时，想起 1978 年，著名指挥家小泽征尔曾到北京中央音乐学院访问，聆听二胡独奏《二泉映月》。据说听着听着，他掩面而泣，甚至跪了下去，说："这种音乐应当跪着听，坐着和站着听都是极不恭敬的。"于是我再次回过头去，凝眸熊秉明亲手制作的那座熊庆来先生雕像，让心跪下，轻轻地与他道别。那与我初见他时，似又不同：先生仿佛知道已回到故乡，在他视同油画的乡土面前，那久经风霜的目光显得格外温和、谦恭，似在问我：你还记得你的家乡吗？还有那种对大地的原初之爱吗？我思忖着，恍惚听见先生在对他的故乡也对我说：时光与世事已过去了那么多年，知道吗，我对你的一往情深依然没变，只要坐下来，就可以跟你聊上几天。而当秋还只是一丝微凉，还没四散开来让四野萧疏时，就让自己先空疏寥廓起来吧，待它真的到来时，你只需像沉沉的谷穗那样，垂下头就好……

2018 年 10 月 2 日至 5 日　于昆明

画中西塘

出游也像作文，头没开好，后面的文章再怎么做好像都老觉得不顺。那年诚心去江南名镇西塘看看，一大早出发，竟搭错了车——吴侬软语听上去声声入耳，可到底不熟，一不小心，也不知是哪里出了错：七点离开杭州，直弄到中午十二点才到西塘镇口，冤枉死了。一行三人都不认路，正踌躇，路边有三轮车师傅相邀坐车，说他们都是下岗的，好歹叫他们揽点生意。一阵面面相觑后，也没问价，要了两辆三轮车，去游西塘。我单坐。蹬车师傅姓冯，说原是县塑料厂工人，如今每月只有生活费 240 元。结果拉了我两个多钟头，只收 10 元钱。我说，10 元？他说哦，明码实价，侬不骗人的！哦，我忙说，不是说你要多了，是怕你要少了。

西塘的烟雨长廊、古桥、老街、石皮弄、小河……皆早有耳闻，或许还该加上古风？除了跟周庄一样，到处都挂着的红灯笼有些扎眼，小镇还真是一派古风。肚子早饿了，先找饭吃，选了一家名为“西塘人家”的古色古香的饭馆，要了一碟酱牛肉、一碟炒青菜、一碟榨菜炒肉、一碗豆花汤，总共花了 29 元，三个人还没吃完；合算归合算，倒不免稍稍有点儿诧异——怎么这么便宜？要在京津沪穗，随便在哪家街头快餐店吃份快餐，不每人收你 20 大元才怪！

向来如此：一朝耽误，就想把被耽误的时间补回来，时代、个人，包括西塘，都在“赶”。是这样一种年代。匆匆就餐后，又匆匆游览。走过几处古老民居后，只来得及粗粗地地沿烟雨长廊走那么一遍——原以为那些民居提供的毕竟都只是细节，无非当年龙凤床边的精致马桶，给住在二楼的小姐送饭的古朴吊篮，再加上小院厅堂里琳琅满目的毛泽东像章——可要作一篇写“西塘”的文章，大框架没看清，难免迷失；烟雨长廊可是西塘布局的中轴，是任谁想理解它的大框架；可到了，我看到的仍是一处有点睛意味的细节。

游人不多，长廊幽雅空旷，那倒正合我意。一路行去，水光倒影中，一幢幢老屋尽皆将它的后门显示于人：清冷的门扉，凝滑的石阶，偶尔有人来洗衣的私家“码头”，尽皆是与店铺林立的西塘小街小巷全然不同的另一面。那一面是商铺，是热闹生意，超繁荣，一面是住家，是安稳度日，是超宁静。一动一静之间究竟有着怎样的关系，倒颇费思量。

快到古桥前，见河边有些年轻人在画素描，搭讪几句，知道他们都是大学生，学绘画的。一个女学生正在画那座古桥，水彩轻抹，很有意味。遂把她和她的画以及她画进画中的那片真实风景一起摄进镜头——恍惚觉得那有点儿独特意味，到底是什么也说不清，心想或许可以把那幅照片叫作“画中西塘”：西塘如画，画中有人画画，二者一起又构成了另一幅画。好，就这样。正得意呢，忽听身后传来巨响，回头一看，一辆满载货物的三轮车丁零当啷地直朝这边冲了过来；下坡，蹬三轮者好像有点儿刹不住车了。眼看着要从画画的学生中间穿过，从他们摆在地上的画架和颜料盒中间穿过。艺术学子们顿时惊叫一片，骂骂咧咧地四散跳开，那倒真让人有一种花间喝道大煞风景的感觉。当车夫最终制服了那辆三轮车时，他已满头大汗。可艺术学子们对三轮车夫的啐骂还在不断升级，我突然对大煞风景者到底是谁有了疑惑。三轮车夫要的，是生计与度日；艺术学子要的，是艺术与绘画。生活在艺术之先。生活是基础的。幸好西塘没像有些旅游地那样，把属于那个地方的生活、日子全都赶尽杀绝，只把一个空洞的、没有人间烟火气的镇子拿给游人们去看。三轮车夫显示的，正是小镇的另一面，它不是艺术的，而是生活的。就像从烟雨长廊一路走来我所看到的：前面是商铺，是热闹生意，超繁荣，后面是住家，是安稳度日，是超宁静；或许还要添加一笔，一面是劳作，是辛劳生计，汗水吆喝，是超辛苦。那是另一个西塘，一个更真实的西塘，也该是画中的西塘。当然是另一幅画。一幅有人间烟火气的画。

艺术不是纯美，不能无视生活的艰辛。在一片尖叫和怒骂之后，艺术学子们或许该重新坐下来，把那个三轮车也画进他们的画。他们到底画不画我自然管不了，但日后我若真要写篇短文，写写画中西塘，注定会有烟雨长廊，有古桥，有老街，有石皮弄，有小河，有画画的艺术学子，当然也绝少不了前前后后碰到的那几个三轮车夫。

在泰戈尔故居

人间的风雨再怎么喧嚣凛冽，只要内心尚存，也难挡直觉的贸然萌动，不时便抽出一茎思索的嫩芽，让自个儿都甚觉惊骇。去拜访泰戈尔故居那天，我心便突生怪异——说怪或略显夸张，其实那是我期待已久的一次拜访，唯想换个心态。多年文字浸淫语词相伴，到了加尔各答，去看看泰戈尔故居本是题中之意。可真到了那里，穿过大街小巷，目睹那座古城之当代众生相，虽依然想去，倒只想作为一个普通人去——合该是一个人对另一个人的探访，或叫“窥视”。人，方是世上最大的秘密，包括人的生命、生存和度日。所谓“窥视”，语出日本的妹尾河童，其《窥视工作间》从普通市民的住所、厨房，到画家、工匠的工作间，直写到美国总统的椭圆形办公室。给他“窥视”过的日本画家须田剋太就说：“他好像坐在直升机上一样，从上边完全驾驭了我的房间。这种方法让房间的主人看到了连他自己也看不到的实体，完全是一种新的视角。”如此，倒真想“坐在直升机上”，去泰戈尔故居“窥视”一番。朝圣、取经之情不知害了多少人！其实任何时候，文学都不是生命的全部，充其量也只是一部分；那一部分究竟有多大，依一时一地情境而定。去加尔各答时，文学虽也在心，却已退到了心的边缘。

岂料头一眼看到的泰戈尔故居，还真与我心相应，至少从外表看并没什么特别，既无神秘的文魁之气，亦无奢华的帝王之相。时近黄昏，阳光依然有家常的灿烂。穿过加尔各答总是脏乱且总能见到乞讨者的街道，从一条窄窄小巷走进去，别说森严戒备，连门卫也正悠闲地闭目养神。两边的树倒郁郁葱葱，但在阳光雨水丰沛的印度，那是常态。一眼看到尽头那幢赭红色二层楼房，心想那就是了。没觉着老旧沧桑，就像一幢还有人居住的房子。莫非刚粉刷过？不知。但至少没像国内通常见到的某些纪念地那样，弄得俗艳夸张，一心只想靠名人赚钱那么离谱。

走进去，一眼就看到那尊青铜坐像：长发，长须，手拿一叠书稿，眼望某处，像在沉思，专注、和善。那就是那个印度老人，泰戈尔。座像立于故居前那个花园靠房子一侧，虽前有草坪茵茵，四周绿篱围合，显见没怎么刻意修整，一律慵懒着。想起多年前读韩少功的印度印象，说一到印度，看见满街满城到处都是泰戈尔，不禁会心一笑：至少那天在加尔各答大街小巷看到的，何止成百上千个泰戈尔？如此说来，原以为银发银须乃刻意而为，既被中国文界奉若神明又饱受诟病的泰戈尔，不过是个普普通通的人。这就对了。对于个人，文学不过是种兴趣；对于社会，作家也无非是个职业，没什么特别之处。平常心，看淡点好。

故居是什么？无非一个人、一个家族住过的房子。忽然想到，有故居者多为有自家房产者，穷人很少听说有什么故居。巴金故居原为苏联驻沪商务代表处，始建于二十世纪二十年代；1955 年 9 月巴金迁居于此，直到 2005 年巴金去世，整整 50 年。上海蔡元培故居非本人产业，只是租住过的房子。泰戈尔故居乃祖传家业，二层楼围院，占地甚大，据说已住了两百多年，赭红色外墙虽略显耀眼，但在印度，那种颜色的建筑倒随处可见。但泰戈尔故居毕竟不是一般的房子，那里住过一个叫泰戈尔的人，而凑巧，他成了一个作家。他的诗歌和情怀，飞到了世界许多地方，包括中国；飞进过很多饥渴者心里，包括我自己。

脱掉鞋，穿着袜子，踏着一级级微凉楼梯，进出一个个敞亮房间，感觉奇异又亲切。倘若可以，我真想赤足而行：天气正好不冷不热，何况我还想与泰戈尔走过的那些地板、楼梯，有一点儿肌肤之亲。那时我突然看见玻璃柜里，有一张当年泰戈尔造访中国时，徐悲鸿为他画的一幅速写，还有两幅泰戈尔与当时几位中国名人的合影照片，翻拍放大，制作也差，人影模糊；但我还是认出了一张照片上，站在泰戈尔身边的林徽因。于是想起了远在昆明的龙头村，有梁思成和林徽因亲手建盖的那幢土坯房。盖那幢房子时，泰戈尔已然去世，离他初次访华并由徐志摩和林徽因做翻译也已 20 多年，留下的只有他写给梁思成和林徽因的那首小诗：“天空的蔚蓝 / 爱上了大地的碧绿 / 他们之间的微风叹了声 / 唉”，那声“唉”竟一语成谶，如同一个预言。林徽因怎么都是个才女，可她一生的境遇，却远没泰戈尔那么优裕、泰然：野外考察，战乱，颠沛，病痛……不一而足。如果不是因为苦难，她最终抵达的或远不止于我们所看到的高度，应在云天之外。昆明龙头村的那幢土坯房，要说也算是梁、林故居，却至今不为人知，想想真还让人悲从中来。加尔各答不同。泰戈尔也不同。他出身富裕之家，衣食无忧，可以尽心阅读写作，四出游历。加尔各答是幸运的。一个有或没有泰戈尔的加尔各答，当然不一样。卡尔维诺在《看不见的城市》中说，每个城市的建筑都存在多重架构：一种是可见的，带着各个年代、各种战争、各种变化的印迹的真实存在，仿佛可塑的记忆；另一种是因个人不同的经历而存在的隐形架构，因生活在这个城市中的人们携带着这样那样的记忆，在一种集体记忆中混合了个人的记忆，后者可将前者改变。他们在日常生活中构建着这个城市中属于自己的无形标记，最终实际修改了城市本身的物理架构。泰戈尔留给加尔各答的，却是双重的记忆，既有那座赭红色建筑留下的实体记忆，又有他作为一个作家留下的文化记忆。加尔各答为此而增添了不少荣耀。几乎每个去加尔各答的人，都会去看看泰戈尔的故居。

由此，我当然无法不对泰戈尔表达我的敬意。那并非因为我也追随过文学，如果只是那样，就太浅薄太幼稚。我欣赏美籍奥地利作曲家、西方现代主义音乐的代表人物阿诺尔德·勋伯格（1874—1951）说过的那句俏皮话："知道马勒是如何打领带的，比在音乐学院闷头学几年要有用得多。"如此而已。任何时候，生活总是第一位的。有人说过：如果把发生的事情都印在石头上，那么，你就可以在我的每一级台阶上读到许多昔日的故事。你如果想听过去的故事，那就请你坐到我的台阶上来；只要你侧耳细听这潺潺的流水，你就可以听到过去无数动人的故事。泰戈尔故居门前没有潺潺流水，却有这位印度老人生活过的一切。我试图走进去能听到那些故事，比如他如何打理他的头发、他的胡须，如何在那个巨大的楼房里走来走去，如何阅读如何写作，诸如此类。房子无法囚禁思想。一个人，尤其一个名人，不在他出身何种家庭，而在他能否认清生活的那个时代有何缺失，由此而去奋斗。泰戈尔走出富贵之家倾听民间，梁思成和林徽因身处乱世却追求崇高，概莫能外。

泰戈尔本人对中国的那次访问原本就有所迟疑。对于与他的祖国差不多一样灾难深重的邻邦，这位走遍印度大地的诗人甚至担心，倘"只作什么无聊的诗歌，我如何对得起中国盼望我的朋友"。岂料，他在西方国家时谴责"国家主义"和"实利哲学"的演说，到底还是遭遇了东道主不屑的冷脸；而一个来自已殖民化的印度，深感民族文化失落之痛的诗人盛赞中国传统文化和中国人的生活态度的肺腑之言，更是遭到其时正在追求社会变革的中国知识界的严厉批评。于是他在告别演说中只好无奈地表白：“你们……怕我摇动你们崇拜金钱与物质主义的强悍的信仰。我可以告诉担忧的诸君，我是绝对的不会存心作对，我没有力量来阻碍他们健旺与进步的前程，我没有本领可以阻止你们奔赴贸利的闹市。”时过多年，几经演变的中国，今日已经成为拜金拜物、唯实利是从的社会。历史无声的嘲讽，想想都会让我心战栗。

时间太短。仅靠那么一点时间，我不确定是否真已领受那一切？但我毕竟到了那里，想了许多。临离开时我再次回头，那座赭红色建筑依然显得日常而又亲切——企望泰戈尔留给我的，他的故居留给我的，永远都是那样的印象，而不完全因为他是个作家，得过什么什么奖。正如印度灵性四金句所说：无论你遇见谁，都并非偶然；无论发生什么事，都是唯一会发生的事；不管事情开始于哪个时刻，都该是那个时刻；已经结束的，已经结束了。是的，“天空虽不曾留下痕迹，但我已飞过”。

勃兰登堡门旁的老式马车

世界需要宁静。途经德国柏林，去勃兰登堡门广场匆匆走了一趟回来，我为当时随手拍的一幅照片，写了几句话：

马车静置。辕马静息。小女孩静于童稚
马车夫静于老道。勃兰登堡门静于午后
忆来处终日的喧嚣，虽无语，吾心难静

其实我去的那天，勃兰登堡门广场上，人还真不算少，估摸多为游人，来自世界各地。慕名已久，我想在那里随便走走看看，腾出眼睛和心思，静静地想些自以为该想的事情。

但勃兰登堡门就在那里，你看或是不看，它都立在那里，如同一堆固化的历史。那里是柏林市中心，东侧是巴黎广场和菩提树大街的尽头，西侧，则是 3 月 18 日广场和 6 月 17 日大街的起点。友人说，勃兰登堡门的庄严肃穆、巍峨壮丽，展示的是处于鼎盛时期的普鲁士王国国都的威严。而它的兴衰则见证了德意志民族的兴衰史。从历史意义上说，勃兰登堡门堪称是“德意志第一门”和“德国凯旋门”，被称为柏林的城市标志。勃兰登堡门东侧是柏林老城，西侧则通往城外，因此东侧为门内，西侧为门外。

——其实，对于一个只是到那里作短暂逗留的观光者，那样一些宏大的历史叙述，包括后来我们见到的，离那座建筑不远，发生过一场著名的纵火案的柏林国会大厦，那上面至今并未清除的枪眼弹痕，实在都太过沉重。我不是不想了解历史，但那些沉重如铁的历史的一页，毕竟已翻过去了。对我，比了解历史更渴望的，格外想知道的，更是当下，当下的状况，当下的心态。

后来的一切让我相信，冥冥中似有一双洞悉一切的眼睛，早已了然我那点小小的心思，尔后，便有了我亲见的一幕。

穿过人群，我头一眼看见的，却是一辆老式马车，恰好停在正对着勃兰登堡门的中心位置——那有点儿意外，但我想那必是得到允许的，并非我们在国内景区耳熟能详的“无证经营”。马车收拾得像模像样，干净锃亮，通体映照出马车主人下过的那番擦拭功夫。两匹辕马，一匹浅灰，一匹淡棕，与森黑油亮的马车倒十分般配。就在我打量那辆像刚刚从中世纪开出来的马车时，一个年轻女子，走到了辕马跟前，她金发，圆脸，身材略显丰腴，穿一件天蓝色无袖衫，戴一副深色太阳镜，全然一副休闲模样。她偏着头，伸出手去，像抚摸一件久违的爱物那样，轻抚了几下辕马的鼻子和佩饰。那是一幅完全出自人性的画面。她是想起了什么，还是偶尔遇到了那匹马，而顿生爱怜？不知道。柏林消失，游人消失，她眼前只有那匹她喜欢的马。她当然也不知道，一个来自东方的男人，正在注视着她。她一点都不知道。我想，那时或也只有我一个人，会那样入微地注视着她，尽管是远远地。大约也就一两分钟，女郎转身离去，消失在人群中，成了一个我此生再也不会遇到的影子。

少顷，一个延时摄影般的场景，如一段视频那样出现在我面前：不知什么时候，一个穿茜红衣裳的小女孩，走到了马车前方，抬起右手，轻轻放在那匹浅灰马的鼻梁上。我无法确定旁边是不是有她的亲人，或有，也只是在很远的地方，悄悄地看着她。没有呵斥或者怂恿，没有制止或者鼓励。一颗童心，以一种温柔可亲的方式，靠近了那匹似通人性的马。那匹浅灰马一动不动，只有深褐的眼睛在闪动。稚气未脱的小女孩，脸上有一种看不出什么表情的表情，我以为那可以叫作寻常，也可以叫作发自内心。

在那个年轻女郎和那个小女孩抚弄那匹辕马时，马车旁边，静静地站着那位马车夫，他身着老式西装，一顶高檐帽，让他看上去就像个古雅的、准备赴一场盛宴的绅士……

勃兰登堡门广场中心一带，是不让汽车通行的，更别说停车了，却游人如鲫。在那个年轻女郎和那个红衣小女孩抚摸那匹辕马时，世界真静极了。有那么一刻，市声远去，世界仿佛凝固，定格在那一刻。就在那时，我按下了快门，也在心里久久回味。

——其实我想说的，远不止于安静。

在那几分钟里，我没听到在国内通常总能听到的大呼小叫、惊惊乍乍，也没听到吆喝与呵斥。一切似乎都训练有素。一切似乎都自然天成。一切似乎都理所当然。一切也似乎都恰到好处。设想一下：如果那辆马车是非法经营，誓必东躲西藏，打一场游击战；如果有“城管”突然从天而降，必会呐喊着冲过来；如果那个年轻女郎是大呼小叫地奔到马前，花枝招展忸怩作态；如果那个小女孩是像个小大人那样，刻意露出生涩的笑容让人拍照；如果那个马车夫见人未经允许随意抚弄他的马而厉声呵斥；如果那两匹辕马见有人靠近便蹶蹄嘶鸣……只要有一个“如果”成真，我所看到的一切，我看到那一切时的那种心情，都会不复存在。

一座城市最深刻的命运波动，当然可以从它曾经呈现和眼下正在呈现出的风貌中，凭肉眼察看，而它内里的沉思气质，则需要更多心灵的探秘寻幽。人也一样。其实那天中午，我和一位应导游之请而来，已在柏林居住多年的上海女士，有过一阵闲聊。她异常平静地给我讲述过当年她所见闻的喧嚣与骚动，包括柏林墙倒塌那天，东、西柏林人近乎疯狂的激情：得知消息的西城人，仓皇地随手抓起能找到的面包和水，冲到那堵墙的几乎每个缺口，见到东城过来的人，不管认识不认识，就紧紧拥抱，就失声痛哭，就将自己所带去的一切拼命往东城人手里塞……而当我们去到那里时，那道墙和它上面包括那幅著名的“兄弟之吻”的所有涂鸦，都静静地站立在那里。车来车往，人去人来，人们似乎都熟视无睹。离开那里，远远看见一个十字路口拐角处，一溜的十字架，悄然立于夏日的浓荫之下。据说那是人们为当年偷越那道墙而丧命的人立的。偶然有人站在那里，只是默默而立，沉思像洒在他们脸上的树荫一般晃动，时明时暗……从曾经的疯狂到眼下的寂静，到深度的沉思，到第一位德国总理在奥斯维辛庄严的一跪，中间到底经历过些什么？发生了些什么？

看来要世界安静，先得心静。

时间太紧，最终，勃兰登堡门辉煌的细部我都没能去看，心里多少有些遗憾。临离开勃兰登堡门广场时，回头，见那辆马车上已坐好了游客，相对两排座椅的敞篷车厢，坐了四个大人，两个小孩，包括那个穿红衣服的小女孩。一问价钱，说是花 80 欧元，可绕广场一周。勃兰登堡门广场或会响起清脆的马蹄声，那只会为那片宁静增添一点深邃，而不是其他。

循香而去

生命中，再怎么叫人心驰神往的事，都会让时光磨得熨熨帖帖。倘不是偶尔读到这句话，所谓“从实际意义上讲，咖啡其实就是一种深色的豆浆”，我还真想不起，转眼间，我喝咖啡竟已 40 多年，早成习惯。而“深色的豆浆”一语，总算把我弄醒了：咖啡乎？豆浆乎？

于是停下来，循着那股咖啡的香味返回去，看看来路。

头一次，我正是跟着那股香味，走进一家咖啡馆的。

而学会并喜欢上喝咖啡，正是从那次偶然走进昆明金碧路上一家越南咖啡馆开始的。老远就闻到一股奇香，怪异的家常，平白的幽深，迷得死人，却不知竟为何香。那还是二十世纪六十年代末，我正在一深山铁路小站做养路工。难逢难遇一个假日，去到昆明，跟着在昆明做事的同学上街瞎逛，逛着逛着，就闻到了那股奇香。一问，说是咖啡，前面就有一个小咖啡馆。此前，于咖啡我只是听说，从没闻过那种香味。同学却是开埠数百年的广州人，比我知事得多。就跟着他走过小半条街，到了那家小店。

那家咖啡馆还真是小得让人有些心疼，听说却很传奇，是个越南侨民开的——那当然是后来才知道的，店名就叫“南来盛”。当然，也是后来才听说，上了些年纪的昆明人，无人不知金碧路法国梧桐树下，密密浓荫下的那家“南来盛”。它随 1910 年开通的滇越米轨铁路一起来到昆明，不惟是昆明最早的外国餐馆之一，且胡志明在那里从事过地下工作，陈嘉庚曾是里面的常客，沈从文还特选此处宴请胡适，就连周恩来也说那里的咖啡和留学法国时喝过的一模一样。可那天，我连咖啡馆什么模样都还没见过，遑论评说咖啡的口味？只是好奇。看上去，寻常的小咖啡馆，门面不大，人却不少，当街一个老派的玻璃橱，里面是些菱形的、两头尖尖的法式硬壳面包，样子倒蛮讨喜。进去是个柜台，要喝咖啡吃点心，须先买筹付款——那格局，跟一家中式小茶馆几无二致。我却突然想起，之前几年我往成昆铁路工地实习，曾在昆明逗留一日，瞎逛了大半天回来才听同学说，他们去喝过越南咖啡。我倒错过了，就像错过了那时还在，后来却被“破”掉的金马碧鸡牌坊一样——世事凄惶，幸好那家咖啡馆还在。

老同学那天做东，要什么任我点。我怕太贵，说就要杯咖啡，尝个鲜。南来盛的咖啡，皆现磨现煮。黑稠浓酽的咖啡，盛在一口大的直筒锅里，热气腾腾，浓香扑鼻，往一个小喇叭筒似的白瓷茶杯满满盛上一杯，才两毛钱。而其时那已是奢侈，许久才敢去一次——法式硬壳面包更是不敢常要的。至今记得，头一口将黑咖啡抿下去，当那股来自异国的热流穿肠过肚直抵胸臆深处时，某种说不出的爽适与愉悦，倒蛮对我胃口。至今我都不大明白，我对那来自异国且多少显得有些诡异的液体，为什么会有那种先验的适应？或许如有人所说，我们都是另一个时空中，我们自己的梦境？我喝得有些快，既因喜欢，也因难得上回昆明，还有好多事要办。直到面前只剩个空杯，那些滴洒在杯口边沿的咖啡，都还淋漓地挂着，直想伸出舌头，把最后几滴液汁舔个干净……

偶尔中却有必然。世人都道云南偏远，其实因靠近东南亚，早在二十世纪初，那条从越南通往昆明的铁路，已将西风引来。有些地方，与此便没法比了。记得 80 年代末去一个省城开会，晚上几个朋友相约去喝咖啡，到当地一家最好的酒店咖啡吧等了好久，端上来的不仅是个天大地大的杯子，所谓咖啡也温暾寡淡，一无香气，弄得我想了一晚上的南来盛。

人生如寄，一晃，咖啡竟已伴我半生。二十世纪九十年代初，援非多年的大妹夫回国前，告有可购国外电器的配额，问我要买什么，我径直要了把电热咖啡壶。至今每天早晨起来，头一件事就是先把咖啡煮上。遇到朋友来访或赶个文稿之类，咖啡是离不了的，助兴提神啊。某天早晨，女儿的同学来约她上学，敲开门，见我们一家人正喝着咖啡吃早点。事后女儿说，那寻常一幕让她同学羡慕不已：先闻到一股咖啡香，推门就见一家人围坐在暖黄灯光下，真是太温馨了！

看来，咖啡给我的，似不止于那种爽利的口感与精神的振作。

“南来盛”用的是哪种咖啡豆，我不清楚，也未见记载。1902 年，传教士已将咖啡引入云南。所出小粒咖啡，乃云南独有咖啡品种，味醇厚，带果味，堪称上品。早些年，也不知李国文先生怎么知道云南有小粒咖啡，指名嘱我弄点生豆，欲自焙自烤自磨，便从西双版纳弄了些带去北京。其实滇西怒江河谷、保山腾冲一带，都出咖啡。这些年，除了偶尔买点洋货，我喝的多为小粒咖啡。也去咖啡林地走过，山野寂寥，气候湿热，打理一片咖啡地堪称艰辛。国外某些洋品牌，曾以低价大肆收购云南咖啡豆，稍作加工再行倾销。去年去保山偶遇一不信邪者，专在怒江河谷种小粒咖啡，一激动，就买了一堆他做的新寨咖啡，一直喝到现在。

40 余年倏忽而过，想想虽叫人气短，偶尔又恍惚生命中或已多少有了点咖啡的幽香？突然读到“从实际意义上讲，咖啡其实就是一种深色的豆浆”这话时，起初简直无法反驳，忽然觉出了自己半生的浅薄、无知与无趣，甚至惊叹，天哪，人生意蕴的毁殁，竟只在转瞬之间吗？国人的思维也真还有些奇葩呢！但最终我还是明白了：在当今世界几乎所有的饮料中，咖啡具有一种罕见的中立度甚至普适度：酒过浓烈，它是刚硬的、外向的，茶太文静，它是柔软的、内敛的，咖啡恰居其中。豆浆太家常太中式，可乐太流俗太西化，咖啡恰居其中。咖啡将它的优雅隐于浓香，也将它的热烈藏于平静。它既可摆上街摊又可奉于雅室，既奔放热烈又含蓄内敛。咖啡的微妙尽在于此：它几乎可以适应任何人群、任何场所，将私密、个人、家庭、群体等人群统统囊括其中。巴尔扎克在写作中喝，艺术家们在巴黎街头喝，都行。豆浆，当然我也喝的，那基本上是物质的，富于营养，作用于人的身体；咖啡呢，则看似是无用的，喝不喝都无伤大雅。我一喝 40 多年，既属个人喜好，想想又多少让我窥见了另一个世界，从中喝出了一点有益身心的精神与文化——尽管那仍然是无用的。

秋日的汤色

——想起这样说，是友人邀约着要去赏秋，又为到底去哪里犯愁的时候：出城，怕秋山太远秋林太深秋水太凉；就近，嫌美酒太烈美食太腻美人太媚，怎么说都有违了秋的通透简静。真正的秋，合该是风雨后那点零落的惨淡，肃杀中那点内敛的温润吧——春夏远去，说不定秋日本身，早就像一碗冲泡得恰到妙处的茶，汤色正好。这么一想，真跟秋意相合的，还就是一杯浓淡相宜的“普洱”了。行家品茶讲的是汤色，什么浓而不浊、酽而不闷，都有点儿玄。其实山里的茶叶当初都青绿过，不管是烘青、炒青还是晒青，从采到揉到制成，怎么都离不了一双双粗粝的手——那年深秋在出“普洱”的勐海，茶工手上横七竖八长年渗血的口子，还真把我吓了一跳。何况“普洱”还格外要经过一番紧压几年窖藏，比之人，犹如九死一生，这才除去了浮泛和杂质，剩下的只是枯索的筋骨和生命最后的精髓。那倒正应了秋的本意——世间真好的东西怎么都是有来历的，经历过生死磨炼，才有了那样绚丽的醇厚。

就这么着，寻秋便成了寻茶，一直寻到艾芜踟蹰过汪曾祺流连过的湖边——这个城市，如今最有格调、最有人气也最慵懒的茶楼，都在这里。有道是茶楼之美，在茶客与茶楼彼此都是对方的风景，那么，汤色之美，就在茶客与茶水灵性的呼应中了。晃眼看去，最大的一碗茶，或就是那湾湖水——盈盈秋水间，那一池半绿半褐的枯荷，当初也像茶树上的叶片，有过田田的姿容，如今虽枯索凋残，让人想起的，倒怎么都是炎夏的烈日无情的风雨雷电了。

就在湖边那间茶楼坐下，要一壶茶吧——当然是“普洱”，陈年的。忙忙碌碌多时，身心需要滋润，时光正堪回味。不说陈年普洱的汤色，眼下正如秋色一样深浓，单看茶艺师摆弄起那些小巧玲珑的茶具，心已先自静下来，醉了几分，何况怎么看，那双手让我想起的，还是茶农茶工的那些手。于是轻啜慢咽间，品的何止是茶呢？也是那些陌生的茶人为杯中这秋日般的汤色，付出的那份劳作与心思，滋润厚实的甘醇让我确信，真正的秋日汤色，倒尽在这杯暖手也暖心的茶中了。

锦瑟无端

“诗无邪”，读，亦当无邪。经典唐诗，怎么读，都让人痴迷，让人沉醉。李商隐一首《锦瑟》，禁读耐读，历朝历代读来读去，依然读得云雾缭绕，意象纷繁。世态人生的鲜活史实，已无从考察，历史缝隙中漏出的逸闻谬传，亦无处寻觅。但那可感而又朦胧到无以言说的惆怅，那让人无法忘却心灵创伤的优雅的钝痛，怎么都难忘怀。年少时读出浪漫，而立后读出惆怅，老来或会读得沉重。如此也好，即便时光已荏苒千年，偶尔再读再想，便又多一份领悟、多一份体贴。那个仲春的午后，我于一次巧遇中想起的，还是它，于是再读——按我自己的方式，以一种别样的心情。

命运弄人，每在人生当口。生活常新，偶遇常有，可那样的巧遇巧到无法再巧，不能不让人惊愕上苍之手的几乎无处不在、无事不能。有时会想，何以无际的人海中，恰恰会遇见想遇见的人？时间无涯的荒野里，不早不晚，赶巧就在那时抽出一丝雅绿，让我碰上？心里于是轻轻问一句：你怎么也在这里，怎么……怎么……那看似偶然的相遇，既轻盈得像无心的微风拂面，阵雨过界，细想却又像是命运的必然，一如日月经天、江河行地。不能想，也不敢想，一想就惊心动魄，疑为天意。

但千真万确，那个梦幻般的午后，我碰到的正是那样的巧遇：明明是我跟你在闲侃往事，仿佛又是虚拟的他在与你重叙旧情……我为有情人未成眷属而惋惜，如同我为曾经的创痛而忧伤。仿佛是受托而来，如此，我便注定成了代他而言的最佳人选。命运慷慨地给了我那个机遇，也吝啬地给了他一个了结——知道吗？他那一等，竟然就是几十年。而这样的机会，就因为突然在人群中认出了你，便顿时想起了他——其时，他身陷重患，已命在旦夕。在半世别后又再相认的那一刹那，我记得我曾那样哽咽着对你说过。第一句话，六个字，说得慌忙，说得急切，仿佛迟上几分几秒，就会错过。而你一听，便满眼是泪，转身向壁而泣……

于是我相信，或许每个人心中，都有一片属于自己的森林，隐蔽，而且神秘，生长着一些伤心之树，也会开出几朵幸福之花，让最细密的心思悄悄绽放。那样的森林，外人有过的，只是远处的打量，即便多少知道一点内情，因了细节的缺失，看上去也只是寻常。但我们从来不曾进去过，恐怕连悄悄维护它的人，一个，或者两个，自己都很少前往。但它一直就在那里，总会在那里。外来者偶尔懵懵懂懂地撞进去，迷失的就那样迷失了，相逢的人却会沿着他们熟知的路径，走进那片森林的深处，在那里再度相逢，相逢在那个秘密的精神花园。

于是有了此刻。

随心走进的那个酒吧，只有少许几个人，温馨而落寞，料想那许多空着的座位，即便再等千年，也等不来这样的交谈者。侍者殷勤，领我们到窗户边一个阳光辉映的明亮位置——她当然无法了然两个客人的心境，已不适合那样的明媚。你轻声说了句换个地方吧，于是我们走向那个吧角。那里离窗户不近也不远。午后的阳光色淡如金，浮于窗外，散射到这里，已成一片氤氲与迷蒙，如同绵绵思绪。绛紫的窗帷。柔软的卡座。坐下去便深陷其中。深陷于午后透明的深浓，深陷于似已消散又重新聚集的如烟往事。这才觉着，如同转瞬之间的时光，真的已经过去了将近 50 年。“锦瑟无端五十弦，一弦一柱思华年。”不知为什么，就在那时、那个瞬间，我想起的竟是李商隐的诗句。

记得当年，都青涩年纪，我们几乎没说过什么话，在我那时的眼里，你只是一个小女孩。但我确知你在他心中的分量——我的那位朋友。要是他不是身在病中，我一个电话，他会立马选个航班，从天而降，但他不能。电话当然打过，听到的，只是他的叹息。末了，他说，代我……代我跟她聊聊。于是此刻，我们相对而坐，却相视无言……

两杯摩卡，静而无波。是你点的。两双眼睛，炯炯有神，是我感觉。现在，我们面对面坐在那个有午后阳光映照的吧角，谈论他，谈论你，谈论一别将近半个世纪所有琐琐碎碎的日子，以及你作为一个祖母所有的家长里短，唠唠叨叨。想想，这样的交谈真令人惊异！你显然有点儿疲惫。后来我才知道，打前天知道了他的消息，你已然茶饭不思，夜无安眠。当我应他之托约你出来聊聊时，你曾感无力应对，最终还是应允了。那是你对我的一份信任，还是对获悉他近况的一种渴望？我想问，为什么会将最终的秘密，对我这个局外人细细言说？我最终没问，于是你也不用回答。但我知道，那至少是他对我的一份嘱托：代他跟你聊聊天。他已然生命垂危，且离这座城市、离这个巧遇、离这个静谧而又感伤的午后十万八千里。没人知道那是怎样一种奇异的交谈，连我自己，我这个在场者，也无从了然那种奇异。你当然是你。我却不是我。你真是现在的你？或也是从前的你？我既是我，也是他；是从前和现在的他，也是我，现在和从前的我。“庄生晓梦迷蝴蝶，望帝春心托杜鹃。”恍惚。恍惚。恍惚于庄生梦蝶那个千古之谜。恍惚于托帝杜鹃的那份无涯春心。坐在那里的我，既是我，又是他，是那个我们共同思念、挂牵着的人，尽管思念跟思念、挂牵跟挂牵是那么不一样，你出于曾经有过的爱，我出于至今依然的友情。那样的感觉，怪异得像一个梦。那时，顿感我心被撕成了两半。一头是你。一头是他。角色暗转，如无场次戏剧。谢谢。我在心里说，谢谢你从短短两天时间中，匀出了这个午后，为了那个眼下生命垂危的他。我真在心里说过那两个字，世俗，亦真诚，你是否听见？

言言复言言。我听到了你沧桑的笑声，也分明听到了你隐隐的叹息。我读懂了你在我面前强充的爽朗，也生生看见了你眼里真实的泪水；我理解了你当初抉择的艰难，也深味着你现在处境的无奈。人的一生，总在被思念折磨，有时一年，有时一生。人生从来都无可再来，爱也从来都难以重续。个人的揪心痛楚，叠映出的，是那个时代的闹剧和悲剧。其实，我们都不愿意也不允许回头再度进入那样的年代。但青春的记忆并不像丢下一本诗集那么容易放下——那是他电邮给我的手稿，今天早上，我特意到数码店制作出来，素朴简雅，为的是能让你轻轻地读。可惜，你说，你没戴眼镜。老视，或者是不忍？不知道。于是我成了一个朗诵者，你成了听众。轻轻吟诵，轻轻。末了，你说，我无法带走。你把脸贴上诗集的封面，却说你无法带走，因为……因为……另一个进入你生活的人会不喜欢，不高兴。那是当年的一个约定。或也可以说是一个契约。人生真难。人生何以有那么多的顾忌？好了，别说了。想告诉你的只是，那里面的诗句，记下的是他那些不眠的夜晚和落寞的清晨。我感同身受。

时间分分秒秒过去。阳光已经远离了窗口。吧角更加昏暗。时光分分秒地过去，就像生命分分秒秒地流逝。多少无法看见的微小念想，难以点数的细密情怀，在我们不知觉间累积于心，却在生命的表盘钟面，一圈圈转成了千万个朝朝暮暮。我们深陷在那个吧角，也深陷在混浊的回忆之中。窗外阳光依然明亮。

“沧海月明珠有泪，蓝田日暖玉生烟。”一个人一辈子，知道有个人曾经那么爱你，即便无肌肤之亲，无朝暮之缘，无一锅一镬一饭一汤之日常，是不是也是一种幸福？想想应该是。想想也必然是。有些爱，有种子，却不能结出果实。有些爱，有基座，却无法耸立云天。那么，如果不能将爱做成一个纪念碑捧在掌心，以手相抚，以颊相依，就让那颗陈年种子深埋心底，以血相养，以胆相照。过好现在的日子，才是正经。他这么希望，我这么祝福！生活不像想象的那么好，也不会像想象的那么糟。人的脆弱和坚强，都超乎自己的想象。有时，人可能脆弱得一句话就泪流满面，比如相遇的那一刻；有时，也发现那人已咬着牙，忍着彻骨的疼痛，走了很长很长的路，直到抵达今天。于是那时，我看见你又一次流泪了……那或是滴落在往昔上的最后滋润，但那粒种子已无法成活。正应了那首诗的最后一句：“此情可待成追忆，只是当时已惘然。”

或许一首《锦瑟》，早已道尽古今各色人等的情感尴尬与无奈，后世的纷繁个案，无论是简单还是精彩，皆为注脚：仿宋，六号字，容易遗漏，却不可不读。

那晚的月光

想起那晚的月光，是在没有月光的今夜。今夜在灯下，对一片矫饰的明亮，如对沉沉夜色。无数那晚的片段回想起舞于眼前，闪烁而有金属的光泽，清越似有金属的声响。

于是想起了那晚的月光，想起了北方阔大无边的晚秋，和晚秋里如霜一样匀匀铺洒开去的月辉——北方的原野有多宽，那晚月光就有多大；也想起了如水的月光荡漾下，那丰厚的秋夜，和秋夜里清癯硬朗的风景——树木抖搂了葳蕤重叠的负重，只把峭劲如铁的枝杈，疏疏地布向东边的夜空。尚未凛冽的风拂过来时，树杈儿一动不动，唯收割尽净的田野里，有几茎农人遗落的高粱穗儿，在清寂地摇曳。晃动的暗影，如久凝的血迹，斑斑点点。吵嚷了一春一夏的鸣虫，歇嗓已久，正一似满额皱纹的哲人，苦苦沉思着即将到来的冬蛰。大地于宁静中弥散出某种苦涩的气息，一切都因了准备越过漫漫寒冬，而显得故作姿态，单调乏味了。

其时，那晚的月光柔柔地洒了下来，那么银白那么慷慨地，让死寂的原野重新获得了灵性和生气。某种飒飒的细雨般的歌唱，不绝于耳，叫人想到大地深处，正有万千生命未泯的心，在缓缓地舒张跳动。枯干的树杈儿，摇曳不定的高粱穗儿，以及那原本一片黝黑平板的田野，顿时在月辉下显出高低错落的层次。闪动的银白，如同一些晶亮的思绪，当它们从沉沉的暗黑里飘然升起时，我们那漫无目的地散步，便于倏忽间生出了浓浓的诗意。而那些刚才看上去纯属生存意义的万物之姿，也于刹那间因了月光的映照，回复了它们的自由潇洒，现出了生命千姿百态的美质。朦胧的原野尽头，有几处原先我们并未看见的，半银半暗的隆起，像是一脉山影，又像是一溜儿草垛，甚或是一队结伴夜行的游人，轻轻地，就把我们的凝望牵到了地平线以外的地方——即使在夜里，也需要远望。

我们就那样走着，就那样走去。那是一段静听天籁的时光。默默地，便只让心和一闪一闪的月光娓娓地接谈——无语的月光，其实最能撩拨忽隐忽现的思绪。时有笑声如诉，也时有轻叹如泣。月光把我们压抑已久，从未感到也从未想要说出的心思，一缕缕一团团地诱引出来，话题如撒向月光之湖的大网，慢慢地收拢来，再远远地撒开去，似想捕捉起一点我们都想捕起的什么——是什么却是说不清的，也一直地没有收成。月光呢，便从话题间盈盈的网眼中淋漓地流去，流去了，仍是皎皎的月光，只是更白也更柔。

从黑暗中出发，无意间走进那片月光的我们，起初，并不知晓那晚会有月光，尤其不知晓的，是那晚的月光会那样地深浓，又那样地娇柔——毕竟，秋天已经逝去，冬寒已经到来。能够想象的，只能是滴水成冰，飞雪如席吧？而刚刚过去的那个夏天，热血偾张，我心激荡，如沸的记忆，犹在眼前。而月光这么快地，悄悄儿地就来了。有时，在那样清澈的月光的浸润下，便觉得世界和我们自己，都有了一点改变，干涩的，在变得柔软疏松，龟裂的，正重新润湿弥合。唯独没有懊悔。在宁静如许的月光的抚慰和默许下，什么样的奇迹不会降临呢？再沉重的，也要化归轻盈，再惆怅的，也将演成希望吧？

话题的网，不断地撒开，又不断地收拢。好几回，当我们以为捕到了什么，其实什么也没有捕到时，我们不由自主轻轻地笑了。路已经走得很远很远，还要往前走吗？我们交换了一下目光——是谁的眼睛，闪出了大河一样的坦荡和深邃？于是我们继续朝前走，无声地，蹚开波漾如水的月色，绕行澄清如月的湖水，去寻我们本无预期又若有所待的收成。我们就那样走着，就那样走去，仿佛已走了百年千年，却还想走百年千年。

而终于——那是什么时候，我们似乎惊骇又满心欢喜地发现，我们，我们的心，已在月光下欢快地迷失。围着月光之湖绕行了一圈又一圈，我们已找不到回去的路。陪伴我们的，唯有月光。满目是月光。到处是月光。仿佛连我们自己，也成了一片行行复行行的月光。当我们在月光下看见通体透明的自己时，惊喜便汹涌地扑来。

启程时的灵醒，已被冷峭而又熏暖的夜风拂得遥远。唯斜卧于月光湖上的一弧石桥，将我们往往复复的脚步，杂沓成微醉般的蹒跚。果真找不到归路了，又何妨呢？环顾四周，在一处黑魆魆的树影背后，分明可见高楼的灯火熠熠荧荧，如有些媚人的花朵，美丽的噩梦。但被至诚至清的月光擦拭得晶亮的我们的眼睛，却无以回望——为什么呢，那边竟没有月光？于是一经我们的心在欢快地迷失，听凭涉过了寂寥荒漠的脚步，把曾经辉煌又业已黯淡的往昔，抛得远远，我们就那样走着，就那样走去，希冀把从此的去路踏成一股，相约着去寻同一片清澈，同一片辉煌。再对月光，月光无语；再看湖水，水波不兴；再顾四野，四野森然。却有细语如歌，轻叹如唱。把无形的话题的网，撒开再撒开，收拢再收拢，一网网，捕起的尽是我们迷失的自己和曾经遗落的心。我们捧视着自己，也互相捧视，于是感到了月光一般融融的欢乐，和月光一般淡淡的忧伤。而我们会心地笑了，会心地笑了起来，为了那欢乐，也为了那忧伤……

想起了那晚的月光，是在没有月光的今夜。今晚没有月光，那晚的月光还在眼前还在心上。此生蹚过那样的月光，确信世间真有月光。心，浸透过那种思索的宁静，灵魂便从此再无宁静。

人生无归路。想起了那晚的月光，也无须归路……

梁思成林徽因的昆明客厅

历经劫波，穿越红尘，在昆明北郊龙头村，当我终能面对梁思成林徽因的那幢故居时，离它的建成，已风风雨雨过去了 70 余年，老屋早已一派沧桑。屋子所在的昆明北郊龙头村桂家花园，已被四周怪异丑陋的碉楼式楼房包围，且还在步步紧逼——如今那个桂家花园，已然有园而无花。四周的短墙说新不新说旧不旧，倒苍老到固执，对 70 年前的那幢房屋，像是“保护”，也像围困。梁林故居仿佛是无奈地蜷缩在那段短墙后面，一如一位靠着墙根晒太阳的耄耋老人，正静静地回想当年的静雅，喘息声却悄然在耳——尴尬似乎不仅在那幢房屋，也在我们这个年代。

但我不在意。头一次，是跟着专事研究抗战期间昆明文化的余斌先生一起去的。余先生曾去那里做过多次考察，后来出版的《西南联大·昆明记忆》一书三册，其时正在写作中。而我，没有那样的功底和笃定，挂牵的，唯梁思成林徽因夫妇的那个客厅——事先做了点功课，嘤嘤嗡嗡吵了几十年的那个“太太的客厅”，好像至今也就在昆明龙头村那幢梁林夫妇旧居里，还能依稀可见。

倒是旧居那飞檐翘角的屋顶，仍执意地诠释着梁思成这位虽然受的是西方建筑教育，却又终身守护着中华民族建筑风格的大师的建筑理想，把我的目光和思绪，引向高原的蓝天白云，引向某个精神的高处，顿时让人想起他著作里那些精美的建筑绘画，想起二十世纪五十年代初北京各种新建筑的大屋顶，尽管最终那都成了梁思成的罪过。院子里有棵不大的树，我一时叫不出树名，也不知是不是当年林徽因坐在下面读书的那一棵？来时村外河堤上成排的林木，倒依然如林徽因描述的那般，用它们的枝条，擦拭着昆明的天空。

一切都仿佛当年，天依然蓝，风依然暖，但一切又早已不是当年。

不知别人怎样，那幢老屋让我最爱最怀想的，是那间客厅。置身那间客厅，我想起的，不是梁林夫妇在中国建筑史上留下的诸多佳话，也不是他们曾经参与联合国大厦设计的辉煌，投身新中国国徽、人民英雄纪念碑浮雕设计的荣耀，甚至也不是林徽因优美的诗文，而是两个普通中国知识分子的血性与坚忍，是那间客厅里曾经的人来人往，聚会与离散，欢乐与悲伤。

那是幢怎样的屋子呢？1939年年中开工，1940年春建成，住房坐西朝东，附属房坐东朝西，中间隔着一条通道，如此便自然地形成了一个小小的庭院。整个建筑，既与当地乡村相融合，又特立独行，透出一派清雅、明净与大方。土坯墙、瓦顶、木地板、花格窗，一共是八间房。

林徽因自然说起过那幢屋子，“邻近一条长堤，堤上长满如古画中的那种高大笔直的松树”，“我们正在一个新建的农舍里安下家来。它位于昆明东北八公里处的一个小村边上。风景优美而没有军事目标……出人意料地，这所房子花了比原先告诉我们的高三倍的价钱，所以把我们原来就不多的积蓄都耗尽了，使思成处在一种可笑的窘迫之中……以致最后不得不为争取每一块木板、每一块砖，乃至每一根钉子而奋斗……”在写给她的美国朋友费慰梅的信中，她自嘲那幢“农舍其实是简陋不堪的”。而费慰梅却感叹道，“令人吃惊的是，这正是这两位建筑师唯一为他们自己盖的住宅”。就是那几间朴素的瓦舍，容纳了流离失所的梁林夫妇，为他们在炮火中的西南之行，带来了短暂的安宁。

但，林徽因好像从没说起过那个客厅。

除了附属用房，那幢仅80平方米的正屋，倒有一间颇大的，砌有西式壁炉的客厅。壁炉口呈马蹄形，以青砖垒砌，给这土坯房增添了一点西洋气息——不仅当时，放在如今，也属罕见。客厅的窗子，几有卧室窗子的四倍之大，滇地阳光浓艳，自然光和着窗外的山色云影，皆能通畅地抵达——当然，那客厅，也连着经由客厅的一道小门可以进去的金岳霖的住房，尽管牵连的是另一种情怀，我却从没想过要走进去看看。不知为什么，每次进入那间客厅，我心心念念想到的，都是一直身体都不大好的梁林夫妇，有的却是一个堪与天地相较的宽阔心胸。而他们与朋友们侃侃而谈的音容笑貌，似乎仍然浮现在眼前。

那当然是幻象。其实，见过龙头村那座旧居者，各有各说。搞建筑研究的人说，那幢土坯农舍，对一个既对建立中国建筑的古典主义传统有着终身追求，又对中国古代建筑毫不顾及永久性持批判态度的建筑史学家梁思成来说，具有一种“强烈的讽刺性和悲剧性”，且据此做出来一大篇文章来，也不能说没有道理。理由或许是那样的房屋，并不耐久。年轻的寻访者呢，怀想的是一缕想象中的浪漫：推算起来，有着那样一个园子的人家，屋主的丈母娘，当年亦正少女情怀呼之欲出的年纪，虽不至锦衣玉食，倒也十指不沾春水，抚摸着林徽因的梳妆台，照见镜子中自己将熟未熟的青春，相比她见过的那个江南美人，顿时沮丧得想哭……

我既没那样严谨到苛刻的理性，也没那样丰盈得葳蕤的浪漫，有的只是一种突然涌上心头的感动，亦浓亦淡，亦禅亦俗。那是国难当头的严酷年代，而作为建筑设计师的梁林夫妇，何尝不想为自己盖一座好些的房子？或许，一个壁炉，无非两位建筑学家对那样一座乡土建筑所作的补充，所消除的某些遗憾，却难以掩盖建那幢房子时的匆忙与简陋。世事也恰如他们当时的窘迫：建那幢房子前后，林徽因虽为云南大学设计过映秋院，梁思成却只能按西南联大校长梅贻琦之嘱，设计建盖茅草屋顶的校舍。问题倒在，到底是为了什么，他们会决意耗尽自己的所有积蓄，盖那样一个院子，还特意设计了一个“巨大”客厅？

资料记载，1937 年夏天，梁思成林徽因夫妇带领同事和学生正在山西五台山地区考察古建筑，北平“七七事变”爆发。——也就是在那次考察中，他们发现了作为建筑标本的大佛光寺，结束了中国没有建筑遗存的尴尬。闻讯北平失陷，梁思成林徽因夫妇连夜赶回北平，前脚迈进西直门，后脚日军司令部的帖子已摆上案头：一帖“大东亚共荣协会”送来的请柬，邀梁思成出席一个宴会。去，即表示愿意跟日本人合作，不去，就可能被特务盯上，遭遇不测。梁思成当即决定离家出走。离开北平时，全家人只拿了三个铺盖卷、两三个手提箱，而扔掉了整个家。为了不愿见到日本侵略军的旗子插上北平城，梁思成林徽因领着她母亲、8 岁的女儿梁再冰（1929 年生）和 5 岁的儿子梁从诫（1932 年生），匆匆离开了北平古城，往西南大后方撤退。

——北平，那个著名的“客厅”就此终结。

其时，历经颠沛流离，从北平、长沙一路走来的梁林夫妇，到昆明后，最先借住在巡津街的“止园”，后又搬到巡津街 9 号。那一带紧靠 1910 年通车的滇越铁路火车南站，外国人办的一些医院、酒店、洋行汇集于此，本地大户人家的西式豪宅也较多。虽稍显繁华，却仍有一份难得的幽静。其时，金岳霖、杨振声、沈从文、萧乾各家，亦先后到了昆明，住在离梁林居所不算太远的北门街。如是，曾被某些小家子气文人讥诮的“太太的客厅”，或叫“太太沙龙”，亦在昆明恢复重启。世事之难，恰如屠隆所谓：“核人贵实，浮论无凭，从古圣贤不能无谤。”喜欢交往的林徽因，曾为那样一间“客厅”，受过许多不白之冤。余生也晚，初闻此“文字官司”，亦云里雾里，无从辨识。直到走进桂家花园那幢屋子，才明白，少为人知的是，时事突变，经常光顾梁思成林徽因在昆明那间“太太的客厅”的，除了文化界的新老朋友，竟然还有一群年轻的空军航空兵学员。

与那些年轻的航空兵相遇，堪称梁思成、林徽因生命中的一段奇遇。那是从长沙来云南路上，在湘黔交界处的晃县，为给病中的林徽因寻个住处，由一阵悠扬的，全都是西方古典名曲的小提琴声导引，梁思成意外结识的。梁思成的儿女后来回忆：走投无路时竟发生了一个“奇迹”，雨夜中传出了一阵阵优美的小提琴声，全都是西方古典名曲！谁？会在这边城僻地奏出这么动人的音乐？“如听仙乐耳暂明”的梁思成想，拉琴的一定是个来自大城市、受过高等教育的人，或许能找他帮一点忙？他闯进漆黑的雨地，“寻声暗问弹者谁”，贸然敲开了传出琴声的客栈房门。乐曲戛然而止，梁思成惊讶地发现，屋里竟是一群身着空军学员制服的年轻人，十来双疑问的眼睛正望着他。他难为情地作了自我介绍并说明来意，青年们却出乎意料地热心，立即腾出一个房间，帮忙把林徽因搀上那呀呀作响的小楼。原来，他们二十来人，是中国空军杭州笕桥航校第七期的学员，也正在往昆明撤退，被阻在晃县已经几天了。“其中好几人，包括拉提琴的一位，都是父亲的同乡。这一夜，母亲因急性肺炎高烧四十度，一进门就昏迷不醒了……”

即便如此，对这样的事，寻常人事后道个谢，也就罢了，从此便成陌路而已，孰料会就此结下一场友情？但他们不是常人，是梁思成和林徽因。其时的昆明航校，位于南郊的巫家坝机场，那群年轻人远离家乡、亲人，训练艰苦，生活枯燥，很自然地，就有意无意地，想把梁林的家当成自己的家。事情都该是双方的，一方有意，另一方也得有回应。梁思成林徽因亦以他们宽阔的胸怀，接纳了那些年轻人。逢有假日，那些年轻的航空兵便会相约来梁林这里聚会。连接他们的，起初，或为“异乡”那个撩人乡愁的词语！尽管对于他们，其时作为“异乡”的昆明，也在中国，但她新鲜的陌生明丽的异彩，相比国破家亡如雾霾般的忧虑，总会让人更加思念故乡，去寻找一种生命的支撑。如是，他们便成了“乡愁”相互的落脚处。而一间那样的客厅，以及一次次犹如家人般的交谈，在那样兵荒马乱的年代，提供给双方的，正是一种丰腴到可堪频频品味的乡情。

事情也巧，不久，林徽因的三弟林恒，作为航校第十期学员，也来到昆明，便让那份友情变得更为亲密。

既是“客厅”，当然先得有一个堪称“客厅”的空间。

无论是对一个人，还是一个民族，建筑从来都是文化心态的空间呈现。踱步于那间客厅，我总会寻思，开朗好客、诚恳热情的梁思成夫妇，到底是如何跟一群年轻人像朋友那样交谈聊天的呢？说到底，那个客厅的实体空间，无论如何都不算大，心灵空间呢，或已大到无垠。明人吴从先《小窗自纪》有谓：“忘形之交，唯有识性。”正义，是人性的骨架，也是性情的真谛。而至情至性，不尽是挥麈雄谈，倒或是执手细语。以梁思成林徽因当时窘迫的经济境况，其时他家，玉盘珍馐当无，粗茶淡饭或有，真能拿出的，唯一份关切与温馨。年轻人常向他们倾吐无处诉说的心声，他们则在忙碌中停下来，还以倾听与抚慰。我无缘加入那场世纪性交谈，至为遗憾——惜乎当下的人们，有的是豪华聚会，月下团圞，美酒佳肴，如水月华，却没了将心倾情交付的恳谈！于是只能想象那客厅，如何转瞬便成了年轻人的青春港湾，也成了梁林夫妇了然战事的通畅平台。无论梁家搬到哪里，年轻人都会追随而至。

一个人，自来到这个世界，就总会有多重身份。即便是一个所谓的学人、一个艺术家，也一样。他们既是某个行业某个专业的专家里手，也是这个社会的一员。营造学社对中国古建的专业研究，自是梁思成林徽因生活的日常。但他们同时又是一个社会的人，是处于酷烈的抗日战争中的中华民族之一员。即便俯身书桌，古佛青灯，也不会闻不到战场飘来的浓烈硝烟，思考这个民族的生死命运，却也能暂时拂去当下人世的喧嚣纷扰，隐忍着窘迫呛人的世味，于一瞬间转身面对他们心仪的古建，清心寡欲地，静心体味先贤的智慧。对梁思成而言，一个国家最可宝贵的财富，绝不仅仅是那些失落在荒郊野岭之间的古代建筑遗迹，他穷尽一生之力去探寻的，是埋藏在这些遗构之中伟大的文化传承和精神力量。国难当头，梁思成拖着病残之躯完成了《中国建筑史》的写作，从而实践了自己的誓言：中国的建筑史要由中国人自己来书写。作为一个艺术家的言语，与作为一个公民的言语，当然是不一样的，各有各的范畴，各有各的规则。而梁思成林徽因夫妇能在两个范畴两种规则间来回且迅速地转身，与其说是一种机智，不如说那更是一种胸怀。

——当梁林夫妇为躲避昆明当年日甚一日的日机轰炸，搬离巡津街9号，借住于昆明北郊麦地村一个尼姑庵中时，屋里潮得几能浸出水来，必要事先撒些石灰方可落脚。如是，所谓的“太太沙龙”，不在逼仄的屋内，就在屋外的天井。一番聚谈后，当客人们走出那座尼姑庵时，一路的足印，不惟如片片白梅，飘向四面八方，或还有他们心中氤氲而起的对明天的温馨向往。然战事趋紧，麦地村聚集的文人越来越多，住房日渐紧张拥挤，独立的空间，愈加成为奢侈。当梁林夫妇终于决定自己借地盖一幢房子时，一个宽敞的客厅，显然就成了必需。

很快，那些年轻人便陆续从航校毕业，即将编入对日作战的航空部队。学员中没一个人有亲属在昆明，便请梁林夫妇作为“名誉家长”，出席在巫家坝机场举行的毕业典礼并致辞。那天梁思成全家都去了。坐在主席台上，看过毕业生的飞行表演，眼见那些年轻朋友就要驾着古董级的“老道格拉斯”飞机出征，一种说不出的酸苦和忧心，已然萦绕于心。

飞行员们偶然还会来到梁家，讲些战斗故事，还给他们的孩子带来过用日机残骸制作的玩具。这时的客厅聚会，欢声笑语渐少，气氛也日现凝重。说起空战中我方的劣势和一些老飞行员的牺牲，他们的揪心和忧愤，总让梁林夫妇担心，那些可怕的事情，可能随时都会发生。

不久果然传来了噩耗。梁思成突然接到部队寄来的一封公函和一个小小包裹——公函是一份阵亡通知书，小包裹里是一些日记、信件和照片。死者正是那群年轻飞行员中牺牲的第一人，因在后方没有亲属，遗物便寄给了“名誉家长”梁思成。林徽因捧着那些东西泣不成声。更没想到的是，那样的悲伤后来竟接踵而至，将阵亡者的遗物寄给他们夫妇二人，成了那支部队的惯例。

真难为了梁林夫妇，国难当头之时，他们跟全中国的老百姓一起，经受着战争的折磨，可任有再大的客厅、再宽的心胸，又怎么装得下如许悲伤？

自那以后，每年7月7日“卢沟桥事变”纪念日中午十二点，梁思成都要带领全家，在饭桌旁起立默哀三分钟，悼念一切他们认识和不认识的抗日阵亡将士。那三分钟是他们全年中最严肃庄重的一刻。

那样动荡的年月，房屋建成后只住了短短八个月，梁林夫妇就离开昆明，去了重庆附近的李庄——那里的环境和天气，比起昆明的龙头村，差了许多。而“太太的客厅”，到底还是有了再一次搬迁，可这回，那些年轻的飞行员已没法去到那里，与梁思成林徽因倾心聚谈。好在通信仍在继续，友情仍未断绝。

当年轻人得知梁思成林徽因在李庄生活得很艰辛时，甚至会借飞行之便，把他们省下的食品和日用品，空投给他们心中的良师益友。我常常想，其时，对话是没有了，“客厅”却依然存在，甚至大如整个蓝天。

法国摄影家马克·吕布在给一位中国摄影家的信中写道：“人世间最美好的事物就是友谊、文化。由于相同的兴趣和热情，使我们成为朋友。对于我们来说目光与眼神是何等重要，我们每天都在改善这一眼光。”如果梁林夫妇先前的客厅，关乎的只是文人趣味，关乎文化与艺术，那么，包括昆明巡津街 9 号和龙头街梁林故居客厅在内的那个巨大的“客厅”，就不仅包容了文化、艺术与情怀，更充盈着许多同时代文人所欠缺的血性与担当。由是，每当我站在那幢土坯屋子前面，站在那个有壁炉的客厅里时，想起那些发出过讥诮之语的小肚鸡肠文人，心里还真不时有一种跟他们当面一搏的冲动！

如今，那幢老屋人去屋空，留给人们的，只有无尽的沉思：在当今这个豪宅、会所随处可见，却缺少真能让人心与人心交流、让历史与当下对话去处的年代，什么时候，才能让更多人走进那个“客厅”，倾听梁思成林徽因的告诫，也倾听我们自己？回头一想，十年前，我把家搬到离那幢旧居不远之处时，心里是不是存着一份小小的念想，及一份无言的依傍呢？

光禄古镇的如银秋夜

一

那会儿，回廊已渐渐暗了下来。似由头顶飘落的那方天空，原是湛蓝，渐成暗蓝，成米灰，再由烟灰到雅灰，到水洗黑；此刻，又转成一片略略透明的幽蓝；凝望间，恍若一幅硕大丝绸，柔软，轻盈，仿佛一伸手，便可一把握于手心，再骤然放开，也依然顺滑平整如初。

——是在光禄古镇，在古镇的张家大院，在张家大院的那道回廊。

长而幽暗的回廊上，唯我独坐，亦独享。

那是二楼。下面院子里，原先开着的那盏弱弱的灯，似也暗了下去，隐约一点微光，只让我的目光，正好能顺着四面回廊踽踽而行，如同白天走过的光禄回形街，任你怎么走也走不到尽头。目光就那么绕啊绕，直到绕出一片暮秋的古意。

独坐于斯，沉浸于四周那片幽冥，心中亦一片苍茫。说不清那番古意与苍茫，竟从何而来。月亮或还没升起。我是说，月亮那会儿或许还在山的后面，没照进那个院子——连那也全然只是想象，初到一地，我甚至都还没弄清方位，也不知道那晚是不是真会有月亮。只是猜想。更没想到光禄那晚的月色，后来竟有那样如银的璀璨。其时，我的眼中，甚至心里，只觉回廊空空，除了我自己，没有人。我是说，光禄古镇的那个老院子，老院子里的那个夜晚，那时竟都归我一人独享。

突然想到，哦，真够奢侈！“奢侈”这个词打心里涌出时，我真有点得意。一种足以向人炫耀的得意。可那到底是怎样一种奢侈，我还说不清。说奢侈至极，嫌空洞；说绝顶奢侈，太夸张。便反反复复地琢磨，说是奢侈，竟是一种怎样的奢侈呢？

那是幢很老很老的院子，老到檐沟草已有葳蕤的覆盖，柱础石早生出斑驳的苔痕，老到风可来住，鸟可来巢，老到我还没生，连我的父母，甚至父母的父母的父母都还没生，它就在那里。百年，甚至千年。层层叠叠地，沉淀下绵长时光，朝朝暮暮间，经受了日月磨洗，风雨浸淫。其间，偌大个世界，不知有过多少沧桑变故，那个大院倒依然还是大院；尽管，听说不久前也有过一次整修——它也实在太过苍老。于是很自然的，我想到了奢侈。有时，奢侈近乎豪华，而真正的奢侈又何止于豪华？豪华是物，奢侈是心。奢侈从来不是昂贵，无法以金银计之；而豪华，也从来不是排场，不是物的无度堆砌。我倾心的奢侈，恰恰是那样古老的清雅简静的纯粹。也不是说那晚那个院子里，只有我一个人。不是。是说真在那会儿静心享用那段时光的静雅与幽冥的，或唯我自己。古镇已恬然睡去，大院亦悠然入梦。而我，却独坐回廊，面对楼下那个任回廊四面环绕的天井，木呆呆地凝望，没心没肺地发呆。

其实我说的天井，也非寻常意义上的天井。我是说，院子里确有个天井，通常意义上的天井，除此还有一片真正的天，在头顶，一口真正的井，在院中。我是在这个层面上，说到“天—井”的——哦对不起，这话听上去似乎有点儿绕，但事情就是这样。天在我从回廊斜看出去的头顶，浅浅的暗蓝，深邃的纯净。而那口井，其实是看不到的，可它就在院子正中，上覆一方石板，厚厚的，随意，不规则，板面刻有棋盘，四周有几个鼓形石凳。真要看到那口古井，须预先挪开那方石头的棋盘。白天我曾想看看，也试着两手一起用劲，移开那块石板，结果它纹丝不动，我只好作罢。历史很沉。往昔被封得很死、很深，也许就藏在那口井里。也好，那就别动，就让思绪去想象古井中那些幽凉的过往。

而此刻，凝望幽蓝天光下隐约可见的空荡荡的棋盘，我却仿佛正面对一场棋局。不知谁曾有幸，曾在那里捉对厮杀？那样的对弈，想想都叫人迷醉。楚河汉界，将帅象士，车马卒兵，满眼风烟，四方烽火，那是怎样一番潇洒的厮杀，无声的博弈？能坐在那里下棋的，如果不是仙人，也是脱俗的凡人，而四围的观棋者，或怎么都有些来头……其时其地，在凝神观局的间隙中，深藏于井的光禄的过往，那些活生生的历史，会否偶尔也打古井深处冒出来，从他们的眼前像一片云彩般地飘然掠过，甚至在他们心里久久地回荡？

不知道。

二

我就那样坐着。慢慢地，方觉寂静开始聚集，尔后涌来，从四面八方，从蛮荒，从远古；从秦，从汉，从唐，从宋；从南诏国，从大理国；从姚州，姚安府，涌来。思想到那里突然一惊：觉察到那种寂静，甚至说出那种寂静，会不会将那千古寂静毁于一旦？就像波兰女诗人维斯拉瓦·辛波丝卡在《三个奇异的词》（李晖译）一诗中写到的那样？

当我说出“未来”一词，
第一个音节已属于过去。

当我说出“寂静”一词，
我便将它毁掉。

当我说出“无”这个词，
我造出某物，非“无”所能包含。

我想不会。但愿不会。真正的寂静，哪会轻易便被说破？能轻易说破的，如维斯拉瓦·辛波丝卡所说的“寂静”“未来”和“无”，或都稚嫩、年轻、单薄，经不起言说。而我面对的光禄的寂静，虽已苍老，倒历经百代沧桑，依然矍铄硬朗。一个老人，对孩子的惊扰总是淡然以对，断不会让稍许一点响动，便弄得一惊一乍。我的些许眼神和心思，不会惊动那个老院子的屋檐、窗棂上薄薄的岁月积尘，更别说古镇积淀的厚厚岁月。如是，当我说出“寂静”一词时，院子依然寂静如初。我不愿，也没将那份寂静“毁掉”。那样古老的寂静，既如宋人洪咨夔《夏初临》词所谓“铁瓮栽荷，铜彝种菊，胆瓶萱草榴花。庭户深沈，画图低映窗纱”，亦如净水微风，可深深浸入人的骨子与魂魄。那是历史在姚安，在光禄，喧哗过、闹腾过、轰轰烈烈过、冲撞突袭过后的寂静。那是数千年往事，如同一场连台本戏刚刚落幕，灯光暗去，座椅空出，演员卸装，观众离场后的空寂。而我，正是某个观众，某个看客，曲终人散却久久不愿离去，仍痴迷地坐在那里，回想、回味着那一幕幕大戏：那些或高亢或幽怨的唱腔，那些净旦丑末或颦或怒的招招式式，那些冷兵器叮当有声的打打杀杀，那些任你九曲回肠也牵挂、纠结不起的起承转合……

三

从当年的剑南即今四川南部，直到光禄古镇所在的姚安县，地图上那带状的一撇，乃当年中原王朝插进云南的一个楔子，一个触角，也是一条脐带，一道走廊；恩恩怨怨都曾在这里纠结，风风雨雨都曾在这里聚散。

张家大院之外，不出一箭之遥，沿南方陆上丝绸之路方向修筑的现代公路，白天车流如织，两天前，我正是沿着那条路，来到古镇。而两千年前，灵官古道上络绎不绝的行旅，自蜀地南行，经越嶲，过苴却，到姚安，再由此转祥云，往大理、永昌，直至出境，带去的，是张骞在西域见到时也大吃一惊的蜀布与筇杖。那时的古道，只是一条商贸通道。而正是张骞从西域归来后的惊惶禀报，触动了大汉天子的神经，从此引发了历朝历代君王的“开边”之意，开始了中原王朝对整个云南反反复复的经略、降服、安抚与治理。那条在崇山峻岭中蜿蜒而行的古道，自此便承载起了太多的历史重负。譬如诸葛孔明，为成就先主刘备之托，也曾沿那条古道进入姚安之境，尔后逶迤而行，经由当时属于姚安府的苴却即今永仁，进入云南，演绎成至今仍在整个云南飞扬的诸葛情结：几乎州州县县，都建有大大小小的武侯祠；随之而来的，是中原地区的农耕文明，甚至经释儒道；至今在云南各地，傣族的放孔明灯，佤族的人头祭谷……那些明显属于各民族自身的节日与习俗，也都被阐释为诸葛亮的教诲与传授。足见，那条古道也由当初的商贸之路，转而成了一条军事与文化通道。

光禄一语，其源乃官名。而以官职称呼某地某人，自古常见。一如诗圣杜甫曾经友人严武推荐，做过剑南节度府参谋，加检校工部员外郎，故后世又称他为杜工部。有宋一代，大理国相国高泰明因还国于段氏，对南诏国有功，被封为“晋秩银青光禄大夫”。此后，高氏后裔高明末从黔国公沐天波讨平沙定洲、吾必奎之乱有功，又忠心辅佐明永历帝，遂升任为光禄少卿。后人便将高氏“光禄”之官职称谓与地名相通，代代相传，光禄遂成地名。

而它的原名，倒从此湮没。其实，如今已高寿两千多岁的光禄古镇，早在西汉时就已设县，城址就在今光禄旧城村。此后，汉唐时期的光禄，亦一直称为旧城。

一个姚安，一个光禄，从此总让“开边意未已”的中原天子惦记于心。姚安和光禄，若要填写一份履历表，还真有的一写：

公元前 109 年，西汉政权在此设弄栋县。

唐武德年间，设姚州都督府，管辖今滇西、川南、黔西大部地区，为治滇重镇。

唐代中叶，南诏授高义和为弄栋演习，后传于高和亮，食邑姚安。自此，姚安便成高氏封地，世居光禄，为历代高氏姚安军民总管府土司衙门。姚府是大理国宰相高氏的故里，大理国政权实为高氏执掌天下，一切政令出自高氏，曾有“九爽七公八宰相，一帝三王五封侯”之称，是高氏土司家族的鼎盛时期。

宋代的光禄，为大理国所设的姚府，乃大理国的八大名府之一。

元始置姚州，后于天历年间改置姚安路。

明洪武七年（1384），设姚安军民府。

清乾隆间，罢府为州，属楚雄府辖。

民国三年（1914），改姚州为姚安县，至今。

四

而历史在一时一地的演义，神秘诡谲，远不像地名的更迭改换那么简单。

武德四年（621），唐王朝于姚安置姚州都督府，正式将由川南至姚安的那一线地域，纳入大唐版图；姚安亦也由此成了中原与边地间一个地理纠结，唐王朝和南诏、吐蕃政权，轮番在那里管辖、执政，足见姚安地理位置之重要。著名的唐天宝之战前夜，南诏国王阁罗凤曾数度经此去来。为化解与大唐王朝的紧张关系，阁罗凤曾与妻子一起，专程经此前往蜀地，拜见剑南节度使鲜于仲通，回来时又前往谒见驻守姚安的云南太守张虔陀。张虔陀不仅拒而不见，反派人对之百般辱骂，甚至几次调戏侮辱阁罗凤妻女。阁罗凤愤而离去后，张虔陀进而对阁罗凤“数诟靳之，阴表其罪”。

一部青史，其间的兴衰更替，固然有其深刻的历史原因，也常与一些个人生活的细节密切相关。不久，当阁罗凤得知鲜于仲通将派 8 万大军进军云南时，只好先下手为强，迅即出兵攻占姚州即今姚安，杀了那个狗官张虔陀。由此引发的第一次天宝之战，以唐军大败而告终。而正如诗圣杜甫所说，“武皇开边意未已”，唐朝统治者继续大肆征兵，以再征南诏。天宝十二载，即公元 753 年 4 月，李宓率军由交趾即今越南海路远道而来，再攻南诏，亦再败。两次天宝战争，唐军十几万兵马全军覆没。

“车辚辚，马萧萧，行人弓箭各在腰。耶娘妻子走相送，尘埃不见咸阳桥。牵衣顿足拦道哭，哭声直上干云霄。……”杜甫以《兵车行》为代表的那些诗作，正是写于那个时期。幼时诵读此诗，只觉百姓之悲苦，不知那些“兵车”竟要“行”至何方；直到到了姚安、光禄，方知诗人那些让人痛彻肺腑的诗句，竟与这方土地有关。而与杜甫同时的唐代诗人刘湾，曾有《云南曲》诗一首，更直接咏及了此事：

……
白门太和城，来往一万里。
去者无全生，十人九人死。
岱马卧阳山，燕兵哭泸水，
妻行求死夫，父行求死子。
苍天满愁云，白骨积空垒。
哀哀云南行，十万同已矣。

其中记叙的，正是刘湾从遂久（今云南华坪、盐边、永仁一带）进入云南，经姚安直达南诏太和城沿途所见的悲惨情景。而历史好像总是要以鲜血与生命为代价，演绎到极致，方得转化。天宝之战后，姚安和光禄，终于得以安宁。

元代在姚安再置姚安路军民总管府，府址至今犹存，离那晚我所在的光禄古镇和张家大院，步行不过百步，即可到达。至今，那些恢宏的元代建筑，仍以它状如马鞍的优美曲线，叙说着那段往事。光禄真足够富有，也足够奢侈。在“姚安路军民总管府”走了一圈，见几个大唐以降的石础、石礅，就那么扔在“总管府”旧址的草地上，经受着风吹雨打；换了别处，不早就宝贝似的收藏起来？

至有明一朝，大旅行家徐霞客，曾在离古镇亦离大院不远的龙华寺住过，山房一间，推轩远望，恰可见掩映在田田绿荷中的整个光禄。他或会想起，咸亨元年，“初唐四杰”中最富传奇色彩的诗人骆宾王，以奉礼郎的身份从军西域，正遇薛仁贵战败于大非川，滞戍边塞两年多后回到长安，不久又进入蜀地，从军姚州，在姚州道大总管李义府里任书记。而明代著名思想家李贽，及后被蒲松龄写进《聊斋志异》的“张橛子”张迎芳，都曾在姚安做过几年小官。著名的李贽桥，至今犹在；而由张迎芳为当年的苴却即今永仁所撰《重修苴却社学记》碑刻，亦在失踪多年后，于不久前重修“永仁黉学庙”时再度发现……

说到底，一片土地的前世今生，虽屡屡会任外来者信笔涂抹，但真正主宰这片土地，赋予它底色的，仍是生于斯长于斯的万千民众。回望光禄那虽已远去仍摇晃不已的历史背影，我看到的，既有历朝历代政权对一片土地残酷、反复的争夺燃起的烽火硝烟，甚至洒满士卒鲜血的尸骨坟茔，令人叹息，又有山水秀雅名人辈出的文脉烟霞，以及敦厚纯朴人性良善的古雅民风，令人赞叹。以至在光禄，仅曾辅佐南诏、大理两朝的高氏家族，便留下了“九爽七公八宰相，三王一帝五封侯”的佳话，出现过高奣映、赵子骧、马驷良、赵鹤清等名人学士。从张家大院出去，行两三百余步，就在回形街一角，仍可见几幢老院子，在无声地诉说着那段历史。

而那天上午，就在昔日的“姚安路军民总管府”大门前的大校场上，我看见的，却是来自光禄各个村社的民间歌舞表演。所谓演员，尽皆刚刚还在土地上劳作的农人。那些踩惯了泥土的脚，捏惯了锄把的手，正将昔日的王府当作生命的舞台，尽情展示自己的才艺。花灯、歌舞、小戏，应有尽有。衣着红红绿绿，歌声高高低低，舞姿婀婀娜娜，琴弦咿咿呀呀……整个光禄，正为即将举行的一次县级文艺会演选拔参演节目。那一切都由邀我前往光禄的彩梅一手张罗、导演，据称，其中两出花灯小戏的剧本，都专请行家里手审读、润饰过，足见她之尽心尽力。而我，亦临时权充了一回观众兼评委。秋日灼灼，衣裙翩翩，粉妆淋漓，鼓乐欢畅。那种投入，那种热情，那种陶醉，满满的都是生活自身鲜活节奏的欢畅表达。坐在那里观看那样“土”到掉渣的演出，让人不由想到，再深厚再辉煌的历史，最终都会成为发黄的书页，真正与土地密不可分也永世长存的，只有老百姓自己的日子。无论欢乐与悲伤，也无论富足与穷苦，只要那样的日子还在，光禄就在。

——当我在张家大院的回廊上沉思默想起那一幕幕时，料想龙华寺和“姚安路军民总管府”大门前的大校场，也都笼罩在一片千古静寂之中。

五

是的，此刻，张家大院内外的光禄古镇，都一派宁静——那已是当今光禄的日常。

其实，真正的日子，从来都不在史籍中，不在传说里，而在民间，在一饭一衣、一箪一壶的日子里。赫赫战功，灼灼政绩，皇皇文著，彪炳史册，相较于平民百姓的寻常日子，都是过眼烟云。念头太多、“主义”横行的年代，予人的多是不堪和痛苦——连肉身都成罪恶的往日，何谈安宁、幸福？生活，就是生命的存在，与生命的延续。美好的生活源于一颗平常的心。这就是常识。世上一切变革，无非是回到常识中来。比如，负责照料这个大院的那位女士。

先前她还在院子里。一个中年女士，受彩梅之托，对我们格外关照。土生土长的光禄女子彩梅，那时正在古镇做事，我于前次由彝州异人马旷源兄安排的光禄之行中与她结识，这次则更因她再三邀请，方能邂逅这样一个精致的静夜。彩梅拜托的事，那位女士自然也格外用心。临走时她用浓重的光禄口音专意告诉我，开水都烧好了，有好几壶，就在门口那间屋子的桌子上；又叮嘱我太阳能热水该怎么用，初来乍到，院子又黑，晚上走路要特别小心，诸如此类。然后她说她要回家了，她就住在院子外面的古镇上。临走时她说，那你闲着，我就回家了。她说她可以把她的电话留给我，要是临时有什么事，可以给她打电话。我记不得我是点了点头，还是摇了摇头，甚至还说了一声什么，诸如“好的，谢谢”或者“你走吧，我没什么事”。她以她那种家常的、近乎唠叨的尽责，表达了那份美好的心意。

此刻，“人”去屋空，剩下的唯有我和那份静寂。

而静寂，一下子就包围了我。

那是一种透明到几可凭肉眼看见的静寂，更别说倾听。寂静似乎早有所料，亦有所备。我猜，千年之前它便蛰伏于斯，此刻又以在犹未在似有若无的姿态，从潜隐中悄悄孵出，像庄子里的那只大鸟，用它无形无边、一展千里的巨翼，将我重重包裹。那样的包裹不是掠获，而是某种温暖的庇护。我更将其理解为给我做伴。那样的伙伴，倘要去找，刻意地找，实在不易，能期待的，唯某种神秘的际遇。即便用“可遇而不可求”那样的话来形容这种际遇，都仍嫌粗，嫌俗，远远不配也不足以诠释那种际遇中隐藏的神性。是的，我真以为，安排那种际遇的，必是某种神明。神说，你来吧，我就去了。神说，就在那儿住下吧，我就住下了。然后，转眼之间，那样广阔如海也深邃如海的幽冥的静寂，便将一个来自红尘陌世的俗人浸泡、刷洗得干干净净了。换个文雅的、文艺腔的说法，你也可以说那是陶冶，是净化，或者说那是洗净。从身体到灵魂到每缕思绪。洗净。洗净。甚至会让人想起诸多禅语：忘机；悟道；坐亦禅，行亦禅；一花一世界，一叶一如来；春来花自青，秋至叶飘零；无穷般若心自在，语默动静体自然……

那时，某种幽古的轻松让人一无所思，某种汹涌的激情，又叫人思绪如潮。在离开喧喧嚷嚷的城市仅仅一天后，我感念丛生。无边的静寂中，似乎又有许多如期而至的欲念。

想有一支箫。心想，唯如诉箫声，配得上光禄的这个秋夜；尔后，于箫声中咏一阕李清照的词：生怕离怀别苦，多少事、欲说还休。新来瘦，非干病酒，不是悲秋。

想有一支烛。在烛光下，拣一支新发的羊毫，铺一张尚好的徽宣，临几页王羲之的《圣教序》。淡雅的宣纸，让摇曳的烛光映成雅红，新鲜的墨迹，在那方天地宛若龙蛇。

想有一壶酒。有朋对酌，哪怕什么话都不说，也好，偶尔抬头，便在幽暗中相互凝视对方的眸子，体察另一个生命的气息；倘能对谈，更妙，那就有一句没一句地聊，上句不接下句地聊，东拉西扯地聊。往事可以下酒。杂事也可以下酒。就将那样一些话，当作这个散淡秋夜绝妙的酒菜。

而想来想去，发觉所有那些“想”，其实想的好像都是那时该有一个人。不知那人是谁。是谁其实也不重要，或远在天边，或近在眼前。反正，他该能与我共享那份静寂，那份孤独。就像那会儿，我独享着那个院子，那个天井，那个不知是否存在的人，也独享着我的身心。呵呵，难道我真是觉着孤独了吗，在那个夜晚？虽然我明知，“孤独”不是个坏字眼。真的不是。孤独，是修行的必需。有人说，爱所有人之前，必先学会爱自己；只有在孤独里，你才会开始“爱”自己，一旦那个“爱”完整了，才能扩及父母、兄弟、姊妹、朋友，最后才扩及爱情。所谓“爱”自己，要在体察自己，而那种对自己生命的体察与审视，只能在孤独与沉思中方能进行。独处是人生必上的一课，据说它甚至能预演一个人的未来。那话有点儿玄，却真。回廊中那短短的孤独，让我重新想起了那些话。看来我并非一个真能耐受那种孤独的人？

就在那时，眼前突然那么一亮，嗬，是月亮！月亮不知在什么时候，或许就在我耽迷于沉思默想时，照进了那个院子，那个天井的上方。不是那种浑圆的满月，细看有点儿扁，也有些翳斑，青灰色的，却依然皎洁、灿烂、透明。当我凝望，便有月辉如瀑，从遥远的云天，向这个世界无声地倾泻。似能听到月辉哗哗落地的声音，如大雨倾盆。于是眼睁睁地，我亲见如水的月色，像一片未言却已相许的深情，如何慢慢地注进那个天井，先是圈圈涟漪，尔后是片片微波，继而汇聚成潮，波翻浪滚，一寸寸地往上涨、涨、涨，直至满溢，漫过回廊的石阶，没过我的脚踝，然后是小腿、腹、胸、头，直至将我整个儿地淹没，再往我心深处灌注，用那份明澈，那份清亮，还有那份怎么都说不清的，似乎是对自己也是对他人的爱。

不是那种狭隘的爱。不是俄罗斯著名诗人茨维塔耶娃·玛琳娜·伊万诺夫娜在《我想和你一起生活》一诗中写到的那种爱：

——我想和你一起生活
在某个小镇，
共享无尽的黄昏
和绵绵不绝的钟声。
在这个小镇的旅店里——
古老时钟敲出的
微弱响声
像时间轻轻滴落。
有时候，在黄昏，自顶楼某个房间传来
笛声，
吹笛者倚着窗牖，
而窗口有大朵郁金香。
此刻你若不爱我，我也不会在意。

不是。

六

在我不能说短的人生中，那是头一回。恍然之中，甚至觉着，我或就是那个院子，那个天井；或者，那个院子，那个天井，就是我。是我的前生，也是我的未来。

如此说来，古镇也在经受着那时我正在其中的孤独？我想，很可能。我在想象某个友人，而光禄，亦在等待一个知音，一场对谈。白天，我在古镇的回形街上漫步无目的地随意走过几圈。那是个假日，也有游人，三三两两，但所幸不多。而那个长假，在中国的许多地方，都在上演一场人挤人、车撞车的荒诞剧，甚至连寺庙都人满为患，连上香都要排上几个钟头的长队。到底是为什么呢，那些拥挤，那些闹热？当我随心而行，享用着光禄的清寂、清雅时，想想远远近近那些正在拥挤中、喧嚷中和无奈中苦苦挣扎的人时，不免暗自一笑：我们这个民族，似已不知何为清雅。

我惧怕那样盲目的疯狂。那些猎奇猎艳的旅游者，或许至今都还不知道号称“一座姚安城，半部云南史”的姚安以及光禄那种清幽的绝妙。姚安，包括光禄，如一个自重的知性女子，不愿媚俗。它以它的本色示人，至多也只是淡妆。她拒绝流行的浓艳，却因饱读诗书，深藏着雅致的知性。整个光禄，至今也没像当下许多古镇那样，满街满巷地挂上招徕游人的红灯笼，那种虚假的喜庆一如卖春的挑逗，显现的是地道的轻浮甚至轻佻。姚安和光禄依然是家常的，却又是智慧的，是好客的，却又是自在的亦自重的。说到底，那依然是姚安人的姚安，光禄人的光禄。

那天清晨，我去光禄的菜市逛过一圈。蔬菜水灵。肉品鲜嫩。早点香脆。古镇飘荡着一股诱人的淡淡香气。是食物的香气，也是宁静生活自身的芬芳。我喜欢那种味道，那种本真生活的味道。要不是彩梅昨晚就打过招呼，说今早要一起吃早点，我真想买上几样，喂喂我饥饿的眼睛。买菜的人们，手挽个小篮，悠游自在而行，碰到熟人打个招呼，说几句闲话，尔后继续他们的清晨之行；任笑语声、打招呼声，在古镇飘散而去，听上去倒怎么都让人温馨。他们有他们的生活逻辑，就像那个古镇，生活也正沿着它自身的轨迹，缓缓而行。那时我想，那一切都让人惬意。如果姚安也好光禄也罢，也像当今许多地方那样，每天涌进成千上万人，弄得古镇水泄不通，或搞得珠光宝气，妖艳十足，地地道道的姚安人、光禄人，将何以度日？而我，又哪还会有那样恬适的心情？

七

一个地方，倘不能为本地居民提供安定的日子，一味靠整容靠涂脂抹粉靠故作姿态去迎合游人，一心只想把那个地方打造成旅人的目的地，其实大谬，最终也必酿成悲剧。而事实上，一个地道的旅行者，想看到的也只是别一种生活，别一种生存方式，是斜倚门楣的邻家小女，而非 T 台上、秀场上浓妆艳抹走着猫步的时尚模特。模特虽美，毕竟不是日常生活中人，只能在强烈的灯光下，在脂粉的包裹中，勉强可看。哪怕一个纯朴的村姑，也比一个眼睛鼻子嘴巴胸脯屁股都经过改装者，更有人味，更可亲近。

一个地方，一片土地，跟人一样，也需要成长。喧腾过后的清寂，或会让它有某种失落，那便是孤独的缘由。而一个地方，也像一个人，会在那样的孤独、独处中成长。我遇到光禄，光禄在那个静夜接纳了我，或都出于机缘。一个人，在遇到有缘人之前，已先自遭遇过无数无缘之人。无缘不是我的错，也非他的错。缘，是机遇亦是准备，是巧合亦是寻常，是偶然亦是必然。缘是我和那个有缘者之间的注定，不信或太信，都是虚妄；尽管自己走去，按你的个性，你的既定，走下去，缘，就在前方等你——已然有些时候，甚或有些焦急。既是注定，便必有相识与相知。

比如，那个叫高奣映的人。

此刻，夜色中，他是在作画、著文、吟诗、授业，还是打坐？

八

多年前，我在楚雄、在紫溪山一带寻访时，便已闻高奣映大名。却一直没能见到他。

在光禄，在龙华寺，终于见到他时，他已是一座铜像。

龙华寺，也叫活佛寺，又名卧佛庵，始建于唐天祐年间（904—907）。占地面积 4372 平方米，建筑面积 2797 平方米。据传元初，元兵攻入大理，南诏段氏王朝相国高泰祥殉国，其八子一女，星散逃生。其女悲痛国破家亡，兄弟离散，乃出家于卧佛庵。幸好一家兄妹九人，皆安然无恙。明崇祯高僧寂空、智聪等闻知，遂结庵于此，勤修戒律，开山扩寺，改称“龙华古刹”。

步入古寺，清幽古意便扑面而来。我相信，在那同一时刻，中国已没有那样清静的寺庙。网上，诗人李晖的一首诗证实了我的猜测：

佛门内外人声鼎沸
和尚们没了清静可守
日子该多么为难呀
那么多的人烧香拜佛
黑头发白头发黄头发没头发的
求富求贵求名求达求子求孙求长命百岁
菩萨们肯定都烦死了——

那可不？真会烦死了！

我庆幸，那天，当中国大地上的许多寺庙都已成闹市，人头攒动之时，我在龙华寺遇到的，倒是一片真正的清雅：一对年代久远的石狮，雄踞于山门之前，守候着寺门和山下那片宁静与祥和。田畴如画，村陌蜿蜒；炎夏远去，秋荷仍在。洞开的山门门额上，“龙华寺”三字苍劲有力，而两侧一副由清朝邑人由人龙所撰的对联，“佛生极乐世；山辟大唐年”，道出的既是境界，也是时间。进得山门，“龙吟”“虎啸”两幅壁画栩栩如生。回首一望，邑人赵子骍题写的对联：“到此方知官是梦，前生安见我非僧”，透出的就不只是个人的一时感慨了。

渐行渐深。终于见到高奣映时，他竟是一尊铜像！半倚半卧，臂曲腿弓，看上去恰如一个大大的“安”字。哦对，就是一个“安”字。安枕无忧的安。安居乐业的安。安贫乐道的安。作为高氏后裔，这个原可追求功名者，最终选择的是“安”。而其头下葫芦上所铸铭文，更是道出了他的心思：“有酒不醉，醉其太和；有饭不饱，饱得潜阿；眉上不挂一丝丝愁恼，心中无半点点烦嚣，只是一味黑甜，睡到天荒地老。”

那天，彩梅边款款而行，边侃侃而谈——这位学音乐的女史，对光禄的前世今生，对龙华古寺的一切，对高奣映的一生，早就烂熟于心。

高奣映，清顺治间生人，一说白族，一说彝族。康熙十二年（1673），高奣映承袭姚安土司同知世职，后因参加平定四川米易、会理的暴乱，擢升提刑，分巡川东。1677 年吴三桂之乱平定后，高奣映回到姚安，执政期间，致力于维护民族和睦边疆稳定，得授布政司参政道一职。但高奣映志不在政，37 岁即将土司职位交予儿子，归隐结嶙山，自号结嶙山叟。作为明末清初姚安一位有作为的世袭土司，他好学术，爱读书，喜授业，学养深厚，且乐于助人；其亲授弟子中，有 22 个进士、47 个举人。一个身在偏远之地的学人，竟集儒、释、道于一身，于理学、佛学、文学、历史等各科皆有建树，一生还留下大量诗文，著述达 81 种之多。其至今尚存代表作有《金刚慧解》《太极明辨》《鸡足山志》《滇鉴》《迪孙》《妙香国草》等，涉及文、史、哲、佛、理、道，以及心学、音韵、训诂等领域，其思想深度、高度和意境都令人敬佩。

更稀罕的是，那尊铜像，乃高奣映生前自铸。查遍青史，搜索枯肠，竟仅千古一人！

所谓“一枕黑甜”，出自苏轼一诗：“三杯软饱后，一枕黑甜余”。软饱，指醉，黑甜，指睡。据东坡自注“黑甜”谓：“俗谓睡为黑甜”，而“潜阿”乃沉曲之貌，意喻无争于世、无求于人也。

细考高奣映生前自己为自己铸一铜像之举，真聪明绝顶，智慧到家！怎么说，铸魂于铜，都比留体于世、留名于史好。将一具冷尸留给后人观瞻，实在愚蠢；而几行再好的文字也嫌单薄，且史官易删易改，稍做手脚，轻则面目全非，重则从此湮没；一幅再传神的画像也觉表面，后人三笔两画，就能将其涂抹成一个怪物；何如一尊铜像？沉甸甸的，栩栩如生的，就摆在那里，可观，可感，可触。他就是他。你可以将它打碎，甚至熔化成水，就是不能删改——一如海明威所说，你可以战胜他，但永远不能打败他。

一个人，一生一世，到底是为了什么呢？高奣映的一生，或是对人生的一个详解。听说若干年后，徐霞客来到龙华寺，也曾看到过高奣映的那尊铜像。他们有过对谈吗？若有，又谈了些什么？作为一个旅行家、一个地理学家，对此，忙于行走的徐霞客没留下只言片语，到底是无话可说，还是有话没说？

九

夜已深。光禄凭栏，望见的岂唯秋月？真想让那个夜晚成为一个银色的永夜。尽管我没能在那道回廊里一直坐到天明，但从那个静寂的如银秋夜开始，我的魂魄，便已融进那片如银的月色之中。那些在幽暗中闪亮的银箔，既是光禄的月光，也是由光禄启动的无尽思绪。远离光禄后的日子，偶尔，人会突然陷入某种焦躁，某种莫名的不安，却找不到任何缘由。后来方明白，是了，那是我在想光禄了：那个古镇，那座院子，那片田野，那座青山，那座寺院，那些荷花，当然，还有那些人……一旦忆起，身与心，既完全沉浸在那个让月光浸润的天井里，又像飞到了龙华寺中，既在与友人一起漫步山野，又在跟高奣映铜像作无声交谈。刘禹锡有谓："宠过若惊，喜深生惧。"生处时代变迁之中的高奣映，未能做一个名震一方的封疆大吏，却成了一个学富五车的至性儒者，自有他的道理。所谓"暴至之荣，智者不居"也。而生养那样一位甚至于一批至性儒者的，正是光禄的那片土地，那方山水，那种日常，那种淡定，那种无处不在，却既淡亦浓的性情。

时下，在极度的喧哗与嚣繁之中，倘与他，与所有我认识或不认识的光禄人再度相逢，话题无数，最想聊的，或还是那个如银的光禄秋夜，是那种晶莹的人生、人性与人情。平生淡泊，粟饭藜羹，且当美酒佳馔；倾心山水，或将梅梢花坠，拟作沧海巨变；权位更迭，时事冷暖，过眼即化烟云；浩荡江湖，茫茫人世，唯恋至情至性——高奣映、赵鹤清那样的高人雅士，彩梅和那个照管张家大院的中年女士，以及所有那些认识或不认识的光禄人，会这样说吗？

一个老毕摩的N种表情

一

“暧暧远人村，依依墟里烟”——每往幽远乡村，总会想起陶渊明老先生那些静雅悠闲的田园诗章。可乡村与乡村，怎么都不一样。如今许多乡村，早已不是唐诗宋词里的乡村，更别说能见到《诗经》那枚清丽皎洁的老月亮了。多次在乘车路上，一眼看见当今那种被戏称为“伊丽莎白”即“一律刷白”的所谓“新农村”，就像猛然见到一位原本朴实俏丽的村姑，却突然抹了满脸的廉价脂粉，叫人哭笑不得。不知怎么的，去直苴那天，我反倒没那种担心。甚至，虽说一路也都沉浸在陶渊明那静物画般的诗句中，倒怎么都没想到，平生头一次对一个老毕摩的造访，会在一间烟熏火燎的农家厨房里进行。多年来，我已惯于在乡间做那样诗意的行走，身体一旦逃出钢筋水泥的城市，灵魂便会在山野中惬意地游荡。此前，我于那场拜访有过种种设想，比如恰好遇到一场祭祀，在某个绿树环绕却直面天地的地头，在某座虽不宽敞却喜气洋洋的院子，甚或在某间肃穆的、供奉着神灵与先祖牌位的堂屋……唯独没想到会在一间厨房，一个最形而下的所在；就像事先，不管我在心里描画过多少种头次拜访一个老毕摩时他可能会有的神情，从神秘、深沉，到矜持甚至诡谲，唯独没想到会那么家常一样。

或许，我本该天马行空，对直苴那个很“牛”，名声很大，号称“一个村子，一个世界”，吸引了国内外众多学者前来探访、考察的彝族村寨，更多一些离奇甚至惊悚的预设；可当远远出现在视线里的直苴村，并没让我觉出任何异样时，神经便断弦般松弛下来，想象的浪漫翅膀也悄然垂落——在这个过度炒作满眼浮华的年代，许多时候，我宁可把事情想得简单些，甚至打个对折，以免到头来太过失望。秋色正浓，历经几年干旱的滇北一带，天干地燥。下一个雨季，要好久之后才会到来。呈“S”形穿谷而过的直苴河水，虽也有枯索的清莹，却已无法听见小河明亮如歌的淙淙流淌。传说中，直苴村下那段河水与周边几片深褐暗红的田垄天然形成的那张“太极图”，也已难觅踪影。大地已嘶哑了它歌唱的嗓音，也耗尽了它作画的色彩。远远望去，幽蓝深邃的天空下，直苴村寻常不过的农家屋舍，坡瓦屋顶半黑半灰，土坯墙体或黄或白，鳞次栉比地顺着直苴河东北方的那座山坡，层层叠叠，堆垒而上，估摸有百十户人家，密集、拥挤，可说到底，也就是个大村子而已。

二

弃车从直苴小学校到抖勾若毕摩家，只能步行。用我后来学会的一句当地话说，那段路尽管“老实很不远”，可临近中午，顶着彝家威武的日头，沿着屋宇间渐行渐高的逼窄巷道，高一脚低一脚地，如同穿过长长岁月般地穿过整个直苴村，去到最西头的老毕摩家时，我竟已有点儿气喘吁吁——岁月不饶人，我已像那个村子一样地老了。直到听到一声“到了”的喊叫，我才算松了一口气，但比气喘吁吁更让我惊讶的，则是那个即便极尽想象，也全然没想到的奇异场面：推开院门，院子静悄悄的，除了一地明晃晃的秋阳，没有人。屋门轻掩，鸡埘半开；倒有整整一个秋天，垂挂在屋檐下：苞谷金黄，辣椒艳红，向日葵灰白；一台脱粒机形单影只地蹲在那里歇息——刚过去的那个秋天，它肯定累坏了；回头询问般地看了一眼同行的殷必聪先生，他似有所悟地说，人嘛，怕都在厨房忙着做饭哩。

他那句话我没法不信，尽管对他一路的闲侃，我都将信将疑——这个地地道道的直苴人，生于斯长于斯，12岁才开始学说汉话，如今却已算得上是个彝族文化的民间学者，直苴的一切，没他不知道的。一路上，关于彝寨直苴的历史、风俗、婚恋，以及对毕摩抖勾若的介绍，皆出自他的讲述，却都混杂在他荤荤素素真真假假的故事之中，好听归好听，常常让我们开心大笑，却须用心分拣、筛选——那些专意为让我们忘记路途遥远的戏说与调侃，毕竟不是都能写进信史的材料。

但他那句话我却没法不信。

好吧，那就不去堂屋，径直去厨房。

三

相比于院子里近乎灿烂的明亮，厨房倒暗得可以——后来我才发现，那完全是我的错觉。猛然看去，厨房里影影绰绰，如一场乡村皮影戏，看不大真切。厨房中央，有几点暗红火光明明灭灭，更兼一团青灰烟雾缭绕氤氲。我说的不是水汽，而是烟雾——在厨房另一端的几口大锅旁，人影幢幢，水汽腾腾，显见是在做午饭。青灰色的烟雾与白花花的水汽决然不同，一眼就可分辨。就在那团青灰色的烟雾中，有个模糊到几近凝固的人影。整个地，他被那团烟雾包裹着，看上去活像一个正不分日夜辛勤吐丝的蚕茧，而那个人，正是那条吐丝的蚕。那个真实而又虚幻的场面，开头还真让我以为有些神奇——我的天，看来，毕摩就是毕摩，就像一场既现代又古典的戏剧，无须报幕，也没音乐，不知觉间，就在我踏进剧场时，就已悄然开演？

毕摩乃彝语音译，“毕”为“念经”之意，“摩”为“有知识的长者”。所谓“毕摩”，特指那些专门替人礼赞、祈祷、祭祀的祭师。他们神通广大，学识渊博，主要职能乃进行作毕、司祭、行医、占卜诸般活动，亦会整理、规范、传授彝族文字，撰写和传抄包括宗教、哲学、伦理、历史、天文、医药、农药、工艺、礼俗、文字等典籍。毕摩既掌管神权，又把握文化，既司通神鬼，又指导人事。在彝人心中，毕摩是整个彝族社会中的知识分子，是彝族文化的维护者和传播者。

我立马觉着我又一次错了——彝乡的神异，恰在我期盼时，让我失落；又在我失落时，让我期盼。一个俗人对一个神异之地，好像总有点儿踏不准节奏，跟不上趟，踩不着点。那会儿，面对那个蚕茧般似真似幻的景象，正寻思该怎么应对剧情参与那场互动性演出，只听殷必聪显然是用彝话说了句什么，蚕茧里的那条“蚕”也应了一句什么，便问，你们在说什么？殷必聪说，这就是老毕摩，他在帮着做荞面粑粑。我刚有点儿兴奋的神经再一次松弛，怎么是这样？刚刚开始的对下一步剧情的浪漫想象，再一次偃旗息鼓，戛然而止；思索像一块无用的石头一样越窗飞走，脑子里重陷一片空白。我简直有点儿郁闷。即便朋友确凿无误地说，那个蹲在火塘前烤制荞面粑粑的老人就是老毕摩时，我仍有些回不过神来。那个寻常场景引发的，是一连串的诧异：一个正在做荞面粑粑的毕摩？实在太荒谬了！须知，毕摩乃彝族山寨最尊贵的长者，苦荞不过是高寒山区一种最常见的食物，二者竟然会连在一起？我能想象的，至多也就是在祭祀活动中，毕摩将一块荞面粑粑摆上祭坛，或象征性地奉献给列祖列宗。我因而无法接受一个毕摩蹲在厨房里烤制荞面粑粑的怪异。但眼前的事实确凿到无可争辩：没有什么神话剧，没有！一切都不是某部戏剧的神奇开头，倒只是彝家山寨生活场景的一个寻常片段，日常得不能再日常。

但我依然不想罢休。带着那种疑问，我凑到老毕摩跟前，暂没试图跟他寒暄搭讪，只是静静凝视他的那张老脸。

四

那张脸其实很彝族，也很毕摩。我是说，除了一个老人通常都有的满脸深深浅浅的皱纹，他有个略有些向里钩的高鼻梁，嘴唇薄而宽，双眼细而窄，却因此显得更为深邃——不知那是生来如此，还是被烟熏的。确切地说，那正是我想象中一个毕摩的模样。奇怪在我从那张脸上，没读出哪怕一丁点儿神秘与乖戾。

我说的当然是他的表情。他的脸上，有的只是看破世间万象的平静，曾经沧海难为水似的淡然，既无面对一个陌生人的紧张，也没听闻我们一行人是特意去拜访他的惊喜。他不喜不悲，不卑不亢，不怒不怨，静若一池秋水，一片行云。以他的年龄，人世的一切他都经历过了，正在或即将发生的一切，似乎都不在话下。问题是，他既然早已超然于世象物外，却不似一位禅定的高僧，也非一个超越人世的修行者。眼下，他关切的竟然只是一个荞面粑粑，是那个具象的“当下”。“当下”总是转瞬即逝，却是生命唯一拥有的存在，因为，人，既不能活在过往，也无法活在未来。

要准确精当地描述那种神情，我真的颇感困难。当然，你可以说他的那种神情，是专注，是淡然；但那样空洞的词语，与我实实在在感受到的那种神情，实在不配。我宁愿说那就像一片正从蓝天悠然飘过的云朵，自如，潇洒，只静心享受着那一刻的随风飘拂，既不去想它的前生，它可能来自一条山溪、一个水塘，也不去想它的未来，它可能变成一阵雨，汇入江河，甚至大海。他没那么复杂，而要简单得多。简单正是这个年代的稀缺。我断定，那会儿他想着的，只是“当下”，是他面前的那个荞面粑粑，一个可以食用的香喷喷的“当下”。他甚至顾不上瞧我一眼，只是目不转睛地凝望着那个荞面粑粑。灰绿色的，躺在那口平底铁锅里的荞面粑粑，亦静若处子，任由他偶尔翻动一下，旋挪一下。香味悄然溢出，虽淡，却与柴烟一起，飘荡得沸沸扬扬。后来，他终于也会偶尔抬起头来瞥我一眼，那时我方看见，他的眼睛里有两粒暗红，既像火光，又像余烬。我突然发现，他面部另有一个独特之处：那些皱纹，他脸上那些皱纹，以高高的鼻梁为中心，既像是放射状散开，又像在作螺旋状回环。在深凹进去的两颊，那样的回旋形同一个时光的旋涡。我的思绪于是再次启动，突然想到了大地。老毕摩的脸就像一片大地。一片直苴的大地。他的表情或许就是大地的表情，而大地，即便像直苴那样一片有着神性的大地，看上去也从来都很平静，不会喜形于色，却又拥有定力。作为神与人之间的使者，一个毕摩，会有那样日常的神情，简直让我难以置信。我的惊讶最终演化成了惭愧，甚至自悲——为我的浅薄，为我的惊惊乍乍，为我那个总想淡然处世，却总是难逃红尘规则的尴尬灵魂。

五

在那种氛围中，看上去毕摩完全只是一个普通的人，一个极普通极普通的乡村老人：家里有客人来，要在家里吃午饭，于是全家动手，忙活那顿午餐。儿子、女儿、儿媳，还有几个邻居，做饭的做饭，做菜的做菜，而烤制彝家待客必不可少的荞面粑粑，却落到了老毕摩身上——那到底是出于那个家庭的日常习惯，还是出于某种特殊的考虑？我至今无法确知，更难了然，那样一种安排，究竟是因老毕摩有一手做荞面粑粑的绝活呢，还是因为家人忙不过来，临时充任了一个那样的角色？但有一点倒明确无误：我和我的朋友后来吃到的荞面粑粑，确有某种异乎寻常的，有别于我以往吃过的任何一块荞面粑粑的味道。

可那会儿我关心的，只是他的表情。那种淡定到旁若无人的日常，那种用心到世界消失的专注，都既让我吃惊，又让人倾倒。我甚至疑心，他与我和我的朋友之间偶尔的一两句对答，只是他在匆忙中对来自世间声音的某种本能反应。事后，或许他根本不会记得跟我们说过些什么，他的全部心思，只在那块荞面粑粑。

许久之后，我才想起，或许我又错了。我怎么就忘了，无论是东方还是西方，神职人员对信众心怀的那种巨大悲悯？我想起了那些在小说、电影中见过的西方神父，以及一个神父将让他人动手或亲自烤制的点心，或者面包，分发给信众的神圣。当我将“荞面粑粑”这个词语，当作一个“土”得掉渣的字眼不当回事时，“荞面粑粑”的本意，却正是“点心”；而一个浇上蜂蜜的荞面粑粑，其实无异于一块香草蛋糕，或一个奶酪面包。一个极为日常的场景，一个极为日常的字眼，一经那样的比照与还原，便显出了它神圣庄严的本相，就像我所看到的老毕摩那种日常得到家的表情，正是一种神圣一样。神父分发给教民的食品，通常叫作圣餐，叫人感受的是天主的恩赐。后来吃饭时，我们从毕摩那里领取的，虽是一份普通至极的食物，其实也无异于一份圣餐。如此，老毕摩烤制荞面粑粑的日常情景，便显出了它所包含的巨大的爱。爱，当下亦同样稀缺。老毕摩以他的日常劳作炼制的那份爱，自然比那些喊得震天价响的口号和歌曲要珍贵得多！

问题是，我，我们，感恩了吗？我们从那份普通食物中，感受到了大地的恩赐了吗？

六

人的表情，大体有三种方式：面部表情、语言声调表情和身体姿态表情。那天在老毕摩家，在他家厨房，在他烤制荞面粑粑时，我看到的只是第一种方式，面部表情。那种方式尚未触及他的毕摩身份。那只是他的日常。不过很快之后，我就看到了毕摩表情的另一种方式，语言声调方式，或说是语言声调方式与面部表情方式掺和的另一种方式。

午饭后，我悄声问殷必聪，能请老毕摩唱一段《梅葛》吗？

梅葛，乃彝族民间歌舞和民间口头文学的总称，或说乃用梅葛调演唱的彝族创世史诗，其内容包括开天辟地，人类起源，造物、生产、婚恋、丧葬及彝族与其他民族的关系，包罗万象，涉及彝族的历史文化、生产生活的全貌，被视为彝家的“根谱”、彝族的“百科全书”，承担着整个彝族原始的知识积累，以及传承彝族传统的行为模式，维护古老传统的社会准则，悠远的美学经验之重任。“梅葛”没有文字记载，全靠口耳相传，方得以保存和教授。二十世纪五十年代，云南一批学者和大学师生曾深入各地，搜集整理了多部少数民族长诗，诸如《阿诗玛》《娥并与桑洛》，《梅葛》亦位列其中。我们的直苴之行，当然不只是为了吃几块毕摩亲手烤制的荞面粑粑，而是为了听他演唱《梅葛》。

《梅葛》不能在家里唱，殷必聪说，要到外面去才能唱。

那就到外面去。

外面是哪里，我不知道，殷必聪却心里有数。

一行人，便相跟着，去到直苴村赛装场旁的那间赛装屋。

——后来我才知道，赛装屋外，掩映在肃杀冬日和一片老林子下的赛装场，当地人又叫它俚格。早先的俚格，原是安葬亡者之地，乃一片上演过无数次生离死别的所在。

七

坐定。我们屏声静气地等待——这回，我倒从一开始就觉出了神圣。在那段长如百年的静默中，我的朋友一直在忙着拍照，我却一直紧盯着老毕摩抖勾若的脸。在近处，没有了那些蚕茧般的烟雾，我得以更清晰地辨读那张沧桑老脸。依然平静。依然淡定。透进窗户的光线，将他脸上那些旋涡般的皱纹，映照得如同直苴成片的梯田。老毕摩显然陷入了沉思，似乎正从记忆中寻找着什么。渐渐地，抖勾若毕摩的脸上，云雾般地，升起来一片远古的苍茫；而双眼，似乎也在刹那间完全失神。离奇的静默延续了几分钟，然后，终于，他的吟唱开始了，其声如风，起于青蘋之末，从遥远之处悠然飘来，先如游丝，渐成微风，变得厚实，变得宽阔，将那间至少也有五六十平方米的赛装屋充盈得满满荡荡——

阿梅阿梅啦——
那时候我们三代同堂
一家人过得和和睦睦　快快乐乐　欢天喜地
你背着我们的孩子下田种地
我们才慢慢有了三间大瓦房三丘大水田
我们种的粮食装满了三间房
儿女饿了有你喂
父母饿了有你养

——老毕摩的吟唱，用的是彝语，我当然听不懂，殷必聪的逐句翻译，是在毕摩唱完之后。只是为了叙说的方便，我才把歌词写在这里。那会儿，我在意的，只是他的表情和他的声音；能感受到的，只是他的某种心绪：先是平静，然后渐至忧伤——

现在我一个人住着一个人种地
我伤心啊，伤心伤到了头
穷就穷在你丢下我们远去
把梅葛唱上千万遍
也不能把你唱回来
哪怕用山里的山草索，
也不能把你拉回来
现在我穷得吃不上饭
只能用野坝子荨麻菜来充饥

是的，尽管那会儿我还听不懂彝语歌词，但老毕摩的吟唱，已宛若散落一地的繁花，每一声都像是生命的绽放。

抖勾若的吟唱声，既非流行的沙哑，也非古典的圆润；我能用于界定他嗓音的字眼，第一是清亮，跟着便是沧桑，一种似乎是与生俱来的沧桑——其实所有这些字眼，什么“沙哑”“清亮”“圆润”“沧桑”，都与那段吟唱无关。抖勾若毕摩的吟唱，就是吟唱，就是那种吟唱本身，是那种完全使用真嗓的吟唱。而我说的“真”，并非某些歌唱大赛中，那些评委喋喋不休的，关于歌唱技巧中真嗓、假嗓的“真”，只是生命的“真”。他只是借用“梅葛”的唱腔，说出从他生命中生长出的、他想说的那些淤积于心的话。

但不管怎样，那可能，不不不，那肯定是我听过的“梅葛”调中最动人的一段。曲调舒缓、沉郁，音乐意境惊人地博大，却又如同美国诗人卡佛的诗所说，有一种“蓝调音乐般打磨过的朴素”，而那种朴素，恰是史诗必须具备的基本品质。我用耳朵捕捉着他的歌唱，却用眼睛尽可能地凝视着他的脸。那张脸依然平和。除了嘴唇，他的身子，他的整个面部，都处于静止之中，仿佛凝固的波浪。他脸上那些放射状和螺旋状的皱纹，也在那时完全凝固，一如铜浇铁铸。唯有那双细细的眼睛，尽管离开了我的视线，我却能感受到他晶亮的眼珠偶尔的转动。他似乎是在搜寻、凝望，凝望着某个不知名的秘密远方，一个我们无法了然的异处，一个只有他才知道的地方。我想，他的心，他的魂灵，或已去过那里很多次。他熟悉那里的每条小径，每条溪流，每片草地，每棵大树，甚至蝴蝶、露珠和雨滴。那里有的，和他心里有的一样，是那种荒凉的、令人震撼的巨大沉默。那或许是天国，是神界，是他向往的某个地方。我断定我已感觉到了，感觉到了他的忧伤，他的怀想和他的乞愿了。我说过，那时我还不知道他唱的是些什么，但我明显地感觉到，那是一场私语，一场倾诉；是在对一个人说话，对一个他爱的人，一个爱他的人，一个他至今无法忘记，而且在回忆中越来越清晰的人。比那人在世时更清晰——一个人对一个生者的记忆，很难达到那样的程度。事实上，我们对一个时时都在身边的人的记忆，常常是粗略的，甚至大而化之的。我们自以为那个人已完全刻在自己的记忆中，甚至能描画出他的模样，其实不然。相反，真能促成一种刻骨铭心的清晰记忆的，恰恰就是失去，在失去之后。当一个人真正离去，离开了我们，那种失去之后的他，反倒会在回想中变得更加清晰，且越来越清晰。怀想有着某种类似重新创造的功能。此刻，抖勾若就在那样的创造之中。他已灵魂出窍。我亦魂不附体。我在追随着他，追随着他的歌声，也追随着他的魂魄。唱着唱着，他的眼里已盈满泪水，却坚决地不让那苦涩的液体轻易地流出。他用一道唯人、神兼备的理智的闸门，蓄积着那种情感，就像一个堰塞湖。透过那道堤坝，那道闸门，我发现他泪水的反光，已在我眼前闪烁，让人无法不为之动情。我不行，真的不行，我的泪水已开始流淌。或许还不止是我。我看见，就连那位成天笑眯乐呵的直苴人殷必聪，不知在什么时候，也已是满脸泪水。

等听完殷必聪的翻译，我突然有个疑问，抖勾若毕摩为什么选唱了那一段？那是《梅葛》吗？问了问殷必聪，他说，老毕摩的妻子因病故世，转眼已经十年。而几年前，殷必聪的妻子也因一场病痛倏忽离世，自然情同此心，感同身受。这样说来，那只是毕摩借用《梅葛》演唱的，一段有关他个人情感的宣泄？我突然陷入了困惑:《梅葛》也能这样唱吗？或者，《梅葛》本来就是这样唱？

八

音乐，从来都该是歌唱者、演奏者生命内心的情感律动。按照法国哲学家米歇尔·亨利的研究，作为文化形态存在的诸如《梅葛》这样的彝族典籍，它本身就是生命知识，是生命的启示，甚至就是生命本身，无关于科学知识和意识知识；而艺术、道德和宗教作为高级的文化形态，更与生命完全交融。一个毕摩的演唱，虽有前人的口传心授，也必有承接者个人生命的渗入与创造。一部史诗，正是由千万个那样的歌者，以他们的心灵、情感与智慧，在漫长的历史中逐渐丰润起来的。由此，不惟任一演唱者的每一次演唱，都不可能是前一次的简单重复，而是他以他个人的崭新理解进行的又一次重写，每个具体、鲜活的演唱者也以他的个体生命，丰富了《梅葛》，使之具有了更为强大的生命力；反之亦同，即演唱者的个体生命，也会在《梅葛》的世代传承中得到意想不到的延续。就每次具体的演唱来说，演唱者个体生命当时的状态，会在极大程度上影响、制约演唱的水平高低，甚至关乎成败。在这个意义上，卷帙浩繁的《梅葛》，只存在于一个又一个毕摩的个体生命之中，存在于一个又一个毕摩的独特演唱之中，而非一种通用的、唯一的、仅供阅读的、一成不变的印刷体文本，那样的文本即便有，也只是一种纸面内容，而非演唱本身。也就是说，《梅葛》那样的史诗，千百年来，一直都处于一个不间断的生长过程之中，就像一棵大树，看起来似乎一直没变，其实今天和昨天不一样，明天和今天也不一样。

读一读美国诗人杰克·吉尔伯特（Jack Gilbert）的一首诗，或许就能更为精湛地理解个体生命与某种文化的关系。依照杰克·吉尔伯特的描述，音乐从来都不仅仅是曲谱所标明的旋律与节奏，恰恰相反，《只有在弹奏时，音乐才在钢琴中》：

我们是风在枝叶间穿行时
制造的一种形状。我们不是火
更不是木，而是二者结合
所产生的热。我们当然不是湖
也不是湖里的鱼，而是被它们
愉悦的某物。我们是那寂静
当浩大的地中海正午甚至削弱了
坍塌的农舍边昆虫的鸣叫。我们变得清晰
当管弦乐队开始演奏，但还不是
弦或管的一部分。像歌曲

并不是歌者，它只在歌唱中存在。
上帝并不住在教堂的钟里面，
只在那儿短暂停驻。我们也是转瞬即逝，
与它一样。……

生命个体的意识和感受是“世界上唯一真实的东西，也是最神秘的东西”，而一般观念会糟蹋这个个体世界的巨大魅力，辜负它的独特和美。毕摩不是一个空洞的概念，而是一个具体的有忧有悲的人；犹如康德绝不是一堆和生活没有什么关系的抽象哲学概念，而是一个有血有肉的思想者。毕摩演唱的《梅葛》，从来没有统一的风格，只有某个毕摩在演唱中的具体表达。

九

人的表情与灵魂有关，而人的灵魂当然又与历史有关。表情既然是灵魂气质的外在显露，也必是历史影像在生命中的深厚沉淀。面部表情和语言声调表情，还多属个人，那种与历史关联的灵魂的表情，在哪里呢？在前两次与抖勾若的接触中，我暂时没能看到。只有等待。耐心等待。就那样，一等数月，直到第二年元宵节那天，终于等来了中国直苴彝族赛装节——听说，在每年的赛装节开幕时，都会有毕摩庄重的祭祀。事前得知，那已是这个传统节日的第一千三百四十八届——听到这个数字，我真吃惊得倒抽了一口气：那就是说，早在十多个世纪前，直苴就开始有了赛装节。其中，还不包括诸如战乱、“文革”之类浩劫造成的停顿。至少我不知道，还有什么样的民俗活动，有长达1000多年的时间纪录。如此漫长的时间岁月中，该有多少位毕摩，为那场绵延千年、远近闻名的赛装盛事，做过法事？

幸运地，我终于碰到了一次。

一路奔向直苴时，三道以松枝搭就的迎宾彩门，远从五公里之外开始，就已在向人投来拥抱式的欢迎与致意。大红的横额、大红的对联，让人心一下子就热得有些发烫。即便新修过却依然狭窄的那条乡村道路，也无法阻止从四面八方涌向直苴的人流。一路上，可以不停地看到以各种方式去往直苴的人：开着汽车的，骑着摩托车的，一家老小的，三五成群说说笑笑徒步行走的……等我们一行到达赛装节赛场时，那里早已是彩旗飞扬，人头攒动。

头一次听抖勾若唱罢《梅葛》后，我和几个朋友曾去那个赛装场看过一眼。赛装屋下面是道缓坡，赛装场就在那道缓坡下面。深秋，那片不足一个足球场大小的空地，掩映在十多株高达十余米的大树之中。奇怪的是，那片空地居然寸草不生。我很难想象，那样一片空地，怎么容纳得下每年赛装节时成千上万的人群？听说只有春天，那片场地才会绿意盎然。而赛装节那天，场地上铺了厚厚一层松针，犹如一方绿地毯。

我在人群里找来找去，都没找到抖勾若毕摩。我想，哎呀糟了，我会不会因为老毕摩换了一套装束认不出他来？一个参与祭祀活动、准备做法事的毕摩，肯定不会是蹲在厨房里的那份家常打扮！他可能会穿上一套毕摩的专用服装，以我完全无法辨认的模样，走进那个赛装场。就像他在不同的场合，会用不同的名字一样。

直苴彝人，据说通常都有三个名字：乳名、汉名和彝名。抖勾若是那位老毕摩的彝名。他的乳名叫黎宝元，那是小时候用的；而他的汉名亦即学名，叫李清元，是上学读书前取的——许久之后我偶然想起，他那三个名字，倒跟我见过的他的三种表情十分般配；都是“三”，简直有点儿好玩。甚至还有一个“三”，是将近30年前，他便开始跟着他的老祖，直苴那时最老的毕摩李月生颇研习毕摩祭祀。掐指一算，抖勾若那时年近四十，学做毕摩似乎太晚了点。细想不然，其实，那样的研习远非从那时才开始，一个孩子，从他老祖那里看到、听到的，耳濡目染中，都是修行，甚惑可叫作童子功。就像直苴的许多绣花女、绣娘，打小就跟着母亲学绣花一样，母亲忙着绣花，便扯一小块布，给她一枚钻针，让她自己闹着玩。技艺便在那样漫不经心的游戏与玩耍中慢慢养成。我们常说的某人在某个方面有“童子功”，大约也是这种情形。说抖勾若开始学习，不过是说他直到那时才正儿八经地开始给他的老祖李月生颇打帮手，直接参与做各种祭祀活动。但即便从那时起，到老祖李月生颇过世，抖勾若本人独立主持祭祀活动，迄今也已有26年。

近些年，每年直苴赛装节开始前的祭祀活动，都由抖勾若毕摩主持。今年也一样。这事我早有听闻，刚才又从戴一顶宽边草帽的中和镇那位女镇长那里得到的确认。开头我甚至没认出她来。人山人海中，远远地，只见那片铺满翠绿松针的赛装场中央，站着一个女郎，一身绣花白衣，戴一顶宽檐草帽，如同西洋绘画中站在自家花园里的一位少女。她的脸整个地躲藏在那顶草帽下的阴影里，让人无法看得真切。我以为那是某个慕名而来参加直苴赛装节的游人，事实上，那天，整个赛装场周围，有的是来自中外各地、穿着各式服装的游人，聚集了不下几百个摄影爱好者的“长枪短炮”。后来我才发现，那位女郎穿的同样也是一套彝绣女装，却非通常所见的黑底或蓝底，而是白底，突显出某种现代感。直到她走到离我不远的地方，才发现原来是中和镇那位精干的女镇长。我对她印象深刻。记得第一次去中和镇，跟这位女镇长一起吃饭时，她提议她每唱一首彝歌，我便喝一小杯酒；我想以我尽管不是太大的酒量，应付这个挑战或许也还足够，殊不知那天，她连续唱了十多首彝歌，硬是让我喝多了。后来我告诉她我会报复，她淡然一笑说，好，我等着！可惜至今我也没想出报复她的办法。

她告诉我，老毕摩来了，正在为即将开始的法事做准备。

我这才放下心来。

只有等待，像曹操那样等待：“青青子衿，悠悠我心。但为君故，沉吟至今。”

十

一年一度的直苴赛装节终于开始了。

抖勾若毕摩和他的一个助手或是同伴，终于走进了赛装场。

果然是不同的装扮！直苴的冬日，竟然大热，抖勾若披的倒是一件地道的黑羊皮坎肩，那种有光泽的黝黑，闪耀的无疑是神圣与庄严。阳光下，那张有些瘦削的脸似乎更加瘦削，脸色却比我初次所见更加黝黑。其实，在彝人中，抖勾若的个子算不得高，但他的身份和那身装扮，却让他浑身透出一股英武之气，甚至某种顶天立地之感。

仪式比我想象的要简洁得多，或说那只是一场复杂祭祀的现代版。抖勾若毕摩与他的助手一起，先是宰了一只公鸡，以敬奉列祖列宗。我没听见鸡的叫声，或许是整个赛场太过嘈杂，而我又离得太远。即便在阳光下，我仍能看见那些洒在赛场上的鸡血耀眼的红艳。那个似乎有点儿血腥的瞬间，或许只是远古彝人以各种祭牲奉献给天神的一个小小象征。比起几年前我在沧源佤族聚居的翁丁寨看到的剽牛仪式，简直是小巫见大巫。歃血为盟，表达的从来都是某种至信至诚——无论对人，还是神。以某种现代卫道者的口吻斥责那些举动“迷信”“残忍”者，不是故意装佯，便属无知。君不见，当今多少号称“国际化”的大型活动，不也非要选择什么吉辰吉日吗？

接着，祭颂的吟唱，随着抖勾若与他助手的舞蹈性动作，响了起来：

喔——喔给——给——
今天是个好日子，
祭祖日子是今天，
祈求拜神是今天……

他没用话筒，只任他本真的嗓音，在整个赛装场，甚至整个直苴的山山岭岭间回旋。那吟唱不像那次他唱《梅葛》，显得更加恢宏，更加苍茫。作为神、人之间的忠诚使者，他的吟唱当然不只属于他个人，而是整个直苴的男男女女、老老少少。

不懂彝话，想听懂他究竟唱了些什么，依然困难。后经殷必聪翻译才知道，那段吟唱大体可分为两大部分：一是敬奉直苴的开山祖先朝里若、朝立若，正是他们兄弟二人，最早来到直苴种下三粒谷种并喜得丰收，方开创了直苴彝乡世世代代的繁衍；而一年一度的赛装节，正是直苴的父老乡亲们为给朝里若、朝立若兄弟择妻，按照他们自己提出的条件举行的刺绣服饰比赛：他们最爱这片大地的山水花木，哪家姑娘能把这里的山水花木绣在衣裳上，就娶哪家姑娘做媳妇。[①]二是乞神，乞请天上地下各路神灵保佑今年的直苴赛装顺顺当当，圆满成功；乞请各路神灵保佑直苴来年风调雨顺，五谷丰登，人畜兴旺，富裕安康。

我无法走近他，只能远远地凝望。抖勾若的神情，显然有别于他给我们吟唱《梅葛》那天的悲伤。他是欢乐的，兴奋的；抖勾若的舞姿，只比通常的彝族左脚舞略显复杂，却已足够表达那样的心情。但一个已然七十多岁的老人，还能那样吟唱，那样舞蹈，已让我五体投地——在城市，许多那样的老人，已经需要他人的照顾甚至侍候。几个月后，临近端午的某一天，当我正在写这篇文章时，因一点小事与殷必聪电话联系，他又打电话给老毕摩确认，然后告诉我说，老毕摩正在地里薅苞谷。我知道，那些日子，永仁的气温已高达三十多摄氏度，一个正在地里干活的老人，该是怎样的挥汗如雨？接到老殷的电话，老毕摩说，接到电话，他还以为是让他去楚雄或是昆明参加火把节呢，这辈子，他还从来没去过……

① 参见殷必聪、肖朝发《神秘的直苴》，云南民族出版社 2009 年 12 月第 1 版。

我听了，突然有点儿心酸。老毕摩说那话时，是失望，还是遗憾？随着所谓“现代化”“城镇化”的强势推进，一个个古老村庄以及由它们生长出的古老习俗、古老文化，正日渐衰落。不知当下的中国，为什么不致力于把乡村变成更好的乡村，倒非要把乡村都变成城市？难道能把整个中国都变成一座城市？结果却弄得城市不像城市，乡村也不像乡村。其中到底出了什么问题？一旦乡村真的消失，我们或将永远失去五千年文明的最后支撑，当然也再也无法听到老毕摩们亲口演唱的历史……我在想，我们该怎么办？老毕摩给了我许多，我却不知道，我能为这位老毕摩做点什么……

十一

至此，我终于“完整”地看到了抖勾若毕摩的三种表情——那或只是他人生心绪的几次有限表达，于我，却构成了一个毕摩完整的人生。

凝视一个人的表情，如同凝视一个民族的表情，是趣事，却非易事。

一个地方的气候、地理，定会塑造当地人的性情与气质，直至他们的表情；而一方大地的历史与文化，当然也会凝缩在他们的表情之中。宋代的郭熙《山水画论》有云：“春见山容，夏见山气，秋见山情，冬见山骨。”而我，头次看到老毕摩的面部表情，第二次听到他的语音声调表情，都在秋天，在室内；只有第三次，见到他在赛装场的肢体表情，是在冬天，在室外。而最后一次，隔着万水千山，在接到老殷电话后想象抖勾若毕摩的表情，已是初夏。其时，按老殷的说法，老毕摩作为他家的“强劳力”，正在某片直苴的山地里薅苞谷。直苴正午的阳光，一定依然猛烈。老毕摩戴草帽了吗？有空伸手抹一把头上的汗水吗？直苴的风，能否给他带来几许清凉？满眼春绿，能否抚平他心头的那些忧伤？他心里，还有多少情感不为外人所知？还有多少种表情，未为外人见？

突然想起的，是后人解读郭熙《山水画论》的一段今悟：春水清气，夏水爽气，秋水浩气，冬水静气。一个人，即便是位毕摩，也有他酸甜苦辣的人生。大凡人生，总要攀山涉水，走过春夏秋冬。山之高，移步换景，巅处为胜；水之长，岁月如流，觉处为岸。走过山高水长，才能人生广阔。而我对老毕摩抖勾若表情的解读，终归只是皮毛。

宋代诗人释如珙有《寒山赞》诗一首，或可聊为此文作结：

作诗无题目，只要写心源。
心源虽难构，浅深在目前。
白云抱幽石，藤花树上纡。
丰干不识你，道你是文殊。

史料记载：丰干，唐代高僧，又作封干，生卒年不详，约生活于公元七八世纪，唐玄宗开元初前后在世。剪发齐眉，衣布袋，居天台山国清寺。与唐代著名诗僧寒山、拾得一起，被誉为“国清三隐”。昼则舂米供僧，夜则扃房吟咏，或骑虎巡廊唱道。人或借问，只对“随时”而已，更无他语。尝于京师为闾丘胤治疾。胤牧台州，乞丰干一言。丰干曰：“到任后谒文殊、普贤，在清国寺执受涤器，名寒山、拾得者是也。”胤往访之，二人笑曰：“丰干饶舌”，遂走出不见。更访丰干禅院所在，云：“在经藏后，无人住得，每有一虎，时来此吼。”胤开房而视，唯见虎迹。

如此说来，丰干是一只虎？一只懂诗、懂禅的虎？

而虎，正是彝族的图腾。

——好歹，这，就算是我回应抖勾若老毕摩那些表情的一种表情吧。

重访高昌故城

建筑如果真是凝固的音乐，浩浩一座高昌故城，则恰如时光遗落在苍茫西域的一首古曲长调，全用泥土做成。尽管昔日的磅礴已演成清越的缥缈，细聆倒声声在耳句句在心：断垣残壁间，隐隐有戍边的金戈铁马之呐喊嘶鸣，凋敝荒寂中，盛放着汉唐恢宏雄浑的精神花朵。东南西北，远远近近，无论怎样转身，目光都难躲开曾经辉煌而转眼便见凋零的历史。有时，即便炫目的阳光将两眼映照得干涩而微微闭合，满眼仍是看不尽的鲜活气象，那种零落的博大炽热的苍凉，一时竟让人涕泪泗流，殊难自持。

时已晚秋，故城仍酷热难耐。一无遮蔽的城池，阳光灼灼铺洒得满天满地。心于无声中蒸发。魂在顷刻间凝缩。一切现代的膨胀，转眼都在那里风干成渺小，甚至卑微。风如无形透明的火焰，滚烫地掠过，滴汗不生。通往故城深处的小道时隐时现，若历史小径，既幽隐，又明快。初次拜访已是十多年前，原以为故地重游，见惯不惊，应无太多感慨，不意淤积于心的无尽讶异，竟再次袭上心头——历史需反复诵读。风雨十载，看来无意间欠下的那笔未了情，终须偿还。时隔多年，再次徜徉其中，仍无法确信那竟是两千多年前的时光，特意留给当今的一个标本。

奠基于公元前一世纪的高昌故城，乃西汉王朝在车师前国境内的屯田部队所建。《汉书》最早提到时叫“高昌壁”。《北史·西域传》记载：“昔汉武遣兵西讨，师旅顿敝，其中尤困者因住焉。地势高敞，人庶昌盛，因名高昌。”汉、魏、晋历代均派有戊己校尉此城，管理屯田，故又被称为“戊己校尉城”。岁月沧桑，王朝更替，后曾分属前秦、后凉、西凉、北凉管辖。640 年，唐吏部尚书侯君集带兵统一了高昌，在此置西州，下辖高昌、交河、柳中、蒲昌、天山五县。由侯君集所得高昌国户籍档案统计，当时竟有人口 37000——那个只如当今一个村庄般大小的地盘，倒有一本与华夏一样悠长厚重的史记。

难怪一位考古学家曾说：“如果想知道盛唐时的长安城是什么样，就来吐鲁番的高昌故城吧，它就是唐时长安远在西域的翻版。”时光已逝千年，但当时的繁盛仍依稀可见。高昌故城的内外建筑类似于唐代长安城的形制和布局。进入城内，屋宇鳞次栉比，可见外城墙、内城墙、宫城墙、可汗堡、烽火台、佛塔等留存较为完整的建筑。外城内西南角有一座全城最大的佛寺遗址，占地达万余平方米，佛寺两侧立着高大的佛塔，院内正中高台塔的佛龛里，至今存有残损的菩萨像和壁画。而在那座高大佛塔之外，一片旷野中，还散落着据说专为安葬儿童的墓地……

于是思绪猛一激灵，想到这些日子，每遇一物一事，怎么动辄便引发思古之幽情？或是人到底老了，想想又觉不是。几天后去西安，亲友告原大雁塔一带，有新辟的曲江文化区，值得一看，便去了。要说那片文化区较之他处，也自有一番风情，仅一处诗林，便刻有上百首唐诗，徜徉其间，亦颇有情味。可惜看来看去还是隔膜。细想，方知是太新太硬，何如那些古老东西，哪怕一句话、一首诗、一处遗迹，都来得那么幽深、那么温润——那种经由时光打磨过的沧桑，总让人内心有一份熨帖、一份安稳。现代建筑林林总总，光鲜奇异，却怎么都还没经过时光的鉴定，无怪乎有人说，现代建筑的废墟，怎么都不会成为遗迹，炸了就炸了，拆了就拆了，废了就废了，结局怎么都逃不出成为一堆建筑垃圾的命运。美国“9・11 事件”中倒塌的世贸中心双塔如此，塌了就塌了，废墟清理完毕，按说完全可以照原设计，重建一座同样的建筑。但你试试重建一座庞贝、一座古罗马竞技场、一座玛雅古城、一座圆明园看看？

其实当今的种种所谓重建、重写、重拍，都让人啼笑皆非，缘由或都在于此。绝非技术不允许，而是任你法力无边，也无法仿制出那样的气场和氛围。建筑如此，文学、音乐同样如此。浪漫主义音乐高峰期出现的那些交响乐，包括贝多芬、莫扎特什么的，现在还会有吗？巴尔扎克的《人间喜剧》、曹雪芹的《红楼梦》，现在还会有吗？有时就想，人类到底是不是真的一直往前狂奔，就能臻于前所未有的巅峰？看来仍是疑问。对此，于 1947 年 12 月 30 日去世，终年 86 岁的现代著名数学家、哲学家和教育理论家阿尔弗雷德・诺思・怀特海早就一语定论："古代的作品精美绝伦，现在的作品则丑陋不堪。其原因在于，现代作品按精确的尺寸设计制作，而古代的作品则随工匠的风格而变化。现代是拥挤，古代是舒展。"或还可补上一句：现代是制造，唯技术至上，古代是创作，人的精神、灵气融汇其中，那是怎么都学不来也仿不来的。

——想想，这趟还真没白来。

去吴哥学会微笑

一

千里之行，起于一念。那是冬天，不料竟与一个燠热的傍晚一起，堵在金边的大街上。从机场去市区，断续如同爬行。于长达两个多小时的拥堵，却事先毫无防范，让人几近绝望。金边的双车道有自己独特的悠缓。等、等、等，直到终于能畅快开行。一个拥堵的金边叫人匪夷所思，那与我想象的大相径庭。早知如此，我就不该去金边。我的目的地是吴哥，那天却已没暹粒航班，只能绕道。于是仓促间，怀揣着周达观那册《真腊风土记》，匆匆上路。

幸好有湄公河。很快，我就坐在了河边，来得及目睹湄公河岸的璀璨晚霞。“生活就是面对真实的微笑，就是越过障碍注视将来。”（雨果）河边大道蜿蜒自如，若仕女袅娜腰肢。一个小姑娘欢笑着，沿河边大道跑向远方，小裙子跟晚霞一样明亮。童音解乏，稚拙脆亮的笑声尤其如此。华灯初上。行人徜徉，三三两两。这才是真正的金边。逐水而居。挨着一条大河度日的人是幸运的——几乎所有的大河河口，都有个人烟稠密的大都市，以及暧昧的过往和一些未知的将来。

在仅离江边几米远的露天餐厅吧位坐下。本地产的ABC黑啤，风味浓郁，让我想起阿姆斯特丹燠热的白夜。思绪渺然。ABC的苦味挡不住夜色渐浓。洞里萨河与湄公河波光粼粼，交汇在我的目光中。两条河间那个半岛上，高楼正格格不入地生长。凡自然的生长，都无法阻挡，那高楼自然吗？夜色更浓。高楼也无法阻止夜色降临。不知有多少人曾面对过那片夜色，一瞥，或是一生。我是第一次，但已梦想多回——见过上游的澜沧江，怎会不去想象它的下游，就像一本好书，读过开头就没法不去追它的结尾。“追”是个好字眼。转念一想，追到了又如何？你在不在，都无法阻止夜色撩人。此生总有些人，总有些时候，须独自面对生命无法穿越的时光那深沉的浓酽。其时我正在其中，思绪渺然。

于是想起周达观，想起《真腊风土记》——几百年前，他或也看到过那样的河水，那样的黄昏，那样的晚霞。

二

古籍的好处，在总能提供一条回望岁月的通道，让人得以一探过往时光深处的奥秘。700 多年过去，《真腊风土记》如今读来，文字仍觉亲切——“窗内人于纸窗上作字，吾于窗外观之，极佳”。作家徐则臣最近感叹道：“还是得尽可能留下当下生活的一些记录，若干年后子孙们看我们这个时代，若无足够翔实的记录，那就跟我们现在看过去一样，固然多惊喜，但更多的是遗憾和缺失。也正是在这个意义上，恩格斯盛赞巴尔扎克这个时代的书记官。”不妨说，周达观正是这样的文人。

中柬交往始于十三世纪。其时柬埔寨国名真腊，国都吴哥城建筑宏伟，雕刻精美。1431 年，强大的暹罗军队攻占吴哥，真腊迁都金边。吴哥窟自此湮灭于热带丛林，“遗失”在历史中，直到 1861 年才被重新“发现”。追溯起来，周达观 1299 年完稿的那部《真腊风土记》，对那番重新发现厥功至伟——

1819 年，在中国传教的法国人雷慕沙得到一本《真腊风土记》，细读后如获至宝，遂译成法文。1860 年年底，法国生物学家亨利·穆奥携法文版《真腊风土记》前往柬埔寨，按书索骥，终于发现了一处宏伟惊人的古庙遗迹，廊柱歪斜，佛塔坍塌，门梁断裂，浮雕蒙尘……一切都显示那即书中所写的吴哥窟。湮灭 400 多年的吴哥窟自此撩开了它神秘的面纱。

1971 年，柬埔寨摆脱法国殖民统治，整理文化古籍时，发现居然没有自己的历史文献，连历史教材都无法编写。幸得柬埔寨作家李添丁将中文版《真腊风土记》译成柬埔寨文，柬埔寨人自此方知，自己国家历史上也曾有过惊艳的一页。

三

离金边市区不远的那个“芒果边”集市，摊位密麻，人声喧腾，烟熏火燎，一派世俗的古风。世界大约原就是那样的——高楼大厦从来只是外表，人世的真实一直混乱芜杂，只在你拍摄它记录它叙说它的瞬间，才显出了秩序！

——跑了一早上，到那个离地五米的水上高脚竹楼去吃午饭，脚下晃晃悠悠吱吱嘎嘎乱响，感觉倒是太接地气了，问题是你得准备好豁出去，置生死于不顾。先是到“芒果边”买吃食。所有食品，鸡鸭肉鱼，蔬菜水果，红红绿绿，统统都是烧烤。国人擅长的蒸炒炖炸煮，看来实在是太麻烦、太烦琐了，在那里，烧烤是打开所有食品味道唯一正确的方式。后来才知道，即便是 12 月，炎炎烈日下，烧烤也是品尝吴哥的唯一正确方式。烟熏火燎。烟熏火燎……

开吃。把“斯文”丢到爪哇国去，席地而坐，以手为箸，撕撕扯扯，大快朵颐。盘腿而坐是主人的日课，我等凡人转眼便已腰酸腿疼。起来溜达几步，放放松松，再盘腿坐下，以坚忍不拔的牙齿对付所有食物的缠绵与坚韧。吃得提心吊胆，酣畅淋漓，原始又现代。

所幸从头到尾，没见到一个苍蝇——呵呵，它们是否回避生客？

想想，当你忙于去看天下的时候，天下已先看到了你。当你忙于让天下人都认识你的时候，你其实还是个浅薄无知孤陋寡闻的家伙！

四

小吴哥在望。穿过一千多年时光，缓缓行去，岁月通透的深邃与黏稠的浓郁，几乎同时到来。永恒的从来都是物，不是人。放眼处难见初晓青山，身前身后，尽皆沧桑往事与斑驳尘埃。满眼国宝级文物。吴哥高大辉煌，进入神庙的门却都狭窄低矮。你须弯腰低头侧身而进，那样怪异的姿势，带有明显的强制性，想来绝非出于疏忽。我给自己提了个醒：你的头撞坏了文物必须赔偿，文物撞伤了你只好自认倒霉。

冬季在一场过往中，汗淋淋地奔行。残缺早就是我的老友。要复原吴哥破碎的拼图，依然是件困难的事情。真想问问：你身在坚硬如铁的石头里，在午夜清晨的冰凉中，是怎么露出那种微笑的呢？

佛无语。佛只微笑。这世上，唯“三样东西有助于缓解生命的辛劳：希望、睡眠和微笑”（康德）。吴哥最著名的石雕四面微笑佛，世称堪与蒙娜丽莎的微笑媲美。那些巨大的佛，每尊都只用眼睛说话，观自在，行深般若波罗蜜多。阳光汹涌，落地有声。我听见了那以光表述的轻言细语：我只是一堆嵌叠在石头里的，那些没有剥蚀没有坍塌的部分。我置身于石头深处，连同我紧闭的嘴唇，魂魄已乘着神鸟翅膀远行。不要试图问我什么，或为什么；也不要去问风雨、苍苔和凿痕。去问那些坍塌的石头吧，关于这个世界所有的前世今生，它们的断裂与残缺会告诉你许多；或去问那些还不是石头的石头，在修炼成一块真正的石头之前，它们是否也曾听不懂暮鼓晨钟，读不懂断谒残碑。你也听不懂。你来过一次、两次，也未必就能听懂。而有的人，终生都无法听懂……

我听懂了吗？不知道。我无法确认。只知道尽管生命如此短暂，我也并不害怕生于虚无，却畏惧死于窒闷，宁可如一方石头那样，被劈削，被砍凿，被雕饰，然后成“佛”，成沙弥，成脊兽，成垫脚石……就在风雨中，日复一日地剥蚀。

不远处，那个坐在架空宫殿前，一袭白衫的女孩儿，痴坐如佛，一动不动——你又在想什么呢？

五

承友人勇男盛情，就那样，在离暹粒市区不远的一个院子一住多日。早晚可围着他的泳池踱步，独自绕行。小院当然有人收拾，又没收拾得过度，而过度是这个时代的通病，如同太浓的妆容会叫人恐惧，不自在。小院的干净、整洁，似都属天生，自然，偶尔还有点恰到好处的芜杂与野趣。清晨犹好，凉爽清碧，花自开，鸟自鸣，人自闲。“要语连夜语，须眠终日眠。除非奉朝谒，此外无别牵。”（白居易《朝归书寄元八》）。只是我之“奉朝谒”，无非乘车外出，去拜访吴哥——想想，那原本也是吴哥古“朝”啊。两位柬埔寨女工，管家帕拉和厨师敏嫡，见面和告别，都会双手合十，满脸微笑。偶尔与她们闲聊，靠的都是手势和比画，会心处，笑声爽朗。

勇男已在异国待了十余年，置下这个院子，却常年在金边忙碌，把一院子的清寂风雅，都留给了帕拉和敏嫡！还远超市价，付给她俩每人每月两百美金。偶尔有朋友来此住住，“进入阁前拜，退就廊下餐。归来昭国里，人卧马歇鞍。

却睡至日午，起坐心浩然。况当好时节，雨后清和天”（白居易《朝归书寄元八》）。人生都是一场修行。想到待我此番离去，或会不断想起勇男和他无法享用的这个小院，想起两个女工的质朴和善，只好莞尔一笑了。

六

暮色里的小吴哥，让浓郁的落日余晖染成暗紫金黄。斑驳王城的那种沧桑残缺之美，越显磅礴壮丽，与尼罗河边的卢克索神庙有得一比。虽朝拜者众，信仰者早已不复当年。世事更迭，物是人非。真正不朽的唯有块块顽石。此时吟李群玉《重阳日上渚宫杨尚书》句："落帽台边菊半黄，行人惆怅对重阳。荆州一见桓宣武，为趁悲秋入帝乡。"感触越深。

站在高处俯瞰暮色中的吴哥古城，"王城如海"四个字便脱口而出！

想起在离暹粒不远的洞里萨湖，水域浩瀚阔大，却水质浑黄，观赏性阙如。令人感叹的，是居于湖上的数万越南人。仿佛被"国家"遗忘的"难民"，对于他们的流落于此，有各种漫长的历史解说，最常见的是某个年代为国家出征战败，就再也回不去了，已在此生活了好多代，唯只可居于水上，不能"登陆"。他们建起了水上学校、教堂、土地庙、商店等，但现代国家观念，于他们已是奢侈的梦想。苦涩尽管苦涩——而谁又说得清，这样真的就一定不好吗？

想一想，人世一世，谁又不是出没风波里呢？把一命交给一舟一桨时，也就把一生交给了江湖，交给了颠沛流荡。而生命中，不断有人离开或进入。看见的、看不见的，记住的、遗忘的……不断地得到和失去。于是，看不见的，看见了；遗忘的，又记住了。然而，看不见的，就等于不存在？记住的，又会永不消失吗？

七

崩密列。满目疮痍！惊心动魄！凡行过处，其损毁皆叫人不敢回望！人类太愚蠢了。战争的破坏远胜过自然的损毁。二十世纪七十年代的一场战争，炮火与地雷彻底摧毁了崩密列精美的古老建筑。作为战争罪行的见证，作为对人类的警醒，保持崩密列被毁的原貌，重新修复与还原已显得无足轻重！弹痕累累啊！罪恶的子弹没击中敌人，却击中了古老的高棉，击中了吴哥，击中了全世界的和平之心。

微笑是一堂关乎人性的课程。吴哥亦深藏着人性的两极：光明与黑暗，善良与残暴。记得在金边，曾借一个上午，前往“钟屋”一观。世有惨无人道者，没见过如此惨无人道者！看了一半，已不寒而栗！你无法想象他们到底还是不是人！类似这样的惊悚，在别处或也发生过，只是直到现在，人们还不自知晓。出来，在金边大王宫，一只不知名的鸟歇落在屋檐下的雕花饰件上。不知它的先祖那时身在何处？当不远处时时都在发生杀戮时，一个佛的国度，人却被猩红色裹挟，惊弓之鸟，是不是只在这里方可短暂歇息呢？

而天意悲悯，草木柔情。柔弱并不是花枝注定的宿命。对一种禁忌的最质朴的穿越，怎么都会叫智慧生命满面羞惭。确认了心之所向，便有了梦境，纵只是新绿一缕，亦足够叫人穿越身后那弥漫无边的灰暗，直至开出花来。大自然仍以它的坚韧、顽强、璀璨和生生不息，尽心尽意，装点着残破的崩密列！一路行去，每有亮色，都叫人勃然动情。王维《青溪》诗曰：“随山将万转，趣途无百里。声喧乱石中，色静深松里。”说的虽是一道溪水，那时想来，亦蛮应景。

——吴哥的佛，那时依然微笑着。在那个没有雪的地方和那些没有雪的日子里，想起往事里的大雪纷纷，料定从没见过雪也从没雪陪伴的人，既是孤独的，也是浅薄的——那些永恒的微笑，与那样凌厉的风雪注定有关。微笑是心酸的回味，也是劫后的庆幸；是发自内心的会意，也是遥想未来的憧憬。

八

巴肯山既不大也不高，海拔高 67 米，据说却是吴哥第一次建都之地。如今建筑倒塌，遍地碎砖乱石，夕阳下愈显得光怪陆离，神秘沧桑，却成了观赏吴哥日落的最佳去处。山顶位置狭窄，每次只可容纳 300 人，排队上去必有一番焦急等待。一些廉价旅游团的人眼看集合时间已到，只好离去。一个多小时过去，最后 20 分钟终得上去。眼看夕阳就要沉落。浓云垂铅，残阳凝血。整个吴哥笼罩于脉脉斜晖之中。好奇怪，那景象和我的一个梦竟如此相似，红蓝黑灰黄，色彩斑斓也清浊分明——天空或也会做梦吧，从亘古活到如今？晚霞渐渐暗下去时，心却亮了起来。远处的夜灯已开始闪耀，谁是那个在天边流浪着也盼望归去的游子呢？

九

《真腊风土记》除卷首“总叙”外，正文为40则：城郭、宫室、服饰、官属、三教、人物、产妇、室女、奴婢、语言、野人、文字、正朔时序、争讼、病癞、死亡、耕种、山川、出产、贸易、欲得唐货、草木、飞鸟、走兽、蔬菜、鱼龙、酝酿、盐醋酱曲、桑蚕、器用、车轿、舟楫、属郡、村落、取胆、异事、澡浴、流寓、军马、国主出入。周达观记叙了真腊的几乎所有，唯独没记下真腊的微笑，吴哥的微笑，却指给了世界学会微笑的道路。

柬埔寨人至今都没忘记周达观。距吴哥东北60里处，有座长满荔枝树的山，传说那是由周达观赠送的种子繁殖而来，人称“中国荔枝山”。现在人们去拜访吴哥窟时，当地旅游部门有时会奉送一本《真腊风土记》，书上还简略记载着周达观的生平。

公元1295年3月24日，由十多人组成的元朝使团，从温州乘船出发，两个月后到达占城，因遇逆风及河道水浅，行速缓慢，至次年7月方到达吴哥；进宫与真腊国王交涉完归附事宜，须等到西南季风及湖水涨潮方能出航，使团人员四出采购当地的奇珍异宝，唯通事即翻译周达观没去。

周达观，号草庭逸民，出身温州望族，时年30岁，向喜钻研历史地理。作为与各国海上交往的登陆口岸，温州时有商贾来往，他早已学会了真腊语。得知朝廷要组团前往真腊，便请命前往，遂有此行。他四处寻觅，了解当地风土人情，并偶遇在吴哥住了35年的老乡薛生，陪他四方游历。1297年6月，在真腊待了一年后，周达观随使团一起返国，后起意把真腊之行记录下来，经多番删改、重写，两年后，方将最初的十几万字，定稿为仅8500字的《真腊风土记》，一部历史地理著作终于问世。《四库全书总目提要》称其“文义颇为赅赡，本末详具，可补元史佚阙”也。

如今在暹粒，由我的几位艺术界朋友编导创作的歌舞剧《高棉的微笑》，每晚演出，场场爆满，迄今已整整八年，总共已演了三千多场。立项、创意之初，有人曾嫌他们运用《罗摩衍那》等神话传说“太文化了”，论证时幸得柬埔寨文化学者的支持，认为他们是真弄懂了他们的历史，方得认可。那晚在与主持演出运营的云南文投柬埔寨公司老总的闲聊时得知，演员现已基本本土化，相比国内的演技、舞美、灯光，尚有大幅提升空间。好在一场那样的歌舞，毕竟可以让人从现实的吴哥转向艺术的吴哥，咀嚼消化那些至美至圣的微笑。

——菩萨低眉处，生死入心时。远行者费心费力地到异乡去寻找家园，心绪的归处，也许连那样的寻寻觅觅，亦是徒劳吧，冥冥中系念着的，仍是遥远的故土。

夕阳落照两吴哥，
返眼达观千佛陀。
人间兴废堪微笑，
世事翩跹犹娑婆。

看完演出回去的路上，没来由地，突然觉得，那一场场演出，似乎都是对我们永逝的过往一次次隐忍的致意、致敬或致歉。

十

离开吴哥恰是晚上。来不及待到夜晚，从神庙的某个角楼，仰头相对满天繁星般的眼睛，以及流萤。时间总在鞭打人生，车嘶吼着如九头神兽。那个曾被古老夜星照亮的神庙，卫兵般埋伏着的寂静石头般凝固，被孤独地抛弃在断垣残壁间。风，温柔地吹动我的白发和衣衫。回头最后一眼我看到的，是墙头在暮色里闪亮的几片透明的绿荫。好像就那样，我把一些诗一般的思绪遗失在了那里。很久之后，想起那个时刻，吴哥王城檐角上的一滴露珠，突然从我的颊上滚落……

“笑是两个人之间最短的距离。”（维克托·伯盖）微笑吧！微笑吧！学会微笑吧！微笑，并不只是一个容易做出的表情……

2019 年 5 月 11 日　于湖光里

往日时光

快乐与忧伤到来的方式素有殊异。忧伤会给人预感，你明知它要来，再怎么避让它终归要来。快乐倒总是来得突然，眨眼间一大堆快乐就扑到了眼前——那天走进师长学友聚会之处，我心中突然涌出的无非两句话：再美好也经不住遗忘，再悲伤也抵不过时光。曾经的灿烂原也有失血的苍白，曾经的悲伤中，亦有值得怀想与记取的明媚。

高原仲春，恰农历莺时，花木熙攘，游人如鲫。惜乎天涯太远，一生太长，即便花事如霞，也抵不住荏苒时光。无人知晓，一群当初在湘江之滨同窗共读，后又在山南海北江湖浮沉者，会相聚在此。选择或出于无意，隐喻倒尽在其中。人总须经由对往日时光的回望，方知生命究为何物。当约定时刻终于到来，往日时光便在当下的回望中，如古老铜器般被细密思绪擦亮，闪现出幽雅迷人之光。

人生之趣或正在此：日子流水般逝去，生命却像被命运驱赶的盲眼脚夫，只顾前行而无暇回望。偶尔回头才愕然发现，生命中好多不可或缺的人，走着走着就散了。流年似水，当年那些飞短流长、恣肆张扬，终于散落在世界的某些角落。于是思念顿起，聚会草成。当年的懵懂少年，转眼已满鬓霜雪，一旦进入对往日时光的重访，便再次成了少年。那时的我们如盛开的琴键，稍有触碰便芬芳四溢。扪心自问，岁月倏忽，再回首，我们何曾还是最初的自己？

怀旧已是当今的流行。而此番相聚，至少在我看来并非怀旧，而是回忆。“怀旧”是留恋，“回忆”却是厘清。怀旧大多有点儿似是而非：同一年龄段或有某种共同经历的人们，借助短暂的聚会，虚拟出一个目标，“怀旧”便骤然开始；却因少了些对往昔的深刻反思，对当下的深切关注，一不留神就会从某种无厘头的夸张、虚拟和粉饰，变成一场温柔的闹剧可怖的麻醉。而参与者过去和当下真实、严酷的生活一旦被排除在“怀旧”之外，就会变成娱乐性的公共活动，谈论的无非是些严峻现实生活之外的应酬性话题，因而注定是浑浑噩噩、浅尝辄止的；回忆则是清醒明白、触及灵魂的。“怀旧”因此从来都说不上是扪心自问的心灵活动，“回忆”却是。智者因而远离“怀旧”，很少参与那种看似优雅、欢快的“怀旧”聚会。他们沉浸于对往事的回忆，说到底渴望的是对昔日生命之杯的再次品味与渴饮。相比怀旧时对旧日旧物的无端迷恋，回忆却试图从看似孤立的旧时事物中找到暗藏的逻辑。“现在”唯有与过去联系起来，方能透彻地显示出它的意义或荒谬所在。对往日的回望正为辨清来路与去路，回忆方能让我们变得温柔又坚定，稳健亦从容。

一杯咖啡，一本书，是一段时光。独对旷野，聆听季节，也是一段时光。我们的那段时光从几支歌开始，跨越半个世纪的团聚，仍是由一位师长领头唱起的几支歌。那正好印证了我对这次聚会的概定。最是那首《往日时光》，倏忽间便将我带入往昔：“人生中最美的珍藏 / 正是那些往日时光 / 虽然穷得只剩下快乐 / 身上穿着旧衣裳……”；“如今我们变了模样 / 生命依然充满渴望 / 假如能够回到往日时光 / 哪怕只有一个晚上……”贫穷、压抑而又欢乐，正是那个年代的标签。唱着唱着，歌声混着泪水，让众人老泪纵横——那让我们想起的太多太多。歌里，甚至有《三套车》《红莓花儿开》……可值得珍藏的，真只有那些与我们的青春一起飞扬过的歌？想想，时间走了，谁还能留在原地？

艺术或是浇开那丛友情之花的雨露。当其时也，无论师长学友，恰都青涩年少，出于对艺术的喜好走到了一起。那样干涸的年代，唯艺术的液汁还稍可润泽心灵。然那时的所谓艺术也难说是真艺术，跟其时文明的任一形式一样，艺术也怎么都难逃那片腥膻的血红和暗黑的风暴，因而失真畸变，留下的唯一颗纯真的心。由是，与其说是艺术将我们聚在一起，不如说是几个意气相投的旅人，在浓黑雨夜没膝泥泞中偶尔相遇，随后便凑在一起，燃点青春为火把，相互搀扶着，以艺术之名出发，所摸索着的那条人生的去路。半世回首，泪眼探看，谁的身心不是瘀青瘢紫，疤痕累累？尽管都跌跌撞撞走到了如今，回望来路，依然有数不尽的惊心与恐惧。而所谓友情，也正是那一路颠沛跋涉中曾经的手臂牵挽、眼神叮咛、耳语嘱咐，甚至是夜寒中的相依相偎、抱团取暖，以及自己一边流着泪一边对同伴说出的那句“别哭”。

当青春在那个动荡酷烈年代的尾声中散场，没谁会想到艺术会让我们再次集结。伤春悲秋，或许所有的美好都那么短暂。那些没能赶来的师友，都各有缘由，或无法脱身，或已然外出，或身在病中……其中一位远在南国，已因多次化疗虚弱到一讲话就气喘吁吁，其时他已只有历史与现实，再没未来。想起当年在北京，他一夜间之突然不知所终，及后来他在长安街头的一夜枯坐及黯然南归，既是个人之痛，也是时代之悲。其实忧伤远不止于此。那之前，1966年8月24日凌晨，遍体鳞伤的老舍独自来到太平湖边，坐了整整一天，最后跳入湖中自尽。个人的忧伤再大，也远不及曾经的年代带给我们的心灵忧伤深痛长久。怎么说呢？现实以历史充实它的虚空，历史靠现实洞悉它隐藏的秘密。到底什么样的终点，才配得上我们这一路的波折与痴心？

世上最糟糕的感受，就是不得不怀疑先前深信不疑的东西。恰在师友离开省城之际，情势之变让我们看到，未来，在历史与现实的共同参与下正变得愈加迷糊。幸而演绎得迅疾，否则，我们或将听到如老舍所说，他想写的“一出最悲的悲剧”里的“无耻的笑声”，重新进入我们一度经历而不愿再次经历的苦痛：我们不愿意，也不允许。诗曰：“我心匪石，不可转也。我心匪席，不可卷也。”历史虽已远逝——其实也未必都已远逝——却总算教人懂得了如何透过历史看穿现实的秘密：那些无端喧闹背后的虚空，那些看似强壮背后的孱弱，那些用堂皇恢宏掩饰的闹剧……种种造神举动荒唐可笑，却不能让人掉以轻心！为此或许我们做不了什么，但心愿终该有所指向——这样的悖论真不知该让人感到幸运还是忧伤？道德勇气的实践须等待天时地利人和的条件。只要本心不变，卧薪尝胆总是个希望。我们并不期望无谓的牺牲，但无论显性或隐性的存在，总是包括我们自己在内的人民的希望所在。

无代价的人生是不存在的。如此说来，往日时光对于我们的珍贵，并不在于我们曾在那段共同经历的时光里，有过共同的快乐或忧伤，而在那既是我们最快乐的时候，也是我们最痛苦的时候——都在心里；最快乐的地方应该敞开，让阳光照耀；而最痛的地方，却该用最美的方式包扎，让它愈合，重新生长。尽管岁月悠悠如一条有源头而没师承的长河，无止息地向前奔涌，但愿我们都能优雅地老去，并将我们曾经用青春和生命为代价做过的一切，刻记于石，以敬谢后之来者……

读一方老碑

一

一块老碑，等我于幽冥之中。

说感恩太轻浮——杖藜而行，我于这片古老大地，无非一匆匆过客，何能何德，竟有劳那方 400 岁的石碑，如此长久地，等我于幽冥之中？

历经 400 年沧桑，刀斧劈凿，土石掩埋，黑暗笼罩，那方石碑，不早不晚，恰在我游历永仁期间，出露于早已残破尚在修复的苴却黉学庙中。

拂去尘埃，碑碣如镜。一方无语石碑，无异于一部有声史志。

几乎整整一年，我读碑，亦读人，读史，读一腔热血，读一段沧桑。

一刀一钎，一字一句，那些斑驳叮当的刀凿之痕，漫漶深隐的土石之浸，有味无形的烟火之意，都在无声地诉说着一段历史。透过历史，我能看见的，何止是永仁的曾经？更是当下的我们。

正好，可借这块老碑，为苴却黉学庙立传，为永仁立传，也为这本小书添点分量，压轴。

二

头回去永仁，正值晚秋。那方陌生天地，隐于朦胧之中，晦明莫辨。听闻到当地的第一个古建名字，就是永仁黉学庙。友人石永祥君文弱却有灵性，竟将那小小茶聚，定在县城文庙街一家茶室。街巷古旧幽窄，茶室清爽僻静，虽无雕花案几，竹炉团扇，倒也有砂铫煎水，茶香盈室，显见是个聚谈的好去处。室在二楼，市声远离，推窗可见小城隐约的屋宇，悄立于静谧之中。却不知有一块老碑，已在黑暗中等我。

坐定便问，茶室既在文庙街，想必是有文庙？永祥道：有呢，只不叫文庙，叫黉学庙。我知黉（音 hóng）乃学校的门，借指学校，诸如“黉学庙”‘府学宫”等，都是古时对学校的雅称。2006 年 4 月，厦门大学授予中国国民党荣誉主席连战名誉法学博士学位，仪式上，连战挥毫写下“泱泱大学止至善，巍巍黉宫立东南”的题词，正是此意。

诗酒浮生七十秋，但凡见此般所在，必前往恭敬拜谒，既为敬奉先贤，亦多少沾点文气。远至曲阜孔庙，近如云南建水文庙暂且不说，仅在拟去永仁前，也先去过大姚石羊镇文庙，想想竟如同预热。石羊文庙的一尊孔子全身铜像，据说海内罕见，朝拜者众：森森古柏上，红丝带缠得密密麻麻，偌大香炉里，供香插得高高低低。据云夏秋之际，前来许愿者络绎不绝。尽管当今那种过于功利的繁盛香火，叫人多少闻得出几许异味，但一个有文庙的地方，毕竟多了几分文雅之气，让人平添了些与喧嚣俗念对抗的依托。

有心去看看永仁黉学庙，然时近午夜，夜渐深沉；又闻黉学庙正在修缮中，便许以日后造访。但对永仁黉学庙的万般想象，却从苴却的那个秋夜开始飞扬。至于它何时为何人所建，有何碑额碣题刻，皆未问及，只将那道幽古悬念存之于心，待以时日——凡事都有个缘分，再好的去处，慌忙仓促地去见，或会扫兴而归。人皆情绪之物，一念一行，都须充分的情绪酝酿，如此方既有基于自身阅历的浪漫想象，亦有对故事变局的紧张期待；一俟情绪酝酿成熟，最终的结局不管是符合原先的想象，还是与想象大相径庭，都会因情感的巨大落差，而心灵激荡。艺术如此，生活也一样——如此，友人石永祥一次有心无意的安排，便成了那出无名戏剧的开场锣鼓，一直在我心头回响。

三

其实那晚，一句“黉学庙”勾起的，不惟对永仁黉学庙的曼妙期待，亦有另一番久藏于心的思念——骤然想起的，竟是家乡的那个“学院”。

说起来，那时我也就八九岁吧，因了搬家，须从原先就读的天三堂小学，转去位于小城学院街旁的学院街小学。入得校门，便见一宫殿般建筑，在尽头打横而立，四周石阶环绕，其上飞檐三重，檐翼斜飞，宝幢中立，粉墙花窗方圆相间，如历史深邃的眼眸。得知那是先生们的办公处，先就有了一番敬畏。而从校门直到那座主殿，中间有条青石板路，幽亮溜滑；两边各为一溜带庑廊的厢房，便是教室。懵懂少年，当时不明世事之变，日后方才得知，早年那里便是家乡唯一的一座府学宫。而所谓学院街，正因街的东头另有贡院、文星阁，西段又有那座府学宫，而得名。

有时想想，人生何其不幸，又何其有幸？当初我无论是在西风吹拂的天主堂小学，还是后来去的学院街小学，无非都因离家近，去来方便。而多年后，当我在碌碌营营的奔波与偶尔的闲暇中，想起我竟会在那所学校一直读到小学毕业，心里便格外有了一种温馨的滋润，甚而会觉着添了一份不言自明的幼学底气。倘一直在那所教会学校读下去，甚或做了教徒，人生不知会涂上怎样一种颜色，又有怎样一番经历？其实，我去学院街小学时，世界早已不复府学宫当初的气氛，然毕竟新政初创，再怎么天翻地覆，氤氲一座古旧学府间的，某种肉眼难察、先贤遗存的古雅书香，到底还是给了一个顽童些许连自己也难说清道明的熏陶濡染。有时我甚至怀疑，当人稍大些后，一味地喜欢读些杂书，既崇尚江湖侠义，又迷恋诗词歌赋，或就跟那座“府学宫”的氤氲文气相关。

漂泊异乡多年后一次回乡，前去探看学院街小学时，学校还在，只可怜那古色古香的大院，哪还有踪影？代之而起的，是一幢不伦不类的楼房，“府学宫”早被拆毁，没留下一砖一瓦！

于是，在初到永仁的那个夜晚，我之所思，不惟那座尚未见到的苴却黉学庙，也是千里之外，那座让我心心念念的“府学宫”，以及那些曾在那里传道授业后来却不知所终的先生，是他们那颗赤子之心，那番忧国忧民的忠贞、耿直、胆识与仗义！时隔半个多世纪后的今天，真不知我们这片大地，是不是还有足够的底气、坚实的承传和真切的改变，足以告慰那些含冤逝去的英灵？

所幸在偏于一隅的永仁，那座被称为“黉学庙”的学宫，尽管没听闻有像大姚石羊孔庙的闹热，但至少还没被拆毁，正在修缮之中。不知此前，它是否也曾系马驻兵，遭受劫难？或也曾另作它用，失修破败？眼下，又是何人于何时拍板，着手新一轮的维修？在一个显见并不富裕的小城，那抉择需要的，又是怎样一种胆识，一种胸襟？

我不知道。而我想知道。我渴望知道。

——数千年里，我们这个民族，敬奉文事早已蔚成传统。以当今的眼光来看，遍布各地的大小“文庙”，岂止于对孔老先生的供奉？彰显的，实则是对关乎一个民族未来的教育、师长的崇敬与褒奖。

即便在偏远的永仁，事情也一样。苴却黉学庙的多年荒废，与现时的再度重修，演绎的正是这个民族对儒学诗教由崇奉到弃之若敝屣，从铭记于心到渐渐淡忘的精神历程。恰如土耳其作家奥尔罕·帕慕克所说：“开始，我们失去的是记忆，但还知道我们失去了它，并渴望唤回它。后来，我们会连忘记本身也已经忘却，城市不再记得自己的过往。废墟会引起我们如是的哀伤，最后打开忘却之路，使他人可以在此编织新的梦幻。”

四

时光飘逝，岁月流逝，记忆却会定格。

就在对拜访永仁黉学庙的期许中，我开始翻寻与苴却黉学庙相关的历史记载。很快就听说，刻有清初大姚知县张迎芳所撰《重修苴却社学记》的那方石碑，已不知去向，能见到的，乃当过多年教师的友人明峰，传给我的见于《大姚县志》《永仁县志》的那篇碑记的电子文档。

好在碑文不长，不妨引录于此：

重修苴却社学记

邑治之北去二百余里，曰苴却，环万山而绕曲水，川岳卓荦之气，独有所钟，郡黎多聚族于斯焉。其间俊秀英敏之士，翩翩济济，诚姚境一胜概也。前明万历丙辰冬，邑令青莲谢公讳于教者，以征粮按其地，虑其去县治甚远，而教化之未易覃敷也，爰仿古社学之意，创建文庙，立先圣牌位，门庑、池泮惧与郡邑学校同。令博雅老成之儒，考钟伐鼓、横经论道于其中，集附近之英才而教育之。圣人之道，于是晓然于边陲矣。殆至烽烟四起，兵贼之去来者，咸指为馆舍，窟虎豹于黉序，饮战马于桥门，高堂倾，斋庑圮，木主毁弃，瓦砾堆盈，而洙泗几灭焉。

幸我皇清统一寰宇，楚藩南服，于庚子年以董君讳安邦者干议此地，会计易沐。董君固三韩世裔也，甫入其境，即留心文事，见故宫之废坠萧条，辄欣然捐资鸠工。躬自省试，大兴作而再修之。剪榛棘，平块圮，正础扶栋，丹楹刻桷，殿宇轮奂，门庑轩敞，牌位更新，崇祀聿隆，庄严壮丽，大改旧观，于戏盛哉。

夫兼三才者，存乎儒；开万世者，存乎学。泽宫，教化之源也。是以古之教者，家有塾、党有庠、术有序、国有学，于焉离经辨志，敬业乐群，以阐明先王之道。而异端邪说，始不惑世诬民也。况滇云远居天末，而苴却又极末之末，顾安可使讲堂旧地，鞠为茂草，而不阐明先王之道乎?

今学宫既复，文教□兴，入其门者，以讲以射，兴仁兴让，咸知君臣父子之纲，共晓春秋礼乐之义。人才蔚起，出为国桢，其以黼黻王猷，赞勷圣治者，殊非浅也。则董君修复之功，诚未可没也。迎以戊申来牧兹邑，明年冬课赋至此，觐谒先圣，有邑庠耆士刘生芳远，振铎于斯。为述其始末，而索言于迎，欲勒诸石，以垂诸久。因薰沐而为之记。至若金粟之费，助资督役之人，皆得于碑阴并列云。

大清康熙九年十一月初一日

赐进士出身大姚县知县三楚运城张迎芳敬撰

自此，得闲便细细展读这篇碑记，也在翻来覆去的阅读中，查阅文献，或在清晨，或于午夜，隔着数百年时光，一次次地展开对那座古建的想象，回味碑文字里行间透露出的酸甜苦辣五味俱全的历史过往。尽管碑石已失，不可复得，但面对张迎芳那篇曾勒记于石的碑记文字，我仍止不住地想象着那块碑石的模样，想象着当年的一切……

五

明万历丙辰，即1616年冬，大姚知县谢于教因征粮诸事，前往苴却查访。时苴却仍为巡检司，远属姚安府，近隶大姚县，由高氏土司管辖。据《永仁县志》载，清道光《大姚县志》云：苴却十一马地方自古荒芜，每年纳马，故地以马名，每马彝长一名，曰“马头”，各辖村数不等。谢于教的那次苴却之行，看到苴却作为大姚一大关防重镇，毕竟山荒水远，民众贫苦，且民族众多，习俗各异，儒家教化难于广布，便仿古社学之制，首倡在苴却创办文庙。

社学乃旧时乡村启蒙教育的一种形式。元代规制，50家为一社，每社设学校一所，遴选通晓经书者为教师，施引教化，农闲时令子弟入学，读《孝经》《小学》《大学》《论语》《孟子》，次则以教劝农桑为主。明承元制，各府、州、县皆立社学，教育15岁以下之幼童，内容包括御制大诰、本朝律令，及冠、婚、丧、祭等礼节，以及经史历算之类。明清两代，社学成为乡村公众办学的普遍形式，带有义学性质，多设于当地文庙。正如张迎芳碑记所载，社学既建，于是“令博雅老成之儒，考钟伐鼓、横经论道于其中，集附近之英才而教育之。圣人之道，于是晓然于边陲矣”。

——仿照今日之说，当年苴却社学或说文庙的创建，犹如在姚安府大姚县的一方偏僻之地苴却，创办了一所“希望小学”。而那所万历年间的“希望小学”，规模之宏大，体制之健全，师资之充足，远非当今一所仅花30余万元户即可建起的“希望小学”可望其项背。

然世事之变，白云苍狗，不久后烽烟四起，战事频仍，来去之兵马人等，尽将社学文庙当作旅馆，如张迎芳所谓，“窟虎豹于黉序，饮战马于桥门，高堂倾，斋庑圮，木主毁弃，瓦砾堆盈”，一个传授孔子教泽之地，差不多完全毁掉了。

苴却黉学庙的再一次修缮，已是清顺治十七年（1660）。董安邦甫到永仁，便见黉学庙颓圮荒芜，残破欲坠，决意捐资重修苴却黉学庙。董安邦何许人也？无考。张迎芳称“董固三韩后裔”，所谓“三韩”，古代朝鲜半岛南部有三个小部落，分别为马韩、辰韩、弁韩，合称“三韩”。果如此，董安邦则应为朝鲜族。而石永祥君在《百年沧桑永仁黉学庙》一文中说，董安邦，名定国，字安邦，号董群，其墓志称“明赠明威董将军”，后人称董将军。据传，董安邦家族源于陕西，明洪武时入滇，先从军后经商，辗转于四川与云南边界，崇拜儒学、佛教。董安邦到永仁后，十分关心文庙之事，见黉学庙荒芜萧条，残破欲坠，欣然捐资重修。他亲往考察后决意对黉学庙进行大修，且亲自监督施工，铲除杂草荆棘，填平坑凹，铺陈石板，整修塌陷的基础，扶正倾斜的柱梁，直至“丹楹刻桷，殿宇轮奂，门抚轩敞，牌位更新”。经董安邦主持重修的黉学庙不仅“庄严壮丽，大改旧观”，而且祭祀之日极为隆重，其场面比唱大戏还闹。晚年的董定居于苴却街，常与方山静德寺高僧来往，死后葬于永仁方山苦荞箐以东的火厂坝，其墓成为方山八景之一；至今，永仁方山长联有云：“诸葛营对望江岭，烟波浩荡，读懂将军墓志，抚今追昔……”。[①]

时间继续推移。永仁黉学庙，或说当年苴却的那所“希望小学”，历经明、清两代多次修缮扩建，历毁历建，最终遂成一座拥有三进院落，主体建筑依文庙旧制，设有照壁、泮池、灵星坊、大成门、崇圣殿，并有一应左右对称之附属建筑，占地深阔，规模宏大，巍峨壮丽，堪称整个大姚县境内规模较大的建筑群之一。据《永仁县志》载，就是这座苴却黉学庙，至“清乾隆二十五年（1760）重修社学，乾隆五十年（1785）始建书院，雍正十年（1732）开办义学，至光绪二十四年（1898），清廷废科举，凡 212 年，有进士、贡生近百人”，堪称辉煌。

六

戊申年即康熙七年（1668），原就对董安邦重修苴却黉学庙甚为赞赏的张迎芳，到苴却黉学庙视察；次年冬，张迎芳因课赋之事再到苴却，曾亲入苴却黉学庙祭奉孔子。或就在那时，张迎芳与借居苴却多年的大姚名士刘芳远相识。后者于道光年间，为避战乱而往永仁居住多年，一直在黉学庙以教书为生。石永祥君称：刘芳远向来关注苴却民生与世俗风情，自以“化俗自重”，将每年教书所得修金倾囊奉出，以建社学，且常带领弟子温习敬孔礼仪。每年春、秋两次的苴却文庙祭孔大典，刘芳远都捐资捐物，从不缺席。为记述重修苴却文庙始末，应刘芳远之请，张迎芳才撰写了《重修苴却社学记》一文，并刻石立碑，记录了自谢于教创办苴却文庙，到董安邦捐资重修文庙诸事；碑的背面，则刻有工程所费钱粮、资助者姓名、工厂建造和督工者姓名。

《重修苴却社学记》勒石之时，已是清初。初读碑文，心想作为一方地方记事碑，历数苴却黉学庙的历史，颂扬前贤建造、修复苴却黉学庙的史迹，当是张迎芳那篇碑记的要义。对历史的回望，自不能全以现时的眼光苛求古人。然一个好官员，亦如一个好文人，为文记事，远不会止于就事论事，总要从中理出一点体悟、一点教训，供后人记取。张迎芳的碑中文字，虽说也逃不了有“皇清统一寰宇，楚藩南服”之类的官话、套话，但全文到底还是质胜于形，说出了他心里对苴却黉学庙的真实感受。不足千字的一篇碑记，不惟详叙了苴却黉

---

① 参见石永祥《百年沧桑永仁黉学庙》,《方山》杂志 2013 年第 1 期。

学庙的来历、沿革，还重点提到了几个于黉学庙有奉献之人。一时，我便对张迎芳其人兴趣大增。这是个什么样的官员？什么样的人？

查查资料，还真让我大吃一惊——苴却有幸！永仁有幸！张迎芳不足千字的一篇碑记，以及他的传奇身世，丝丝缕缕牵动的，竟是绵延几代的整整一群人，是那一时代一群血脉相传心性相通的知识精英。那是一串让人眼前一亮，堪可进入中国文化史的名字，从姚安知府李贽，到大姚知县谢于教、张迎芳，姚安土同知高奣映，直到著有《聊斋志异》的大名鼎鼎的蒲松龄！

七

张迎芳（？—1690），字畹伯，生于明末，清湖北应城毛河乡人——说起来不远不近，还算是我的一个湖北老乡。

张迎芳的童年正值明末，时局动荡，民生凋敝，饿殍遍野。及至清初，百姓方初尝国事安定之实惠，士子的抱负亦得以伸展。顺治三年（1646），张迎芳这个寒窗苦读的农家子弟，在乡试中一举入闱中举；顺治十六年（1659），靠着亲友资助赴京会试，进士及第，从此将一个品尝过底层艰辛的农家子弟的率直与倔强，带进了官场。

张迎芳先是出任河北玉田县令，此后做过包括大姚知县在内的两任县令。在河北玉田县，张迎芳虽也遇上了麻烦，但那股“橛子”的倔劲，反倒成就了这位毛家河务农出身的读书人。原来，玉田县并非等闲之地，乃是扼京城通关达辽的要道，背靠京畿，面向平原，王公贵戚在此多有庄园私田，撒下无数顽种劣孙。当年，有两条官道通过玉田，朝廷在玉田县城专设驿站经管驿道事宜。为缓解京城压力，玉田驿站独辟驿马厩，无数马匹在此歇养交接，成为玉田县衙的一项专管业务。在张迎芳到位前，驿马厩成了当地官员和王公贵戚子弟玩乐和营私的去处，常常是官马一半公干，一半私出，成为玉田一大弊政。张迎芳到位后，明令非公务，任何人不得出入马厩；驿马一律不外借，一律编号轮岗，发签上路，归厩消号，很快断了营私的后路。一位朝廷命官的公子威胁说，见过仪仗队里的马匹没有，老实听话的能吃到精料，不老实的哪怕一次嘶鸣，马上就赶去驮煤碴。张迎芳反唇相讥：我现在吃着精料，你还是啃山棘藜去吧。不久，一纸诉状告到朝廷，状告张迎芳“扣马慢公”，告状者甚至收买一驿卒匿文不传，作为因为扣马而废公的铁证，欲置张迎芳于死地。朝廷立即严查，结果沿线驿站纷纷做证，都说张迎芳治驿有方。被收买的驿卒也告了实情，一场滔天大祸就此烟消云散。传说康熙皇帝得知此事，慨然对臣工们说：听说张迎芳是个橛子，橛子好啊，为官之道，有时也要橛一点。[①]

北方口语，橛子即未经修理，带着树皮，打在哪里都一动不动的树桩。张迎芳任玉田县令期间，从不陪客，也不宴请他人。县衙为他备的一乘青顶小轿他从不用，轿夫被派却做别的杂役。他也常趁闲到街市走动，却从不买东西。师爷班头劝他别太抠门，他淡淡一笑说，这比我那个毛河强，比我在毛河种田时强多了。毛河，乃张迎芳在湖北应城的家乡毛家河。张迎芳乡音浓重，口中那个"河"字，北方人听来一如"货"字，毛河就此成了"毛货"；由此，私下里，"毛货张橛子"的称呼不胫而走，成了这位县官老爷的雅号。

八

清康熙《大姚县志》有记，康熙八年（1669），张迎芳出任大姚知县。

据云此公向来喜静，却好与百姓往来，官声廉明。时在大姚，他极力清除隐形役赋，恢复民生，推行教育，以至大姚"远近勃然向化"；到他竭力退职养老"去县之日"，整个大姚竟"老幼泣送，道路络绎不绝"。

用现在的话说，这位来自远方，千里迢迢受派到异乡做事的县长大人，即便不说是个好官，至少不是个昏官。他的亲民作风清廉做派，固然与他出生农家有关，但一个人幼时的生长环境，绝非造就一个好官的唯一原因，君不见某些个同样出生贫苦者，一旦为官，便也变本加厉地贪腐淫掠吗？《礼记·儒行》有谓："儒有忠信以为甲胄，礼义以为干橹；戴仁而行，抱义而处。"依东汉末年经学大师郑玄所注，"干橹，小楯、大楯也"，泛指栏杆。一个正直清廉的儒者，会将忠信的品德当作铠甲一样的护身装备，把遵循礼义当作像栏杆、盾牌一样的防御装备。他的一切行动，都遵从于"仁"，即便遭遇到暴政，也操守不改。足见真能造就一个好官的，仍在他有什么样的人生理念，是不是真想为百姓做事，只要想做、愿做，就有的是事可做，倘不想做，只为个人升官发财，自可按官场潜规则行事——历朝历代，多有那样的丑陋官员，能洁身自好留名青史者，凤毛麟角。

① 本文有关张迎芳的身世传说，参阅了各地多篇文章，在此一并致谢，不再一一注出。

而大姚有幸，碰上了这位张迎芳。细想也不为怪，天高水远的云南，远离权力中心，受派而来的官员，如非得罪过权贵，便是不合潮流，方被打发到偏远之地。然任一官员，真想为老百姓做事，又何虑身在何处？远在张迎芳到大姚之前，曾在姚安任官三年的著名思想家李贽，就是一例。

明嘉靖、万历年间，李贽（1527—1602）以“我头可断而我身不可辱”的气概，“掀天翻地”，向封建教条和假道学发起猛攻，由此频遭保守势力攻讦迫害。他一生做过 20 多年中小官吏，屡与上司发生思想冲突，最后竟以“异端之尤”“敢倡乱道，惑世诬民”之罪，被投进监牢，是个地道的“思想犯”，历经种种折磨，最终含愤离世，却虽死犹生，为中国思想史留下了光辉一笔，对当时和后世的文化知识界产生了深远影响。

明万历五年至八年（1577—1580），李贽出任云南姚安知府。

时姚安连厂大河水径流量大，来往商贾、马帮均靠竹筏、木排船摆渡，到七八月间洪水暴涨，常有过河之人马被冲没患难发生。新到任年过半百的李知府“深解蛮夷（指今姚安）之地百姓贫困潦倒的疾苦”，为除此地通行之患，他自个在府衙门上悬挂“从故乡而来，两地疮痍同满目；当兵事之后，万家疾苦总关心”的自警联告问父老乡亲，“四处劝捐，寝食不遑，心力俱瘁”，并为建桥慷慨解囊捐己所有薪蓄。历时近两年，终将大桥建成，从而“利旅行，通往来，以垂永久”。后当地平民为追念李知府造福桑梓，遂将连厂大桥易名为“李贽桥”。

其时，云南著名文人李元阳曾赠诗赞曰：“姚安太守古贤豪，倚剑青冥道独高。僧话不嫌参吏牍，俸钱常喜赎民劳。八风空景摇山岳，半夜歌声出海涛。我欲从君问真谛，梅花霜月正萧骚。”然因他过于耿直无私，兀傲自拔，政见与统治者总不合拍，虽偏居边疆，仍屡受打击排挤，境遇每况愈下。正如他在《又书使通州诗后》中所说：“吾之居哀牢，尽弃交游，独步万里，戚戚无欢，谁是谅我者？其时诸上官，又谁是不恶我者？”他的著作一再遭禁，连在姚安的“李公祠”也被破坏。他在云南时期的著作，除《焚书》《续焚书》中收入部分篇目外，余仅散见于云南地方志、碑文和李贽友人著作中。

万历八年（1580）3 月，三年任期刚满，李贽便主动请辞：“谢簿书，封府库，携其家，竟自免归，离姚而去。”其时“士民攀卧道间，车不得发”，足见他在民众间的威望。他却迟迟没有离开云南，倒遍游滇中山水，打算永为滇中人，不再复出。后因妻子黄氏念及女儿、女婿还在湖北黄安，一再要求他回去，才于万历九年（1581）秋离开云南至湖北，时年仅 54 岁。

纵观中国历史，春秋养侠，战国养士，汉朝养武，唐朝养艺，宋朝养文，明清以降，却多养小人。所谓“一方水土养一方人”，套用之，一个朝代，也会让某类人飞黄腾达。照此推演，李贽生于明代，不能不说是个悲剧了。李贽的《咏史》诗之一写道：“持钵来归不坐禅，遥闻高论却潸然；如今男子知多少，尽道高官即是仙。”读此诗，如见一个清癯瘦削的老人，戴着斗笠骑在驴背上，看着满街的驷马高车，对那个社会发出的鄙夷微笑吗？

在大姚做县令的张迎芳，当然不可能没听说过李贽的身世和遭遇。尽管查遍史籍，至今我未读到过他对李贽的只言片语，但李贽在他心中，必是偶像无疑，何况张迎芳在大姚的作为，也从实践角度，印证了我的推测。

九

2013 年 2 月末，我再去永仁，石永祥君忽告，刻有张迎芳所撰碑记的那块石碑，竟在此番黉学庙修复工程中重新发现。消息让我喜出望外，慌忙去看——原先，照友人建议，是要等到整个维修完成后，才去拜谒的。

也幸好去了。

那块老碑，就放在正在修复的黉学庙原大成殿后之一间临时工房。室内幽暗，杂物堆积。几块石碑混杂于那堆杂物之中。凝视那方古碑，一时便觉有悠远时光纷纷扬扬。碑体沉重，无法挪动，只能人自转身地观看。面对那方石碑，遥想世事沧桑，不惟顿生思古幽情，亦让人忽觉时光的恍惚。400 年前的一块老碑，先前也无非一块顽石，经慧眼识得，方有为碑之幸；后又历经切削、打磨、刻制、竖立、凝望、抚摸，以至抛弃、毁坏、掩埋、失踪，直到重现于当世，其间隐藏的，与其说是一块石头的身世，倒不如说是一个人、一篇碑文的身世。至少在我，面对那块斑驳石碑，心中早已是一派苍茫，无限感慨——只要哪一环节稍有差错，张迎芳与苴却即今永仁的那段情谊，以及一块石碑中铭刻的种种隐喻，便将与我们失之交臂，永远湮没于历史的黑暗之中。

思及此，我无法不对作出重修永仁黉学庙的拍板者，肃然起敬——无论他是谁！是的，重修的，只是一座黉学庙，但此举带给永仁的，却远不止于此。况且听说此番重修永仁黉学庙，并未动用政府财政，其所需一应经费，一如当年，皆出自民间与企业募捐。也就是说，在整个重修黉学庙的过程中，张扬的是一种深藏于永仁的淳厚古风——这，才是最难最难的！

石永祥君后经仔细测量、核对，在《〈重修苴却社学记碑〉考释》一文中记述道：

“据工地的施师傅介绍，该碑于2012年12月初从黉学庙大成殿内发掘出来，出土点位于大成殿西北角，发现时，碑上面覆盖着一层泥土，泥土经过缒打夯紧，泥土上铺筑一层方块青砖。经我实地测量，距大成殿北墙脚8米，距殿中西面的大柱子仅1.5米，距大门约5米。

“该碑呈长方形，底部正中有凸出的榫，长（高）116厘米、宽68厘米，面积有7888平方厘米，厚18厘米，材质为当地盛产的建筑材料红砂石。

“文字为阴刻，直行，楷体，共24行778个字。从内容看，可分为两部分：第一部分是‘重修苴却社学记全文’，该内容共20行613个字，完整地刊刻了重修苴却社学记全文；第二部分为附文列举的‘工直金粟助资督役之人’，这部分内容仅4行165字，内容不全，还应有其他数块与之组成。”

碑的背面，则刻有工程所费钱粮、资助者姓名、工厂建造和督工者姓名。据石永祥君辨认，由于未发现后续石碑，关于资助重修苴却社学的人员详情，只能从第21行、第22行、第23行、第24行列举的资助人的姓名有个粗略了解。但仅从这4行文字记载亦可得知，董安邦倡导重修苴却社学的行动，得到了社会各界的广泛响应和支持，其中三个人物值得一提，其中，除了云南澄江人，拔贡，永历年间任大姚知县的李先润和浙江秀水人，举人，康熙十年任大姚知县的邵璜，便是姚安高氏家族的著名人物高奣映了。

高奣映生于1647年，卒于1707年；董安邦重修苴却社学文庙时，高应当是12岁，张迎芳碑文列举他时（其时仅22岁）称其为“府同知”，表明他已世袭姚安府土同知之职。他崇文重教，是三姚大地的名家，曾写过《方山说》，在永仁猛虎阿列地村，他还题书“容中”二字，著有描写苴却小吴坝的散文小品《悬玉洞说》。苴却文庙得到高奣映的捐款出力，既表明当年重修黉学庙影响之大，以至地处偏远的苴却文庙也在其心中占有一席之地，而苴却文庙亦因他的捐助，而增添了文化分量。

相比李贽，张迎芳属晚一代的人，在大姚期间，自不会没听说过李贽在姚安的作为，内心或亦充满对李贽的敬重之情。加之个性使然，张迎芳在大姚期间想做事、做过些好事，就是必然了。我甚至隐隐感到，李贽在姚安留下的佳话，对张迎芳后来成为一个诨号“橛子”的官场斗士，也不无关系。

十

在做过几个县的县令，几经颠簸坎坷后，康熙二十一年（1682），张迎芳被擢为山东泰安知州，一辈子的橛劲在那里演绎成一出人生大戏的高潮。

山东泰安，乃五岳独尊的泰山所在。泰安知州历来是炙手可热的风云人物。不说皇帝御驾亲临，登山封禅，就是朝中达官显贵朝山祭祀，四方同僚雅聚小憩，泰山城内，年年车来轿往，呼来喝去。要说结交权贵，营构天梯，此处乃机会多多。可翻开泰安的钱粮账册，泰安百姓劳役之重苛捐之繁，却让张迎芳瞠目结舌。每一场热闹的背后，是百姓叫苦连连，某些地方官员则趁机搜刮民财。张迎芳上任伊始便说，我知泰安，这个规矩要改。今后谁朝山谁出钱，谁拜神谁上供，泰安百姓不过黄沙铺路、净水洒街而已。

上任第二年，朝廷宗人府总管李廷松奉旨朝山祭祀，先遣官员到泰安让张迎芳多押大船到汶河边伺候。张迎芳说：眼下汶河水枯，您若没雇船，届时我到河边埠阳庄背李大人过河便是。先遣官虽怒却无言以对，又说，那么朝山的给养供品可不能少，你得尽快备好猪羊粮草送往护卫营。张迎芳把脖子一仰说，我就是猪羊，您就把我宰了祭山拜神。此话传到宗人府，李廷松咬牙切齿地说，真是个橛子，别跟他一般见识，拿钱办差去。李总管一行进入泰安那天，张迎芳还真是裤管过膝地站在汶河水中，要背李大人过河。百姓含泪目睹了这一场景，后便在埠阳庄汶河边立石碑一尊，刻“张公渡”三个大字，沿袭至今。

张迎芳在泰安任知州九年，很少升堂办案，常骑一头毛驴，携一张狗皮毡子，到泰安各地明察暗访，处理诉讼。每到一处，将毛驴拴在树下，命地保高声叫唤，州官来了。老百姓便蜂拥而至，找他申冤、做主，他也当场一一处置；晚上借宿当地人家，铺开狗皮毡子就睡，天明卷起毡子即走，年复一年传为佳话。

其时身在淄博的蒲松龄，于教馆授业之余，常在家乡蒲家庄外大道边摆一茶摊，请过往行人讲鬼怪仙侠故事，志在结集流传。某日，一盐贩对蒲老先生说，自己在泰安城牢中羁押月余，天天酒菜招待，疑为怪事。蒲松龄闻之，一查方知，原来盐铁历来官营，盐商为暴利驱使，以官家代表自居，垄断盐业，自行缉拿小盐贩交官牢收押。张迎芳听说有的小贩顺道从沿海带十几斤籽盐进泰安，也被关押十几个月，甚感不平。便让泰安牢对所有由盐商交押的小盐贩从优对待，每人每天两个馒头、两碟小菜加二两白酒，所需费用概由衙门按月与盐商结算。盐商闻之心疼，找张迎芳问话。张迎芳说：你们靠国家重税发了大财，叫你们出几两纹银管管私盐小贩就心疼了？盐商们知道州府得罪不起，再不敢计较，只是从此对小盐贩该送押的不送了，该押月余的也不过关一天两天而已。

听了这些故事，蒲松龄拍案叫绝，连称妙哉，妙哉。后又不止一次地听闻张迎芳曾因妻子劝他攒点积蓄而杖刑发妻，感叹不已："此不可谓非今之强项令也。然以久离之琴瑟，何至以一言而躁怒至此，此人情哉。而威严能行床笫，事更奇于鬼神矣。""强项令"典出《后汉书》：董宣为洛阳令时杀了作恶多端的湖阳公主的家奴，湖阳公主闹到了当朝皇帝刘秀那里，光武帝要董宣向湖阳公主谢罪。董说，我为民除害，死不谢罪！光武帝称董宣为"强项令"。蒲松龄以董宣比张迎芳，由衷佩服这位泰安令。日后，蒲松龄又以其神来之笔，写下《聊斋志异·一员官》，以不能自抑的褒扬之情为张迎芳树碑立传。纵观《聊斋志异》，乃一部"写人写妖高人一等，刺贪刺虐入骨三分"拿狐仙鬼怪说事的小说，谁能想象，其中还有一个活生生的清官廉吏？细读《聊斋志异》最后那篇《一员官》，那位异乎寻常的"橛子"，正是在泰安做了九年知州的怪杰张迎芳："人以其木强，号以橛子。"

康熙二十七年（1688）冬，清朝廷为保汶水漕运畅通，拨款要泰安疏浚河道。张迎芳喜出望外，与同僚商议，确定了一个疏浚河道、加固堤防、架设桥梁的全面治河方案。他身先士卒，带着他的狗皮毡子住进临时搭建的席棚，与河工们一起就土钵而食，拄荆杖巡察，一个多月没有回衙。这个老橛子很能迎合民心，眼睛总盯着汶河上那座百姓盼望的桥梁工地，很快桥成路通，拉动了整个治河工程的进度。张迎芳以他衰朽之年为泰安人民做了一件大好事：疏通了汶河航道，开通了汶河漕运。据说此前汶河通航还是一百年前明朝万历皇帝时的事哩。

次年正月，康熙东巡，"躬祭岱庙"，住进岱城。年迈体弱的张迎芳不敢有丝毫懈怠，白天谨慎侍候，晚上还抽空赶着毛驴到治河工地问事，几天几夜不曾解衣安眠，终于积劳成疾，一病不起，于康熙二十九年春死在任上。人们清理他的遗物时，发现除两箱书籍外，竟无一件长物，四时衣裳件件补巴相连，仅一包袱即可收藏。钱粮师爷说，他的俸银其实不少，很多都接济了穷人，竟没有留下分文银钱安排自己的后事。人们感念他与老妻生不同衾，刑杖而别，凑钱千里迢迢护送他的灵柩回湖北应城毛家河安葬，和着冥钱，将他的狗皮铺卷一起烧给了他。

康熙二十九年（1690），泰安于旧城西门瓮城内为张迎芳建了“张公祠”。以后历代州府每读《聊斋志异》，都要询问张公祠是否安好。1930年，山东省政府拨款修葺张公祠，重刻碑文，尽述强项令之灿然政绩。如此，一部《聊斋志异》，便成了这位橛老头张迎芳的不朽碑铭。

十一

世事沧桑，近百年来的永仁，仅从民国元年至1949年，历经战火兵燹，包括黉学庙在内的多处古代建筑，多毁于一旦，片瓦不存。黉学庙虽得幸存，却多年充作它用，宿营造饭，拴马屯物，甚或溺便遗矢，以致斯文扫地，文脉断毁；原有的阔大占地频遭蚕食挤压，一应附属建筑抑或毁或拆；到我见到那座学宫时，已龟缩一隅，前后高楼夹击，处境尴尬；经一狭窄通道进到里面，昔日的辉煌大殿，也已衰败残破，气息奄奄——怎么看，那都是几十年来传统文化尴尬处境令人惊心的写照。永仁黉学庙在二十一世纪之初的再度复建、维修，该是下了大决心的一项决策，其中显露的，何止于对一处古建的复原，而是对文化的敬重。而重温张迎芳的身世，也无异于一堂当代官场的现场课。

在永仁，我见过许多石碑，在方山，在静德寺，在公园，甚至在某条小路边；有比丘尼的，或某位“将军”的，有为国捐躯的普通士兵的，也有平民百姓的。或多或少，每块碑上都留有生命的痕迹。碑文大多简略，短短几行字，像海明威站着写的句子，刻意追求某种效果，姓名、性别、生死年月、立碑者。诸如此类。有时，甚至简单到只是一个名字。

但黉学庙里那块刻有张迎芳所作碑文的碑不一样，它记录的不是一个人，而是一个建筑，几件事，一些人。那几百个字，浓缩了整整一段历史，就像巴尔扎克的一部长篇小说。在这个意义上，它超越了所有那些碑，成了一块伟大的石头，凝结着谢于教的热肠，董安邦的仗义，李赞的执拗，高奇映的洒脱，张迎芳的倔强，甚至蒲松龄的苦心，以及当今所有为修复这座黉学庙操心、操劳的那些人的美意，如同一部微缩的思想史、教育史。这样一块碑，当永远立于永仁黉学庙，立于永仁，立于所有对这个民族的未来既含着眼泪又满怀热望的人心中。

火塘记

那天气温骤降，昆明竟然也多年不见地飘起了雪花。久居南国，习惯了四季如春，下雪毕竟是件稀罕事。枯坐家中，手脚僵冷，想起这时该有的，是一盆红红的炭火，可如今在城里，去哪里找到一盆那样的炭火呢？用来取暖的木炭，已多年没有见过，即便有，连个生火的盆都是没有的。这才想起，该打开那个自从买来总共也没用过几次的电热油汀了——方便是方便的，只是少了些冬日屋中被一盆炭火映得微红的情趣。于是插上电源，红灯一亮，油汀便工作起来，借着它散发出来的阵阵热力，屋子里渐渐温暖起来。窗外雪落无声，反倒是电热油汀在嗞嗞嗞地响着。屋里屋外的世界都静极了。血脉重新畅通，心境再次活跃。这样的时候，读读《唐诗三百首》，就不啻一种享受了。并非无意地顺手翻去，白居易的那首五绝《问刘十九》蓦地跳入眼帘：

绿蚁新醅酒，
红泥小火炉。
晚来天欲雪，
能饮一杯无？

我曾说，读前人诗文，突然发现一片土地、一座建筑、一方风物，与某段文字之间早已存在的某种神秘联系，会有一种他乡遇故知的意外惊喜。惊喜之余又顿生感叹：好日子都被前人过完了，好文章都被前人作完了。那时，我们最大的惊讶，显然不在前人的词句，而在他们已将世间一切能体味的绝妙都体味了，也都传达出来了。几乎没有一种情怀，没有被前人写过。比如这首《问刘十九》，谁没有过在冬日炉边思念亲人友人的经历呢？我有，你有，他有。白居易以一具温暖也温馨的“红泥小火炉”，寄寓着对远方友人的思念，实乃绝妙至极：有新烤出来的好酒，有烧得旺旺的红泥炉火，傍晚的天气看样子是要下雪了，我们能一起喝一杯吗？细细品味那样的情境，心中的那份温暖，便像火一样地被呼地点燃，转眼便熊熊燃烧起来。依我看来，一个炭火，一个酒，恰恰是互为表里的，火热身子，酒热心头。两样加在一起，营造的竟是对友人的那样一种温暖的情怀，不说围炉共饮，即便人在千里之外，也能感到那样一种温暖了。

据说中国文字，最看重的是文以载道，即便微言，也须深藏大意，其实不然。大师名家，诸多诗文小品，往往并不着意于所谓的深刻，最讲究的，倒只在营造某种意境。一则诗文，虽无涉经国之方略，治世之大义，只要能营造出一种意境，便堪称千古绝唱，人人相诵，代代相传。而唐诗中的绝句，正是制造意境的高手，往往寥寥20多个字，便经营布置出一种典型鲜明的中国意韵，或天山跃马壮士无归，或古道羁旅人在天涯，或松石流泉古雅清幽，或后庭夜月温馨缠绵……一个从没读过、领略过几首唐诗的人，自然算不得一个真正的中国人；而做一个中国人，即便什么也没有了，只要有唐诗可读，就是幸福。文人不必说了，即或普通人，寻常日子里偶有所悟，却一时道不出来者，一句唐诗，便可将所感所悟点化成金——心情，景色，情境，感悟，思绪……一一都在其中了。舞墨弄文者，有时用现代文，无论怎么冥思苦想，千言万语啰啰唆唆几大篇也未必能写出某种情味时，只好求助前贤；更多的时候，却只是为了咀嚼蕴藏于诗句中的浓浓情味，你会觉得诗人笔下的情境，你经历过感受过却从没有被说出来过的，一旦被诗人说出来，便让你感到惊喜。奇异的是，人生一世，生老病死悲欢离合的漫长岁月，许多精彩与不幸的瞬间，似乎都已被先哲们用诗句一一写尽——包括白居易这首吟咏雪中独对红泥炉火，遥想远方友人的情景，竟然是那样的温婉与淳厚，你说怪也不怪？

那天，重读白居易那首《问刘十九》，我突然想起的，却是家乡的冬天，家家户户都有的那一盆红炉炭火。

家乡的冬日，几乎家家户户都有一盆那样的炭火。长江边的小城，“晚来天欲雪”，暝色四合，千山皆失；堂屋里的灯还没点亮——天未黑定之前，点灯是奢侈的——给屋里以光亮的，就是那盆小小的炉火了。没有火苗，炭火却用它微弱的光亮，穿透屋里浓重的幽暗，把四壁映成微红，给屋里平添了一种温暖迷人的气息。再穷的人家，有了那盆炭火，就有了一种情境，一种意蕴。记得那样的天气，从学校回到家里，一见那盆炭火，心就先温暖起来。直至离家多年后偶尔再回家乡，最让人温馨的，还是那盆炭火。依然是不开灯——那时已不是为了省电，炭火的明亮已足够了，甚至恰到好处，既让人能看到身旁亲人的人影，又不必直接面对他们明澈的表情或眼神，一切都只需凭着说话的嗓音去分辨，犹如品读着一首韵味含蓄的诗；于是自己的得意、尴尬可以遮掩，父母的责怪、逼视也足可逃避；人的日子，最容易累着伤着的，是眼睛，这时便可稍稍偷一点懒，微闭着，只偶尔睁开，看一眼炭火的时暗时明；亲人的呼吸、话音和心思，屋里的家具陈设，一一都被孵在那一团暖暖的暗红里；觉得那竟很像母亲讲的，母鸡翅膀下的鸡蛋被小鸡啄破前的情形，料想不定什么时候，就会从那团红光里孵出些什么来吧。而到底会孵出什么来，我一直想不清。多年后在遥远的外地，才明白，或许那就是乡情。人只要在那团炉火旁"孵"过，就永世有了那样的情结，不管你承认不承认，就会成为一个"家乡宝"。

用来生炭火的，或是个小红炉，讲究些的用火盆，铁的或是釉陶的。烧的炭也有好几种。有一种炭，老家人叫"麸炭"——这两个字，也不知写得对还是不对。旧时烧柴火，灶里总有些红红的余烬，用火钳拣出来，装进一个罐子里闷熄，就是家乡人叫作"麸炭"的东西。麸炭疏松，燃得也快，就像那些情绪型的人，激情来得快，消失得也快。另一类叫白炭，就是通常叫作"栗炭"的那一种；据说是用上好的栗木杂树烧成的，熬火。有钱的人家，冬天烤火大多就用这种"白炭"。即便是穷人家，到了过年的那几天，只要有可能，也是要烧一盆白炭火的。得名大约是因为它烧尽后就变成一层银白色的灰。有时想，白居易诗中那"红泥小火炉"里烧的，以及那首《卖炭翁》里卖的，说不定就是这种炭了。

从小说和电影里，常能看到国外人家客厅里的壁炉，华丽而又排场。几块劈柴丢进那样的壁炉里，烧啊烧啊，就烧出了许多精彩的故事。那些或浪漫或惊险或恐怖或温婉缠绵的故事，恋情啊密约啊谋杀啊篡位啊，几乎都发生在那种有壁炉的客厅里。有壁炉的客厅，永远是社会与人生的舞台。洋酒和音乐，是那样的客厅里必不可少的东西。我一直没有机会去领略那样的浪漫，直到不久前在一个旅游度假中心开会，恰巧住进了那种有壁炉的西式别墅。晚上无事，大家坐在那里聊天，有人便提议把壁炉烧起来。服务员果然找来了柴火，费了好大的劲，终于将壁炉点燃。可惜那壁炉太大，一点柴火还没把房子烧热便没有了。于是觉得，有那样的西式壁炉的大房子，也未必真的像电影或小说里写的那样浪漫，对我们来说，它缺少的，依然是一点东方式的温馨和随意。

还是红泥小火炉好。

围炉而坐，除了说话，一个少不了的节目是吃东西。记得小时候，我在冬天的炉火边能吃到的，除了炒花生、葵花子之类，顶多就是烤红薯。生红薯就放在炉火边，有时就用炭灰焐起来；不久，炉子边就有了红薯的香味。那香味酒一样醉人，我至今还能在梦中闻到。

坐在炉火边的人，其时就成了一个红薯，被那样的炭火暖暖地烤过，便彻头彻尾彻里彻外地成了家乡的一分子，你的话音、嗜好、口味，甚至你的一切……有一次，一位老先生看了我的一本小书后说，你是湖北人吧？我说，是呵，您怎么知道？他说，是你的语言告诉我的……可不，我不是在家乡的炉火边烤过吗？浑身散发出来的，就是那种气味，一辈子也休想去掉。

静静地看着那一盆红红的炭火，深浓浅淡，变化莫测，慢慢地，让人会生出许多的幻想和遐思。脑子被烤得热乎乎的，有些发涨，便更想去拨弄那盆炉火。然斯时斯地，拨弄炭火也变成了一门学问。幼时，我便常常把一盆旺旺的火拨得气息奄奄。母亲见了就说，人要实心，火要空心，你怎么会把火弄熄呢？至今想起来，才觉着母亲说的不光是那盆火。

风雪漫天的冬日，围炉而坐，促膝谈心，是一件惬意的事。旧时的中国文人，对冬日炉火想必都是熟悉的。林语堂先生即便是在一篇题为《小品文之遗绪》的文章里，也信手拈来，不忘以围炉而坐作譬，深究文章的作法。他写道："……得语言自然节奏之散文，如在风雨之夕围炉谈天，善拉扯，带情感，亦庄亦谐，深入浅出，如与高僧谈禅，如与名士谈心，似连贯而未尝有痕迹，似散漫而未尝无伏线，欲罢不能，欲删不得，读其文如闻其声，听其语如见其人。"他是以炉火说文章。其实，凛冽的冬日，外面天寒地冻，除非有要紧事，人总不大出门的。一盆炭火，就是一种凝聚的力量。这时，"家"就是炉火边永恒的话题。那时，晚一辈的人往往怀着对自己赖以出生的这个家庭的好奇，总会向自己的父母询问过去。一家人围坐在炉火边说起那叫作"家"的东西，常常就是这样开始的。那些只有这个家的人才关心的、跟这个家的血脉紧紧相连的、长长短短的家事，通常那会涉及父亲的父亲、爷爷的爷爷，母亲的母亲、奶奶的奶奶。达官贵人的家族史是有文字记载的，一般的人家就不一定了，许多有关这个家、这个家族、这个家族成员的光荣或坎坷、伟大或卑劣、出息或衰败、兴旺或式微，都是在某个阴霾四布的冬日，在围坐在这样的炉火边时，在听似芜杂的闲聊中，于不经意间一代一代地延续下来的。这是一种比文字或是家谱更为形象可感也更为透彻深刻的血缘教育，在那样的炉火熏烤下，那些久远的、惊心动魄的家族历史，那些有声有色、催人泪下的家族传说，家族中某个长辈的逸闻趣事，都会借助那红红炉火的热力，穿过历史的时空，融进一代又一代人的血脉。下一辈的人在这里听取，在这里沉思，在这里奋发，一种要为这个家族做点什么的念头，就在炉火边悄悄地萌发。或许这就是一个家族的人，在某些方面总是具有许多相像性的原因。

好久没有回家乡了。记得母亲总是说：过热天不要回来，要回来就过年回来吧！为此，她会说出一大堆理由。过年回家当然好，我也时时都希望某个春节，能在家乡过。只是在远离家乡的地方做事，每次探亲，难得轮到一次过年回去。有时是夏天，有时是春天，虽说各有各的乐趣，如果不是过年的时候，我就看不到那盆红红的炭火了。现在，母亲更是在刚刚过去的那个冬天离我而去，而我，竟没能在她临终前赶到她的身边，听她最后的叮嘱与叙说。事实上，得知母亲病重，我已买好了第二天清晨的机票，却在出发前的那个深夜，骤起的电话铃声，终于传来了那个噩耗……

于是独坐良久，不免有淡淡的乡愁升起。乡愁总是说不清也道不明的，却常常借助于一些具象之物，悄悄来临。寂寞中，转而便想起了火塘——以一个外地人的身份，先想起的，当然是家乡的红炉炭火，随后一想，旅居高原多年，无论走到哪里，你不都会遇到火塘吗——那正是高原的红炉炭火，温暖着整个高原，一代又一代居住在这片高原上的人。

人类自从学会了用火，便从根本上改变了自己与大自然的关系，有了火，学会了熟食，人的体质也随之发生了重大变化。火塘，正是远古人类最初学会用火后，在这片高原上留下的最直接的遗存。

在云南，几乎每个民族都有自己的火塘。生老病死在火塘边频频发生，英雄史诗也在火塘边代代传唱。一个民族，最初往往就从火塘边站起，把她巨大的身影和无数的古歌留在火塘边，然后转身出发，走向茫茫大地，采集、耕种、狩猎，再回到火塘。火塘的明明灭灭，与火塘的相偎相离，就那样构成了一个民族的历史。如果文化不过是对一个民族的生活方式的记录，那么，火塘无疑就是一种文化，记录着一个民族的生生死死，迁徙繁衍。读一部少数民族的历史，我常常能从那看似浩茫无边的字里行间，看到火塘闪亮的火光，闻到火塘那呛人的，却又是让人心醉神迷的柴烟。一个少数民族的汉子，或者女人，谁没有经历过几个在火塘边听故事，又在火塘书写自己的故事的年代呢？就是一个外来人，只要真正在云南生活过，喝过她的水，爬过她的山，就不可能不对火塘留下刻骨铭心的记忆——比如我。

六十年代末，那个不安宁的晚秋，我从外地来到云南，飘蓬般地落在一条山区铁路旁的一个养路工区里。那是个只有三股铁轨的四等小火车站，两边大山耸峙，偏僻、简陋，初看上去，简直叫人心寒。几天后山里就冷了，甚至下起了雪。每日里出工，迎着山风去，披着寒霜归，往往冻得手脚僵直，浑身冰凉。那是天寒地冻的季节，也是天寒地冻的时代，连深藏于心的最后一缕思绪似乎也会凝固。回到工区，匆匆吃过晚饭，如果没事，只能焐在被子里躲避严寒。那天，工长突然说晚上要“学习”。按那时的惯例，所谓“学习”，无非念念千篇一律空空洞洞的“社论”，或是上级通知，有时甚至还要开什么批判会，把某个工友的祖宗十八代翻出来数落一通。所幸那是我见过的最为奇特的“批判会”——当政治风暴在山外疯狂肆虐时，那个位于深山里的铁路养路工区，却以一种罕见的温馨，将“批判会”在形式上无法改变的一切，都从内里加以了改变。也有人主持，有人“交代”，有人发言，有人训斥，而所有那些听上去都有点儿不着边际，更谈不上有什么火色、分量和伤害力。人们说归说，却不真的动气，只是那样做做，在某个小本子上留下某年某月某日开过一个批判会的记录，对上面有个交代，备查而已。而每逢那时，养路工区的小会议室里，通常都有一炉火，女人借着那炉火织毛衣，纳鞋底，侃家常，男人们则抽烟，喝茶，闲聊。人心是暖的，不像在外面干活计，太累，一时连话也不想说。“学习”时有火可烤，有茶可喝，有烟可抽，最终就变成了工友们借着那膛火的一次轻松的聚会。那时，火塘是人心的取向，能把坚硬的世事烘暖，也能让冰冷的人心复苏，让它开放出人性的花朵。

事后想起来，那样的炉火还算不得什么真正的火塘，顶多算是火塘的一个变种。真正的火塘，直到十多年后，我才看见——那是我对火塘的头一次造访，在哀牢山中的一个哈尼山寨。

天擦黑时，哈尼山寨起雾了。山雾海涛般地涌动着。寨子里，一幢幢毗连的蘑菇房，被山雾隔开了，成了一个个孤独的小岛。蘑菇房里的女人，望着灰黑的山雾，把牙齿咬得咯嘣一响——在她的眼里，灰黑灰黑的山雾如同蘑菇房里的火塘烟，能熏得她流泪，熏黑家家户户的铁锅，熏黑家家户户蘑菇房的土墙、梁柱，飘上去，就把天也熏黑了。没有月亮，没有星星。灰黑的山雾从小木窗里漫了进来。背上的娃娃轻轻哭了一声。娃娃才一岁，却已经没有了阿爸。那年她23岁，23岁的她就成了寡妇嫫。男人走了后一年，她想离开这幢蘑菇房回娘家去住。婆婆说，不行，哈尼人的规矩，男人走了，也不能熄了火塘——火塘旁的祖宗柱，是哈尼人供奉祖先的地方。祖宗柱边，怎能没有火塘？再说，一定要熄了那火塘，就要先把娃娃留下。她不敢冷落祖宗柱，得罪祖宗，也舍不得娃娃，火塘就一直燃到今天。祖宗没被冷落，她的日子却是寂寞的。幸好按照哈尼人的规矩，年轻人可以到寡妇嫫的火塘边唱调子，出嫁前，她就到寨子里一个寡妇嫫家玩过，唱过，也跳过。她们又唱又跳玩得高兴时，那个老寡妇嫫就坐在远离火塘的地方，坐在黑黑的屋角里。有时，老寡妇嫫的眼角会挂着一滴眼泪，殷红如一滴血……她没想到的，是那样的事这么快就轮到了她自己，轮到她给那些年轻的男男女女把火塘烧好，让他们在那里唱唱跳跳，自己也是那么远远地坐在离火塘很远很远的屋角，远得像是另一个世界，像在冷冷的月亮上。不知他们今天晚上来还是不来？火塘还没烧好，火塘里的半截树蔸子半燃不燃。灰黑的山雾正跟火塘烟汇成一片，分不清哪是山雾，哪是火塘烟。她忽然一惊：火塘烟熏黑了铁锅，熏黑了蘑菇房，熏黑了天，会不会熏黑她的日子呢？那些天，每到晚上，都有一群群的姑娘伙子，走进她的蘑菇房。有一天，一个没伴儿的，会吹巴乌的伙子，从火塘边站起，朝她走了过来。她的心咚咚直跳。楼板在他脚下也在她脚下咯吱咯吱地响。从那天起，她才知道木楼板会那样咯吱咯吱地响，响得叫人心颤、心惊。她问他，是要添茶叶吗？他说不。她又问他，是要添灯油吗？他还是说不。他定定地站在那里，两只眼睛像两颗星星，好亮，一直照到她心里。她有些害怕了，说，哦，好人，去吹你的巴乌吧！他不动。他说他的巴乌要吹给她听……她说，我的耳朵不配听你的巴乌说话，我听不懂。他还是不动，说那我就天天来吹，吹到你听懂，吹到你愿意跟着巴乌唱调子，我吹，你唱——我知道，你的调子唱得好……从那以后，每天晚上，她的蘑菇房前都会响起巴乌声。过了几天，姑娘们不来了，小伙子们也开始不来了。只有那支巴乌，天天在外头吹响。他再也没有进过她的蘑菇房，却夜夜都有巴乌在外面吹响。有一天，姑娘小伙子们又来了，问她有没有听懂那支巴乌？她说没有。她说我不会听懂的。其实她早懂了，只是不知道自己是不是有勇气，在她家的火塘边给那个吹巴乌的小伙子添个座位，永远地……她不敢继续想下去。今天，不知道那些姑娘伙子来不来？也不知道那支巴乌会不会又一次在外面吹响？她凝视着，倾听着。这时，巴乌响起来了，在很远的地方，慢慢地向蘑菇房走来。楼下，突然爆发出一片笑声——他们是不是早就来了？她站着不动，怕弄出响声；却张着嘴，大口大口地喘气。火塘里，那块半燃不燃的树兜子啪地一响，炸出个火星，眼看着，火塘好像就要自己燃起来了……

那是我头一次到哈尼山寨听到的火塘的故事。一个有些幽怨的故事，一个发生在火塘边，却没有火塘的热烈与奔放，反倒先是让人多少有些凄楚，随后又让人有些惊喜的故事。说故事的人说到那里戛然而止，留给我的，是对火塘的长久的悬想。我不否认那个故事或许多少有些艺术想象的成分，但我宁愿把它当作一个真正的、真实的故事。或许在细节上，它并不完全真实，但蘑菇房，巴乌，那个寡妇嫫，那个吹巴乌的哈尼小伙子，无疑都是真实的。事实上，想象的真实比现实的真实或许更真实，它可能更接近于事情的本质。

关于在云南的大山里，关于火塘，关于作为火塘的另一种形态遍布于云南大大小小的山岭之间的篝火都能催生歌舞，催生热烈的爱情的事，我就是从那次开始听说的。就像白居易诗中既有“红泥小火炉”，又有“绿蚁新醅酒”一样，在云南，火塘与酒，常常难以分开。火塘有金红金红的火苗，也有灰黑的火塘烟。酒能让人增添勇气，也能伤人。二者同在，各有各的用途。它们加在一起，便催生出让人眼花缭乱的民族歌舞——在大山里，在晒场上，在屋院前，那种即兴的狂放的歌舞，总会让人挣脱所有的桎梏，忘掉一切烦恼，深深地沉进某种原初的愉悦之中。每逢那时，你根本就分不清是人在跳跃，还是火在舞蹈——或许，是人与火在一起疯狂地舞动。

不久之后，在滇南一个偏僻的县城里，我便亲历了另一个有关火塘的故事。

那是 3 月，我第一次去到滇南红河县。那样的小县城，晚上几乎无处可去，我们只好在县城里闲游乱逛，说是县城，不如说那是一个大集镇，没用十分钟，我们差不多就把整个县城逛完了。事情那时本来就要结束，如果那样，现在我就不会有一个可以讲述的关于火塘的故事。可事情偏偏没有结束——路过街边一家老屋时，我们见堂屋的门开着，里面坐了满满一屋子的人正在那里“冲壳子”——闲聊。山里人是好客的，我刚刚探头一望，主人便邀我们进去坐坐。于是便随意走了进去，在火塘边坐了下来——那是几个草墩。

以现在的眼光来看，那是一间至少已经百年的老屋，或许是当年某个乡绅富豪的一套私宅大院，后来才成为乡民们聚会用的公共空间。堂屋是宽敞的，却空空的，几乎没有什么家具。唯一让人注目的，是中间那个火塘。围着那个火塘，坐了至少二十几个人，初时那滔滔不绝的话语，在我们进去后有过短暂的停顿，一俟我们坐下，便又小河般流淌了起来。

开头当然不知道他们在聊些什么，慢慢地才知道，原来族中一个离乡背井几十年的老人，前些天刚从加拿大温哥华回来。那里离边境已不算太远，早先，是常有人远走南洋外出谋生的。那个老人就是其中的一个，他就坐在那里，清癯干瘦，脸上并没有那种从国外归来的自得与傲慢，反倒是一脸的谦和。穿的也并非洋装，那双布鞋，那套家机布的对襟上装，都还有些新——不知是原来就有，那天与乡亲们会面特意穿上的呢，还是回乡后特意求人做了，迫不及待就穿上身的。老人是小时候随祖辈的人一起出去的，先是在东南亚的柬埔寨做点小生意，那份艰辛自不必说，但只要日子过得去，也从来没想过要去别的什么地方。唯一的心愿，是积攒一点钱，回乡祭祖。当老人的心在思念中与家乡越来越近时，他却不由自主地离家乡越来越远了。六七十年代，老人所在的地方排华风潮骤起，无奈之中，他们一家作为难民被先是安置到了欧洲，后来又按照联合国难民事务部门的安排，可以移居到加拿大。老人说，事实上，他并不知道加拿大在哪里，他压根儿就不知道，只是听子女说，那是个比美国还要远的地方。老人于是说，我们还是回去吧，我们不去那么远的地方！但是，回去，回哪里去呢？住了上百年的那个离老家很近的国家，已没有他们的立锥之地，而临时居住的那个欧洲国家又不愿意接纳。无奈子女一心要去，只好一起去了。老人说，加拿大政府对他们那样的移民也还不错，给了他们大片土地和必要的安置费用。现在，他们一家在那边日子过得也还不错。唯有一点，那就是老人怎么也不习惯。他至今不会讲英语，一个人从来不敢外出。待在加拿大，除了他的那个家，他哪里也不能去。他越来越想家，想像现在这样，坐在火塘边，听老人讲古、唱歌……

火塘熊熊。那个火塘显然是临时搭建而成的，却并不缺少一个火塘应有的所有细节：几块围成一圈的石头，坐在火塘边冒着热气的烤茶罐，以及几个炮筒般粗壮的水烟筒。柴火横七竖八地架在火塘里，有的燃得非常欢畅，有的则只管冒着烟，柴块的尾端还滋滋儿地冒着热气。火焰在暗夜的堂屋里闪烁着，红黑明灭，跳跃着，一如音乐的乐曲。暗红的光影，反射到每个人的脸上，投射到堂屋的四壁，让那古旧的空间越发显出一派古色古香。火焰也有自己的万千情状与丰富的表现力——一时噼噼啪啪地炸响，一时又呼呼呼呼地燃烧，欢快与沉郁兼有，静默与呼喊同在，像是一部生命的二重奏。

按照通常的规矩，乡亲们迎聚远道的客人，应在自家的火塘边——不知道那样的安排，是不是与他们中的某个人有着特殊的关系？比如，那个从加拿大回来的老人，曾经是那幢老屋的主人？或者，那间老屋曾给他留下过什么记忆？我们没有问。也许，什么关系也没有，只是因为它宽敞，能烧起一个大大的火塘，能坐得下更多的人，能容得下老人那太多太多的思念……

我一时把目光投向那个火塘，一时又定定地望着老人的那张脸。在他经受过从亚洲到欧美种种异国风雨的脸上，火塘投去的那团红光，此刻似乎在跳跃着，恍惚间，似乎连他的脸也成了火塘的一部分，炽热着，燃烧着。炽热的是回忆，燃烧的是乡情。无论异国风雨多么狂暴，也没能把那团火焰扑灭。在遥远的异国的梦中，他曾多少次梦见过他眼前的那个火塘？我没有问。他的那个在加拿大的家里，是不是也像西方人家那样，有一个熊熊燃烧的壁炉。我也没问。有或没有，有什么区别呢？即使有，又能怎样呢？我敢断定，面对那种西式壁炉，老人或许只会更加思念家乡的火塘，思念火塘里明明灭灭的火苗，冉冉升起的柴烟——那一切都在他心中，在他眼前，要不，怎么会在走遍了几乎大半个世界之后，他还能那般安静地坐在那个土气、简陋的火塘前，就像偎依在母亲胸前的孩子？母亲的胸前，再土气，再简陋，也是温暖的，是这样吗，从温哥华回来的老人？

不过，有时，火塘却并不那样温馨，那样让人留恋。它展示的是艰难，也是困苦。而生命，就在那样的艰难困苦中长大，经受着坚韧的磨炼。

十多年前，我曾拜访过澜沧江边的维西。那是一个建在山上的小城。中午没事，原本只想上山随便走走，闻闻森林里的木香，听听里鸟儿的歌唱，便一路行去。尽管路途不远，可海拔太高，即便且行且住，到底还是有点儿累了，想找个地方歇歇脚。也巧，就在半山上，远远地，我们就看见了一间茅屋，心想，那就进去歇歇吧，或许还能跟主人聊聊家常。不料屋子却是空的，没有人。主人不知去向，不知是外出干活去了，还是已经远走他乡。屋子里，有个冷火塘——一个没有生火的火塘。屋子里空无一物，几乎没有任何家具，于是那个火塘显得非常抢眼。砌火塘的石块是黑的，火塘里厚厚的火塘灰却是灰白色的。把手指插进火塘灰试了试，没有一丝的暖意——看来，它已好久没有烧过了。

火塘天生就属于燃烧，属于炽热。一个没有生火的火塘，当然是空洞的。那样的火塘显然不能叫作火塘。那是夏天，在山上，刚才我们走得满头大汗。站在那间空空荡荡的屋子里，仍有阳光从屋顶的缝隙处透进来。即便如此，那个没生火的火塘，仍给人一种冰凉冰凉的感觉。厚厚的火塘灰堆得老高老高，也不知那个如今在哪里的人家，究竟在那里住过多长时间，一代？甚至是几代？夜里一定有风刮进来，火塘灰上有像沙漠那样被风刮出的细小的波浪。两三块没有燃尽的树疙瘩，黑乎乎地散落在火塘中间，与那塘灰白色的火塘灰一起，组成了一幅黑白分明的静物，冷峻、生涩，让人心生寒战。一个人去屋空的人家，一个冷火秋烟的火塘，告诉我们那里曾经有过的一段人生，已经在某个清晨或夜晚悄然结束。

更让我们吃惊的，是火塘四周那五六块巨大的木板，每块都有两米来长，四五十厘米宽，好几寸厚。那显然不是用来烧火塘的柴火——把那样的木头烧掉，显然是有罪的。也不是开头我们想象的，是专门搭在那里用来做板凳，给人坐的，尽管人也可以坐在那些木板上烤火。木板就搁在地上，离地最多也只有几寸高。每块木板上，都有凹进去的迹印，隐隐约约的，看上去像是人形，仿佛是一块刻意制作的浅浮雕。有两块木板早已变成了酱油那样的深褐色，甚至微微透出一点隐隐的暗红，仿佛在木质的深部，凝结着某种血一样的东西。

细问，当地朋友才说，那就是当地人的床，不管春夏秋冬，一家老老少少，就睡在火塘边，年深月久，也不知睡过了多少代人，经过了多少人的身体的摩擦，才在木板上睡出了那浮雕一般深深的印痕。汗渍、体温、梦想，深深地浸入了那些木板，这才有了木板上的那种深褐甚至暗红的颜色。朋友说，山里一些人家，长年累月地，就睡在那样的木板上，没有床褥，没有被子。火塘就是他们的床褥、他们的被子。夜里，气温下降得非常厉害，火塘里的火也因没有加柴，没有拨弄，渐渐地小了。火烤胸前暖，风吹背后寒。他们只能靠翻来覆去地翻身，让背向火塘的那一半身子，尽可能地暖和些。在那样的火塘边历练出的人生，究竟是怎样的呢？屋子里空空如也，我无法得到答案。穷困潦倒，既会让人懂得人生的艰难，磨砺出顽强的生命，可弄不好，也会消磨人的意志，让人成为非人。我们转身离去，大家都不说话。某种沉重死死地压在心里。那个火塘的主人，到底是流浪去了他乡，还是重新回到了他的故乡呢？不得而知。云南不少少数民族，过去都是惯于迁徙的。迁徙实际上是出于生活的无奈。当城里人指责他们刀耕火种、四处流浪时，往往忘记了他们并非生来如此。谁不愿意安居乐业？谁不愿意有个温暖的家？生活方式总是与一定的经济状况相联系的。当他们在某个地方已无法生存时，迁徙就是他们唯一的出路。要说那家人是搬走了，似乎又有点不像——如果那样，为什么那几块作为他们唯一财产的大木板没有被搬走？那以后，我再没去过那里，也无从了解那个火塘后来的情形。可不管在哪里，我总会想起那个火塘。那个空荡荡的、冷冰冰的火塘。它一直在我眼前闪动，在我心头深藏，给我警醒，给我激励。直到多少年后，当我在滇西北游历时，才从另外一个与火塘相关的故事中，得到了答案。

滇西北风雪高原上的藏族，家家户户都有火塘。藏族所居，或木屋，或土掌房。与别的民族一样，在那样的屋子里，火塘正是一个藏族家庭的中心。藏家火塘的特别之处，只在炖着一个铜的或是铸铁的，与别处形制完全不同的锅，它有紧紧连成一体的四五个锅口，分别盛着净水、热水、汤，其中一个锅里，甚至盛着喂牲口的饲料。锅的底部，长年累月被柴烟熏烤，往往黝黑如漆，而锅的边口，则被擦得锃亮。那样的火塘，最初给我的，当然仍然是浪漫。

然而，对于藏族的男人和女人来说，如果没有经历过风雪牧场上另外一种火塘的熏烤，就简直说不上是个真正的藏人。与藏族家庭里的火塘不同，牧场上的火塘是简陋的、临时的，也没有那种制作考究的锅，但它留给一个藏人的记忆，却是深刻的、永生永世的。

九十年代末，当我在滇西北高原上与一个藏族汉子相识，听说了他的人生故事后，才真正理解牧场上一个火塘的热烈和深沉，是怎样地磨炼着一个藏人的灵魂，那种磨炼是怎样的痛彻肌肤。事实上，他的故事，正是火塘的故事。过去他是牧人，尽管与我相识时，他早已是个干部。他的整个记忆，都离不开放牧途中那一个又一个的火塘。像许多曾经自以为是干部子女因而觉着高人一等的孩子一样，当他作为当地一个藏族干部的子女，在“文革”初期一夜之间变成一个“狗崽子”时，他的牧人生涯就开始了。那时他还不到十岁。稍大一些，他开始帮人放养自留畜，独自一人，早出晚归，从清明到晚秋，不管刮风下雨，一年四季都没人换。晚上回家，还要帮他的阿妈找柴火。长到十五六岁，他还是“一块擦火塘的布”，任何人都可以用，任何都可以把他扔掉。

十年放牧的艰辛，因为有了夜来攻书的甘甜，竟在他的回想中变得灿烂。牛场的夜晚黝黑一片，年轻牧人的心中却总有光亮。风雪茫茫，照耀着他阅读和思考的，是一蓬在火塘中燃烧着的杜鹃花树根的火光。就像云南所有亲近火塘的民族所有亲近火塘的人一样，一个火塘就是一个太阳，接替着天上的太阳，在他们身边运行。天上的太阳熄灭了，风雪牧场上的火塘，就是他的太阳，一个用自己的手点燃的太阳。杜鹃花是艳丽的，杜鹃花树根烧起来却并不明亮。老牧人提醒他说，去挖点云杉树根吧，点起来要亮得多。于是一个新的太阳——举起它的，是云杉树根和像树根一样苍老的牧人——照亮了他的书本，也照亮了他黯淡的青春。正是在火塘边，他以书为伴，咀嚼着高原上放牧者的艰辛与豪放，那样的日子沿袭了千百年，几无改变。相对于那时他对现实的巨大疑问，相对于他对未来的巨大热望，那些有形的书实在太少，也太小。他的历史教材，就是整个藏民族，他们的宗教和文化，是牧人口口相传的传说与故事；他的地理课本，则是他每天睁开眼睛就能看见的雪山、溪流与草甸，是云彩、风雨和东起西落的高原的日月，牧人们随着季节的迁徙，母畜的衰老与幼畜的降生。苦难见证着修炼。修炼消化着苦难。生活的熬炼透骨彻髓，信念却被反复地锻打：世界不会一成不变，机遇总会来临。牧场上的人，是不惯于用沉默包裹自己的，他们的心与天地日月同在，与风雨雷电同行。直爽、豪放、义气，情重如山，一诺千金，是他们的人生经典，也是牧人的真义。白天放牛，晚上，他和老牧人挤在一起睡——火塘角是他的领地，尽管那里风大，容易被牛踩伤。早晚间，小屋里飘响着老牧人的念经诵佛声、山歌声，有时还要唱几段《格萨尔》。自然之光与艺术之神一起，开始光临他住过的每间牧屋，每个放牧点，以它的浩大与纯净，滋养他年轻的心灵。若干年后，牧人生涯涂抹在他生命里的那片浑厚朴实的底色，一经时代之笔的点染，便成了灿烂与明艳。七十年代末，他终于以自己的学识毫无争议地成为一个年轻的地方领导干部，可夜读的习惯并没有改变。他继续着他的修炼，一如高僧。夜深人静，四野悄寂，藏区历史的风烟，社会生活的演变，当前藏区的发展现实，一一在他心头涌现。他思索着，也探寻着……那时，身边并不随时都有火塘，但牧场上那曾经给过他温暖，给过他智慧的火塘，永远都在他心里燃烧……

火塘，或许早已不属于现代，不属于城市。那只是人类的远古留给自己的最后一片回忆，带着一些原初的火光和呛人的烟缕。然而，当一个久居山间突然来到城市里的人，以为他从此不再需要火塘时，其实并没有也不可能真的离开火塘——像我们的先祖一样，现代人即便能够上天入地，却至今仍无法离开火，当然也就离不开“火塘”，不同的是，火塘的照明、取暖、烹饪等等功能，已被许多别的东西代替：用来照明的是电灯，那是用来照明的“火塘”；用来烧水做饭的是电炉、煤气炉或千奇百怪的各种炉子，那是用来加工食物的“火塘”；用来取暖的，已是暖气、电热油汀，那是用来温暖身子的“火塘”。火塘仍然存在着，只不过以几种看起来不再是火塘的形态存在而已。在这一点上，现代人似乎比古人高明，却依然没有离开古人的思路。如此，“火塘”曾经带给人的温暖、光亮与热力，火塘边的思索、怀想，火塘边的亲情、乡情与爱恋，也将永远永远地存在着。白居易《问刘十九》的年代早已过去了，然而，如果你并不机械地理解“晚来天欲雪”诗句，如果你把“雪”扩大为人生的磨难，如果你把火塘理解为温暖、光亮与热力，你就会明白，人生路上那一个又一个并不具有火塘形式的“火塘”，对于你是如何的重要了。回过头去，看一看，火塘正在山里，在你的身边，在你的梦中，熊熊燃烧……

竹楼魂

一

闲来翻书，偶见宋人王禹偁所作《黄州新建小竹楼记》，眼前忽然一亮，想起了傣族的竹楼——尽管此竹楼非彼竹楼，但既然都叫竹楼，想必是有相通之处的吧。于是读了下去。

> 黄冈之地多竹，大者如椽。竹工破之，刳去其节，用代陶瓦。比屋皆然，以其价廉而工省也。

那样一座“价廉而工省”的小楼，在苦中作乐的王禹偁眼里，却有无尽的妙处。王禹偁被贬的黄冈一带，虽地连云梦，城倚大江，那时却还是个荒僻之地，城楼颓坏，林木荒芜，加之人烟稀少，坐在那座小楼里，眼前显得幽寂杳渺，便是必然的了。陪伴他的，只是那一片山光水色。然而，小小的竹楼却——

> 夏宜急雨，有瀑布声；冬宜密雪，有碎玉声；宜鼓琴，琴调虚畅；宜咏诗，诗韵清绝；宜围棋，子声丁丁然；宜投壶，矢声铮铮然；皆竹楼之所助也。

如此看来，即便是在贬谪之地，王禹偁过的倒也是神仙般的日子。事实上，那时的王禹偁已穿上了道装，曾有“老为儒术误，瘦爱道装轻”的诗句，果不其然——

> 公退之暇，被鹤氅衣，戴华阳巾，手执《周易》一卷，焚香默坐，消遣世虑。江山之外，第见风帆沙鸟、烟云竹林而已。待其酒力醒，茶烟歇，送夕阳，迎素月，亦谪居之胜概也。

说真的，尽管行文之中隐隐有股掩饰不住的落寞之感，文章倒是写得真漂亮——有时读古人诗文，常常惊诧于他们哪来的那些神来之笔？王禹偁只活了 48 岁，生性倔强，仕途坎坷；从太宗至道元年（995）乙未到真宗咸平二年（999）已亥，短短几年间，王禹偁三次遭贬，“四年之间，奔走不暇”，先是商州，继而滁州，最后是黄州。咸平元年，参与预修《太祖实录》的王禹偁，因直书其事而与当朝宰相张齐贤、李沆不相和谐，于次年被黜，出知黄州。临行之前，除了个别同僚，当时竟然没人敢去送他。官是越做越小，也越做越令人心寒了，以致他不能不感叹“未知明年又在何处”。然而天心公道，没有那样的坎坷遭际，深居于华府豪宅的王禹偁，怎么会想到要在“雉堞圮毁，榛莽荒秽”之处去建一座竹楼，独自欣赏那“远吞山光，平挹江濑”的山光水色，又哪来的好心情，去作一篇好文章呢？人道“赌场得意，情场失意”，或反过来。王禹偁却是“官场失意，文场得意”。看来在古代，即便是政治上失宠、横遭贬谪的文人，倒也还有写作的余地。王禹偁每遭贬谪，都会在诗文上留下一两篇佳作。逆境能使文士的文笔更加警炼超拔，更有胆识，此即一例。

王禹偁文中言及的“竹楼”，据云建于宋真宗咸平二年（999）夏秋之间，《黄州新建小竹楼记》则写于那年的中秋节。如果那晚有一轮满满的秋月临照黄州的江山，从他眼前流去的浩浩江水，一定会勾起他的许多感慨。在京城做官时，此公从没购置过田宅，大约属于清明廉洁一类；据说因为家贫，被贬到黄州时，只能靠翰林学士毕士安送给他的白银三百两，权充一家老小的安家费。到了黄州，见漫山遍野都是竹子，只要请工匠将竹子破开，削去竹节，就可以代替砖瓦，便因地制宜，在原有的月波楼附近的荒地上，盖了两间竹楼。在我看来，王禹偁此举显然并非纯粹出于文人向来都有的所谓“居无竹令人俗”的附庸风雅，更多的倒是出于竹楼“价廉而工省”的考虑，说的是实话。有了这间竹楼，王禹偁自然喜出望外。季节是那样美好，心绪又是那样落寞，无怪乎王老先生要提起笔来，写下这篇让人耳目一新的文章了。王禹偁不搞建筑，所谓竹楼记，写的不过是他自己的身世与性情，并不涉及对竹楼的研究，可字里行间多少透露出的那一点对黄州竹楼的喜爱，却是迷人而又感人的——虽然其中隐隐约约让人感到了几许悲楚与凄凉，间或还有一点文人的强打精神，自得其乐。中国文人在仕途失意后，往往容易陷入道学，王禹偁自不例外。他焚香默坐，看风帆沙鸟之飞动，烟云竹林之摇曳，读读《周易》，甚至抚琴、下棋、投壶，“以消世虑”，正是一位企图超然于红尘世外的落魄书生的真实写照。而他能够逍遥于红尘之外，有一个好心情，得以读诗著文，正如他自己所说，“皆竹楼之所助也”。

这么说来，那间小小的竹楼，不说对身在黄州的王禹偁有知遇之恩，也堪称困顿中的王老先生的知音了。一座简陋如斯的小小竹楼，对一个失意文人竟有如此之大的调适之功，带给他的竟是如此深沉的感悟，人在回归自然，与自然和谐相处时的种种妙处，便也跃然纸上了。

历来的中国文人，对一时一地的宏大建筑，甚或一般的亭台楼阁，偶一登临，便多有为之纪兴的奇妙诗文。大约，或因仕途坎坷，比之往日，审世的目光更入木三分，或因有山水自然的激发，而有了超越平时的艺术心态，那时作出的诗文，往往能将一己之感慨，化作天地之浓情，读来令人为之动容。杜牧的《阿房宫赋》，陈子昂的《登幽州台歌》，王之涣的《登鹳雀楼》，甚至雨果的《巴黎圣母院》，皆莫不如此。龟山上的黄鹤楼，自有了崔颢的《黄鹤楼》诗，便与“黄鹤一去不复返，白云千载空悠悠”的诗句一起名垂千古；洞庭湖边的岳阳楼，打从范仲淹的《岳阳楼记》问世，便在历经了世世代代的烟波风雨之后，与“先天下之忧而忧，后天下之乐而乐”的豪迈吟唱一道，一直在中国有良知的人们心中震响。诸如此类。历经千百年的岁月淘洗，建筑与诗文已情景交融、浑然一体，诗文以建筑为依托，建筑则以诗文为魂魄，及至今日，究竟是楼因文存，还是文因楼传，委实已然叫人难以分辨。

王禹偁似乎有些不幸，他写的，只是一幢小小的竹楼，难说是什么名楼宏建。黄州竹楼既非名楼，所处的位置，也无甚典籍可依，要为竹楼作记，看来并不容易。加之竹楼显然不及砖石结构的房子那么坚固——王禹偁当时就听竹工告诉他，“竹之为瓦，仅十稔。若重覆之，得二十稔”。一稔就是一年。王禹偁听了，则大发感慨，说既然他四年之间被贬谪了三次，哪能知道明年又在哪里呢——如此，哪还用得着害怕竹楼的容易朽烂！竹楼之毁已不在话下，遑论为竹楼写的诗文？那么，他为一幢十年左右就会衰颓的小房子作传，显然不是想以楼传文，一切都只是出于性情，这就要些勇气了。而正是那种宁静平和的心境，造就了这篇流传至今的美文。

从王禹偁作《黄州新建小竹楼记》至今，已 1000 年，整整是十个世纪。千年后的黄州，料想王禹偁所赞之竹楼早已颓圮不存，也不知他那“幸后之人与我同志，嗣而葺之，庶斯楼之不朽也”的祈愿，是否有人响应，甚或留下了遗址或“后代”？所幸楼虽不存，文却流传至今。千年后的今天，读罢《黄州新建小竹楼记》，我突然想到，若九泉有知的王禹偁，以及所有读过《黄州新建小竹楼记》的人们，能以此公对黄州竹楼的那份钟情，到云南边境一带傣家人居住的地方看看傣家竹楼，不知该要如何的击节赞赏了。

二

一个普普通通的外地人对云南的了解，莫过于西双版纳了，以为只有西双版纳才有傣族，其实不然。云南的傣族，不仅聚居于西双版纳，也还住在德宏州的芒市与瑞丽；前者叫西傣，后者叫德傣。

不管是到了西双版纳，还是德宏的芒市、瑞丽，当然都不可不看竹楼。

将竹楼当作一片风景去看，最好是远眺。我头一次见到成片的傣家竹楼，是在西双版纳，从景洪去边境小镇打洛的路上。现在想起来，那个傣族寨子已十分的苍老，敝旧、森黑的竹楼群，密密实实地挤在一片葱绿的森林边缘，高耸的竹楼屋顶，从一片苍绿之中浮现出来时，人的心情，也随之缓缓飘升。绿梢轻拂屋面，白云凝停山墙。顷刻间，世事飘忽于视线之外。寨子在一个不大的山坡上，小路峭凌窄狭，印象中迎面扑来的，是竹楼一根根粗大的楼柱，凌空而起，一如象腿，以至我对竹楼的第一印象中，竟有一种粗壮敦实的感觉。那种感觉似乎有些沉重，而且染上了腐坏的时光的颜色。直到后来到了瑞丽，在与缅甸仅一江之隔的弄岛，才看到竹楼那种轻盈的姿态。所谓的“岛”，自然不是一片海边或江湾中，被一片盈盈之水包围的陆地，可傣族人叫它岛，却有十足的根据。那是一片平畴，阔野千里，绿浪凝波。星星点点般的寨子，星星点点般的竹楼，就隐没在那片绿得醉人的波涛之中。有和风吹拂。有炊烟袅袅。阳光下，千万种树木、荆丛与藤蔓，都被亚热带丰沛的阳光与雨水浇灌得鼓鼓胀胀，一律在那里闪闪发光。世界是晃动的。而人心却在那一刻，感受到了某种宁静，轻盈的，带着抒情的意味。稍许，随着一阵似有若无的旋律，心便如一叶轻舟，在那片平整如镜的阔野上轻荡而去。

自那以后，每次去瑞丽，或是西双版纳的景洪、打洛，我都忍不住要远远地、独自静静地看上几眼竹楼。当然，偶尔也会想起王禹偁的黄州竹楼，想起他为竹楼留下的文字——尽管黄州竹楼与傣家竹楼相去甚远，几乎完全不是一回事。王禹偁的黄州竹楼，只是遭受贬谪的文人雅士的休闲小筑，傣家竹楼则是温良恭俭的傣族百姓的世居之所。前者或许是精致的，却也是萧瑟的，作为文人雅士排遣寂寞的把玩对象和心态象征，在一片方方正正的汉式民居中，那样的竹楼很难避免因刻意营造，而外露出来的对世相的藐视、对世人的轻慢。居于那座竹楼中的，是一个不能见容于世的灵魂，孤傲而又冷清，一如夏夜，一个独卧竹簟、面对星空的人，难免会遭遇些风寒和夜露般的冷眼。后者虽然是粗拙的、朴实无华的，却是随时都充满温情的，作为一个民族经世世代代的摸索创造出的一种居住方式，那样的竹楼里跳动的，无疑是傣家人那一颗颗倾心自然、热爱生活的心。可以说，傣民族之魂，也就是傣家竹楼之魂。

傣族聚居区多属亚热带，地处北回归线附近，常年阳光灿烂，雨水丰润，加上土地肥美，因而林木葱郁，四季常绿。远眺傣寨，常有读诗之感——当然是散文诗。在如同绿云涌动的大榕树、凤尾竹的掩映下，一幢幢竹楼如大海轻舟，在涌动的绿潮与弥漫的雾霭中时隐时现，那份灵动飘逸，那种非人间的自由浪漫的气韵，叫人不由得不轻叹一声相见恨晚。及至缓缓走近，便得以亲近竹楼的娟娟芳容和那玲珑而宁静的神态。晨昏之际，或雾霭轻拂，或霞光斜射，置身于竹楼，更是宛若仙境。品读竹楼的种种细节，你对傣族精细的心灵、巧妙的营造，更会佩服得五体投地。那时，我就要在心里笑道：王禹偁先生也真是少见多怪了！他所津津乐道的黄州竹楼，在云南傣族地方，却是普普通通的民居，随处可见，简直多得很！

西双版纳的竹楼，傣话称为“很”，据说，“很”系由傣话的“哄哼”一语演变而来，意为“凤凰展翅”。流传至今的傣族歌谣《造房记》，记录的正是部落首领帕雅桑目蒂带领人们搬出山洞、盖房定居的故事。传说远古时候，傣人无房可住，只能择树而居。部落首领雅桑目蒂见树能挡雨，便用树叶、山草盖屋。最初那是一间平顶草房，一遇下雨，漏得无以住人。后雅桑目蒂见一狗前腿直立后腿匍匐斜坐于地，雨水顺着狗的脊背流于地，身下竟干爽如初，于是雅桑目蒂仿照狗的坐姿，盖成了一间“玛杜些”，即“狗头窝铺”，但斜风歪雨仍能飘进来。俄尔，天王神帕雅英化作一只凤凰落在雅桑目蒂面前。凤凰伸开双翅，示意屋顶应是人字形；凤凰低头垂尾，示意应是蒙住两侧以挡风雨；凤凰双脚立地托起身子，示意应屋分两层，下有立柱。雅桑目蒂模仿雨中凤凰之姿，终于盖成了挡风挡雨、防潮敌害的高脚竹楼。《造房记》还叙述了洪水如何冲垮了竹楼，雅桑目蒂如何从洪水中救出了许多小动物，小动物又如何为他献出自己的生命，帮他重新建起竹楼的故事，至今，傣家的竹楼有各种动物的图标和名称。后人将“哄哼”改称“很雅桑目蒂”，意即“雅桑目蒂的房子”，以资纪念。

传说浓缩的，正是傣族在长期生活实践中，依照自然启示，逐步改进自己的居住条件以臻完善的事实。一部“傣族竹楼史”，或许正是一部傣族向大自然的学习史，也是一部傣民族的生产发展史。

大自然永远是人类的老师。事实上，远古人类的居所，大抵可分为“巢居”与“穴居”两类，属于壮侗语族百越族群的傣族先民，就其所处的自然环境来看，当属“巢居”无疑：傣家竹楼的前身，正是由“巢居”演变而来的原始干栏式建筑，是古代百濮、百越两大族群就地取材，为适应潮湿多雨的亚热带气候、防止蛇虫侵害所创造的一种建筑形式。原始竹楼的屋面，多为简单的两面坡形，楼层离地较低；随着家庭畜牧业的发展，楼层才逐渐升高，以便有更大的空间，利于大牲畜的圈养。相传三国时期，诸葛亮进军西南，带来了中原先进的技术，在其指导下，傣族先民才学会了构筑歇山式屋顶。至今，傣族还把歇山式屋顶叫作“孔明帽”，盖二者外形酷肖耳。边地的人们，对诸葛亮象征的中原文明，似乎一直有一种说不清道不明的亲近之感。他们把一切原本不属于他们自己的中原文明，统统划拨到了犹如神明的诸葛亮身上。每年的泼水节或重大节日，傣家人都要燃放“孔明灯”。所谓“孔明灯”，其实相当于当今的热气球，只是规格稍小而已。那年秋天，在德宏傣族自治州建州四十周年的节日里，在其首府芒市，我曾亲见燃放“孔明灯”的壮观场面。偌大的广场，人头攒动。夜空澄明。当一盏又一盏“孔明灯”在成千上万双眼睛的注视下悠然升上天空时，信佛的傣家那崇尚神明、崇尚美好的心绪，也一起升上了暗蓝色的夜空。其时，众首翘望，千万双眼睛都聚焦于那盏缓缓飘升的灯火——那是智慧的象征，也是心境的物化。当夜空中的孔明灯越来越多时，人造的星星似乎让自然的星星也失去了光泽。那情景让人悠然想起远古，想起傣族先民的草创时期，人们对于先进生产技术的渴望，想起傣家人是如何地善于吸纳。至于所谓诸葛亮曾掷帽于地，让傣人依帽造屋一说，如果不是穿凿附会，大约也只是一种遥远的寄托吧。

正如美国人类学家弗朗兹·博厄斯在其《原始艺术》一书中所说：“当工艺达到一定卓越的程度，经过加工过程能够产生某种特点的形式时，我们把这种工艺制作过程称之为艺术。”一座漂亮的竹楼，首先是因为它很实用。传统的竹楼，或说原始的竹楼，其大小梁柱、墙体、楼板，都是就地取材，用亚热带取之不尽的竹子做成。上下两层，底层悬空，离地约两米，一则便于圈养牲畜，一则用以防潮去湿、避虫敌害，也便于保存火种——在火柴未传入之前，在潮湿的雨季，常常暴雨倾盆，保存火种显得至关重要。一座典型的竹楼，有着鲜明的空间层次。一般都有一个由环绕于户外的竹篱围成的半开放式庭院，与竹楼主体构成一种虚实相映的空间。由篱门进入庭院后，可由屋顶披檐下的木楼梯登上竹楼，以达前廊。前廊宽敞，明亮风凉，那是一户傣族人家白天家务活动、纺织、休息及待客的理想场所——每次我去拜访一座竹楼，最先到达的，就是前廊。廊外有露天晒台，设栏杆，农忙时为晒谷用，平时置有盛水的坛罐器皿，供家人洗漱沐浴——远看，那一溜造型古朴、大小不一的坛坛罐罐，亦不啻为一种艺术的点缀，可入画，亦可入诗。站在竹楼的前廊上环顾四周，视线越过菩提树、大榕树、摇头摆尾的凤尾竹和密不透风的亚热带丛林，可一直达到很远的地方——一幢傣家竹楼，总是与大自然融为一体的。由前廊入门即至屋内，室内由隔墙分为两半，外侧称“那晃”，为堂屋兼厨房，设火塘，可炊饮，阴雨天亦在此起居活动，晚间供客人留宿：内侧称“黄暖”，为家人卧室，外客一般不可进入。由篱门进入庭院，再由庭院经楼梯登至前廊，再由前廊进入内室，竹楼在十分有限的空间中，给人造成的那种逐步深入的、丰富的层次感，显然是黄州竹楼难以比拟的——在我的想象中，黄州竹楼很可能只是一座亭子式的建筑，其空间结构要简单得多。从本质上说，所谓住房，其实就是与大自然的隔离，竹楼的空间感，却在隔离中让人想到与自然的联系。如此，傣族在竹楼那样的民居建筑中处理人与自然关系时所显示的这种超常的智慧，就不能不让人由衷赞叹了。

傣家竹楼自然也是傣民族长期形成的自然环境观念的具体体现，暗喻着傣民族平和、柔美的民族性格，也昭示着傣民族崇尚自然和谐、宁静优雅的审美理想。一幢竹楼，无论是从其外观造型、平面布局，还是从其装修、色泽来看，都与其所处的亚热带环境形成了优美的对比和统一，不由得让人对傣民族的艺术创造力发出由衷的赞叹。竹楼的平面布局，大多为开放式的不规则形式，充满着浪漫情味，宛若现代园林；在一座傣族村寨里，常见的平面布局有方形、矩形、曲尺形、T 字形等，给人以流动感和亲切感。传统竹楼，墙体为竹编，通风散热，即便酷热的夏日，室内也一片阴凉。竹笆墙面本身，则利用竹篾正反两面不同的色泽和质地，编制出各种朴素大方、简单而又漂亮的花纹，如同大幅的素色织锦；整个建筑物多为竹木本色，浅淡自然，素雅古朴。在这里，简单和繁复、淡雅与浓密形成了对比的统一，竹楼从亚热带繁茂、浓郁的林木那苍翠欲滴的色彩环境中被格外地凸现出来，平添了几分质朴、清新和恬静。由此，当人们在酷暑烈日之下、汗流浃背之中一眼看到竹楼，油然而生一份清凉、宁静之感，便是自然不过的了。所谓"家"，当然就该是那样的。

不独如此。在很大程度上，屋居本身也是民族性格一时一地的某种物化与外现。竹楼的外观既朴实无华又优美动人，一如一位倩兮靓兮的傣家少女。竹楼上覆轮廓丰富的歇山式屋顶，坡陡脊短，屋面起伏有致，灵活多变，让人想起傣家少女的头饰；前廊、堂屋、卧室三屋顶相互穿插，静中有动，让人想起傣家少女姣好的面容；从远处看去，竹楼四面那略略向外倾斜、上宽下窄的竹笆墙，一如傣家少女袅娜窈窕、风姿绰约的身段。四面竹笆墙，不仅支撑着宽大的屋檐，对墙体起到了遮护作用，还形成了深浓的阴影，有如傣女浓密睫毛下深深的眼黛，顾盼之间，传递出的是傣家少女温润的浓情。底层那开敞的屋柱，将整个屋舍高高撑起，既避潮通风，又与大块面的屋顶形成了鲜明的横直呼应、虚实对比——那样的对比，无不让人联想起行走在田埂小路上的傣家少女；当朝阳初升或夕阳西下，透过浓艳的霞光，我们看到的，恰是一幅线条简捷流畅的剪纸。整个竹楼的楼体在数根立柱的支撑下，配以起伏的屋面、宽大的屋檐，既显得轻盈飘逸、灵动飞扬，又不失其稳定舒展，难怪有"凤凰展翅"的传说。面对竹楼，人们会想起鸟们构筑于大树枝丫上的那精致的巢——大约，这正是竹楼这种干栏式建筑所要达到的艺术效果吧。

傣族是个十分崇尚艺术的民族。仅从傣族历史产生过的数十部抒情长诗和叙事长诗，就能窥其一斑。《召树屯》《娥并与桑洛》《松帕敏与嘎西娜》《朗鲸布》《苏文纳和她的儿子》《线秀》《三只鹦哥》《三牙象》《七头七尾象》《九颗珍珠》《缅桂花》《叶罕佐与冒弄央》《宛纳帕丽》，等等，如此众多的长诗，不仅汉族，就是在云南各个少数民族的长诗艺术中，也很少见。二十世纪五十年代至六十年代，被称为"赞哈"的傣族民间歌手康朗甩、康朗英等，都是国内著名的民间诗人。那数不尽的傣族歌谣和民间长诗，或许正是从一座座傣家竹楼传唱出去的——与之相伴的，很可能是竹楼前廊上一辆嗡嗡作响的纺车，或是竹林深处一支千回百转的葫芦笙，一支如泣如诉的巴乌。静夜，那样的乐声在竹楼四周起伏如波，又如月光一般荡漾开去时，整个村寨，每幢竹楼便都深深地沉入了梦中。

那年泼水节，在芒市，入夜的广场上上演傣戏。我和一个来自北京的诗人朋友就站在台下看。我发觉我们根本听不懂。朋友说，真美。我说，你能听懂？他说，听不懂。我说，我去找个朋友来当翻译吧。他说，算了，美是不用翻译的。月光很好。我们像沉落在一个深而透明的大湖。我们完全能在月光里游动。戏要散了，朋友突然看见了两个小卜哨——两个傣族小姑娘。月光下，她们的身影有如一竿翠竹，袅袅娜娜。而她们的筒裙就像一片月光，在她们身上缠绕、飘荡——那韵致、那情境，让人魂魄飞动。朋友看着她们，简直是目不转睛。两个小卜哨转身要走了，一路走一路笑。朋友突然有些茫然，他说，我们跟着她们走一段好吗？我说，好的，可谁知道她们要去哪里呢？朋友说，管他呢，她们到哪里，我们就到哪里。于是我们小心地尾随那两个小卜哨，一直进到一个傣寨。梦幻似乎终止在一幢竹楼前——我们无法再向前了。而两个小卜哨的歌声却在那时响起。我们便再一次深深地沉浸到了幻梦之中……

顺便说一句，傣族的歌声、傣族的诗意，也曾喂养了唐诗宋词。李白生平创制过两首著名的曲子词，《菩萨蛮》与《清平调》。后者来自当时的南诏国，南诏国有“清平官”;而那首被称为“历来名作最多”的唐代著名曲牌《菩萨蛮》，正是因为李白最早以《菩萨蛮》曲调所填的那首“平林漠漠烟如织，寒山一带伤心碧”，成了“百代词曲之祖”。但很少有人知道，《菩萨蛮》正是当年流传在今傣族地区的一首民间曲调。在西双版纳以及德宏的芒市、瑞丽，傣族至今仍称年轻女子为“卜哨”，而“卜哨”“菩萨”同音同义。其时，住在云南与四川交界一带的李白，显然聆听过傣族的音乐，因为，那正是云南音乐传进四川的必经之路。盛名之下的李白，在某个时候以一首傣族曲调填写的歌词，将之命名为《菩萨蛮》，从而成为“百代词曲之祖”，是完全可以想见的。

傣族竹楼作为傣族这样一个诗化民族的伟大创造，显然是王禹偁的黄州竹楼无法相比的——无论是建造者那雍容大度的宽阔视野，还是居住者那悠雅闲适的俗常心态。这样的竹楼，王禹偁先生是无法想象，也无缘看到的。不然，他或许会新建一座仿傣式竹楼，并以更为警炼峭拔的文笔，再写一篇《傣家竹楼记》了。

三

事实上，在原始和前工业化文明里，屋居本身便是一个缩小了的宇宙，反映的是先民对宇宙的认识。一座竹楼，就是一个小小的宇宙。正像开放的宇宙没有边际，竹楼最大的优点，也是它的开放性和包容性。

竹楼前面的竹篱笆，是开放的，与别处随处可见的围墙，全然是两码事。它既是隔离，又是连接，既是遮蔽，也是诱惑，看到它，你想到的并非离去，而是进入，一座座竹楼，似乎随时都在等候着你的光临。

竹楼屋檐下的前廊，是开放的，日月星辰，风雨阳光，都能自由地进人，人立其上，视线穿过辽阔的旷野，不仅能一无遮挡地观赏到四周的景色，还能注目日升日落，月圆月缺。紧靠堂屋的竹笆墙上，常常挂有家人的照片，不管是这个家庭的成员，还是远道而来的客人，置身于此，看到的不仅是这个家庭的现在，还有这个家庭的过去——它是那么坦然地呈现在你的眼前。

竹楼的四周以竹篾编织而成的墙壁，也是开放的，甚至是透光、透风的。坐在竹楼的堂屋里，透过竹篱笆筛进来的斑斑点点的阳光，一如似有却无的花毯，为竹楼增添了许多的亮色与妩媚。即便是在中午，亚热带炽热的阳光在被竹笆与篾片过滤之后，似乎也带着几丝翠竹的清香——大自然从来就不会与傣家人生分隔离。固然，那与傣族大多居住在亚热带地区，天气炎执有关，但那无疑正是傣族人开放心态的写照。傣族从来就不是一个封闭自锁的民族。不仅在地缘上，傣族聚居区早就与东南亚相邻，历史上早就开始了与邻国的交往。在比王禹偁作《黄州新建小竹楼记》更早的年代，傣族居住地区之北正是强大的南诏国和大理国。当时的傣族地区，农业、手工业和商业就已相当发达。据唐《蛮书》卷四记载：

> 茫蛮部落，……楼居，无城郭。……孔雀巢人家树上，象大如水牛，土俗养以耕田，仍烧其粪。

文中所说的“茫蛮部落”，即指如今的水傣，而旱傣则叫金齿族，居住在今云南保山地区南部、临沧地区、思茅地区西南部、德宏州南部边境、缅甸掸邦，并往北散及克钦邦境内。所谓“楼居”，所指当是竹楼无疑。

唐朝时的“茫蛮”即傣族人不仅已能用牛耕田，由于所居地区水资源十分丰富，种的是水稻；与此同时，手工业也已相当发达，傣族人既能把金、银冶铸成薄片用以装饰牙齿（“金齿”正是由此得名），冶炼其他金属自然已不成问题。比如既已采用牛耕，犁头当是金属制品无疑。傣族人那时还有不错的手工纺织业，织物叫“五色娑罗笼段”，汉名则为“帛叠”或“桐花布”。娑罗树即木棉树，用木棉织成的布就叫作“娑罗笼段”。至今傣族的织物如“筒帕”等，依然是畅销的旅游工艺品。当然，最为著名的还是茶叶。那时，傣族聚居区已漫山遍野都是茶树。《蛮书》卷七说：

> 茶出银生城界诸山，散收无采造法，……

这里的“银生城界诸山”，“银生城”故址在今云南普洱市景东，南诏时筑，曾置银生节度于此，为南诏南方重镇和对婆罗门、波斯、阇婆、勃泥、昆仑等处贸易之所。“诸山”即近代有名的普洱、西双版纳一带的六大茶山，至今还有树龄数百甚至上千年的茶树王。若干年后，著名的茶马古道，就将从这里不远的普洱出发，经大理、丽江、中甸，进入西藏，并一直延伸到尼泊尔、印度甚至西亚。这大约是关于普洱茶的最早记载——人们不知道茶的真正产地，才把作为茶叶交易中心的普洱当作了原产地，就像远在西藏的藏民，把从西双版纳经大理、丽江、中甸最后抵达金沙江边小镇奔子栏的茶叶叫作“奔子栏茶”一样。

于是，地处边境的西双版纳及其他傣族地区，与外界开展贸易也就是顺理成章了。《蛮书》卷六记载说，从银生城往东南“至大银孔，又南有婆罗门、波斯、阇婆、勃泥、昆仑数种外通交易之处，多诸珍宝，以黄金、麝香为贵货”。或谓当时的交易场所“大银孔”，就在现今的暹罗湾。如真是这样，那么，当时南诏的白族、彝族商人，很可能已通过“银生节度使”辖境的“茫蛮”地区即今西双版纳南下，一直到达了暹罗湾，与东南亚各国开始了商业贸易往来。虽然交易的商品如珍宝、黄金、麝香等物品，并不直接产自西双版纳和当今的德宏一带，但商业活动毕竟给当地带来了文化的交流与融合。

可见，地处西南一隅的云南省傣族地区，自古就不是一块封闭的土地，它早就被卷入了与外部世界的交往之中。由此，东南亚各国的宗教、文化，与来自南诏国以及更远的中原的汉文化，就已经开始在这片土地上交汇融合。后来盛行于西双版纳和整个傣族地区的小乘佛教，并非来自中原，而是从印度经东南亚直接传入的。著名的傣族英雄史诗《兰嘎西贺》，即渊源于印度英雄史诗《罗摩衍那》，尽管前者并非后者的翻译本，但两相比较，主题、人物、基本情节以及一些重要地名都相同或是相近，但傣族在把它移植过来时，不仅已让它完全傣族化，吸收了许多傣族传说故事、谚语格言，甚至汉族的《西游记》中孙悟空的某些内容，思想内涵上也发生了重大改变。在漫长的历史发展过程中，这种文化交融，无疑给傣族人民带来各种先进的文化，从而造就一种开放的心态。

对一幢竹楼，你似乎能一眼就把它看透——人的视线，似乎能穿越那薄薄的墙体，一直深入到它的内里。但要真正感悟傣家的生活，进入他们的灵魂深处，就不那么容易了。在人们的印象中，傣族性格温婉柔和，在许多时候、许多地方显现出来的，似乎那是一个崇尚阴柔之美的民族。与傣家人聊天，款款的话语是柔软的，听得出叮叮咚咚的脆响，一如深谷之泉的吟唱；走在田埂上的傣族少女，腰肢是柔弱的，水一般地流动着；放眼绿畴平野，摇曳在风中的凤尾竹是柔嫩的，甚至有人告诉我，连傣族的男性也多少有些绵柔——据说，由于傣族女性自古就吃苦耐劳，承担了全部农事和家务，傣族男人一般除了在外面做生意，更多的时候，只是在竹楼上抽烟喝茶。

但在参加过几次傣族的泼水节后，我才发现我的看法实在过于浅薄。初，我当然没能把竹楼与泼水节联系起来——每年傣历四月十二，当勾人魂魄的铓锣在村村寨寨敲响，当沉郁的象脚鼓声推开了幢幢竹楼的篱门，傣族人一年一度的泼水节便如期而至。关于泼水节的传说，早已被无数的学者写进了他们的专著，也被多情的艺术家们编成了舞蹈。然而在我看来，泼水节在某种意义上，也可以说是傣家人开放心态的外化，是他们浪漫的空间意识与宇宙观念的反映。在明丽的阳光下，从千百人手中飞溅而出的水柱，在空中构成了一道道拱形建筑，美丽，而又转瞬即逝，那优雅的造型、热烈的喷洒、透明的水的珠串，都会让一个初到傣寨的外地来客心旷神怡。

泼水节，那是一个开放的节日，狂欢的节日。

第一次面对泼水节那飞溅的水花，我曾激动得热泪盈眶。我的眼泪，跟泼洒向我的晶莹的水在一起流淌。事实上，那是另一种典雅而又俗常的建筑，属于看不见却确实存在的人的精神层面，在它的最顶层耸立的，正是傣族人的理想。

一个长期被现代文明的礼教桎梏着的灵魂，初来乍到，常常会对那样的狂放感到手足无措，继而就会在水的祝福下，让心灵得到最大的释放，一如禁锢已久的种子，在得到适度的水分之后的绽放。

汪曾祺老先生在瑞丽参加过泼水节后，回来有人问他感觉如何，他说，我被泼得淋漓尽致！不久之后，他在《泼水节印象》中写道：“泼水，并不是整桶地往你身上泼，只是用花枝蘸水，在你的肩膀上掸两下，一面用傣语说：‘好吃好在。’……但是少男少女互泼，常常就不那么文雅了。越是漂亮的，挨泼的越多。”他说：“泼水节是少女的节日，是她们炫耀青春、比赛娇美的节日。正是由于这些着意打扮、到处活跃的少女，才把节日衬托得华丽缤纷，充满活力。”

八十年代中期，我第一次在德宏的瑞丽过泼水节。那是旱季，天气燠热。同行的几个来自重庆的年轻女士，身着薄薄的浅色连衣裙，款款走上了长街。不料一路走去，被傣族青年男女泼了个透湿。欢乐骤然消失，她们蹲在地上再也不敢站起来。问为何故？衣服湿了，紧紧贴在身上，近乎原形毕露，羞死了。可比起穿着紧身衣裙的傣族卜哨来，那算得了什么呢？忸怩的女士们却哭了起来，说我的天哪，这让我怎么见人？只好由几个男士遮挡着，护送回到住地，换了衣服，在屋子里干坐。然而，那样的闲坐无异于监禁，内心受着煎熬，过了一会儿，依然禁不住水与铓锣与象脚鼓的诱惑，鼓起勇气又上街了——在一个开放的环境里，真正的羞涩，便是对自己的紧紧包裹。当再次被泼得透湿时，她们笑了。

几天后我和一个北京朋友一起去寻访傣寨。走进一座竹楼，一个小卜哨高兴地接待了我们。她拿出了许多吃的，里面就有朋友爱吃的泼水节粑粑。我们正待品尝鲜美，小卜哨说，等等，让我给你们泼水祝福。我怕小卜哨泼得太多，她说，不会的，我用菩提枝洒一点点。小卜哨倒真是只给我洒了一点点。轮到那位年轻的北京朋友，小卜哨却往他的脖子里灌了整整一瓢水，浇得他浑身都湿透了。朋友只是笑。我说，你知道吗，我在嫉妒你了。他说，为什么？我告诉他，小卜哨只有对她喜欢的小伙子，才会浇这么多水。朋友越发笑得可爱了。他说，她喜欢我什么呢？我说，因为你年轻。

九十年代初，一个有西南四省区作家代表团参加的西南地区作家笔会在瑞丽举行。适逢傣族泼水节，那时人们的观念已经发生了很大的变化。就在那里，与会作家投入了一次生命的狂欢。作家本来就有些浪漫，听说泼水节期间，不分男女，只要你喜欢，都可以给对方泼水，觉得十分稀奇，不禁跃跃欲试。开头，他们还不敢放肆，迎面碰到漂亮的傣族姑娘，只敢走过去，按照傣族传统，用树枝蘸点清水洒在姑娘们的肩上。跑了几趟街，才发觉如今本地的傣族人，也并不怎么遵守那些传统规则了，胆子就大了起来。一旦看到令他们心动的傣族姑娘，便把一桶清水毫无保留地泼出去，连同他的祝福。一个年轻作家事后对我说，太过瘾了！他说，真糟糕，汉族为什么没有泼水节？

另一位青年作家，却在那次泼水节期间干了一件蠢事，沦为笑谈。这位老兄上了几次街，回来时身上依然干爽如初。人问，你怎么了，没被傣族姑娘泼水？他说没有。人说，泼水节期间被人泼水是一种吉祥，一个傣族姑娘，只有对她看上了的小伙子，才会泼。被泼得满身湿透，恰恰是魅力的证明。那位老兄一听，心里搁不住了。原来他已老大不小，却至今还没成家，早就有点儿自卑。听那么一说，就更急了。过了一会儿，他又出去了，回来已浑身透湿，喜滋滋地告诉我们，你们看，这回我被泼了，啊，真舒服！说着，另一位回来了，指着那位老兄说，哦，你可真行哪，人家泼水是泼别人，你怎么尽往自己身上泼？那位老兄脸一下子红了：你胡说八道些什么？我什么时候往自己身上泼了？

作家王蒙，九十年代初在参加过一次傣族泼水节后，回到昆明时对人说：汉人活得太没劲了！

精神的狂欢，是人类对自己的浪漫童年的重温，对来自大自然的人类的自由本性的回归，也是他们对现在所处的这个越来越物质化的世界的反抗。世界上不少民族都懂得，人是需要那样一次精神狂欢的，巴西里约热内卢的狂欢节，意大利威尼斯的狂欢节，都属于这种性质。在云南，差不多所有的少数民族，都有自己的狂欢节，彝族、纳西族有火把节、采花山，白族有“三月街”，甚至有让昔日“情人”重温旧情的“绕三灵”，藏族有赛马节，爱尼人有“赛装节”……每逢其时，人们摆脱了日复一日、年复一年的生存劳作，会无所顾忌地投入某种让精神、情感和灵魂回复到自由无羁、尽享欢乐的活动中去。

我有时不免悲哀地想到，汉族是个没有狂欢节的民族，甚至是个不懂得狂欢的民族。或者，汉族在自己发展的历史上，也有过狂欢节，但随着时间的推移，我们慢慢变得拘谨了，循规蹈矩了，封闭了。我们会问，汉族是怎样失去他们的精神上的狂欢的呢？

四

竹楼，似乎总与宗教有某种说不清道不明的缘分，相互都难以割舍——或许，建筑作为人对自然环境空间的“人化形式”，当然也就具有创造者的文化特性。一如千年之前，因了“老为儒术误，瘦爱道装轻”的王禹偁的悠然独处，黄州竹楼才有了几许仙风道骨的飘然与幽寂的情味。边境一线傣家人的竹楼，则因为傣族全民信奉小乘佛教，每幢屋宇、每棵大树、每道流水，也都被浓浓地铺上了一层佛家超然虔和的底色，显得更为飘逸。傣族的每一个村落，都一无例外地属于宗教聚落，悬浮于那种浓郁的宗教氛围之中。一个没有佛寺耸峙的傣寨，是不可想象的，而一个没有竹楼簇拥的寺庙，简直就是可怕的——竹楼与寺庙所代表的，正是傣家人的物质欲望与精神向往的两极。竹楼给人们提供的，是肉体的居所，只有寺庙，才能为他们提供精神的家园。

于是外来者随意走去，便能在浓荫匝地的菩提树下，既看到傣家做生意的小摊小贩——那里出售的凉粉、凉茶和鲜柠檬水，会带给每个旅人一份清凉——也能同时看到正在树下嬉戏玩耍的小和尚，他们的玄黄色袈裟飘飘荡荡，如一道吉祥的云，顿时就能把你带进某种神圣的思绪。高大宽敞的佛寺就在路边，或是紧靠着竹楼，不仅随时都可进去领受佛教的教诲，就连那些正在地里耕种或是收割的农人，只要直起身来，就能任随风飘来的悠远缥缈的梵音，把书写在古老的贝叶经上的佛教经典，变成他们可知可感的吟咏，浇灌他们的灵魂。

与低矮、平实的傣家竹楼相比，傣族的宗教建筑，就要宏伟、华丽得多。如果竹楼显示的，是傣家人适应环境的能力，是他们追求平和柔美、崇尚自然天成的世俗审美心理，那么，遍布傣族地区的色彩浓艳的佛寺、洁白端庄的佛塔，则充分表现了他们对美好来世的向往和惊人的艺术禀赋。

在西双版纳，佛寺通称“缅寺”，为落地式土木结构，而德宏州境内的佛寺则通称“奘房”，仍为干栏式建筑。小乘佛教的佛寺规模，尽管大多不及居于大山上的藏传佛教喇嘛寺那般雄伟，须得你仰起头来，才能加以朝拜，但其高超娴熟的建筑造型艺术，往往有过之而无不及。傣族地区的佛教显然是由外部传人的。由于受印度、缅甸、泰国佛教艺术的影响，傣族佛寺的屋顶都富于变化，庞大陡峻的屋顶，轮廓丰富的屋面，成了其造型艺术的重要部分。如西双版纳景真八角亭、沧源广允佛寺，其分段举析、重叠递升的歇山式屋顶，凹曲成弧、柔和优雅的屋面，斜撑挑出、如举欲飞的重檐，装饰华美、错落如鳞的屋脊，即使庞大的屋顶摆脱了僵硬刻板，显得活跃壮观，又造成佛寺向上升腾的动势，事实上，那正是傣家人某种超越凡俗、弃绝尘世的宗教意念的反映。可见佛寺、佛塔那样的宗教建筑尽管源于民居，其艺术造诣又远远高于民居。而那精美的装饰、丰富的色彩，又体现了近乎世俗的、感性的色彩美，让人产生一种人和神的亲近感。对此，只要看看傣族地区常见的佛塔，就会一目了然。

八十年代末在景洪，当我第一次看到曼飞龙佛塔时，我的惊异是巨大的。那是中午，虽然已是岁末，西双版纳依然阳光如瀑。白得耀眼的佛塔在阳光下熠熠闪烁。环绕于母塔四周的八个小塔，势若绽开的梅花花瓣，俨然一组雕塑。浑圆的经幢，流畅柔顺的线条，叫人无法不想起那些性情温和的傣家人——同是佛塔，傣族佛塔的造型因受外域影响而与别处佛塔甚至云南其他地区的佛塔皆风格迥异。一位傣族朋友告诉我，曼飞龙佛塔建于1204年，距今已有数百年历史，虽历经风雨，却依然圣洁如初。傣族佛塔一般由塔基、塔身和塔刹三部分组成，但上下贯通，浑然一体。我看到，曼飞龙佛塔塔基为正方形，高约一米，四周建佛龛，内供小型佛像；葫芦状的塔身，刻饰着精美的浮雕、彩画；塔刹由逐级变小的相轮堆积而成，最上为塔针；金色的塔刹与洁白的塔身相映，显得既金碧辉煌，又圣洁肃穆。傣话中称曼飞龙佛塔为“塔诺”，意为笋塔；远远看去，那塔也确如一丛破土而出的新笋，给人一种勃勃向上的动感，仿佛就要穿破云天，直达神明的居所。

瑞丽的姐勒佛塔和盈江的允燕塔，虽然造型各有特点，却都有鲜明的佛教主题，以宣扬寂灭无为的宗教教义。但宗教建筑在发射出神的光辉的同时，也多少透露出某种世俗人情的温暖色彩。巨大的方形塔基象征着佛法的四相，也给人以坚实厚重之感；浑圆的塔身象征着佛法的圆满、圆通、圆融、圆寂等，又给人以晶莹圆润的艺术美感。傣族佛塔形体均衡，色彩调和，比例得当，无不唤起人对自然美的丰富联想。塔的高大挺拔及其飞腾向上的动势，除使人们油然而生对佛的尊崇及飞升佛国的愿望外，也让人由此生出一种巨大的、撼人心魄的艺术魅力，是傣民族极其珍贵的建筑艺术遗产。

我不由得想到，傣族是如此的富于艺术感，如此的崇尚美。作为人类最为久远的稻作文化区，傣族竹楼及其宗教建筑作为傣族建筑艺术的结晶，也已引起越来越多的关注。日本学者鸟越宪三郎就认为，傣族族源与百越有关。借助考古发现的日本古建筑、绘画可以看出，其住房、谷仓都是下边架空的干栏式建筑，而山墙开门、登梯而上、正房外有晒台、经晒台入室内等特征，与傣家竹楼这一干栏式建筑也极其相似。佛教的传播，使日本的佛寺建筑无论是和式（日本式）、唐式（禅宗式）还是大佛式（天竺式），都既受到汉族建筑的影响，也保留着一些包括傣族在内的百越民族建筑的特色。如此，一些日本学者千方百计地到傣族地区“寻根”，就不是没有道理的了。

五

写到这里，我的忧虑却无法掩饰。

当越来越多的人慕名来到西双版纳，来到芒市、瑞丽时，他们会惊异地发现，美丽的竹楼正在迅速消失。现代化正在向傣族地区大步走来。从根本上说，所谓的“现代化”，伴随着生产方式的改变，无疑也是对传统文化的一次大规模的颠覆，它的一个基本特征，是强求世界的一统。早在许多年前，基于某些建筑材料的匮乏，一些竹楼已开始用木材代替竹子。到了八十年代，传统的、让人叹为观止的傣家竹楼的草顶，正在被代之以波形石棉瓦，甚至竹楼的篾笆墙也开始使用砖石。如果那还不是彻底的颠覆，那么，当越来越多的钢筋混凝土建筑开始挤占傣家人传统的家园时，竹楼的命运已变得岌岌可危。随着形式单一的现代楼房的出现，具有民族和地域特色的传统傣式建筑越来越少，令人有逐步消失之忧。我们当然不会为了维护传统，而让傣族人民永远生活在原初，何况傣族从来就是一个开放的民族。就其物质功用来说，傣族传统的竹楼或许不及现代建筑，但它所包含的丰富的文化内容，浓郁的乡土气息，它所象征的世俗的人情意味和与大自然密不可分的自由、浪漫精神，既是现代建筑所缺乏的，也是现代建筑物无可比拟的。竹楼的逐渐消失，只不过是多种民族文化正在逐渐消失的一个显例。竹楼不仅是一种建筑形式，更是一种生活方式，犹如北京的四合院不仅是一种建巩形式，也是一种生活方式一样。很难想象，住在高楼大厦里的傣族人，还会是一个真正的傣族人，还会有一个真正的傣族人的文化心态。与此同时，一旦与修建傣族竹楼相关的各种行业丧失了其存在的基础，一旦各种行业所包容的文化基因在那种替代中无情地丢失，傣族又还是傣族吗？以建筑形式为例，现代化建筑的强势入侵，不仅造成了对傣族以传统竹楼为代表的建筑形式的破坏，更是对傣族有关屋居以及与屋居相关的所有非现代知识系统的破坏。比如，关于竹编的工艺与知识，关于竹林的种植、保护，以及傣族所有与竹子相关的优雅美丽的话语、传说、故事与人文心态，都将不复存在，而这一切，都属于傣族的非现代的传统文化和知识系统。因而，保护竹楼，进而保护傣族传统的非现代知识系统，并非仅仅出自某种怀旧的浪漫情怀，为的是，提供某种知识和文化生活的多种选择性。文化是没有高低贵贱之分的，何况，即使人类已经到了二十世纪，究竟哪种文化和知识系统更适于人类的未来，也至今尚无定论。

在国外，一些早已意识到这一点的先进建筑理论，正在探索既具有民族特色又适应现代生活要求的新型建筑，以把人类从冷漠、单调的钢筋混凝土“怪物”中解放出来。傣族竹楼以及与它相适应的傣式建筑，其最终命运又会如何呢？ 1000 多年前，并非建筑师的王禹偁看到“竹楼之易朽”，曾寄语后人“与我同志，嗣而葺之，庶斯楼之不朽也”。王禹偁说的，看起来是对竹楼这一物体，其实更多的倒是属于精神层面，是他企望的那种“远吞山光，平挹江濑”的悠然。倘若我们不是将他所谓的“易朽”狭义地理解为自然的风化，其中也包括了人为的毁坏与弃绝，倘若对他的“嗣而葺之”不仅理解为修修补补，而是继承与创新，那么，或许我们能从《黄州新建小竹楼记》那篇千字短文中读出些新意吧！

百年老弩传奇

与猎神擦肩而过

在高黎贡深山老林跑来跑去，拥有一支弩箭，一直是多年的梦。开头只是一时兴起，想想有点儿滑稽，一介读书人，无缘无故地，要一支弩做什么？不说如今不让打猎，即便可以，一支真正的老弩，先由猎手精心做成，再经几代人摩挲抚弄，凝结着家族的所有故事，谁会轻易交给一个陌生人？不料时日渐渐过去，那念头越发强烈起来，好像并非一时心血来潮。细细一想，或许头次爬高黎贡山时，那梦就开始在心头萦绕。那天一行人要去白花岭澡堂河，走在林间小道上，远远一个傈僳族老人匆匆行来，身上一个布口袋鼓鼓囊囊，不知装了些什么宝贝；一顶旧毡帽压过眉头，遮去大半个脸，遮不住毡帽上油腻的沧桑。山道窄狭，眼看到了跟前，老人一个侧身，竟与我擦肩而过。好利索！等他过去半晌，艾怀森才告诉我，那人是白花岭一带有名的“猎神”，傈僳族人，从小打猎，往山上一走，动动鼻子，掐掐指头，就晓得野物在哪座山哪道河，径直奔去，下扣子十拿九稳，手搭老弩一箭射出，瞄准喉咙不伤眼睛。在他手里倒下的猎物，少说也有一个连。我如听神话，料定一个活人能做“猎神”，想必身手不凡，功夫了得。慌忙回头去看，老人已闪过一片树林，消失在小路尽头，留给我一个淡淡的背影。那段临近傍晚的时光，顿时变得黯淡神秘，就像一场哀悼，一个葬礼。无望的追视，成了一次公开的偷窥，薄薄的雾纱背后，隐隐是那个狩猎的年代。满是杀戮与血腥的一幕，曾与人类息息相关，尽管早已不再，到底还是引发出一阵心灵的震颤。就说，哪天我们去访访“猎神”，跟他聊聊吧。小艾说，聊是聊不成了！如今他已“立地成佛”，再不打猎，也决不再谈往事。我不解了：不打了就好，至于连往事也不谈吗？小艾沉吟半晌说，听说他做过一个梦，也有人说是生了一场病，到底梦见了什么，病中有过什么故事，他闭口不谈。村子里有故事说，某年某月某日，一头吊睛白额的斑斓大虫，猛然将他扑倒，张开大口就要吃他。老人喊道无冤无仇的，你怎么要吃我？大虫说，你做的伤天害理之事，我族都一一记着，还敢犟嘴？猎神惊出一身冷汗，知道大限已到，连说再不敢了不敢了，求大王饶我一命！大虫道，饶你倒也容易，那就得听我的——从今再不许伤害我族，亦不准泄露天机！老人一一答应，从此再不打猎，成了另一个人。真真假假，到底是有人编派还是梦境，不得而知。我说老人的那把弩呢，还在吗？小艾说，听说不在了——是毁掉了还是送了人，也不得而知。两人哈哈一笑，那事就算过去，但那把弩倒一直在我眼前晃动。作为一个时代的物证，那把老弩是无罪的。小艾像看出了什么，说你放心，有机会给你弄一把……

客厅里的老弩

可一把那样的老弩，于我究竟意义何在？想来想去总是模糊。何况凡事都有机缘，一把真正的老弩，不但可遇不可求，即便得到，我又能将那个总在迁徙的民族几代猎手的灵魂如何安顿？于是一次次去高黎贡山，尽管每到一处，都会打探附近有无猎人，朋友晓得了，也有一搭无一搭地帮着寻访，终是一无所获。时间长了，那念头也就慢慢消散。偶尔碰到小艾，他没提那个茬，我也不便多问。心想总是机缘没到吧。不料有一次在城里，见一个朋友家居然有一把弩，说是把老弩，到底经过多少茧手抚弄多少风雨磨洗，朋友支支吾吾也说它不清。深褐的老弩挂在客厅的电视墙上，几盏射灯或明或暗，将几缕现代的光亮从天花板上精致地投下，把暗红的弩弓绛紫的弩机，映得恰到好处的熠熠生辉，倒也煞是好看。一痕弩弦，与弩床架成了个十字，上面紧绷着的，依然是猎手生冷的目光。想想那弩曾是某个傈僳汉子谋生的工具，朝夕佩戴，冬夏弩机在屏息间轻轻扣动，毒箭在山林里呼啸而行，嗖的一声，转眼皮毛洞穿肌腱圻裂，红血迸溅野物倒地，一场猎杀便告结束。一旦摆进家居，成为对温馨的强调与烘托，那哑然的古雅里，少不得也有辉煌的寂寞。对一把老弩那样的陈设与供奉，已近乎一个神圣仪式，但那到底是对远古的祭奠怀想，还是向人类童年的挥手告别，始终有点儿暧昧。远古的狩猎时代，一把弩除了对付野物，还展示着猎手的心智与技艺，从材料的采集制作的工艺到有限的装饰，提供给他者的，无一不是猎手的智慧与心思；即便要从中看出他的性情与爱恨，也并非难事；进而作为工具，人和猎物间的较量与角力，从工具制作到追逐、瞄准到最后的射杀，要动用腿、手、口、鼻和心灵，猎手在那个过程中完成着自己，多少还有着艺术的趣味。何况远古的猎手还有许多禁忌，并非多多益善，只为满足基本的生存。于是最终，打猎才成了绅士们的高尚娱乐，用以炫耀自己的高雅气质与富足，即便智慧若海明威者，也难逃那样的诱惑，一生嗜好打猎。一个现代猎杀者，不需要任何技艺，实在要说，也只有狠毒、残忍与暴烈。过程都彻底摒弃，他们只在乎结果。手持装有远红外瞄准器，威力无比的现代猎枪，甚或是更具灾难性的捕杀方法，那种比弩箭高明得多也更具效果得多的杀戮，在几秒针内，就能断送成百上千只动物的性命。狩猎的最后一点“艺术性”和“可观赏性”，也随之丧失殆尽。

那以后，想寻到一把老弩的心思，如火在胸。那该是一把那样的弩，我了然它的前世今生，知晓它主人的祖祖辈辈，凝结着一个民族的生死豪情。一把平常的弩即便送我，也不想要——试想挂在家里，偶尔夜半惊醒，似有竹箭嗖嗖地从耳边掠过，却不知那曾是哪位猎人的爱物，尽管豪壮与悲凉齐生，未必不是一种噬人的折磨！一个我对他一无所知的人，怎能成知心朋友？平白地将一个来历不明的东西挂在家里，成天地看，那该多么无趣？一定要见过它原先的主人，熟悉它的来历，才能作为一份牵挂，让我在喧闹的都市，把某个山村某个猎手，时时记在心上。那当然难。

天赐一个雀巢

寻寻觅觅中，那天去到腾冲西北角现名自治的地盘关，再径直去到8号界碑垭口——那一带，都在高黎贡山保护区内。通向缅甸的8号界碑垭口，一排临时房屋前，火塘浓烟滚滚，地上杯盘狼藉，一派家常的散淡，仿佛是某个农家。几个守卡的男女昼夜执勤，向来往车辆收取买路钱。远望国界那边，一片悄寂。无心久留，往左一拐，见有一座四层高的碉楼平地而起，即便在群山如浪的山里，也有些突兀。人说那是保护区建的瞭望塔。噔噔地爬上去，当风环视，国界内外，群山尽在眼底。森林没有疆域，火势认不得国界。几年前境外一场森林大火，眼看就要越过国界。它作为一个烈焰腾腾的对比在燃烧。保护区从曲石到自治，几乎所有的守山人，皆闻讯从几十里外集结于此，帮着扑灭邻国之火。其时那边的动物，纷纷逃往中国。一个监视性的瞭望塔于是应运而生。下来，一条边防军的巡逻小道，顺山脚蜿蜒而去，尽管一无想象中荷枪实弹的森严与神秘，但一场没有炮火硝烟的战事，倒一直在这里进行。沿小道而行，人忽高忽低，可直达前面海拔 3100 米的山嘴。右手边的一脉山脊，出没于云雾之中，既是国界，也是保护区边界。左手边，那个巨大的山谷名叫熊潭，当年或有熊罴出没。而此刻，熊潭于氤氲间透出的，唯浓酽的宁静繁盛的沉寂。熊都到哪里去了？那曾是它们的“闹市”，世世代代自由行走的天堂，却一度成为偷猎者的乐园，不时传出划破沉寂的暗枪、偷猎者得手后的狂笑。他们最乐意看到老熊大模大样、摇摇摆摆的行姿，一声枪响后轰然倒下的憨态。想到那里，挂在嘴角的那丝苦笑，如一滴凝在眼角的泪水，永远滴不下来。熊潭被及时划进保护区是熊的幸运，如今那里一个熊们的天堂正在重建之中。太阳西斜，熊潭如一只盛满晚霞的大杯直送眼前，仿佛只要一低头一张口，便会饮成大醉。高大的栎树，炭黑的树干，绿成墨色的枝叶，奇形怪状间，显示着深山闹市久违的兴旺。缓缓前行，小道无声。远远看见从右边山坡上，一棵大树横倒在路上。走在前面的周勇一声惊叫，俯身捡起了一个什么东西，回头向我走来。想问是什么，话没出口，那东西已到我面前。一看，竟是个鸟窝，深棕色，像一个古瓷的海碗，精致典雅，令人赞叹。不知出于什么，我张口就说，给我了！周勇慷慨允诺。捧着那个雀巢边走边看，边看边想。其实刚才我并不明白，为什么想得到那个雀巢。也许它太像个工艺品，有收藏价值；也许是天性，见到好东西就想占有。到底是什么，连自己也说不清。云南方言，把鸟叫雀。鸟窝就是雀巢。雀有巢。人有家——家也是巢。一只鸟必须有两样东西，翅膀和窝，缺一不可。翅膀用于飞翔，窝用来歇脚。没有翅膀的鸟不是鸟，没有窝的鸟同样不是鸟。回去将一个雀巢放在人巢里，或能让我以人之心，度鸟之心？到底是哪只鸟儿，将一根根松针草叶千辛万苦地衔来，又花了数不清的编织之功，将它做成？通体干干净净，既无一根羽毛，也无些许粪便，一如新落成的屋舍，未及享用，便被废弃。想起那棵倾倒的大树，想必是刚刚落成，就遭受了一场天灾，这才落在了路边。

在没找到那把真正的老弩之前，天赐我一个如此精美的雀巢，到底意味着什么？是个无声的警示，还是个有意的抚慰？一路欢喜中夹杂着忐忑，回到自治。

最后的猎人

殊不知一把真正的老弩，已在地盘关静待多时，等我归去。地盘关是自治旧名，我更愿意用它称呼这个边境上的村庄——新地名总让人失去记忆。在保护站院子刚刚坐定，赵晓东说，自治村委会主任余成富，是个猎户世家，家藏一把百年老弩，站上派人与他联系去了，一会儿就到。闻此我心一阵狂跳。他总是实在——从没向他说起过的那个侈望，他倒了然在心。如此说来，果真我就要见到一把老弩了吗？等待的时刻变得漫长。喜悦让我坐立不安。快吃晚饭，听有人喊道，他回来了！只见那人两手空空，并没带回那把老弩。我顿时有些失望。那人却说，好说歹说，老余答应把弩拿来看看，舍不舍得送人，就看你们的运气了。于是狂跳的心，转而阵阵忐忑，似乎面临的不是猎手的一个小小决定，而是我人生的重大转折。又问，老余呢，怎么没来？回来的人说，我们一起出门，他去他哥哥家拿箭袋。原来那把老弩作为镇家之宝，弩身在老余家，箭袋却在他哥哥家。一等又半个时辰，终于见有人身穿傈僳族服装，手持老弩，身佩箭袋地来了。矮壮的身材，发福的肚子，怎么看都不像猎手。但那把老弩却明明在他手里，由不得你不信。一群人慌忙围拢，让他取下弓弩细细观看，先饱饱眼福。一看，正是我梦想中的那把老弩——尽管从没见过它，却几回梦中相识。面对它，如对深宫国宝，虽历经沧桑岁月，倒不改国色天姿，既将一代天骄般的雄健千娇百媚的妖娆，搀揉得匀匀当当，又把如山汉子的刚直不阿邻家女儿初长成式的妩媚，安排得妥妥帖帖。弩弓弯弯如半钩月牙，用岩桑砍削刨磨而成，闪闪烁烁中，不是朗朗日照，就是旧时月色；弩床似枪膛弹道，从整块栎木中掏出，明亮的擦痕犹在，静候着箭矢来归；更不堪山狸骨磨制的弩机，那小巧玲珑的诱惑，仿佛轻轻一触，就会引发雷霆万钧；唯那一痕用苎麻拧成的弩弦，不屑地紧绷着浑身经腱，诉说着久未经猎手弹拨的寂寞。板栗壳色的弩身沉稳执着，看似油浸血润，倒滑而不腻；通体上下，闪耀着一把弩炽烈的欲望和赤裸的无告。倒是那长长方方的棕黑色箭袋，像个时髦饰物，静静躺在一边，显得饱经沧桑的华丽高贵。据说箭袋系用熊皮整张剪裁，只在长边处，用山里特有的细金刚藤密密而缝。边角的棕黑色熊毛几已磨光，灰白的皮底依然结实，大面处熊毛犹在，一根根如柔软的钢针。那半袋竹箭，支支都用高黎贡山丛竹削制，尖头细身，据说能穿石钻木，遑论野物区区血肉之身？老弩的主人这时才说，那把老弩少说也有150岁，还是他家爷爷的爷爷亲手打制，到爷爷手上，射杀过十多头熊，日本人要败时，还用药箭射死过七八个日本兵——那时的腾北驻有抗战军队，老百姓也动员起来，见机而战，杀得一双，不放一个。他记得是爷爷说，打日本兵用弩箭就够了，哪用动枪动炮，太贵！箭袋就更老，至少300年。问主人，这些年用它打过野物吗？主人说没有，哪敢？最后一次用它是2001年，村里搞弩弓比赛，空射了几箭；实打实的打野物，从能买到猎枪就没有过了——那正证实了我的猜测。再说现在也没人敢打，七年前，一头老虎夜夜在自治小街上叫，叫得人心惶惶。村子里有人问，能不能打？保护区的人说，不能打，咬死两个人也不能打。又问人被咬死了怎么办？回答说，咬死了算烈士。于是一到晚上七点，家家关门闭户，不敢出去。有人肚子大，从门缝里往外看，老虎大大咧咧地在街上散步。就那么叫了14天，老虎才走。叫了14天，老虎才走。这些年，一到收苞谷时，成群的老熊就到包公地里，恋爱结婚，发情交配，热闹得很。不是保护区宣传保护，碰到那样的好事，我就发财了！说着操起老弩，说要试射一箭。有人在院子对面墙边，竖起一块厚木板，权作箭靶。老余弯弩搭箭，稍一瞄准，只听嗖的一声，竹箭已飞到那头，稳稳地栽进那块木板。跑过去一看，两寸厚的木板里，少说也扎进去一半。

——一个完整的老弩的故事，一段活生生的人的传奇。我四处寻找的那把老弩，那时就在眼前。晚饭后赵晓东说，老余答应了，那把弩就送给你了。——不知道他们跟老余有过怎样的商量，尽管我如获至宝，也不能夺人之爱。老余把弩交给我时，我说老余你舍得吗？老余说弩是用来打野物的，如今不让再打，我留着也没用，送给你是个纪念。暮色苍茫。边境山村，太阳下山，牛羊回圈鸡鸭归埘。远处，不知谁家的狗的几声轻吠，在山野回荡良久。面前的老余突然变成了那个金盆洗手的猎神，正在变暗的这个傍晚与白花岭的那片暮色重叠交映，难分彼此。一把弩神秘失踪。一把弩转手交接。方式不同，实质一样，都成了“无”。“猎神”出于无奈，后者出于自觉。一个百代与山林相处的民族，以与弩的诀别向山林表达自己的爱情。那个普通时刻由此获得了一种仪式性，显出让我措手不及的神圣。我想对老余说点什么，比如你放心我会善待它的之类，却说不出来。如今那把老弩就在我家中。粉白的墙上别无长物，唯一把老弩，让我终日默读。那弩姓余，也姓傈僳，属于一代英武的猎人，一个迁徙的民族，如今只是由我代为保管。作为高黎贡山所有还活在人世的弩的先祖，它将永恒。

清晨，问安于日常

看不见的日常，分分秒秒走来，又分分秒秒逝去。“桂魄初生秋露微，轻罗已薄未更衣。”清晨，无论外出走走，或坐于窗前，都并不了然，即将遭逢的“今日”究是何日，是怎样一个“今日”。这么一想，日常的今日便似有些无常了。一夜眠觉，头脑活跃，各种念头时隐时现，偶尔也便记下了几句。

人在雄山大川留下的空隙里，认认真真地做了个游戏，盖了点楼，修了些路，栽了些花木，然后叫它“宜居”。上苍要是知道了这事，或许会悄悄地笑了：哦，这些傻乎乎的孩子！

我住的这个小区院子，种有各种各样的树木花草，那是季节施与人的大屏幕，上演着时光的长剧。有时想，季节就在我的窗下，或者身边，无声地踱步，自顾自地行走，走得那么耐心，日复一日缓缓地来，又日复一日缓缓地去。我是自认没它走得那么稳那么好的，虽说偶尔间，它也会乱了方寸，立春时风雨大作，小雪时却阳光灿烂。只是，这样一个清晨，是昨晚入睡前思想过的那个日子吗？天没那么高阔，也没那么低矮，只是自个儿执拗地行走。再一想，昨晚，你想过明天是个什么样的日子吗？想没想过，当然是不一样的。

“天阶夜色凉如水，卧看牵牛织女星。”只收藏着一把斗勺的夜空，即使看不到星星月亮，也是我最想仰望的，那种疯狂的黝黑的典雅，曾叫我秉夜难眠。近来多梦，什么怪梦都有，倒从不会梦见我的床和几百光年外的星球。70 多岁了，我或还是个不成熟的多梦者吧，相隔得太近或太远的，都很难被梦见。而有一次，或是夜晚或是今晨，撂开季节最后的浮华，有一会儿，我曾独自想念过老聃庄周屈子，想念过好几个人。想想而已。

我们睡着的时候，以为风睡了，树也睡了，以为日月星辰虎豹虫豸都睡了，待拂晓醒来，天，已连夜画好了一幅朝霞。

秋天，清晨醒来，看见窗外的花木，一些不想弯腰的，正宁可失去枝叶，一些为适应季节的变换，正在改换颜色——都无非是花木对季节的反应，看了几眼，倒若有所思了。料想一片秋叶，在这个节气，从苍郁润泽到惊风飘飞再到轻触大地，那点无常虽也惊动了几片冬阳，却终将一生的暗恋，修成了一种献身。这时，已是只能欣赏枯荷之美的时节，回头望去，枯荷之外，竟是少年时那一串串的凌云梦想，虽终归无非是一程素衣霜眉的萧疏行旅，倒终算走到了如今。只不知跟那些树啊花啊草啊相比，竟属于哪类？

南方的秋色到底要娇小些，跟北方比，没那样盛大，那样豪壮，花与叶，依然执着于它们的葳蕤，最先只是色彩上一片斑斓芜杂，不会像北方，景色的变换，有如舞台的换景，只在转瞬之间，须臾即成。萧疏当然也是有的，而真正的萧疏，有时反倒是先闯进了人的心里，悄悄地溜达着——你觉着，已秋意临近。世相清疏，但也常有摇曳多姿的欲望，芬芳在行人的身旁，便一路地走过去，也无所谓闯荡，前一站，说不定就是一座陡峭山冈。又过了几天，已然落叶缤纷，继而有了薄凉，甚至薄霜。边走，边顺手在身旁的枝叶上拈两指白霜，连同枝叶上白霜般的清寂。喧嚣在不远处的大街上起伏沉落。偶尔可闻鸟儿的啁啾，低于鼓声号角，唯呼唤同道者琐细的飞行。

深秋初冬，最美妙的影子，恐也不过是一丛枯枝无意的投射，迷于那样一些斑驳的诱惑，寻思再纯净的阳光，怕也是这季节明媚的假象了。时光一直在走着，如流水。或说，流水才是一条时光之河，既是岁月的静好，也是岁月的奔突，是琴，也是曲，是弹，也是听。日常与无常的转换，只在一念之间。与真的流水的不同，在于岁月的河从不流向低处，流着流着，就流成了高山，堪可仰止。

深秋，早已没蛐蛐叫了。自秋虫把童年带往了远方，人就成了某部长卷无头无尾的残篇断章。世界就在眼前，却已无处瞭望。而飞短流长的岁月，总该有些那样的日子，作为时间的骨头，可以用来熬制生命的浓汁，独自慢慢品尝。转瞬之间，秋已老成了这般模样，临到最后的凋零前，生命的璀璨，便只是些霜叶般飘零的思绪，而非魁伟与葳蕤了吧。

院子里，有一方小塘，几座小山。塘算不得清澈，也不至于有常见的混浊。把顶级形容词都献给一个小湖，自然可笑，却不算什么大错，但浩瀚一语，我想必须留下，唯大海方与它般配。偶尔，也会看上几眼人工堆垒的石山。说是山，其实只是几块石头。打量一块石头，或几块石头，是一回事，它们一生的事业，就是保持缄默，直到命运的铁锤猛烈敲击，才会喊出声来。倒是头顶，这片已陪了我一辈子的天空，足够性情，风风雨雨，昼夜阴晴，始终没有离去，可天天见面，我至今也没弄清它是哪天生日。有时，我似乎听见她在说，你时时仰望着的，那些闪闪发亮的星星，只是些冰凉的石块，唯有你肉身温暖，无名却也点亮着宇宙浩瀚。于是我知道了，你的肌肤值得被爱，你大地般的肌肤得益于父母，性情、意志尽在其中，手足眼耳鼻舌身意，一切尽皆如是。于是有温馨在心了。

走累了，出了一点小汗，回家去，喝一杯暖茶，看几页闲书。临近傍晚，有朋友说要过来。便备好了饭菜，甚而于秋月下，斟好了给他的那杯酒。客人久久没来，不知是阻于路途，还是另有变故。等。等。等。又想起那两个字：无常。等月色都快溢出酒杯了，索性端了起来，痛饮自己的那一份心情。那稍许一点怅然，正好下酒……

就这样，清晨，问安于日常与无常，几已成每日的功课。借此，也便问安如我一般，在一个个今日的无常与日常中漂流沉浮的生命！岁月如河，吾能取者，无非区区一瓢耳，时不待我矣又何止于我耶，天下芸芸尽皆如此，一声风雪珍重，实乃深深揖别。

相隔不吟秋千索

一

真是那样吗？手握得越紧，手里那把沙子就越容易流去，最后留下的只是一点尘埃？如果所有的物，友情、亲情和爱也是这般，抓得越紧越容易失去，那是不是说，心灵与心灵之间必要保持一点距离？

二

最初是因了一棵树，我心有所思。

把那棵树叫作“沉静”，或许有点唐突，可那是我面对那棵树时的感觉，唯一与全部合一，具体与抽象参半。一棵树看上去总毫无声息，除非有风。那便是我说的“沉静”。许久之后我才察觉，“沉静”其实不是也不会是一棵树的全部。思维的奇妙在于，面对某个事物时，我们常常会让某个最先出现的字眼迷惑，迷惑其所指，而忘了其能指。面对那棵树想到“沉静”时，只想到了静雅、矜持、淡泊、宁静，其实弄不好那也可能让人想起许多与这个字眼相反的东西，比如寡言少语、木讷、冷漠，甚至无动于衷、麻木不仁。对一个生命来说，一味地沉静，或许并不是一种值得夸赞的美德。真正的沉静，当是基于深厚、丰富、热忱与巨大的宽容之上，要不那就不是沉静而是木讷了。我所说的那棵树恰好如此，“沉静”只是它的一种处世做人的方式，或说姿态，那并不排除它内心里某些深藏的渴望、希冀及欲念。与生俱来的“沉静”，并不妨碍一棵树要告诉我们和世界太多太多的东西：关于它生命中丰富的经验，它内心深深隐藏着的，如潮的激情满溢的话语，它只是不善于，不，更可能是不屑于用惯常、通行的唠唠叨叨去表达。常常是，它更多地沉溺于自己的内心，对外界则静静地视看、观察、思考，它尽可能地包容一切，各种各样的树和各种各样的人，绝不草率地做出判断。即便做出，也不会轻易地选择，至少它绝不让内心过早地甚至毫无遗漏地统统写在脸上，而是深藏于心，它深信他者有他者选择的权利，在它看来，应该随它而去——用它的眼神，也用它的心。

无论怎么说，至少从一开始，我就迷恋上了那样的“沉静”。在这个喧哗浮嚣、欲念泛滥的世界，“沉静”怎么都比那些张狂、轻薄和喧嚷要好得多，叫人难以忘怀。记得我说临走时我突然觉得，那棵树的根已长到了我的心里，悄然地，在那个被叫作心的地方，隐隐有一些什么东西扎了进去，往深处扩展，往四周伸延，那样的感觉近乎怪异与神圣之间，让我既惬意又有些莫名其妙地紧张，既有些痛楚又有点破解了某种秘密的快乐。我想那就是说，我以为我离它已经很“近”——当你确认自己对某棵树已然了解了很多时，“近”是一个很恰当的字眼。其实事情并非如此。那棵树其实离我依然很远很远，远到有一段难以逾越的距离——那让我恐惧：深爱，却非同类。

三

距离这个字眼出现时，我猛然一惊：人与人之间是有距离的，人与一棵树之间也有吗？回答是，当然。尽管此前我从没深究过“距离”的含义，倒也知道“距离”到底意味着什么。距离除了两地或两物的空间间隔，或时间间隔，有时甚至暗含着不同事物之间的类别差异或者心理差异。那样的距离到底有多大，我无法确知。量度距离可以用厘米、毫米，也可以用一万米、一光年。世上的万事万物都按一定规则各就各位，制定那些规则的恰恰是造物主，或说上帝。上帝将不同的物体置放在不同的位置，尽管并非一成不变，但到了都难以真正改变。距离让万物有别，各自呈现出各自的优雅与美丽；人不会与蝼蚁住在一起，并非完全因为身份的不同，也因为有各自不同的生存方式。可一旦有了距离，万物也都处在孤独之中。那种孤独，那种充斥于我们的身体和灵魂的孤独，与生俱来，近乎永恒：面对宇宙中数万亿个星体组成的茫茫星海，地球人一直在不懈地寻求自己的同类——如果真有外星生命的话，却至今一无所获。人类至今无法超越那种距离。即便是同类，都是地球人，也因距离的存在而难以相通，更别说一个人与一棵树了。有人说，如果没有身体的激情，我们便企图从灵魂的默契中得到安慰。如果灵魂距离遥远，也可以以身体暂时隔绝陌生。杜拉斯的《情人》中，15 岁的法国女孩和一个来自中国北方的男人，除了做爱，没有任何别的方式可以摆脱孤独。他们的灵魂没有任何相似之处，可他们有着深爱。伤痛只来自身体在激情中痴缠的时候，灵魂却遥遥相对，冷漠无言。那么一想，我突然有些悲哀，甚至恐惧。那种在我看来无法超越的距离，倒让我更加挂念那棵远方的树。那种挂念越来越强烈，是我始料未及的——有段时间，它几乎就成了一个梦魇。

四

周末朋友相约，一起驾车去一个不远也不近的风景点散心。那样的出游以前也有过，两天时间一晃而过，刚刚出发便已结束。可这个周末从出发时开始，就注定成了一个最长的周末。不足 300 公里的路程，竟让我像被抛到了一个远离世界的角落，抛到了天边，成了一个局外之人。那时我想起了那棵树，强烈而又无奈地感到了距离的存在。距离搅得我度日如年，真是荒谬至极。熟悉的朋友，也在那时变得陌生起来，一切都因为我的心一直在想着那棵树。那棵树在离我如此之近又如此之远的地方，我每做一事，都会想到那棵树眼下的状态。一个人有所牵挂的日子竟如此难熬，这是我没料到的，也是几十年来都没有过的。生命好像在从头开始。生活也一样。你要学会面对那种距离度日，学会挨日子，学会在因距离造成的分隔中度过分分秒秒；某种灼热的焦虑和等待的急迫让人总是难以平复。于是我再一次想到了那两个字：距离。一个人与一棵树之间的距离。距离让我对那棵树念念在心。真是荒谬。那不就是一棵树吗？一棵你喜欢的树至于让你寝食难安吗？那个晚上，我甚至梦到了那棵树。还跟那棵树有过不长不短、断断续续、意义模糊的交谈——

五

你怎么会变得郁郁寡欢了呢？你不从来都是开朗、达观的吗？我听见那棵树说。我说你说得对，我从来都开朗、达观，甚至自信，自信到极点，尽管那绝不是目空一切的傲慢，也不是无知造成的无畏。但你现在似乎已变得大有疑虑，变得总是若有所思，是吗？它说。我无以作答。按照“沉静”的风格，美好的事情当藏之于心，但人的天性又让他总想与人分享，向人倾诉。到了却因无法向人倾诉，而变成了更加深沉的怀想——我怎么能无缘无故地突然向人说起一棵什么树？于是那种久违了的孤独，便不时地泛上心头。可你不是说，那棵树已经长在你心里了吗？它说。我说是啊，那棵树的确早就长在我的心上。那就很好了，心里有，就时时有，处处有，这不很好吗？无论我在哪里，你在哪里。我说我是说过，那棵树的根似乎已扎在我的心中，那是一种感觉。事实上它的枝干和蓬勃的枝叶，仍然是自由的，与我无关。它的根系在土壤中的每一次掘进，它的枝叶在空中的每一次摇动，它的心思在内里的每一次起伏，依然与我无关。即便那棵树真的已经长在我的心上，从我能够感受到的那些根系，到能够抚摸那棵树的枝叶，中间的距离却依然遥远又遥远。那让我无法跨越。为什么一棵树一定要待在那里，而不在离我近一些的地方？它说，我已经在这里待了十年甚至百年，我已经习惯了这样的日子，与世无争，自荣自枯，自娱自乐。这些年我几乎没有任何变化，除了生长，而生长不可抗拒。在某种意义上，那样的距离或许造成了一种美，一种与你已然习惯并崇尚的古典之美或时尚之美都不相同，却会让人心旷神怡的美——你不就是因为这样，才看见了我、记住了我吗？要是我和更多的树紧紧挤在一起，比如公园里、长堤上，甚至某个家庭的阳台上什么的，你还会发现我、注意到我吗？那时我会跟所有的树挤在一起。世界上有很多很多的树，许多比我优秀，反之或者我比许多优秀。跟它们挤在一起，你肯定发现不了我。因为我在旷野，在那个几乎没有树的地方，你才发现了我。你在那样的空旷中发现了我，看到了我的一些长处，便说那是“沉静”，是坚忍，甚至是优雅。其实我还是我，尽管我高兴过。我至今没什么改变，也没有因你的夸奖而沾沾自喜，扬扬自得，生出些不该有的，也不属于我的梦呓。对吗？你怎么不说话了？我说也许你说得对——你说的总是很对。但我怎么都觉得，即便是一棵树，也不该永远待在那样的地方——这话听起来好像有点儿荒谬，但我的意思你会明白。在那里，你一待十年、百年，那没道理，也不公平。你听说过吗？现在有多少树，就因一个偶然机会，便置身他处——如今，喜欢种花种草的人，不是到处寻找那些好的花花草草吗？他们把喜欢的花啊草啊什么的，想方设法弄回自己家中，朝夕面对。甚至一些大树，看上去根本没法挪动一步，都被请到了城里，随时都能听到诸如“哦，好大好漂亮的一棵树啊”之类的赞美。难道你不愿意吗？不愿意多少有些挪动吗？不，那棵树说，这不是愿不愿意的事情。别的树愿意去，自有它们的道理，哪怕伤筋动骨，但我为什么非要去到另一个地方？我说，距离让我恐惧。当都市里的花花草草甚至大树越来越多时，我和一棵树之间的距离尤其让我恐惧。有些夜晚，当我在一天的忙碌后静下心来时，我总会想起那棵树。我为我与那棵树之间如此遥远的距离而恐惧。看不到那棵树时的孤独以及恐惧，就那样泛滥、淤积于心。

那棵树，那棵沉静的树什么也没说。它的枝叶轻轻晃了晃，如同浅浅一笑，依然显着它惯有的沉静——用它的眼神。

六

可让我萌生那种对距离的恐惧的，或许不只是那棵树。我见过许多的树，比如拉萨河边的那棵树。多年前我头一次去西藏，在拉萨河边，隔着一片覆满茜红色浮萍的水面，我看见远处的小山冈上，长着一棵树。穿过一片果林，我向河心岛深处走去。面前出现了一片湖沼，水面上，茜红的水草如一片红云，直铺到对岸。那边，在以远山为终界的一片旷野上，竟独独地立着一棵树。说不清为什么，那棵孤独的树以它惊人的美丽和同样惊人的坚韧，深深地打动了我，吸引了我，让我的心为之战栗。我长久地凝望它，也任它长久地回望。我深信，在我和它相互凝望的那一刻，世界上有许多惊人的事变正在发生。对于世界，我和它共同拥有的短暂一刻或许是无足轻重的，对于我和它却会成为永恒的记忆。

现在，当我在远离西藏远离拉萨河远离河心岛的地方思念它时，我的心仍会禁不住发出愉快的战栗。我想说我想念那棵树，想念它美丽的孤独和孤独的美丽，想念它平平常常的从容和它默默的自信。那棵树不是人们种植的，至少无从查考；甚至也从来没人越过湖沼走近过它，看望过它，关心过它。它是从什么时候起来到这个世界的，没人知道，也无从考察。仿佛它从来就站在那儿，从有那个岛以来。从有这个世界以来。问题是人们从没把它当回事儿，即使自诩为它的亲人的树们，也没真正地看重过它。它从来就是默默的，默默地长大，默默地完善着自己。人们甚至不知道它是棵什么树，一如不知道一个人叫什么名字。人们只是在某一天突然就看见了它，发觉它似乎就成了一片风景。他们也就看看而已——随随便便地，马马虎虎地，粗枝大叶地。可以说，到了，他们对那棵树还是什么都不知道。

那时我想，那么，我知道吗？我知道那无声无息的沉默究竟意味着什么吗？我猜，它没挤到草甸上那些人工营造的林带中去，实在是大有智慧。林带是美丽的，但每棵单独的树都有些瘦弱，甚或就有些畸形。那里太挤。它选择了湖沼旁的那片旷野，那里阳光充足，能让它向四面均匀地生长。它并不是为出人头地，只想尽到一棵树的职责——一棵树就该举起一团绿，就该造就一片风景。我想我懂得那棵树了，懂得那样的生命，懂得那生命的内质所充盈的憧憬和希望。但它是默默的，因为它很艰难。艰难在并非没有人工的滋养和照料，没有奖金没有命名；艰难在于它必须赢得它自己，必须不时地跟自己的软弱疑虑沮丧孤独奋争，必须不断地跟虚荣和诱惑搏斗——它不能也不愿像那些盆栽的观赏树一样，做一个植物界的社会活动家，到处去开会、参展，且一而再，再而三地提高标价推销自己。但它是有梦的。朝云暮霞一如它的梦幻，常在它的枝叶间飘动。它的梦覆盖天地。它一次次地从痛苦中抬起头来，把根扎得更深。它懂得珍爱自己，绝不抛舍自由、高贵的灵魂，去换取某种承认和青睐。既然它都不在乎它与人世之间，与巨大的名声、高雅的地位之间的巨大距离，我为什么还要惧怕我和它之间的那点距离？

七

距离总是扰人的，让人不安的。距离让我与你、你与他很难进入真正的相融。现代社会尤其如此。就那样，怀想让我感到了对距离的恐惧，又无法不在对距离的恐惧中怀想。我说的或许是拉萨河上的那棵树，也或许不是。我甚至静待着那棵树对我的垂青，静待着它用妩媚、滋润的枝叶拂过我生命中的荒芜，一扫我魂魄中的孤寂，让我重新鲜活灿烂起来。我静待着。静待着奇迹的出现。当它出现时，我想知道那棵树与我在同一时刻到底在思考着什么，牵挂着什么。距离最让人恐惧的，其实是你无法了然它的日常，而我恰恰希望进入它的日常，想知道它在几千几万个既普普通通又风云变幻的日子里，在那样的日常中如何娴雅地度日。想听见清晨它枝叶间的鸟鸣。想听见午夜它叶片上露珠的滴落。也想看见它在狂风暴雨中如何摇曳、低伏，然后又再次站起、挺立。日常是个经常都被人忽略的字眼，我们似乎总在期待着奇迹与辉煌。但真正的奇迹与辉煌或许就在日常中，在我们的不知不觉中到来。于是我想进入它的日常，格外地想。比如，我想知道她能不能像一个朋友那样，为我点燃一支香烟；能不能像个亲人那样，让我斜倚在它身边，看着它做这做那；能不能像个朋友那样，一起肩并肩手挽手地在一条撒满落叶的小道上散步，听那条古老的道路在脚下以那种微妙的簌簌有声，回应我们的联袂到访。或者，一起在某个地方坐上一会儿，听我唱起一支我喜欢唱的老歌。那支老歌一直在我心中萦绕，从青年时候起，一直到现在。那棵树是不是能听懂我唱的歌呢？不知道。我想是会的吧。那样想着的时候，我甚至分不清它到底是一棵树还是一个人，因为有一次，我就莫名其妙地设想过一棵树的睡姿。想象过一棵树在宿梦未醒时的那种美丽的娇弱，它从梦中醒来睁开双眼时的那种灿烂的慵倦。如果可以，我愿长久地守候在它身边，等着它醒来；那样的等待也许是几年甚至是几十年，或许我最终也无法亲眼看到那一刻。我只能在想象中看到，因为一切都是从想象开始的，是从想象之外开始的。

八

那棵树说，只要心中有，就会时时有，距离不算什么。它说它对我的那种恐惧无以名之，甚至用上了“两情若是久长时，又岂在朝朝暮暮”那句古诗——哦，这是哪儿跟哪儿啊？它说得对，又不全对。距离客观存在。想超越那种距离虽是一种本能，但最后只能绝望。我无法看到它，甚至连怀想也无处落脚，那时我沮丧至极。我很想去到那棵树所在的地方，那样，距离就不存在了。我好像还真那么做了——在想象中，我听到了它的召唤。那是个雨天，好像我曾听说，那棵树喜欢在宁静的旷野中淋雨、听雨。那是一场神圣的沐浴——雨水把它冲洗得干干净净，从无所不在的尘埃到肉眼难见的积垢，以及俗世的一切。那时它的每个枝杈都成了一道奔涌的河流，每片叶子都成了一面闪闪发亮的镜子。那同时也是一场别致的音乐会，整个世界都在场。雨声让它能倾听世界，也听到自己。一棵喜欢听雨的树，在旷野。于是不顾一切地，我放下所有，去到那棵树所在的地方。天冷冷地，透出某种罕见的灰色。阳光并没有因为我和那棵树的相见就喷薄而出。但那一刻我有幸听到了某种乐声，一如天籁。经过弱化处理的鼓声作为先导，有着发烧级别的扩散、烘托、震颤功能，万千景象都在它光明的拍击之中，变得精神百倍，又显出含蓄的雅致，而情境、氛围、层出不穷而又从容不迫的细节，则遵从着完满的秩序，一一展现。贝斯的节奏相当自由，那透着光明的拨击，既厚重又轻盈，像连绵的巨浪一样涌动，潇洒，壮丽！当然还有并非一以贯之的节奏，5 拍、3 拍、3/4 拍和 4/4 拍一起，构成了复杂但又令人兴奋的粗犷风景。我就在那阵雨中。浑身透湿，手足冰凉，却内心火热。没想一旦超越了那种距离，世界竟那样美妙！有一阵子，我甚至觉得已完全融入了那棵树，成了那棵树的一部分。我惊诧至极，又幸福至深。除了初次相遇的那一次，这一次，我又一次感动到想哭——不是因为触动了内心的压抑，而是因为唤醒了灵魂深处的欢乐。

九

但直到你真正去到了你想象中的那个地方，看到了那棵树，才会明白，主宰一切的恰好就是距离，又远不止于距离。即便站在那棵树的跟前，甚至伸开双臂，紧紧抱住了那棵树，把身体甚至脸和心都贴在那棵树上，又能怎样呢？你似乎亲近了它，甚至暂时而又皮相地拥有了它，那又能怎么样呢？它还是它。它依然站在那里，无法因你的亲近而移动一步。它被规定在那里。距离永远存在，不管你是不是在那棵树身边，是不是亲近过那棵树。那时我听见它说，即便你在这里，我还是在你的远处，就像我即便进了城，看上去在你身边，还是在远处一样。它说得对。距离不惟是空间尺度，也是身份的区别——身份并非地位，而是你根本不属于树的一类。自以为阅世已深，早就了然一切，其实并非如此。你不是一棵树，就无法真正了解一棵树。何况，那棵树早就由头一个发现它的人认领了，如今时兴这样，从此那个人就认定那棵树完全属于他了——那是它悄悄告诉我的。但那个人的认定毕竟只是认定，他从来不曾真正地呵护过那棵树，它的笔直健壮的树干，它的柔蔓婆娑的枝叶，还有那些在枝条间浮动着的，看不见的浓重情感和纤细思绪，他并不了然。他只认定那棵树属于他，就像那是他的一笔财产。认领一棵树的人据说拥有一张证书，上面写着他认领了它，它属于他。我知道那样的认领者。我真的知道。他们在乎的只是拥有。但把一棵活生生的、美丽的树，只当作自己的一笔财产，既不人道，也愚蠢至极，至少他忘了一棵树不惟是一条生命，还是一个美丽的生命。

十

于是我认定，想完全消除那种距离，摆脱那种恐惧，其实没有指望。非要移动那棵树，让它随时都在你的视听范围之内，虽非万难，可真要那样，人就会沦为一个新的认领者，那将酿成悲剧。世有万物，一棵树，只是万物中或寻常或出色的一员。我亦一样，只是其中一员。万物以它们的信念存在于世。作为世界的一员，万物尽皆我的友邻亲朋，你不能也不应拥有万物的怪念。你可以体察、喜欢、品味，甚至爱，唯一不能的就是贪念和占有。当你把它放在心中，距离便瞬即消弭。这么一想，那棵树，或就是上苍派来教诲我的导师？是了，那时我听见那棵树唱起了一首歌——先前那些乐声，不定都是这歌的前奏：

世界上最遥远的距离
不是我不能说我爱你
而是想你痛彻心扉
却只能深埋心底
世界上最遥远的距离
不是我不能说我想你
而是彼此相爱
却不能够在一起……

或许恐惧没有必要？我无言。

或许超越已是无期？我无言。

晚年的唐婉，曾有“人成各，今非昨，病魂长似秋千索”句，说的是人，是她与陆游的那段故事，一缕病魂，凄婉得让人肝肠欲断。借用来说人说物，心想还是超脱一些，“相隔不吟秋千索”为好！

泰姬陵沉思

“我们到陌生城市，还不是凭几个建筑物的尖顶来识别的嘛，后日离开了，记得起的也就只有几个尖顶。”如果列夫·托尔斯泰对建筑的说道，怎么都算得上是真知灼见的话，位于印度阿格拉的泰姬陵，看来便真是个那样的“尖顶”了，印度的，据说也是世界的。

赶到那里时已上午九点，南亚 2 月的太阳虽不那么炙人，却也以它的明丽与眩惑，早将泰姬陵照耀得一派光润莹泽。那是一座典型的伊斯兰风格建筑，一眼看去，至少那几个尖顶，已悄悄透露出它的异域血缘。晨雾从它身后不远的亚穆纳河升起，轻白如烟，似有若无，更给了它一份轻柔的神秘妩媚的端庄。后来我绕到泰姬陵背后去看了一眼那条亚穆纳河，跟我见到的几乎所有印度河流一样，那条河也早已变得阴绿可怖，一派污浊。幸好我是后来才去看的，要不我对泰姬陵的印象，从一开始就会大打折扣。

早就听说泰姬陵如何了得，那是印度莫卧儿王朝第五代君主沙贾汗为宠姬泰姬·玛哈尔修筑的陵墓，整个建筑所用之上好大理石，尽皆采自 322 公里外的采石场，工程浩大。寝宫门窗及围屏皆以白色大理石镂雕成菱形带花边的小格，墙上用翡翠、水晶、玛瑙、红绿宝石镶嵌着色彩艳丽的藤蔓花朵，精美至极，被称为“世界七大奇迹”之一，绝非无据。据说去一趟印度若不去看看泰姬陵，就等于白去。我自然也未能免俗，尽管时间匆忙，却并不甘心。

也是据说，打从泰姬陵建成以来的数百年间，不知有多少文人墨客为泰姬陵折服，极尽文字之奢华浮丽，留下无数动人诗篇。行前我稍稍做了点功课，网上有关泰姬陵的介绍与赞誉，可谓数不胜数。有云：只有当你真正站在她面前时，才会发觉，泰姬陵的美就是它自己，那种美以任何文字都无法书写。那也是我第一眼看到它时的印象。所谓“绝代有佳人，遗世而独立”，那样的诗句用以形容泰姬陵也还真不为过。从建筑学角度看，泰姬陵之美真是无懈可击。远远看去，俏立于亚穆纳河畔的那个洁白晶莹的身影，恰如一个风韵少女，正微蹙秀眉，若有所思：浑圆是她的身体，尖顶是她的头颅，或者目光，两边的两座尖顶高塔，无疑就是她伸开的如舞的双臂。或者，她正在吟唱着一曲我无法听见却能感受的情歌。可那首歌到底是喜悦还是幽怨，我一时半会儿，还真没听出来。

自信对一座那样的建筑的朝拜，我是带有虔诚之心的，甚至，也想窥得一点爱的真谛。于是放慢脚步，那向着它的一步步走近，也便成了一声声的聆听。每一步都像朝觐。每一声都是奢侈。不敢太快，太快无异于挥霍。

按照通常的理解，如果“建筑是凝固的音乐”一语原来无非是个比喻，泰姬陵倒堪称一曲不折不扣的、以大理石凝筑而成的爱情交响。奇怪却在，伟大如泰戈尔者，却没那么说，在他眼里，泰姬陵竟是印度“永恒面颊上的一滴眼泪”。世界任一民族，都既有欢乐也有忧伤。问题在泰戈尔所说的那滴眼泪，到底是印度历史上的一滴伤心之泪、耻辱之泪，还是欢欣之泪、喜悦之泪，却无以判定。但无论如何，比喻既凄美如此，故事亦凄美如斯：那个来自波斯，名为阿姬曼·芭奴的女子，既美丽聪慧，又多才多艺，入宫 19 年，曾用自己的生命滋润了也见证了国王沙贾汗的荣辱征战。沙贾汗为此封她为“泰姬·玛哈尔”，意为宫廷的皇冠，真真是三千宠爱在一身。可不论中外，红颜自古多薄命，生下第十四个孩子后泰姬死去，传说沙贾汗竟为此一夜白头。

君王当然也是人，再怎么骄横勇猛的帝王，也终有脆弱无力的时候，可以在挥手间以铁血与杀戮掠地千里，令万邦臣服，却留不住卧榻枕边水样的温柔。无论中外，历史上这样的事情太多太多。英国的辛普森夫人之于爱德华如是，唐代的杨贵妃之于唐玄宗亦如是。于是沙贾汗动用皇族特权，不惜倾举国之力，耗无数钱财，历时 22 年为爱妻泰姬写下这段瑰丽的绝响。据云，痴情的沙贾汗原想在亚穆纳河对岸再造一个一模一样的黑色陵墓，一白一黑之间，再以半黑半白的大理石桥连接，穿越阴阳两界，与爱妃相向而眠。孰料泰姬陵完工不久，他儿子竟弑兄杀弟篡权夺位，沙贾汗也被囚禁进了阿格拉堡。此后八年，据说阿格拉堡宫殿的每个月夜，透过一块水晶石的折射，都能见到一个伤心丈夫不眠的双眼，痴痴凝望着数公里外如洗月光中那个他所爱之人的陵墓。说起来也真够惨烈：一代枭雄为爱妻留下的建筑，最终却成了另一位枭雄用以嘲弄、讽刺他的对象。历史的悖论有时真像是出自一个极具幽默感的大师之手，令人不禁想起现代日本画家东山魁夷在著名散文《一片树叶》中所说："无论何时，偶遇美景只会有一次……如果樱花常开，我们的生命常在，那么两相邂逅就不会动人情怀了。人和花的存在，在世界上都是短暂的，可他们萍水相逢了，不知不觉中我们会感到一种欣喜。"可惜的是，这种欣喜又总是充满了惆怅，亦充满了惋惜的。

沙贾汗与泰姬的故事听听倒真够动人，也真够凄美。其实，沙贾汗和泰姬·玛哈尔，说起来既比唐明皇和杨贵妃要幸运得多，也比爱德华和辛普森夫人要辉煌得多。至少，沙贾汗夫妇都属自然死亡，死后尚能留在自己的国家。那座想象中的黑色宫殿尽管最终已成幻影，但沙贾汗毕竟还能与泰姬隔河相望，相思与忧愁，毕竟也还有个落脚之处。岂知集"三千宠爱于一身"的杨贵妃，最终竟由唐玄宗亲令赐死于马嵬坡，绞杀那位一代芳华的，无非一段轻若云烟的白绫，日后他若想凭吊，也只能面对茫茫荒野。霓裳羽衣的奢靡宴舞，赐浴华清池的凝脂腻滑，那场情动一时的所谓爱情，到头来竟化作一条勒紧贵妃脖颈、无血却有恨的轻飘柔绵的白绫，想想也长使英雄气短。而演绎于英格兰白金汉宫、温莎城堡的那场号称"倾国之恋"的主角，那个号称"不爱江山爱美人"的爱德华即将病殁时，接替他任国王的他的亲弟弟，却拒不接听他的电话，终只能客死他乡。当初放弃王位的决绝与豪迈，终未能换来王室日后的体谅与宽宥。而为那场所谓爱恋付出了惨痛代价的辛普森夫人，亦久久未能获准进入英伦——新近拍摄的电影《倾国之恋》记录的，正是那段令人唏嘘的斑驳故事，不同的是，这次的拍摄，却是站在辛普森夫人的角度，并以一个现代女子的不幸婚姻为副线，在现代与历史交错与叠印中完成的，用心可谓良苦。

——那样演绎出的故事，正如中国水墨画上，总是满满当当地留下的收藏者的钤印与题款，越是所谓珍稀之作，印章题款越多。初看，觉着那是对原画的糟践与破坏，再看，其实倒是对原作的补充与烘托，共同的参与往往绵延数代。历朝历代的时光，就那样沉积在画上，留下斑斑点点的印痕。但马尔克斯在《百年孤独》中说的那句话，终归是对的："无论走到哪里，都该记住，回忆是一条没有尽头的路，一切以往的春天都不复存在，就连那最坚韧而又狂乱的爱情，归根结底也不过是转瞬即逝的现实。"

——在泰姬陵转悠了一圈，我在沉思浮想中似乎突有所悟：帝王将相所有那些所谓的伟大灿烂的爱情，都与宫闱权斗的无边阴郁与呛人血腥难解难分，紧紧纠缠。杨玉环乃唐明皇的儿子之妻，父夺子爱，说到底无非乱伦，叫人不齿。爱德华一生倾心的辛普森夫人，其实是个有过两度婚姻的有夫之妇，且与爱德华如胶似漆之际，辛普森夫人尚未解除与她第二任丈夫的婚姻，想想亦令人瞠目。那一场场被历史滤尽真相，看似纯净、纯真得如同在山之泉的君王之爱，其实都或有那么一点儿隐隐的混浊，或艳丽得像用了不明配方的可乐，尝一口尚可，喝多了难免伤人。而当世中国，充斥于几乎数亿块荧屏的，不正是这些来历不明的玩意儿吗？

真情呢？当然也是有的。那种可让普通人亲见并效仿的、相濡以沫的真情，离我们并不遥远，因其就在人间，就在底层，就在我们身边。帝王君主的爱情故事再怎么缠绵悱恻，毕竟掩不住其中赤裸裸的情欲与童话般的虚幻。即便当时或也有过几丝可怜可叹的情愫，一经后人以献媚洗绾以夸张染色，便也变得光鲜耀眼，恍如来自天国神界，演成了爱的经典，几经岁月之河无情的漂洗，则会露出它脏污的本相。而千千万万贫贱夫妻，却世世代代在穷乡僻壤、穷困潦倒中演绎着真爱的辉煌。他们满脸褶皱、满手硬茧，他们粗茶淡饭、衣裙褴褛。而他们的心，却丰富、敏锐、善良、纯真，是情感或直接说是爱的富矿。恰如达·芬奇所说，“物体的表面越是粗糙、无光泽，反而越是能显出真正的颜色，比如亚麻布……如果物体表面光滑，就很难看出真色，如草场上闪闪发光的青草、绿叶，表面是接受太阳的照射并反射出来，所以这些叶子因闪烁而失去了它本来的颜色”。达·芬奇说的是绘画，其实心灵也一样：太纯太干净太光滑了，反倒叫人难以置信，也难以映出世界七色杂陈的本真，当然也难以积淀下那些甘苦自知的、一箪一饭、一瓢一饮的情感。他们或不懂得，唯似水流年，方是一个人所有的一切，只有这个东西才真正归你所有，其余的一切，都是片刻的欢娱和不幸，早晚都会跑到“似水流年”里去的，但他们绝对相信相知的可亲、守候的可敬。自然，他们死后，亦绝无可能留下诸如泰姬陵那样辉煌的建筑，但当我们思及亿万寻常夫妻间那些看似平淡无奇的故事，当我们看到荒山野岭间那些荒草丛生的合葬墓时，当我们听说一个老太太在老伴去世后，向相关部门提出“我能留下他的身份证吗？留下，等我想他时，还可以拿出来看他一眼”时，难道不会隐约听见那或许凄怆实则温煦的絮语、看似无词却其实有情的心灵的歌唱吗？那种贫贱夫妻的墓葬，别说没有光华四射的尖顶，甚至没有些许的隆起，倒与大地完全融为一体。而大地的久远恒定，则是任何人工建筑无法比拟的。于是我认定，泰姬陵作为一座伟大建筑，虽也可归入列夫·托尔斯泰所谓的“尖顶”，可让它作为一场所谓伟大爱情的见证，说到底还是有些勉强：它传颂的，它见证的，无非一个显见用力过猛、加工过度的准童话故事，而非真正的人间爱情。

终于离去。缓缓离去，步不回头。离开那场辉煌而又阴郁，明明存在却有点儿虚幻的爱情。人谓：回忆是水草，经过了就会缠绕。此行匆匆去来，虽不露痕迹，却已思绪满溢。扪心自问：爱，到底是什么呢？深爱，又是什么呢？我仍不清楚，又似已明白，至少，深爱是个永恒的秘密——那秘密定在人世间，只在人心中。什么白马王子，什么“高富帅”，指望那样的奇遇与艳遇者，最终会遭遇什么呢？其时，我耳边轻轻响起的，翻来覆去都只是画家凡·高的那句话：“你要相信，有一个人正向你走来，他会带给你最美丽的爱情。你要做的只是在那个人出现之前，好好地照顾自己。我知道这世上有人在等着我，但我不知道他究竟会是谁，所以，我每天都会很快乐。我们不能指望从生活中得到我们明明知道得不到的东西。生命只是一个播种的季节，收获是不在这里的。”那样的“收获”，或许没有泰姬陵那样富丽的殿堂辉煌的尖顶，但深藏于其中的，倒绝对会有足够演绎千古的凡世的浪漫、灿若夏花的质朴的绚丽……

一座湖与它的蜿蜒

想去梅子湖边走走那段林中小路，既是蓄谋已久，又是临时起意。所谓小路，其实是条临水栈道，据说环梅子湖的单边行程就有四公里。记得刚来边城普洱那几天，殷勤友人为让我熟悉一下环境，曾驱车领我到各处转了转，仓促间，只在临水栈道上随意走了几步，算是认了个门，便转身离去了。心想既是来小住，便有的是时间，什么时候去都好。一晃好久。孰料那天清早起来，见天气尚好，就独自出发了。

没去惊动朋友。查了一下地图，离城不太远，公交车应是可以到的，时间长一点，担心中午赶不回来，就打了个车。上车后我告诉师傅去梅子湖。师傅问我，咯是去梅子湖公园？我完全没意识到前后两个说法有什么不同，说是啊是啊，到了一看，眼前完全不是上次朋友领我去过的地方。正要埋怨自己的粗心，突然想起不久前刚刚读过的一句话，是个从没见过的苏州作家说的：“油盐酱醋只是单纯的甜酸苦辣，只有放进菜里，才能说是滋味。现在的日子，是没有菜的油盐酱醋啊。”依他之论，油盐酱醋一类佐料，是不能单独吃的，必须有菜。他说的“菜”，指的是写信——现在的人不大写信了，在他看来，没有了“信”的日子，佐料失去了附着，哪有滋味？此说倒也有趣。反之，如果日子是“菜”，把包括错误在内的“油盐酱醋”之类的佐料，时不时放进日子里，太过安逸平淡的日子，或许就有滋有味了吧？于是不再懊悔，索性从公园敞开的大门踱进去，见树木葱茏，光影错杂，空气清冽，还真有一片好景致。只是抬眼一看，苦了我也：要去到湖边栈道，须得先爬一处天梯般既高且陡的台阶，才抬头看了一眼，就叫我望而生畏了。于是再次想起“油盐酱醋”那些佐料，心想还是慢慢地爬吧，大不了多歇几次！台阶分成三大台，每台六七十级。有了心理准备，爬起来喘气归喘气，真慢慢上去了，倒也没有觉得特别难。

上得台阶，见那竟是那个湖的一道水坝——原来所谓的湖，先前也就是个水库——依然不见临水栈道！问了一下，便顺着水坝往右走，是条不算太短的缓坡路。抱定了慢慢走的打算，走走歇歇，顺着指路牌，倒也很快就到了湖边的临水栈道，看到了上次朋友带我去到过的地方。

真走起来才发现，其实，一条临水栈道，本身并没有什么特别之处。临水虽是一种美，但走在上面，不也还是一条路吗？但在明亮晨光与斑驳树影的映照、遮挡，以及相互强弱不定你消我涨的无尽变幻中，栈道的蜿蜒便与波光的闪烁、阴翳的浓淡一起，造就出了某种离奇甚至诡异，让那片风景有了迂回与纵深。想想，碰到那样的美是需要运气的：去得太早，太阳还没照进树林，太晚，太阳已直射湖面，那样神奇的光晕效果都难以出现。这才想到，原来，那片依山就势的湖水，既不是个规规矩矩正儿八经的圆，也不是个曲线妥帖一无凹凸的椭圆，若从空中看，那个山谷里的湖恰如一架鱼骨，中间是长而窄的主湖，两边则不规则地斜刺着伸展出去，直到肉眼看不到的地方。于是你走着走着，以为前面就到了对面早就看见的那段栈道，及至真走了过去，才发觉哪儿跟哪儿啊，要去到对面那段栈道，须得绕上好大一个弯子，而那个弯子此前你是看不见的，它恰恰是某一根你从没想象过的“鱼刺”。如此，就仿若山，还有水，在跟步行着的人，像幼时的小玩伴一样躲着猫猫，有趣得很。也幸好阳光与树影掺和着，才给那自如蜿蜒起伏盘旋的栈道，平添了许多明暗不定波漾闪烁的异样妩媚。有时你脚下的那段栈道，因了树木的掩映，暗淡到近乎发蓝，而从脚下伸出去的另一头，不知怎样绕来绕去地，竟然绕到了离我看似很近其实很远的一个犄角处。近乎发蓝的小路尽头，恰让斜打过来的阳光镀成了一片金黄。那种光影精灵般的变化，真神奇到让我直想呼喊。我加快了脚步，想去看看栈道拐弯处的那片金黄，到底是不是真像我在远处看到的那样辉煌灿烂，却听扑棱一下，随着一声或可用简谱记下来的脆生生的鸣叫，一只鸟儿就从那片金黄处飞了起来。可惜，它没朝我左前方的宽阔湖面飞去，那样我或可长久些地注视它，而是刚一现身，就飞进右前方的树棵子里去了。我的目光完全跟不上它羽翅扇动的迅疾。那一晃而过的翅影，只一刹那，就消失在了我的眼前。回想它的那声啼叫，到底是在怨我惊扰它了呢，还是在说我走了，你们就自个儿玩吧？于是我又有些后悔了——为了我的又一个错。如果不是心急，如果不是特意加快了脚步，也不至于惊动它吧？那样，或许我可以一直走到近处，它才会飞起来，我就能清清楚楚地看见它了，至少，也能大体确定它羽毛的颜色，观赏它飞行的姿态，让我对那只鸟儿有个相对完整的印象。现在却不行，除了一团影子，我几乎什么都没看见……

那之后，我沿着那条栈道，又走了好长一段。栈道依然蜿蜒着。一个小小的私愿，是盼着能幸运地再次碰到那只小鸟，至少是它的朋友，在另一个地方飞翔。但一直走到太阳升得老高，整个栈道几乎都已处在直射的冬日阳光下，再也没有了神秘，也没碰到一只鸟儿。我只好返身往回走了，似多少有些扫兴。但一路上回头又想，那个湖，那片水，那些映在水里的云，那条栈道，原本都是静静的，也是美的，但艺术还是需要一定的磕绊和蜿蜒，而人生恰是生命的艺术，也是需要一点痛苦一点遗憾所造成的纵深的。如果从一开头就一切正常、顺利，我就不会走错路，当然也就不会遇到那么美妙的斑驳光影，不会刚好遇到那只鸟；如果我不性急，就不会惊飞那只鸟，让它一闪而过；但如果那样，那天的梅子湖之行，也就太平淡无奇了。那一天，就因我坐错了车，才看到了梅子湖恰到好处的光影，虽没能看清那只鸟儿的起飞，那整个一片山光水色倒因了那只鸟儿的惊飞，通通活了起来。没有它，我会是什么感觉呢？或许，那只鸟儿才是菜，湖、水、云和栈道，都是“油盐酱醋”。没有那只鸟儿，一切就都是没有菜的油盐酱醋，哪来的滋味呢？

于是，回想着那条栈道的蜿蜒，回想着那个湖，那些蜿蜒，那些光影，回想着那只鸟，那些错，那些“滋味”，一想就想到了如今……

2019 年 12 月 20 日　于普洱

故乡长短吟

大江流日夜

一

那晚往江边走去时，蓦然间竟有点恍惚，弄不清那个蹒跚而行者，到底是现在的、今生的我，还是少年的、前世的我？暗自苦笑着摇了摇头，回首一看，当年那个少年身在远方，已然半世虚抛，几经冷暖，躯壳换了几茬，归来的或只是一副未改的魂魄了。

只几分钟，江边转眼即到。眼望着大江流日夜，唯见一派阔大的寂寥。江流就在那时乘虚而入，注满了那片通透与空阔。想到身后的小城，无非因一条大江自高远云山雄峻三峡冲决奔腾行至于此，而生而盛，此时或当诵老子“上善若水。水善利万物而不争，处众人之所恶，故几于道”一语吧——人生的了悟，有时还真是要有点际遇的吧。

二

薄暮江天，总有低调的奢华。不止一次地，我说过，“最爱一天中这最好的时光——总嫌中午的明亮太过通透，子夜的幽暗太过壅塞，倒是薄暮这明暗兼具的暧昧千皱百褶的光影，鬼魅般地惑人又丝绸般地养眼，总让人在销魂的惬意中浮想联翩”。

何况，那是家乡的暮色。

恰秋色浓艳，暮色初起。打小就熟悉的那条大江，正浩浩荡荡亦沉沉隐隐地潇洒而行。江流边，如今那入夜便灯红酒绿的小城，始自夏、商、周长达2500多年的历史，打从春秋战国到汉唐以降，直至宋、元、明、清，地名变来变去，从夷陵、硖州、临江、宜都，几经演变为今名宜昌，唯对岸那一溜金字塔形的山峰亘古未变，此时皆没于沉沉暮色，显着某种古老的新鲜率意的威严——想想在那默默然如同拱卫般的伫立中，亿万年恍然逝去，心头亦兀自一惊。

童心，天生憧憬自由。幼时立于河岸，总在想，哦，你必要跨过大江、河谷，及所有让人气馁、叹息的阻隔，去到某个远方。几十年过去，在远方，乡思却如尘埃越积越厚，虽也有意无意地用俗常去稀释摊薄到如一张单宣，倒任一管再怎么笔锋坚劲水墨淋漓的狼毫，也无法穿透，而偶尔滚落的，不知是水珠还是泪滴，竟能于不知觉间洞穿那片菲薄。便疑惑，乡思，究竟是怎样的一种质地呢？“邮票”太小，“船票”太窄，“海峡”太空，到底该是什么？

忆起故乡，总以为一切皆了然于心，闭着眼也能道出乡土风物的种种风致：那些曲里拐弯的窄狭街巷，幼时每逢春秋要花大气力才能去到的远足地，连想起那个字眼都要咽口水的小吃，以及时时萦绕于心的儿时的玩伴与友人……你一直在心里盘着那些景、那些事、那些人，盘来盘去直盘到晶莹剔透，生出了厚厚包浆。终有一天想起，其实因了时日太过久长，与众多远离故乡的人一样，说起故乡，心里早只剩下个朦胧的影子，对那片乡土曾经的波折与种种细节，却失察多于失忆。如今交通便捷，回趟家并非难事，飞机高铁，可倏忽抵达。近年禁不住思念，也去去来来地那么做过。一俟次数多了，除了见见亲人访访故友，吃点家乡的饭菜小吃，解解口腹之馋，似也再无余事可做——似乎无论怎么做，那份乡思都无处安放，只好安慰自己，回来看看，也就尽了人子本分。可那胞衣之地除了肉身到底还给过我些什么，却一直捋不清楚想不明白。一味的怀乡，便日渐显出了苍白的空洞……

——总有那么些往昔，自以为深刻于心，其实真与它重逢，方知记忆早已斑驳破碎，一切都仿若初遇，新鲜而又陌生了。

想到这一层，恰在那个不期而遇的夜晚，一次没有心机的江边之行。

三

那日晚来无事，便跟三妹和妹夫说，想去江边走走，你们去吗？弟妹六个，星散于天南地北，留在老家的也就三妹一人了。三妹说，晚上只要没事，我们见天都要去江边走走的。那轻松到自得的口气，让我觉着，如若早年她或有对远行的哥哥姐姐的羡慕，如今也该轮到久在异乡的我们，去羡慕她了。

也就在一起去往江边时，傍晚的光影闪烁之中，身世的恍惚与时光的错杂倏忽而至。“少小离家老大回，乡音无改鬓毛衰”那样的慨叹，到底表象皮毛了些。其时，我还真无法恰切地说出自己的心境。尽管有时，在远方，当风轻云淡，皎月当空，夜潮般的乡思终会高过月光浮云，高过俗世与仙界的纠缠与博弈，高过早年很想浪荡一生，却始终没机会做成醉汉的烦恼，这时竟只能深陷其中，而无法自拔了。回乡，到底意味着什么呢？那近乎一个哲学命题，简洁亦深奥。“世事漫随流水，算来一梦浮生。”记得当年初到边地，满以为三年五载后就会打道回府。转眼半生虚掷，终于做成了一个“游子”。说来此生也并非没有用心尽力，但在一条那样的大江面前，却虽无一事无成的老来痛悔，也从没荣归故里的年少轻狂——大河是认得我的，就像母亲，知晓我的根根底底，了然一个瘦弱男孩曾经的懵懂与无知，莽撞与怯懦，顽皮与恶作剧，甚至无端地犯傻，及面对如山重压时的种种绝望……说什么似都无益。在她面前，我简直就赤裸到无处藏身、无可遮掩，即便你可以不顾羞耻，却怎么都既没有叹息的理由，也没有张致的本钱。真能道出那种感受的，唯老家一句土话，叫“无焦过”——也不知三个字是不是这样写，说到底便是：无论怎么着，任你翻来覆去坐卧不宁，也满心尽是些莫可言状的、无以释怀的煎熬……

四

眼见暮色越发深浓，沿江一带的灯光倏尔亮了，浩荡江水在灯光映照下，依然绰约可见。不同于当年离家时的沿江一带，尽是些低矮破旧的木板房，歪歪倒倒的吊脚楼，站在马路上，永远是看不到江水的。贫穷遮挡一切，能看到的唯有寒伧与凋敝。日后读欧阳修《夷陵县至喜堂记》所谓：“峡州治夷陵，地滨大江，虽有椒、漆、纸以通商贾，而民俗俭陋，常自足，无所仰于四方。贩夫所售不过鳙鱼腐鲍，民所嗜而已；富商大贾皆无为而至。地僻而贫，故夷陵为下县，而峡为小州。州居无郭郛，通衢不能容车马，市无百货之列，而鲍鱼之肆不可入，虽邦君之过市，必常下乘，掩鼻以疾趋。而民之列处，灶、廪、匽、井无异位，一室之间上父子而下畜豕。其覆皆用茅竹，故岁常火灾。而俗信鬼神，其相传曰作瓦屋者不利。夷陵者，楚之西境，昔《春秋》书荆以狄之，而诗人亦曰蛮荆，岂其陋俗自古然欤？”只好会心一笑了。

千年后的夷陵，早已不至如永叔先生描述的那样不堪。沿江一带，拆的拆迁的迁，大道宽阔敞亮，树郁花繁。稍靠近些，便可见波光粼粼的大江。而傍晚溜达流连于江畔者众，散步健身的，唱歌跳舞的，老少男女，不一而足。幼时的种种艰难，已一去不返。而我，偏在那时，想起了安放过我青春的河滩，那些卵石、沙滩，远远伸向河中瘦骨嶙峋的木跳板，偶尔或降或升的满是补丁的布帆，以及那任孤零零的桅杆无力撑持着的阔大江天……

人心古怪！如此说来，容颜簇新却又面目全非的故乡，似并不足以让我释然。轻轻问一声自己：你想要的，到底是些什么呢？

五

沿江行去，天色愈暗。远远近近，目力可及的两座跨江大桥，一曰“夷陵”一曰“至喜”，已任绚丽的灯光照成人世的长虹。不时又有驰行于大桥的车灯，突兀地闪过。再往前走，一艘上行的驳船，或许正好掉转了一下方向，船头原先直射前方的如雪射灯，猛然便扫向岸边，径直扑到了眼前。在经受了最初那一阵任强光照射近乎失明的眩晕后，一幅清晰不过的剪影，突然出现在我的眼前：

两个清晰不过的人影，正相拥相吻在滨江大道的堤岸旁。

驳船的灯光近乎仰视，让那紧紧拥搂着的人影，顿时显出了惊人的巨大，如一帧特写，充斥整个天幕。长发如瀑的女孩稍稍后仰着，高出半头的男孩则微微前倾，同构成一道弯弓般的曲线，优雅柔美。在我觉着那么扎眼的灯光，他们却似无觉察，或有也满不在乎。他们旁若无人，陶醉其中，如若能让全世界都看到他们的亲昵，或许更好。

——那一刹那，我的心突然就有些战栗，如同尘封已久的古琴，被骤然拂动，瞬即有了悠扬的回响——在时光纷乱的空隙里，偶尔你会突然发现，一旦与一缕失落已久的，早已蓬头垢面衣衫褴褛的记忆执手相问，还真说不清到底是忧是喜。

比如那对年轻人——或也未必是什么年轻人——深味着的，到底是怎样的一种幸福呢？

六

其时那条伟大的河流，就在他们身边，也在我的身边。跑到这条伟大河流边来相拥相亲，真亏他们想得出来！至少当年如他们这般大时，我既从没见过，也从没想过。时代或真不同了——幼时，俗常的江边，尽皆为生存度日劳作苦熬的人们，或以一根扁担两只木桶挑江水售卖的挑夫，或扛着山一般沉重的货包，在码头上挣一份口粮的扛活者，或来自深山住在草棚茅寮里的拾荒者……长大了，懂人事了，也从没想过，居然可以到江边演绎那种浪漫。是出于无意，还是确知只有在大江边，以那种方式见证他们的爱情，才是天长地久的呢？

人生多风雨，深爱须淬炼。很难知晓，大河边那两个相亲相爱者，究竟是一见倾心便永定终身呢，还是经历无数磨难，曾山河阻隔，在长久的相思与分别后，才一朝相见，泪洒江天，如今正是一场感天动地的久别重逢，却仍如在梦中？一概都不知道，只知道，无论怎么说，那都是爱。

有的爱是可公之于众的，有的爱则是秘密的。深爱却注定是个永恒的秘密——即使他们愿意公之于众，也仍是秘密的，你无法了然两颗炽烈的心里那些隐秘的情愫，那些微妙的冲动，那些连当事人自己也无以说清的灵魂的战栗。但无论怎样，那时我忽然就明白了，爱，唯有爱，方是乡思的硬核。无论你我，人，不都孕育、诞生在一场或甜或苦的“爱”之中吗？爱，让我们来到这个世界；同样是爱，让我们长成了如今的模样。

惜乎在对知识、技能、名利和欲望的无度追寻中，不知不觉地，我们已失去了太多的爱。俗世磨损了我们对爱的感受，对残酷事物的敏感，对美的追寻；我们变得越来越有所专长，灵魂却越来越破碎，越粗粝，越不完整了。

数学里，有一种简单算法，叫“代入法”：把与一个变量A相关的变量B，代入一个包含A的方程式，便可求得未知的B。惜乎面对江边那一幕，我却无法将自己轻易地“代入”，我的那道人生“方程”，因此或永远无解。很想“代入”，很想很想啊，但何以“代入”？怎么“代入”？最终也无法代入，只能离去，付诸想象。

七

在故乡，那段大江从来都不叫江，而是叫河——“大河”。

“大河”，是长江的小名，是乡亲对那段长江的爱称。

我所见到的那一幕，或只是我想象中的经典，却未必不是真正的经典。在时下充斥于市的，关于爱的五花八门的时髦造型背景下，一个那样简洁却爱意淋漓的剪影，对我实在有着凌空俯冲式的震撼。

大河，是我打小就拜见过的先生，永世的师父——也许她一直都没有应允与接纳过这个小小学徒。但一直长到十八九岁，江流、河滩，从来都是我真正的课堂。家太挤。学校太小。唯有大河，为我演示过什么叫宏大辽阔，什么叫生生死死，什么叫人世人生。正是在大河边，与一帮素昧平生堪称兄弟与长辈的扛活人的交往——虽说从未与之歃血盟誓义结金兰——让一个羸弱的少年，第一次识得了何谓江湖，何谓汉子，何谓义气与担当，让我单薄的身子增添了刚直，青涩的面容刻上了冷峻，平静的血脉涌动着热烈。当生活中不时就有的暗箭伤人与厄运翩至时，我才没趴倒在地，哭天喊地，束手就擒。

——十八九岁之前，我在故乡码头感受过的那一切，那些苦难中的爱，我没齿难忘，却始终没能让它升华成一种自觉、明确的意识，想想，我怎么会这么笨，笨到这般程度啊？

卡夫卡说：“我住在一条大河边，梦就跟着河水溯流而上。我停下脚步，跟它们交谈。它们知道很多东西，除了它们自己来自何方。”我的大河跟伏尔塔瓦河不同，虽亦无言，却告诉过我，穿过郦道元的《水经注》、袁山松的《宜都记》里的古老三峡，她悠远的源头就在远方。我一直想去看看那个源头。那或是条涓滴细流，毫不起眼，人迹罕至，却绝不缺少清澈与晶莹。许久之后我在书里见过，却至今没能亲见。而几十年前的离乡远行，与其说是命运把我送到了远方，不如说是大河的精心安排。半世过去，我到过武汉、九江、南京，到过崇明岛的长江出海口，那里烟波浩渺苇摇鸥翔，大江如一个智慧长者，在沉思中万般慈祥。也到过虎跳峡、奔子栏，那里水声如雷，飞浪如雨，转瞬就能把灵魂浇个透湿。却还从没到过她的源头。

我一直在寻找。

当今世界，你可以赤手空拳什么都没有，但断然不能没有脑子和眼睛。大河的大，当然也在她的绵长，她的体量，更在她沉稳、坚韧的气质，在她循循善诱的睿智。七十多年短如一瞬。那个秋日傍晚，她终于告诉我，我心心念念的那个“源头”，不是别的，而是爱——

深秋。薄暮。“万壑有声含晚籁”。那对相挽而行的恋人，选择了那个地点那个时候，缓缓行于那条大江之边。走着走着，男孩临水一个回头，俯身轻搂他的恋人，便成就了一种浪漫。他们身后，正是那条伟大的河流，还有个偶尔路过的远方游子。有了那条伟大的河流，那场爱情似乎也伟大起来。想想，那样的浪漫古已有之啊：“关关雎鸠，在河之洲。窈窕淑女，君子好逑。”那是个叫人心心旌摇曳的画面：河中沙洲有鸟儿啼鸣，一场爱情就在那里萌发、生长。“在河之洲”看似只是爱情生长的地点，倒恰是爱情的源头；“河”的源远流长昼夜不舍，“洲”的云霞叆叇水汽氤氲，“雉鸠”声声啼鸣的清新灵动，共同道出了那场流传千古的爱情的灿烂景象和渊源所在。

八

国人素来都以“江山”“山河”指代这片母土。我却喜欢“山河”，不待见“江山”。“山河”是百姓的，“江山”是皇帝的。皇帝思永坐“江山”，百姓唯钟情“山河”。对一个人、一个民族，若山是骨骼，河就是血脉。如此，山河的远阔，人间的烟火，虽无一是你，亦无不是你，而芸芸众生，尽在其中。临水而居，是人的不二选择。水如同镜子，大河犹是。伸手试水，五指淋漓，一旦抬起，又流失殆尽。水是空，是无，“几于道”；亦是婆娑世界，融进了人类万千实实在在的日子。没有水的日子无法想象。没有水，人或至今还深陷在无边的黑暗之中。

水既无为，也深邃，甚至深刻，上帝般地了然我们的痛苦与渴望。那次的回乡之行，幸好去了江边，看到了水，看到了爱，才让我从先前回乡时从没过脑过心的痴傻中回过神来，品尝到了隐于心中多年血浓于水的亲情与爱，那千丝万缕的，用张飞的怒吼关公的大刀也斩不断的牵扯。

那让我骤然想起的，是发生在世界的另一边，那场闻名于世的“世纪之吻”，或叫“胜利日之吻”。1945 年 8 月 14 日，纽约时代广场。时值日本宣布无条件投降，纽约民众纷纷走上街头庆祝胜利。一位叫乔治·门多萨的水兵，在欢庆中，亲吻了身旁一位陌生的女护士格蕾塔·弗里德曼。那个瞬间被《生活》杂志摄影师阿尔弗雷德·艾森施泰特抓拍下来，成为传世至今的经典画面。据说从此以后，每年 8 月 14 日都有数百对男女，在时代广场重现“胜利日之吻”，以纪念“二战”结束。

那晚我在家乡的长江边，见到的那对年轻人相拥热吻的影子，或无法与“世纪之吻”的经典影像相提并论，但细细一想，那东方式的深情，不也同样有着我没完全读懂的内涵吗？

我出生的头几年，大江边也曾有过无数动人的一幕。先是1938年，地处长江三峡出口的宜昌，由民生公司总经理卢作孚指挥船队，冒着日军的炮火和飞机轰炸，抢运战时物资和人员到四川，从而保存了中国民族工业的命脉。亲历过宜昌大撤退的平民教育家晏阳初说，“这是中国实业史上的‘敦刻尔克’，在中外战争史上，这样的撤退只此一例”。在那场生死攸关的大撤退中，有多少乡亲以手足双肩，付出了他们以血汗凝成的爱？继而是1940年5月，在枣宜会战中以身殉国的张自忠将军的遗体，欲运往战时首都重庆安葬，途经宜昌，竟有十万军民到江边送行。日军飞机那天三次飞往宜昌上空盘旋俯冲，但祭奠送行的人群却无一躲避逃散。故乡小城那时并非大都市，十万人涌到江边，该何等壮观？万人空巷，全城出动，那既是摇撼山河的悲恸，也是感天动地的大爱。爱亦如水，“几于道”，为“天下之至柔，驰骋天下之至坚。无有入无间。吾是以知无为之有益”。不知我到底有多少亲人，曾奔行在那样的人群中？整个宜昌，至今没留下什么像样的古建筑，连清末开埠后沿江一带的各种西式洋楼，也都在日机的轰炸中化为一片废墟。我的那些亲人，何以就不怕在头顶盘旋的日本飞机？

想起来真后悔不已：有生之年，我怎么就没问过父母亲人，他们，是否也曾在那场大撤退大送行的人群之中？二十世纪三四十年代，他们也就20来岁啊！他们必定经历过，只是，那作为一个中国人的寻常，他们竟从来都没向后人提起过。其实，当你极力抬头仰望浩茫天宇的时候，脚下，必要付出更大的气力，去牢牢地抓住生长你的大地。是的，在江边，另有一些爱，并无我那晚所见那样的轻快、优雅、浪漫与缠绵，它们总是无声的、默默的。即便最后有话，也极力把它压缩到了实在不能再压缩的程度，以至于无。

那样的爱，温泽四方，赤以永年。

九

大河边的爱，有烈焰焦土般的炽烈，也有花前月下般的明澈；有三秋桂子般的幽香，更有春雨润物般的无痕。或骨气得很，或清亮有致，菩提万物，不一而足。只有真读懂了每个普通生命、寻常人生背后那些惊心动魄的故事，你才敢说你已经真的长大成人。

此前，我或太过在意长江的悠长、浩大，万里奔行，太关注它的空阔寂寥，刚忍决断，却失察于生活在江边的那些人的微末、脆弱和柔软？可日常里的我们，谁又不曾脆弱和柔软？“天下莫柔弱于水，而攻坚强者莫之能胜，以其无以易之。弱之胜强，柔之胜刚，天下莫不知，莫能行。”哦，千万别把自己装进一个包装盒，即便是个伟大的包装盒，还是把自己放进自己的好。

乡思永恒。人，从时间的黑洞被抛入这个世界，谁不是在体验一场无名的漂泊，此岸的无助恰在对彼岸的渴望。每个看似寻常的日子，都是一些人心中隐秘的纪念，你只消悄悄走近，打开那个日子，就会听到时光的恸哭与朗笑。不管这个世界有时多么无礼，只要我愿意，我能够，脱去曾经的青涩，这时节我想多浓烈就多浓烈。故乡许给我的通透，虽说已是难以穿越的万里之遥，而当我在世界的另一端转身回望，清越与明媚倒似可亲揽：这待惯了的烟火人间，只消几日不闻世声，不食池酒林肉，只静心于内心的体验，浸淫于真实的幻梦，便有清凉如红叶落尽的秋枫，飘荡于心，恍如隔世。

那晚行于江边，听水声隐隐，想起俗世人生的起起落落中，幸好还有那一湾江流，有几个波光粼粼的日子，值得在枯涸的岁月里慢慢怀想，曾经的苦涩，便也渐渐浸润出了悠长的回甘。

二十世纪六十年代初，我就要离开家乡，外出求学。那是 1949 年后有记录以来，大学录取率最低的年份，百无一中。我早做好了去谋一份职业的打算，而录取通知居然来了。拿到录取通知禀告母亲时，她却并无预想的欢喜，倒说：不是说考不取吗？怎么又考取了啊？短短的话里，满满的都是犯愁：路费、行装、学费及日后五年的伙食费什么的，怎么都是一笔不可小觑的开销。对一个大小八口人，只靠父亲一人几十元工资活命的家，那庶几就是即将压死骆驼的最后一根稻草。母亲的话，让我只能羞愧地埋下头去，再不言语。直到父亲回来，听了才说：家是个填不满的坑，就算砸锅卖铁，也要让你上学！行装在母亲的隐忍与泪水中，悄悄准备着。那时的小城，最便利的出行方式便是乘船。出发那晚，父亲送我到江边，并排坐在码头石梯坎上，等候上船。许久无话，唯默默地看着无声流淌的大河。临起身了，只读过两年私塾的父亲说：莫挂着家里！不管走得多远，都要记得，你是在大河边长大的，就算闯进了大海，也莫忘了这条大河！多年后，当我有了孩子，为取名征询母亲的意思时，母亲说：就叫“长江”啊！母亲乃秭归青滩人，大字不识，倒打小就给我们讲那条大河，讲屈原和昭君，讲她六岁时，如何随当过纤夫的外祖父，流落到宜昌那一带江边，搭了个窝棚艰难度日。我惊愕地望着母亲说：这名字太大了，哪个担当得起啊？很想回她一句：那是随便什么人都能用来做名字的吗？忍着没说。

——阴雨连绵时，你才会想起阳光，想起那个叫“晴朗”的单词，想起某种与她般配的心情，与爱同义的温馨。而有那么一些灯盏，即使它还没点亮，只要一眼看到它的模样，浑噩的日子就已然有了一片明亮。浮华的年代，别要小聪明制造些倾国倾城，唯历史中那些不事修饰的随意的妩媚，才真能让人于一回眸中永世难忘。

十

山川形胜，常令诗人多情。文史荟萃，总让俊士折腰。文史渊源，即是长河。“1951 年 10 月，沈从文赴四川内江参加土改工作，在 1952 年 1 月给家人的书信中，曾以《史记》为模板，提出了‘有情’与‘事功’这两条线索：‘(两者)有时合而为一，居多却相对存在，形成一种矛盾对峙。对人生‘有情’，就常和社会中‘事功’相背斥，以顾此失彼。管晏为事功，屈贾为有情……诸书诸表属事功，诸传诸记则近于有情。事功为可学，有情则难知！’”又说，“这个情即深入的体会，深至的爱，以及透过事功以上的理解与认识。”①

人生乃一场永无尽头的修炼。爱情、生命与美，总是互为参照，互相渗透，互为依存。人都是社会的人。深陷于爱者，从来都不仅在爱另一个人，而是一场生命的修行，历经各种悲伤、痛苦与幸福之后，也会同时收获某种智慧，即对如何做人的领悟。

而那晚面对江流，想起幼时，怎么竟从无一位先生讲过，历史的大河，正是“有情”的水流呢？除了悲愤的屈子远行的昭君，又哪里知道，故乡小城不仅是军事要冲，也曾诗意盎然。若三峡为诗的长廊，宜昌便是诗的大门。西陵峡上下，不惟留下过李白、杜甫、陆游、李商隐一众诗人的行迹与诗篇，仅峡口南津关一个小小的“三游洞”，亦唐有白居易、白行简、元稹，宋有苏洵、苏轼、苏辙父子，登临同游，吟诵而归呢？然他们多半盘桓数日，便惊鸿一瞥般远去，“即从巴峡穿巫峡”，“千里江陵一日还”。唯欧阳修公，竟把家眷、亲人

① 参见王德威《“有情”的历史：抒情传统与中国文学现代性》。

都接到夷陵，在那里足足待了一年零三个月。一部《欧阳文忠公全集》，所收766篇诗文，直涉夷陵者竟有140篇之多，占全集篇目约20%。数量之多，思绪之美，乃所有生长或到过夷陵的文人之最。

何也？风物化人，尽在无声——那是另一种爱。

离开小城多年，我方得知欧阳修的那段夷陵生涯。

宋景祐三年（1036）5月，欧阳修因为直言谏事被贬的范仲淹鸣不平，亦被贬夷陵县令。其《戏答元珍》二首，从其一的“春风疑不到天涯，二月山城未见花”，到其二的“西峡江口摘红梅，争劝行人把一杯，须信春风无远近，维舟处处有花开”，一扫他初到时的愁云惨雾，转眼就开始注目于底层的鲜活与灵动。正是在夷陵，他一边推崇州守朱庆基的倡导，在城里城外植树造林，拆茅屋，建瓦房，让人、畜分居，厨、仓分隔，一改简风陋习，也躬问百姓冷暖，做了许多实事；一边开始潜心经史之学的研究著述。纷扰远去，光阴宁静，那样的日子让人能往深里想，远离颠倒梦想，心无挂碍，观自在，潜心于思考和学问，先后撰成了《易童子问》《易或问》《名用》《毛诗本义》等诸多重要著述。《四库全书总目》卷十五《毛诗本义提要》评价曰：“自唐以来，说《诗》者莫敢议毛郑，虽老师宿儒亦谨守小序，至宋而新义日增，旧说几废，推原说始，实发于修。”而为治理夷陵县事，欧阳修着手摘录夷陵史上重要人事史料，编纂《集古录》。其时他面对的，既是日夜奔流的长江大河，也是那条风高浪急的历史长河。念及先贤，暗忖自身，想必他内心翻滚着的情感波浪，亦如峡中湍急的江流。编写中，他曾查访到一位叫何参的居士，家住县舍西，好学，多知荆楚之事，便和他交上朋友，谓：“荆楚先贤多胜迹，不辞携酒问邻翁。”何参从此作为助手，为他编纂该书提供了大量素材。他还从史料中发现，唐代大书法家颜真卿，居然也曾于永泰二年（766）被贬为夷陵别驾，与自己的处境一模一样——世事从来如此，谁没跌跌撞撞过？“天下莫柔弱于水，而攻坚强者莫之能胜，以其无以易之。”看看那条大江吧，千回万转，也要奔向大海。人生短暂，如滴水涓流，走得再远，你的血脉你的人生，到了也都只是大河的一条小小支流。

世人皆知欧阳修后半生政绩显赫，诗文盖世，殊不知他倒一直念念不忘夷陵。言及此前文字，他说：“三十年（岁）前，尚好文华，嗜酒纵歌，知以为乐，而不知其非也。”而“一生风流半在兹”，是他对夷陵岁月发自内心的慨叹。夷陵固非其乡，却胜似其乡，是他在逆境中，唯一能安放他心灵的“有情”之地啊！

十一

岁月打马而过一骑绝尘，有一些事情却从未改变。

“相思相见知何日，此时此言难为情。”终归，我还得离开家乡，去往远方。

有乡亲说，大河边的人出生伊始，便与水结下了不解之缘，而出生的每个农历月份，都对应着一种水。依此推算，我生于的腊月，刚好对应着河水。民间对生于腊月的人，美好说词无数，听来多有虚幻，唯最后那句说：你的人生跟河流一样，颇多波折，前半生你要吃蛮多的苦，经受无数的折磨，晚来却有一片光亮，辉耀余生……

想想，那无非一个游戏，当不得真，但不知怎的，我竟有些信了——没准儿，我还真能“代入”那个“有情”的爱的方程呢？一个新崭崭的面目全非的故乡还是故乡吗？诗人多诟病于此，声嘶力竭。故乡老街老巷在胡拆乱迁中逐渐消失，我亦痛心。可返身一想，乡土总会变，屈原、昭君的秭归跟我母亲的秭归，颜真卿、欧阳修的夷陵跟我的宜昌，终归不是一回事。老街故宅不在了，故土还在。故土变样了，那份爱还在。肉身里装的不惟灵魂，更是爱。只要大江边的那份爱还在，便知故乡永在——爱，方是一个人永远的故乡。

2019 年 4 月 12 日至 19 日　于湖光里

百姓的江天

一

岁月不居，时节如流。起意再回故乡，做一次稍长的短住或稍短的长住以慰乡思，恰在秋末时候。

这样的时候，适合秋风旋舞，秋叶飘零，适合独自踱步，去向有或没有目的地的远方，适合陌路偶遇一枚路人，携手天涯，却各自痛饮满杯萧萧别情……想那秋风旋舞的短暂间隙，分分秒秒，尽是些生死交接的刹那，空中满布籽实成熟的灿烂与醇香，也无不充盈着并无悲怆的枯萎与衰败；奋斗了一春一夏的生命，都在准备着俯冲或飘飞，藏匿与远行，谁不想用它独特的思念与怀想，哪怕只一片枯叶，一茎衰草，在这样的时候，留下点断句残章呢？

那之前的盛夏，牵挂着关切了一冬一春的故乡，我已先自回乡住了些时日，三伏天的闷湿潮热，歪打正着地，让那趟全然随意的短行，成了一次近乎计划周密的预“热”。与预想不同的是，日子依然家常，市井的活络，过早的小吃，人家的饭菜，照样“归来留取，御香襟袖”（李祁《青玉案》），让人暂可释怀。可那毕竟不是冬天。在云霞斑斓日日闹腾连冬天也不消停的云南一待半世，想到秋冬时节的故乡，江天必是有些萧瑟凝重了。奇怪偏在对那萧瑟，突然有些陌生的怀念——已然许久，都没过过那样全须全尾的长冬。靠水吃水，其实哪会只一个吃字了得！记得幼时每近年节，小城江天便杵声四起，浪花飞溅，仿佛整整一年的洗洗涮涮，终于都挨到了此刻——可以旧衣褴衫补丁摞补丁，却怎么都不能让未经拂尽岁尘的衣物日用，邋邋遢遢地闯进新年；以至顺着江边一溜看去，除了起起落落的衣杵，就是年轻媳妇半大姑娘冻得通红，比衣杵更经摔打的胳臂。因江水远退顿显阔大的沙洲河滩上，虽来来往往都是行人，眼眉行止间，倒都透着苦于生计的奔波劳碌，尽管“当时年少春衣薄”，难深谙人世，但那股子辽阔的荒寂清冷的寥落，想起来，怎么都有令人伤怀的疼痛——一个人，如若你的心不幸已感受不到那些隐约却剧烈的疼痛，那么更不幸的，则是你注定也无法感受日后那些短暂而细微的快乐了。疏漏世事，纵然有时也会显出它的太过致密，无情地篦去我们内心真想留住的东西，而真实的泪水终将拨开浮世沉重却堂皇的虚浮，从对着阳光而显得通红的菲薄眼睑间，冲决而出。陌生的怀念，终是怀念。而一个人尚有怀念，总是幸事。怀念即沉淀，可让混浊的记忆露出本然。于是做足了准备，秋末回乡，要去过一过那依稀如梦的故乡的冬天。

二

头一天，我就去了江边。

无数次梦回江边，每一次，总以为会像传说中久别乡梓壮游归来的游子，先大口大口地饮几瓢江风，然后仰天撒一串澈云长啸，便随意找个地方，撩开蓬满征尘行色的缁衣，坦呈肉身，落座江边，再呆呆地，把对岸青山眼前流水定定地看它个够，直看到山崖遁形，亦江流无声。待真坐在江边了，才知道码头边人寻常日子粗粝壮实，一切预设的程式无论怎样周详，都经不住它的打磨。结果那天我什么也没做，摒弃了一应仪式感，如同我身边久居故里的乡亲，随便找了个能让腿脚舒展的地方，垫着一屁股秋阳，就稀松寻常地坐了下来——细想才明白，其实当年的远行，并无壮烈宏阔的理由，半是谋生的无奈，半是年轻人对远方的一点无名渴望——尽管那时，远无如今的“诗和远方”一说；而寻常人的日子，不是国之重器，从来都无法事先设计，设计得越是精致周密，崩坏得便越是彻底。反倒是随意而行，意外见到一片好风光，方有格外的惊喜。

庆幸终算没人一眼看破我是个远道归人，甚或走马观花的游客。以一个阔别故乡半世的游子身份，混迹于乡亲之中，正如鱼翔于水。如今的江边，无论何时都人流如织，三五成群，散落闲坐，夏日乘凉，秋阳暖背，除了跳舞练歌习字健身长跑的，大多什么也不做，就那么纯纯地面江而坐，呆呆地望着那道流水，以及江上不时就有的，大大小小，或沿江而下，或溯流而上的行船——仿佛他们来到江边唯此为大的使命（如果真有的话），就是为目送那些行船去去来来。其实那些行船，至少从表面上看，都与他们暂不相干；实在要说，也只是过后有稍大些的波浪，打远处成扇形地涌开，泼刺刺地涌到眼前，甚或脚下。其时还是秋末，夏天几乎要漫过江岸护坡的江水，还没退得太远，行船带来的浪花便在石梯坎上撞得哗哗啦啦纷纷扬扬，尔后便化作多少还有些混浊的水沫，悄然退去。

眼下的江水，倒早已清如溪涧了。

说起来，这时我眼前的江边，早非我幼时常见的模样，当然更非约千年前欧阳修做夷陵县令时，所谓"州居无郭郛，通衢不能容车马，市无百货之列，而鲍鱼之肆不可入，虽邦君之过市，必常下乘，掩鼻以疾趋。"——二十世纪五六十年代的小城，临江一线的马路旁，除了几座敞旧的外国领事馆和洋行、货栈的断垣残壁，皆一色的矮屋破楼，板壁透风，檩柱歪斜，踩上去会嘎吱嘎吱一阵乱响；虽码头林立，却多峭窄失修，青石板梯坎年久月深光溜湿滑，残损破败，弄不好就会一脚踏空。冬日的河滩宽阔得如只堪凭吊的古战场，这里那里，或有停靠的木船晾晒的帆篷，修缮的桨楫。而真让人避无可避的，是四处屹立着的垃圾渣山，空气里时不时会飘来阵阵腐臭。而不远处搭起的人字形木架上，则晾晒着切好的萝卜青菜，听说都是用来腌制酱菜的……尽管如此，那样充满了人间烟火气的河滩，仍是记忆中的佳好去处，何况河边的吊脚楼下，河滩上的沙堆、水塘，早就是孩子们逃学打野舒放童心的天堂。

回望间，时间已翻过千年，如今小城的沿江大道和滨江公园，收拾得干干净净，其间遍植的花草树木，尽皆依着季节的循环往复，叶绿叶黄，花开花落。因了数十年间，毕竟也隔三岔五地回来过，视那一切为理所当然的寻常——在我客居多年的那座高原城市，不也有同样的变化吗？只是我的关切所在，虽也说不清究竟为何，但至少并不在屋宇的密集楼舍的高低街道的宽窄，而在内心那些更隐蔽更难察觉的层面——究竟是些什么，我也是说不清的。

三

也就是那天，正坐在江边，老友电话从高原打来，说完事情，末了又说，这样吧，过两天我们聚聚。我说聚不了啦，我在外地。哦，他说，弄半天你在外地？我说是啊，在老家，在江边。显然，“在江边”一语，我并无理由要告诉他，潜意识里却觉着必须告诉他，那几个字于他虽无意义，于我却有意义。他听了当即觉出了特别，说哦，这么晚了你还在江边？在江边干什么？我说也没干什么，就坐在江边。他说，坐在江边是什么意思？坐在江边干什么？（难道我必须干点什么，才能坐在江边吗？）我说我就坐在那里，什么也没干。他说，你既什么也不干，为什么要坐在江边？他的一句平常问话，倒把我给噎住了。我一时无话可说，竟答不出他的那个“为什么”。于我，坐在江边自然不过，我从没想过那到底是为什么——回乡时间无论长短，我都会到江边看看，坐坐。朋友等了一会儿又说（大约因我没及时做出回答），对了，我很想听你讲讲，坐在一条大江边是什么感觉？他接着说，我从没过坐在一条大江边的经验。我想难怪了，对一个从无江边生活经验的人，你该怎么解释你要坐在江边呢？朋友追问道，那是什么感觉？我说对不起，我还真是一两句话说不清楚，那感觉。我没说出口的话，是张口就说得滴水不漏的话，难说是发自肺腑。朋友开玩笑地说，好吧好吧，我原谅你（我需要原谅吗？），你慢慢说，也可以慢慢想，以后再说。我说好吧。

从那时起，我便一直在想，到底为什么要坐在江边呢？我从上次夏天回老家开始想起，甚至从更早些开始想起。我该怎么跟他讲呢？一个从无江边生活经验的人，你怎么跟他讲你要坐在江边？要跟他讲大江的历史，讲三峡的开天辟地，讲屈原的秭归讲昭君的香溪吗？讲郦道元的《水经注》或袁山松的《宜都记》吗？讲《三国》讲夷陵之战讲关公败走麦城讲张飞“当阳桥前一声吼，吼断了桥梁水倒流”的戏文吗？或者讲这条大江就像一道诗廊，从屈原宋玉往下数，可一直数到李白杜甫白居易李商隐范成大，数到欧阳修苏轼陆游，连大书法家颜真卿也在这里当过峡州府别驾吗？再或者，我该去讲峡江柑橘的甜美，讲江边栾树的魁梧，桂花的幽香，银杏的灿烂，红枫的灼热，讲如今风靡于世的猕猴桃原种就产自这里，是 20 世纪初新西兰一个女教师伊莎贝尔（M.I.Fraser）把野生猕猴桃种子带回新西兰，几经转赠、驯化与改良，方取得了商业化种植成功？想想拉倒吧——那些虽都确凿无误，却太过遥远空泛（不是史实本身空泛，而是我会讲得空泛）。

那我该讲些什么呢？

直到有一天，在江边目睹了一次大江日落，我突然想起了“大漠孤烟直，长河落日圆”的古老诗句，而有所悟，有所思了。

四

我面前的那段长江，既不是群山峻岭间东奔西突的金沙江，也不是茫茫无际江海连天阔的扬子江，而是刚刚冲出巫峡夔峡西陵峡狂泄而下的长江。“江至此而夷，山至此而陵。”小城对岸，一溜青山逶迤而去，中有被外国冒险家称作“长江金字塔”的磨基山。可惜对我打小熟悉的那段长江，我也有过方向的误判——读惯了“大江东去”的豪迈诗句，我一直以为小城地处江北，我也住在江北，多年后才明白，其实城和人都可说是在江东——长江冲出了西陵峡南津关，立马朝东南方拐了个弯，差不多成了南北流向。正是那个小弯，让我的家乡父老真成了“江东父老”。而我幼时常说的江对岸青山逶迤的江南，并不是真正的江南，而是江的西南。

——说到这儿，我想我该说说我见过的那次江天日落了。

“支持这个世界的，是一些非常简单的观念。”（约瑟夫·康拉德）我们所能见到并参与其中的，也尽皆世界的日常。但故乡必有故乡的独特，不独特的从来都是我们的眼睛。一座小城，有别于大都市的，不是摩天大楼，车水马龙，而是日常生活的简捷便利，烟火人间的随处可逢，自然山水的伸手可及。

那幕日落原也寻常，却因有了大江的那个“曲折”，让我对比留意过的多处日落，有一种别致独特的感悟。地中海、波罗的海上的日落辉煌浩瀚，尼罗河、多瑙河上的日落华丽迷人，倒或因有水无山或有山无水，而少了些遮挡少了些层次少了些深邃，而一览无余，韵味清浅。山水、山水，须得有山有水，且恰配得当。西陵峡口，峡尽天开的这片江天日落，独特就在其间既有浓墨堆垒般的凝重山影，也有洒金宣纸般的跳荡水波，山水相映，明暗错叠，动静互辅，那种浓暗酽黑的山色中层叠杂糅的霞色，那霞光将云头尽染时深浅有致的黝黑，让“斑斓”一语真正落到了实处，怎么看都让人直呼神奇。落日缓缓落向对岸那一溜青山背后时，落霞则从青山背后通红地衍射出来，温柔而又顽强，一江流水，既因那一溜青山浓郁沉重的倒影而显深沉，又任落霞的辉光映照而烨烨生辉。眼前，缓缓坠落的日头虽明明还挂在对岸青山垭口，但在我心里，夕阳已义无反顾地殉命于一江流水——它把一化作了千千万万，在每朵浪花每道波纹里得以重生。你似乎能听见整条大江的啸叫呐喊，瞬即热血偾张，想与大江一起去远赴沧海。当人们通常都把颂辞赞歌献给一幕日出时——那当然无可非议——

一次那样的江天日落，让我意外地识得了落霞的无限英武。浩浩江天，任流霞映照得万紫千红。江水在烨烨闪耀。天宇在熊熊燃烧。满天原本纯白得近乎稚拙无邪的如莲云朵，也在转眼间幻化成了姿态嶙峋的丹霞峰岭，深沉，凝重。

江天就在那一刹那，渐渐从深红变成了绛紫，在我的注视中，那是个短暂得近乎漫长的过程；然后又从绛紫缓缓沉入森黑。霞色变幻万端的江天，引发的不是狂热呼唤，而是屏声静气的安谧。万物退避于远。市声消弭于耳。喧嚣消遁于僻。天人相对，无语，而心通。当夜晚如期而至，世界转到了另一边，自己的心跳成为此在的唯一节奏，这世上，还有什么，比宁静更经得住倾听？太阳已落到远山背后。你看见的只有江天，流霞，一个阔大到无边无际的，由霞色营造出来的玄妙空间。在暮色越收越紧的合围中，最后那片羽毛般的落霞像一个希望，一句誓言，久久挂在对岸那个山垭口上，闪耀。它的最后消失，与其说是沉入了肉眼莫见的某片宇宙荒野，我宁愿相信，那是落霞将自己分发给了每一个注目过它的灵魂——当我偶尔回眸周边同样如痴如醉的人们时，他们眼里正闪耀着奇异的眩光，那就是落霞，耀眼而又温柔，静谧却富含力量。我想他们看我亦如是。

“日暮江天静，无人唱楚辞。”（苏轼）一次大江落日提供给人的，恰好就是一次由大自然导演的活剧，一次美的灿然寂灭，物的意外清空，欲的瞬时断舍离。人心至少在那个短暂时刻，从名利旋涡，从烟火人间，从满满当当充斥着物与欲的世界，让眼耳鼻舌身意受想行识一起进入了一个只有光影色彩，最后连光影色彩也消失殆尽的世界，彻底地由“色”入“空”，从“有”至“无”，完成了一次蝉脱浊秽般的瞬时嬗变。再怎么舒适安逸的日子也是累人的，何况日子总有烦人之处。长长的人生需要无数个那样的短短清空，否则，灵魂将会被各种明目张胆或乔装打扮的物与欲，撑得满满当当，再也没有一刻宁静几许空灵，再也容不下一点美妙几许良善……

五

正是在这个意义上，我面对的那片江天，仿佛一位年迈的温情尊者，一位满腹经纶的师长，惠人于无声。小城是变大了，变漂亮了，但我知道，我的一些亲人、同学与朋友，住房还敞旧拥挤，日子仍不乏拮据，人生还远未敞亮。但他们稍有闲空，就会到江边看看。江边是小城人的公共露台，可以在任何时候，带着各个不同的命运和心思，到这里坐一坐，站一站，望流水去远，与青山共情，或什么也不做，只是发发呆。这是小城唯一不用空调的地方，纯天然。因了各种忙碌、疲惫、烦心、琐碎、委屈、挫折、困顿与不堪，他们并非随时都可以来，一直熬着、等着、盼着，直到某一天，才能来到江边，让空阔江天成为他们最好的陪伴。无须言语。“江天只属渔翁管，那得闲愁上钓纶。”（宋·陈杰）江天从不问他们因何而来，也不打听他们的隐私，或厉声训斥，或唠叨没完，更不会限定时长，倒总是变着法子，以最大的耐心最美的霞色款待他们，仿佛在说，来吧，没关系的，人生路上，谁不会做错选择，遭遇挫折，蒙受委屈，有时还一肚子伤心事，莫名其妙地掉眼泪，甚至觉着自己似乎突然面临崩溃？那都算什么呢？那并不影响我们到江边来，看看晚霞。

小城人并不知道，“江天”一语看上去世俗，骨子里倒极古典，任历史长河久久浸润过，经骚客诗人细细打磨过，意象丰润，包浆沉厚。古人是什么时候开始以“江天”入诗的？我说不好，依我看，如果“大漠孤烟”“长河落日”是唐诗纵横驰骋的疆场，“江天”除了在杜甫的《滟滪》里，有“江天漠漠鸟双去，风雨时时龙一吟”一联，在张若虚《春江花月夜》里露过一下头，所谓“江天一色无纤尘，皎皎空中孤月轮”，最终则是在宋词里长大的，那或与有宋一代偏于南方有关，南方江河纵横，旖旎多姿，魅人的波光水影，无疑成了“江天”一语飘飘欲飞的羽衣霓裳——晨诵，可读“江天霜晓。对万顷雪浪，云涛弥渺，远岫参差，烟树微茫，阅尽往来人老”（李纲）；暮吟，则有“江天日暮，何时重与细论文。绿杨阴里，听阳关、门掩黄昏”（辛弃疾）。至于“断鸿隐隐归飞，江天杳杳”（柳永）的潇散，“虚舟泛然不系，万里江天”（陆游）的洒脱，“江天雨霁，正露荷擎翠，风槐摇绿”（张元幹）的灵动，更比比皆是，频频出没在平平仄仄的宋词之中。

由是，一道流水，一片江天，提供于世的，就绝不止于一条航道，无尽流水，不绝电源之类可量化的进益，更是一条连接古今未来的时光通道，满满的尽皆疗效奇佳的心灵抚慰：背靠小城，凝眸江天，听江风徐来，看流霞变幻，他们顿时能从柴米油盐酱醋茶的俗世日子里走出来，进入一个短暂却深邃的寥廓世界，顿时视野廓大，性灵舒展，心智开张。我相信，那天，小城人不管在或不在江边观赏日落，也并非人人都意识到了这一点，却都接受过江天那份无偿的馈赠。如此，一个住在大江边的人，怎会轻慢傍晚那样一场江天霞色的辉煌嬗变呢？我的弟妹、邻居、友人，每天都必要到江边走走，坐坐。事实上，那天跟我一起目睹那场江天日落的，还有千万坐或没坐在江边，看上去无所事事的人们。有一阵子，我听见身后脚步匆匆。他们在赶来。正在步道上踱步的，那时停下了脚步，朝江天痴痴凝望。不知从哪里突然跑出来那么多手持长枪短炮的摄影师，他们早就埋伏在渐浓的暮色里，屏声静气地等待着那个时刻……

六

我想，对了，我该跟那位友人讲的，正该是大江于无意中给我的那些最直接也最微妙的感受，那些浪花水纹，光影霞彩，那些风流云散，流布聚合，丰富得仿佛千丝万缕针针线线妙手织，非亲眼所见难用言语复述，转瞬即逝的光影变幻带来的，强大而又温馨，甚至可以叫人生发某种生理反应的视觉冲击。凝眸故乡江天时那些最寻常的时光，你哪会了然，一个人的内心深处，那种隐秘却又无以言说的愉悦与疼痛啊！先前多少次回到故乡，如弥尔顿所说，人虽至，但“他并没有找到重返母亲故乡的路”。而面对江天，他找到了。此前他找到过大地上的路，却一直没找到灵魂的路。那一刻让人骤然想起母亲，想起那一刻的血涌如霞，剧痛如裂，她以可能失去全部的冒险，去收获一个生命。而一个生命，总有一些东西来路不明，结局也缥缈无影，一路化缘于时光山河，却到了都未见那袭袈裟，而生命如同流水，更非每一天都能暗合经书。那一刻却突然开悟，流霞轰然处，正是母亲的家乡，从此他不会轻薄日出，倒会加倍地看重晚霞。

那个小小少年，赤着脚，踏过河滩厚厚的沙土，踏上搭在从江边一直伸往江心的木跳板，颤颤巍巍地行走着；一根竹扁担，一对木水桶，在他肩头颤颤巍巍地跳动着。他一直走到再也无路可走的跳板尽头，方才蹲下身子，打起一挑最干净的水，连同晚霞。然后重新走过江滩，开始攀爬残缺的码头梯坎。前后上下，都是挑担子的下力人，挑水的，挑沙子的，扛货包的，捡垃圾的……那个他常常都能看到，庶几可说相识的挑水工，快 50 岁了吧，肩头厚厚的垫肩已快磨穿，裤脚高卷至大腿，一双湿淋淋草鞋上方，两条小腿青筋突起如同盘蛇，似乎马上就会爆裂……爬完石梯坎，再踩着几百米长的沙子路，将一担水淋淋漓漓地挑回家去。那是他每日先于作业必修的功课。脚是疼痛的。心是愉悦的。他本该小学毕业就去学徒的人生，因为老师的一次傍晚家访，让父母重拿主意，也因他答应包下家里所有的苦活累活，答应假期都去打临工挣学费，而得以改变，可以继续读书……那天的江天日落，让他想起了那天的晚霞和无数个那样的黄昏。

——这些，可以讲给那个朋友吗？

那个流霞退尽的夜晚，当夜色以坚韧的柔软汹涌着，将一道道浪花扑向江岸，我在心里问道，那些千古冥顽的石头，没有了耳朵，到底还能听懂些什么呢？

还是那个少年，稍稍长大了些，晚自习后跟着同学一起，去江边码头“打起坡”。那本是驾轻就熟的活计，却因是夜晚，挑的又是装着硫酸的陶罐，而险象环生——稍不留神，一脚踏空，丧命倒也干脆，怕的是撞破了陶罐硫酸飞溅烧坏了身子，日子怎么过？让父母养一辈子吗？所幸那些以命相搏的夜晚，都在小心翼翼中度过，少年以每两三个夜晚的劳作，能挣回相当于父亲一个月工资的收入。清晨五点多，当他筋疲力尽地回到家里，母亲已等在那里，一碗鸡蛋炒饭，便能打发他连续几晚被吞噬的青春……

回想起那些，你的心在某一瞬间，似被轻轻拨动了一下，撞击了一下，然后那感觉瞬即传遍全身，或钝挫或锐利，或愉悦或锥心，酸甜苦辣，百味俱足。当人正分分秒秒认真地老去，对往昔的回望中闪闪烁烁地，尽皆来路依稀的漫长，想起幼时每时每刻都在盼着快些长大，不免傻傻地笑了。知否？有多少人跟你一样，也许凝望的尽头，时光的身影早已依稀莫辩，过往的路途，既有林木葳蕤，也有花草凋零。你想起来了，甚至又看见了，而你的一声意义不明的轻叹，有时却会轰然回响到格外惊人。

七

于是我想起了后来，想起了一个个在江边面对过的晨昏，想起了从清晨到傍晚直至夜深，寥廓江天的霞色涌动，风云变幻。那是我在别处，在我去过的江河上，从没见过的。从黄河淮河到雅鲁藏布江到珠江，从恒河尼罗河到多瑙河涅瓦河，它们都没给过我那样的感觉。世间物事，生来皆各有气象。气象，道之别称矣。江天春夏秋冬朝暮晨昏的霞色之变，皆出于一条大江万千气象的本性与本然。而模糊记忆中的许多看似寻常，不细细咀嚼回味便会遗忘，却与那次江天日落相似的时刻，就那样一一浮现在了眼前。

艺术的精髓，或就在并不艺术的凡尘。

庚子年某个夏日清晨，雨后初晴，江天薄雾袅袅。晨光则有着橙黄的明亮，穿透薄雾，洒于江天，如同道道光的廊柱，顶天立地，让人恍然置身在尼罗河边卢克索城那片巨大的神庙。人间的一切，几座跨江大桥、峡口西坝端头的瞭望塔，及对岸的一溜高楼，都忽忽悠悠地浮于半空，四周仙气缭绕。也许那片廊柱林立的建筑更像楚国的大庙，如《楚辞·招魂》所谓，“层台累榭，临高山些”。郦道元《水经注·河水五》则称：“东门侧有层台，秀出云表。”我没见过，无法描述。三闾大夫屈原想必是见过的，他在那里待过，自打从那里走了出去，就再也没有回来。薄雾渐渐消散，云霁天开。从我坐的位置看过去，在光柱照射不到光线略暗的地方，沿江几道连接趸船与江岸的浮桥，则酷似埃及亚历山大港伸进海水深处的栈道，水浪轻拍，浮桥半摇，烟水冉冉，整个儿地泛出一派迷人的海的湛蓝。那是我头一次在江边看到那样的蓝，心想一条大江，别说一年一季，就是一天，又要变换多少次颜色呢？人也一样。他或是她，在岗位上或很普通，但在家里，在孩子眼里，却是天，是神。反过来也一样。后来我立于江岸，对着已完全敞口的通透蓝天，心想你不妨让目光做支小号响彻行云，心最好去做个大贝斯吧，以浑厚的重低音陪伴那些土生土长的乡亲，缓缓跋涉于城市森林，不管是在深处还是角落，明处还是暗处，你都要跟他们在一起。有时，又悄然地，摸索着潜回日子深处，学着用心的指尖，颤颤地去抚摸这片乡土的曾经里那些疼痛的过往。

夏日酷热。白昼总那么光焰灼人，只有夜晚，才会有自己的清幽，月亮才以它的丰腴或骨感，记录下某些光的细节。那晚，沿江边走去，先是看见一对年轻夫妇，牵着他们的孩子，一直走到江边，教那孩子把双脚浸入江水。孩子惊叫着，他们却并不停手。真想走上前跟他们说，对了，就把这条大江送给孩子吧！这素朴又伟大的礼物啊，将来他所要遭遇的一切，该都在这流水里了。再往前走，夜渐深。见紧挨着江水的石阶上，弱弱的灯光一闪一闪，照见有人相依着临水而坐，浪花阵阵涌来，浇得他们一头一身，却依然依偎着，堪吟“夙夜江寥落，旅人执灯试流水，柔情满手心”。再走，见有人在江边焚纸祭奠，青烟如缕——这江边的人，生生死死都离不开流水……深夜立于高楼，看窗外灯火渐次熄灭，而大江对岸，如流的车灯仍如萤火，点亮了夜归人的行程——其实，无论何种人生，最后都会归于冥寂。一路坎坷也好平顺也罢，内心波澜无须赘述，唯有流水，最后能抚平曾经的横刀立马或百孔千疮。

记得夏日天长，时光有序行进，雨后阳光浓烈晃眼，曾迎着凉薄的晚风寻思，谁愿同道，一起去打开将来未来的秋天？结果大江边的秋天脚步匆匆，几乎说到就到。秋风渐渐凛冽，沿江步道旁的栾树、银杏和红枫，相继开始凋零。先是高大的栾树花枝枯萎，树叶凋落。红枫似乎在一夜间，就举起了预警的烽火。很快，银杏开始泛黄，江边那一大片据说是沿江最好的银杏林，渐渐从青黄夹杂，转成了嫩黄，没两天又转成了金黄。枝叶色泽斑驳，乱红飞洒江天。早年在外地，听闻故乡小城特意规定一些路段“不扫落叶”，这回倒亲见了，银杏林下厚可寸余的落叶，铺撒得满天满地，便成了人们流连的所在。红颜舞者，白发老伴，刚会走路的孩子，都会去那里一玩就是小半天。当银杏叶将要落尽，还没来得及清扫，蜡梅早已暗暗地开了——枯劲的枝条上，斑斑点点的，尽是些水润透明的如蜡花苞。暗香徐来。原本看上去有些萧索的江天，终也抵不住那一江清幽暗绿的流水，与斑斓秋叶阵阵暗香合谋，营造出一派浓酽的峡江秋色，以浓墨勾勒淡笔轻扫的一江烟波，任那寒山竞秀，万里送行舟。难怪当年欧阳修会留下如许诗句：“昔官西陵江峡间，野花红紫多斓斑。唯有寒梅旧所识，异乡每见心依然。”

冬日江天的清晨，江水在初阳的映照下，既隐隐闪亮，有大片大片的粼粼水波，又仿佛热气氤氲，有温泉般团团绕缠的缕缕水汽，随水流一起浩荡而下，那是另一派大江东去的景象！那种漫漶的温柔无声的浩荡，真迷死个人！我相信，在这条 6000 多公里长的大江上，这样的景观不会多见。与高原的云山雾海不同，它看似静谧如画，却既有无声的温柔，又潜隐着无敌的浩荡！想想它经越了多少蜿蜒曲折盘旋跌宕，就会明白此时它显现出来的温柔，底气却是横扫六合的独步天下，如此才具足地印证出了它的大气磅礴！

偶尔会有几只鹰，在江天盘旋。早就见附近有人在垂钓，有人在放风筝——说来都是以一根线，把人与江天连接在一起。放风筝和垂钓者，如今都用线轮，可以放很高很高的纸鸢，也可以放很长很长的钓饵，静待鱼的来访——那与我幼时自己糊扎的小风筝，用竹扫把做的钓竿，皆不可同日而语。那几只在半空盘旋的鹰，似乎觉着了困惑，飞得靠近些，终于看清了，翅膀一闪，不见了踪影，正应了辛弃疾那句“断鸿隐隐归飞，江天杳杳”的诗句。

八

而如画江天，无论何时，都既是一幅禅意水墨，又是一部无字天书，既是我至今还在参悟的禅语，也是我至今还在研读的典籍。不参透江天每天每日每时每刻都在演绎的深深的禅意，又哪能在对人生淡淡的领悟中踏上修远之路，皈依清远，更休说在无尽的悲喜中涅槃殊胜。道可道，非常道。道却从来都不是玄秘之物，乃是世间万物本性的辉映与本然的衍射。茫茫江天，泱泱流水，正是日常之道！唯洒过泪水汗水，至爱情深，才会发现那些寻常中隐匿的至美。当你目睹了天地的博大与奇幻，并与那样的天地一起平匀地呼吸时，通向理智与智慧的道路便将开启。而我对大江的一往情深，并不仅仅因为它的源远流长，只为它一如亲人，目睹过我的幼稚与愚蠢，记录了我的轻慢与顽皮，也见证了我的长成。这样的时候，看似平淡无奇的江天，却是上苍能够给予你的最好的礼物，她理解你生命里发生的一切，让你生命中的一切诡异都尽得诠释，你一生辗转寻觅的，或正好就是这份宁磬的叮咛。

……冰雪至今尚未抵达，风偶尔会以碎步穿行而过；江面上，只有几座大桥孤傲地矗立，当苍鹰偶尔掠过这片江天时，也会叫上一声两声。千年前，柳永尝问："故人何在，烟水茫茫。"若让我作答，无非是：山在。城在。江在。流水在。岁月在。你在。我在。我想问问那位朋友，你想要的，是怎样的世界呢？如可多说一句，我则想告诉他，如朱熹所说，"何处车尘不到，有个江天如许，争肯换浮名"？真的，我还是回来晚了点。

2021 年 1 月 20 日至 31 日　于长江边

母亲的青滩

母亲念叨了许久，说等有机会，想回一趟青滩——母亲是青滩人。

青滩在哪里？只知道在长江边，三峡里，好像也不算太远。或是一个小码头，一个小村子，从没去过，不知道那里，究竟有些什么，能让一个年过六旬的老人，如此地牵挂？猜想中，母亲是年纪大了，讲讲家乡，就少了些寂寞。说的说，听的听，任她讲。不料这回，母亲是颇有些认真了，竟说得格外地郑重。母亲说，什么时候，能回青滩看看哪？

我不语。

想起从报纸上，读到过一条消息：长江边上的青滩，因为一次山体滑坡，偌大一个镇子，全沉进了江底，虽事先有报告，没伤着人，江倒有过短时间的堵塞，浪头丈把高，也着实吓人。母亲并不识字，我不知因为什么，有意还是无意，一直没把那个消息告诉她，青滩的变故，她是不知晓的。真到了那里，寻不到一些儿时的旧景，找不到几个往昔的熟人，无谓地生出些惆怅来，打破她深藏于心底的美好的记忆，于她，多少有些残酷。况且那时她已 66 岁，离开青滩差不多快 60 年了。

我不语。

母亲便也不语，悄没声儿地，仿佛犯了一个错误，只是更勤谨地做事，偶尔会用一种异样的、羞怯的目光，偷偷地瞥我一眼。待我察觉，又即刻换了笑脸，跟我说些别的、令我莫名其妙的话。或问，这些天，你像是好忙，忙些什么呢？或说，小菜又涨价了。只是决不再提青滩。

不知从哪天起，母亲的话少了。

有一天，见母亲独自坐在窗前，痴痴地望着远处的天空。那里有什么呢？顺着她的目光看过去，见有一朵云，正打窗前的天空飘过。母亲是在看云吗？我忽然感到了一点震撼，明白了，犯错的不是母亲，而是我——我怎么会粗心至此呢？

母亲这辈子受了很多苦。打小从峡江里出来，12 岁失去父母，15 岁出嫁。逢年过节，勉力张罗出一桌饭，自己却躲到一个角落，悄悄地流泪。这些年，儿女都大了，待她也好，她便开朗了许多，额头眼角，皱纹也舒展了些，间常还有说有笑的，长久不似这般沉默了。定然地，她还是在想着回青滩的事吧？

也是一时冲动，我突然跟母亲说，我很想去青滩看看，我还没去过，很想请母亲一起去。可以吗？

她仿佛就有些慌乱，眯起了眼睛，把我好一阵地看，嘴里喃喃着，半晌没说出一句话来。

我又说，可以吗？还有舅舅……

于是她笑了。

于是以最快的速度，向单位请了探亲假，从昆明坐了两天三夜的火车，先到了宜昌，稍事休息后，又约了舅舅，浩浩荡荡地，坐上一条机动木船，去青滩。

远远地，母亲指着一处江边，说，快到了。船家却说，那不是青滩，是新滩。早年的青滩，在那次滑坡中，早已不在了。母亲却固执地说，那就是青滩。

靠岸。抛锚。下船就是一段石梯坎，陡得像天梯，从峡谷底处的江边，一直攀上去。母亲坚持不要人搀扶，手撑着额头（我从没见过她的这种动作），一步步往上爬。被母亲执意叫来的舅舅，在前头领路，一副很熟悉的样子——其实，母亲说过，外公、外婆领着她们姐弟二人离开青滩时，舅舅才两岁；不知怎么的，对青滩的路，竟是那样地熟，多少让我感到奇怪。

我小心地跟在母亲后面，生怕她哪一脚踩出去，站不稳，出点什么意外——石梯坎已经很破旧，有几处，只是一块没有垫稳的石头，就那么活摇活甩地搁在哪里，没准儿谁一不小心踩上去，就会人仰马翻。于是我听见母亲在呼呼呼地喘着粗气。有时候，她会停下来跟我说话，母亲说，当年外公给人“打起坡”，走的就是这样的路。在家乡话里，“打起坡”就是扛码头。母亲边说边喘着气，那喘气声仿佛是从几十年前的江边传来，叫我有些恍惚。有时候，母亲也歇了脚，回头往下面的江面张望。虽然是夏天，天却阴着，峡里有游动的灰白的雾气。江那边的山，上游隔江耸峙的陡崖，灰蒙蒙的，只是个轮廓影子，看不真切，有如陈年的往事。峡里的江风，却显着一种殷勤，把母亲霜白的头发上上下下地拂动，拂得满头满脸，如一些飞扬的思绪；又把她昨晚特意找出来穿上的那件绸褂子，忽东忽西地揉来揉去，揉成一些起伏难平的波浪。我见母亲脸上，已生出了一些汗珠，也少见地有了些许红晕，似乎又青春了；而眼里，却有模糊的东西在闪动。

来时的船上，我曾问母亲，到了青滩，打算去找哪个呢？还有认得的人吗？从打算陪母亲回青滩那天起，那就是我实在的担心，如果找不到一个熟悉的人，空对一个难以辨认的青滩，会不会反倒让母亲添了伤感？母亲沉吟了半晌，才沉沉地说，老辈子的，认得的，怕都不在了。我一听，忙说，那也没关系，今晚我们就住旅馆吧？再慢慢地找。母亲想想说，就住旅馆。

看来，母亲想回青滩，无非就是看看，也没有什么清楚的目的，无非是60年萦绕于心的一点思念罢了，回来看看，了却那点思念。除此之外，还能有什么呢？那个地方，不过就是她的出生地，在那里过了6年的苦日子，然后就再也没有回来过。

爬完了石梯坎，沿着一条细窄的小街走去，靠江边有一家供销社开的旅馆，还带着一家饭馆。看样子，那就是当地最好的歇宿之处了。去时我已打定主意，不管当地有什么样的旅馆，反正就在最好的那家住——当然，我更担心的是那里连旅馆都没有。于是我走了进去。那是个临江的旅馆，靠小街子这边，有个大大的店堂，摆着四五张桌子，空荡荡的没有一个人。一问，有的是房间。我要了，又按照母亲的口味点了饭菜。心想，已经是中午，先吃饭吧，吃了饭，再问问母亲的意思，少不了要陪她各处走走，看看。

饭在做着。母亲偶尔也抽一两支烟的，这时便说，要去对面的供销社买火柴。我说我去吧，母亲说，还是我自己去。我说要不我陪你去，母亲说，就在对面，陪什么陪？

饭菜还没端上桌，母亲便兴冲冲地回来了，说，好巧啊，我打听到一个人了！

是吗？我真有些意外的惊喜。是谁呢？

是我姨妈的儿子，小名叫赖货的。母亲说道，眼睛顿时亮了许多。我买火柴，旁边刚巧有个人在买烟，我就问他，认得下滩坨的郑兴柱吗？他的小名叫赖货！那人说，认得认得。我一听忙问，他人还在？那人说，去年得过一场病，差点死了，今年像是好多了。我就说，你要是回去，就跟郑兴柱说一声，说她姨妈的姑娘来了，明天我就去看他。那人说，好好好，我会告诉他的。

母亲兴致勃勃地说着那段奇遇，把我们也高兴得不得了——真是出乎意料，谁会想到，60年没回过青滩，母亲居然还记得她小时候记住的那个名字？而那个亲戚，居然也还在？我忙说，那就先吃饭吧！吃了饭，先随便转转，明天，等那人打听到了消息，我们就去。

母亲点了点头。

就吃饭。正吃着，一个人慌慌张张地跑到母亲跟前说，郑兴柱上街来了，他儿子也在江边打起坡，我跟他们说了，他们好喜欢，说就来就来……

母亲却有些等不及了，搁下筷子，要迎出门去。

我说，妈，就在这里等算了，出去，万一错过了呢？

就听母亲说，就这么一条路，怎么会错过？想想又站住了，说，他们还在打起坡，他们怎么还在打起坡？

说着，就有人已经进了门：是一个老者和一个背着大背篓的后生。老者背已驼了，把一根细长油黄的竹烟袋衔在嘴里，闷闷地看着母亲。后生三十上下的年纪，个子却只像个半大孩子，在那里垂着头，一声不响地立着。

不知什么时候，母亲已和那位老者在饭桌边，面对面地坐下了。

“你是么姨的姑娘？”老者开口就问。

“我就是啊，”母亲的嗓子像有点儿沙哑，“你是三姨的儿子吧？你听我说，你妈姓杜，是我妈的亲姐姐，你爹姓郑……”

“我叫郑兴柱——将才报信的人说，你晓得我的名字，小名呢？”

“你的小名不好听，叫赖货。”

“是的是的，我也记得你的小名……”

“你等等，想好了再说……”

母亲突然有些紧张，也许是怕那老者说错了吧？说错了，这近在眼前的欢喜，怕就要变成失望了。我也跟着紧张起来，不知怎么，忽地就想起电影里地下工作者为了找党，跟人接头对暗号的情景来，觉着那是千钧一发的时刻。尤其是，头一回听说母亲也有小名，那是怎样的一个名字呢？

老者只是抽烟，叭叭叭地，迟迟不张嘴。母亲开头还以为他是在想，见他并不说话，又急了，问："想起来没有？我的小名……"

老者四顾一望："小儿们都在旁边，我怎么说？"

我一听，想，糟糕，母亲肯定有个很难听的小名。

母亲却大度坦然得很："怕什么？你说，不要紧的。"

"你不是叫春生吗？我记得的。"

母亲笑了，看看我们，似乎有些自得。

我也朝母亲莫名其妙地点了点头。

唐代诗人李益有诗写道："问姓惊初见，称名忆旧容。"地下工作者接头对暗号的工作那时终于结束，一个与故乡失散多年的游子，终于找到了她的组织——乡党，找到了一个亲戚，尽管是那么远的一个亲戚。我的心也就放下了：没想到，母亲居然还有那么好听的一个小名。

那老者——我当然是该叫姨舅的了——就催我们去他家住，我说，旅馆都订好了，要不明天再去？姨舅说："那怎么行？来都来了，到了家门口，怎么还住旅馆？走，跟我一起回家。"

"远吗？"我问。外头在下雨了。太远的山路，于母亲是困难的。况且也不知道这位姨舅家，是不是有足够的房子，能安置我们这么多人——加上舅舅，我、妻和两个孩子，足足是6个人。

"不远不远，"母亲突然说，"我晓得的，我走得动。"

"才两三里路。"背着背篓的那个后生，这时才插嘴说话。我想，我该叫他什么？表弟，对了，就是表弟。

我们便冒雨上路了。

沿着江边的小路，一直往下游走，幸好没什么大的上坡。不过，那算不得什么正经的路，窄且不说，还都向江面那边倾斜着，下面就是深黄湍急的长江；走起来一脚高一脚低，不小心摔下去，非常危险。那时我突然想起，母亲讲过的，我的外公，在这样的涨水季节，为挣碗饭吃，就在江边拉过纤。我脚下的路，是不是我外公走过的？江边路滑，一不小心，纤夫脚下一滑，站不稳，就有可能掉进江里；即使不摔下去，也可能被纤绳带下江去。青滩北岸有座白骨塔，就是专门收放在江边遇难的船工、纤夫的地方。而青滩一带，因此也出了好多识得水性的汉子。有些年，川江航道上不少的“领江”即引水员，都是青滩人。

当晚就在姨舅郑兴柱家住。现时生了好几个火，做了一桌子菜。虽说都是农家小菜，却是平时不大吃得到的，家乡口味，母亲吃得非常香。又临时借了床板铺盖，铺了好几张床，让我们在那里过夜。话已经说到夜深了，我们才去睡。而据陪母亲在里面睡的妻说，那晚，母亲几乎彻夜未眠。

还是李益的那首诗写道：“明日巴陵道，秋山又几重。”第二天，离开下滩坨，重回青滩镇时，雨又下了起来，路更难走。母亲一夜没睡好，走路有些踉跄。我去搀她，这回她没拒绝。她边走边说，那年走的时候，还好走嘛，怎么回来就这么难呢？我一惊：也不知道母亲说的，是脚下的路呢，还是别的？或二者兼有？

后来，姨舅一家到宜昌玩了几次，走时请母亲再回青滩，母亲没有再去。但听妹妹说，不时地，母亲就会念叨青滩，说她小时候，青滩没那么多柑子、橘子，现在街上卖柑子、橘子的，怎么听上去都是青滩人？妹妹在信中说，哥哥，你说那是怎么回事？

其实，我也不知道。也许，那只是一个梦吧？！

姊　祭

我不是那种会说话也喜欢说话的人。偶尔跟朋友聊起来，听他们讲起自己的哥哥姐姐，那种亲情，那种好玩，常常让我羡慕得要死。说起来，无论他们的哥哥姐姐是阿狗、阿猫，也无论他们是真的亲近喜欢，还是话语中多少带有那么一点儿疏远或是讨厌，说话的人，总有些眉飞色舞、滔滔不绝的意思。也难怪，以血缘论，一个人小时候，除了父母长辈，真正日夜厮磨的，不就是哥哥姐姐吗？一个锅里抢着吃，一张床上挤着睡，肌肤相亲，声息相通，等长成了大人，兄弟姐妹间那些陈芝麻烂谷子般的往事，就都成了可供咀嚼与回味的精彩故事，可以拿来演说的。

只是我不能。每逢那样的时候，我只是静静地听，心里满盈如潮，好像也有什么在游动着，却说不出什么来。朋友有时会问，你没哥哥？我说没有。也没姐姐？我还是说没有。朋友就叹一声道，哦，你在家是老大。我点点头，聊天便到此结束。

命运安排人有兄弟姐妹，原为让人多几分依恋，少一点寂寞吧？而命运往往不公。如我，排行老大，往下一溜儿四个妹妹一个弟弟，却既无哥哥，也没姐姐。单单地做老大，就像被孤零零丢在大山顶上，高是够高的，却白白少去许多的乐趣和依靠。记得小时干架，输家会说，看我搬哥哥来，一只手，打你个屁滚尿流！便知惹他不起。或有姐姐，斗输了，转头扑进姐姐怀里，一番添油加醋的投诉指控，便姐弟同仇敌忾，回马杀来，势不可当。我无兄无姊，况且明知游戏已是没了规则的混战，还是识时务些，走开为妙。及至长大，每听说别人有哥哥姐姐，心里除了钦羡，仍怵怵地觉着发毛。

做老大，自有做老大的好处。小时家穷，倘有余钱，要给孩子做新衣，母亲最先想到的，必是我，说是先给我做，等穿不得了，可让弟妹接旧。其实，几毛钱一尺的平布衣裤，上了身便难脱下，再经我摸爬滚打个一年半载，早已只配做抹布，绝无叫弟妹叨光的可能。逢到吃东西，因是老大，也占些便宜，说我人大了，正长身子，理当多吃点——理由依然不大成立，弟妹虽小，就不用长身子了？这点照顾，比起皇帝长子，富家少爷来，自然寒伧得很——人家得到的，笃定是整壁的江山和庞大的遗产继承权，绝不至于稀罕一件新衣半个面饼的。然我享受到的那点优待，已足够我在弟妹面前尴尬地咀嚼特权的滋味。长兄半父的威严，我似乎从未领略过，为弟妹取名的踌躇和得意，却在我念初中时就已多次尝试。多年之后，早已成人的弟妹聚到一起，围着守岁的暗红的炭火，说起父母对我的“偏心”，说起他们名字的过于平常甚至俗气，笑闹中仍不乏“愤愤不平”的揶揄。父亲便说，也难为你们的大哥了，我要是有钱，真想每个月再给他寄一点。弟妹们便不吭声了。

“大”，当然有“大”的难处。世事的艰难，家境的拮据，父母的叹息，过早地涌入老大的心中自不必说，家里的重活、脏活，比如买米，打煤饼，劈柴火，捡屋漏，凡是要出力气的活，当然也归我。那时，家乡还没自来水，吃用都得去长江挑，挑水就成了我放学后必修的功课。七八口之家，每天须得三五担水，尽是我以一对木桶，晃荡着从江边挑来。至今，舀空了的水缸发出的咣咣声，仍让我感到肩背酸疼，饥肠辘辘。再大些，又以一根扁担两副棕绳，到江边去挑码头，打零工，挣点钱贴补家用。有个冬天，清早去江边挑沙卖，坦坦一片河滩上，竟只我一人；风雪刮得我心里也成空荡荡的沙滩，那时就想，要是有个哥哥，或姐姐，那多好，就轮不到我来挑这副担子了。而我偏偏是“老大”，没那个福分；便发誓下辈子不做老大，定要有哥哥、姐姐。最好有个姐姐，哥哥火了会揍人，姐姐不会，世上姐姐都好心肠，会疼人——古往今来，兄弟成仇的颇多，姐弟反目的却绝少。

便想起小时候有过一个许姐姐，是隔壁许鞋匠的独生女，跟我上同一个小学，看上去像大人了，却只比我高两班，母亲让我叫她许姐姐。我在学校闯了祸，母亲骂，总是许姐姐来“解交”。家乡话里，“解交”就是劝解、调和的意思。许姐姐很会“解交”，笑笑地，几句话，就能让母亲消气。有一年学校搞学制调整，我本已读了一期“三上”，一调整，须得再上一个“三上”，觉着倒霉透了，就在教室里大闹天宫，把扫帚一根根拔得精光，字纸篓也被踩成了烧饼。先生臭骂我们一顿，恰好许姐姐路过，就叫她押我回家，报告家长，掏钱赔东西。一路上她沉着脸，没正眼瞧过我，吓得我胆战心惊。快到家了，她说，你先回去。我愣了一下，问，你不去告我妈了？她没吭声，径自走了。十天半月过去，预期的那场风暴没有降临，家里平静如初，教室里又有了新扫帚和字纸篓。我猜出这是许姐姐干的，问她怎么不去告我，她说忘了。我知道她不是忘了，看着她好看的脸，就想扑到她身上哭一场，可我没敢，怕人笑话。就叫了她一声许姐姐，她说就叫姐姐好吗？我说好，又叫了她一声姐姐，她的眼圈儿就红了，说，我也想有个弟弟，你就做我弟弟吧。小学毕业，许姐姐没考中学。好久后我才听说，老鞋匠做主，把许姐姐嫁到远处，给别人做了媳妇。从此老鞋匠一个人坐在鞋铺里，常常对着街心发痴。想骂他一句“活该”，却出不了口。

怎么我就没有个姐姐呢？问母亲，母亲似吃了一惊，默坐多时，才说我本来有姐姐的，乳名兰英，两岁时得了疳积，先是瘦，日后又黄，请了有名的中医把脉，喝了差不多几簸箕中药煎的苦汤，终留她不住。姐姐去了，母亲哭得昏天黑地，像丢了魂。奶奶就劝，莫哭了，世上有这种娃娃，乖巧伶俐，逗人爱，可惜命小，是专到世上讨情债的，你一向巴心巴肝地疼她，那债也还得差不多了，还能怎么样呢？

也许真是那样吧，自听母亲说过姐姐，虽没见过，我便时时感到有一种无以名状的牵挂，说揪心吧，不，说无所谓吧，也不。就像有缕缕悠远绵长的乐音，从看不见的世事深处飘来，在身边回环缠绕，弄得人心里慌慌的，歉歉的。我猜那乐音是黑色的，因为它来自沉浊的过去，有时又显见是明亮的橘黄，带着些将来的气息。在累累遭逢的生活的关口，我自然会想起她，快乐时，盼她来共享，难挨时，想她来分担和指示。久了，那种想念似成了我生命的一部分，常于冥冥之中跟她作着秘密的交谈，即便在平和如水的日子里，那想念也会如突发的涌泉，冷不丁从心底翻上来，渐渐弥漫于我的全身，叫我失去平静，抛却怠惰和认命，把兰英姐姐的托付，和她倘尚存于世应尽的责任，交给自己的肩头。有时在恍惚中，我竟弄不清，对没见过面的姐姐，心中到底是一种什么样的情境。虽说人生本也倏忽，而两岁的生命，实在是过于的短了。但以她留下的思念的分量来说，似乎又不短。不仅亲手抱过她的爷爷奶奶父亲母亲，就是我这没见过面的她的弟弟，也禁不住一直地思念着她，作为一个生命来说，这也很够了。姐姐却不时于梦中来访，又是为何呢？

有时又想，要是兰英姐姐活到现在，那会怎样？这问题突然冒出来时，会把我吓得一跳。不用说，我是愿她幸福的，也许她确会幸福，母亲说过，姐姐天资聪颖，甚至认定，她比我们六个孩子中的任何一个，都更堪造就。这我相信。长女多慧，古已有之。“阶前逢阿姐，六甲颇输失”，连大诗人李商隐谈及他溺爱的公子，也下过这样的评语。如此说来，我家唯一一个上大学的，就不会是我，而该是姐姐了；就像我的五个弟妹都因了家境，因了要成全我，没读太多的书一样，我想，我或也会早早辍学，去工作，挣钱，心甘情愿地成全我的姐姐。那么，如今的姐姐，未必不是个学人，或业有所精，或著述颇丰，在她醉心的某个领域，该是个资深的、受人尊敬的中年骨干。五十出头的年纪，生命的时光已只属于事业：一切生活的磨炼摔打，大体已成过去，而学问的摸索积累，早到了相当的程度。她将能把人生矢志，对准她所钟爱的学科，完成事业上的梦想。对她究竟会喜欢什么工作，我却拿不大准。也许是学工，也许是学医。在她上学的年代，学工学医都是热门。学医的可能性很大。当她度过了体弱多病九死一生的童年之后，难道不会想到做一个高明的大夫，以她的医术去解除千万个孩子的病痛？或去学工，做个女工程师、女建筑师，亲手为生她的这片土地添些风景。我不大相信她会去从政，感情太丰富的人，从政只会栽跟头，那样，姐姐就惨了。不管做什么，她开始花白的头发下，都该有一双睿智而又亲切和善的眼睛。加之母亲说过，姐姐人才也好，漂亮；那么，她会有个配得上她的，真心爱她的丈夫，会有个温馨和睦的家。这样，我会常去看她，向她诉说心事，请教人生。我挚信会是这样。

母亲讲了姐姐的事以后，开始翻箱倒柜地去找姐姐的照片，却终于没有找到。我不大相信姐姐照过相，以为那种奢侈不大可能属于姐姐。母亲执意说照过，是抱着她路过小城唯一一家照相馆时，被照相馆老板看见，硬拉进去照的，不要钱。母亲说，老板夸姐姐的脸和眼睛，像是专门生来照相的。这我相信。我想，姐姐那双眼睛定会说话。在她牙牙学语之前，必是用那双眼睛与亲人对谈。在她生命的最后日子里，疳积病折磨得她脱尽人形，唯有那双眼睛，依然异乎寻常地有神。我相信母亲的记忆，在病中，姐姐的眼睛仍充满智能和对生的渴望。黄连般的中药汤，她已吃得太多，无以下咽。母亲忍着泪说，兰英，乖，喝了药……病就好了。姐姐知事地眨眨眼睛——她已经没有点点头的力气了。姐姐不哭不闹，常常地，只拿泪汪汪的眼睛看着母亲，直到把母亲也看得眼泪汪汪。那到底是怎样一种折磨人的病呢，那疳积？上中学时我曾想，倘若我要学医，第一就要学会治疳积。医没去学，我却弄懂了，疳积原是营养不良引起的，算不上什么了不得的病。

但兰英姐姐倘能活到现在，真会快乐吗？我说不清。张爱玲曾说：“凭空制造出这样一双眼睛，这样的有判断力的脑子，这样的身体，知道最细致的痛苦也知道欢乐，凭空制造了一个人，然后半饥半饱半明半暗地养大他……造人是危险的工作。”又说，“若是他还没有下地之前，一切的环境就是于他不利的，那他就绝少成功的机会——注定了”。我几乎能肯定，我作为一个冒牌“老大”曾经遭际的一切，本来都要落到兰英姐姐头上的。挑水、劈柴的事，母亲或许宁可留给自己，也不派给姐姐，但有些事，姐姐一定逃不脱。父亲常常出差在外，家里米缸空了，母亲就要让我到父亲的单位或亲友家借钱。那事常常叫我恐惧，往往要在那单位门前踌躇多时，才敢进去。负责的人见我就问，怎么又来了，不是才借了五元钱没几天吗？仿佛我只是个陌生的乞讨儿，脸嘴十分地难看。姐姐是个女儿家，脸面薄，做不到如我那样的赖着不走吧？即使情形太严重，咬着牙熬了过来，最后的结局倘竟跟许姐姐相似，那该叫人有如何的惆怅？

许姐姐出嫁后不久，我们搬了家，就再没见过她。几年后母亲说，许姐姐的男人得了不治的肺痨，撇下两个娃娃伸腿去了。许姐姐孤儿寡母的，把老鞋匠接去，自己也做了鞋匠，要用一把绱鞋的锥子，挑起四口人的生活。听到那消息，我兀自翻出一绺染成胭脂色的蚕丝，摩挲了许久——那是许姐姐走前留给我的纪念，说是她小时候自己养的蚕，抽的茧，精心地染成。蚕丝的胭脂红依旧，而缫丝少女鲜艳的梦，显然已经黯淡了。

从那以后，我很少再向母亲打听兰英姐姐的事，像是小心地躲避着什么；却又毫无道理地把兰英姐姐跟许姐姐混在一起，虽然我明知姐姐早已不在人世。

前些天，14 岁的女儿作了篇作文，题目是《哥哥即将远行》，字里行间，满是对即将外出求学的哥哥的记忆，那盎然童趣，莫名依恋，让我蓦地便羡慕起她来——无论如何，我是作不出那样有趣的文章了。譬如她说，小时印象里，哥哥是个板着脸不会笑的人，晚上睡觉，一翻身就把被子裹去，让她在黑暗中冷得发抖，而爸妈不在家时，她在幼儿园大教室里苦苦等来的，又总是刚刚放学，汗水淋漓的哥哥……

不过我毕竟幸运，有过姐姐，虽说没见过面。也是老大的妻子说过，我还不如你呢，听你一讲，我也像有了一个姐姐，会想她的。

曾问父母，姐姐有学名吗？答说，原想等她大些再取，不料她就去了。又问，姐姐葬在哪里，有墓吗？答说，小娃娃，无墓。

那么，或许，祭她，就须祭这世界了吧。

走，去看看那湾长江

弟妹们相约，清明前回老家，去父母青草茵茵的老坟前敬杯水酒，点把香烛，插几串清明吊。父母在世时既非名流，也无丰功，想来那样寻常的一生，儿女们至今惦记着，也会得些安慰吧。

那是片山地果园，林木扶疏。站在半山放眼一望，就见不远处，从三峡冲出来的长江，到那里已放缓了脚步。春日阳光下，那湾波光粼粼的江水，如一枚亮亮的眸子，骤然就叫我有些动情。恰二月用那把春风牌剪刀裁出的几片春色，将好落在三月的肩上，春意早已浓郁地飘洒着。心里便骤起一念：既已回来，怎能不专程去看看那湾长江呢？于是突然有了冲动，要去江边走走，看看，想想。清明宜思故人。而我心中，太想跟江流这儿时就已稔熟的故人有一场清谈，就着些无椒盐的往事，细嚼慢咽那些一直没消化的空白，尔后坐看那湾江天的云起云散。

寻思以往回老家，也没哪回没见过长江。长江一直在那里流着，唯看到或想起，都在不经意间。那或是有些怠慢了。就如对长者、父母，晚辈子孙都该专程趋前问安的。她的恩情，何止于一道水源呢？只在不经意间或顺路扫上一眼，怎么都失礼了吧？

我说的故乡长江，是刚出了三峡，那湾变得有些悠缓的江流。紧邻的上游，乃东晋袁山松《宜都记》里描述过的“两岸高山重障，非日中夜半，不见日月，绝壁或千许丈，其石彩色形容，多所像类，林木高茂，略尽冬春。猿鸣至清，山谷传响，泠泠不绝”的长江，也是郦道元《水经注·三峡》中描摹过的“有时朝发白帝，暮到江陵，其间千二百里，虽乘奔御风，不以疾也”的三峡。一俟出了西陵峡口，过了南津关，便自改了性情——大自然极具性情也极懂韵律节奏，一泻千里后便稍稍松了一口气，只是款款而行了。沱沱河一带的长江源头虽至今没去过，上游万山之中金沙江的渺若一线，往下云浮江汉的九派黄鹤，崇明岛一带的苍茫海天，倒是都见过了的。那些江流都有无数人赞颂过，唯故乡这段江水，倒少有人提及。文字总比肉身更长久。我虽从没忘记过她，从小到大，只当她是个相识多年的隔壁邻居，到底还是看得太寻常了些，愧对了。

先人当初选择这里住下来，显见是因长江在此留下了那片江湾。但后来又发现，江流到了这里并没真改了脾气，水灾是常有的。于是追究到“风水”，以为那座立于右岸金字塔形的磨基山，虽特意立在那里，既显着迎接，也像是送行，终究还是有些突兀了。而江流左岸作为主山的东山则低矮许多，便在江边建了座“天然塔”，以为那样的高度，庶几可抵消一些“客山”的挤压。另说，磨基山又名孤山，建塔以对，可略慰其孤寂。管不管用我说不好，但古人的思索倒满满都是诗意：无论是“主”“客”之谓，还是为山寻侣，对人与山川的那种安顿，现代人都未必能想得出来。

如今，站在幼时春游仿佛要走很远才能到的宝塔河，感受到的正是视觉上的平衡：没了天然塔，或许天便倾了地便偏了，有了，江水便再不乱闯，径直往下游行去。于是小城便有了生生不息的人众，南来北往的舟船，有了人生公开或隐秘的悲欢离合；进而作为一个进出巴蜀的兵家必争之地，也就有了史称为夷陵之战的那场大战，有了抗战时的“中国敦刻尔克大撤退”，有了著名的石牌保卫战……如今，往昔皆已化作雕塑、碑刻、公园，散布于那座城市——当某些历史时光倏然站起来时，大地便也辉映成了史鉴，面对它们，人就该恭谨地肃立了。

生活自然并非总那样撼人心魄。那天注目缓缓而行的江流时，更多想到的，倒是那段江流也曾像母亲那样，抚慰过无数人细微却深切的生命之痛，体味过他们隐秘的爱恨悲欢，成全过他们的志向与抱负。还别说我那些寻常的父母亲人，即便一度官场得意、却因追随范仲淹革新失败而被贬为夷陵县令的欧阳修，也曾受益。

景祐三年（1036），未满30岁的欧阳修初到夷陵，想必也见过我正面对的江天，领略过那番情致。总有一种坚定，让人能感受柔软，也总有一种柔软，让人顿生从容。其时的永叔先生尚未自称“醉翁”，初到夷陵也曾郁郁寡欢。但就像我那天一样，心怀着私属的秘愿，转身看了一眼长江，世事或许顷刻间便有了新意。不是吗？当有人感叹面对浩瀚天空，总觉得自己在变老时，面对这滚滚而来的大江，欧阳修是否也曾如我一样，觉着自己还没真正长大，理智与心性的修炼成熟还有待时日呢？在夷陵任上虽仅年许，他却留下了50余篇（首）诗文。其《望州坡》诗曾云："闻说夷陵人为愁，共言迁客不堪游。"足见当时心情，而紧接的一句"崎岖几日山行倦，却喜坡头见峡州"，已略有欣喜。知否，那个任性旷达却内心柔软的诗人，总把朗声大笑播撒进白天的阔野，而把号啕痛哭丢弃在夜晚的田埂？当黑夜过去，一篇《至喜亭记》，正是他献给世人的欢喜。如今，横跨长江的至喜大桥，恰是据此命名的。几年后他早已离开夷陵，所作《和对雪忆梅花》却有句云："昔官西陵江峡间，野花红紫多斓斑。唯有寒梅旧所识，异乡每见心依然。"野芳斑斓，寒梅旧识，皆是与一方山水暗通款曲的知性知心，诗人始终铭记着的，正是那湾江流与小城给予他的深情抚慰。

诗中的"野花斓斑"一语，常让我想起他那首《戏答元珍》中的"野芳"："春风疑不到天涯，二月山城未见花。残雪压枝犹有橘，冻雷惊笋欲抽芽。夜闻归雁生乡思，病入新年感物华。曾是洛阳花下客，野芳虽晚不须嗟。"诗作于宋仁宗景祐三年（1036）。初到峡州，欧阳修与峡州军事判官丁宝臣（字元珍）交好。红尘世间，人和人莫过两种吧，或虽相濡以沫，却厌倦到终老；或相忘于江湖，却怀念到哭泣。丁宝臣久闻欧阳修诗名，有诗相赠，欧阳修乃作诗以答。小小山城荒僻冷落，残雪累累，冻雷殷殷，却暗蕴生机一片。想起自己以多病之身在时光更迭中的客子之悲，以及早年作客洛阳，稔熟于洛阳牡丹的踌躇满志，遂有今日山城野花虽晚，自己全不在意之叹。一首看似俗常的应酬诗，透露的却是决不气馁的追求与志向，及极富哲理的人生思考：政治上的挫折虽叫他心潮难平，甚或有些许迷惘，但"野芳虽晚不须嗟"，来日仍可期待。人有志，竹有节。《东湖县志》（宜昌曾名东湖县）亦有载：欧阳修主政夷陵期间，"为政风流""教民礼让"，夷陵迅即"风移俗易"。足见他后半生的成就，早在夷陵已打下根基，且为后人认可。清人袁枚以翰林改官江南时，友人曾援引欧阳修驻足夷陵一事劝慰："庐陵事业起夷陵，眼界原从阅历增。"某夜，当我远眺夜色中至喜长江大桥上璀璨的灯彩霓虹，便想，也许璀璨即为苍茫暮色而生，阳光金晃晃的时候，你璀璨个什么劲呢？真有本事，就在黑夜里发出光来！

余生亦晚。一晃，千百年如江水流去，上自屈子、昭君，下至唐宋之际白居易与元稹及其弟白行简，苏洵、苏轼、苏辙父子的前后"三游"，以及李白、杜甫等一应诗人大家，无论行经一瞥，或轻舟已还，还是午夜借宿，驻留为官，皆已从那个小城悄然走过，历史的纷繁足音，悄然回荡于一线峡江的江天之间。城虽已非当年之城，倒是诗在、情在。

临江而行，从穿过三峡大坝变得清澄的江水里，我竟看见了自己。江边，有人正以一根钓竿“甩钓”着一条大江。小小人影与一条大江相比，何足论也？而那幅情景，正可吟宋人诗句：“多少侯门天样阔，算来何似钓船宽。”长江自不会拒绝一叶蚱蜢小舟一张轻盈白帆，就连江边的土岸，也有情有义：岸在说，你是我千古浩荡的江流；江亦知，你是我分秒不舍的伟岸；紧挨着，无论冲刷浸润，亦自古直到如今。那也是一种爱吧。算来从生长于斯到十八九岁离家求学，与那湾江流亲近得毕竟短暂，当记忆的山林白云拂动时，生命已然迟暮。再次凝眸，看见一艘满载货物吃水很深的大船，才发现也只有那样重载而又沉稳的行旅，才真能跟这条伟大浩荡的河流般配啊！而此时，心中就像那天早晨我吃过一个家乡的糯米油饼一样，还是儿时味道，轻尝一口，整个生命，刹那间就芬芳四溢了。

欧阳修早已走远。但心里有过一条大江的人，或跟那座身边有条大江的城一样，年年岁岁都是浩浩荡荡的吧？从此你再不是独自一人在远方，而是在一个傻乎乎的人心里，这人把大半生的思念都给了你，剩下不多的小半生，也会一并打包给你呢。

2018 年 4 月 5 日清明　于昆明

临流晓坐

老家在长江边，怎么都是幸运。每次回去，时间或长或短，都会到江边石梯坎上坐坐。多半在傍晚，甚至天已黑定，喧嚣远去的时分，好像只有那时，才能与大江幽会独处，以发天下唯大江与我的慨叹。看着那样崔巍峻拔却让自己变得温情的山川，看着原以为正和自己一同变老的事物，才晓得其实青山老而未老，老去的只是你短暂的人生。而面对一条大江，大多时候其实什么都没想，有时虽也思若流水，心想如果家乡是本日月之书，读读那爿夜色就够了；读夜色时，读读夜里那道月光就够了；读月光时，读读月下那道江流就够了；读江流时，读读江流上船帆半掩桨楫尽收的波光也够了。偶尔想起明人吴从先那句“临流晓坐，欸乃忽闻；山川之情，勃然不禁”，觉得倒蛮应景；只是明知不是侵晓而是暮晚，只好叫“临流宵坐”了；但独自面对滔滔大江，浩荡的古意依然叫人沉醉。初夏 6 月，一年一度的洪汛眼下还没从雪山启程，古老的江流悠缓无声，静美得恰似如花美季的所谓伊人。

那晚没有星光江月。江面上倒不时有驳船向上游缓缓驶去，突突突的轮机声，亮闪闪的船头灯，提醒我还有无数如驳船那样，正不分日夜逆水而行的生命。看上去那不像是船在走，倒像是天地在缓缓挪移，神奇得叫我惊讶。一时便觉得能心静如水，与天地同在，正是大江赐给一个在江边长大，却一直漂泊在外的人之福，他人未必领会，也难得消受。其实远远近近也有不少人，男女老少或站或坐，什么都不做，就那么痴痴看着面前的大江。对岸大山背后，隐约有不知从哪里透来的光，匀柔地漫射开来，勾勒出大山的英武；稍平坦些的地方，不时有汽车开过，车灯如桨划开夜色，一头就钻进山肚子去了——那当然是错觉，其实是开到山背后去了。不远处有人唱起了歌，虽轻柔如梦，但依我之意，那时最好以琵琶为 6 月弹一首散曲，恍然若指尖即兴的拨弄，让某种连自己亦无明的心境，即兴地播撒于天地之间——如此，一切就刚刚好了。

倏忽间才发觉，自己因离家太过长久，知晓的都是些古代的人事，对近百年间家乡到底怎么一直走到如今，几乎一片空白，终归太粗浅了些。

第二天正好友人有约。在座的几位，原都有很好的文字，闲话中才知道，如今他们竟都放下了小说诗歌，转向了对故乡近代文史的探秘寻幽。说着，做东的啸洪君拿出本书来，是《宜昌记忆》丛书的一种，随手翻看，见所记都是百多年来小城开埠前后的轶人旧事，从没听说过，一时甚觉新奇。为该书作序的作家张永久见状就说，喜欢你就拿走，我再给他找一本。正要道谢，见扉页上有著者给啸洪的签名，不好夺人之爱。啸洪机灵，提笔便在书页上写了段话，其中“宝剑赠英雄”一句，叫我好一阵脸红心热。日后永久君又赠以《黄金水道——星罗棋布的川江往事》一册，竟是湖北作协策划的“家乡书”之一。方方在丛书总序里说：“没有家乡的人，内心深处经常会怀有莫名的痛楚”，而“有自己的家乡可依恋可怀想可回还，是一件非常幸福的事”。

“书卷多情似故人”。事后细读那些书，才恍然想起，时间作为另一条江流，无声无形，我怎么就忘了它的存在呢？其实，大江奔行于肉身之外，时间满溢于人心之中，我们何曾分分秒秒离开过两条江流？普鲁斯特在《追忆似水年华》里说，“人们在时间中占有的地位，比他们在空间中占有的位置要重要得多”，其所作所为，则多由时间来保存。这么一想，面对那两条古老江流，可看可想的，就远不止一点山光水色，几册诗词歌赋了。求学离家太早——“当时年少春衫薄”，难怪对他们注目的那些历史过往，大多都不甚了了。原来，即便那样伟大的一条大江，也有过自闭的、与世隔绝的年月。而清廷依据《中英烟台条约》被迫应允宜昌、芜湖等地的对外开埠，竟是由我熟知的云南“马嘉理事件”直接引发。小城自那以后在屈辱中城门洞开，现代化脚步虽杂沓零乱，终归已经起程。不仅著名的詹天佑为川汉铁路、卢作孚为长江航运，都曾驻留奔波于宜昌，一拨拨外国人也你来我往，既有想在宜昌租地建馆，却因民情激奋受阻的第一任英国领事京华陀，有最早到此开创平民教育，参与过“宜昌大撤退”的新西兰女传教士陆秉谦，也有先后在那一带采集过大量植物标本的博物学者爱尔兰人韩尔礼、英人威尔逊，有第一次驾驶机动轮船穿越三峡直抵重庆的英人立德，以及第一次以现代方式勘察、测量、疏浚川江航道，培养了许多本土

“领江”员，其纪念碑至今立在长江岸边的英人蒲兰田……正是这些各怀“野心”者的冒险闯荡，于百多年前，不管你情愿与否，硬生生地把个楚之西塞水码头，连拉带拽地搅进了现代化的旋涡……

趁着酒兴，那晚啸洪又邀众人驱车驰过长虹般的夷陵大桥，径直去到大江南岸，拐到磨基山脚一个幽秘之处。抬眼，对岸便是我那梦中小城：当年领馆、海关、洋行聚集却被日军飞机炸成废墟的沿江一带，如今一溜摩天高楼，霓虹溢光流彩，倒影斑斓生花，显然已是个规模初具的现代化城市，而忆起百多年前小城在现代化进程中的筚路蓝缕，未免感叹唏嘘。城市与人一样，须慢慢生长，不仅生长需要时间，生长的疼痛与屈辱，也都深藏于中。其时四周静谧无边，丝绒般柔滑的夜，平匀又深沉地呼吸着，仿佛刚从苦难年代走了出来，披上了酷炫的衣装。以至我竟不敢断定，我真是在那里长大的。尽管真属于百姓的日子，无非一点不虚的富足，安静的日常，素雅的清欢，但每晚到江边闲坐的人们的心情，已经道出了他们的认可。

古罗马执政官西塞罗的话说得刻薄却又在理：“一个不懂自己出生前的历史的人，永远是个孩子。”看来，人对故乡真切入微的认知，都是个悠长的过程。远离家乡的游子，除了回乡探望探望，也需多读点“家乡书”，将百年变迁史铭记于心，方知我们来自何处，也至今还在路上。没问过那些家乡文友，是否也常到江边“临流晓坐”，但他们在那条历史与时间的长河边，显然已苦坐多年。为打捞、梳理家乡的前世今生，那就像一场入定的修炼——只有把山空出来，才容得下鸟、树，及鸟翅般飞动的云，而一颗心该要清除多少积垢浮尘，才容得下那空空山里曾经的寂静与喧嚣？就像花儿总会把一些幽闭的梦，悄悄做到竹篱外的云天，有心者自会听见他们诵经声里的山高水阔。否则，你眼力再好，又哪能看见王维的南山？

再去江边，“临流晓坐”，方知天之高水之遥爱之深。“欸乃忽闻”已是如烟往事，可在那番“勃然不禁”的山水之情中，我已非我——闲坐半晌，原先浮游于半空的自己，似乎已倏然落地，真正与那片天地浑然同在。故乡只有一个，思念岂止万端？真想告诉你，与江天对酌，满脸羞红的不是山水，而是我自己——深藏于心的，正是我不多的神秘时刻。面对江天时的种种细节，顿时变得轻快明朗又厚实凝重，灵魂开始向着自己狂奔，让我也想奔跑起来：如若不能做到跟故乡和衣共寝，就想想怎么跟故乡的往昔握手言欢吧！

2019 年 8 月 7 日　于湖光里

故乡的重建

故乡对于每个人，都是个巨大的，看似熟悉其实有些陌生的存在。客居异乡半世，虽说不时也会回乡看看，到底时间都短，有时路过，待个一天半天，有时虽有七八天，无非见见亲人朋友，多在言语交谈之中，对于乡土的来龙去脉及其变化，似乎看到了，其实没真往心里去，故乡多半还是早年你心里的模样。直到真住了下来，才发觉，故乡已然不是你记忆里的那个故乡，她变了，变得有些认不出来了，你甚至会怀疑，那真是我的故乡吗？

有一天，我发觉我连路都认不出来了——时代变化太快。半个多世纪，不惟旧时街巷熟悉的外观早已面目全非，怎么看都让人觉着模糊，新辟的宽敞道路，更叫人连方向都弄不清。妹夫开着车带我去办事，我几乎每路必问，是什么路，什么街，老地名叫什么。而许多地方的老地名，说了我也没任何记忆，毕竟那时人太小，除了读书，做点家务，余事多不过问，哪会晓得城区外那些旮旮旯旯的地方姓甚名谁？就在那天，我心里突然就咯噔了一下：看来对于故乡，怕要重新去认识了。

更大的诧异接踵而来——那是关于花木的。

人与万物为邻，花木是现代人类认识一方乡土自然物候的凭据。而花木千千万万，人几乎时时都在与花木打交道，只是我们常常不知觉而已。这样的“无情”，花们知道了，怕是会生气的——庚子的冬天突然想起这事，我吓了一跳。

在一座四季如春花序繁密的高原之城待得太久，总以为长江边的家乡冬日天寒地冻，怕是难看到花了。不料从去秋到初冬再到初春，发觉只要有心，花其实从没断过。如此，我也弄不清先前的担心到底是记忆有误，还是物候本就在改变？

幼时对家乡花木的记忆，仅止于白杨、泡桐和蜡梅。白杨因是那时随处可见的行道树，高大，笔直，加上叶丛间常常歇有知了，虽看不见，多远都能听到的叫声，常会吸引我拿根竿头上扎着蛛丝球的竹竿去粘“知了”，所以从没忘过。记得泡桐，是因为有好些年，家门口都种有一大棵，蒲扇般硕大的叶片，遮阴挡雨，多少年后都依然如在眼前头顶。至于蜡梅，则是在家乡唯一一个公园里见过的，因是老师带着去的，特别讲到了蜡梅是蜡梅、梅花是梅花，二者并非一类的话，印象也深刻到直至如今。这回之所以担心冬天的家乡看不到花，恐怕就是因为幼时对家乡花木了解太少，也太浅了吧？

去冬我是在林木葳蕤的边城普洱过的，一茬茬叫不出名字的花，叫人目不暇接。光是漫山遍野的冬樱花，就如普洱好客的友人，街道两边，田边地头，简直无“微”不至，且到处都开得热热闹闹，让人常常流连到忘形亦忘归——我完全无法设想我会在故乡，有那样一种面对一种花的痴迷。

人却恰恰都会出错。多年后的这个长冬，在家乡最先看到的，竟是蜡梅，在沿着长江步道辟出的，长达十多公里的滨江公园里，一眼看到蜡梅，真乃家乡逢故知，不惟那蜜蜡花色玲珑姿态让人看到欢喜疼惜，那种清冽的幽香，似乎也能于刹那间浸透归人肺腑。我知道那是儿时头一次面对蜡梅的感觉被瞬时唤起，半天都不忍离去。看来看去，竟仿佛找到了丢失的自己，回到了五六十年前。老同学后来告诉我，其实每年冬天，他和住在江边的人，早晚都能闻到那股蜡梅的幽香，那话让我惊喜——原来，故乡人有福啊。进入五九，见蜡梅渐渐凋萎，心有不舍焉，心想这下怕是再难见到什么花了。哪知不久就见红梅、美人梅花苞初绽，又转忧为喜——细想，非喜新厌旧也，实乃天行其道，物竞其时也。樱花吾之友，蜡梅吾之友，红梅亦吾之友也。那些天冬阳温润，浩浩大江边，红梅、美人梅一串串一树树一片片，眼见着也闹热起来，如云霞漫天，乱红飞撒。晨间漫步，不时见有赶早来的蜂子，忙不迭地穿行其间，振翅声窸窸嗡嗡，如纺车轻摇，隐约可闻，煞是好听。

不待梅花开过，转眼，玉兰花又开了。不是我在别处见过的，花杯硕大的广玉兰，是本地的罗田玉兰，花杯略小些，却开得满天满地，一树莹白的花朵，随开随落，往往是树上一片白，地上白一片。而就在同时，原先不声不响的樱桃李似乎突然间就绽放了。樱桃李又叫紫叶李，白花、紫叶同出，互为映衬，密如星河，气势于婀娜中藏有一份张狂恣肆。有一天又意外发现，路边如同冬青的小灌木里，有几朵深红的小花，问了问“识花君”，告是梅茶花，竟是头一次听说，头一次见，算是补了这个冬天没看到云南山茶花的缺。

张旭《山中留客》一诗有谓：“山光物态弄春晖，莫为轻阴便拟归。纵使晴明无雨色，入云深处亦沾衣。”殷殷“留客”的，当然不只是“弄春晖”的“山光物态”，而是整个的那片土地。一个以为难熬的冬天，时间和季节，就在那些花开花落中，慢慢地变化着，既在变化中走来，也在变化中走去。我，则在花开花落的花事中，渐渐地重新认识了故乡——原来，家乡一带的鄂西，也是个生物多样性异常丰富的地方，幼时是决不知道的。

如今爱说，愿你半世归来，还是少年。那么，半世归来时的家乡，是否还是家乡？看来，家乡并不是一成不变的啊。你当年出走时的家乡，与你归来时的家乡，看似一处，却又不是一处。你老了，家乡既老了，也年轻了。重新辨识家乡，是每个游子归来后的必修功课。家乡如同一本教科书，幼时读得浅，一个孩子的认知能力毕竟有限，印象尽管深入骨髓，但也很可能皮相，碎片化，偏于感官，甚至错误。基于此，对任何一个久别故乡的人，家乡都需要重建。不仅要重新辨别故乡的方位、街道，还需重新勘察家乡的地理风貌，探索家乡的历史渊源，体味家乡的风俗人情。对故乡的了解，正是对一片土地、一段历史的重新解读，绝非那么容易，那么轻而易举。比如，天气温暖，适宜花木生长，树多花多，尽在情理之中。而一座夏酷暑冬凛寒的城市，要想四季花木不断，就不是易事了。一是要有有心人的侍弄，二是那些花木便格外地要有些能耐，能挺过冬日的严寒。这么一想，便觉着我看到的一切，内里都须有些定力了，而道存其中。是的，是这么个理儿——生活总会给你答案，但不会马上把一切都告诉你。

转眼春将至。那时，家乡这本教科书将翻开新章节，我得继续读；何况，这还只是这座有 2500 年历史的小城之花木卷，自然还有历史卷、地理卷、文史卷，甚至诗歌卷……多了去了！

——但愿我是个好学生。

2021 年 2 月 13 日　于长江边

寻声楚吟缓缓归

一

作家梅子说声“到了”，应声望去，秭归就到了。

——近在耳旁的那句秭归话，于我是个开悟：那场处心积虑的返回，将将抵达。

伟大的长江顿时横到眼前。那是久违了的，跟秭归联在一起的那段长江——于我，大而化之地说叨长江，从来都太含混。字面上的“长江”，是个长达6000多公里的名词，心里的长江，却由无数段看上去伟大或并不那么伟大的江流联结而成。我从没远离过长江。但横断山里渺若一线的金沙江，与崇明岛出海口一带烟波浩渺的长江，虎跳峡里虎奔狼突的长江，与江汉平原水平若镜的长江，岂能混为一谈？更别说一条大江在不同时代、不同季节的万千差别。秭归一带的长江我虽见过多次，掐指一算，离最后一次去秭归，已然又是20来年。青春尽逝，老来归乡，彼时心境，任谁都能想见——唏嘘复唏嘘，但返回依然是个必要的选择！

路上，我一直在深究的，正是“秭归”这个字眼。

一个地方的全部历史，都隐藏在地名之中。“秭归”一名，其古老、独特与亲切，当世无二。多少城市数典忘祖改名易姓，秭归一直没改。秭归还是秭归，永恒。何为“秭”？《水经注》曰：“屈原有贤姊，闻原放逐，亦来归，因名曰姊归”，那更像个传说。其实“秭”为数字：“秭，数也。”（《尔雅》）郭璞注曰：

“今以十亿为秭。”《说文》则谓“数亿至万曰秭”,《广韵》则称“秭，千亿也”。《风俗通》干脆说“千生万,万生亿，亿生兆,兆生京，京生秭。”如此，“秭”已成无穷大，几可齐于天地。

“归”，即返回，衍射、扩展为反观、反思，归还与合并。返回从来都是生命本能的冲动，返回家乡，返回出生地，返回诞生你、生长你，你流连过、注目过，甚或与你只有点滴相连的某个地方。那是对“去”的反拨。生长从来不是几句声嘶力竭的叫喊，也不是因虚幻的鼓动一味地向前。有时你已走得很远，到了却发现你必须返回原初。长途跋涉中，你或须停停，站站，回头看看经历的一切，想想曾经里的仓促与无奈，重新思索，也重新定位。没准儿在返回、反观、反思的一刹那，才会看清当时的自己，看清现在和未来。“自我不是自在的存在的一种属性。就其本身而言，它是一个被反思者。”（萨特）有时，返回甚至是出于某种愧疚、抱憾，对曾经的愚蠢、莽撞、浅薄、无知的一种有意无意的弥补，是内心对原初、原乡的深刻致敬。如若一切都如李商隐所谓“只是当时已惘然”，人生便会失去应有的丰润辽阔，干缩成一个空壳。民族、国家尽皆如此。世上所有的节日、纪念日，都基于这样的意义方被确定，有了意义——无论它关涉的是欢欣痛苦还是生存死亡。人是个必须不断返回、反观与反思的动物。重新咀嚼，咀嚼品味，品味过往中某个日子的意义，该掩埋的掩埋，该怀想的怀想，尔后继续前行，早已是现代人类社会不可或缺的精神补给。

更多时候，人要返回的，或许并非某个清醒明白的地点、时间或日子，很可能只是一方清风明月，一弯曲水流觞，一片清寂雅静，一道透底明澈；是满天星斗可见而不可及的悠远，一地苍苔你想呼唤却无法开口的失名，有时竟是连欲返回者自己都无法说清道明的，某种纤细得微不足道的玄秘，一句其实寻常却让人泪流满面的乡音，一片不知在哪方天空见过的悠悠白云，一根不知何时划伤过你胳臂的任性摇曳的狗尾巴草，甚至是“无”，是“空”，是某种细若游丝转瞬即逝的心境，是洒脱如同流水的某种自由自在……

如此，所谓“秭归”，便是一个数量无穷大的，万千人生的返回、反思与反观。屈原必深谙于此，“返回”亦经由他的出仕与回归实现了最初的滥觞。导引那一切的就是诗。屈原本质上首先是个诗人，以文辞与辩才名世，先有“诗”，而后有“策”。“诗”与“策”，是他生命的两极，或说双翼。策，策杖也，鞭策也。而“诗无邪”。“兴、观、群、怨”。“言之者无罪，闻之者足以戒，故曰风”。屈原的失宠于朝，从一开始便已注定。他也曾极力以他的“策”去报效他的国，可惜君王既不懂他的“诗”，也无视他的“策”。当“策”的翅膀被折断，便只能返回去做他的诗人。他的一生是对“返回”一语的最好注释。而我，要赶回去过的，是我母亲的家乡青滩，是己亥年秭归的端阳，乐平里的三闾骚坛诗会。是对“屈原故里”、中国文脉第一源头的致意。可直到那时，一个与秭归血肉相依的人，却还没去过乐平里，没听到过我心目中的楚吟。

……倒是真快，车从宜昌出发，不到一个钟头，秭归就到了，我却好像还在梦中，还没从一场旷远的、恍兮忽兮的期盼中真正醒来……

二

“梦为远别啼难唤，书被催成墨未浓”。回头一望，头回去秭归，已是30多年前：1985年，湖北作协做东的第一次长江笔会，来自沿江10多个省区的百多号人，先在武汉集中，乘车到宜昌，再坐船逆水而行，去秭归。记不清船到底开了多久，只觉时间很长——想想，从二十世纪八十年代返回两千多年前的楚国，屈原的家乡，几乎穿越整个世界，穿越秦汉唐宋元明清，穿越整整一部中国史，是多长路程？要多长时间？现在却倏忽即到。可细细一想，我们与古典、古雅、高洁的距离，似乎反倒更远了，远得人到了秭归，亦非一眼就能见到他，听到他。但无论如何，我是到了。

说起来，重返或说再去秭归，乃三年前一个意外的约定，一场无心的预谋。那年，秭归作家周凌云一行到昆明公干，拎着一大兜子书，好几公斤重，到处打听我在哪里。一个电话打来，告诉我他们来了。他们是谁？我不知道，只说是秭归人。我母亲就是秭归人，青滩人。在心里，我早就把秭归人认作了乡亲。按照约定时间，我赶去见他们。坐下便问他们怎么知道我？回说是读过我一篇写青滩的短文，还收进了他们编的一本书。其实，那样一篇短文，只是我对母亲的一点怀念，文中的青滩，作为母亲的老家，充其量只是母亲家乡的一个符号，而非青滩本身。所谓“母亲的青滩”，其实是“青滩的母亲”，跟真正的青滩不大相干——我对青滩几乎一无所知，文中也只说到陪母亲去到青滩，眼见她戏剧般地找到了一个亲戚，让她了却了深藏于心整整60年的一个心愿，完成了她作为一个秭归人生命的“返回”，一次“归”。青滩依然在我之外，只是母亲归去的一个地点。于青滩，于秭归，就像于家乡宜昌一样，我心有愧——命运驱使，大半生浪迹远方，入他乡地，吃他乡粮，饮他乡水，做他乡事，于家乡多有怠慢……

可乡亲居然没有忘记我，把我从无涯的漂泊中捞了出来——秭归人机灵，擅于长江大河的打捞。打捞不只是一种技能，近乎慈悲与德行。他们深谙并执着于那个无穷大的返回，“归”。我只是其中之一,一朝了然，就难再弃。然后约定，要回秭归，回青滩。答应。盼望。一晃三年，终于如约而至。

后来我才知道，一年一度的端阳祭拜屈原，就是一场费心费力的集中“打捞”，海内外，全国各地，数量“无穷大”的人都要在那天“返回”，“归”。每年端阳作为法定假日，全国统统放假，唯独秭归不放，端阳从来都是他们最忙的时候。

——我到的那天，是农历己亥五月初四，端阳前一天。

三

江边的“屈原故里”张灯结彩，花枝招展。那当然不是真正的屈原故里，只是打上游流落于此的秭归新城，是新秭归江边凤凰山上一幅巨大的现代摩崖石刻。记忆里的老归州，早已沉入江底，不意新崭崭的秭归如今也已覆满青苔——这世上，什么都在慢慢老去。一条巨大的藤穿过葳蕤草木，一直伸向我仰头也难看见的某个高处。世事沧桑，其变也忽。往深处一想，那也算不得什么。流浪与漂泊，似乎是长江一线许多地方的宿命。秭归似从多年前就开始了它的漂泊流浪，那跟两千多年前屈原的流放相比，真的不算什么。屈原的几次放逐，足迹可谓遍及“大江南北”。秭归不过是顺着长江搬了一次家，至少它依然还在长江边。青滩则早就在一次山体滑坡中沉于江底，成了“新滩”，尔后“新滩”再一次沉入江底，方有了如今的“屈原镇”。我不敢确认，搬迁过的秭归，屈原和无数要“归”的人是否依然找得着。但“一朵花的美丽在于它曾经凋谢过。”（海德格尔语）美丽总会凋谢。屈原早就凋谢过。尔后轮到秭归凋谢，青滩凋谢。而一朵真正美丽的花，就在它凋谢过后的依然美丽——在远方，每次与朋友说起秭归，他们都会啧啧赞叹：多美的名字啊！他们只知其美，不知其痛，不知它亦曾凋谢，不知它的独特恰好“在于它曾经凋谢过”，在于凋谢后的再度绽放。

端阳临近，摩崖下那个宽阔广场，临时摊点成排成片，售卖各种与端阳有关无关的食品用品，浑同集市。那景象，离一个有着中国最伟大诗人屈原的秭归，是不是稍稍有点远？我慢慢走着，踱着，心想那不是秭归的过错。如今的中国，到处都有那样“一条街”。幸好我起初的疑虑甚至失望，很快就被我自己粉碎在了心里：只要《楚辞》还在，诗还在，廉价的盛装并不能改变秭归诗的本性。我依然走在楚国，在屈原的家乡，我母亲的故乡，我祖先的城市。想起作家徐则臣在《北上》里所说：

> 坐在祖先的城市里，我不觉得陌生，也不觉得熟悉。
> 我像个二流子在祖先的土地上晃荡，晃得身心空空荡荡。

我甚至不是“在祖先的土地上晃荡”，而是到处晃荡，晃到天边，异域他乡，荒山野岭，晃到身心俱疲，每时每刻都在渴望着归去。如果“返回”“归”是秭归的一大属性，包括晃荡在内的漂泊与流浪，则是秭归的又一大属性。没有远离、漂泊与流浪，何来“返回”，“无穷大”量级的“归”。毕竟是节日前夕。从“屈原故里”摩崖下通往江边的道路已经封闭，想去江边看看须等明天。那就等吧，何况我已经等了那么久。

四

细细一想却不对了——多年前的一个端午，受诗人刘不朽之邀，我去过老秭归。与刘先生的相识正是一段漂泊留下的印记——求学外地，两年没能回家，却在图书馆阅览室的一次随手翻阅中读到了他，顿时乡情汹涌，提笔给他写信。那样的相识，说是由他的诗作引发，不如说是出于一个“漂泊”学子对家乡的思念。而若干年后他邀我去秭归，亦并非因为我的写作，而是对一个远离家乡者的挂牵。他特意嘱我最好能请一位湖北籍画家同往，而相识多年的湖北黄梅籍军旅画家梅肖青先生，幼年去乡，到那时已“流浪”了几乎半个世纪，闻听有此机缘，简直“漫卷诗书喜欲狂”——在秭归，不顾我事先再三提醒，从早到晚整整一天，竟画了 20 多幅画。凭什么呢？我说。他说，都是乡亲，怎好忍心拒绝？

那时的秭归，还没尝到流浪的滋味。千年已往，一切都苍老到近乎憔悴。街巷狭窄。天悬一线。灰白的马头墙高耸着它们的斑驳与沧桑。我听得见我们的足音。而屈子的楚国，早就如花凋谢在历史深渊，须到发黄的典籍里寻找。

青石板路油光水滑恍然如镜，直想一脚踩进去，就踩进屈原的楚国。问梅先生：您在想些什么？他说画画的人嘛，无非想落笔就是宋元，你呢？我据实相告，然后相视一笑，任笑声在秭归逼窄街巷里翻滚回荡，直至于无。

至今也不明白，那年的端阳诗会，怎么没去乐平里的屈原庙，却会在一个幽暗的礼堂进行。舞台灯光不甚明亮，黑压压的人头如同波浪。轮到我上台时，浑身都在哆嗦、发抖。“近乡情更怯”。紧张。突然意识到了那个时刻的庄严。诗是秭归的骨与血。只有那时，你才会真切地想起你面对的，是中国最古老也最伟大的诗人屈原，那是没有一个署名者的《诗经》之后，第一个署上自己的名字，却一直颠沛流离于江河湖海的诗人。世界从那之后就迷失了方向，至今还在迷失着。我们都在流浪。“惟草木之零落兮，恐美人之迟暮。”“长太息以掩涕兮，哀民生之多艰。”无论我们在哪里，哪怕如一棵树那样一动不动，照样在漂泊流浪之中。诗意沦落。诗意丧失。汉唐以降，诗早成了仕途的进阶攀附的云梯，竟有几人在以诗为戈矛，忍着灵魂的剧痛，让生命发出呼喊？“黄钟毁弃，瓦釜雷鸣。”屈原那香草美人，“朝饮木兰之坠露兮，夕餐秋菊之落英”的诗意，在哪里？陶潜“采菊东篱下，悠然见南山”的诗意，在哪里？齐白石“画水中的鱼，没用一点色，也没有画水。却使人看到江河，嗅到了水的清香”（毕加索语）的诗意，在哪里？诗的价值断崖式跌落。人沦为徒俱肉身的躯壳，灵魂无家可归。有识者渴望的，是有朝一日的“返回”，渴望真正的“归”。空间是奢侈的，生存的空间。而返回何止于肉身的空间挪移，更是魂魄的重新锚定。“路漫漫其修远兮，吾将上下而求索。”有些迷失，比如我，纯属时代的戏谑个体的误判。多年漂泊异乡，以为浪迹天涯阅尽春秋有无尽豪迈，其实无非是一种极致的自我迷失，潇洒中隐藏着的唯深切的孤独。在这个意义上，我们与屈原一样，一直处于无尽的流放与漂泊之中……

走到江边是第二天的事。人太多，请跟我走，秭归文联的宋文荣说，又一阵乡音，热情温柔。于是跟着她去到江边，在同样流浪迁徙过的新屈原祠前，一个祭拜屈原的大会即将举行。人头攒动。屈原若在，注定不懂什么叫开大会，更无法理解一个整肃如斯缺少浪漫的大会，竟是为他而开。五颜六色的彩烟飞向空中，停留片刻后转眼飘散。议程一丝不苟地进行。我嘱咐自己：你需要耐心。但无论如何，我的第 77 个端阳，已然穿行到“屈原故里”。远处大江滔滔，雨云叆叇，峡江苍茫。长江本就是漂泊流浪的集大成者，丰沛富足的水量，无非始自青藏高原长途跋涉而来的万千流浪着的水滴。给自己一个心理暗示吧：

你已归来。按事先的告知，我也与几个人一起，上前给屈子献上一束兰草。“扈江离与辟芷兮，纫秋兰以为佩。”“余既滋兰之九畹兮，又树蕙之百亩。”“步余马于兰皋兮，驰椒丘且焉止息”。唯愿那不只是个仪式，而是一种灵魂的契合，愿那束曾在我手里停留过的兰草，为我留下屈子遗世的孤独与芬芳。没能饮到雄黄酒，没能像幼时那样，让母亲用雄黄酒点染我的额头眉心。那一刻，也不敢奢望屈子隔着两千多年时光，在给河中龙舟龙头点睛的同时，也给我点睛开眼，只愿乡亲们能用雄黄酒，点中我的眉心，让我长满茧子的心，重新像那枚琥珀色的酒滴一样透亮……

五

反身坐下，突然想起，那个位置那个地点，我已不是第一次去。

1997 深秋时节，应家乡一家报社之邀，去看大江截流。人离截流现场太远，加之江上有雾，看不大清，却在那天，同时看到了老秭归和新秭归。旧梦难描，旧情难寄。汉代设县的秭归，一个长须冉冉、长衫飘飘、乘鱼来归的屈原，一个浣衣浣出一条香溪又以情和番远走他乡的昭君，似便说尽道完。其实秭归就是秭归，是并非诗人或美人的寻常百姓的秭归，是作为我母亲老家的秭归。说起秭归，我想起的是从没见过的外公，一个上身精赤，弯腰驼背，常年在长江边拉纤背煤的秭归男人。多年前某个冬夜，一家人围炉聊天，当母亲突然说起外公，说起屈原和王昭君时，我大感诧异，不知对于秭归，少小离家连字也不识几个的母亲，心中竟是怎样一番难以抹去的浓情！伟大从来无法替代亲情。屈大夫当然伟大，却“国”破“家”在，至少无须有对“移民”的牵挂，而如我母亲一介平民者，牵挂的只是寻常的“家”——后者似更关联到人的本心，并不因寻常就了无价值———那长久而又揪心的牵挂，总会在静夜里将人啃噬得遍体鳞伤。

截流当天，清早乘水翼船到达秭归老城还不到九点。淡淡江雾中，江边九道礁石直扑江心的“九龙抢滩”奇景犹在，趸船边，三条系缆的龙舟也兀自在浪中跳跃—— 一切依然是家常气氛；细看，才见临江的楼房正在拆除，处处残砖碎瓦；房子多已人去楼空。秋风瑟瑟，似在为归州铺排一篇千古《秋赋》。不知那时，秭归人抛别历时千载的家园故土，那以代代峡江人心血智慧凝成的古归州，当是怎样一番萧寒情怀？那之前我初谒秭归，三峡电站工程还在筹划之中。说起有朝一日秭归古城终将沉入水底，似还遥远。转年，陪母亲专程去青滩那晚夜宿青滩，枕边的长江一夜流淌的，皆是浓浓的乡情乡韵。说到将来，年迈的表舅似也并不怎么担心即将到来的移民。而那天站在屈原祠前，人道日后江水会直漫到屈原祠第二级梯坎，或会有第三次搬迁；我便突然有些揪心，而年轻女讲解员的谈笑风生，却又让我了然，生活似乎还须照样进行。

那天别过老秭归，中午来到坐落在未来三峡电站大坝副坝旁的新秭归。见街道宽阔，楼宇林立，新城看上去亦颇壮观。倘说老秭归是一首被历史吟咏过千万遍的七律，虽韵味悠长，却嫌格局太小，新秭归则似一篇开阔宏大、气象万千的长赋了，尽管多了点“急就章”的匆忙，却让人想到有数千年辉煌的古归州，在历史的起承转合中，由此或该有一个新的起笔，一篇大文章，该由几代人秉笔书写。人们过节般涌到城边凤凰山上，只为亲睹大江截流的壮观与辉煌，脸上似乎并无失去故土的凄惶，唯有质朴得近乎童真的欢乐与向往。而我听说，为给未来的水库腾出地盘，他们实实在在做出了许多牺牲。有容乃大。包容过高山大河千古历史，也包容过乘鱼来归的屈子和以情和番的昭君的秭归，如今包容的却是整整一个三峡大坝。

那次临行前我跟母亲讲了我的见闻。问母亲，也不知青滩的亲戚都迁到哪去了？母亲说，没有来信，哪个晓得哦？轻叹一声后又说，不管迁到哪里，还不是都要过？……可不？屈原闯荡天下尔后来归，昭君至今还留居塞外，都得过哩。

六

远山巉岩齐天，亦掩不住屈原庙巍峨清白的容颜。傍晚到达乐平里，站在旅社门口，抬眼就见不远处的山头上，屈原庙巍然屹立。天色近乎灰暗，竟也有一束斜阳，打在那方屋宇上，以至它的整个背景，只是一方多云的天空。心想远离了喧嚣的人世，你这般轩昂这般青葱地屹立，是要让多少人自惭形秽啊。薄暮时分，友人驱车沿着屈平河，一直去到香溪。真不知那条崎岖山道，到底隐藏了多少历史的秘密。一个诗人，一个美人，真没辜负那片看似寻常的山水。

暮晚和友人一路信步而行时，并没看到星月，但我明知就在我上方，在我头顶，屈子面对过的古老深邃的星空，仍在一直地闪耀。夜空下的峡江深邃亦沉默。乐平里初夏的夜晚，露水还没下来，沾衣的只是思绪的微雨，既不清凉，亦不热辣。没闻到菖蒲艾蒿沉郁的香气，只有青草的苦涩清凉地拂来。夜空中，一双从《离骚》里露出的眼睛，一直在炯炯地盯望着我们和那片山野，长江就从那片山野后流过。那片巨大夜空因沉默而越显威严，却也因那双眼睛平添了灵动与深邃。终于来到乐平里了！在向远方漫无目的的踱步中，突然发现自己喜欢在这样的夜晚，孤独地走向不名的远方。回头才见，《橘颂》碑橘黄色的灯光已然点亮，碑前不大的小广场上，有人正在舞蹈，只剩下那块诗碑在暮色里温柔地发亮。在那样的背景里，隐约可闻一个声音，一如太空漫步的悠远天籁，格局博大，直抵魂魄。那乐音泛起的涟漪，弥漫于整个夜空，美妙而悠然，平静而深沉，辽阔而宏大，激昂而又悲凉……渺小如我者，也一如在宇宙中飘飘忽忽地行走。两千多年前的楚地，神灵出没，诸神同在。谁才是那样一个宇宙的王者？当他孤独又慈祥地，满怀着悲悯俯瞰他身下的大地，又能与谁对谈呢？唯有屈原。

翌日清晨我醒得早，出门不远，便与屈平河再次相遇。清晨的屈平河水声如歌——据说往日，因为上游的一个小水电站，水已断流，那天特意停止发电，河水方能自由流淌。沿盘山小道爬上去，看见乐平里屈原庙前那棵傍着屈原雕像的黄桷树，高大葳蕤浓荫匝地，尽管未必真高于远山，但在屈原庙前长了几百年，早已成了山高树为峰的脚注。

深吸一口气，廓开胸襟，似要鼓荡起楚人那高扬千年后又收卷的生命之帆。只有在乐平里，才能感受到横亘于屈原与当下间的两千多年时光，整整一部中国文明史。岁月如同山河，多少高山峻岭江河溪流布于其间？你会惊讶它的漫长与博大，又会叹息它的短促与匆忙。一代代帝王将相已沦为粪土，万千芸芸众生也已云散烟消，唯屈原和他的诗歌一直流传至今。说屈原只知忠君报国的论者，是不懂辩证法的。他们忘了屈原终其一生都是个追寻真善美的诗人。在他那里，美政与美人同为一体，二者不过是“美”的不同形态。而真正纯粹的美，则远远高于美人、美政，高于两者的总和。他是人类历史上为数不多的以“美”为终极目标的歌者。以为他只是为自己的被黜痛苦，透露的只是论者自身的狭隘与浅薄。美是这个世界上最崇高的。她高踞于山河之上，与日月同光。

我拾级而上，去屈原庙三叩三拜，奉上三炷香，转身一望，唯见云山苍茫。

七

祭奠屈子的招魂仪式行将开始。

“三闾骚坛”简单到只是置于高高的屈原庙脚，铺在一张普通条桌上的那幅深红色绒幛，凝眸处，四个稚拙可亲的隶书字，却让整个乐平里顿有千钧之重。条桌上，供着显见出于民间手笔的灵牌：“楚三闾大夫屈原之魂魄位”，大字两边“清烈千秋师”“忠贞万古存”两行小字，点点滴滴都是淋漓的民心。烛灯、香炉、酒盅、点心一溜排开。轻烟缭绕。人世静穆。烛灯在清幽晨光里微弱却倔强地点亮无数人的思绪。纸扎的引魂幡以它素雅的清白，在屈原庙前陡峭梯坎那沉郁的深色背景里，时而低垂，时而轻扬。由一面鼓、一大一小两面锣、一副大钹组成的乐队，四个乡人，把阵阵锣鼓敲打得叫人热血盈沸。三个吟诵招魂诗的乡人开始了吟唱。那是始自屈原的道地楚吟，来自大地，悲悯悠扬，深切跌宕，上天入地，忧而不伤。“神性、兮、楚、赤豹、文狸、‘终古之所居’……并不是屈原想象力或者概念计算的产物，而是他的此在，‘大块假我以文章’。”（于坚语）置身在那样的气氛里，异样的肃穆让人既振奋充盈，又感到虚脱与无力。耳里尽是屈子的乡音，即便相干了两千多年，那样的诵诗吟唱，写下来便是屈子仍可辨识的汉字。屈原若魂魄来归，必可听见乡党的声声呼唤。

诗，从诞生之日起，便与“唱”紧紧相连。人活在自己的语言中，语言才是人“存在的家”。人在说话，话在说人。所有的记忆都有赖语言。“宗教是人类经验最低沉的声音。”（马修·阿诺德）诗即中国的宗教。屈原不在远方，就在《离骚》里，在《天问》《九歌》里。招魂之要义不在召回肉身，而在以吟唱呼唤、重现他的诗意。屈原就在那声声楚吟中，缓缓走来。那是楚地习俗，也是我家乡的习俗。幼时，一个孩子病了，母亲会举着一盏油灯，从黑暗处出发，一路呼喊着病者的名字，轻声呼唤着说：回来了，回来了……

屈子早已仙逝。三闾骚坛的诗人，则还在一代代地读诗写诗唱诗，那既是为怀念屈原，也是他们自身生命的需要。远古诗和唱的结合一体，在乐平里流传至今。来自俗世的吟唱者们，肉身沉重，尘埃满身，没有翅膀，无法飞翔，只好以吟唱代替飞翔。“在这个时代热爱诗歌，其实不过是守护自己内心那点小小的自由和狂野而已。”“诗歌在中国有特殊的地位。……没有了诗歌，这个世界就会少很多真实的性情、精微的感受，这个世界也会变得单调而苍白。”（谢有顺语）我在乐平里听到见到的，正是如此。他们的吟诵，率真的粗粝一如裸露的山野，无饰的质朴恰似未耕的田园，有无名山花之清纯，有在山之水的凛冽。

坐在身边的周凌云悄悄问我，能不能也朗诵一首自己的诗作？久不为诗，我只在去乐平里路上，用手机记下过一些思绪：山路弯弯，一如我绕来绕去总也无法挣脱的粽子意象。头天在县城吃过的秭归粽子状若小喇叭，凝视良久，总以为它是在吹奏着什么，讲诉着什么——

天下所有的粽子，都是菱形的
唯独秭归的粽子长成了一个喇叭
那是一枚很古老很古老的粽子
包啊包啊包啊，包啊包啊包
然后用一根绳子缠啊缠啊，缠紧
我就是那枚包了几千年的粽子
我就是那枚被横七竖八缠了好多道的粽子
里面包着我糯米般晶莹柔软的祖先
几粒红豆的你，一片红枣的我
包啊包啊包，包着一个小小的缠足的中国
“何桀纣之猖披兮，夫惟捷径以窘步。
惟夫党人之偷乐兮，路幽昧以险隘。
岂余身之殚殃兮，恐皇舆之败绩”
现在我熟了，用历史的火煮过之后，九死未悔
用文明的水熬过之后，傲傲不沉，现在我熟了
“诚既勇兮又以武，终刚强兮不可凌。
身既死兮神以灵，魂魄毅兮为鬼雄”
青青的粽叶，已经煮得半黄
每一粒糯米都如琥珀玉石般透亮
请先解开捆绑了我几千年的绳子，然后
打开，包裹得最紧的地方也有空隙和风
一缕缕历史的幽香会弥漫乡野
请剥开，剥啊剥啊，请一层层地剥
请把我打开，完完全全地打开
我将坦陈给你几座青山，一腔蜜汁，一派清白
一个同样清白而且完整的酮体
一个同样完整而且糯软的灵魂

你吃过粽子，但你听过吗？听过一个粽子吗？
秭归的粽子是可以听的
你不妨以听的方式
听听粽子里包着的《九歌》和《天问》
你不妨以倾听的方式，去品尝一枚粽子
一枚古老粽子里面的另一种味道……

解开紧紧缠裹着那枚粽子的道道绳索，一如解开屈原身上的左徒官服，方可见屈原作为一个大地诗人的真身。离开已成泡影的“美政”，他才超越了人生理想中误判的樊篱，重获自由之身，成为真正的“灵均”，向世界奉献他几经煎煮早已熟透的糍糯之心，顿时诗意汹涌，蜜汁涟漪流溢，九州为之庆幸。不如此，则我们将痛失《九歌》《天问》，失去那位伟大的浪漫主义诗人。而乐平里的乡亲、农人，则在千年之后，继续着那样的招魂。为大地招魂。为诗意招魂。为生命招魂。

骚坛诗会朗诵间隙，我与从台上走下来的乡亲悄声聊天，问他们的日子，他们的写作，他们的吟唱。刚才台上参与招魂吟唱的三位乡人，没有一个职业诗人。我的直觉既欣喜又矛盾。时间既可治愈所有的伤痛，也无时不是对生命的巨大消解，既与万物密切相关，又对万灵冷酷无情。全世界的所有事情都可以利用时间，但时间又总是不够。时间会飞逝，会缓行，也会在某个时刻断然停滞。每一秒都可以被劈开，也可以被拉长。时间在乐平里“三闾骚坛”的际遇恰好如此。时间就像潮汐，一阵阵地涌来退去，不会停下来等任何人，但伟大的瞬间却常常会变为永恒。时间既像每个人的心跳那样只属于个人，也像城市广场上的钟楼那样属于大众。真能调和那种矛盾的，唯有诗歌。而在乐平里，在秭归，诗性的日子已成常态，诗，伴随着他们的日常，伴随着他们的油盐柴米酸甜苦辣欢乐与悲辛。

回秭归的路上，我在手机上记述下我见到的思索过的那一切，一首仿古风的《在乐平里听三闾骚坛诗人唱诗》适时而生——

潺潺屈平河，终年流水吟。遥遥乐平里，今朝闻诗声。
星夜来远客，熹晓聚近村。坛设屈原庙，幡引九州人。
招魂吟屈子，躬身慰诗魂。开口泪尽洒，眨眼音半浑。

韵调口相传，辞藻心自生。高亢可裂帛，低回皆抿唇。
飙声贴云飞，喉音作雷滚。高高复低低，郁郁且沉沉。
泪盈复泪止，心狂亦心焚。我因问骚人，何时习此声。
答曰十八九，至今数十春。师傅七旬翁，传授平仄韵。
日间盘田苦，夜来习唱温。年入两万余，生计差可混。
度日仍自艰，野吟可暖身。无才唱九歌，但可发天问。
年年骚坛会，代代风习存。惟愿屈子知，故里有传人。
听罢吾离去，余音久芳芬。此吟长在心，但愿天地醇！

——35年辗转，三五次折返，我终于去到秭归，去到乐平里，在聆听了那场楚吟后，完成了身与心的同时返回，肉与灵的共同抵达。其时我心如水，或可漉漫成溪，汇进滚滚长江了。

2019年08月02日　于湖光里

玩银杏叶的孩子

“清秋才几日，黄叶已成堆”。深秋初冬，长江边厚厚一层黄到透明的银杏落叶上，一个孩子，正在尽情地嬉戏。

那是江边我见天散步都要经过的地方，通常多有拍照的女士，三五成群，奔来涌去，非尽兴而不撤离。那个孩子倒独自在那里玩，后来才见他的父母在不远处坐着，便随口攀谈了几句。孩子才两岁多，敦实呆萌，小圆脸像冻柿子，逗人喜欢。他蹲在地上，很认真地把落叶拢作一堆，然后大把大把地捧起来，朝天上，也朝他自己，奋力抛撒一空。那些从高空飘落的金黄色落叶于是再次跃向空中，翻飞旋转，在他头顶飘落入雨，盛开如花。那个曼妙时刻，没有风，也没有喊叫，我却像听到了落叶的笑声。抛向空中的落叶转眼缓缓飘落，有的落在地上，有的劈头盖脸地落在孩子头上、肩上和脸上。落叶几乎就在原地，经历了又一次的短暂飞扬。那个孩子也在原地，却在每一次的抛撒与飘落中得到了快乐。他显然很快乐，却并不大笑，俨然一个成熟的男子汉。他玩得那么专注，一次次，乐此不疲；也不在乎你看不看，喜不喜欢，自得其乐。所谓童心，很可能就是那样旁若无人的专注吧。很想拍下落叶覆得他一头一身的样子，但他的动作之迅捷，叫我很难抓拍下他的那种快乐，他倒于无意中把快乐传给了我。那是跟他一样的儿时的快乐，一种真正的、无邪的、没来由的孩子的快乐。

想想，那片银杏林落叶很厚，积德也厚。

银杏斑斓，谁不想在那样的美景里留个影呢？只是人一成年，事情就变了，年纪已去，却要做青涩状；穿得周吴郑王的，却要做洒脱状；身偎着树干，手里还要捏一两片银杏叶，做凝视状——看上去总有点嗲，有点酸。其实换一种玩法，比如在落叶里随意走走，坐坐，甚至打个滚啊什么的，都好。可惜他们只是摆拍，为了发朋友圈，给别人看。拍的时候他们一点都不专注，眼神飘忽，闪烁不定，心里想的，是跟银杏跟落叶跟大江大自然完全不相干的事。

而这个世界上，唯有专注，才是真正的美。

见过一幅张充和先生写字的照片，那样子，真是好看。我说的好看，不惟在她的一手隽秀小楷，而在她写字的样子——幅面不小，她几乎俯下了整个身子，身影前倾，头发花白，目光深情，全神贯注……那样的专注让我不由心里一动，想，生命里到底有些什么我说不上来，但必是要有一点专注的。就像一支毛笔，写字时，笔锋必须聚拢，一旦散乱，大抵无法写出好字，画出好画——特意把笔弄成散锋以追求另类效果者，自不在此列。一支新毛笔，笔锋完好，是“专注”的。好的笔锋其实也就几根毛，却带领着整支笔，牵动着整个生命的指向。用得久了，笔尖磨损，发叉，聚不了锋，就不好用了，高明者须会调锋。如果生命是一支笔，“专注”便是那支笔的笔锋。张充和先生写字时，除了那张宣纸那幅字，世界于她仿佛已不复存在，就像那个玩银杏叶的孩子，除了银杏叶，世界已不复存在一样。他们的生命那时只面对着专注的事情，满地落叶，或横竖撇捺点钩，一笔一画。生命的气息凝聚于笔锋，无论犀利或柔韧，在在都是生命的热烈。

是了，世上最好看的模样，正是你专注投入时的模样！童年是回不去的了，专注倒可以重拾。快乐或成功，都来自那样的专注，比如聚精会神写字的张充和先生，还有那个玩银杏叶玩到忘形的孩子……

风筝是怎么飞起来的

那个小姑娘牵着一根线，线上系着一只风筝。春风在吹着。她一路小跑……跑……跑着跑着，风筝飞起来了。

风筝是怎么飞起来的呢？

长江边的春天来得早，春节前后已暖若初夏。天碧水蓝，去年破碎过的春风，又悠悠刮了起来，不大也不小。这天气，正是放风筝的好时候。去江边路上，抬头见天上已有好些风筝飘飞着，高低不一，姿彩各异。走近一看，滨江步道边每隔一段就有个小摊，花花绿绿形形色色的风筝，挂得满满当当。

走近一个摊位，卖风筝的中年汉子迎上来，问要不要买个风筝。问这都是你扎的？他说，几个小的是他扎的，那些大的，是从外地进的货。问是哪里的，他说，还有哪里？听说过风筝之都吗？我说知道。又问了问价格，说小的 10 元，最大最好的，50 元。又问，线呢？汉子说，线轮另买，小的 10 元，大的 20 元。

如此说来，想放个风筝，最少要花 20 元。

幼时在那片河滩，我也放过风筝，当然是自己扎的：钻头觅缝地找来几根细篾片，削削整整，然后用纸捻儿把细篾片扎成个骨架，无非田字形、马褂形，最难也就是个“鹞子”。行家能扎出龙形凤形蜈蚣形，千奇百怪，无奇不有。纸捻儿是用上好绵纸裁成条，再细细捻成；实在找不到绵纸，就只能用细麻线代替了。骨架做好，糊风筝也多用绵纸，韧性好，经得起风，不容易破。糊好的风筝，讲究的还要画点图案，我们只图好玩，最后这充满艺术性的一步，就省了—— 一门心思，只想让风筝快点飞起来。即便如此，自己扎个风筝，怎么都要大半天。哪有如今方便？卖家已问了几遍，要一个吧？我瞄了几眼，见那些风筝看上去花花绿绿，细看倒没幼时见过得那么精致，何况，我哪还跑得动呢？正想着，一个年轻母亲带着个小姑娘来了。大约路上已商量好，指着个中等大小的风筝，加一个线轮，拢共 30 元。付了钱，十来岁的小姑娘便拎着风筝，欢天喜地地跑下河滩了。

我被吸引着跟了过去，远远看着——其实河滩上的每只风筝，都吸引了几十上百双眼睛。放风筝须先牵着逆风跑上一阵，才能借上风力飞上天，就像飞机起飞，先得在跑道上加速再加速。就见那个小姑娘牵着她的风筝，正在河滩上飞跑。好几次，眼看她的风筝已放上去了，可到底初学，没等风筝借上风力，就停下了，风筝于是一个倒栽葱掉了下来。那母亲走过去帮她把风筝捡起来，小姑娘也再一次牵引着风筝跑了起来。如此反复了几次，她的风筝开始起飞了，越飞越高。她终于可以在河滩上站定，欣赏她的风筝在天上飞了。

而转眼间，那只风筝突然开始往下落，往下落……周边像我一样的看客几乎同时惊呼：快点跑，跑啊！小姑娘于是转身牵引着风筝，往下游跑。摇摇欲坠的风筝再次开始上升，上升……谁也没有注意到，河滩前方有片小树林，小姑娘牵着的风筝到了那里，被光秃秃的树枝卡住了。母女俩走过去看看，毫无办法。就见一个坐在江边的中年男人走过去，掏出小剪刀剪断了风筝线，然后走到树底下拼命地摇……一会儿，挂在树上的风筝还真被摇下来了。

转眼，小姑娘又把风筝放上了天，听那笑声，好像也把她自己也放了上去。

——就那样，我以一个 60 多年前在河滩上放过风筝的过来人的眼光，一边怀想着当年，一边看着在同一片河滩上放风筝的小姑娘。开头我只是个看客，一个局外人。可我羡慕。羡慕那个卖风筝的生意人，尽管他卖得有点贵；羡慕那位母亲，她有个可以寄托她隐秘愿望的女儿；更羡慕那个从梦想到真有个风筝，还把风筝放上了天的小姑娘；我羡慕女孩手里的风筝，能成为她的朋友；还羡慕那片能让风筝自由飞翔的江天，羡慕那根线，那阵风，那道能映出风筝影子的江水。这时，我或已不再是原来的我了，我从我的肉身飞了出去，也飞上了那片初春的江天。

而谁又知道，会不会另有一个人，在隐秘处看着我的观看呢？甚至若干年后，会不会有人在一篇怀旧文字里，重提这个春风习习的河滩，这个女孩，这些观者，这片江天，以及这个没什么特别的寻常日子呢？

不管了。反正，我已知道风筝是怎么飞起来的了。

2021 年 3 月 2 日　于长江边

我游过的江水已流成大海

一

寻常日子里的深邃诗意，其间的某些幽微至隐，常因其貌似家常而至微茫沉晦，非毕其一生，难以颖悟。

重回故里的那个夏日黄昏，沿江边闲逛。东去的大江，波光迷离，沉沉隐隐。远远就见一对年轻夫妇，带着个孩子，正顺着码头石梯坎，径直下到最后一级没被水淹处，两人各伸一手拎着孩子的一只胳膊，一手护着孩子的腰，上下高低地荡悠着，看上去就像个人体搭成的秋千。我有些好奇，停步静观——说是好奇，内心是否已有所触动，还不甚了了。涨水季水浪浑黄，不时就哗哗涌了上来，没过他们的双脚。他们嬉笑着，并不退让，足见是成心的。我走得更近些。他们手中，那个四五岁的小丫头，就在那架“秋千”上荡悠着，尖叫着，也欢笑着，两个系着亮红发带的发辫翻飞如蝶。孩子忽而被提到半空，几乎高过了对岸青山；忽而又被缓缓放低，直抵浑黄江水。每落到低处，孩子的两条小腿便拼命踢打江水，兴奋得哇哇乱叫，一时竟浪花四溅，笑声飞扬。

刹那间我似乎明白了什么，忽有所思。羡慕那孩子，更欣赏那对年轻夫妇。要不是担心吓着孩子，真想朝他们大喊一声，啊，你们真了不起！能从小就该让孩子熟悉水，熟悉长江。也是，一个人在长江边长大，倘不会游泳，甚至从没在大江里游过，或会抱憾终生。待孩子稍大些，你们会不会带着孩子，到她迷恋不已的江里游泳呢？看来是会的吧？

而那一幕，恰被一个远方归人看在眼里，记在心中，以致想起幼时泅水长江的点点滴滴，而有所思了。

二

高原深秋。头一场霜已敷白了世界。车站山脚，溪河边，好看的臭菊花凋零萎伏，尽成枯草败絮，任如绫白霜潦草掩埋。山寒水瘦，溪河眨眼浅了一大截，嗓门却大了起来，如千军万马，目的不明地啸叫而行——时隔 50 多年，我仍能清晰地听到狂放凛冽的水声，日夜澎湃于耳。那是我在高原遇到的头一个秋天。山里的季节如舞台布景般转换迅疾，我即将面临一个酷寒冬天，已毫无疑义，那倒堪可与我那段底层人生互为呼应。

清晨在工区小院点名派工，工长居然没点我的名字。他是不是把我忘了？毕竟我才来个把月。听说他忘性特大，对付上司向来油盐不进，总是一句不硬不软的“忘了”。上头也拿他没办法——一个外省人，当年作为军代表入驻路局的副连长，沦落深山工区做个工长，你还能拿他怎样呢？眼见工友们就要出发，我急了，说工长，你还没给我派工呢！他冷看我一眼道，喊些哪样？你跟我走。

就跟着他走。与工友们方向相反，朝西。别提在铁路轨枕上走路有多别扭了，敷霜的沥青枕木又格外溜滑。一直走一直走，能看到不远处公路桥下溪河鼓凸出来的那个大水塘了，清碧幽深，看一眼都凉。工长朝水塘走了下去。问去干什么？他没搭理。到水塘边了。他把斜挎挂包取下来放在地上，又从身后荆丛里翻出个旧水桶，哐当一声丢在水塘边。突然厉声问我，会游泳吧？我说会啊，你不早问过我吗？知道今天干什么吗？我说我怎么知道？他放低声音说，我们炸鱼。炸鱼？我大吃一惊，就在这里？他说，我点炮，你听我口令，下水逮鱼——有把握吗？我想想说，没问题，心里却在嘀咕——天冷，刚才我试了试水，冰凉，可不下又怎么办？那时，一个大学生的命，就捏在一个工长这样的人手里。

他把军用水壶递给我，叫我喝两口，暖暖身子。又让喝酒？人生第一次喝酒喝到人事不省，正是面前这个男人搞的鬼——到工区后第一个周末，工区伙房打牙祭，他也在——平时他在自己家吃，但伙房打牙祭他都会来。坐在我旁边，他让我喝酒。我说不会，没喝过。他瞪我一眼，说，喝酒！我端起酒碗，抿了一口。他再次说，喝酒！拿酒碗跟我的酒碗碰了一下，仰头一饮而尽，然后咣地把碗砸在桌子上。他瞪着我，眼睛红得像狼。我心凌乱。这叫什么事儿啊？上了五年大学，推迟一年毕业，二十大几的人还在找父母伸手要饭钱，好歹分到这鬼地方，每天除了卖体力，刨道砟，扛枕木，还能干什么？不免悲从中来。转念又想，没法子，过一天算一天吧，一狠心，端起酒碗几大口就喝了个底朝天，差点没把我呛死。工友第二天说，十分钟后，我倒在了地上……

到炸鱼那天，我已不怕酒了，接过水壶咕嘟了两口。心想工长心真狠哪，硬是一步步把我逼到了今天。就见他从挂包掏出两筒炸药，让我站一边去，离远点。我说怕什么？大不了同归于尽！你说些什么屁话啊？他喊道，站开！我闪开了一点。他麻利地点烟，又点着了炸药引信，一扬手，两个嗞嗞啦啦燃着的炸药筒就扔进了水塘。随着两声巨响，水塘冲起几丈高的水花，旋即大雨般哗哗撒落。待水静波平，开始有鱼漂起。工长大喊：下啊！我忙脱去长衣长裤，往水里走了几步，一纵身，向水塘中央游去。

鱼多得要命！白花花一片。不一会儿我已身处鱼的包围之中。为方便逮鱼，我双脚踩水，身子直立水中，腾出两只手来，抓着鱼一条条往岸上扔。工长哪见过那架势，兴奋得大呼小叫，“你小子，真有功夫啊”！他转着圈地跑，忙活着捡鱼。鱼还在不断漂起。我也渐至兴奋，双手并用，啪啪啪往岸上扔鱼。直到听见工长大喊，好了，够了，快起来！

上岸，工长一把抱住我，不知从哪里掏出一条脏兮兮的毛巾，一边咕哝着“厉害”“厉害”，一边给我浑身上下使劲地擦，擦，擦……

那晚，工区每人都分到一大碗红烧鱼——没人知道，工长事先跟我打了个招呼后，已把小半桶鱼拿回了家——他老婆带着三个孩子，跟他一起住在工区。回工区路上他说，当兵过来，到了铁路，回不了家了。我听了苦笑道，弄不好，以后我也会跟你一样！他说，不可能，天地良心——没一个大学生在我这里待过三年！到时你不走我也赶你走！

吃晚饭时，工长当着全工区人夸我水性好！说你们没看到，他真神了！两手逮鱼，人倒不沉，半个胸脯都露在水面上！他问那到底是怎么回事。我说，我在踩水呀，手虽没划水，但两条腿一直都在水下蹬着，怎么会沉？工长已酒至半醺，涨红着脸说，你说得好，老子也不沉！你，我，千万不能沉！就跟他们软磨……我有老婆，有三个娃娃啊！能沉吗？我沉了，哪个管他们？然后又朝着不知什么地方，仿佛是对着冥冥中一片空无喊道，你们听见了吧？老子不沉！老子就是不沉！

夜里躺在床上，我想家啊，也想起幼时在长江游泳的日子。几十年后再次忆及那个夜晚，想起诗人布罗茨基所谓，“在一个显然没有意义的地方看到意义，这一能力就是一个诗人的职业特征”。工长不是诗人，但那一刻，一个真人，一种真性情，一种诗意，骤然挣脱了时代的迷茫缠绕与混沌包裹，挣脱了他的肉身，凸显在我眼前。“踩水”一经他归结为“不沉”，顿时超越了那个词语本身，如同誓言。他把他的野性隐藏在他的软磨中，却在那个傍晚把我内心的野性唤醒。他先把我逼到绝境，又让我意外重生。抓鱼时我一双踩水的脚，好像都踩在工长肩膀上。是啊，不能沉，绝不能沉！不能沉入水底。不能沉入暗黑。不能沉入愚昧与荒唐！就像工长说的，不信我会在那里待一辈子。

事后听说，那条山里的溪河，正是金沙江支流的支流的支流，最终流进了长江。这么说，我幼时在长江游泳时，已跟那条溪河水有过交集？而一个人的童年经历，到底会在多大程度上，影响一个人的一生呢？义理上或难说得明白，但个体生命的切肤感受，应是可以梳理的吧？

三

浩浩长江，从来都在诱惑每个在江边长大的孩子。

江流无声，无味，无嗅，无眼耳鼻舌，却非无形。一江流水，就那样于悄然中将那诱惑播撒得满天满地，冬夏无异，春秋皆然。那诱惑有时是致命的，如同迷药——在一个孩子眼里，这世上哪还有如此伟大的流动？

看得见的诱惑就在近处，眼前——若潇洒江鸥羽翅的柔韧扇动，诱惑的是你的修长四肢；大小船只的默默行驶，诱惑的则是你的全副身心；如同波浪的涌动，诱惑的是你幻想凌波而行的轻盈；游鱼的浅翔，诱惑的便是你试图梦入江流的深潜了；以至江上的几缕轻雾，会诱惑你游弋江天的自在，连浮于江流的漂木杂草，也在诱惑你做一次浩荡而去的远行。其实，大江的每场洪汛、每道浊波、每朵雪浪，都会引人于凝视中陷入冥想。即便午夜临流而行，俯身挑灯试水，大江于指缝间或温或凉的流逝，亦会触动你对人生冷暖世态炎凉的悠长喟叹。

至于远方，诱惑至少暂时还只能借助想象：大海的阔大在诱惑你拥有包容天地的情怀，海浪的汹涌则在诱惑你迸发千载不歇的激情；舰船以它的稳舵行驶劈风破浪，诱惑你的沉稳，海岛却以它的日升月落岿然不动，诱惑你的定力……

诱惑千千万万。诱惑到无法可解时，跳进那条大江，畅游一番或扑腾几下，都可慰藉人生。长大了才知道，先贤几千年前就说："就其深矣，方之舟之。就其浅矣，泳之游之。"（《诗经·谷风》）《淮南子》中已有对游泳姿势的记载："游者以足蹶（蹬），以手柿（划）。"

饶是如此，我们却打小就被告知：不准到大河泅水！

——家乡土话，游泳叫泅水。一个"泅"字，古意盎然，明示人在水里，并不像皮球木片漂在水上那么轻松：你是被水困住的"囚"，不用力，便不可行。"人有滨河而居者，习于水，勇于泅。"（《列子·说符》）足见"泅"需要一点勇气。欧阳修亦谓，夷陵"道涂处险人多负，邑屋临江俗善泅"（《夷陵书事寄谢三舍人》）。从三峡奔泻而来的江水流经小城，虽再不作猛兽嗷叫，仍有驰若烈马，所过处亦常见一路沙岸崩塌，山崖蚀裂。

而老师在训导学生不准去长江游泳时却说，好好读书，不要被身外之物诱惑。刚学会几个成语的全班同学听了便哄堂大笑，从此背着老师都观他叫"身外之物"，大江，倒是他们的所爱。

关于爱，美国作家娜塔丽·韩德尔在《情书》一诗里，喋喋不休地说想成为"神龛""头巾"，"歌声""柠檬"，以至成为"橄榄"或"一首诗"，以便与她之所爱永在一起。但我喜欢的却是："我想要成为水占据身体，这样我们就可以无限地彼此融合，温柔地一同流淌。"甚至，"占据"还嫌不够，不如让自己也成为水，方能与大江"无限地彼此融合，温柔地一同流淌"。

除了"泅水"，家乡对到大江游泳的另一种说法，叫"洗澡"——古人谓之"浴"。《论语·先进第十一》记载过孔夫子与他学生的一场对话：

> "点，尔何如？"鼓瑟希，铿尔，舍瑟而作，对曰："异乎三子者之撰。"子曰："何伤乎？亦各言其志也。"曰："莫春者，春服既成，冠者五六人，童子六七人，浴乎沂，风乎舞雩，咏而归。"夫子喟然叹曰："吾与点也。"

那恰是春天般美好的愿景：当瑟声渐小，孔子问曾点，你怎么样？曾点铿地一声放下瑟，起身对答说：我跟子路、冉有、公西华他们三人不一样。孔夫子说，没关系呀，各言其志！曾点便说，暮春时节，穿着春天的衣服，跟五六个成年人，再加六七个孩童，到沂水里游游泳，在舞雩台上吹吹风，再一路唱着歌儿回来。孔子听了长叹道：我赞同曾点的想法！

“吾与点也”！那声喟叹穿越千古，回响在我耳边。江边孩子，长到七八岁，就要到长江玩水了。我何时开始去的江边，已无从说起。开头只敢在水边玩玩，湿湿脚。慢慢就敢下水了，可惜一直没“漂起来”。乡人说你“漂起来了”，意即你会泅水了。我在江边玩了一夏天都没漂起来，着急啊——在娃娃群里，一个不会游泳的男生，虽不缺胳膊少腿，私下也会遭到耻笑。我发狠一定要学会泅水。当然，一切都须背着父母和老师进行——年年岁岁，江里都会淹死人。站在江边，有时能清晰地看见江里漂过的溺死者。

但那仍无法稍减一个男孩对到大江游泳的痴迷，他想方设法都要去。午饭后到下午上学前那段时间，泅水最好。几个要好男生，放学前就约好到哪里哪里，游上个把钟头，再一起去上学。老师常会堵在教室门口，把形迹可疑者拉过去，用指甲在胳臂上划一划，倘划出了白印儿，便得到了你违禁泅水的证据被当即惩罚——在教室靠窗的角落一站一节课，两节课……重者甚至要通告父母。

如此，有段时间，便不敢去大河泅水了。可浩浩一条大江时时就在眼前，日日流着诱惑；终于熬不住了，还是会偷偷地去——只是总算有人想出了一个法子，以对付老师：泅水后，光着身子在太阳下晒一阵，晒得出汗，流油，冲去了身上那层薄薄的泥沙，任你怎么划也划不出白印儿了。

四

在远方，午夜梦回，想起长江，想起西陵峡口的那湾江流，虽未泪湿枕角，倒已是常事。高原多山，亦多大小江河。不管在哪里，每逢久久凝眸或湍急或静谧的水流，都会想起我熟悉的大江不同季节的模样，似乎它早就融汇了上游江流的万千气象，各种秉性。

虎跳峡。金沙江在离那不远的石鼓镇几经犹豫，终算拐了个回头大湾掉头北上，避免了如怒江、澜沧江那样冲出国界的一去不归，正悠悠而行，却突然跌落于玉龙雪山与哈巴雪山间的数千米深谷。江面骤然收窄到只剩几十米，虎跳石率队的巨石群横亘其间，原本轻歌曼舞的江流，一时竟陷于冲撞挤对、踩踏叠压的残酷与壮烈。巨大的漩涡令人目眩。在峡谷边站上一会儿，涛声轰鸣，白浪滔天，方明白人生紧要关头，突兀的跌落将让生命经受脱胎换骨的淬炼，甩去虚荣与妄念，让你筋骨茁壮，长大成人，懂得人生从无一马平川的顺畅，倒总有骤然面对生死的严酷。头一次，就在虎跳峡听一个藏族汉子讲起，那些一心想做长江全程漂流的壮士，跟强行攀登梅里雪山而全军覆没的人一样，在虎跳峡伤亡惨重："你既不心怀敬畏，就不是九死一生，而是死而无归！"

那会儿我顿时想起，我生平头一次亲眼目睹的死亡。

索性和盘托出吧：就在我一心学会泅水的那个夏天，一个中午，几个同学如约到了江边，说好游一会儿就去上学。虽是洪汛季节，倒无大风大浪。几艘木船停于江边，离岸大约不到十米，挡住了大船可能带来的大浪，让那片水域恰到好处的平静。除我们外，还有些并不相识的孩子。地点不挤，人也不多。游了一阵打算去学校时，才发觉少了一个人。分头找了一下，不见人影。我们突然意识到，那个同学会不会……死神真下狠手了吗？我们怎么会一无所知？

致命袭击来得迅疾果决。至今记得，我和几个同学都吓哭了，明知人已远去，我们仍对着长江一遍遍喊他的名字。喊声回荡于空渺江面，仿佛长江也在跟我们一起呼喊。但无论是谁，都没法救他了。江水隐隐，如同呜咽，我们似听到了长江的叹息，还有她对人该如何与她相处的提醒。难怪老人爱说，淹死的都是会水人——在大自然面前，人其实永远都是无知且渺小的。仗着初识水性，便胆大妄为霸蛮逞强，或心无敬畏妄言"征服"，最终都会受到惩罚。

整个下午，我强忍惊恐，装着什么都没发生，但上了几节课讲了些什么，我一概不知。心还在江边，呼喊那个名字。无法想象，他父母那晚久等不见人归，会怎样焦急；一旦得知儿子不在了，会哭得怎样地呼天抢地！奇怪在一连好多天，无论老师家长，从来没人向我打听过一句。别的同学也一样。不知老师是否告知过全班同学？或许背后有过焦急的询问、寻找，只是我不知情？还是压根儿就没人对一个活人的突然失踪表示关注？我恍恍惚惚，焦虑而又愤怒。我内心感受的那种"冷漠"，比溺亡事件本身更让我不寒而栗。尽管我与同学的溺亡无任何干系，但我毕竟在那个死亡事件之中。噩梦连连，压得我喘不过气来。

原以为从此再也不敢去长江泅水了，可十多天后的中午，换了个地方，我再次扑进了浑黄的江流。一茬茬江边孩子，就那样学会了泅水，结识了那条大江。为泅水，我们撒过谎，挨过骂，甚至因"屡教不改"受过惩罚，也受过惊吓；到头来还是迷恋长江迷恋江水，无法自拔，也不想自拔。

70 多年后，想起那个同学，我只能说，生而为人，我深感抱憾。我想告诉他，我又去江里泅水了，只是“我”已不是原来的我，而是重生的“我”。我还想说，一个生命的成长，从来都不只是你个人的事，从小到大，你不知要消化、吸取多少同路人的智慧、痛苦、挫折、沉沦甚至死亡。我要说：后面这话我只告诉了你，没告诉过任何别人。

说出这些话，我轻松了许多。

五

坦诚相告或是最好的告白：在远方，即便碰到的是条小小溪河，也一样会叫人触景生情。

高原 5 月，有时是 6 月，从昆明去如今的香格里拉，过了金沙江，老公路一直沿着湍急的硕多岗河，曲里拐弯地行进。过了壁立险峻、下面就是奔腾水流的“十二栏杆”，在到达小中甸前，硕多岗河竟难以置信地幻化成了草甸上一片四散无迹的迷离水光。杜鹃铺天盖地，花开如云。我们常会在那里休息一会儿，站在河边，聆听一段浅浅水流与浩茫天地的窃窃私语。关于水的柔韧与可亲，那段流水是最好的教材。天高，云却不淡，它们成团成片地，银子般飘在眼前和头顶。世界近乎太初，湿润温柔。一切都毛茸茸的，处在萌发与生长之中。水苔青绿，随水自由漂浮；草芽凝梦，正睁眼打量陌生的天空；苇丛牵风，尝试着以它凝滞的摇曳，描画心里的明天。叮咚水声一如琴韵，轻盈丰润，远胜过克莱德曼风靡世界的三角钢琴。那是一段无法下水亲炙芳泽的浅静溪流，却是体悟时间浩茫与流逝永恒的尚好去处。在寻访迪庆香格里拉两年多里，我曾好几次就在那里，想起在家乡去过的溪河。

那种以暴晒流汗逃避惩罚的办法，实难坚持下去——三伏天，大中午，没遮没拦地暴晒，有的小伙伴当即虚脱，得幸没出人命。就又想它法，一是到长江溪去，那是长江的一条溪河，如今叫黄柏河，源自远山，水清如碧。在那里泅完水，身上干干净净，任你怎么都划不出白印儿。只是路远，中午来回一趟，弄不好就会迟到。我对长江溪至今难以忘怀，盖因我就是在那里“漂起来”的。还别说漂起来的快乐，想想能在一派清流里自由去来，已足够激动。多年后来再去，葛洲坝电站水库一片浩渺，“溪”已不复存在，让我未免有点失落。另一条是西陵峡口的下牢溪，就在白居易、元稹和白行简三人和“三苏”父子行吟过的三游洞下。那是条更幽静的溪流。溪边有块巨石，刚学了几首古诗词的我们，游累了可以躺在上面，想念一会儿白居易、苏轼和陆游。只是路更远，若非时间充裕，难得去一次。

硕多岗河在高原草甸上那段小憩般的漫漶徐行，常让人以为身在世外。它的宁静、舒缓与恬淡，总叫人深深沉入生命的自忖：你既可汹涌澎湃，也可平静舒缓；既可挟电携雷，也可浅吟低唱；既可涤荡一切的，又可滋润万物；水的万变之姿，足以作为世上万物的明鉴。人又何尝不是如此？“无情未必真豪杰，怜子如何不丈夫”？豪气干云与柔情满怀，从来都不相悖，有时它们甚至会集于一身。

而想起幼时在家乡大江里游泳时，也曾身受过像硕多岗河那段流水的爱抚，心便柔软下来，仿佛正仰躺在长江上，悠游“放羊”，顺水漂流。那多半是时间充裕，或借挑水之名，行偷泳之实，到得江边，把水桶和扁担绑在一起，桶口朝下按在水里，转眼便成个大浮子，人可骑在扁担上，顺水“放羊”，一放就是几个码头；夏日衣服原就轻薄，为不弄湿，便脱下来用一截麻绳扎在头顶——那样骑着一副水桶顺流而下，轻松，亦过瘾。上岸起坡，小伙伴会聚首评判，看谁人衣服打湿了，没湿或湿得少者为佳。那个流行于少年江湖的游戏，自成规矩，却从无奖赏。那也是我为挣点小钱，在码头上无意间闯进搬运工“江湖”前，结识的头一个“江湖”，十来个人，如同当今的“闪聚”，尽皆爱泅水的痴迷少年；英雄不问出处，姓甚名谁一概不知，只问本事。在乎的远非财物，而是一点豪爽，一点浪漫。

也就因此，有时我一担水竟会“挑”上个把钟头都没回家，少不了回去挨母亲一顿臭骂。但那都是耳边风，心里倒快乐满满——孩子的快乐，方是真正的快乐，那跟成人后用各种方式寻来的快乐，无可比拟。

六

沿江滨大道往上游方向走，可一直走到镇江阁，以前叫“镇川阁”，码头叫“镇川门”，乃幼时我常去游泳之处——“镇川阁”是找就没了，是拆除古城墙时就拆了，还是被日本飞机炸了，我无考证，说不清。最早的“镇川阁”据说始建于康熙三十八年，现阁为仿建，远看还过得去，登阁远眺，西陵峡口的江涛山色，皆一览无余。

也不知什么时候，“镇川阁”变成了“镇江阁”？问了问，道是旧阁名有辱川人。其实，“镇川阁”的“镇”，是镇服，而非镇压，“川”，指的也是三峡多滩的江流，俗称“川江”，绝非川人。当年的命名，祈求的是一段江流的平静，航行的平顺。“三朝上黄牛，三暮行太迟。三朝又三暮，不觉鬓成丝。”（李白《上三峡》）川江航道几千年来令人谈虎色变，立阁以祀天地，祈愿镇服险峻，何可挑剔？历史是不能随便改的。

如今的镇川门一带江边，早晚都得见在江里游泳的人，中老年居多。听闻划定过区域泳场。泡在水里，远望只见浮浮沉沉的脑袋和救生袋。上得岸来，方见他们身着鲜艳花哨的泳裤泳衣，连塑料的手蹼脚蹼都懒得取掉，救生袋气球般在他们肩头晃荡，一个个水滴淋漓地走着，姿势怪异，如摇摇摆摆的鸭，煞是可爱。江边搭有蓝色遮阳棚，可供泳者搁置东西，稍事休憩；棚下，各式衣物用具散落一地——俗世人生，廉价物件，都不怕丢失。

小码头从来都乃大江湖，人都不可轻慢，弄不好恰是民间高手。何况镇江阁临街一溜平房，挂有“长江冬泳俱乐部”牌子，玻璃橱窗里历年的冬泳照片，跟岁月一样早已发黄。多次去来，竟觉迎面碰到过的人，似是橱窗中人。我羡慕，甚而嫉妒。幼时游泳，哪有这好的条件这好的装备？全副武装，也就一个活蹦乱跳、不知江深浪险的浑小子，无非在吊脚楼下，或者江边，脱到只剩一条短裤，甚或光咚咚地往江水里跳。江水不远处，时有并排系缆的木船，有时啥都没有，水域空旷，我们想游多远就多远。

“世路无穷，劳生有限”（苏轼《沁园春·孤馆灯青》），日月转圜，时代到底不同了。那天，路过那段“冬泳”江流时，迎面遇一头发花白者，年纪看来不小了，身子还壮实。寒暄中我问，你还能下水？他说，下啊，几天不下心里就欠，就想来游两圈。他边说边脱衣服，原来泳裤早就穿好，脱去外衣就行。

你呢？游不游？

想回说一句“老了，游不动了”，话到嘴边，到底没说。“微吟罢，凭征鞍无语，往事千端。”他不会知道，眼前这个须眉皆白年近八旬的老头，当年也曾是击水三千的少年。如今虽再难下水，倒一直在另一番天地里游着。

七

卡夫卡谓：“住在一条大河边，梦就跟着河水溯河而上。我停下脚步，跟它们交谈。它们知道很多东西，除了它们自己来自何方。”

10 岁以前我只想学会游泳，顺流而下，一气游它两个码头，三个码头……

10 岁到 20 岁前，我一心往江心游，游过江去，游到对岸青山背后看看去，游到远方去。十六七岁时，也曾悄悄跑去参加长江横渡，身后跟着一条小“鱼划子”，从庙嘴下水，到对岸“五龙”起坡，全程十多公里。船家说，放心，游不动了就喊一声，递根竹篙子给你，就上船。结果，竹篙子竟没用上。游了就游了，寻常得很，至今恍然若梦，懒得跟人说起。

20 岁到 30 岁，我已“游”得很远，到了长江上游，金沙江边，那时才发现，世界和之前想象的，不太一样，甚至很不一样，美好和丑恶，落差巨大，向前和后退，迂回曲折。那时的游，蓦然间已是无形。惊喜在发现了另一方浩渺水域，一条贯穿古今的文明长河，波诡云谲，风光无限。彼岸难以肉眼穷尽，游程或远超我的膂力，但我执意启程。爱过，恨过，看到的多，错失更多。那是极易被惊天大浪卷走，被美妙假象迷惑的时候。我中之我，多次死去，而又重生。

30 岁到 40 岁，50 岁，60 岁，好漫长的时间！一直在奋力溯游，一次次湮没于波山浪谷，销声匿迹；也一次次筋疲力尽，湿漉漉上岸，稍事歇息后再次出发。青春已逝，韶华渐老。一个人的一生，花去了无尽的时间精力，无非是要去探寻世事水域的宽窄深浅，以渡短暂人生。未来不是想象出来的，你每向前一步，都须付出代价。无须为难自己，更须善待友人。“臣闻君子如美，渊泽容之，众人归之，如鱼有依，极其游泳之乐。”（《晏子春秋·问下十四》）人生不是赛事，你能游多远就算多远。接受早年你并不真正了解的自己吧，记住六七岁时第一次下水时的欢喜，便好。

60 岁到 70 岁，卸掉公事，我终获“自由”，能随心做点自己能做可做的事了。那是另一种“游”。游姿早已不再优美、轻松，变得沉缓、笨拙。也不要紧，只要能继续游，即便无法抵达彼岸，也不甘戛然终止。正如现在，年近八十，重回儿时游过的大江，已无力下水，只能在无形的江里，继续我的旅程，游到哪里，算哪里。

有时站在江边，会突然想起好几年前，在长江入海口崇明岛上看到的长江。其时海天茫茫。四野悄寂。我骤然想起，我始自少年在那条大江里的游泳，其实是在读江。那条从远方一路奔来的大江，到了那里，竟然静谧如同一个婴儿。在那个意义上，崇明岛正是长江的暮年。它走过了人迹罕至之处的稚拙和荒野山岭里的顽皮，走过了险峻峡谷里的孤独和江南平畴上的闹热，如今它水波不兴，仿佛一个沉思者，不仅无声、无味、无嗅、无眼耳鼻舌，甚至无相，成了“无”与“空”。一条伟大至极的大江的暮年，竟那样安静，何况一个人？如今的它，已无需一条大江的外形，没有了左岸右岸湍急奔涌，似乎连呼吸也已没有，剩下的只有沉思，沉思，沉思……沉思没有形状，没有声音，没有故作高深，更没有高谈阔论。它心甘情愿地把自己融入大海，变成了大海的一部分。想想，原来它就来自那里，先升上万米高空，再坠入荒山野岭，历经千曲百折，一路既浩浩荡荡，也伤痕累累，最终才回到了那里。这样的一生，有意义吗？有或没有，都得靠你去读，读出得越多，悟出的道就越多。

八

现在，我的面前，还是那条江，又不完全是那条江；就像我还是我，又不是原来的我一样。每年的江水都不一样，甚至，每天、每个时辰的江水，都不一样。人生百年，击水万里。从小到老，每次在长江里游泳，都不是到同一条江里去游，而是到千百条江里去游，或说是游了千百条江。那千百条江，统统都叫长江。

而回头一望，我游过的江水已流成大海。

2021 年 4 月 21 日　于夷陵桥头

蔓与缠绕

一

记忆就是记忆，有时好像还真与真实无关。所谓“无关”，是说记忆无非是甩干了具体的时间、地点的水分后，留在脑子里的印象或感受。记忆的真实性或许会因此大打折扣，其深刻性却绝不会缩水。比如我就记不起，到底是什么季节，在哪片林子遇到蔓的了。想起来，脑子里唯剩一个场景，就像一幅画：纤纤柔柔的蔓，仅止一痕，就那么娇柔地缠绕在那株粗砺的老树树干上。老树少说也有百岁，粗大到两三个人都无法合围的树身，被那一痕蔓疏疏密密地一缠一绕，便透出来一派简约的繁复粗犷的典雅。树干是深褐迟暮的苍劲，疤疤瘌瘌的，有着枯索的粗糙，蔓却是鲜嫩的，幽绿的，滋润而且洁净的。悠长的蔓叶呈三角形，飘逸如旗，以那棵老树为背景，率性却绝非随意地布置出了那幅有些神秘的图案。或者它真是一幅图案，神秘到好像一眼就能把它望穿，无须阐释——就像苏珊·桑塔格说的那样，“反对阐释”。真后悔当时忘了拍一张照片，要不那或是一幅精致的山野小品，陶渊明见过，苏东坡也见过的，置于书房，聊作清供，也能为文气太重的空间略添几分野趣。现在倒只能想象它了——想象那一痕蔓、那棵老树，也想象那种缠绕——谁又能反对甚至禁止想象呢？

二

真没想到，缠绕竟有着那样荒凉寂寞的美丽！虽说缠绕只是生命间相互依存的方式之一种，仅止一种，但细细一想，这个看上去个个独立的世界，倒大多都是互相缠绕着的，无论鲜明或者隐晦，一眼就能看出或者难以辨识。再一想，世间竟也有那么一些生命，一辈子都不曾与另一些生命发生过联系，发生过“缠绕”，又多么可悲可叹！意识到这一点尽管已是若干年后的今天，眼前灿然出现的，倒依旧是那一天，那片林子，那棵老树，那一痕蔓，那个缠绕着的世界。

与蔓相遇是我一生的幸运，就像那棵大树。树已老了，很老了，即便在那片有着无数百年老树的林子里，它也显出了老态。曾经繁盛过也辉煌过，如今，树干开坼，树皮剥落，高高伸向天空的树梢也有了遭过雷击的断枝折杈。也许它已经准备好独自走完它的一生，那一痕蔓却在那时悄然长成，适时地缠了上去。没那一痕蔓，大树不说孤独凄清，也会少去许多生趣吧。固然蔓是为自己而生的，看来也未必不是为大树而生的。凝望中，蔓那种坚毅的柔弱明亮的幽绿，正被风抚弄得稍稍有些恍惚，仿佛我的目光，正跟从森林穹顶漏下的阳光一起，把它照得有点儿眩晕。那种张皇的沉默羞涩的战栗，怎能不让我心里一动！我就那样地被它吸引，满心的爱怜油然而生。想说清那是为什么是说不清的，那个神秘的时刻，我也像那棵枝叶纷披的大树，有了纷披的思绪。山崖魁然的块垒，大河悠远的长卷，草甸漫漶的大赋，野花寂寞的短章……大自然有的是看不见却无处不在的神祇，有的是我必须反反复复诵读的经典。走进森林，不能不折服于它的浩瀚幽密深邃博大；朝觐大树，没法不迷醉于它的饱经风霜崇高伟岸；穿越花海时，那一路色与香的诱惑，总让人沉吟“草木有本心，何求美人折”的诗句；徜徉在草甸，年复一年无边的黄绿枯荣，怎能不让人想起野火春风，想起那些韧性的灵魂？而在这一切之上，内心却始终徜徉着一丝疑问：那些寻常而又伟大的生命，它们的原初究竟是怎样生长，怎样绽放的呢？是那些根吗？根从来只在地下开掘，而一种植物的生命，它地上的部分，它的叶和茎，究竟是怎样长成的呢？于我，那倒始终是一个谜。蔓就在那时突然来到了我的眼前，无声地，讲述着那一切的来由，讲述着生命和生长的秘密。我疑心它简直就是上帝派来的，在那个时候，为了让我领悟生命的奥妙。

三

生命真就是那样的一痕蔓，而不是或不全然是一篇金戈铁马的宏大叙事？包括那棵大树，最初也无非一枚小小的幼芽，有过细弱拳曲的童年岁月、清风明月的柔曼时光？对于生命，千百年来有千百种说法，我一直想弄明白，却始终没能明白。往昔的风沙毕竟过于狂暴，从那样干涩枯燥的年代走来，灵魂的原野终至板结枯焦，不宜的又何止耕种与生长！面对那痕小小的蔓时，不知怎么，内心的荒野竟突然有了柔弱而清新的萌动，甚而头一次长出了蔓一样的，完全属于自己的柔软与精致。原以为一个人的一生，只要经历过惊天动地的风云动荡，甚至个体只在时代的风浪中溅了几点泥水，只要堪经回味就已足够，所谓“无怨无悔”。无论活着时填写的表格，或后人为英雄所作的定评，不都是秉持着这样的套路吗？××，××××年生，曾参加过伟大的××运动，××战役，后于×年×地，亲历了××运动、××运动等，云云。概念的黄昏，始终笼罩着我们人生的天穹，直至生命的夜晚悄然来临。

那天我却突然意识到了荒谬。真正的生命，或许并不只是一个梗概、一个骨架、一个仅只由血与火与斗争撑起的硬壳，倒是无数像蔓一样的情感细节的柔软集合，那才构成了生命的血肉与魂魄。当我读到下面这个故事时，心里便更加明白了几分：德国有条童话街，乃为纪念格林兄弟而建。童话街里的哥廷根大学城，13万人口中有3万多名大学生。据说这所闻名遐迩的大学共聘请过30多位诺贝尔奖得主担任教席，可哥廷根的莘莘学子最关爱的不是别人，倒是楚楚可怜的看鹅公主。童话里的看鹅公主受尽女仆的陷害和虐待，而今她的铜像静静立在市政广场镂空雕花的喷水池中。百年多来，该校博士班的男学生毕业前都要在亲吻过她冰冷的嘴唇后，才算完成了学业。亲吻看鹅公主与他们在大学里学到的所有东西相比，看似微不足道却弥足珍贵，知识会过时会不断更新，那一点温馨的记忆却能让他们享用终生。那些学子在亲吻铜像冰冷的嘴唇时，心里是一定长出过温暖的蔓的吧，我想。

那天在那片林子里，那痕蔓就在我眼前和心里同时升起，也在我眼前和心里一起缠绕。半晌我终于回过神来，明白了那就是我的幸运。这么多年来，我好像一直都在寻找它，终于在那个午后，与它第一次相遇在丛林，直面它，凝视它，亲近它。其时就见一片蔓叶，举起它的三角旗向我轻轻摇了摇，我则小心翼翼地，回报似的抚弄了它一下，不料触电般的，它多汁的湿润光滑的清凉，竟在我心里唤起了十足的春阳般的温润。那时我知道我该做什么了。当人们都在歌唱森林和大树花海和草甸时，我真想说我喜欢蔓，想歌唱蔓，歌唱生长了蔓的大地。大地当真公允而宽容，一无俗世势利的心眼儿，不会因为有了森林的博大大树的伟岸花海的艳丽草甸的宽阔，就轻贱怠慢一痕小小细细的蔓，照样让它晒够太阳吸足营养，让它经风沐雨餐霜饮露，让它由着自个儿的性子一直地往上长，往上长，直至长成一道拳曲的风景。我就那样地看到了它，那一痕蔓，在森林中，在大树上……

四

缠绕缠绕缠绕。从森林回来已经许久，那一痕蔓倒一直缠绕着我。细细一想，这世上缠绕时时都在发生，无论大自然，还是我们的日子。俗世生活中那些精神的大厦、艺术的建构、情感的小屋，哪一样不充满了缠绕呢？花蔓缠绕着树枝，且那是有方向性的：金银花、菟丝花、鸡血藤等始终向右旋，牵牛、扁豆、马兜铃、山药等，则向左旋。宇宙中也有缠绕吗？天文学家竟在大熊星座里，发现了一个紧紧缠绕的星系，NGC2787，距地球 2400 万光年，它竟然那样“柔和”，在用射电天文望远镜拍下的照片上，看上去它就像一个绒绒的毛线团。正是那样的“柔和”，引发了天文学家对它的兴趣。人世无疑更是个缠绕的世界：血缘缠绕着家族，命运缠绕着人生，乡情缠绕着游子，爱情缠绕着恋人，友谊缠绕着朋友，甚至项链缠绕着脖颈，手链缠绕着皓腕，即便冬日缠绕在脖颈间的一条围巾，也会给人增添万种风情。

想到“缠绕”就想起了“蔓”，我真的没法不想。跟着是“蔓”的另一种形态，“藤”。前者洋溢着青春的柔美，后者标志着坚忍的成熟。尽管二者皆大自然里最典型的缠绕，我倒更喜欢蔓。慢慢地，那种喜欢简直近乎迷狂，甚至觉得就连“蔓”这个汉字，也近乎奇妙。“蔓”是那种能让人痴迷沉醉浮想万端的优雅汉字之一，它至今没被简化。简化无异于阉割，常常让一个好端端的汉字由此变得面目可憎灵魂空洞，勉强剩下的，只是一个符号的意义。有多少汉字遭此厄运，一经简化便显得呆头呆脑粗鄙无神，就像一个植物人。“蔓”字至今没被简化也无法简化，全因了它的独特。它的形体，它稍稍有点儿密集却疏密得当的笔画，看上去丰盈有致，写起来都让人有一种无言的快乐与惬意。它的音节，那意象的鲜明独异读音的舒缓饱满，让我对它总觉着有几分信赖。那是个标准的象形字。怎么解读那种“象形”，或许各人自有各人的理解。可以把它看作一痕真正的“蔓”，水灵灵绿汪汪的，上面的那个草头，像伸展着两支毛茸茸的触角，正睁着大大的眼睛蹒跚而行，当然也可以像我这样，实实在在地把它想象成一个人，一个身材娉婷的女子，头上的那顶宽边草帽，被风吹得一扇一扇的，显出了某种妖娆。我甚至能看见她大而明亮的眸子，如一道水波横卧，在太阳下闪着妩媚的光彩。此刻它站在某片旷野里，修长的双腿前后交叉（也许那就是所谓的模特步？）正在向远方眺望，打探着去路。未来的路或许遥远，忽大忽小的风从远方拂来，搓揉着她飘曳的裙裾。看上去她是那样妩媚，又那样柔弱，却正是她，在奋力实现着一种看上去无法实现的梦想……

五

那就是缠绕。让我真正着迷的，正是“蔓”与缠绕间那种神秘的关系。任何时候，蔓都预示着一种缠绕，悄没声儿地发生在大自然中，发生在大地上。那和人间的缠绕不一样。人间的“缠绕”通常都是借助他物，将本来的“直”绕成“曲”，譬如用一根长线或一根细绳，缠在某个物体上。信不信由你，无论那物体原先是什么形状，或细或粗或圆或方，一旦被缠绕就悄悄发生了改变。缠绕总是让原来的物体变得温和、柔软、可亲、可爱。当一位艺术家用绒线、麻丝一类东西，把废车轱辘、废旧大梁、从屋顶拆下来的钢架，甚至一辆无法再骑的自行车什么的缠绕起来，摆进展厅供人参观时，你会发现，那些被缠绕过的，原先熟悉、坚硬却无用的东西，转眼竟变得不认识了，它们成了一些新的物体，毛茸茸的，像一些巨大的不可思议的卡通玩具，让人想了解它、亲近它，甚至抚摸它。缠绕就那样让无用之物摆脱了原有的功能，具有了审美的意义。缠绕于顷刻间让无用变成了美。印象中，那样的缠绕通常都由女性完成，女性是不是更为通晓缠绕的功能和“改变”的真义？我一时真还说不清。“蔓”的缠绕纯粹发生在自然界。没有任何一个“人”能做那样的缠绕，实在要说，实现那种缠绕的只能是上帝。上帝给了“蔓”那样的能力，然后“蔓”凭借它的天赋，最终把一根树枝、一截铁管或别的什么东西，缠绕得严严实实，蔓自身也在那样的缠绕中，实现着某种飞跃。“蔓”生来就是拳曲的，它本身就是“曲”。拳曲意味着物体只能存在于某个狭小的空间。而在缠绕中，“蔓”却将自己慢慢地伸展、拉伸和提升，最终不再拳曲，变成了“直”。“蔓”缠绕的尽管只是他物，比如一棵栎树、一根柳条，但也无妨说它最终缠绕的，正是它自己——它在缠绕中改变着他者，也改变着自身。一架葡萄，最先只是一株纤弱的不起眼的葡萄苗，加上一个用木头或竹竿搭成的架子。从葡萄苗种下的第一天开始，蔓就开始了它的工作和创造。用不了多久，蔓便用自己坚实的柔软和轻盈附着，满满覆盖了整个架子，让那个光秃秃孤零零毫无生气的葡萄架，成为苍绿蓊郁的一片。从春到夏，无数细柔的蔓，亮晶晶地在阳光下拳曲，也在阳光下伸展。当你惊异于它的精致与美丽时，一嘟噜一嘟噜的葡萄，早已从蔓牵引出的葡萄藤蔓间优雅地垂落，晶莹剔透，像一些大有深意的工艺品，悄悄地释放着甜美和诗情。那个光秃秃孤零零的葡萄架的改变，无疑是葡萄藤的功劳，也是“蔓”的功劳。

面对一些植物，一架葡萄、一窝瓜蔓或一丛爬山虎，看见那些小小的蔓拳曲着长了出来，在阳光下晶莹透明地晃动，我会从内心里升起比拳曲还要拳曲的情绪，比如倾慕、感叹、惊讶、质疑，甚至是爱，等等。我真没想到，或说见过也没有去细想，世界上竟然还有这样的生命，与强权的、极端坚硬也极端冷漠的世界相比，尽管它如此细弱，似乎不堪一击，却在无声地讲述着这个世界的某些秘密，讲述着它以爱对这个世界实现的征服；它是如此的晶莹柔美，由不得你不去抚弄它，想证实一下它是不是真的存在，更由不得你不去喜欢它，赞美它。那样的情绪，当然也像蔓一样地，只能在我内心的某个地方悄悄攀缘，它也是拳曲的，在很长时间里，都像一团浓墨那样无法化开，它唤起的千丝万缕，只能在我的心里缠绕，缠绕，再缠绕。我能向那样的蔓说些什么呢？面对那样拳曲着的蔓，我心中的缠绕最终成了一个拳曲着的疑问：如此柔弱又如此健康，如此单纯又如此美妙的生命来到这个世界，到底是想干什么呢？难道它只为唤起人的一点爱怜、一点柔情，赢得一点赞美吗？除此之外，它还能证实什么，让人们想起什么呢？

六

许久之后，我突然想起了那个夜晚。一个遥远的，有蔓，也有缠绕的夜晚。那时的夜晚差不多都是那样，昏暗而宁静，有那么一点儿温馨、一点儿古典。空荡荡的堂屋里一灯如豆。幽暗潜伏在四周，如重重山影，是有重量的那种。

母亲默默地织着毛衣。我和妹妹做着作业。灯花不时地跳动一下，“啪”的一声，光影一晃，四周的幽暗便蠢蠢欲动，像要猛扑下来。母亲看看我们，我们也看看母亲。过了一会儿，屋里重归宁静。钢笔在作业本上擦出的沙沙声再次响起。母亲说，就喜欢听你们写字的声音，好听。怎么好听呢，我说。母亲说，就像老鼠在暗处啃着什么。那是个奇特的比喻，我至今记得。我说啃什么呢？母亲说不知道，反正是在啃着什么——想想，这屋里还有什么能让它们啃呢，人都没吃的了。只有在那样的夜晚听过那样的话的人，才会知道，温馨甚至古典味儿十足的夜晚，其实也暗含着令人窒闷的紧张和压力。直到现在，想起那些夜晚我还会紧张，感到在那样阴柔的夜里，内心深处那种自觉或不自觉的，让人心痛的种种苦思。母亲手里织的毛衣，不是她自己的，当然也不是我和妹妹的，是别人的。那些将要穿着母亲织的毛衣的“别人”，远在天涯海角，不惟我们永难相识，他也永远不会想到，那样精致的一件毛衣，竟是在一间简陋得空徒四壁的屋子里，在那么昏暗的灯光那样萧瑟的夜晚织出来的，融进了一个做母亲的女人那么多的心智与心思，还有几个孩子那么无邪那么出神的注视。

——多年后我才懂得，其实编织与缝合，不惟女性几近本能的一门技艺，甚而对它的醉心，正是女人天性中优雅与美感的至性流露，是他们对世界的一种方便表达。旧时的女性，几乎没有一个不曾在做女儿时接触过针线，接触两根细细的竹针，或一枚亮亮的钩针。且无论那是为了谁，都总是那样尽心尽意。如今，尽管已然少见年轻的女性再操女红，编织与缝合的技艺，却渐渐成了某些女性消闲的方式，甚至某种纯艺术操作。女艺术家在制作她们的作品时，总是那样精致与投入，仿佛那不是在制作一件物品，倒是在悉心呵护自己的身心。在无穷无尽、一针一线的艺术编织与缝合中，女性比男性、女艺术家比男艺术家，总能更多也更深地感知和融入对时间的体认。“慈母手中线，游子身上衣。临行密密缝，意恐迟迟归”这首妇孺皆知的唐诗，道出的或许正是其中的秘密。在某种意义上，“慈母手中线”实现的，正是对“游子”心灵的一种“缠绕”。从“密密缝”到“意恐”中的“迟迟归”，那个悠长的过程无疑充满了时间的意味。“密密缝”成的“游子身上衣”，从一开始就在等待着经受时间的漂洗和岁月的磨蚀。而在我心里，对绝非艺术家的母亲来说，尽管亲手织出的件件毛衣仅只为换取一份生存，但她以心血和千针万线织成的，也正是她以生命中的一段时间为代价，奉献给世界的艺术品。

母亲的脸那时总藏在灯光照不到的地方，她把灯光留给了手。留在亮处的那双手，就像舞台上站在追光灯里的角色。我就那样被母亲的手指吸引着，常常看得两眼发酸，忘记了写字做作业。母亲的手指那时灵巧地动作着，上上下下，前前后后，忽进忽退，忽曲忽伸，毛线团兀自在笸箩里翻滚，无声无息。编织真是一种缠绕。细看，有时会有几缕肉眼几乎看不见的线绒，很小很轻的一团，从母亲的手指间，从缠绕在竹针的毛线上飞起，像一些小小的蔓飞到空中，轻舞一阵，然后突然飞到灯光之外，再也看不见了。那时我会惊异万分，既想不到以前见惯了的母亲那双常做粗活儿的手，会突然变得那样灵巧，也想不到那无声的编织中，会有那样一些蔓一样的飞绒，在空中跳跳荡荡，浮浮沉沉。我想起在学校见过的那些小号手，他们的手指在锃亮的号管上波浪般起伏着，有着金属质感的号音便水一样流了出来。母亲的手指不会发出声音，但就其灵巧性来说，二者几乎是一样的。不同的是，小号手飞动的手指旨在释放，让关在号管里的旋律飞向天空；母亲的手指则旨在收藏，把长长的毛线和时间一起结成一个个环，织进那件毛衣。在长久的凝神下，笼罩着母亲面部的暗黑早已变得稍稍有些明亮。母亲不时会从半截毛衣上抬起头来，淡淡地看我们一眼，那目光总是毛茸茸的，好像也是一团毛线，一些“蔓”。那当然是母性的关爱，也是在盼我和妹妹早点把作业做好吧，做好了作业，我们就能帮她做些事了：绕几团毛线，糊几个火柴盒墨水袋，缭上几双袜口。母亲那样看我们的时间总是短暂，但她目光里那些精致的“蔓”，却从此伴随着我，缠绕着我的一生。

七

在所有生命形态里，“蔓”即便不是最精致的，也是最精致的一种。事实上，编织与缠绕天生就是精致的。“精致”是我们久违了的字眼。即便在最粗放的岁月里，精致也是人们的渴望。那天，我跟一个朋友聊天——在网上，通过MSN的免费聊天器。我们谈着到底什么是精致的生活。我说真是莫名其妙，这几天我总是想起精致的生活。朋友说，生活也有精致与不精致之分吗？我说是的，那种区分一直存在。中国的传统生活，正是一种精致的生活。文人雅士自不必说，即便庶人的日子，贫寒中也包含着精致的成分。我说，不久前我听到一个故事。那天一个做书的朋友从外地来，聊起他最近做的一本很畅销的书，他说那书里满满飘荡着的，尽皆二十世纪五十年代的政治风云，原来他估计那书会赢得一些经历过那个年代的老年读者，万没想到竟会赢得许多年轻读者。

他特意到书店做了一番调查，吃惊不小：正在排队买那本书的，更多的是年轻人。那让他意外。他问一个正在排队的年轻人，你怎么会喜欢这本书呢？朋友说了说他对那本书的看法。年轻人不屑地看看我这位朋友，说你懂什么呀？你知道什么是精致的生活吗？我那位朋友说，我真的不懂，你能说说看吗？年轻人说，精致的生活，这本书里就有的是！朋友这才恍然大悟。那本书在政治风云的间隙里，也无意中透露出了一些细节，展示了一些人的日常起居和寻常生活。想想并不奇怪：那都是些受过良好教育的人，生存的境遇尽管已然改变，对生活一菜一饭的细心品味，对生命分分秒秒的不舍不弃，却仍如往日。重要的正是那样的感觉。二十世纪五十年代的中国，物质条件并不优裕，那样一些人，生活尽管节俭甚至困窘，也依然葆有着优雅的情调和小小的讲究。在他们生命中、生活中，那些“蔓”，那些幽微精敏的精神触角，依然在晶莹洁净地生长和舞动。那就是精致。遗憾的倒是，在物质条件相对富足的今天，不仅生活中的精致早已远遁无形，变得陌生精光，反倒越来越粗鄙不堪了。

八

如今流行的却是精致的反面：粗鄙。历史，包括那些写在书里的历史，就像一面镜子，照见了我们被渐渐粗鄙化的过程。很长时间里，我们灵魂的原野荒芜一片，偶尔的莺飞草长转瞬即逝，更多时候常常是粗俗杂乱，似是而非的理念荆棘，疯狂蔓延的教化杂草，把我们的思索与情感空间塞得满满当当。不时刮起的风沙尘暴，更不由分说地磨毛着我们的身心，让它变得越来越粗粝毛糙。我们的心灵世界，几乎从来都没像有人精心照料的花园那样，显得生机勃勃，繁花盛开，除了那些理念荆棘和教化杂草，很少看到那些洋溢着生命活力的，完全属于我们自身的“蔓”，从我们的灵魂中悄然长出。即或有，那样的“蔓”往往刚一露头，就被掐死被扼杀了。无论哪里，灵魂的风景总是干涩萧条，满目疮痍，毫无生气，甚至不伦不类。男女老少穿一样的衣服、吃一样的饭、说一样的话、唱一样的歌、做一样的梦。工作、事业、度日、恋爱、朋友、家庭，一切都很“坚硬”。“温良恭俭让”被无情驱逐，“彬彬有礼”被恶意弃绝。在这个有着柔软丝绸和精美瓷器的古老国度，我们放声歌唱“钢铁”，推崇“粗糙”。有着几千年历史的、东方式的优雅和闲情，统统被弃之如敝屣，毫不吝惜地付之一炬。想一想，我们竟然曾为那样的“粗鄙”感到过豪迈和骄傲，真让人匪夷所思。我们以为那样粗鄙了一下，就远离了某个邪恶的世界，以为那样“粗鄙”的生活，才是无数仁人志士以生命鲜血追寻了上百年的未来。时至今日，那样的粗鄙依然在我们的生活中大行其道。除了“美金”“美女”和“美食”，“美丽”“美好”“美妙”“美景”“美文”“美貌”“美感”“美质”“美德”“美梦”……一切与美相关的东西，都成了邪恶，都在排斥和清扫之列。粗鄙像瘟疫一样蔓延着。暴富者钱多了，日子仍然粗鄙，只知道豪饮豪赌；明星们有名了，德行依然粗鄙，夸夸其谈，声称他们的艺术不需要思想，殊不知艺术本身靠的就是思想的精致。这个粗鄙的年代，孩子再难读出父母目光里浓浓的关爱，变得寡情寡义；妙龄女子穿着睡衣走过长街，一无羞耻；达官贵人打着手机出没会场，旁若无人；旅游地的清风明月，可以论斤两出售；清雅的文人精神，竟也能按红包大小贱卖。以至商贾的无义、“公仆”的贪婪、吃者的饕餮、论者的粗俗，种种“粗鄙的豪迈”，都在这片土地上演，印证着我们灵魂的原野曾经荒芜到何种程度。真不知道，曾经的那段既无科学理性，也无人文精神的沙漠时期种下的病根，还要延续到哪一天？

如此说来，我的朋友问道，你所谓精致的生活，其实与富有、也与奢侈无关？我说当然。以为精致就是铺张，就是挥霍，就是豪门大腕的一掷千金，其实大谬。真正精致的生活既不是豪宅名车珠宝钻戒，也不是挥金如土奢淫无度，而是一个能够让人建构精致的精神空间和情感世界的所在。那样的精致，是对生命妙曼的体味，对宇宙神奇的感知，对优雅品位的把握。说到底，生活的精致源自思索的精细，而思索的精细当然只与思想的精准和感觉的敏锐有关。感觉是生命特有的能力，而思想是人类生命的一种美。我就在那时想起了“蔓”——精致的生活与财富无关，倒与我们生命中无处不在的“蔓”紧紧连在一起。

九

对这个庞大而且坚硬的世界，一支柔弱的蔓或许是无力的。但我绝对相信，它对一个人精神世界的改变，却难以预料。母亲那时一直在帮人织毛衣。毛线从一家百货商店拿来，织成毛衣后，熨得平平整整，再一件件叠好，送去。有时母亲会叫我帮她去拿毛线。织几件毛衣的毛线，放在一起已是一大堆，我背着那些毛线从街上走过，总会招来路边异样的目光——那些可疑的目光让我也觉得非常可疑。我不知道路人怎么会那样看我，至今都不知道，只知道母亲每织一件毛衣，能挣三五元手工钱，是我们全家三五天的菜钱。弟妹太多，父亲收入微薄，有些养不起。母亲便没日没夜地织那些毛衣，除了做饭和睡觉，从不放下手中的竹针。以致多年后想起母亲，眼前竟然只有那些动来动去的手指，就像一架织毛衣的机器——不管是夜晚临睡前看到的，还是早晨起来第一眼看到的，都是母亲飞动着的手指，是那件总也织不完的毛衣，那些长长的线、绒绒的蔓。

领来的毛线原是一支支一绺绺的，事先得把毛线绕成线团，一个个放在笸箩里，用起来才方便。母亲实在忙不过来，绕线团就成了我和妹妹的事。等作业终于做完，就着昏暗的灯光，我们开始绕线。原先是妹妹用两只手绷着一支毛线，由我来绕；后来嫌慢，母亲就教我们，把一个方凳翻过来，四脚朝天，再把一支毛线绷在方凳的腿上，解开线头，独自地绕。母亲说，你们还小，再长大些，把毛线绷在自己的膝盖和脚上，也照样可以绕的。她把一条腿架在另一条腿上，做给我们看，可惜我们实在没办法学会那样绕，只能沿用旧法。毛线从方凳的腿上，源源不断地绕到手里的线团上。那看似非常女性的活儿，以前我见母亲和邻居家的人做的时候，总以为轻省，也清闲，轮到自己做起来，才知道绕线团这样的事，并非想象的那么容易。为了把毛线团绕得紧实，也得动些心思，要不线团就会太泡、太乱，容易散开，而线团一旦散开，纠结在一起，那就很难收拾了。真没料到，绕毛线团那样微不足道的事，对一个男孩身心的发育和成长，竟是一种难以预料的驯化。多年后想起那些日子，想起那些被毛线轻轻缠绕的夜晚，想起在昏暗的夜色中渐渐变大变得丰润起来的线团，就像手里平白地长出了一个果子。那些艰难的日子坚硬的夜晚，因为有了母亲的编织，有了她手指的舞动，有了那些在灯光中飘动的绒绒的蔓，有了她从半截毛衣上抬起的蔓一样柔软的目光，有了我手里似乎永远绕不完的绒线，以及那些渐渐长大的毛线团，终于变得柔软变得温馨起来了。

十

狭义的线，是纤维物质存在的一种方式。线的本质是细而长，有连绵的柔韧，能随心所欲地缠绕，编织。面对一根线，我们似乎可以为所欲为，想怎么样就怎么样。毛线正是线的一种。打毛衣就是编织。可以织成大衣，也可以织成背心，可以织得轻薄，也可以织得厚实。一切都要看编织者的旨趣所在。而线的这种特质，并不是它可以被漠视的理由。线的柔软，给了它缠绕的能力。依靠这种能力，它能实现看上去无法实现的意想。这一点有些像女性。柔软，特别是女性的柔软，竟然可以对抗那些非常强大的力量，我是许久之后才慢慢懂的。中国诗词自古就有婉约与豪放两大流派，谁能说婉约派的艺术力量，就低于豪放派呢？有时，婉约派作品对于人心的影响，甚至要高出豪放派许多。中国武功中的所谓绕指之柔，以柔克刚，正是它的精髓所在。母亲当然不懂诗词，也不懂武功，但那时她是不是在以她坚韧的柔弱，对抗着生活的坚硬与时代的凌厉呢？我想应该是的吧。多年后我读到女艺术家路易斯·布尔乔亚的一段话："我们生活在不同的世界里……差异是重要的。我有一个展览，强调了对抗性，对抗性是指如何把石头这样的东西放在玻璃这样脆弱的东西旁边的问题；大理石的对抗性和镜子不被击破的权利，以脆弱的特质存在的权利。"她说的是艺术，社会又何尝不是如此？社会的强大和生活的沉重，就像那位女艺术家手中的石头。一个肩负着家庭生活重担的女性，总能把那样的石头放在她柔软的心灵上面，尽可能不受伤害。石头沉沉的重量和锋利的尖锐，随时都可能"击破"她的心。但恰恰就是女性，似乎生来就有那种"不被击破的权利"，女性在某种程度上显示的脆弱、柔弱甚至软弱，会以它自己独有的方式，对抗那些强大得看上去让她无法对抗的力量。对于我的母亲，织毛衣和绕线，或许正好可以看作是那种对抗之一种。编织作为人类一种最古老的技能，被母亲顽强地发挥到了极致。而我以朦胧之心领悟到的缠绕之美，则在往后的日子里，一直浸淫进我的骨子，濡染着我的灵魂。不惟在我的人生面对高压与强权，身陷险境面临崩溃时，缠绕之美曾给了我柔韧的力量，即便我多年后开始以文字抒写人生感悟时，缠绕之美也一次次让我得益匪浅。那离我初识普通至极的缠绕之真谛，已然过去了好几十年。一个人，一生不知会经历多少大大小小轰轰烈烈的历史事件，曾经支撑那些历史转折的理念，那看似强大无比的一切，历经时日的淘洗筛选，早已一一垮塌，真正主宰着世界与人心的，那些让人小视轻看的"蔓"，以及由"蔓"实现的缠绕之美，却时时都生机勃勃——无论以前，还是现在。

十一

是个星期天，早晨起来做完作业正想跑出去玩，母亲的一声叫，立马刹住了我的撒腿就跑：光顾着玩！抽空也去看看你爸爸，顺便把这副绑腿送去！绑腿我见过，只当兵的人穿，爸爸为什么需要一副绑腿，我不得而知。多年后我才明白，其实绑是缠绕的另一种形态，一种更为坚劲有力的形态。从那天起，父亲系绑腿的动作就一直在我眼前闪现，就像翻越栏杆转身离去的父亲的背影，一直在朱自清眼前闪现一样。那天，父亲用缝在绑腿上的粗壮布条和笨拙动作系紧的，与其说是一副绑腿，毋宁说是一对老夫老妻在患难中相互支撑的无言深情。日子艰辛，父母往日也会为小事发生口角，那时我总感到紧张害怕，不知那会不会给那个已穷得难以为继的家，带来毁灭性的灾难。自打看到父亲系绑腿的那一幕，我相信天下无论发生什么事，他们也不会分开——缠绕给予人的，绝非仅止柔软，更多的倒是力量。爱夸口的男人总说，他们从来都不耐、不屑甚至拒绝所谓的“缠绕”。在他们眼里，缠绕、缠绵之类都是阴性的，柔弱的，只属于女性，与坚强、阳刚的男人无关。男人总是害怕被“缠绕”缠绕，变得女里女气。其实任何一个男人的生命里，哪会又哪能没有“缠绕”？“缠绕”是男人一生都无法回避的命运，那样的时刻不是早就存在，也或迟或早都会到来，区别只在你是不是真正意识到感受到了而已。“无情并非真豪杰，怜子如何不丈夫。”一个男人，不经历一次或几次那样的“缠绕”，成不了一个真正的男人。

母亲把一副绑腿拿给了我，我说我们家怎么会有绑腿？母亲说，没有就不能自己做啊？母亲怎么会想到做一副绑腿，我不甚清楚，是她想到的，还是父亲托人捎来了口信，要一副绑腿？母亲也没说。只知道父亲那时正经受着生命中最坚硬的时日——他被下放到远郊一个村子种地。种地没什么不好，中国千千万万农人都在种地。可父亲从没种过地，他在城里长大，三年私塾没读完，便辍学学徒，心地善良却胆小怕事，做事处处小心，有时近乎怯懦。让他去种地，无疑是一种惩罚。1957 年那个著名的夏天，父亲在领导的再三启发和诱导下，经过“写不写是立场问题，写得好不好是水平问题”的政策感召，终于写出了一张大字报，给领导提了点意见。事情细微到只关乎孩子们看病的方便：单位原有的就医记账单，不知为什么突然取消，父亲建议恢复。倒取了个吓人的标题：缺德的措施。多年后提起那事，父亲说，我原本没想写，既不是组织成员，又不是积极分子，只知道做事是本分，写什么大字报？领导非让写，我哪敢不写？我说，您这辈子还写过别的文章？父亲说，就一篇，幸好就这么一篇！那样的年代，那张千呼万唤始出来的大字报，最终带来的当然不是就医问题的改善，倒是对他连绵数十年的惩罚——再次印证了那个标题：缺德。我一直想看看父亲的那篇文章，弄清那张据说仅仅几百字的大字报，为什么会给他带来厄运，自然是无法找到了。但我相信，父亲写那篇文章时，心里一定有无限的爱，那样的爱像蔓一样缠绕着他的心，一种充满了阳光和希望的缠绕，柔弱而坚韧。可惜在那种拒绝蔓和缠绕的幽暗中，父亲倒为此付出了惨重的代价，日后数十年间，他时时感受到的，必是这个世界的坚硬、无义与冰凉。去年冬至我赶回家乡，在父母坟前化过香烛纸钱，跪拜祭奠后默然而立。腊月的风有些刺骨。烧尽的纸灰黑蝴蝶一般，跟晶莹的雪花一起飞扬。想起一生没写过文章的父亲，竟然为唯一的一篇文章抱憾终生，而我能做的，也就是为他送去了那么一副绑腿，禁不住百感交集，涕泪泗流。

我看到的那副绑腿，是两块长方形的，缝缀着几根布条的厚布——也许是好几层旧布。母亲又告诉了我一遍父亲的地址，说你让你爸把它缠在腿上，再用绳子系紧。我照母亲说的地址找到父亲时，太阳虽已偏西，父亲还在水田里干活，薅秧草。我喊了父亲一声，他从水田里站起来，一双赤脚带着点点混浊的泥水，慢慢走到田埂上。那时我突然看见，父亲腿上爬满了什么，再一看竟全是蚂蟥——那也是一种"缠绕"，却显然有些血腥，每条蚂蟥身子下面，都是一条流淌着的血的河流。父亲肯定读出了我眼里的惊恐，他慌忙俯身低头，一阵噼噼啪啪，把蚂蟥一一拍掉。记不得那时我说过些什么，或什么都没说，只是木呆呆地看着父亲。父亲接过母亲为他缝制的那副绑腿，笑了笑，弯下腰，很快就把它裹在腿上，再一一把绳子系好，绑紧。那段时光我永生难忘。父亲的脊背弯曲得像一道大弓，在已然不大透明的夕阳的映照下，就像一个小小的、沉默着的山冈。等绑腿终于扎好，那道弓才伸展开来，直起身来。他伸了个懒腰，先用脚在地上跺了跺，然后意义不明地朝我点了点头，没有笑。夕阳中父亲用绳子缠绑腿的那个姿势，那个俯身把腰弯成一道弓的姿势，至今犹在眼前。看不见父亲的脸，但我相信父亲脸上会有笑容，即便有些苦涩。就是那一点苦涩的笑容，让那个时刻成了一种美好，留在了我心里。那段犹如一座雕塑的时光，质感粗犷而又细腻，闪着金属的光泽，至今能让我轻轻触摸。父亲说，这就不怕蚂蟥叮了。但我疑心那副绑腿的实用性意义，或许远小于它的情感价值。无用却美的东西，从一开始就为美存在，实用的东西往往要等实用性消失，才显出它的美来。在我朝那副绑腿，朝等着父亲系紧绑腿那段时光投去的回望的目光中，绑腿的实用意义早已消失。有用的绑腿早已不再有用，却让我发现了它的美感。那副绑腿就那样成了一个圣物，带着母亲甚至是所有女性的温暖柔情，让人在远离她们的地方，在遍布着蚂蟥和类似蚂蟥那样的噬血者的环境里，无所畏惧，全力抗争。几十年过去，那副绑腿早已成了一个象征，而当时，它就像一种福佑，一个灵验的护身符。不管父亲和母亲，多年后或许都早就忘记了那副绑腿，我倒一直记着，直到今天——我想说的或许真不是那件布质的东西，绑腿，只是绑腿留给我的那个意象，是由父亲完成的那个“系”或说“缠”的动作，是那个动作留给我的永远的记忆与回味。

十二

察觉蔓与缠绕包含的那种美丽与温馨，已是很早以前的事了，可直到最近，我才真正理解了那种美妙的价值。回想当年，父亲到底从那副绑腿上得到了什么呢？他肯定是感受到了什么的。一副绑腿，两层厚厚的布，几根长长短短的布条子，系或说缠在了父亲的腿上。绑腿上的那些布条子，不妨说就是“蔓”。母亲用那些“蔓”，捎去了她的牵挂，父亲则从那些蔓上感受到了母亲无声的关爱，由此从心里生出了另一些“蔓”。我相信，最终那两种“蔓”会交织在一起，织出一片感情的风景。人赖以区别于所有其他生物的，正是会思想、懂情感、能交流。语言的交流，眼神的交流，情绪的交流，在所有那些交流中，都少不了那些“蔓”。心灵的蔓，情感的蔓，生命的蔓。那天我在网上跟朋友说，比如聊天，靠的其实不只是文字或者声音，更是一些“蔓”。其时既有自己思绪藤蔓的悄悄生长，自由伸展，又能将那些蔓伸向他人同样柔韧的思绪的藤蔓儿，并在那里与对方那些思绪的藤蔓儿对接、交融，甚至盘结在一起，显出某种美丽的花的形状，造成一片奇异的、不属于人间的景观。两种思绪的对接与交融，会造成一种新的思绪、新的精神、新的感情——不管那些蔓是一缕细柔如烟的茎，还是早已长成了一根松枝一根柳条。这些新的思绪往往能超越常态，在某些不被人理解的空间里，像花一样地独自生长并灿烂开放。无论最终那是几枝思想的花朵，还是一些情感的花蕾，都不会轻易地在时间的长河里凋零，它几乎接近永恒，是那种我们从没见过却始终渴求着的精神的灿烂。

不管对一株花、一棵树，甚至是一个人，“蔓”都记录着生命中许多原初的，连它自己也没意识到的精彩时光。那时，许多思绪与情愫的蔓儿会悄悄地发芽，悄悄地生长。观察一个人思绪中的蔓，是件快乐的事。事实上，我们能从任何一个人、一个事物、一种思想中，找到那样的“蔓”。我也一样。有时候，当我发现从一个陌生人的身上，长出了一种令人欣喜甚至令人爱怜的思绪或情感之蔓时，我自己的头脑里，也会悄没声儿地长出一痕蔓。意识到这一点时，我或许会主动地伸出我的“蔓”来，与对方交接，或许也不知为什么，会强行地把它扭回去，只让它在自己心里有限度地生长，但不管怎样，最终我的那些思绪之蔓，总会越过我为它设下的防线，冲决世俗樊篱，一直地长到遥远的地方。许久之后，或许我会惊喜地发现，某一根藤蔓儿正从远方生长出来，迅速、坚忍、执着，很快就到达了它希望到达的地方。它一下就触动了我，让我浑身战栗。于是两根藤蔓儿纠结在了一起。那些精神的或情感的藤蔓儿，会在日后的时光里一根根地生长出来。“蔓”就这样神秘。它并不特别地浪漫，也不十分地耀眼，但唯其普通，才真有价值。在这个变动着的依然坚硬的年代，当人与人之间普遍都会以邻为壑时，小心地注意朋友、同事心中生长出的“蔓”，或许是对我们正在经历的坚硬生活的一种必要的补充吧？

十三

无论是在自然界，还是在思索中，蔓都细小柔弱，但它顽强的生命力，却不可小觑——再粗大的植株，再丰润的果实，最先都在细细的蔓上孕育。那时，我们的肉眼暂时还看不见巨大的植株和丰硕的果实，看见的只有“蔓”，甚至连“蔓”都看不见。“蔓”却在无声的演进中，公然蒙骗过了我们的眼睛，把巨大的生命力隐藏在它的纤细与柔弱之中。那当然不是“蔓”的错，而是我们自己的错。叶圣陶提到藤蔓的这种“生之力”时说，在小立静观的当儿，“那藤蔓缠着麻线卷上去，嫩绿的头看似静止的，并不动弹，实际却无时不回旋向上，在先朝这边，停一歇再看，它便朝那边了”，“有时认着墙上的斑驳痕想，明天未必便爬到那里吧？但出乎意外，明晨已爬到了斑驳痕之上；好努力的一夜功夫”！而大多数人，不仅早就在粗放甚至粗鄙的环境里，扼杀了自己心中的那些蔓，也失去了对细小事物和对肉眼看不见的思想、情绪的感知能力。直要等到“蔓”长成一根粗壮虬结的巨“藤”，长成一棵伟岸骄傲的大树，我们才会恍然大悟，才会想起当初，想起那些细细的“蔓”在空中摇曳在阳光下闪亮时的情景。

在一株植物的漫长生涯中，蔓向来都是个坚定不移的探险者。面对一痕蔓，我们最容易想到的是它的柔弱，却往往会忽视它的坚忍。它以那样细柔的身子，竟能实现对所有高度的超越，实在让人匪夷所思。刚刚长出来的蔓，对世界一无所知，投身于这个世界，它们别无选择，可能面对灿烂阳光迎来潇潇春雨，也可能面对千钧雷霆凌厉风暴；可能风轻雨润，也可能是旱涝虫灾。不管际遇如何，环境好坏，它都要奋力生长，成就它的梦想，也用它的一缕柔情，装点这个世界。生长总是艰难的。为了向前，蔓必须迂回。蔓从来都不会也不可能直接向它的最终目标挺进，它总得绕上几个弯，在曲折的攀缘中，在螺旋式的盘旋中，最终抵达它的目标，凌空而笑。其实那简直就是一种生命的大智慧。惜乎几千年来，有多少人都曾用“藤”与“蔓”去演绎弱小对崇高与博大的攀附啊，一代代诗人墨客，不是用藤、蔓去比附那些无耻小人，就是用它描述某种迫不得已的、不公平的情欲，倒恰恰忘记了那正是一种爱。其实那是不公平的。那样的比附武断牵强，既不客观也失之公正，造成的是对“藤”和“蔓”长达数千年的歪曲与误解。在大自然里，在森林中，在山花烂漫的山野，当我仔细观赏一茎细细的蔓时，我敢说，人世对蔓的理解，实在是误解太深、太不公平了。在一个真读懂了“蔓”的人眼里，在植物生长中最初出现的那些细细的“蔓”，何止一个“蔓”？它是个开路者、探索者，身后牵引着一个庞大的家族：先是一根茎，尽管细小到有些无助，但那株植物的丰硕果实，千万子孙，就系在那根茎上。

“蔓”最初呈现的那种细弱，可以被理解成许多初初萌发，还没完全伸展开来的生命与思绪，它可能是某种情感包括爱的一枚幼芽、某种思想的一个露头、某种学说的一个雏形，甚至可能是某个战略决策的初显端倪。大自然和人世间，有着许多那样大大小小的“蔓”。一部人类的文明史，甚至可以说是无数那样的“蔓”渐渐长成，变成参天“大树”直至成为一片“森林”的历史。古老中国的四大发明，近代西方工业革命中许多稀奇古怪的创造，电报电话，汽车飞机，直至互联网、航天技术，哪一样最初不只是一丝细小纤弱的“蔓”呢？至于人间那些肉眼完全看不见的“蔓”，就更是数不胜数了！

十四

在遇到那痕美丽坚韧的蔓之前，我一直羞于在人前说起，小时候，我也干过绕毛线团那样很女性的活儿，时间一长，有意的避讳倒成了真的遗忘。自打在那片林子看到了那一痕蔓，一切都改变了。某天早晨，帮母亲绕毛线团那昏黄的一幕，突然在记忆之中清晰地闪现，带着一种奇异的光彩。那让我突然想到，绕毛线那样的事情，一旦进入一个男孩子的心里，会不会对他日后的生活发生奇妙的影响呢？一个男人，真需要那样的“蔓”，那样的柔韧吗？以前我一向以为，一个真正的男人就该直来直去，毫无遮掩，还爱者以更爱，还恨者以更恨。我的生存指南中从没有“中间”法则，我鄙视“周旋”，拒绝“应酬”。细细一想，作为一个男人，我也绝非只知道刚硬和坚强。我欣赏文字的简洁，也醉心于必要时的纷繁与复沓；我欣赏大自然里那种大气磅礴的壮观，也喜欢古典绘画中用单线勾勒出的千回百结。我喜欢那种心直口快的朋友，也尊敬那些沉静的、少言寡语却性情敏锐心灵丰富的知交。所有这一切，会不会是与我从小熟悉的缠绕有关，与绕线与蔓有关呢？

回答该是肯定的。绕毛线团那样的缠绕，看上去无非线在近乎原处地不断重复，尽管那样的重复不能简单地称之为重复，事实上它在不断地增加着毛线团的体积。一个毛线团从很小变得很大，靠的正是那样重复的缠绕。看似简单的量的叠加，最终改变了毛线团的性质。单单的一根线是容易扯断的。“线性”几乎是一个带贬义的字眼，意味着简单、直接，而线要有力，靠的就是那样的扭结与缠绕。绕好的毛线团依然是线，想用外力将它剪断或压碎就难了——你可以把它压扁，改变它的形状，却无法粉碎它。就像线和线缠绕、重叠在一起就有了巨大的韧性，一个经受过“缠绕”磨炼的男人，也不再只是刚性的，他有了柔性、韧性。世界已变得如此诡谲，许多时候，人生的挫折与打击并不都来自正面，它可能是一次看上去美丽炫目的诱惑，也可能是一阵从侧面刮来的强劲的飓风。纯刚性材料硬是够坚硬了，能顶得住来自正面的巨大压力，但也可能失之于“脆”，容易噼啪一声断为两截。应对那样的时刻，需要某种特种钢，其中加入了某些韧性成分，以大大增强抗“剪”抗“挠”的能力。他可以适度地弯曲，也可以经受某种程度的剪切，甚至能“屈”能“伸”，成为一个真正的大丈夫。

十五

然而，我真的探悉了蔓的品格，了然了缠绕的真谛吗？恐怕未必。意识到那一点，是在跟一位我敬重的女士闲聊的时候。间常我都叫她老大姐。那天说起做人，我说在我此生见过的女性中，再没比她脾气更好的人了，虽曾饱经风霜，倒总是性情温和，尽管年过六旬，却至今风度翩翩；不独平时待我关爱有加，几乎对所有与她接触的人都满怀善意，施以爱心。一茬茬比她年轻得多的人，成名的成名，高升的高升，唯独她，依然默默做着她已做了几十年的那么一份不咸不淡的差事。有一句话我没说，也无法说——她能跟所有的人相处交谈，不管那人她是不是真的喜欢，也曾让人诟病：看上去蛮是个好人，未必没有想保住那个职位的嫌疑。她仿佛一眼就看穿了我善意的狡黠，说你忘了我那次辞职的事吗？我当然没忘。那次她因与几个“领导”意见相左，就在一次会议上，愤然辞去了有不少人觊觎的职位，引来议论纷纷。说什么的都有：或说她是私心太重斤斤计较的，或说她是嫌职位太低欲擒故纵的，甚至有说她是赌气出走只管自己清白不顾部下死活的。我说，那么坚决的辞职，到底是为了什么呢？她笑笑说，她深知她这一生，是过于柔弱了，总是委曲求全，礼让三分；原来以为，凡事都简简单单的直来直去硬顶硬碰，并非正直善良者待人处世的不敌法宝，在不失原则的前提下，以爱为内核的柔性原则，未必不是好法子——那至少给自己留有了余地，因为许多时候，你的判断未必都那么准确，而一旦失误，就无法收拾。但在那些必要的关键时刻，她也会杏眼圆瞪，会拍案而起，会拂袖而去，宁可被人误解，也要跟那些她深恶痛绝的恶人恶行划清界限。这样说来，她有的不仅是“柔”，也是“刚”。我说，没想到在你柔弱的，像蔓一样拳曲缠绕的外表下，倒有一个坚毅的灵魂作为支撑，就像钢筋混凝土里的那些钢筋。我话音刚落，她便说，相反你倒常常把你的“钢筋”裸露在外，总那么耿直，难怪你总是吃亏。看来，她说，我更需要一点“刚”，你则更需要一点“柔”了——不是要委曲求全，也不是想成为众望所归，而是我知道，我们的生活太缺少关爱，缺少柔情，就像一首歌唱到的，“只要人人都献出一点爱，世界将变成美好的人间”。我信然。我说，那就像蔓。老大姐一愣：蔓？你又说到了蔓，这个字好！我于是给她讲了蔓的故事，缠绕的故事，精致的故事，绕毛线团的故事，绑腿的故事，直至讲得潸然泪下。我说，看来蔓和蔓的缠绕，并非要一味地攀高枝儿，一味地仰仗他者以炫耀自己。无论是蔓还是缠绕，都是出于对世界的爱，是人性、良知和精致的情味，是进取、生长和成材的奋斗。成就一番伟大的事业是材，成就一颗高尚的心灵未必就不是材。“材”并非一律高大、伟岸、笔直，一痕小小的拳曲的蔓，也自有它成材的标准：奋力向上，作为先导，只要能牵引出身后那个庞大的生命军团，即便随后悄然离去也无妨。

而现在，那种真正的蔓实在太少太少了，以致我们看重的，常常只是那些粗壮的茎、艳美的花、丰硕的果，对满怀深情的蔓，反倒视而不见了。我说，谢谢您！谢谢蔓！尽管悟之已晚，回炉冶炼的机会唯盼来世，幸运的是终于在生命走到这样的时候，懂得了柔之可贵、蔓之可亲、缠绕之可敬。

十六

此刻夜深人静，万籁俱寂，我仿佛依然能望见她，望见那位老大姐，望见早已故去的父母，望见那团毛线、那副绑腿、那道夕阳、那片林子、那一痕挥洒着爱意的蔓，那一派浸透了人性和良知的缠绕，那一种散发出至情至性的精致，也望着昨天、现在和将来。蔓。缠绕。精致。蔓在无声无息地缠绕。缠绕着无尽无止的爱。精致的生活。精致的思绪。精致的情感——此刻就像那团绒线那样，像那一痕蔓那样，在我的心里缠绕。山高水远，人生漫漫，谁知道，我最终到底能不能把它们绕成一个结实的线团，像母亲教我的那样，像父亲做过的那样，像那位老大姐说的那样，像那痕蔓启示给我的那样，让它深藏于心呢？

长江夏夜记

长江边的夏天，从端午开始，端午从家家户户晒衣服包粽子开始。晒衣服和包粽子，两件事性质完全不同，一个敞开，一个包紧，一个打散，一个聚拢，竟然都属于夏天，属于端午。对此我一直奇怪，弄不明白。原以为夏天是敞开的季节，晒衣服这事就是证明。端午前几天，小城人开箱倒柜，把被子衣服什么的统统拿到外面，放在太阳下猛晒。我断定要是可能，他们还想把捂了一冬的心思啊什么的，都打开晒晒。端午就从那时开始了。衣服还在外面晒着，包粽子的事也开始紧锣密鼓地进行。每年那个时候，我不知为什么总有些紧张。包粽子用的是糯米，糯米先要泡得发胀，死去活来，一颗米变成两颗甚至三颗那么大——看上去，那好像也是让米“敞开”，属于“敞开运动”的一部分，但事情很快就变得让人无法理解。绿油油水淋淋的粽叶买来了。包粽子，就是用粽叶把淘洗干净的糯米包起来，一层又一层，裹得紧紧的，再用麻线缠好，捆紧，系牢；小小一个粽子，用绳子横七竖八地捆成五花大绑，把糯米死死闷在里面，不透气，不见天日。粽叶和糯米，都是从地里长出来的，为什么一个要包裹另一个？屈原要知道粽子是这么包出来的，恐怕宁可让鱼吃自己。好端端一个敞开的季节，就那样被捆成了一个粽子。夏天从此在我心里变得非常古怪，弄不清它到底是要敞开，还是封闭，或者既敞开又封闭。世界上没有一种东西，在同一时间里既敞开又封闭。我更愿意把端午想象成一道门，上面撒满雄黄。夏天就从浑身上下涂满雄黄的那道门走进来，走进小城，走进我心里，大摇大摆，急急匆匆，一直走到秋天——季节的和生命的。

端午前后那几天，小城不像小城，像个大型服装市场，大街小巷，旮旮旯旯，到处都晒起了衣服，竹竿上晾的，椅子、凳子上摆的，行道树上挂的，都是衣服，还嫌不够，随手拉个什么东西，往外面一摆，衣服就摊在上面，晒。空气里飘着各种热烘烘的气味，霉味儿，汗臭味儿，樟脑味儿，人就在那些气味里飘浮着，像是要悄悄返回还没走远的冬天。我就那样飘浮着，从晒衣摊里穿过，但我不想回到冬天，也不想走进夏天。我对穿白色道袍的冬天和热死人的夏天都没有好感。我一直在想那些衣服。小城的人平时好像没几件衣服，有的人一年到头永远穿着同一件衣服。一到端午那几天，不分穷富，家家的衣服突然都多了起来。季节似乎是公平的，让穷困也有展示富足的机会。那么多衣服到底是从哪里来的？母亲说，穷家值万贯。她给了我一个回答，尽管那句话的真正含义我还不大懂。跟衣服一起在太阳下暴晒的，还有一碗雄黄酒，据说可以驱虫、避邪。母亲告诉我，夏天是有毒的。过端午节那天中午，无论怎么难，家里都会有一串粽子，几个咸鸭蛋，一碗雄黄酒。吃饭了，母亲先要用一个指头，蘸一滴雄黄酒，点在我额头上。下午去上学，一看，满街都是那样的娃娃，跟我一样，个个额头上，都点了一点雄黄，像演戏。多年后想起那情景，觉得有点像在电影《两亩地》里看到过的印度，印度在哪里，我根本不知道。长大后我听说雄黄也有毒。把雄黄点在小娃娃脸上，额头上，是以毒攻毒的意思。

端午节那几天，我家也要晒衣服。“吃了端午粽，才把棉衣送”，那是母亲的名言，每年都要那么说几遍。母亲说那话的意思，是让我帮她把箱箱柜柜都打开，把衣服抱到外面去晒。外面有太阳。有风。外面是敞开的。母亲没读过什么书，却像语言大师，说出话来让人惊异，一套套的，不管是夸奖人、刻薄人，都让我叫绝。那句关于端午粽子与棉衣与太阳的话，我从没听别人说过，是她的创造。端午节前，天开始热了，只是太阳还不算毒，弄不好会突然冷几天，倒春寒，还得穿上厚衣服。穿了一个冬天的衣服，棉衣棉裤，毛衣毛裤，都要等过了端午节，洗洗涮涮，再放到太阳下狠狠地晒它一通，才能收起来。穷人的衣服金贵，难得做一件新衣服，做一件，就指望穿上几年，甚至十几年。晒衣服那几天，母亲让我放学后早点回家，给我一截短竹竿，或一块篾片，打被子，打棉衣。竹竿打在厚厚的衣服上，发出闷哑的噼啪声，晒干了的灰尘飞出来，飞得满天满地。满街都是噼噼啪啪的声音，都是陈旧的灰尘的味道。衣服要晒上一天，甚至好几天，等完全晒透了，晒“泡”了，一件件像个热气球了，才能收捡，进柜的进柜，装箱的装箱。那时，苦熬了一个冬天的小城人，才会从心理上与冬天彻底告别，真正的热天，也就正儿八经地来了。

可他们最终发现，他们苦苦盼望的夏天，并不是他们盼望中那个完全敞开的，自由自在的夏天。

小城人把夏天叫热天，一个“热”字，道出了小城夏天的恐怖。送走了酷寒的冬天，他们迎来的，是酷热的夏天。想起家乡的热天，对滚滚热浪，至今恐怖。生命需要合适的温度，太热太冷都不行。我至今不喜欢热天，当然也不喜欢冬天。冬天太冷，缺衣少穿的，家里要是没火，日子没法过。热天好像就不一样了。想起热天，就会想起浑身大汗淋漓的狼狈相，想起光着上身，家乡话叫“打赤膊”，满处乱跑的自由时光。我不知道，自己到底凭着一种怎样的耐性，熬过了一个个热得要命的夏天。很多年后听说，沿长江一带有“四大火炉”，小城太小，够不上那样的量级，号称“火炉”的都是大城市，武汉、南京、重庆、南昌，家乡那样的小城，还没资格挤进“大火炉”之列;但至少也算是个“小火炉”吧，“炉子”算小，温度一点也不低。经受过那样的夏天，从此再热的地方我都不怕了。比较起来，我宁可过夏天，也不喜欢冬天，夏天热得实在受不了啦，可以“打赤膊”，只穿一条短裤衩，冬天就不行，冷起来冷得要死，衣服又少，有时冻得直打哆嗦。后来我到长沙读书，夏天也很热，又继续锻炼了一番，所以尽管后来多年不在家乡，毕竟在那样的“火炉”里炼过，久经考验，多少有一点适应能力。妻子就不堪一击了。七十年代初一起回老家，正赶上最热的 8 月，才去两三天，她就熬不住了，中暑，虚脱。从此提起家乡的夏天，她就害怕。有段时间我乡思未眠，想回家乡工作，父母也三番两次地催，希望我能回去。可妻子一想到家乡那样的夏天，就谈虎色变。我给父亲写信说到此事，父亲回信说，热天哪里就那么可怕？家乡那么多人，一辈辈地，不都在那里活下来了，也没见哪个人被热死了。当然，最终我没能回家乡工作，有许多别的原因，不真是怕热——其实，哪里都热，哪里的夏天都有毒。

热天天亮得早，早上五点多钟，有人已经买菜回来了。那是热天最凉爽的时光。过一会儿，太阳出来了，明晃晃的，光焰万丈，照得人两眼发花。一看见那样的太阳，就知道午后会热成什么样子。多年后，唱起“红太阳”那样的歌，想起家乡热天的太阳，我总觉得别扭。我知道那样想有些不敬，还是忍不住那样想。早上对着那样的太阳，嘴上不说，心里恨不得它马上就转到西边去，快快落山，让夜晚早点到来。在长江边那座小城，夏天的太阳每天都在遭着诅咒，所谓“毒日头”，就这个意思。我不知道，那些年怎么那么热。天热地热早热晚热标语热口号热，人热得头脑发昏四肢无力，还要力争上游赶超英美放卫星。“大跃进”时我刚上高中，学校在操场上修起土高炉炼钢，我分到运输队，为在外采矿的同学们送饭，每天早中晚三趟，一趟来回 20 公里，一天就是 60 公里，推着小板车一路飞跑。大晴天，气温高到三十七八摄氏度，甚至四十来度，走在没遮没拦的大街小巷，半个钟头就被灼伤，晚上洗澡，渔网般掉下一层皮。就是走在树荫下，不让太阳直晒，也好不到哪里。热浪阵阵袭来，每一阵都像火，会把浑身汗毛烧掉。屋里虽然没有太阳，还是热。摸一摸，所有的东西都发烫，墙壁、桌子、板凳、衣服、空气，甚至话语，歌声，所有的声音。二十世纪五十年代，小城人还没听说过空调啊什么的，单位里有一两台电扇，也非常稀罕。能用来对付酷热的，在外无非草帽，在家就是芭扇；整整一个白天，干活的人只能硬挺着，苦熬着，即使待在家里，也要不断地洗脸、擦汗、扇扇子、喘气、搔痒——小娃娃身上都长满了痱子，有的还生脓疮，坐卧不宁。直到白日将尽，太阳终于落山，小城人才稍稍松了一口气，家家户户张罗着、吆喝着，准备乘凉了。

其实，江边的夜晚，几乎跟白天一样热，而且是闷热，空气，黏糊糊的，像糨糊，一动就出汗。太阳尽管已经落山，比白天好一些，也好不到哪里。余威还在。你躺在床上，一动不动，转眼就会出一身大汗。汗也像糨糊，把肉粘在竹床或木板上。住家的房子都不宽，如果不是老式院子，也少有天井、院坝，所谓乘凉，只能到门前的马路两边。马路的中间当然不能去，虽说也没什么规定，也极少有车辆通过，乘凉的人也只去占马路两边相当于人行道的地方。那样的地方，被暴晒了一天，用手摸摸，还烫。看着被太阳晒得冒烟的地，母亲有时会说，怎么不“跑暴”呢？跑一场“暴”，就好了，就凉快了。但那往往也是奢望。

“跑暴”就是下暴雨。夏天傍晚，小城经常“跑暴”，莫名其妙，稀里糊涂，突然就黑云压城，天昏地暗，风雨大作，飞沙走石，打雷扯闪，跟着，一场暴雨就下下来了。我用“黑云压城，天昏地暗，风雨大作，飞沙走石”这样一些字眼，不是一般地套用，那完全是真实的，是在“能指”的意义上使用它们，没有“所指”。跑暴时的雨点非常大。我记得，跑暴常常在我放学回家后去江边挑水时发生。有几次我去江边挑水，眼看就要跑暴了，来不及躲，也无处可躲，只好硬着头皮往回赶。雨点开头还稀稀拉拉的，落在晒得滚烫的街面上，扑哧扑哧的，像有人把水洒在烧红的铁板上，冒出团团热气。我后来再没见过那样的雨点，又大又硬，打在身上像石头，砸得人生疼。我挑着那担水埋头赶路。地被雨点打湿了，先像梅花点，渐渐连成了一片，最后，整个路面的颜色就变深了。风从不知什么地方刮来，脚下卷起一阵阵沙土。那样，就算把那担水挑回去，也不能用——桶里全是沙、灰，只能拿来洗洗东西。雨下得更大了，想找个地方躲躲。夏天是有毒的。母亲说，那样的雨也有毒，淋了会生病。但经常没地方躲，雨比人跑得快，转眼你就被雨包围了，四面都是雨，看不见任何别的东西，白花花一片，根本看不见路，就像在海上。脸上，身上，到处都是雨水，成了真正的落汤鸡。有时还没来得及出门，就跑暴了，那反倒好。站在屋檐下看跑暴很好玩。一道道"瀑布"从屋顶倾泻而下，雨点大滴大滴地打在地上，水花四溅，像把地都打出了一个个坑。看着看着，我愣住了，不知道天上怎么会有那么多水会往地上落。雷是什么？雨是什么？天又是什么？满脑子都是些稀奇古怪的念头，也在下大雨。有时，母亲会大喊一声，让我把木桶啊木盆啊拿出来，放在屋檐下，接些屋檐水，用来洗东西。夏天经常下雨，屋瓦都被洗干净了，接下的屋檐水，有点儿混，还有一股什么味道，倒也还算干净，可以用来洗洗涮涮。一个木盆，一只桶，放下去，只要几分钟，就接满了。

稍大些我才知道，"跑暴"并不像我想的那样突如其来。什么事都不会突如其来。有人早上起来看看天，就晓得那天会不会"跑暴"。他们见多识广，有经验。家乡人说，"早上烧霞，等水烧茶"，美丽云霞往往是狂风暴雨的先兆。"晚上烧霞，干死蛤蟆"，那就是说，那天不会"跑暴"了。"早上烧霞"那天，到下午四五点钟，天空中聚集起越来越多的乌云，整个小城上空，慢慢就黑了；空气闷得要死，像床巨大的棉被，焐得人喘不过气来；沉闷中过上半把个钟头，就起风了。先是小风，像一把把扫帚，把街上、空地上那些细碎的灰尘呀，肮脏的纸片呀，五颜六色的瓜果皮呀，收集到一起，然后又把它们抛得满天满地；跟着，狂风来了，旋风也来了，灰尘、纸片、果皮，被高高卷到空中，然后就不知所终，不知被刮到哪里去了。在那之前，店铺住家都慌慌忙忙关了门。暴雨到来之前，整个小城早已坚壁清野，街上也没了行人，像一座空城。人都在自家屋里等着，等着跑暴。跟着，开始扯闪，打雷，远远地，像几万辆战车，轰隆隆轰隆隆，从天上驶过，以为它开远了，突然它又转回头，向小城碾来。天黑黢黢的，一道闪电倏地划过，天骤然裂开了一道缝。金钩子闪，银钩子闪。雷声向小城越逼越近，人人屏声敛息。暴雨说下就下，下得哗啦啦响。

小城仿佛马上就要进入地狱。人们心里却在欢呼。高尔基那句“让暴风雨来得更猛烈些吧”，完全可以用来形容小城人那时的心情。我说的当然是那句话的本意，“能指”，不是它的象征意义，所指。对一个词语，一句话，我们和我们的孩子，现在都只知道它的转意了，一提“暴雨”，就想到“革命”，一说“太阳”，就想到“领袖”，反而忘记了原来的意义。其实暴雨就是暴雨，太阳就是太阳，与革命与领袖无关。多年后我读《海燕》，文中对暴风雨来临前的描写，让我非常佩服，我是从那种描写的本意上，去理解的，我把它和家乡夏天的“跑暴”联系在了一起。我觉得高尔基写得太好了，太像“跑暴”了。他怎么写得那么好？老师在课堂上提问：你说说，应该怎么理解那段描写？我说，就像我们这里热天“跑暴”，大家都希望雨下得大一点，天凉快一点。老师和同学们哄堂大笑。其实我没说错，我说的是大实话。艺术是大自然的副本。正是生活里那种真实的风暴降临之前的感受，压抑、窒闷，以及随之而来的期盼、渴望，给人们提供了写作时的那种场景。暴风雨就是暴风雨。把暴风雨引申为革命，引申为社会剧烈变动，摧枯拉朽，翻天覆地，那是另外一回事，跟真正的暴风雨完全无关。一说到暴风雨，就想到“虎踞龙盘今胜昔，天翻地覆慨而慷”，想到“宜将剩勇追穷寇，不可沽名学霸王”，那不是本末倒置吗？我们已不会在事物的本来意义上，去认识一个事物，只认识那个词语，那个词语的书面意思，它的象征意义，不是它的原义。

每次“跑暴”，我都以为世界就要毁灭，翻天覆地的剧变就要出现。结果一阵狂风暴雨过后，新世界并没有出现；反倒满目疮痍，到处污泥浊水，惨不忍睹。门前堆满了风暴打落的树叶，街上是雨水冲出的道道深沟；唯一带来的，是一点短暂的凉爽。现在，一场狂风暴雨终于过去了。跑一次暴，一般不超过半个钟头，有时只有十多分钟。“跑暴”的那个“跑”字很传神，不是慢跑，是像跑百米那样跑。转眼，天就凉快下来了，天地为之一爽，随后雨过天晴，不时还有从江边吹来的阵阵小风，小城人就准备乘凉了——那样的乘凉，是真正的乘凉。如果那天没有“跑暴”，到傍晚就要自己动手，用水给晒得发烫的街边跑一场“暴”——用成桶成担的水，把地浇湿，降温。小时候，放学后，晚饭前，我要做的事，第一件是挑水，挑够足够一家人第二天用的水，满满两大缸；第二件，就是给门前空地泼水降温，“跑暴”。再多的水泼下去，也像没泼一样，地照样不显湿，有时看上去湿了，过一阵又干了。跟着，就往外面搬东西，准备乘凉。

乘凉最好的地方，当然是河滩。再闷热的天，河滩上也有风，或大或小。在整个夏天，真正还在流动的，恐怕也只有江水，别的好像都凝固了。江水永远清凉。有时我会跑到河滩上，让来历不明的风吹上一阵，透透气。一条大江穿过黑夜，静静地流着，就像人心的深处，生命的潜流，天热天冷都奈何它不得。江水里有星星，一闪一闪，看上去凉凉的，像冰粒。江水再急，星星也流不走。可惜河滩太远，把乘凉的家什搬去很麻烦，只能站一会儿，或找个干净点的地方坐坐。更多时候，更多的人，只能在家门前乘凉。

家乡人乘凉爱用竹器，竹床，竹睡板，竹躺椅，竹靠背椅，竹子做的小板凳，五花八门，应有尽有。竹家什有个特点，时间长了，原先青黄的颜色，会慢慢转红，发亮。据说那是夏天人穿得少，身体肌肤直接跟竹器接触，汗渍浸润的缘故。老人却说，汗是血变的，血是红的。竹子吸了汗，就是吸了血。年代久远的竹器，尤其是竹床、竹椅，常常显出檀香木一样的暗红，如同铜器。小城里，哪家都有几样这种暗红发亮的竹器，从爷爷睡到孙孙，再睡到孙孙的孙孙，人躺在上面，再热的天，也凉荫荫的。

乘凉开始，正是吃晚饭的时候。太阳尽管已经落山，或跑过“暴”，户外已经有点儿凉了，但在被晒了一天的屋子里，特别是西晒的屋里，还是热得像蒸笼，坐着不动也出汗。正正经经坐在屋里吃饭，没人受得了。就把晚饭摆到外面吃。那时，乘凉用的家什，早已在门前空地上摆好，事先都用温水搓洗过的抹布，擦得干干净净，正好吃饭。

天热，出汗太多，都爱吃点稀的，那时正好也只有稀的。最好是早就煮好的，凉凉的绿豆稀饭。菜很简单，也不用正经的餐桌，只拿一个方凳，或索性就在竹床上，摆几样酸酸的咸菜，泡豇豆啊，泡萝卜啊，泡辣椒啊，泡姜之类，再加一碟炒胡豆即可。家乡把蚕豆叫胡豆。炒胡豆的做法很简单，却很好吃。将干蚕豆倒进铁锅，慢炒到半熟，倒进水去煮三五分钟，捞起沥干，再佐以油盐蒜瓣烩一下，半脆半软，极有嚼头，下稀饭正好。或有中午特意多煮了留下来的米饭，用林檎茶泡来吃，菜也一样。林檎茶是用林檎，又叫花红的树叶泡成的，茶汁为玛瑙色，清凉微甜，很好喝，用现在的话说，是一种大众化的自制饮料。用林檎茶泡饭吃，别有风味，在别的地方，我还从没见过。我的孩子小时候在家乡长大，到现在还说林檎茶好喝，泡饭也好吃。

乘凉当然是一种休息。天那么热，在酷热高温中熬了整整一天，这时真该静静地休息一下了。那种消闲带有一种沉思的性质。一天的闷热过去之后，思绪渐渐静了下来，蝉唱隐去，人开始自己跟自己说话，跟自己的心说话。大人们在闭目养神，他们到底在想些什么，我那时是不大知道的。做完功课，躺在竹床或几张凳子拼成的“床”上，我觉得舒服极了。上半夜，偶尔还能听到大人们聊天扯白，小娃娃哭哭叫叫；到了下半夜，一般午夜一点后，街上就完全安静了。安静中，能听到用蒲扇赶蚊子的声音，听到各种各样的鼾声、梦话，以及人们小声交谈的声音。后来我到外地读书、做事，常有人问：你们那里的人，夏天睡在大街上，男男女女，光胳臂光腿的，不觉得不雅观吗？我说，天热得受不了，谁还顾得了那么多？再说也没什么不雅观，天那么黑，谁看得见谁？记得我有时半夜醒来，躺在夜色中，面对满天星光，听着各种各样的鼾声、梦话，会突然觉得奇妙至极，仿佛整个小城的人都是一家人，睡在同一间屋子里；虽然都穿得很少，又都横七竖八地躺着，倒从没有听说过有什么不雅观的事，即使有，我也不会知道的。

当然也出过事。小城发生了一次“午夜骚乱”。夜里两三点钟，或三四点钟吧，街上突然响起惊恐万状的喊叫：救命啊！老虎来了！老虎来了！吓得一街乘凉的人，懵懵懂懂爬起来，四处逃窜。夜色正浓，人们从睡梦中惊醒，慌不择路，你推我攘，十分狼狈。有母亲丢了孩子的，也有孩子逃进屋后就关了门，不敢再打开，让爹妈进屋的。母亲后来对我说，那样子，就像抗战时在沦陷区跑警报。第二天听说，头天夜里，那头“老虎”跑遍了小城的大街小巷，引发了整个小城的骚乱，有几十个人受了重伤，轻伤者不计其数。实际上，那晚究竟有没有“老虎”，一直是个疑问，没人说得清。有人说有，说亲眼看见一头老虎在街上跑，张着大口要吃人。有人说不会吧，小城虽然偏僻，也不至于有老虎敢跑进城来，是有人在睡梦中梦见了老虎，喊叫声凄惨恐怖，才惊动四邻，引起了恐慌和骚动。那时正搞“三反”“五反”，被揪出来的人叫作“老虎”，到处都在打“老虎”。喊“老虎”来了的人，喊的到底是真老虎还是假老虎，谁也说不清。人们议论了很久，想弄清楚事情的起因，最后不了了之。直到现在，我也不明白怎么会出那样的事。有一年回家，跟几个朋友又说起那件事，朋友说，也许那跟当时人们的心理有关——五十年代后期，运动频频，人人自危，睡梦中都有紧张和恐惧。我想那也只是揣测，也许是，也许不是，谁知道呢？“午夜骚乱”后一段时间，街上乘凉的人明显少了。但天是越发地热。过了十天半个月，小城人终于忍受不了屋里的闷热，又跑到街边乘凉，到露天下睡觉了——吃人的老虎一定要来，也没办法，总不能为了不被老虎吃掉，就被关在屋子里热死吧！

60年代初，我家搬到小林园。小林园这名字好听，其实不是什么“园”，是片洼地，地势低，像个锅底。平时阴气重，下雨天淹水，出太阳像蒸笼。房子是公家盖的，面对面两幢，中间相隔不过四五米，全是简易平房，密密麻麻，住了二十多户人家，都是贫民。我家住的那一幢，后面是道陡坡，陡坡上有一幢三四层的楼房，不管冬夏都没有风吹进来；屋后面还有一条水沟，飞流直下三千尺，臭烘烘的，你想开门也不敢开。搬到那里住的人家，都在门口种了树，好遮阴。我家门口种的，是棵泡桐树，那跟焦裕禄在兰考种的泡桐没任何关系，家乡早就有那样的泡桐树。泡桐树长得快，一个夏天就长出一大蓬，一匹叶子有一个小脸盆那么大，像一把阳伞，可以遮阴。小林园的夜晚，根本不能在屋里睡，太热。一到晚上，两排房子中间，横七竖八地摆满了乘凉的竹床、竹椅，有的是临时用板凳和木板搭起的铺，或是那种凑合着能让人躺下来，休息一会儿的东西。一家跟一家挨得很近，住的人又多，到晚上都回家了，乘凉用的东西一摆，两排房子之间，连走路的地方都没有。一个不明就里，初来乍到的外地人，夜晚要是到小林园去，一定会以为是走错了地方，黑压压一片，根本看不清哪家是哪家，该往哪里走。只好大声武气地发问。问声刚落，就不知会从哪里传出一声喊：哦，在这里，你慢慢过来！夏天是个敞开的季节。热天的小林园没有任何隐私。众目睽睽，一切都在公共监督之下——那比现在的监督系统有效得多。有些平时不愿意让人知道的事，常常在晚上乘凉时暴露。我家对门那家人姓夏，有个儿子叫庆生，跟我年龄差不多，也许稍小一点儿，很早就不上学了，照我母亲的说法，是在外头“打乱仗”。家乡话，“打乱仗”就是没有正经事，东搞一下西搞一下，什么挣钱搞什么。我早就听说，庆生是在外面搞“投机倒把”，这样的字眼，那时是很危险的，也许一不小心，就进局子去了。庆生好像就那样进去过。其实现在看来，他无非做点小生意，倒腾一点什么东西，挣碗饭吃。庆生的姐姐早就工作了，妹妹腿上有点儿残疾，也在一个什么厂里做事，只有庆生“不务正业”。一到晚上乘凉，他家就吵架。先是大声吵，跟着是摔东西，噼里啪啦，叮叮当当。晚上大家乘凉，被扰得不能安宁，便群起而攻之。其实，也说不上什么义愤填膺之类，不过觉得他家总那样吵吵闹闹，让大家不得安宁，影响大家晚上乘凉。我外出上学直到后来在外工作后，偶尔热天回家，庆生还会跟我说话，有一搭没一搭地。他的问题永远非常简单，无非你在外面工作，一个月能挣多少钱哪，你媳妇是哪里人哪之类。有时他很神气，必是做生意挣了点钱，口气就大起来，要请我到哪里哪里喝酒；有时又调子很低，说还是你们读书人好，工作有保障，收入固定，好歹总不会饿着肚子。

那是几乎没有任何业余活动的年代。乘凉的夜晚，不知不觉间，成了小林园各方人士的公共活动时间，民间聚会，各种交往、走动、客串、协商，当然也包括各种争吵、算计、密谋、鬼混，都在乘凉时完成。那是小林园的浪漫时光。住户都是小城中的贫民，底层人士，做小生意的，扛码头的，挑散扁担的，纳鞋底的，比起他们，小职员小干部小工人都算是体面人物。白天，小林园总是静悄悄的，看不到什么人——他们都忙于生计，要挣钱吃饭，养家糊口；偶尔碰到个把人，总是匆匆忙忙，慌慌张张。生活在白天死去，在夜里复活。邻居间的交往，注定只能在晚上进行。其时，他们各自或坐或躺在自家门前，却能方便地说话，聊家常，交换见闻。有时住得离你远一点的邻居，也会借一点小事，比如要点葱蒜酱醋，借个针头线脑什么的，突然跑过来，跟你寒暄一阵。我那时已在读高中，功课重，早晚要上自习，少有机会跟邻居打交道，认识那些邻居，大都是在晚上乘凉的时候。

碰上哪家操办红白喜事，明明是那家人的事，最后整个小林园都会跟着忙碌起来。那次，小林园一个老人去世了。那家人是卖“米凉虾”卖“磁瓦子”的，都是清凉饮品，正是热天生意好的时候，他家那个九十岁的老婆婆死了。照家乡那时规矩，老人在热天过世，后人要为死者守夜，打丧鼓。那是我第一次亲眼看到那样的事，也是乘凉中碰到的唯一一件丧事。邻居家那次不知从哪里请了几个人来打丧鼓，咿咿呀呀地唱了一整夜。灵台搭在他家门前，一块蓝布一挂，隔开了阴阳界。棺材搁在那块蓝布后面，靠他家堂屋的地方。天热，家家都要在外面乘凉，那天晚上照样也要乘凉。乘凉跟办丧事跟守夜合在一起，那个夜晚变得既神圣又恐怖。那晚我听了好多闻所未闻的故事。比如说刚刚断气的死者，不能让猫去爬，猫有九条命，万一爬上去，死人得了猫命，会“炸尸”，从棺材里爬起来，一直往外跑。那天我一边听唱丧鼓的人哭丧般的歌唱，一边听一个老婆婆讲那个鬼故事，弄得提心吊胆，毛骨悚然。她说有一次，也是热天，一家人办丧事，请了几个人来打丧鼓。对着门坐的那个人，最早看见死人从棺材里坐起来了，因为他早就看见，从停着灵柩的屋子里，跑出了一只猫。他对那样的事有经验，看到那只不祥的猫，就做好了准备。夜深人静，任何一点声音都听得清清楚楚。他听见死人从棺材里坐了起来，就双手抱拳，说各位仁兄，对不起，小的要去方便方便，说完就走了，再没回来。过了一会儿，左边那个人也察觉了，说他有点事要去办办，也走了。第三个走的，是坐在右手边的那个人。剩下最后一个，紧靠着那块蓝布，直到三个人都一去不返，才明白发生了什么事。等他站起来回头张望时，死尸已冲出了门。他拔腿就跑。死者一直追着他跑。跑了一阵后还是没法甩掉那具僵尸。情急之中他才想起，死尸是不会拐弯的，他赶忙拐了个急弯，逃脱了。听完那个故事，我对那个老婆婆说，那是迷信，死了的人，怎么会爬起来飞跑呢？老婆婆说，你怎么不信呢？热天有毒，怪事多，妖魔鬼怪都会趁机跑出来作怪，要不端午节的时候，怎么家家都要撒雄黄？雄黄就是用来驱邪降灾的！热天死了人，都要打丧鼓，为死人，也为热天送行，让它们走得远远的，永远不要回来……多年之后我想，这么说，热天的夜里，借死者之名打丧鼓，也是对热天的诅咒吧？热天看来是该诅咒的。

八十年代初，小林园的人家也开始有电视机了，黑白的，很小。晚上乘凉，有电视机的人家就把电视机搬出来，电源线也绕来绕去地接出来，都坐在外面边乘凉，边看电视。二十多户人家，大概也有十多台电视机，摆在两排房子之间并不宽敞的一点地方，就像个在开电视机展销会，有点互相竞争、比试的味道。小林园的人家，其实大都算不上富裕，那时买的电视机，有差别也不大，不过就是 9 英寸与 14 英寸之别，有的图像好一点，清晰一点，有的图像差一点，老是雨雪飘飘。谈论电视机的大小、图像好坏，成了一大乐趣。开头还相安无事，慢慢就不行了，竞争开始了。各家经济情况不一样，生活拉开了档次，买的电视机也不一样，有的大，有的小，后来有了彩电，大部分人家还买不起，只能将就着看黑白的；有彩电的人家半殷勤半炫耀，邀邻居们去看彩电，椅子、凳子摆了一大排，备了茶水，还把电扇搬了出来；邻居们不知怎么了，个个客气得要死，再三道谢，却没人接受邀请。彩电想想想不过，故意把声音开得很大很大。一家家挨得那么近，收看的节目不一样，不管坐在哪里，都只能听到彩电的声音。有人气愤了，黑暗中大喊一声，喂，你把声音关小点嘛！彩电只当没听见，照样响。黑白电视赌气似的，也把声音开大，整个小林园，同时听到五六个七八个电视机的声音，霍元甲、琼瑶、唐老鸭、《血疑》中的那个日本姑娘，中外古今，全都串在一起，搅成一锅粥，听起来非常滑稽，好笑。除非那段时间有大家一致看好的节目，那就热闹了，总共那么大一片地方，十几台电视机一起放，即便各家各户的声音开的都不大，加在一起也够响的。

如今，热天在外边乘凉的人已很少见。是不是夏天没以前那么热了？弟妹们说，哪个说？照样热，看上去不热，其实更热，只是差不多家家都有几台电扇，有的人家还装了空调，哪个还跑到外头睡？想想也是。有天晚上没事，我想去江边看看，从偏僻街巷走过，只见到几个在外乘凉过夜的人。他们听说过以前热天乘凉的故事吗？也许听过，也许没听过。想起小时候乘凉的情景，感觉很复杂——那样热浪滚滚让人头脑发昏的年头，总算过去了；又一想，那样奇妙的夏夜，也不会再有了。来到江边，河滩空荡荡的，远处码头上有灯火，对面的山黑压压的。江水无声地流着，没有星星。

一个男人的厨房记忆

新居装修完工。又过了两个月，终于搬家了。装修尽管辛苦，搬新家总是件快乐的事，但预料的快乐并没有到来，住进去后竟毫无感觉。看了看，一切都是按自己的意思设计的，一开头就打定主意，不想搞得像豪华酒吧，墙都是白墙，不多一点木活，做工说不上好，倒也安排得妥帖停当。可看来看去，我对这个新家，依然找不到感觉。太新了，什么都是新的，让人很陌生。家就像一个人，开头是陌生的，不知道它的脾气个性，搬进去，要用很长一段时间，去慢慢了解它，适应它，习惯它。比如书房，以前我一直没有书房，现在终于有了，还专门做了一个大写字台，除了放上电脑，还有足够的地盘，让我乱摆乱放。满以为这下坐在书桌前，一定思如泉涌，结果并不。以前听说，一个写字的人，只有在熟悉的地方，才能写出好字来，还不怎么信，这回真信了。客厅比以前大多了，但有时一个人坐在那里，难免会有一种空荡荡的感觉，不像想象的那么温馨，那么舒服。就像玛格丽特·杜拉斯说的，“人待在房子里才会感到孤单。不是屋外而是在室内”。

最后，我走进厨房。装修时，厨房我最不满意。事前几经考察，请了一家经营橱柜的商家，就在小区外面设了个门市，量尺寸，定方案，三番五次，总算敲定。预付了定金，让他把买好的煤气灶搬去，照尺寸在花岗岩台面上挖孔。小老板看上去憨厚本分，按期运来大半橱柜。等我真要安装了，却人去屋空，遍寻不见，只有自认倒霉。再请别人来装，多花了一倍的钱不说，因是收拾残局，七拼八凑，怎么看都让人难受。

奇怪的是，那却是新家唯一没让我感到陌生的地方。

——不是因为有那些橱柜，只因为它是间厨房。

厨房在阳台上，有个曲尺形的橱柜。这是中国家居住宅如今流行的格局，牺牲一个阳台，改作厨房，充分利用空间。好在中国人还没到那种不管吃的怎么样，也非得有个花园露台的讲究。用作厨房的阳台，三米多长，将近两米宽，做成厨房，虽不算奢侈，大小也已足够。三面都是玻璃，与过去有过的厨房，对照鲜明——它实在是太亮了，亮得有点儿刺眼。早晨，太阳正好从东边照过来，整个厨房一片辉煌。尽管我对那样明亮的厨房，还有点儿不习惯，可在整个 100 多平方米的新家中，我唯一不感到陌生的，也就是这个厨房了。那天我独自在家，一个人坐在客厅里看书。阳光透过窗帘，从玻璃窗里射进来，把人晒得暖洋洋的。坐了那么一会儿，突然有些不自在了。于是满屋子走来走去，最后还是在厨房里，找到家的感觉。细细一想，天，我是不是真有点儿喜欢厨房？一个男人，怎么会喜欢起厨房了？

当下的日子，总是模糊，零碎，杂乱不堪的。过了一天又一天，回想起来，常常不知道它意义何在，也不知道它到底潜藏着什么，预示着什么。也许许多年后，我们才会明白，某个日子，就像长长链条上的一个链环，它的前后，到底连接着什么，是庸常的时光，还是重大的变故，它的意义，事情的真相，才会显露出来。岁月，是生活本质最好的显影剂，就像显影液是感光底片最好的显影剂一样。

有一段时间，想起过往时光，出现在我记忆中的，并不是那些我熟悉我钟爱的人，看过的风景，住过的房子，走过的街道，屋里的居家用品，都不是。我总是想到厨房。“君子远庖厨”。一个男人，一个读过几天书的男人人，怎么老是固执地想起厨房？有时，我对自己的这种念头非常惊讶，怀疑自己是不是也曾有过有一点志向，有过一点浪漫的憧憬，要不，我怎么会如此迷恋厨房，总是对厨房有一种莫名其妙的亲切感，挥之不去？

一套住房，好几个房间，各有各的用处，都很专业。客厅是用来闲坐的，除了看看电视，随便翻翻书，跟家人或朋友聊天，别指望能在那里做什么正经事。书房是用来读书写字的，如果愿意在那里听听音乐，下盘象棋，倒还说得过去，要是有人想在我的书房里打扑克、搓麻将，我决不会同意。卧室是用来睡觉的，充满了慵懒的气息，走进去，睡意就向你袭来，临睡前翻翻书，不过是个习惯，何况那时候看书，起的更多的是催眠作用，可见卧室最好的功能就是睡觉。至于卫生间、储藏室什么的，就更不用说了，除了特定功能，还能指望在那里干什么呢？不同房间的功能，大体不能错位。在客厅睡觉，在卧室闲坐，在书房娱乐，都让人难以想象——不管怎么说，都不是那么回事儿！

厨房不同。厨房的最大功能，是能做吃的，让人填饱肚子，满足人的色、香、味等感官需要。但在我看来，厨房也是家居中一个最具包容性的地方，除了做饭做菜，也可以洗衣服，干杂活，你要愿意，拿上一本书，坐在厨房里读上几页，不定能增加食欲；妻子回来了，买了一大堆菜，边帮着择菜边跟她聊天，爱情或会染上鲜嫩的青绿和菜根的香味，经得起见时间的煎煮与咀嚼。厨房具有的那种超凡脱俗的性质，会在那一刻让男人变得异乎寻常的纯净。走进厨房，一个男人的神经就松弛下来。厨房远离政治远离社会远离人世纷争，没有装模作样的会议没有没完没了的考核也没有暗中较劲，能卸下一个男人身上的千斤重担——“民以食为天”，天大的事，也没吃饭的事大。开始做菜了，眼前既有各种颜色的蔬菜，红、黄、绿，蓝、白、黑，也能面对各种形状的肉食，块、条、片，丝、丁、末；做起菜来，择、洗、淘，砍、切、剁；色彩丰富，香味齐全，音响绝佳。做菜从来就是一种创造，你完全可以不照菜谱和美食家的规定，愿怎么做就怎么做。你从来不会做的，你从来没吃过的菜，都能通过自己的大胆尝试，亲手做出来。做饭做菜，都能让人既动手，也动脑。也许最终吃起来，那味道并不像生猛海鲜、满汉全席那么地道，但自己动手的过程，远比在豪华餐厅里等着侍者把菜端上来要愉快得多。事实上，除非你不动手做饭做菜，只要动手，那就一定很愉快。如果让我在做菜和洗碗这两件事中挑一样，我显然更喜欢做菜。

我的这点儿快乐，至今没几个人知道。

无论家境好坏，对一个孩子，厨房永远是最有吸引力的地方。至今我对家的印象，好像总是在厨房里。小时候我常被母亲叫进厨房，帮她做饭。那当然不是正经的主厨，不过是当当下手，择择菜，递递碗，递递佐料，倒个水什么的。那时的厨房，跟现在单元楼每家都有的厨房，当然不是一回事。记忆中的厨房，都是好多家人在一个厨房里做饭。每家都有自己的灶台。每天三顿饭，每家做饭的时间，前后相差无几，厨房于是成了邻居间谈天说地的最好地方。一边是锅碗瓢盆叮当乱响，一边是张大妈李大姨婆婆妈妈滔滔不绝地闲聊。有时，你分不清那到底是在做饭，还是在开什么讨论会。那样的讨论会，当然会随着做饭的进度而进展，饭做得最紧张时，比如正在忙着往锅里加佐料或是别的什么关键时刻，谈话会戛然而止。主妇们尽心竭力地做饭炒菜，顾不上说张家长李家短。等一道菜做好，准备做下一道菜了，谈话会接着前面的话题，重新开始。回想起来，我在厨房里学到过很多东西，邻居相处、人情世故，等等。因为是在厨房，那些知识都无头无尾，七零八碎，就像做饭做菜时，被丢掉的边角碎料，菜根哪，被扔掉的黄菜叶哪，被泼洒的油盐酱醋啊，锅里溅起的几点油花哪，等等，但拼凑在一起，就成了一部人生的百科全书，尽管烟熏火燎，没个模样，却有的是实实在在的内容——信不信当然由你。

记忆中的第一个厨房，是个非常非常大的屋子——也许并不是很大，那时人小，总觉得它非常大，非常非常大。那间厨房，在一个有三进天井的大院子的最后面，外面像是一块空地。大院子在家乡一条叫南正街的老街上，记忆中的那条老街，铺满了青石板，院子从南正街一直通到院子背后的一道巷子。也就是说，从一条街到另外一条巷子的中间，都是那个院子。我到外省读书之后，有一次回家，想再去看看那个大院子，找了半天，结果还是没找到，大院子早就被拆掉了。那天我站在那里傻乎乎地发呆，对面前那座新盖的，别人都说非常漂亮的砖房，没有一点好感。大院子不在了。那个厨房当然也不在了。那个厨房只在我心里，它甚至都不在我母亲心里。母亲后来说，那个厨房烦死人。我看不出，当时那个厨房怎么会叫母亲烦，我一点都看不出。唯一记得的，是有一次，一个邻居向我母亲说，他家那天买了一个猪头，还有几斤肉。母亲那天听了一句话都没说，因为她的案板上那天不仅没有肉，连菜也很少。母亲那样说了后，我想起了那件事。母亲的烦闷，当然是有道理的。母亲是个非常敏感的人，她有她烦的理由。但是我，从来都没对那个厨房感到过烦。对厨房感到烦是没道理的。厨房是我唯一能找到吃食的地方。那时很少能吃零食，街上倒是有的是零食，但那都不属于我。我能吃的东西，都是在厨房得到的。一放学，我就往厨房跑。我知道，只有在那里，我才能找到母亲，找到了母亲，就能找到吃的，因为母亲就在那里做饭。我在帮母亲干了点活之后，最重要的工作，就是帮着把做好的饭菜端到我家的桌子上，然后等着弟弟妹妹回来。母亲如果心情好，我也许可以先喝一碗米汤。米汤也不是每天都能喝到的，有时候，母亲要用米汤煮点稀饭，特别是热天。那样煮出来的稀饭，要放到下午才吃。

那间厨房四周，没有墙，没有板壁，四面通风。有时候我从学校回到家里，看见那样的阵势，就像看见了一场烹饪比赛。到处都是火烧火燎的感觉，能闻到油的味道，酱油的味道，煤球没有烧透的呛人的味道，柴灶里飘出的木头被烧焦的味道。家穷，好多好吃的菜，我从没吃过，但我闻过那些菜的味道，什么红烧肉啊，千张肉啊，炒豆腐干啊，榨菜炒肉丝啊。许多年后，我有条件自己动手做那些菜时，总觉得无论怎么做，都没当年闻过的那种香味。还有各种各样的声音，菜刀剁在砧板上的笃笃声，鸡蛋打在碗里用筷子搅碎的唰唰声，往烧得差不多冒烟，把菜倒进烫得要命的油锅里时发出的嗞嗞啦啦的爆响声。闻到那些味道，听到那些声音，当然是愉快的，那意味着又有一顿好吃的东西，在等着我——并非什么山珍海味，也说不上什么大鱼大肉，都是些小菜——家乡把普普通通的蔬菜，都叫小菜。若干年后，我印象中的家乡，其实就是那些小菜，鲜鲜嫩嫩，平平常常，买回来，还挂着露水，沾着泥巴。其实，不同的地方，不同的菜系，真有区别的菜，真能让人发挥想象力和创造力的菜，就是那些小菜，鱼呀肉啊什么的，做来做去都那么回事；小菜就不一样了，每个家庭做出的小菜，味道都不一样，那跟那个家庭的主妇有关，她的个性、脾气、嗜好和口味，都会影响到菜的味道。我们常说别人家的菜好吃，所谓“隔锅香”，“隔”就“隔”在这里——做菜的人不一样，味道也不一样。同是画画，不同的画家，用同样的颜色，画出的画就是不同一样。说起来，做菜是一门艺术，厨房正是主妇们施展才艺的地方。

那间厨房，紧挨着院子的后门。从后门出去，是条大巷子，巷子里有个公安局或看守所，到底是什么我也弄不清。那时我还在上小学，每天早晨，母亲总是给我炒一碗油炒饭，当早点吃，省钱。如果是一碗鸡蛋饭，能让我高兴好几天。早晨的厨房里，空空如也，静静地吃完那碗炒饭，我才出后门，走出那条巷子，去上学。有几天早晨，厨房外面很闹，很吵，能听见外面的吆喝声。我问母亲，外面在搞么事，这么吵？母亲悄悄地说，要拉人出去枪毙了——在铁路坝枪毙的人，好多都是从后门那里拉出去的……我听了，好奇得要死，撒腿跑出去，见一辆敞篷卡车，就停在外面，周围有好多当兵的，拿着枪，一些人被反捆着双手，一串串地推上车去，黑压压的，挤满了一车——也许实在没那么多人，感觉中，就像挤满了一车。我站在后门边，一个离他们很远的角落里，能看得见他们的背影，他们倒看不见我。犯人背上，都插着一根“标”，高出头顶，上面写着一些字，黑的红的，也许是他们的名字，还打了“√”，几年后我开始看旧小说，跟着大人看戏，才发觉中国从古到今，即将问斩的人，都那样，那叫“验明正身”。正看得出神，一个满脸胡子的犯人，一回头，看了我一眼，还冲我咧嘴笑了一下。他也许奇怪，整个巷子里，除了解放军，除了他们，根本没有人，从哪里跑来那么一个小娃娃？说那是笑，当然只是我的感觉，说不定他是在哭，那哭或是笑在他面如死灰的脸上，转瞬即逝，像一粒星火，很快就成了灰烬。他的眼神再次变得直瞪瞪的，最后，紧紧地闭上了。在我后来长久的回想中，我才慢慢知道，那就叫绝望。

家乡是座小城，一直在一个叫“铁路坝”的地方枪毙“反革命”，那事我早就听说，连着好多天，都有人去看。好几个同学，约我一起去看枪毙人，我不敢去。母亲也不让我去，我不想让她生气。心里却一直在想，不晓得那些坏人，都关在哪里，大概是在一个我根本无法想象的地方，山高水远，哪里想到，犯人是从我们厨房外面拉出去的，离我那么近，近到我能清清楚楚地看见他们，那些被反捆着的手，背上的“标”，绝望的眼神，还有那个大胡子的回头一笑。原来不知道，他们一个个是什么样子，想象中，他们大概都头上长角，青面獠牙，其实跟我们一样，他们都有鼻子眼睛，也是人。真要是头上长角，青面獠牙，也就罢了，用不着怕，反正是异类，有什么好怕？不料都是人的样子，那就很难区分，谁知道谁是反革命呢？看上去，他明明是个人，骨子里倒是个反革命，这倒叫人害怕。从那以后，我每天上学放学，再也不走那条巷子了，好像反革命都是从那条巷子里长出来的，跟那条巷子有关，宁可从大门出去，多绕点路。

走大门出去上学，要穿过两个天井——那个院子很大，有三四个天井。我家住的那间房子，紧靠第二道天井。那个天井，早就不是天井，住家的人，把天井当成厨房，都在那里生火做饭，堆柴洗碗，天井早没了天井的空旷。每天早上从那个天井过，里面都没有人。有天早晨，因为想到学校打打球，走得特别早。天刚蒙蒙亮，路过那个天井时，见有个人匍在地上，不晓得他在搞什么。他的脑袋在地上摆来摆去，好像很难受。我看了两眼，看不出什么名堂，心里记挂着赶快去学校打球，径直走了。等中午放学回来，见天井里外都是人，一问，说那天早上，有个人在天井里自杀了，趴在地上，硬是自己用刀，割断了自己的颈项……我一听，想起早晨路过那个天井时，还见过那个人，也就是说，那时他正趴在地上自杀……我告诉母亲，说早上我亲眼看见那个人就躺在地上。母亲说，那你怎么不喊？你一喊，兴许他就不会死了。我说，我怎么知道他是在……母亲那样一问，倒让我觉得，对那个人的死，好像我有什么责任似的。我真有责任吗？心想要是我真知道，能拦得住他吗？恐怕也未必。一个人真心想死，没人拦得住。拦了今天，拦不住明天，后天。可他到底为什么要自杀呢？我问母亲。母亲说，哪个晓得？听说是有一本什么账，他怎么说都说不清，查来查去，查到他头上了……唉，母亲叹了口气说，人活到这种地步，真没意思，不如死了好……这个该死的，他不该死在厨房里的，他怎么会死在厨房里呢？！母亲那样念叨了好久。

经历了那些事，大院在我心中，慢慢变得恐怖起来。不管走前门后门，都是死过人的。那让我很沮丧很恐惧。我没路可走了，学还必须要上。一想到死神像个幽灵，就在那个大院子里埋伏着，说不定什么时候，就会跑出来，带走别的什么人，心里就发毛。早早晚晚，一个人在院子里走，朦朦胧胧间，总觉得有一些人影跟着，有时走着走着，突然有个影子在眼前一晃，浑身汗毛都竖了起来，出一身鸡皮疙瘩，憋住呼吸，强作镇静，蹑手蹑脚，好像步步都是陷阱，远远看见我家的灯光，就一阵飞跑，进了门，上气不接下气，半天缓不过劲来。母亲见了说，这些时你到底怎么啦，跑出跑进的？母亲哪里知道，那些被枪毙的人、自杀了的人，都是我亲眼见过的，但他们再也不是活鲜鲜的人，都成了死鬼。我一闭上眼睛，就会看见他们。我跟母亲说，妈，我们搬家吧，不在这里住了，我们搬到别的地方住行不行？母亲说，你又怎么啦？我不好意思跟母亲说我害怕。母亲却明察秋毫，说，一个男娃娃，胆子哪这么小？我胆子小吗？想想，母亲说得对，也不对。其实，没那些事的时候，我从没怕过，晚上跟院子里的娃娃一起，满院子地乱窜，躲猫猫，打游击，越黑的地方，越没人的地方，越敢去，怕什么？没什么好怕的。自有了那些事，熟悉亲切的大院子，变得陌生了，住满了人家的大院子，变得空空荡荡了，有点阴森，有点恐怖，让人害怕。那种害怕，看似虚无缥缈，又实实在在，说不清在什么时候，在什么地方，就突然来到了你的身边，你的心里。到底怕什么，我实在说不清。母亲想想又说，那你说往哪里搬？哪里都一样——你以为现在找间房子容易？

后来，我家终于还是搬家了，搬到另一个地方，环城南路口，住的是临街一幢二层楼。当然不是别墅，不过是一间歪斜的木楼，好像随时都会倒伏，但至少没有了早先那个大院子的阴森恐怖。后来我才知道，那一带，临街的一二十幢房子，都是抗战胜利后临时盖的，到我们搬到那里时，已是20多年的老宅，全朝一边歪着，成了一排斜屋。那排房子后面，是个木材场，木材场有个大门，像个豁口，所有的房子，都朝那个大门歪着，要倒要倒的。后来，那一二十幢房子的住户，凑钱买了两大根柱子，在木材场大门那里撑着，再看，才有了一点安全感。

那幢房子住的不止我们一家，楼上楼下，满满当当，挤了四家人。我家住底楼，靠街的一间，真的是一间，进门是个堂屋，原则上属于公用，其实也就我们一家用，摆了我家的饭桌。旁边有条过道，直通后面的厨房。过道两边都是板壁，隙着好大的缝。厨房和我家住房间，有间小屋，很黑，住着两父子，记得好像姓张。张伯伯在江边搞搬运，俗话扛码头，早出晚归，常常带回些莫名其妙的味道。我的床紧挨着他家，总能闻到他身上的气味。每天的气味都不一样，盐味儿，米味儿，汽油味儿，木料味儿，橘子味儿，柚子味儿，有时还有垃圾味儿……每天晚上我睡在床上，闻到那些气味儿，就晓得，那天码头上卸过些什么货，张伯伯搬过些什么东西了。当然，那些气味儿，统统都夹着一股汗味儿，那是从他身上发出来的，跟码头无关，还有一股霉味儿，那是那间屋子的气味儿。张伯伯的儿子叫张大奎，母亲让我叫他张哥哥，在上中学。他是我的榜样，那时我正在做中学生的梦。他读书用功，成绩也好，我从来没看见过他在外面玩，不像我，只要能偷跑出去，成天都在外面玩。母亲常常拿他教育我，说你看看人家张大奎，连老师都说，将来一定能考上大学，肯定出息。张哥哥能上中学，靠的是请助学金，每学期免缴学杂费，还有一点生活补贴。可惜张大奎最终没能读成大学。听说他得了不好治的病。原因是有一次（当然是事后听说），张伯伯给张哥哥买了件新衣服，他欢天喜地穿了去上学，回来说，学校老师批评他了，意思是既然要请助学金，怎么还有钱买新衣服呢？那事情让我觉得很怪，领助学金的人，连新衣服都不能穿，一辈子都穿旧衣服？从此我对助学金、救济金之类，都有些恐惧。张哥哥自那就没有助学金了。没有了助学金，当然也就上不成学了。其实那件衣服，在我眼里并不怎么好，很粗的蓝布，四个口袋，还不如母亲用旧衣服改给我的，用来上学穿的那一件。张大奎最后得了精神病，是不是跟请助学金的事有关，我就不知道了。他成天疯疯癫癫的，晃出晃进，无精打采，嘴里倒从早到晚念念有词。那件新衣服，他好长时间不穿，后来又不分冬夏，一年四季，没日没夜地穿，从来不洗不换，日见的旧，脏。我家搬到另一个地方住之后，就再也没听到过他的消息，听说也去了码头，当了个搬运工。

张家住的那间小屋后面，就是厨房。厨房里有道楼梯，爬上去，上面住着另外两家人。一家是房东，姓王，老两口，都是下江人，做点小买卖，烤个红薯，卖个小菜什么的。几年后，我去上学回来，听说那天早晨，他们突然都被抓走了，据说他们是一贯道、老母教，政府早就严令禁止的。另外一家姓袁，也是下江人，抗战时逃难逃来的。袁爷爷以前是做麻将的，听说手艺了得。可惜生不逢时——二十世纪五十年代，谁还敢卖麻将？想打，都只能悄悄打。他们把存下的骨牌麻将，一块块地锯开，一分为二，把条、筒、万什么的磨去，改做成象棋，还是不怎么好卖。我最早得到的一副象棋，就是袁婆婆给我的，就在那间厨房里。那天放学回家，在厨房里，我找母亲要钱，想买一副象棋。厨房里烟熏火燎，蒸汽弥漫。母亲说，一副象棋要好多钱？我说一副木头象棋，只要三毛钱。母亲一惊，说三毛钱？够我们吃两天的菜了！那时我才意识到，那个小小的愿望，实在太奢侈，太不切合实际。袁婆婆听了问我，你喜欢下象棋？她的声音穿过烟气水雾传过来，软软的。我说我喜欢。袁婆婆说，那好，我送给你一副。母亲说，那怎么行？袁婆婆说，小儿们喜欢，就给他一副——反正，放在家里也没有用。母亲忙说，要不得要不得！袁婆婆不由分说，转身就上楼去。袁婆婆人瘦，那道楼梯更瘦，她每上一步，楼梯都吱吱嘎嘎地怪响，像要散架，彻底地垮下来。不知为什么，那声音的惊心动魄，让我终生难忘。过了一会儿，袁婆婆下来了，手里拿着一个纸盒子，说拿去吧。我不敢要，说袁婆婆，我没钱。袁婆婆说，哪个说要钱了？不要钱，送给你。就那样，我白得了一副象棋，一下子阔了起来，四周的小玩伴，好长时间都追着我跑，要跟我下象棋。从此我对袁婆婆心怀感激。

四户人家，却只有一个厨房，又窄，四家人共享。我对那几家人的印象，多是在厨房里得到的。张家父子好像从来不做饭，也没看见过他们吃饭，我至今都不知道，他们一日三餐，是怎么解决的。想起来了，有一次，听说他们吃得很简单，不好意思到厨房做饭，只好躲在他们那间小屋里做。我觉得那件事情很怪，想不通他们为什么会那样，因为四家住户，也没哪家日子好过，都穷。信教的房东吃素，从不沾荤，哪家做点荤菜，他们连看都不看一眼，偶尔路过，眼睛斜着，很鄙视的样子，还总要找岔子，骂骂咧咧，指桑骂槐。特别是王伯伯，宽脸，眉毛又浓又长，一副凶神恶煞的样子，我总有点怕他。每次我碰到他，看不见他的鼻子眼睛，只见那两条盘在他额头上的浓眉毛。有段时间，他在我们家门口，临街边，支了一个灶，烤红薯卖。每天早晨，他很早就开始烤红薯了。我早上起来，穿好衣服洗好脸，准备去上学时，他烤的红薯已经飘出了香味。有时母亲给我一分钱或两分钱，禁不住那种香味的诱惑，也会找他买点红薯，过早。那时一分钱值钱，可以买三个小红薯。有时王伯伯高兴，还会给我四个。房东家给我印象最深的，是他们做的一种素汤。有一次，在厨房里，闻到一股奇特的香味，以为母亲做了什么好吃的，一问，母亲说，什么好吃的？你就晓得吃！母亲指指房东家的灶说，是王伯伯他们家，在炖汤。家乡人爱喝汤，排骨炖藕、炖萝卜、鱼汤，都是上好的东西，我们家难得一见。我说，什么汤啊，这么香？母亲说，听说是素汤，先把豆芽放在锅里焙一焙，再和发好的香菇一起，放在砂锅里炖，炖到一定时候，再把发好的腐竹加进去。我听了说，肉都没有，怎么会那么香？母亲说，你懂么事哟，香菇和腐竹，比肉还贵！这么好的东西熬汤，还有不鲜的？小时候，我到底也没喝过那种素汤。许多年后，见满街都是香菇和腐竹，我才想起了那种汤，如法炮制，还自作主张，加了点虾仁，满屋子的香，甚至远胜于当年的那种香味……

记忆中，袁婆婆家的灶上，从来没什么让我记住的，好吃的东西。只有一次，袁婆婆家蒸了糯米饭，正好我放学回去，跑进厨房，母亲不在，袁婆婆看见我，给了我一小碗，很抱歉地说，吃咸吃甜，随你，自己回去弄吧，我不管了。送了人家吃食，反倒要道歉，我也只在那时候遇到过。端着那碗糯米饭，我赶紧问母亲有没有糖，母亲说没有，要吃就要现买。为了吃一小碗糯米饭，要跑一段路的事，我觉得不合算。母亲说，不想跑路，那就吃咸的嘛。我想，那就是放点盐进去，像放糖那样拌拌，就可以吃了。家里盐倒是永远有的，我放了一些，结果咸得根本没法吃。我告诉母亲，你说吃咸的，我放了盐，怎么这么难吃？母亲说，哪个告诉你吃咸的就是放盐？平常吃饭是这样吃的？不是就一点咸菜吃就行了？我听了恍然大悟，我怎么会往里面放盐呢，真笨！

在最终搬进一套单元房之前，我家的最后一个厨房，是与隔壁那家人共享的。那时家已搬到一个叫小林园的地方。原来住的环城南路那间临街的房子，房东被抓走后不久就被没收，成了公房，要租给人家当铺面，我们只好搬家。小林园那时正好盖了两幢简易住房，便宜，就租下了。小林园名字好听，其实是个洼地，一下雨，四边的水都往那里灌，小林园就成了水乡泽国。到那里住的人，再好也好不到哪里。以现在的眼光看，隔壁那家人的老两口，以前想必都出生在有钱的书香人家，文雅，说话小声小气，在厨房里碰面，他们也会点头，弯腰，很讲礼性，很有风度。那时我已在读高中，读过一些小说，对这样的人家，按说我该很敬重的，但我印象里，他们身上那种没落贵族的穷讲究，眼里飘来飘去的鄙夷神情，内心里对像我家那样人多的家庭的瞧不起，却多少让我有些不舒服。其实那时，他们自己也已沦落到跟我家一样，要去住政府提供的救济房的地步，但随时随地，一不小心，那种曾经阔过，对整个世界都不屑一顾的派头，还会从他们的眼睛里跑出来，伤人伤得厉害。特别那位男士，我叫他罗大爹，不管说什么，都之乎者也的，叫人烦。后来，我对所有那些喜欢之乎者也装模作样的人，都从心里有点烦，原因就在于此。厨房一共才五六平方米，两家人的灶台、碗厨一摆，地盘所剩无几。我家人多，做起饭来，难免有时会“侵占”他家的一点地方。那都是孩子们干的事，母亲从来不会，只要被母亲发现，就会立即制止，主动撤出，完了，还会连声说对不起对不起，重新搓了抹布，把被我们弄脏的地方，细心地擦干净。罗大妈还好，说小儿们做事，怪不得的，能帮着你做做，就不错了。罗大爹就不行了，有一次，甚至对母亲提起“教养”之类的严重话题。另一个容易引起纠纷的，就是掏炉子。家乡那时都烧煤球，每天早上生火，先要把炉子里头天剩下的煤灰掏干净，重新生火。那么一掏，整个厨房里灰尘弥漫，暗无天日。好几个星期天，母亲让我生火，一掏炉子，罗大爹都会骂骂咧咧，完全失去绅士派头。母亲听见就对我说，跟你说了几百回了，要掏炉子，先跟罗大爹打个招呼，让他们把门关好，你怎么就是不听？我说我忘了。其实母亲真是说过，没有一百遍，至少也有九十九遍，我也没忘，就是不想听。管他三七二十一，掏了再说，存心要气气那个没落贵族。问题是我家孩子多，孩子不懂那么多规矩，“入侵”的事情就免不了常常发生，罗大爹的伦理道德子云诗曰，也就常常挂在嘴边，无法济世教民。

后来罗家搬走，听说是投靠他的子女去了，最后不知所终。新搬来的一家人，姓刘，一个母亲，丈夫以前是当老师的，早不在了，什么原因，我一直不清楚。许久之后才听说，也是因为遭到一点误解，想不通，独自去了。听说那事后，我总会想起最早在那个大院天井里自杀的人，总觉得就是那家跟我们做了邻居，当然根本不是。刘大妈后来一直带着两个儿子过，大儿子跟我岁数差不多，已经在上班，挣钱养家，小儿子还小，上着学。看样子，日子也过得紧紧巴巴的。我家跟刘大妈家，从来没为“地盘”发生过“厨房之战”，她人好，做饭简单，尽管时间长些，倒也用不了多大铺排，不像我家，一做饭，总要上演一场“厨具总动员”，调动所有的锅碗瓢盆，瓶瓶罐罐。即便偶尔发生点什么，有点小小的“冲突”，她也从不说些什么。刘大妈好像也没有力气说什么。她人瘦，听说有胃病。胃病是什么滋味，那时我还不明白，只知道刘大妈爱打嗝，随时随地地打，白天打，夜里也打，有时打得排山倒海，声震如雷，让我怀疑她肚子里都是气，装着四海风云。多年后，一段时间里，我自己也胃不好，才知道那样的病，实在折磨人。有时我进厨房，见她正在煮饭，灶上加着一口巨大的锅，大得几乎可以把她瘦小的身子，整个地放进去煮。锅大，她人又瘦又小，看上去叫人觉得心疼。后来我读过《堂吉诃德》，想起刘大妈，发觉她就像书里那个跟风车作战的家伙，那口大锅，就是刘大妈面对的大风车。大锅里煮的，永远只有一小点东西，刚能盖住“锅笃子”，家乡话，“锅笃子”就是锅底。换句话说，即便改用一口小三四号的小锅，也足够了。刘大妈为什么要用那么大一口锅煮那么一点饭，永远是一件我无法闹懂的事。至今也没闹懂。世上许多事，都没有原因，也无法解释。锅大，火小，刘大妈的一顿饭，常常从我们开始生炉子做起，一直做到我们吃完饭洗完碗。那样煮饭，好好的米，早就煮成了糨糊，用我母亲的话说，煮得连魂儿都没有了。母亲跟刘大妈相反，爱吃硬饭。母亲生平最讨厌的，就是所谓的牛头饭，还有稀饭。她说她吃怕了——小时候，她只能用菜稀饭充饥，后来看到稀饭就反胃。我也一样。看刘大妈煮饭，我会为她急。那不是煮饭，是熬日子。一个人活到熬日子的地步，还有什么意思？有次我吃完饭，在厨房洗碗，实在看不下去，就对刘大妈说，我家火空着，要不你家就在我家灶上煮？刘大妈说，不用了，我喜欢吃软和的东西，要慢慢地熬，胃不好，习惯了。等我外出读书，有年放假回来，听说刘大妈不在了，那时，她的小儿子已找到了工作。顿时想起刘大妈说的那个“熬”字。熬到小儿子上班了，刘大妈终于熬出了头，可以放心走了。我这才明白，熬也是一种境界，生命的境界，虽然说不上崇高。

工作后，除住过几年集体宿舍，自打成家，住的尽皆单元房，或大或小，都是单家独户，厨房或宽或窄，都是自己的天下。想起老家的那些厨房，有时居然会有点儿怀念。如今偶尔站在自家的厨房里，透过玻璃，看到隔壁邻居家的厨房，有人在操持，要想跟他们说话、聊天，已不容易。生气、吵架的事，再也不会发生。厨房宽敞，厨具一应俱全，只要愿意，想做什么都容易，酸甜苦辣麻，要什么味道，就有什么味道。只有一种味道，在这样的厨房里再也做不出来，想想，那是人生的味道，光靠佐料多是做不出来的。生命有限。幸好我见过那么多共用的厨房，人间的许多事，人生的许多味道，都在那样的厨房里尝到。那些真实的，复杂的，说不清什么味道的味道，常常在我遇到一些事情时，悄悄涌上舌尖，聊以填补情感的饥馑。中国人世世代代祖祖辈辈都在为厨房的丰足或欠缺奔忙。现在怎么样？一些人家的厨房大得要死，漂亮得要命，却从不自己动手做饭做菜；那样的厨房当然也就形同虚设。他们喜欢下馆子。他们的厨房在酒店，在餐厅。也有一些人，至今仍然在为厨房里没米下锅叹息。社会是个大厨房，烹制出社会百态，人生百味。厨房真是一本大书。中国的厨房更是一本大书，至今还没人写。如今我站在自家明亮的厨房里，想起以前的厨房，还有一点淡淡的怀念，怀念什么？拥挤？肮脏？饥饿难耐的日子？缺油少盐的饭菜？厨房里的欢乐？厨房里的苦熬？厨房内外的死亡？都不是，终归是说不清的了。

美食家会想到厨房，厨房总跟美食联在一起，想起它就食欲大增；饥饿者会想到厨房，厨房跟饥馑联在一起，想起它就饥肠辘辘。我为什么会想到厨房？既不是美食家，也没有沿街乞讨的经历，但作为一个男人，我依然会常常想到厨房。我是一个忘不了厨房的男人。

手艺人的手

一

记忆有时候相当顽强，相当狡猾，近乎神出鬼没，调皮捣蛋，从不遵守记忆者本身自以为是的认定。是不是真记住了某个人某件事，与记忆者的感觉很可能大相径庭。以为必须记住，也早已记住了的，其实未必，以为根本不值得记，也从没去记的东西，说不定早就深藏于心。比如小时候在家乡见过的那些手艺人，一直以为从没往心里去，不料几十年后，竟一个个想了起来。那让我意外，又惊喜，仿佛故人重逢，乡音依旧。粗粗一算，都已是二十世纪五十年代的事情，他们姓什么叫什么，都忘了。那时人小，一天到黑只晓得玩，除了买点吃的，看看，玩玩，从没跟他们打过什么真正的交道，没理由一定要记住他们，更没理由一定要想起他们。但终归还是没能忘记，看来，想起他们是注定的，不在今天，就在明天。

二

最先想起的，是我家隔壁那个弹花匠。

那天坐在家里，懒懒的，好像什么都不想干，又像有什么事在等着我。那种心情很怪，无所事事，又若有所思。突然的疲乏，莫名的倦怠，显然不是来自身体，而是来自内心。想了想，想不清楚，于是随手打开电视——消磨时间，那是最好的办法。正在播放一部外国电影，《海迪》，屏幕上，一个老头正在干木活。他一头乱发，满脸胡楂，却神情专注，目不斜视，一看就知道是个精倔古怪的老头。往下看，我才知道，他是海迪的爷爷。老头正用一把锉刀，在那件木器上东锉锉西锉挫，有时又用一块砂纸，嚓嚓嚓，嚓嚓嚓地打磨。就在那时，家乡那个弹花匠，突然在我眼前闪了一下。也就一下，几秒钟。转眼，我又被电视里那个古怪老头吸引过去。剧情渐渐展开，我得知，海迪的爷爷，一直住在山上，是阿尔卑斯山还是别的什么山，我一直没弄清楚。海迪是老头的孙女，六七岁，被他父亲特意送到山上，跟爷爷做伴儿。爷爷并不欢迎她，他嫌她碍事。其实他谁都不喜欢，孤独惯了，跟所有的人，村子里的人，家里的人，全搞不在一起。他独自一人，住在山上，与大山，与白云为伍。海迪是个天真可爱的小女孩，纯净，像清晨山里的一滴露水。一滴露水简直太小了，很容易蒸发，干掉，问题是它恰好落在他爷爷心里。奇迹就此发生，小小的露珠，成了一片汪洋大海，浸泡着他，滋润着他的心，那颗心上布满了伤痕，长满了茧子和偏见。小海迪最后成功了，爷爷跟她的奶奶和解了，跟着她来到半山上，帮奶奶拾掇房子。老头决定送给他的海迪一样东西，什么东西，他从没告诉过她。那是件木器，他一直在悄悄地做。那天他打磨的，正是那件木器。有一阵子，太阳从他身后射过来，茶褐色，带点儿红，造成一片浓郁的红褐色背景，很深，深得像过往的岁月。于是看上去，老头像是置身在遥远的梦中。做的到底是个什么东西，我一直没看出来，只知道是一件木器。砂纸在木头上擦来擦去，在山里，那种轻微的沙沙声很好听。直到后来，当老头把那件东西送给小海迪时，我才看清那是一件木雕，显然是专门为小海迪做的。我突然有点儿感动。要是老头送给小海迪的，是一个随便从哪里找来的，或是买来的什么礼物，哪怕很贵，我也不会动心，我的心已经很硬。可那个木雕，是他亲手做的，出自手工，一刀一凿，一刻一划，都在他心里反复酝酿过，盘算过，带着他的心思、心意和心的温暖。可以说，是他给了那块木头以生命。就那样，那个场景中包含的隽永意味，人世间某种模糊的，却又深厚的温馨，一下子把我带回到几十年前，带回到对那个弹花匠的怀想之中。弹花匠弹棉花的声音，突然在我耳边响了起来，咚、咚、咚——嗵，咚、咚、咚——嗵……我熟悉那声音，清晰，而有节奏。它突然变得那么响亮，连我自己也很吃惊。

三

头一次听到，或说注意到隔壁弹棉花的声音，是在一个中午。我刚上初中。长江边，三伏天，太阳很毒，晒得死人。我在努力睡午觉。睡的不是床，是一把旧竹躺椅，放在我家与隔壁相邻的过道里。平常我很少睡午觉，只要没事，比如母亲让我洗碗洗衣服什么的，就偷偷溜到大河里泅水。用母亲的话说，“眨个眼就跑了”。那天不行，从吃中饭起，母亲就命令我睡午觉。我说睡不着。睡不着也给我躺着，养神！母亲说。前几天，一个小学生在大河泅水时淹死了，小城如临大敌，所有学校重申，学生一律不准去大河泅水。大河就是长江。母亲坚决执行学校的命令，让我在家睡午觉，不到时间不许走。母亲在门口守着。我只好躺在那里，迷迷糊糊，似睡非睡，似醒非醒。刚想睡着，弹棉花的声音响了起来，隔着一层板壁，把我吵醒了。

那天也怪，我偏偏有点儿想睡——娃娃的觉，不睡就不睡，一睡就会睡死，睡得很长。但那时我睡不着了。刚吃了中饭，他怎么就干活了，也不歇歇？又想，说不定，人家从来都是吃完饭就干活的，只是我从没注意过，留心过。他搬来的头一天，我去看过，站在他家门口，透过大雾一样的飞絮，看见一个人在干活，模样很新奇：身上背个大弹弓，一人多长，手里提个大木槌，像个大号手榴弹，栗木做的，日久年深，隐隐变成紫红，一下下，带着一股狠劲，往弹花弓的牛筋弦上砸去。每砸一下，牛筋弦便发出砰的一声巨响。那声音先是沉闷的，嗡嗡的，随后有利刃般的尖啸四散飘飞。随着那声尖啸，牛筋弦剧烈震动，缠裹在弦上的棉花，被弹得惊魂四散，变成许多肉眼看得见或看不见的花絮，飞得满天满地，像冬天的大雾……想想，反正睡不着，忍不住从身边板壁缝里，往他那边看。老房子，旧板壁早已发黑，裂了好多缝。从那里看过去，弹花匠变得又细又长，闪闪烁烁，顶天立地。弹花匠不知道有人在“偷窥”他，继续弹他的棉花。他打着赤膊，热天，他好像总是赤膊上阵，就是冬天，也只穿一件单衣。他整个上身的肌肉都在抖动。其实他个子不高，矮壮敦实，夏天晚上，家家户户在马路边乘凉，他往竹床上一躺，活像个“肉摊子”。“肉摊子”是他婆娘骂他的话。有天刚煞黑，弹花匠一堆地躺在竹床上，悠悠地抽着烟——平时弹花，是不能抽烟的——他婆娘，一个秀颀的女人走出来说，你看你看，也不找个东西盖盖你那个油肚子，活像菜市上的肉摊子！那时我刚学了几篇新课文，以为“肉摊子”一说，真是奇妙无比！一次作文，我用了用这个词，老师在下面画了好九圈。听母亲说，弹花匠人不错，生意好，一年四季都有活干。只要有活干，他的日子就不用愁。一个人能凭自己的一点手艺挣碗饭吃，我就是那时懂得的。

四

循着弹棉花的声音，我回到家乡，回到那个上午。家乡是座小城，手艺人多。平常百姓过日子，离不开手艺人。小时候不懂的，只知道“万般皆下品，唯有读书高”。像手艺人那样混饭吃，觉得没出息，长大了绝不学手艺，要做就做大事。外出读书后，有个假期回家，母亲要我陪她上街买菜，以前我从不去——人长得牛高马大，跟着母亲去买菜，肯定让人笑话，那天禁不住母亲一番动员，不去也得去了——那能让她感到一点骄傲。一路走去，巷口拐弯处，远远就见一个剃头挑子，在街头等生意。走近了，母亲跟剃头师傅打招呼：聋子哎，生意好不好啊？“聋子”师傅说，好什么好啊！现今的人，都喜欢到理发店去剃头，坐皮椅子，舒服！找我剃头的，只剩几个老主顾——给他们剃了一辈子，习惯了，让别人剃，他们还怕剃不好……

记忆中，好像从没找他们理过发。我嫌在街头理发脏。正那么想，剃头师傅突然问道，这是你儿子吧？都这么大了。母亲有点儿得意地说，是啊，真快啊，好像就是昨天，还在请你给他剃头呢！母亲说完，转过头来对我说，你不记得了？小时候，你见到这位师傅，就死活不依地喊，我要剃头！我要剃头！母亲那么说着，剃头师傅就冲我笑，笑得有点暧昧，好像说，今天呢，你要不要我给你剃头？我愣在那里。没想到，小时候我会又哭又喊地让他给我剃头。趁母亲跟剃头师傅说话，我一直盯着剃头挑子看，其实我早见过。“剃头挑子一头热”，说的正是眼前。一头是一个板凳，一头是一个烧着热水的小炉子，烧木炭，上面有个圆筒形的锅，锅上面是个脸盆。给人洗头，要先把脸盆端下来，从下面舀水。剃头师傅挑着这副挑子，大街小巷到处地转，不喊也不叫，只是走。碰到有人剃头，歇下挑子，请顾客在那张凳子上坐下，问你，是剃光头，还是留长发。如果剃光头，就先用热水给你洗头，洗得满头肥皂沫，再拿出剃刀，三下五除二，把你的脑袋剃得锃光发亮；剃刀有好多把，刮头一把，修脸一把，刮胡子还有一把。不管用哪把刀，都要边用边在“荡刀布”上荡一荡，要不刀就不快；荡刀布黝黑发亮，挂在水锅旁，像条舌头。每次看剃头师傅拿刀给人剃头，我总捏着一把汗，生怕他一不小心，失手，把人家脑袋划破了。那天我站在那里，想到自己小时候居然也让他用那把剃刀在自己脑袋上刮来刮去，真还有点后怕。娃娃小，不像大人，会跟他配合得那么好，弄不好就会把头皮划破。于是我说，师傅真给我理过发？师傅还没答话，母亲就说，你满月时，就是请师傅给你剃的胎发，后来一直请他给你剃头。“聋子”师傅说，我给你剃头，不收钱——我跟你们家，是几辈人的老关系，你爷爷，你爸爸，我都剃过。我说，那你划破过我的脑袋没有？聋子说，天地良心，你问问你妈！我说，那就要谢你了。随口又问道，是剃光头难还是理长发难？聋子说，都不容易，我学艺学了三年，拜师又是两年，才出来自己做，哪像现在，刀、剪都是电动的？那时都靠手。你去问问，现在，哪个能用一把刀一把手推剪，为你理个像模像样的“西装头”？我就能。家乡那时把新式的长发分头，一律叫作西装头。

我真没想到，我的脑袋，真还跟一个走街串巷的剃头挑子，有那么一段交情，还是“世交”。先前也许是小看他了。要不是我回家前已理过发，还真想请他在我脑袋上再试试他的刀子。走过去了一阵，我问母亲，那个剃头师傅姓什么？母亲说，不晓得，都叫他“聋子”师傅。

五

剃头师傅从不吆喝，他永远都在等待，找个僻静地方，坐在挑子一头的木凳上，眼巴巴地，看着从面前走过的每一个路人，等待他的光临。人都有头发，头发都会长长，长长了就要理发，剃头。千千万万的人，都是他的潜在客户。其实，手艺多与日常生活相关。那样的年代，学一门手艺，是立足社会最简捷的途径。读书成材太遥远，学高级技术要条件，都不是普通人能做的。手艺就是技艺，厨师，裁缝，鞋匠，皮匠，制绳，箍桶，弹棉花……几乎每种手艺，都与普通百姓过日子息息相关。字画装裱，钟表修理，学的人就少得多，学起来难，用起来少，没法糊口。剃头师傅有时候他也会打瞌睡，一有人喊“剃头”，他立马惊醒。

跟剃头师傅一样，从不吆喝的，还有锅碗匠。那时在小城走一圈，起码碰到两三个补锅补碗的。那时怎么有那么多锅碗匠，我至今也想不清楚，想来想去，还是因为穷，买锅买碗不容易，打破了，补补再用。像我家，有些锅、碗，补来补去，最后已到了无法再补，才扔掉。除了干活，锅碗匠们永远都在走，大街小巷地转悠，越偏僻的背街小巷，越能见到他们。与剃头师傅的永远都在等待相反，他们永远都在行走，流动成为他们的宿命。说他们从不吆喝，其实并不准确，他们把吆喝也交给了自己的手。在这个意义上，他们是更为纯粹的手艺人。我的意思是说，补锅匠手里，有一摞铜片，用麻绳穿成一串，一片接着一片，成为一种响器，收放自如，一时撒出去，一时收回来，一撒一收之间，铜片发出叮叮当当的响声，成为一种独特的吆喝和昭告。日久年深，那串铜片被磨得金光灿烂，仿佛一道金钩闪电，在补锅匠手里伸展自如。他们也没有挑子，几样简单的工具，装成一个小包，背在身上。那是一把“金刚钻”，几把精致的小锤子，还有一包“铜钉”，用铜丝做的，像订书钉那样大小。那是锅碗匠的全部家什。俗话说，没有金刚钻，哪敢揽瓷器活！锅碗匠的“金刚钻”，由一根皮条，一把木钻头和几根其他钻头构成。补锅补碗时，把皮条套在钻头上，来回地拉，就像拉二胡，扯动钻头在破锅破碗上先钻一排眼，再用铜钉把两块瓷片“铆”在一起。说简单，也真简单，但换个人，就算有那些行头，也很难把破锅礼碗补好。关键在那双手。

六

手艺人的手之灵，之巧，有时真到了出神入化的地步。我印象最深的，是家乡一个叫傅瞎子的写字公公。傅瞎子其实不瞎，只是眼睛有点儿近。他永远戴着一副黑框眼镜，讳莫如深，看上像有大学问。也许他以前真读过书，怎么会沦落到在街头卖艺，我说不清。我把傅瞎子归为手艺人，说不定是个错误，但他那只会用沙子写字的手，让我佩服得五体投地。那时的小城，读书人不多，能用石灰沙子在地上写字的人，也就成了稀罕。石灰粉从指尖匀匀漏出，成为一道细线，撒在地上，上上下下，绕来绕去，就成了非常漂亮的字，空心的，隶书体。可看看傅瞎子的手，真说不上是读书人的手，上面裂了好多口子，有时还缠着黑黢黢的胶布，要多糙有多糙。但就是那双手，能在地上写出空心的隶书字，漂亮得让我瞠目结舌。傅瞎子当然不能靠表演写字谋生，那样他不会有饭吃。表演到最后，他就开始卖他的“跌打损伤膏”。每次开场，傅瞎子先在地上画一道圆形的白线，围出一大个场子。那是他与观众间的一个约定：对不起，您就不要再往里面挤了，里面是我的舞台。然后他开始在那个圆圈里写字，大大小小，密密麻麻，诗词、对联，李白杜甫什么的，转眼就写出一大堆，叫人眼花缭乱。傅瞎子一边写，一边东拉西扯，拐弯抹角，把话题引到他的跌打损伤膏。写字和跌打损伤膏之间到底有什么联系，我至今也没弄明白。每次看见傅瞎子在街头卖艺，我总会去看，我想弄明白写字和跌打损伤膏之间的秘密，却至今也没弄清。许久之后，我从外地回到家乡，跟老同学们聊起傅瞎子。我说，傅瞎子呢，还在吗？同学说，早死了。我立即感到一阵眩晕，一种失落。真可惜了他那双手，那是一双能写出漂亮的隶书字的手啊！

七

手艺当然还跟吃有关。每天早晨去上学，路过一个烧饼铺，我都馋涎欲滴。这个世界，从那家烧饼铺飘出来的焦香味儿，对我是最早的诱惑，第一次诱惑。几乎每天，我想吃那里的烧饼，想得要命，但经常都只能望饼兴叹。隔上好几天，母亲才会给我和妹妹两分钱。两分钱刚够买个烧饼，一人一半。妹妹吃得怎么样，我不知道。反正，我总是吃得歉歉的——要放开吃，少说我也能吃它三个四个。有时我三口两口把我的一半吃了，转眼看着妹妹手里的烧饼，虎视眈眈。妹妹不吭气，只是加紧吃。她懂我的眼神。

其实也不止我，小城的人，都喜欢吃那里的烧饼。小城卖烧饼的，少说也有几十家，那里的烧饼最有名。关于手艺人也有品牌的原始意识，大约我就是那时知道的。烧饼师傅姓王，没人叫他王师傅，也没人像北京那样，叫他王烧饼，都叫他王胖子。王胖子奇胖无比，肥头大耳，膀粗腰圆，看见他腆着个大肚子站在案前，你真难相信，以那样的身段，笨手笨脚，怎么做得出好烧饼。他偏偏做出来了，生意还好得惊人。天没亮，王胖子的烧饼铺前面，就围满了人。从那时开始，王胖子一直要忙到午后两三点。二分钱一个的烧饼，据说他每天要卖出几百上千个。那年头，生意好到这种程度，真让人眼红得能开颜料铺！

王胖子做的烧饼，焦黄松软，外焦内软，上面有芝麻，里面有葱花、辣椒、香油，好吃得很。但那只是结果，他做烧饼的过程，既好看，又好听，就像一场表演。擀面杖在他手上，上下翻飞，一如孙悟空手里的金箍棒；看着他手里的擀面杖，你会忘了那是根木棒，完全是个精灵，有生命，自己在那里跳跃腾挪。

就在那阵让人眼花缭乱的腾挪翻飞中，擀面杖还在案板上敲敲打打，有时是整根横落，有时是半截敲打，有时又是杖尖轻击；忽而打在案板中间，忽而打在案板边上；声声入耳，像一曲打击乐。那声音忽紧忽急，忽舒忽缓，忽轻忽重，忽疏忽密。随着那敲击声，一团面渐渐被擀开，成为圆形，转眼间，油啊盐啊葱花啊辣椒面啊什么的，稀里哗啦地都进到了烧饼里面。薄饼被重新卷成一个卷儿，再次被擀开，擀平。烧饼在他左手下旋转，擀面杖在他右手里翻飞，最后是一个华彩段落，烧饼和擀面杖一起，被突然一起抛到半空，饼皮滚上两个滚儿，擀面杖翻出两个跟斗，然后又一起重新落到他的手中。这时他揭开烤烧饼的炉盖，啪的一下，贴在炉壁上，等再次打开，就是一个香喷喷的烧饼了。

看着王胖子胖乎乎的手指，你很难相信，它会那么灵活，那么富有激情和诗意。那声音脆生生的，香喷喷的，在清晨的小城，撞击着红男绿女的心。听着那样的声音，你就知道，生活还在继续，还多多少少有些香甜，有些滋味。而这一切，都出自王胖子那双手。

八

若干年后，当我在异乡想起那个弹花匠时，同时想起的，还有我用过的一床他弹的旧棉絮。人长大了，要独自睡了。家穷，被子不够，盖的是母亲用旧棉絮打制的一床“新”棉絮。头次盖那床“新被子”，棉絮又轻又软，非常贴身，从四面八方焐着我，就像无数双大手。第二天，母亲问我好不好睡，我说好睡，舒服。母亲说，晓得吧，棉絮是请隔壁弹花匠打的。我当然从此，躺在那床被子里，总会想起那个弹花匠，想起他打那床旧棉絮时的情景

弹花匠当然也会弹新棉花，大多时候，他弹的都是旧棉花，是买不起新棉絮的人家送来的旧棉絮。年深月久，旧棉絮早就发黄、板结，先要把网线拆掉，再把旧棉絮撕成小块，弹松，弹泡，比弹新花费力得多。木槌和弹弓本来就重，弹旧棉絮时，动作要格外重些。那样一来，弹花匠的动作就显得有些笨拙，不像平时那样轻快。旧絮弹开后，他要把弹好的旧棉花铺匀，铺成一床棉絮的样子，再用个大木盘，把刚刚成形的棉絮压实。大木盘像个“锅盔”，打过蜡，在棉胎上游动时，飘逸灵动，看上去像个精灵。其实真像个精灵的，是弹花匠的手。那时，他的动作之轻盈，与弹旧花时的笨拙判若两人。当弹房突然安静下来，能听见他和他女人窃窃私语时，真正精彩的场面开始了。

弹花匠和他老婆给棉胎铺网线，那就像一场双手联演的双人舞。没有天幕，没有布景，唯一的道具，是他手里那根竹竿。竹竿在他手里，棉线在女人手中。他们的任务，是给弹好的棉絮罩上一层纱线，叫网套。年代久了，竹竿已变得霜黄溜滑，像上过漆。竿头有个小弯头，在他和他永远站成对角的女人之间来回飞动，伸过去，哗一下，女人眼疾手快，转眼间，已将手里的棉线绕在竹竿弯头上，准确无误；男人似乎是凭着某种神秘的感应，转瞬间，便将绕在竿头的棉线揽到了自己身边——连同女人一起甩过来的飘飘的媚眼。那一瞬间，他们会相互对对眼神，笑笑。那让我想到的是灵性，不是智慧。手艺人都是性情中人，在最平常的劳作中，也有情感的付出。几乎与那同时，男人的左手，已将棉线轻轻掐断——在他和他的那个年轻女人抬头相视一笑的刹那间，那根棉线已从女人胸前，飞到了男人手中，妥帖地安放在了棉胎上，密密的，一根挨着一根。一床棉絮少说也有上千根棉线，那根竹竿，那股棉线，以及随着那竹竿和棉线来回梭动着的眼神，就如此传递着，往复不已。两双手如同比翼之燕，配合默契，上下翻飞，一呼一应……

看上一阵，我会被弹花匠和他女人那一串动作搞得眼花缭乱。我得赶快掉过头去，看看远处。即便这样，每看一次，那根竹竿都会在我眼前日日夜夜地舞动很长一段时间。弹花匠的手，在那样的回想变得非常抽象，从而引发我对手的思索。事实上，“手艺”固然是一门技术，一种谋生手段，一种挣钱方式，但只要在那间弹花房前面站上一会儿，就会明白，任何一门手艺都绝不那么简单，它们似乎更接近于一门艺术，凭着心灵才能学会。弹花匠和他的女人在那样的劳作中，从来都是无声的，却有一种韵律，一种我们听不见却能感觉得到的音乐，在小小的弹花房里流淌四溢——那显然来自他们的心间。一个没有灵巧双手的手艺人，不是真正的手艺人。手在大多数手艺人的劳作中，在那种成千上万次看似单调重复的动作中，显示出的正是一种灵性。正是在那样的单调重复之中，一件又一件手工艺品被制作出来。其间的奥妙，足够智慧的人们思索上几乎是一辈子。

九

手艺人的手，往往是粗糙的，常常是满布着裂口，甚至藏着污垢，与舞蹈家们细皮嫩肉、能够模仿孔雀梳翅的手显然无法相比，但其灵巧却绝不逊色。

直到不久前，一个那样的手艺人，仍能凭着他们的那双手，赢得人们出自内心的尊敬与爱慕，比如，借此找到一个漂亮女人做妻子，甚至挣得一份家产。我小时候常常听说，哪家工厂，哪个年轻师傅，找到了一个爱人。靠什么？就是他那套手艺。人们说起那个年轻的师傅，都掩饰不住羡慕和敬意。即便二十世纪七十年代，当我已在云南工作时，我那些在工厂当工人的同学，谁要真学会了一门手艺，也会受到我们的敬重。那时时兴自己做东西。我结婚时，许多东西都是有手艺的同学帮着做的。比如我最早的一个书柜，就是一个学经济的同学帮我做的，那时，他在铁路一个车辆段做木工。1999 年昆明世博会期间，他和他妻子一起重游昆明，曾到我家里坐。我告诉他，你帮我做的那个书柜、茶几和沙发，我都在还在用。他听了非常感慨，说他自己都差不多已经忘了。另外一件东西，一个用镔铁皮打制的洗衣盆，也是一个同学帮着做的，现在，那个同学已远在海南岛。有一段时间，听说他突然接到了一个外国银行的通知，说他早已在海外去世的父亲，曾经与几个老乡共同出资，创办了一家企业。后来他父亲就去世了，但那家企业后来却越来越发达，他父亲的股份，如今已是很大一笔资产。听说他正在申请去海外继承那笔遗产。但在 20 世纪 70 年代，他只是铁路上的一个普通钳工。我买好镔铁皮后，他每天下班后到我家来，带着做盆的工具，敲敲打打，几天就做成了一个漂亮的洗衣盆。

十

不知道从什么时候开始，手工活成了落后的代名词。一个强大的国家，当然不能依靠一点手工业，走上现代化的道路。但手工业的落后，与我们对手和手艺应有的尊重，并不是一回事。我们可以不要手工业，但不能不要手，不要手艺。再好的机器，有时仍无法代替灵巧的手，代替出神入化的手艺。可惜现在，已很少有人愿意用自己的手，去与那些天然物质打交道了，比如木匠与树木，陶工与泥土，石匠与石头，染匠与植物染料与布匹，等等。现代人更多的是依靠所谓智慧，把以前直接用双手干的活计交给了机械，交给了流水线。我们堂而皇之地把这叫作“现代化”。其实，人类一旦真失去灵巧的双手，现代化未必还能成功。手在现代化进程中被解放出来的同时，也在逐渐退化，变得越来越娇贵，越来越笨拙，除了拿取食物，除了吃饭、娱乐、爱抚，揿揿开关，按按键盘，还能做什么呢？然而，十指连“心”。“手艺”尽管意味着某种技能，却永远是智慧的别称。旧时的剃头师傅，木匠、石匠、染匠、裁缝、补碗匠以及能用擀面杖在案板上敲出音乐的卖烧饼者，没有一个不是一方土地上的智者。人能凭着双手创造世界，秘密正在于手与心的灵巧配合。手势或为心声。现在，手和心之间那种互为表里的配合正在逐渐消失，人的艺术感也在渐渐衰退。许多日用品甚至那些被标榜为手工艺品的东西，其实多是机器生产的，很少真正被某双有体温有感觉的手抚弄过，没有留下生命的印记。而一件地地道道的手工艺品，正是在生命与物质相互非常亲密的状态下，被制作出来的，它带给人们的，不仅是使用的价值，还有生命的温馨，是对生命的联想与珍重。母亲用一床旧棉絮打制的那床“新棉絮”，到我上大学时，便再次弹成一床“垫花”，一直铺在我的床上，伴我度过了整个青年时代。偶尔，我还会想起那位弹花匠，想起他们的笑容和忧伤，想起他和他年轻的妻子用双手联袂演出的那场无声的双人舞。

江边年事

家乡的旧历年底，尽管江天寥廓江风凛劲，江边年事俗常的热闹到底如期而至，硬是搅热了河滩。担一对木桶去江边挑水，站在码头上往下一看，嗬，黑压压的一排排人，尽皆在齐腿肚子深的江水里有说有笑地忙年呢——记忆中，小城的大年自来都打江边开始。那时即便过年的吃、穿、用无非那么些东西，有了那条大江的在场，年倒总是过得有滋有味。

说到底，守着一条大江还真是小城之福：江水的滋润让小城从无饥渴之虞，江流的奔涌给了小城一副阔大情怀。冲出三峡的长江水声隐隐，沉稳的吐纳怎么都给小城添了几分英武。冬日的江雾缥缈氤氲，随手便为小城增了几分妩媚。相比大自然中的那片河滩，家太小城也太小，要放飞欢乐寄托哀思，得寻个宽敞去处，寻来寻去寻到的正是家门前的大江和河滩：中秋赏月、清明祭奠、端午赛龙舟、七月放荷灯，转眼就过年了，当天涯旅人个个都往家里赶时，小城人倒都在往河边赶——我自然也在其中。

小城在大江北岸，南岸一座金字塔形的山峰酷似千岁老人，凝视小城的目光总有一份严峻的慈爱。湍急的江水冲出峡口便骤然宽阔舒缓，甩下一片河滩。一如大江能接纳百川，河滩亦可包容百样人生，派上百种用场。要过年了，船工颠簸于波涛激流间的漂泊人生，在这里系锚解缆、晒网补帆，河滩是他们的大地；纤夫以纤绳汗珠串起的长长足印和纤夫号子那高亢的悲壮，终能在这里有个小小的歇息；年前的码头工越加忙碌，脊背如弓汗水如注，大大小小的货包、货品，都要先在他们肩头品尝过人生的艰辛，再送达小城居民手中；咸菜业者忙着洗晒菜蔬，那是他们的工场；制绳者也来凑热闹，把河滩当成炮制棕丝搓制绳索的作坊，真不懂过年跟棕绳麻线有何干系？怎么说，河滩那浩大的清旷雅静的温馨，怎么都给了他们家园之感。一到过年，小城的男女老少，从家庭主妇到经年也不到江边一趟的文人，都一起拥向河滩。好在夏天满溢浩荡的江水，一入冬九便远退到河心，水小了，河滩倒更大了。

舟船远泊，跳板直搭到江心。一步三颤地走过长长的跳板，到江心打的水格外清亮。其实从小到江边玩，河滩早就成了我和我那些玩伴的天堂，不惟江水可供漂游泅渡，沙滩可供演习“战事”，即便对世事的幡然了悟对生死的最初品味，也无不从江边开始。爹妈倘若四寻不见人，到码头上十有八九会逮个正着。稍长，假期我常去江边扛码头，挣一份学费，也玩个痛快，至今所有的记忆还被淋漓汗水浸泡着，汗水咸重，记忆至今不腐。

始于腊八前后的江边年事，起先无非一场轰轰烈烈的洗洗涮涮。什么都能拿到江边去洗涮晾晒：等着腌制的肉品，赶着磨汤圆的糯米，积尘的桌椅家具，穿脏的被褥衣物，甚至或欢悦或郁闷的心情。大自然的开阔娴静总能让人释怀。于是尽管冬日的江水冰凉刺骨，个个冻得双手通红，江边倒总是棒槌起落水花飞溅笑语喧腾。冬日的长江水清如镜波浪不兴，尽心尽意地抚慰着人心。

除夕夜的河滩倒一片悄寂，母亲说连大江也回家团聚去了。其时江流无声桅樯静悬渔灯明灭，一如大戏开演前最后的静场。可初一无论阴晴，河滩总是挤满了人。不知一夜间从哪里涌来那么多好玩好吃的玩意儿：浩荡的长龙威武的雄狮和着细匀沙尘一起翻舞；江湖马戏团临时搭起的大帐篷里，急急风的锣鼓阵阵传来，宣告那些真假莫辨名目繁多的绝技正轮番上演；糖人摊的支架上，各式糖人从梁山好汉直到深闺仕女应有尽有，好看得要命。摊糖画的手艺人手里那把盛着糖稀的铁勺轻拉慢摇，溜滑洁白的石板上转瞬便勾画出飞禽走兽、报喜童子、送财门神，胜过龙飞凤舞。最疯狂最忘形的还是那些孩子，浪花般奔来涌去，在河滩上惊惊乍乍地东游西窜。河滩上奇香流溢，各式小吃摊倾巢而出，顶顶糕雪白如玉，臭豆腐干任辣椒抹得通红，油炸萝卜饺子金黄酥脆，冰糖葫芦串儿晶亮透红……那位写春联的老先生，戴一副黑边眼镜，平时在街头代人写写书信，酸甜苦辣百味俱全，过年帮人写春联才满心都是欢愉，那笔字尽管难分颜柳，可红纸黑墨映衬出的，倒字字都是真诚的祝福。

——想想，一切都是小城平素都有的，可一旦加入江边年事，滋味便格外悠长，细品或许那就是年味，是季节之味、时光之味，也是大自然之味吧？跟当今大小城镇一年一度的年货街不同，江边年事全然是自发的、传统的、完全融入大自然的。真的传统总是这样，无须组织张罗，倒总在期盼中如期上演，把人与大自然拉近——没有江流、江天、江风、河滩和山峰，小城的大年不知要少去多少乐趣。一座小城的年事如是，一个民族的传统又何尝不如此呢？那是对过往时光的了结，更是对未来的期盼。不是吗？当江边突然响起一阵惊呼时，抬眼一看，一群风筝不觉间已在空茫的江流上空飘飞，就像一群翩翩翱翔的鹰。年事在对风筝的凝望中一天天一年年延续，恍惚间，希望似也在目光的尽头飘舞起来……

百年澡堂沐浴记

生活日新月异，人对旧事旧物的迷恋仍无法阻挡。比如洗澡。这次过年是在妹妹家，除夕前两天，妹夫约我去泡澡堂，我不解：他刚搬的新家，热水器淋浴房浴霸一应俱全，何必要出去洗？妹夫工人出身，早就下岗。料想他绝不会是读了德国人克劳斯·克莱默的《欧洲洗浴文化史》，才想起去澡堂的吧。果然他说，那家澡堂是老字号，有名得很，顺便你也看看老百姓怎么过日子。

真真假假的“老字号”，如今多了，老字号澡堂倒头一次听说。禁不住他一鼓动，兴趣徒增，说去就去了。

澡堂叫东华苑，藏在汉口一元路口三元里，未及改建的旧街区，高低错落，尽是老房子。没有霓虹灯，也没有广告牌。外表不像澡堂，倒像家普通商铺。妹夫说那里以前是租界。澡堂开在那里，不知跟租界有没有什么联系。掀开门帘进去，极小的堂口，窗户上挂着水牌，标着各式洗浴价目，大池、淋浴、桑拿、冲浪什么的，都有。看了看，洗大池的人多，便宜，只要六元钱。妹夫买了票，给了我一“张”。其实票不是“票”，是一根竹签，三寸长，一头尖一头方，方头上红漆斑驳，拿在手里，像一张通往二十世纪五十年代的门票。掀开棉门帘进去，一股热气汹涌而出。眼前一片雾，像晨昏的田野。密密麻麻的，到处摆着躺椅，窄得刚够一人躺下；躺椅跟躺椅间，也仅够一人走过；躺椅上毛巾皱巴巴卷成一团，依稀能看见人的形状，原该是白的，现已看不出颜色。那正是我小时候对家乡澡堂的印象。那时是把衣服打成卷儿，放在那里就行，如今每个人都有个小柜子，可以把衣服鞋子什么的放进去，锁起来——刚进去，一个

40多岁，形容干瘦的澡堂师傅，一边收走我手中的竹牌，一边说，衣服鞋子贵重东西都要锁好，丢了不负责的。他靠墙而坐，精赤着上身，斜披一块大毛巾，肩头还有水珠。

大池那边水声哗哗，人影幢幢，一股说不清温暖还是腥臊的热气猛扑过来。灯暗，路滑，太像旧社会，走进去有探险的味道。猛一看，池子里满满当当漂着的，都是人头，稍一定神，才看清洗澡的人整个身子都泡在水里，只把脑袋露在水面；也有坐在池边自己搓洗的，或正请澡堂工给擦背的，灰蒙蒙都是些影子。看了一下，想进又不敢进。我打定主意不去泡大池——要是早晨，新换的水是可以泡的，可惜那时已晚上八点多，洗了一天的大池水肯定脏了。转身去找淋浴间，见一个窄窄的贴满瓷砖的地方有个水龙头，水哗哗流着，一个男人正在洗着；里面好像还有一间，没灯，或有也暗，只听水响，有人影闪动，猜想也是淋浴间；刚好外面那个男人洗好了，我赶紧“抢占”了那个水龙头，想好好地洗。那股说不清温暖还是腥臊的热气熏得我待不住，于是以最快的速度洗头、洗脸、擦肥皂、冲洗，完成了洗一次澡的全部程序。抬头一看，周围已站着好几个人，虎视眈眈地看着我，即使是在一片水汽之中，也让人窘迫。不敢恋战，胡乱冲了一下，慌忙逃了出去。

等我穿好衣服，妹夫和侄女婿都还没出来，料想他们还在慢慢享受细细品味，只好坐下来等。焕然一新的时代走得太快太远，人心中的往昔消失起来不仅慢得多，间常还以各种方式渗入现在，极力恢复自己的现世性。在他们心里，活生生的现在常常显得惨淡无味，顽强坚持到现在的往昔，反倒变得热烈而声色俱美，成为挡不住的诱惑。一个陌生人突然走到我面前，说你洗完了吧？我正要说什么，忽听那边喊道：喂，你过来坐！是叫我。原来值守的老澡堂工见我洗完出来，已将暂归我用的躺椅和小柜子，安排给了新来的洗客。我走过去坐到老澡堂工对面，递了支烟，跟他瞎聊胡侃。

原来那家澡堂已有百年历史，开业老板据说是扬州人，店名叫华苑；到开不下去了，几个本地人入股，才改名东华苑。风风雨雨，澡堂也与时俱进，先后经过公私合营、国营，现在则是“股份制”。这么说，我洗的是“股份制”？又一个人问老澡堂工，大池一天换几次水，澡堂工说，换水哪来得及，只是加水。那人又说，从早洗到晚，那不龌龊得要死？澡堂工说这你就不懂了，那不叫龌龊，叫熟水；早晨刚放的水叫生水，洗了身上会痒，真会洗的，都要洗熟水。我师傅，那些老澡堂工，都是等客人走了，搞完卫生才去洗。以前那些从大牢出来的人满身疥疮，只要在熟水里洗三回，就都好了……我问那是为什么，他说以毒攻毒啊！问现在来这里洗澡的什么人多？老澡堂工说，那还用说？下岗的多，穷人多！自家房子小，热天对付着在家里洗，冬天家里没火，太冷，只好到这里来洗，方便，也便宜；也有在这里洗惯了的，一年不来几次，就不舒服。

正说着，妹夫洗完出来了，说你洗这么快？多泡泡噻！那神情像在责备我辜负了他一番好意。准侄女婿也出来了，说您家没泡泡？老澡堂工一眼认出了他，说你像是常来洗的！准侄女婿是现代青年，平时很讲究，这时说，我从小就在这里洗，别的地方还不想去！

说话间，洗澡的人越来越多。澡堂工似乎找到了证据，说，看见了吧，都是来洗熟水的！我不敢信，也不敢不信。一路都在捉摸，当时下变得越来越新越来越俗也越来越不可预料时，一个昨天的澡堂，甚至有了为城市人抒情怀旧的功能，轻而易举地就集合了过去、现在和将来三种时态，让人与现实的物质关系，具有了一种文化关系的趋向。古人沐浴而朝，斋戒沐浴以祀上帝，礼仪隆重，据说孔子的学生曾点甚至把洗澡作为一种至美的人生境界，“莫春者，春服既成，冠者五六人，童子六七人，浴乎沂，风乎舞雩，咏而归”。古希腊人交替感受运动的紧张和洗澡的松弛，从中发现了人体无与伦比的美妙。在古罗马的豪华浴场，洗澡是古罗马人欢宴人生的一种方式，夜夜笙歌的背景是那些雄伟的建筑艺术，由此验证着“宏伟罗马”的千古名言。可那晚我眼前那样的恋旧到底是出于怀念还是无奈，却是我说不清的了。

幸运的舌头

顶顶糕

南方人爱吃米做的小吃。广东、广西、贵州、湖南、湖北，都有米粉卖。读大学时，一个广西同学说，桂林的马肉米粉味道不错，后来我去过几次，都没吃上。云南的米制品也多，米线、卷粉、饵块、饵丝，烧、煮、炒、炸、卤，都有些讲究。大名鼎鼎的“过桥米线”，据说已风靡南北。滇西腾冲，有一种叫“大救驾”的炒饵块，传说救过永历皇帝的命，所以有了这个很夸张的名字。滇南有一种“越南小卷粉”，好像是“舶来品”，味道也相当不错，我在南宁也见过，现做现卖，想吃，要排很长的队。

但不管哪里，我再也没见过家乡才有的，那种叫“顶顶糕”的小吃。

顶顶糕，是小贩在街头巷尾现蒸现卖的，从不见哪家正经的吃食铺子卖过，算是地地道道的小吃。卖顶顶糕的那副木挑子，上下都是细细棱棱的木骨架，用桐油，遍身油得霜黄，清清爽爽的，看上去像旧时人家雕花镂空的木格窗，或是一只极考究的大号鸟笼，叫人一见，先就生出了几分爱怜——这小小的作坊，一根扁担就能轻轻挑走。挑子的一头，上面是个小配料间，有几个瓦钵，分盛着米面、糖粉之类；下半截像个小仓库，码着劈好的栗柴。柴块很短，一边是圆面，一边是劈口，透露出些山野的气息。挑子的另一头，下面是柴灶，熏得黑黑的灶口，常常有红红的火苗飘出来；上面就是蒸顶顶糕的地方了。蒸锅是密封的，只在中间，留有几个蒸口，茶盅大小，刚够插进一个小木甑子。

小木甑子呈圆筒形，下细上粗，连同木盖儿，以整筒圆木车制而成。因为要现蒸现卖，没人买时，小木甑子就空蒸着，飘出些遐思般的白白的蒸汽。有了这蒸汽，就像有了一块招牌，卖顶顶糕的人，就从来不兴吆喝。

小时候，我看人做顶顶糕看得不想走，口水直淌——也不完全是因为馋。做顶顶糕的原料，是不干不湿的米面，用一个专用的小面铲，有铁皮的，多为木的，斜斜地铲上一撮面，放进小木甑子里，中间再抿上薄薄一层糖粉，其实是掺了红砂糖的米粉——颜色像淡淡的胭脂，盖上木盖儿，才放到蒸锅上去蒸。大约两分钟吧，你只消在那里东张西望一下，小木甑子上就开始蒸汽缭绕了；等汽上足了，取下小木甑子，把甑子底往一个直立的顶杆上顶一下，一块顶顶糕就做好了。原来，小木甑子靠中间靠上方处，有一块只能上不能下的活板，被顶杆一顶，糕就出来了。故名“顶顶糕”。等着顶顶糕蒸熟的一两分钟，闻着忽聚忽散的柴烟和面香，看着袅袅升腾的蒸汽，心里被平静的盼望充盈着，不啻是一种美的享受。

吃顶顶糕就更有趣。蒸熟的顶顶糕，白处粉白透亮，中间那一片润润的胭脂红，总让我想起小娃娃那粉嘟嘟白里透红的小脸，或是一件玲珑剔透的工艺品，既馋涎欲滴，又不忍心下嘴去咬。糕不大，比火腿月饼还小一圈，要是大人，十块八块都能吃。我的印象，好像没人那样狼吞虎咽地吃。极馋的孩子，也只买一二块，顶多三四块，用一片干荷叶捧着，转来转去地看半天，等欣赏得够了，才一小块一小块地掰来吃。即便粗鲁的汉子，哪怕是码头上下力的，捧着顶顶糕将吃未吃的样子，也像是个精于把玩的古董商。家乡面临长江，背靠鄂西大山，人都性情粗犷，做事向来风风火火，唯有吃顶顶糕时的模样，叫我想到，他们心中，或有别一种尚美的柔情。

离家 30 多年，我再没吃过顶顶糕，但是常常想起吃它时那种入口松软欲化，清香微甜，如做神仙一般的滋味。有几次回家，问母亲和弟妹，现在还有顶顶糕卖吗？母亲说，怎么没有？弟妹说，哪里有？到街上走走转转，终未见到。

不想有一回，在云南保山，就是大诗人杨升庵住过的旧永昌郡，忽见街边小摊上，正卖着一种小吃，外形酷似家乡的顶顶糕，也是米做的，做法虽不及家乡那样精细，仍想买上几块，以解多年之馋。同行的朋友不解，说你要吃这种东西？我只好据实回答。朋友听了说，不可，异方此类东西，何以能与你家乡的相比？还是留下儿时的印象要紧。想想有理，没吃。

宋时大诗人欧阳修，曾在峡州夷陵，即我家乡今湖北宜昌做过县令。其《戏答元珍》诗有句云：“残雪压枝犹有橘，冻雷惊笋欲抽芽。”看来他对我家乡的柑橘、竹笋印象颇深，只不知他吃过家乡的顶顶糕没有？

顶顶糕旧时一分钱一块。现在如果还有，恐怕不会这么便宜了。

面 窝

家乡人，管油炸食品叫炸货，听上去让人想起百货、干货之类，有林林总总、难以计数的感觉。这名字还真不算夸张。家乡人酷爱吃油炸食品，油条、油饼、油香、麻花、糍粑、馓子、开口笑——一种球形的，比鸭蛋稍大，上面沾满了芝麻，炸开后咧开几道口子，像一个人在咧嘴大笑——都是当家的“过早”之物。这里说的还是大类，每一种又有若干品种，比如油饼，就有素油饼、糯米油饼、葱花油饼、肉油饼，等等。逢到过年，那就不得了啦，要炸麻叶儿，炸春卷，炸肉丸子、鱼丸子、藕丸子、绿豆丸子、豆腐丸子，家家户户，一筲箕一筲箕的，一直要吃到正月十五，也吃不完。再穷的人家，过年也想方设法，架一口油锅，好好歹歹，都炸它一气。大约油锅一开，热气升腾，就有了一种喜庆的气氛，而过年，这红红火火、热气腾腾的气氛，总是不可少的。多年后我离家在外做事，自己有了小家，三四个人，也照着家乡规矩，除夕夜，支起一口油锅，胡乱炸点什么，弄得一家人沸沸扬扬，满屋子奔进跑出，别有一种快活和喜庆。

家乡的炸货，我印象最深的，是一种少有人称道的大路货，面窝。

同样是炸货，面窝确实有些特别。通常的炸货，要么酥脆，要么松软，唯独面窝，是二者兼具，周边厚、软，中间薄、酥，吃起来，嘴里忽地嘎嘣乱响，忽地鸦雀无声，让人兴味无穷。炸法也不同。别的炸货，大多预先在面案上制作成形，再入油锅，面窝不是。炸面窝用的，是半稀的米浆，把米浆舀进一个铁皮打制的炸勺里，连勺一起放进油锅里炸。待面窝成形了，才取出炸勺。炸勺呈圆形，周边是一道小小的“壕沟”，米浆大半都淌到这“沟”里；炸勺中间凸起来，只能留住薄薄一层米浆，炸时还要用舀勺在那里刮出一道口子，一个小窟窿，就像一扇小窗户，颇有一点空灵之感。贩主备有竹签，用竹签从那扇小窗户穿过去，一次能穿上三四个，五六个，甚至十来个，如同一串大铜钱，金黄金黄的，煞是好看。

面窝这名字，也取得好，不像油条、油饼之类，太实。面窝的那个“窝”字，极富想象力，更能刺激起人的食欲。小时我吃着面窝，总会想起鸟窝。我和几个同学一起，常到东山、窑湾一带的林子里去掏鸟窝。那时，我家住的小林园附近，桃花岭靠康庄路这边，有一道高墙，翻墙进去，里面都是大树，鸟窝最多，只是树太大，不好爬，试过两次，都没成功。吃面窝时，还会想起燕窝之类的美味佳肴——都是听来的，或从书上看来的，从没见过。只听说燕窝这东西怎么了得，如何好吃，却贵，没吃过，就想象着，把面窝当燕窝吃，似乎也格外吃出了一种味道。当初为面窝取名的人，哪会想到此种妙处？吃不上燕窝的人，大可以去吃老百姓吃的面窝；嘴里吃着面窝，心里想着燕窝，也让一班不富裕的人，体会到一种享受。

面窝微咸，不像别的炸货，大多甜得发腻，坏牙齿，上火。面窝跟汽水粑粑夹起来吃，就更有风味。汽水粑粑微是甜的，淡淡的甜，就像面窝那种淡淡的咸。买上两个汽水粑粑，一边一个，夹一个面窝，微咸带甜，甜里有咸，家乡话叫串味儿；样子也好，汽水粑粑白嫩如玉，面窝却是金黄色，两片白玉夹一片金黄，让人顿时感到短暂的富足。小时候，以为世界上最大的享受，莫过于吃汽水粑粑夹面窝，梦想了许久，都没能如愿。母亲很少给我早点钱，一般是早上起来炒一碗剩饭，吃了去上学。偶尔给两分钱，可买一个面窝，或买两个汽水粑粑，想同时两样都买，就不可能，所谓“鱼我所欲也，熊掌亦我所欲也，二者不可得兼”。后来能自己出去打工了，挣了点钱，作为奖赏，母亲有几次也一次给过我五分钱，这才吃上汽水粑粑夹面窝，那味道，用现在电视广告上的话来说，真是好极了。

现在，面窝照样有，汽水粑粑却少见了，想再吃并不容易——旧梦毕竟是梦，且旧了，圆也无益。

萝卜饺子

想起家乡的萝卜饺子，是在异乡，早上吃早点，只有面条、米线的时候。

顾名思义，萝卜饺子，应该是用萝卜做馅儿的饺子。其实它根本就不是饺子，既不是北方的水饺、蒸饺或者锅贴，也不是岭南的油饺，只是外表有点儿像饺子，却大得多，形如小号的牛角，两头尖尖，凸肚，样子看上去有点滑稽，又有点可爱。所谓萝卜做馅儿，也不是像做肉馅儿、菜馅儿那样，把萝卜剁成泥，而是切成细细的丝儿，佐以葱、盐、辣椒面，便成。

说萝卜饺子不是饺子，还因为萝卜饺子的皮儿，也不是事先擀好了，再包馅儿。用的是米浆，先在烧热的月牙形铁模子上浇一层，再在上面铺上馅儿，馅儿上面再浇一层米浆，然后放到油锅里，炸成金黄。那一股香味儿，就别说有多好闻了。

所以，说是萝卜饺子，其实不是饺子，只是有点像饺子罢了。

在家乡，萝卜是贱菜。尤其冬天，跟白菜一样，萝卜多得满街都是。记得江边的镇川门、大南门、小南门一带的河坝里，一到冬天，萝卜简直堆成了山。家乡人是很会吃萝卜的，仅我所知，就有泡萝卜、腌萝卜干儿、萝卜丝儿等，都是很下饭的小菜。是不是因为萝卜太多，才想到用萝卜做小吃？我不清楚。

小时候，家里是常常吃萝卜的，切成片，放点油、盐、酱油、蒜苗，先炒一下，然后装进炖钵，一煮就是一大锅，是主菜。如果有点肉，当然更好，一般都没有。油也定量，清汤寡水的一炖钵萝卜，吃多了就觉得难吃，因为那东西“寡人”，本来就没油水，再吃那么些萝卜，越发饿得快。不知道别人觉得怎么样，我就觉得那样做出的萝卜，总有一股“臭”味儿。往往一见母亲又做了萝卜，就皱眉头，泛酸，不想吃饭。其实到了三年困难时期，有一顿萝卜吃，那就是幸运了。不仅萝卜，连萝卜缨子，也都成了宝贝。以至直到现在，我也不是太喜欢吃萝卜。这几年日子好过些了，油荤太重，或内火太旺时，偶尔吃一次排骨萝卜汤，倒也觉爽口，但绝不能多吃的，吃多了，想起小时候的那些事，就又要倒胃口。

但对萝卜饺子，我却有点念念不忘。我喜欢萝卜饺子那模样，看上去憨模憨样的，却在憨模憨样中透出来那么一点儿灵气，有点“大智若愚”的气度。就像一个人，看似其貌不扬，却有些内秀。也不仅好看，吃起来也别有风味儿。外表的那一层米浆，早已炸成金黄，咬一口，脆嘣嘣的，颇有点嚼头，连嘴里发出的声响，似乎也带着某种音韵。油炸的吃食，大多容易让人上火。萝卜饺子因为里面有萝卜，水分重，决无此弊。且炸过之后，“臭”味尽除，送给人的，反倒是一股软软的清香；于是酥、软兼备，相得益彰，让人十分着迷。

最低贱的萝卜，也可做出很好吃的东西来——其中道理，大概就不限于吃了，人在许多时候，似乎都可以从中得到教益。

五六十年代的油炸萝卜饺子，两分钱一个，算是便宜到家了。不过，那时的两分钱值钱，不像现在的一个小钢镚儿，连孩子也不屑一顾。所以对于我，那时候要吃一次萝卜饺子，纯属奢侈。花两分钱能买到那么漂亮、又那么好吃的一样小吃，现在怕只能是做梦了。

离家几十年了，我倒真是常常做吃萝卜饺子的梦。

油炸豆腐干子

家住在一条直通江边的马路边，每到下午，大约四五点钟，或者晚上，夜里十点多钟，一个奇怪的吆喝声总会在街上响起：“油炸——豆——腐——干子……”那句吆喝，前面的“油炸”和后面的“干子”，都喊得很短，中间的“豆腐”两个字，拖得很长，结尾干脆利落，好像还没听清楚，就结束了。那两个字一结束，那声吆喝也就整个结束了。于是能听到的，永远只是“豆腐”“豆腐”两个字，不断重复。最初听到那吆喝，以为是卖豆腐的，卖豆腐的怎么会那样吆喝？我奇怪。有一次，母亲让我去买油炸豆腐干子，我问，哪有卖的？母亲说，外头不是在喊吗？我说，那是卖豆腐的。母亲说，怎么是卖豆腐的？明明是卖油炸豆腐干子的嘛，不信你去看看！我去看了，才知道，真是卖油炸豆腐干子的。

那吆喝，一般从江边码头那边，慢慢地往城里这边传来。随着那吆喝，当然还有那股油炸豆腐干子特别的香气，然后，一个卖油炸豆腐干子的小挑子，就蹒蹒跚跚地来了。

挑子的主人，是个老人，个子不高，五十岁左右，有一条腿稍微有点儿残疾，但还不至于妨碍他走路，甚至挑担子。我记得最清楚的，是他那个脑袋，头发稀稀拉拉，远看完全是个光头，油亮油亮，也不知道是不是成天跟油打交道的缘故。现在我一想起他来，眼前就会出现那个油亮油亮的光光脑袋。小时候，我们那里的小娃娃，把光头、秃顶，都叫作“灯泡”，不大亮的，叫小灯泡，那种刮得特别亮的，就叫大灯泡、一百支光的灯泡。但不知为什么，我从来没听到有人把那个卖油炸豆腐干子的人叫作灯泡。记得母亲说，卖油炸豆腐干子的那个老人，好像不是本地人，口音听上去应该是下江人。在家乡，所谓下江人，一般指江浙人。不知道他是什么时候到宜昌来的，十有八九，是抗战时候逃难来的。原来是做什么的，为什么会卖起油炸豆腐干子来，都不清楚。清楚的，只是他的油炸豆腐干子特别好吃。现在想起来，他应该有些人生沧桑，但那时候，我是不懂的，只知道他卖的油炸豆腐干子好吃。

所谓油炸豆腐干子，其实就是臭豆腐干子。中国人对臭豆腐情有独钟，几乎每个地方，都有自成一格的臭豆腐吃法，北京有，上海有，昆明也有。昆明人爱吃的是“烧豆腐”，其实所谓“烧豆腐”，就是用炭火烤出来的臭豆腐。到昆明之前，我还没听说过可以这样吃臭豆腐。家乡那个卖豆腐干子的人，卖的是油炸的臭豆腐干子。他的那个挑子，跟一个卖顶顶糕的挑子也差不多，只是卖油炸豆腐干子的挑子，看上去有些油腻、发黑，不像卖顶顶糕的挑子，清爽，入眼——前者如果是个妙龄女郎，后者就是个壮年男人；前者如果是一幅清雅水墨，后者就是一幅斑驳油彩了。一个素得没有一点油腻的油炸豆腐挑子，恐怕就没人去买了。

那个老人卖的油炸豆腐干子，是在油锅里炸出来的。每次去买他的豆腐干子，都能看见豆腐干子正在锅里炸得油花四起，每块豆腐四周，滚热的油在翻滚，在冒泡，还发出噼噼啪啪的响声。先炸好一面，再翻过来，炸另一面，直到把两面都炸成金黄色，才算炸好。炸好的豆腐干子，一块块抢起来，码在油锅前边，一个用铁丝做成的小栏杆上，过过油。你去买豆腐干子，老人一般就从那里给你捡上几块。只有那些讲究的人，才会要刚刚从油锅里炸出来的。那样，就要多等上一会儿了。但那种情况很少，一般都是刚刚从锅里拣出来，就被买走了。他的油炸豆腐干子好像总是供不应求。东西便宜，又好吃，当然就好卖。有一次我想，他一天能卖几块呀？一块豆腐干子才两分钱，一天卖一百块，也才两块钱。除掉成本、人工，他所剩也不会多，能有三五角钱，就不错了。问题是，他一天能卖一百块吗？

油炸豆腐干子，讲究的是佐料。买好豆腐干子后，老人就会给你佐料，他用一把小刀，将一块豆腐干子从大面上剖开，然后把预先准备好的佐料夹进去。佐料红红的，其实是一种特制的酱，浓浓的，很香，也有点儿辣，但不是很辣，吃在嘴里特别爽口，又有些刺激，适合下酒。我每次去买油炸豆腐干子，都是因为家里来了客人，临时去买回来，算是添了一道菜。油炸豆腐干子本来是小吃，母亲让去买回来当菜，可见也是没有办法的办法了。平时，只要家里没有客人，听到那声吆喝，我就只能在想象中，去回想油炸豆腐干子的香甜美味了。

黑陶罐里的素汤

素汤怎么都像未经包装的民间经典，总给人不施粉黛却清新脱俗的妖娆感，透明的深邃朴拙的芬芳，啜一口如畅饮大河之源，微凉的温润把如今走到哪里都逃不掉的油腻腥膻一扫而光，让人通体舒畅。何况如今腥膻浓酽的又何止一菜一汤？茶楼、酒肆、影视、演唱、书报，甚至世风、人情，弄不好都易让人以为是不小心闯入了庖肆。

于是我喜欢素汤，连带那个做素汤的黑陶罐——那是我和素汤的老友，谙练的从容粗粝的古雅，让我任何时候只要一眼，就能把它跟不锈钢厨具的时尚炫惑区别开来。容器怎么都与制作它的材料与时代相关。黑陶罐朴拙森黑，像出土文物，素到没一点彩斑色釉，尽管里外透黑，鼓腹细耳，广口厚胎，笨笨的模样却总让人梦回前朝。眼下我把陶罐洗净，让那团凝浓夜色独踞灶台，静享火苗的温软。磕磕碰碰洗洗涮涮让黑陶罐略显沧桑，性情倒一直没变。遗憾在灶不理想，陶罐倾心的是“绿蚁新醅酒，红泥小火炉”，那样的小火炉如今我还真没地方去寻。好在陶罐倒依然水汽氤氲，让童年的素汤安然做着青涩美梦——那梦有关成长。

“素汤”一名当然纯属我的杜撰，大名叫什么还真无从考证，只晓得那是将一把水嫩的黄豆芽，洗净，稍加焙干后放入陶罐，让它尽情感受清水慢煨的体贴。玉簪一般的豆芽开头一无声息，似乎在品味那种唯陶罐才有的温馨，渐渐便话多了起来，一阵絮絮叨叨后，便与陪她的朋友一起，将那段时光演成忘情地手舞足蹈：乳黄的腐竹算是它的近亲吧，眼下那柔软的身段已完全展开，婀娜如片片云彩；褐黑的香菇显然从山野赶来，蹦蹦跳跳间，已将整整一片森林的清新播撒得满天满地。

一直闷声无语的黑陶罐，以它粗犷的细心与它的几个素雅朋友配合得天衣无缝，由此便让它们先自避开了大卸八块的切剁，跟着又逃离了油爆烟熏的爆炒和卤稠咸重的焖烧。一切都安安静静地进行，那总让我想起与素汤的初识。幼时，同院三四户人家共一个厨房，做饭如民间烹饪大赛，哪家做什么吃什么一目了然。房东据说是吃长斋的，经年尽皆素食——不知那是为信仰还是养生？以我那时的饥饿难熬，真不知日复一日的清汤寡水何以果腹？那时我做梦想的都是大鱼大肉、红烧黄焖，油汪汪红艳艳，非狼吞虎咽不过瘾。不料那天放学回家猛然闻到一股幽香，进厨房一看，自家灶台上什么都没有，房东灶上倒正用一只黑陶罐煨着什么。香气搅人肺腑，倒怎么都辨不出煨的是什么。问母亲，说是素汤。好喝吗？那要看是什么人了。吃饭时我眼巴巴看过房东几眼，孤傲的房东老婆婆竟没看出我眼里有一只活蹦乱跳的馋猫。多年后我已然半大不小，一次回家旧事重提，母亲便做给我尝。这才知道做起来那么简单的素汤，喝一口倒如饮琼浆玉液，顿时让人重回童年——人老起来很快，素汤倒总是年轻。

真味是淡，至人是常。留心多年，奇怪无论是俗常人家还是星级酒楼，怎么就从没在别处见过那样的素汤呢？这年头，清淡、淡泊、淡雅好像真早已被放逐天涯。黑陶罐却一直跟着我，清雅如初，执意用外冷内热的心性，慢慢浸润出一泓柔韧的坚贞孤傲的优雅，不在乎普天下饮食男女都来夸奖——那看似没有原则的如玉温润，倒确乎不是人人都能消受：不更事的青涩少年，见了素汤多会不屑一顾，嚼惯了腥鲜大餐者，也无心品尝这淡雅的鲜莼。不说它不像鸡鸭鱼肉，能刺激饕餮之徒永不衰败的胃口，即便在素汤一族中，它也既无番茄蛋汤诱人的金黄，也没柔嫩菜汤光鲜的翠绿，汤色既无亮丽色彩，汤料也无优雅身段，何以诱惑食客？好在它从不与名菜佳肴争宠，满汉全席、八大菜系里固然没它的位置，就连《菜根谭》也没有关于这种素汤的记载。民间，家常，本分，低调，既不以一亲名师大厨的手泽为荣，也不以挤进美食写手的宏文自夸，可在我的家乡，它倒频频走进一个个普通百姓简洁的餐桌。

……转眼素汤将好。黑陶罐尽管大肚包容能容天下，可味精、鸡精、胡椒、八角、孜然什么的，倒从来都入不了它的法眼。纯粹是不是总需要拒绝一些东西呢？除了用热烈的胸怀帮素汤成长，陶罐从不想改变它的香味成色。起锅仪式是一场再简单不过的成人礼：加两勺细盐，滴几滴麻油，撒一撮葱花，素汤就那样轻盈潇洒地走上了餐桌，可品尝它倒怎么都要点功力，诸如一点岁月的磨炼、一点人生的阅历。就像我，历经沧桑，遍尝百味，当味觉心性几近麻木时尝尝素汤，才能品出那份在黑陶罐里养育出的孤傲的优雅。于是对素汤似对老友，如缕清香阵阵袭来，享受得要命——就像面对一本淡雅的书、一幅闲散的画、一份悠悠的情。淡绿的汤里，半浮半沉的如簪豆芽白玉般晶莹剔透，怎么都像生命的精华；几片悄然舒张的腐竹仿佛飞落的白云，浸润着人生最终的了悟与恬适；葱香原是有的——年轻时谁没有一丝浪漫几许幻想呢？这时倒不知都到哪里去了，存留的唯生命自身的缕缕沁香。可真要以为素汤的世界寡淡如水，那就大错特错了，汤匙稍一搅动，便能捞起一两只形色未改的香菇，松软褐黑的身姿，顿时让人在素汤优雅的微漾中，感到了收获丰润沉实的喜悦……

喜欢素汤说到底是一种心态。人不会天天都喝素汤，我也不会。世有百味，人是什么都需要一点的，不能偏食，偶尔大快朵颐也非罪过。何况没有浓汤、酽汤，也就没有素汤、清汤。但静下来时我总会想起素汤。有时想，真庆幸这世上还有一份我喜欢的素汤，庆幸商家大厨至今还没盯上我喜欢的素汤，要不挖空心思地取个怪异大号，再猛放味精大加作料地招徕顾客，或能打造一款时髦之饮。我倒永远都叫它素汤，坚持做我的素汤、喝我的素汤——或许生来就是素汤的命，注定跟来自黑陶罐的素汤，跟它们的粗粝拙雅与清新淡泊终生难解难分。如果确如美国美食家露丝说的，“食品是感受人生意义的一种方式”，那我还真愿意就是素汤人生，更别说有几篇素汤文字、一番素汤情怀了。

秋水知道自己已流到哪里（后记）

人间忽晚，山河已秋——从初春着手编一部散文选，到最后要写个后记，转眼大半年过去。眼见临近辛丑岁末，按民间历算，我亦将作为一个“80后”，迎来人生的晚秋了。

夏日苍翠的花木树叶，正大规模撤退。酷夏的闭幕式在暴雨中举行时，我曾凭窗聆听初秋那首无词的纯音乐，雷声突然闯了进来，聊可充作最后的鼓点。推开窗，我便看见了世界水灵灵的迷蒙后台。没几日，天地万物已踩着点儿，在拼力灿烂辉煌一番后，不慌不忙地凋零。清晨信步，不知林木深处偶尔的疏朗里，会否残存一缕前朝的秋风，譬如唐或是宋？这世界，有时缺的就是一点底蕴。

过了些时日，银杏已开始向夏秋揖别，我问友人，不知在北方，它们是否已受过寒霜的加持了？他说还早。我想，无论有没有那样的加持，每片树叶，都既是自己的经书，也是蒲团。比如红叶，与秋夜密谈了一夜后，便披一件寒露大氅，在江岸火一般地点燃——谁都不甘只当季节配角，这世上，主角难道宁有种乎？于是想，说惯了一叶惊秋的人们，不妨说说一叶妍秋可好？难道不正是一茎茎红叶，转眼就将秋野的肃杀，点化成了终极的艳美，让那些稍见市井喧，就迎风飘零者痛悔终生？有天早晨，在一株盛开的桂花树叶片上，居然看到了一只蝉，却一动不动。细看，才知是个蝉蜕。生命止于一瞬。谁能以一次完美的脱逃，留给季节一个信物？大约也只有蝉吧，任幽魂远遁，静观人世间秋风瑟瑟落叶飒飒。想起夏天那些蝉鸣如瀑叫人烦躁的日子，面对秋日阔大的寂寥，此时却到处都是对夏日的怀念了。自然，秋的夜风终于带来几丝清澈的凉意，行走于月光边，再也不用因酷热躲在身体的迷宫里喘息，正好可在畅快的呼吸中，顺手拾几句染过秋色的诗文。

就想，花木，树叶，到底知不知道它一生一世变幻无常的境遇呢？花木无语。那么，江水呢？

怅怅地回来，即便坐在窗前，依然抬眼就能看到长江，轻雾如缕，山静水流，浩浩荡荡。我为能傍着长江，在家乡或明或暗的光阴里，对往昔的文字生涯作一次回望，深感欣慰。眼前的江景看上去多陈旧啊，似乎从没鲜亮过；那是我打儿时就看过千万遍，被我看旧了的吧？直到老了，才从那陈旧中，读懂了青山流水那样一些伟大事物充满智慧的存在。

不知别人怎样，在我，生命自来都无从真正规划。平生无甚宏大志向，遇事多随性而为。一个学理工梦想当个工程师的人，从闲暇读读写写纯粹为愉悦自己，到无意中成了个半职业写作者，怎么都有些意外。写过诗，尝试过小说写作，虽高低受过些褒奖，终亦无甚了了。二十世纪九十年代中期，又转向散文随笔写作。细想，大约那时因常去滇西北，让雄山大川的壮怀激烈吸引到痴迷、震撼，遂对自然地理、人文历史写作生发了兴趣。究其实，也不全因外界诱惑。其时我刚刚弄完一部长篇，思绪还没完全从那场深邃阔大的思绪纠缠中挣脱出来。许多溢出小说范围的，关于生命的思考尚未找到令人信服的答案，自然也就无法真正了结——写作从来都不是技巧的炫耀文字的游戏。任何一次思路的阻断或接续，都会间接或直接地影响到生命之旅通往远方的道路。恰有位编辑从庐山下来信说，读到了你的长篇，知你不是云南人，更非少数民族，写那部长篇必做过长时间采访，而采访所获，除了预定的相关内容，总会有些意外闯入你视界的、别样的生活图景，如是，不妨将“剩余的边角料”，那些鲜活有趣的笔记、故事、随想、思索……剪辑、整理成一部散文随笔。想想真还恰中吾意。很快，我就将“剩余的边角料”“剪辑、整理”成了一部新书。完成得那么顺畅，近乎得心应手，得益于材料的真实与鲜活，更得益于散文随笔写作的机动灵活，尽可长枪短炮一起上，层层抽丝剥茧，直抵深处。

从那以后，我先后在北京人文、作家、三联，上海东方、天津百花、江西百花洲、云南人民、云南教育和台北风云时代等出版机构，出版了14部散文随笔类作品，深陷其中不可自拔。其实，就像汉语文字不好简单归类为小说、散文一样，人也同样不好简单归类。说来好笑，至今我依然游离在“散文界”之外。细斟也好：听闻那些沉隐于江湖深处的高手，是一心专注于自身修炼，无意老在某界某会露脸的，向来都孤身上路，独自而行，“十步杀一人，事了拂衣去”——那种来去无痕的独行深隐无声的孤绝，我虽未敢自许，倒是心怀敬重的。

眼前那一江秋水，倒是像极了那样隐韧的独行。倾听亿万年的南国，这江流一直在吟咏一首超级长诗，从三江源到金沙江三峡掠过洞庭到崇明，竟无须断句，一气呵成！半世将尽，我终能如愿日日踟蹰于江边，实乃幸运。偶见江上有快艇飞驰，艇尾荡起两道白浪，虽早已不是当年那个少年，亦想纵身一跃，横穿那白色的浪山。那样的水浪，一直波及江边。江边一丛丛蒹葭，从《诗经》一直走到现在，也从没喊过累，停过脚——它的柔弱几为命定，却会趁你稍稍忽视了一点它的坚韧，便将千年的摇曳写满了天穹。

早晚到大江边走走，身心总在追寻一树一叶一缕桂香的去向——总觉着它们也都是有知觉的生命，不知它们在以生命妆点过斑斓秋日后，最终都去了哪里——明明是听到它们的呼喊，我才停下脚步的，也许它们将飘零远行，有什么话需要叮咛，结果它们只言未语，反倒让我揣测了一生——没人会当众展示自己的血液，从古至今，炽热的鲜血皆如江河穿行于暗黑，静默，神秘，待看到它的原色，已从誓词凝结成了遗言。想到它们飘忽不定的归宿，我心仿佛也有些空落落的，似乎只有确知了它们已各自抵达，山河安然入梦，我方能心安——爱一片大地，就要像江流那样，用整个生命去爱，深深潜入她敞开的每个角落，每片肌肤，深深地倾覆，贯穿，渗入，浸润进她的每一道岩层。

也曾去到不远的秋山，看看旷野的风景。远处孤零零的一棵树，虽不知它的名字，但蓝天和白云，仿佛都挂在那棵树上；挂在树上的还有日月，鸟儿的羽翅和自由，及无数痴情者的凝望。有时，也可以像座小山那样端坐于野，在四围的静寂中，不闻晨钟暮鼓，亦不恋人间烟火，岩心里却满是坚硬的悲悯，凝望中稍一回眸，便了无对尘世的痴嗔。翠翠的竹林，依然那么绿，仿佛正是它们，撑起了古庙厚厚的飞檐，让人艳羡得也想做一竿竹，只怕很难一直那么绿，也一直那么直。临溪而行，与秋水打个照面，就能更清晰地看见自己了，如果顺便还对上了眼神，那简直就称得上幸运。而我知道，当秋叶看我时，我正凝望秋水，待我一仰头，秋叶已垂下它满额的刘海，秋水盈盈的眸子，谁会读不懂那份战栗？

是的，世间事，大都像我熟悉的那条大江，总是默默的，从来不会大喊大叫它如何了得。它不在意别人的说或是不说，怎么说，又说些什么。寻常人生，并非每个人都必须知道它的伟大——知道不知道，都很正常。知道并不是每个人的义务。或者，他只知其一不知其二，皮毛，表象，无涉深浅，甚至误读。那又怎么样呢？没关系。就像那条大江，我凑巧知道它，并自觉深知于它，只因我就生在江边，生在这座小城，并在这里长大。有时我坐在江边，似乎就听见它在说：你知道自己穿越了多少高山峡谷，闯过多少暗礁险滩，容纳了多少大小溪流，起落过多少次日升月落，才流得那么浩荡，那么远……你知道这一切，能一直奔赴大海就好。一句话，你知道自己能做到什么程度，已抵达哪里就好。旁人想知道的或只是你生命长跑的结果，只注目你最终是否抵达了大海，是化作了浩瀚辉煌呢，还是像沙漠河流那样，流着流着就消失得无影无踪了。他们不太关心过程。而为了抗御那一路的迂回曲折、世俗平庸，摆脱那一路的迷惑茫然、挫折疲惫，所有的惊心动魄几生死，所有的添酒回灯重开宴，都无须尽为人道。宁可被视而不见，也不要奢望坐享超越你能力的名分。

是啊，谁能说比对岸的乡山，更擅保持沉静？江流亦有我这一生望尘莫及的执着，秋水如镜，看它们几眼就懂得了自己。知道你自己是怎么走过来的就好。若让偶遇的他人有超越名分的惊喜，就更好。诗人露易丝·格丽克所谓："人们在这个世界的旅程真正重要的是自我与记忆，当这些消逝时，也意味着生命进入了万物循环流动的空灵境界。"或正是此意。

转眼四五十年过去，回头一望，我到底做过些什么呢？晚清词人况周颐谓："吾听风雨，吾览江山，常觉风雨江山外，有万不得已者在。"于我，那"万不得已者"，也无非几番凝望山川闯荡人间后，积于内心偶被触动引发的一点倾诉，相对于一生经历的纷繁滞重，到底还嫌轻薄。更深更广阔的话，似乎至今未能率意说出，深自惭愧。而"我们不能让我们的心远离生活，但可以塑造我们的心去超越偶然，从而不屈不挠地去凝视痛苦"（赫尔曼·黑塞《生命之歌》）。一抒胸臆，仍须期待来日。

约一千年前，苏东坡在长江边的赤壁叹曰："霜露既降，木叶尽脱，人影在地，仰见明月，顾而乐之，行歌相答。已而叹曰：'有客无酒，有酒无肴，月白风清，如此良夜何！'"（《后赤壁赋》）我等凡人无须有此烦恼，就像一江秋水一样，知道自己流到了哪儿，关山迢遥，路程仍远，抓紧时间赶路就好。

感谢作家出版社和为此书操心、操劳过的友人和编辑。感谢著名作家李国文、陈建功、徐则臣，评论家潘凯雄、学者陈墨一应师友传来的激励——一行菲薄文字，虽无法尽述我从相遇相知的引路人、同行者和朋友那里领得的温暖，但一声道谢，仍是发自内心的必需。两本小书，算是对自己，也对善待我的师友情谊的小小交代。

汤世杰

2021 年 10 月 30 日

于夷陵桥头

图书在版编目（CIP）数据

汤世杰散文选 / 汤世杰 著.-- 北京：作家出版社，2022.11
ISBN 978-7-5212-2052-0

Ⅰ.①汤… Ⅱ.①汤… Ⅲ.①散文集－中国－当代 Ⅳ.①I267

中国版本图书馆 CIP 数据核字（2022）第 202071 号

汤世杰散文选

作　　者：汤世杰
责任编辑：翟婧婧
装帧设计：孙惟静
肖像摄影：瑞　秋
出版发行：作家出版社有限公司
社　　址：北京农展馆南里 10 号　　　邮　　编：100125
电话传真：86-10-65067186（发行中心及邮购部）
　　　　　86-10-65004079（总编室）
E-mail:zuojia@zuojia.net.cn
http://www.zuojiachubanshe.com
印　　刷：北京盛通印刷股份有限公司
成品尺寸：170 × 240
字　　数：1130 千字
印　　张：67.25
版　　次：2022 年 11 月第 1 版
印　　次：2022 年 11 月第 1 次印刷
ISBN 978-7-5212-2052-0
定　　价：99.00 元（全三卷）